사방에 부는 바람

사방에 부는 바람

크리스틴 해나 장편소설 | 박찬원 옮김

THE
FOUR
WINDS

은행나무

아버지, 당신께 이 책을 바칩니다

프롤로그

희망은 내가 가지고 다니는 동전, 내가 사랑하게 된 남자가 준 1센트짜리 미국 동전이다. 나의 여정 속에서 오로지 그 동전과 동전이 상징하는 희망만이 나를 계속 나아가게 해주었다고 느끼곤 했다.

더 나은 삶을 찾아 서부로 왔지만, 나의 꿈은 가난과 곤경 그리고 탐욕으로 인해 악몽으로 변했다. 지난 몇 년은 상실의 시간이었다. 일자리, 집, 식량을 잃었다.

우리가 사랑했던 땅이 우리를 배신하고 우리 모두를 무너뜨렸다. 날씨 이야기를 나누고 밀 풍년을 서로 축하하던 고집 세고 나이 든 남자들마저도. 남자는 먹고살려면 여기서 싸워야 하는 거야, 그들은 서로 그렇게 말하곤 했다.

남자는.

늘 남자가 중심이었다. 음식을 하고 청소를 하고 아이를 낳고 정원을 돌보는 일은 그들에게 아무런 의미가 없는 듯 보였다. 하지만 우리 대평원(로키산맥 동부 캐나다와 미국에 걸친 초원 지대)의 여자들도 해가 뜰 때부터 질 때까지 밀 농장에서 우리가 사랑하는 대지만큼이나 달구어져 바짝 말라비틀어질 때까지 힘든 노동을 했다.

때로 눈을 감으면 아직도 정말로 입에서 그 먼지 맛이 느껴진다….

1921

대지를 상하게 하는 것은
당신의 아이들을 상하게 하는 것이다.

— 웬들 베리
농부, 시인

1장

엘사 울컷은 오랜 세월 어쩔 수 없이 고독 속에 가상의 모험을 읽고 다른 이의 삶을 상상하며 지냈다. 외로운 침실에서 소설에 둘러싸여 소설을 친구로 삼았고, 때로 자신의 모험도 꿈꾸어보기도 했지만 자주는 아니었다. 그녀 가족은 어린 시절 앓았던 병 때문에 그녀의 삶이 바뀌어 그리 병약하고 외로운 상태가 되었다고 거듭 말하곤 했고, 좋은 날들엔 그녀도 그 말을 믿었다.

그런데 오늘처럼 나쁜 날엔 그녀는 가족 속에서도 자신이 늘 아웃사이더임을 알았다. 그들은 모두 처음부터 그녀가 부족하다는 것을 감지했고 그녀가 어울리지 못하는 것을 보아왔다.

지속적으로 인정받지 못하자 고통이 되었고, 이름 모를, 알 수 없는 무언가를 잃었다는 것을 느낄 수 있었다. 엘사는 그 사실을 조용히 지내며, 관심을 요구하거나 찾지 않으며, 그들이 자신을 사랑할지언정 좋아하지는 않는다는 것을 인정하며 견뎌냈다. 마음에 상처를 주는 일이 비일비재하여 그녀 자신도 거의 알아차리지 못했다. 그녀는 자신이 받아들여지지 않는 것이 다들 말하던 병치레와는 아무 상관 없다는 것을 알았다.

그리고 지금, 그녀는 거실에서 가장 좋아하는 의자에 앉아 무릎 위 책을 덮고 그 책에 대해 생각한다. 《순수의 시대》를 읽으며 그녀 안의 뭔가가 깨어났고, 예리하게 시간의 흐름을 깨달았다.

내일이 그녀의 생일이었다.

스물다섯.

다들 젊다 할 나이. 남자라면 밀조한 진(1920~1933년까지 미국에서 금주법이 시행되었다)을 마시고 무모하게 운전하며, 래그타임 음악에 맞춰 머리에 띠를 두르고 술 달린 드레스를 입은 여자와 춤을 출 나이.

여자라면 이야기가 달랐다.

여자는 스물이 되면 희망이 빛을 잃기 시작했다. 스물둘이면 마을과 교회에서 사람들이 수군거리기 시작했다. 그 측은하게 바라보는 긴 시선이 시작되었다. 스물다섯이면 주사위는 던져졌다. 결혼하지 않은 여자는 노처녀였다. '아직도 안 팔렸다', 사람들은 혼기를 놓친 것에 고개를 절레절레 흔들고 혀를 차며 그렇게 말했다. 대개는 의아해하곤 했다. 좋은 가정의 완벽하게 정상적인 여자가 왜 노처녀가 된 건가? 그런데 엘사의 경우엔 다들 왠지 알았다. 사람들은 그녀가 귀머거리라 생각하는지 그녀에 대해 이렇게 이야기를 해댔다. 불쌍한 것. 갈퀴 손잡이처럼 말랐네. 여동생들에 비하면 인물이 **한참 빠지지**.

아름다움. 엘사는 그것이 문제의 핵심임을 알았다. 그녀는 매력적인 여자가 아니었다. 그나마 가장 괜찮은 날, 가장 잘 차려입은 날이면, 처음 보는 사람은 아마도 보기 좋다, 정도는 말할지도 모르지만, 그 이상은 절대 아니었다. 그녀는 모든 게 '너무' 했다, 너무 키가 크고, 너무 말랐고, 너무 창백하고, 너무 자신감도 없고.

엘사는 두 여동생의 결혼식에 참석했다. 둘 다 엘사에게 단상에 함께 서자는 말을 하지 않았고 엘사는 이해했다. 거의 180센티미터인 엘사는 신랑보다도 키가 커서 사진 구도가 좋을 리 없었다. 울컷 가족에게는 이미지가 매우 중요했다. 그녀의 부모는 다른 무엇보다 이미지를 소중하게 여겼다.

엘사의 인생이 앞으로 어떠할지 어떤 미래가 있을지 누구라도 빤히 보였다. 그녀는 여기 록 로드의 부모 집에서 살며 아주 오래전부터 집안일을 맡아온 하녀 마리아의 돌봄을 받을 것이다. 그러다 어느 날 마리아가 은퇴하면 엘사는 혼자 남아 부모를 돌볼 것이고, 그들까지 세상을 떠나면 혼자 늙어갈 것이다.

그녀는 자신의 인생을 위해 무엇을 보여주어야 할까? 어떻게 해야 이 땅에 그녀의 시간이 흔적을 남기게 될까? 누가 그녀를 기억하게 될까, 왜?

그녀는 눈을 감고 오래도록 품어온 익숙한 꿈을 살그머니 떠올렸다. 어딘가 다른 곳의 삶을 그려보았다. 그녀의 집에 있는 풍경. 아이들의 웃음소리가 들린다. **그녀의** 아이들.

삶, 그저 존재하는 것이 아닌. 그것이 그녀의 꿈이었다. 그녀의 삶과 선택이 열네 살 때 걸렸던 류머티즘열에 좌우되지 않는 세상, 이제껏 몰랐던 힘을 발굴해내는, 외모만으로 판단받지 않는 인생을 원했다.

현관문이 열어젖혀지며 가족이 집 안으로 성큼성큼 걸어 들어왔다. 그들은 늘 그렇듯 이야기를 나누고 웃으며 한 무리가 되어 있었다. 풍채 좋은 아버지가 술에 불콰해진 얼굴로 앞장섰고, 아름다운 두 동생 샬럿과 수재나가 아버지 양옆에 백조 날개처럼 붙어 있었으며, 우아한 어머니가 뒤에서 잘생긴 사위들에게 이야기하고 있었다.

아버지가 걸음을 멈추었다. "엘사." 그가 말했다. "왜 아직 안 자는 거냐?"

"말씀드릴 게 있어서요…."

"이 시간에?" 어머니가 말했다. "얼굴이 붉어 보인다. 열이 있니?"

"열 나본 지가 몇 년인데요, 엄마. 아시잖아요." 엘사가 자리에서 일어나 두 손을 맞잡아 비틀며 식구들을 똑바로 바라보았다.

지금이야, 그녀는 생각했다. 말해야 했다. 또 기가 죽어버리면 안 된다….

"아버지." 처음엔 들리지 않을 만큼 작게 말했다가 실제로 소리를 높여 다시 시도했다.

"아버지."

그는 그녀를 쳐다보았다.

"저 내일이면 스물다섯이에요." 엘사가 말했다.

어머니는 그것이 상기되자 짜증스러운 듯 보였다. "우리도 안다, 엘사."

"네, 물론이죠. 전 제가 결정을 내렸다는 말을 하고 싶어서요."

그 말에 식구들이 조용해졌다.

"저… 시카고에 문학을 가르치고 여자를 받아주는 대학이 있어요. 수업을 받고 싶고―"

"엘시노어." 아버지가 그녀의 정식 이름을 불렀다. "네가 교육받을 필요가 뭐가 있냐? 너무 아파서 학교도 제대로 못 마치고서는. 말도 안 되는 소리."

너무나 많은 사람의 눈에 비친 자신의 실패가 보여 그녀는 그곳에 서 있기가 힘들었다. **너를 위해 싸워라. 용감해져라.**

"하지만 아버지. 전 이제 성인 여성이에요. 열네 살 이후로는 아픈 적도 없어요. 저는 의사가… 진단에 성급했다고 믿어요. 전 이제 괜찮아요. 진짜

로요. 교사가 될 수 있을 거예요. 아니면 작가가….”

“작가?” 아버지가 말했다. “우리가 전부 모르는 숨은 재능이라도 있는 거냐?”

그의 시선이 그녀를 날카롭게 베었다.

“할 수 있어요.” 그녀가 작은 소리로 말했다.

아버지가 그녀의 어머니를 돌아보았다. “울컷 부인, 저 아이를 안정시킬 뭘 좀 주구려.”

“저 히스테리 아니에요, 아버지.”

엘사는 끝임을 알았다. 그녀가 이길 수 있는 싸움이 아니었다. 그녀는 조용히, 눈에 띄지 않아야 하는, 세상에 나가지 말아야 하는 사람이었다. “저 괜찮아요. 올라갈게요.”

그녀는 식구들에게서 몸을 돌렸고, 그 순간이 지나자 이제 누구도 그녀에게 눈길을 주지 않았다. 그녀는 마치 녹아서 스며들어버린 것처럼 이제 그곳에서 사라져버렸다.

그녀는 차라리 《순수의 시대》를 읽지 않았더라면 하고 생각했다. 이 표현하지 못한 모든 바람에서 무슨 좋은 일이 생길 거라고? 사랑에 빠지는 일도, 자신의 아이를 갖는 일도 일어나지 않을 것이다. 계단을 오르는데 아래에서 음악이 들려왔다. 그들은 새 축음기를 듣고 있었다.

그녀는 걸음을 멈추었다.

아래로 내려가, 의자를 꺼내 앉아.

그녀는 침실 문을 세게 닫아 아래에서 들리던 소리를 끊어냈다. 저 아래에서 그녀를 반길 리 없었다.

세면대 거울에 비친 자신의 모습이 보였다. 창백한 얼굴은 어떤 불친절한 손이 날카로운 턱 끝까지 잡아 늘여놓은 것만 같다. 긴 옥수수수염 빛깔 머리카락은 손질이 힘들 정도로 가늘고 웨이브가 대단히 인기를 끄는 시대에 직모였다. 당시 유행처럼 머리를 자르고 싶었지만, 어머니는 짧으면 더 미울 것이라며 허락하지 않았다. 엘사는 푸른 눈을 제외하고는 색깔이라고는 없이 모든 것이 흐릿했다.

그녀는 침대 옆 조명을 켜고 협탁에서 너무나 소중하게 생각하는 소설한 권을 꺼냈다.

《패니 힐》.

그리고 침대로 올라가 이 부도덕하다고 소문난 이야기에 빠져들었고, 자위하고 싶은 무섭고 죄스러운 욕구를 느꼈고, 거의 그렇게 할 뻔했다. 글에 딸려오는 아픔은 견디기 힘들었다. 열망이라는 육체적 통증이었다.

그녀는 책을 덮었고, 이제 책을 읽기 시작했을 때보다도 더 추방자가 된 것만 같았다. 안절부절. 채워지지 않은 불만감.

곧 무언가를, 뭔가 과감한 것을 하지 않으면 그녀의 미래가 지금과 별반 다르지 않을 것이다. 평생 이 집에 남아 밤이나 낮이나 10년 전에 앓았던 병과 변하지 않을 매력 없음이라는 한계에서 벗어날 수 없을 것이다. 남자의 손길이 주는 희열도, 한 침대에 누워 느끼는 편안함도 알지 못할 것이다. 자신의 아이도 안아보지 못할 것이다. 그녀의 집도 가져보지 못할 것이다.

그날 밤 엘사는 갈망에 휩싸였다. 다음 날 아침에 이르렀을 때는 인생을 바꾸려면 뭔가 해야 한다고 생각하고 있었다.

그런데 무엇을?

여자라고 다 아름답거나 예쁜 것은 아니었다. 어릴 때 열병을 앓고도 인생을 누리고 사는 여자들도 있다. 열병으로 그녀의 심장이 손상을 입었다는 것은 그녀 생각으로는 의사의 추측일 뿐이었다. 단 한 번도 심장이 제대로 뛰지 않거나 정말로 놀랄 만한 일은 없었다. 그녀는 자신에게 투지가 있다고 믿어야 했다, 아직 드러나지 않고 시험받지 않았을지언정. 누군들 확실하게 알 수 있겠는가? 그녀는 달리기도, 놀이나 춤도 허락받지 못했다. 열네 살에 학교를 그만두도록 강요받았고, 그래서 남자 친구도 없었다. 인생 대부분을 방 안에서만 지내며 허구의 모험을 읽고, 이야기를 만들고, 혼자 스스로 교육 과정을 마쳤다.

밖으로 나가면 분명 기회가 있겠지만 어디서 기회를 찾아야 하는 걸까?

도서관. 책에는 모든 질문에 대한 답이 있었다.

그녀는 잠자리를 정리하고 세면대로 가서 허리까지 오는 금발 머리를 한쪽으로 치우치게 가르마를 타고 길게 땋은 후, 무늬 없는 짙은 파란색 크레이프 드레스를 입고 실크 스타킹과 검은 힐을 신었다. 그리고 클로시 모자와 염소 가죽 장갑과 핸드백으로 단장을 마쳤다.

그녀는 아래층으로 내려갔고, 어머니가 이 이른 아침 시간에 아직 잠들어 있는 것에 감사했다. 엄마는 엘사가 일요일 교회 참석 외에는 어떤 노력을 기울이는 것도 좋아하지 않았고, 예배에서는 늘 신도들에게 엘사의 건강을 위해 기도해달라고 부탁했다. 엘사는 커피를 한잔 마시고 5월 중순 아침의 햇빛 속으로 나갔다.

텍사스 팬핸들(다른 주들 사이에 프라이팬 손잡이처럼 길게 뻗어 끼어 있는 지형을 이르는 말) 지역에 자리한 댈하트가 그녀 앞에 길게 펼쳐진 채 밝은 태양 아래 깨어나고 있었다. 목조 보도를 따라 여기저기서 문들이 열리고 영업 종료 안내판이 다시 뒤집혔다. 마을 너머 드넓은 푸른 하늘 아래로 대평원이, 풍요로운 농지의 바다가 끝도 없이 뻗어나갔다.

댈하트는 카운티(행정 구역 명칭) 소재지였고, 경제적 번영기를 누리고 있었다. 캔자스에서 뉴멕시코로 가는 기차 노선이 이곳을 통과하게 된 이후 댈하트는 확장해왔다. 새 급수탑이 스카이라인 위로 우뚝 섰다. 세계대전으로 이 땅은 밀과 옥수수의 금광이 되었다. 밀 덕분에 전쟁을 이긴다! 여전히 농부들의 자부심을 불러일으키는 구호였다.

마침 트랙터도 도입되어 삶이 편해졌고, 비와 높은 가격 덕분에 매년 작황이 좋아 농부들은 더 많은 땅을 경작하고 더 많은 밀을 생산했다. 노인들이 오래도록 이야기하던 1908년의 가뭄은 완전히 잊혔다. 여러 해 동안 비가 일정하게 내려 마을 사람 모두 부자가 되었고, 농기구를 판매해 현금과 어음을 둘 다 받는 그녀의 아버지가 그중에서도 가장 부유했다.

오늘 아침 농부들이 식당 바깥에 모여 곡물값을 이야기하고 있었고, 여자들은 아이들을 학교로 보내고 있었다. 불과 몇 년 전만 해도 말과 마차가 다니던 거리에 지금은 자동차들이 엔진 소리를 내고 경적을 울리며 황금빛으로 빛나는 미래를 향해 달렸다. 댈하트는 교회 주최로 자선 파티를 하고 스퀘어 댄스를 추고 일요일 아침 예배를 보는 마을이었고 빠르게 도시로 커가고 있었다. 흙에서 좋은 삶을 만들어가는, 열심히 일하고 생각이 비슷한 사람들.

엘사는 메인 스트리트와 나란히 깔린 목조 보도로 올라갔다. 발아래 나무판자가 걸음마다 조금씩 휘어져 아래위로 흔들리는 느낌을 받았다. 상점들 차양에 걸린 꽃 화분에는 그토록 바라온 색깔이 넘쳐났다. 마을 환경 미화 연맹이 신경을 쓰고 있었다. 그녀는 저축 대부 조합과 새 포드 자동차 대리점을 지나갔다. 그녀로서는 아직도 그냥 가게에 들어가 자동차를 고르고 당일에 그 차를 몰고 집으로 갈 수 있다는 사실이 놀랍기만 했다.

그녀 옆에서 잡화점 문이 열리고 주인인 허스트 씨가 빗자루를 들고 밖으로 나왔다. 셔츠 소매를 말아 올려 살집 두툼한 팔이 드러나 있었다. 소화전처럼 짤따랗고 둥근 코가 불그스름한 얼굴 위로 두드러져 보였다. 그는 마을에서 가장 부유한 축에 속했다. 그는 잡화점과 식당, 아이스크림 가판대, 약방을 소유했다. 그 집안보다 더 오래 이곳에 살아온 집안은 울컷 가문뿐이었다. 울컷 가문 역시 3대째 텍사스에 살았고 그 사실을 자랑스러워했다. 엘사의 사랑하는 할아버지 월터는 죽는 날까지 자신을 텍사스 레인저라 불렀다.

"아, 울컷 양." 허스트 씨가 그의 불그레한 얼굴에서 흘러내린 머리카락 몇 가닥을 쓸어 올리며 말했다. "아주 좋은 날이 될 것 같군요. 도서관 가는 건가요?"

"네." 그녀가 대답했다. "달리 어딜 가겠어요?"

"빨간 실크가 새로 들어왔어요. 동생들에게 얘기해요. 근사한 드레스가 될 거예요."

엘사가 걸음을 멈췄다.

빨간 실크.

그녀는 빨간색 실크를 입어본 적이 없었다. "보여주세요. 부탁드려요."

"아! 그럼요. 동생들을 놀라게 해줄 수 있을 거예요."

허스트 씨가 부산을 떨며 그녀를 가게 안으로 들였다. 엘사가 어딜 보든 색깔의 향연이었다. 콩과 딸기가 가득 담긴 상자들, 하나하나 박엽지로 포장해 쌓아놓은 라벤더 비누, 밀가루와 설탕 포대, 피클병 등.

그는 그녀를 데리고 도자기 세트, 은식기, 접어놓은 여러 색의 식탁보와 앞치마를 지나 옷감이 쌓인 곳으로 갔다. 그러고는 뒤적이더니 접어놓은 루비 빛깔 빨간 실크를 꺼냈다.

엘사는 염소 가죽 장갑을 벗어 옆에 내려놓고 실크에 손을 뻗었다. 그렇게 부드러운 것은 생전 처음 만져보았다. 그리고 오늘은 그녀의 생일이었다….

"샬럿 것으로는, 색깔이 —"

"제가 사겠어요." 엘사가 말했다. 제가라는 단어를 약간 무례하게 강조했던가? 그랬다. 그랬던 것이 분명했다. 허스트 씨가 그녀를 이상하게 쳐다보고 있었다.

허스트 씨가 갈색 종이로 천을 싸고 끈으로 묶어 그녀에게 건넸다.

엘사가 가게를 나가려던 순간 반짝이는 은색 구슬 머리띠가 보였다.《순수의 시대》에서 올렌스카 백작 부인이 했을 법한 바로 그런 머리띠였다.

엘사는 갈색 종이로 포장한 빨간 실크를 가슴에 꼭 안고서 도서관에서 집으로 걸었다.

화려한 검은색 소용돌이무늬 장식이 있는 대문을 열고 어머니의 세계로, 재스민과 장미 향기가 나는 단정하게 다듬어진 정원으로 들어갔다. 산울타리 사이로 난 통로 끝에 울컷 가문의 거대한 집이 서 있었다. 남북전쟁 직후 할아버지가 사랑하는 여인을 위해 지은 집이었다.

엘사는 지금도 할아버지가 매일 그리웠다. 그는 술 마시고 언쟁을 벌이곤 하던 거친 남자였지만 사랑하는 것은 온 마음을 다해 사랑했다. 그는 아내를 잃고 오랜 세월 슬퍼했다. 그는 엘사를 제외하고는 책 읽기를 좋아하는 유일한 울컷가 사람이었고, 식구들 의견이 나뉘면 자주 엘사의 편을 들어주었다. 죽는 건 걱정하지 마라, 엘사. 제대로 살지 않는 것을 걱정해라. 용감해져라.

그가 세상을 떠난 후 아무도 그녀에게 그런 이야기를 해주지 않았고, 그녀는 늘 그가 그리웠다. 텍사스의, 러레이도와 댈러스와 오스틴, 그리고 저기 대평원의 초기 무법 시절에 대해 그가 들려준 이야기는 그녀에게는 최고의 추억이었다.

할아버지였다면 분명히 그녀에게 빨간 실크를 사라고 말했을 것이다.

어머니가 장미꽃에서 고개를 들어 새로 산 선보닛 모자를 뒤로 젖히며 말했다. "엘사. 어디 있었니?"

"도서관요."

"아버지에게 차로 데려다달라고 했어야지. 걷는 건 네게 너무 무리다."

"저 괜찮아요, 엄마."

정말이었다. 어떨 때 그들은 그녀가 아프기를 바라는 듯 보였다.

엘사가 실크를 포장한 꾸러미를 더 꼭 안았다.

"가서 눕거라. 더워질 거다. 마리아에게 레모네이드 만들어달라고 하렴." 어머니는 다시 꽃을 자르는 일로 돌아가 자른 꽃을 왕골 바구니에 담았다.

엘사가 현관에서 집 안으로 들어가니 실내가 어둑했다. 더울 것 같은 날에는 모든 블라인드를 다 내렸다. 텍사스의 이 지역에서는 그 말인즉슨 실내가 어두운 날이 많다는 뜻이었다. 문을 닫는데 주방에서 마리아가 스페인

어로 노래 부르는 소리가 들려왔다.

엘사는 집 안으로 더 들어가 자기 침실로 향하는 계단을 올랐다. 방에 들어온 그녀는 갈색 종이를 벗기고 그 강렬한 루비 빨간색 실크를 내려다보았다. 만져보지 않을 수 없었다. 그 부드러움이, 그녀에게 위안이 되었고, 어쩐지, 엄지를 빨던 어린 시절 손에 쥐고 있던 리본이 떠올랐다.

그녀가 해낼 수 있을까, 갑자기 떠오른 대담한 일을? 그 일은 그녀의 겉모습에서부터 시작되었다….

용감해져라.

엘사는 허리까지 내려오는 머리카락을 한 움큼 잡고 턱까지 오는 길이로 잘랐다. 조금 미친 건가, 하고 느꼈지만 계속 잘랐고, 결국 길고 얇은 금발 머리카락들이 발치에 흩어져 있게 되었다.

문을 두드리는 소리에 엘사는 너무나 놀라 가위를 떨어뜨리고 말았다. 가위가 서랍장 위에 쨍그랑 소리를 냈다.

문이 열렸다. 어머니가 방으로 들어와 엘사의 마구 자른 머리를 보고는 걸음을 멈추었다. "무슨 짓을 한 거냐?"

"내가 원하는 건 —"

"머리가 다시 길 때까진 집 밖으로 못 나간다. 사람들이 뭐라고 하겠니?"

"요즘 젊은 여자들은 단발을 해요, 어머니."

"참한 젊은 여자들은 아니지, 엘시노어. 모자를 가져다주마."

"난 그냥 예뻐지고 싶었을 뿐이에요." 엘사가 말했다.

어머니 눈에 떠오른 측은함을 보며 엘사는 견디기가 힘들었다.

2장

    며칠 동안 엘사는 몸이 좋지 않다며 방에만 머물렀다. 사실은 들쭉날쭉 잘라놓은 머리와 그 머리가 드러내는 욕구에 차마 아버지 얼굴을 볼 수 없었기 때문이다. 처음에는 책을 읽으려 노력했다. 책은 언제나 그녀에게 위안이 되었다. 소설은 대담하고 용감하고 아름다워질 공간을 부여해주었다, 오직 그녀 상상 속에서만이었지만.

    그런데 빨간 실크가 그녀에게 속삭이더니 결국 큰 소리로 불러 책을 내려놓지 않을 수 없었고, 마침내 신문지로 드레스 패턴을 만들기 시작했다. 패턴을 끝내고 나니 더 하지 않는 것도 실없어 보였고, 그래서 옷감을 잘라 바느질을 하기 시작했는데, 이때만 해도 그저 즐거워지고 싶어서였다.

    바느질을 하며 그녀는 놀라운 감각을 느끼기 시작했다. 바로 희망이었다.

    드디어, 토요일 저녁, 그녀는 완성된 드레스를 들어보았다. 브이넥 상체에 낮게 잡은 허리선, 행커치프 밑단(손수건을 가운데를 잡고 들어 올린 것처럼 밑단이 균일하지 않은 스타일) 등 대도시 패션의 완벽한 전형으로, 완전히, 대담하게 현대적이었다. 밤새도록 춤을 추며 세상사 그 무엇도 신경 쓰지 않는 여성이 입을 법한 드레스. 신여성, 그들은 그렇게 불렸다. 독립성을 과시하고 독한 밀주를 마시고 담배를 피우며 다리를 드러낸 드레스를 입고 춤을 추는 젊은 여성.

그녀는 적어도 이 드레스를 입어보기는 해야 했다, 비록 네 벽을 넘어서는 절대 입지 못할지라도.

그녀는 목욕을 하고 다리 제모를 한 후 맨다리에 실크 스타킹을 매끈하게 신었다. 젖은 머리를 말아 핀을 꽂으면서 머리에 **조금이나마 웨이브가 생기길 간절히 빌었다.** 머리가 마르는 동안 어머니 방에 몰래 들어가 화장대에서 화장품을 가져왔다. 아래층에서는 축음기에서 흘러나오는 음악이 들려왔다.

마침내 그녀는 조금 구불구불해진 머리를 빗질하고 화려한 은색 머리띠를 이마에 둘렀다. 그리고 드레스 안으로 발을 넣었다. 몸에 맞게 올라온 드레스는 구름처럼 가벼웠다. 행커치프 밑단이 긴 다리를 강조해주었다.

그녀는 거울로 몸을 가까이 기울여 푸른 눈에 검은 화장 먹으로 아이라인을 그린 후 날카로운 광대뼈에 붓으로 연한 장밋빛 파우더를 발랐다. 빨간 립스틱을 바르니 여성 잡지에서 늘 말하던 대로 입술이 더 도톰해 보였다.

그녀는 거울 속 자신을 보며 생각했다, 오, 하느님. 나도 이만하면 이쁘네요.

"넌 할 수 있어." 그녀는 소리 내어 말했다. 용감해져라.

그녀는 방에서 나가 계단을 내려가면서 놀라운 자신감을 느꼈다. 평생 그녀는 매력이 없다는 말을 들어왔다. 하지만 이젠 아니다….

처음 알아차린 사람은 어머니였다. 어머니가 아버지를 손으로 세게 치는 바람에 아버지는 보급판 〈농장 잡지〉에서 고개를 들 수밖에 없었다.

아버지 얼굴이 찌푸려져 주름이 생겼다. "뭘 입은 게냐?"

"제가, 제가 만들었어요." 엘사가 말하며 초조하게 두 손을 마주 쥐었다.

아버지가 탁 소리 나게 잡지를 덮었다. "네 머리. 맙소사. 게다가 저 매춘부 옷. 네 방으로 돌아가서 더 이상 수치스러운 꼴을 보이지 마라."

엘사는 어머니를 향해 돌아서며 도움을 청했다. "이거 최신 패션이고—"

"독실한 여자들이 입을 옷은 아니지, 엘시노어. **무릎**이 보이는구나. 여긴 뉴욕이 아니다."

"올라가거라." 아버지가 말했다. "당장."

엘사는 순종하려 했다. 그러다 그대로 따르는 것이 무엇을 뜻하는지 생각하고는 멈춰 섰다.

할아버지라면 그녀에게 포기하지 말라고 했을 것이다.

그녀는 고개를 치켜들었다. "오늘 밤 술집(speakeasy, 금주법 시행 당시 무허가 주점)에 음악 들으러 갈 거예요."

"안 된다." 아버지가 자리에서 일어섰다. "허락 안 한다."

엘사는 문을 향해 뛰었다. 천천히 걸으면 그만 서게 될까 두려웠다. 그녀는 밖에서 비틀거렸으나 계속 달리며 그녀를 부르는 목소리들을 무시했다. 그리고 거칠어진 호흡 때문에 더는 뛸 수 없을 때가 되어서야 멈춰 섰다.

그 술집은 중심가의 옛 마차 역과 빵집 사이에 있었다. 마차 역은 이제 자동차 시대를 맞아 창문이 판자에 막혀 있었다. 수성 헌법 제18조가 통과되고 금주법이 시작된 이후 그녀는 여자든 남자든 무허가 술집의 나무 문 뒤로 사라지는 것을 보아왔다. 그리고 어머니의 의견과는 달리 엘사처럼 옷을 차려입은 젊은 여자도 많았다.

그녀는 나무 계단을 내려가 닫힌 문을 두드렸다. 알아채지 못했던 틈이 열리더니 찡그린 눈 한 쌍이 나타났다. 재즈 피아노 선율과 시가 연기가 그 구멍으로 흘러나왔다. "암호." 귀에 익은 목소리가 말했다.

"암호요?"

"울컷 양. 길을 잃었나요?"

"아뇨, 프랭크. 음악을 좀 듣고 싶어서요." 그녀는 그렇게 말하며 자신의 목소리가 침착하게 들리는 것이 자랑스러웠다.

"당신을 여기 들여보내면 내가 당신 아버지한테 아주 혼쭐이 날 거요. 집에 가요. 당신 같은 여자가 그렇게 입고 길거리를 다녀선 안 돼요. 문제만 생긴다고요."

널빤지가 다시 닫혔다. 닫힌 문 뒤에서는 여전히 음악 소리가 들려왔다. 〈우리 재미있지 않니〉. 시가 연기 한 모금이 맴돌았다.

엘사는 혼란스러운 마음으로 잠시 거기 그대로 서 있었다. 들어갈 수도 없는 건가? 왜 안 되는 건데? 물론 금주법 때문에 술은 불법이었지만 마을 사람들 모두 이런 곳에서 한잔씩 하곤 했고 경찰도 모른 척했다.

그녀는 법원 쪽으로 이렇다 할 목표 없이 걸었다.

그때 그녀 방향으로 오고 있는 남자가 보였다.

키가 크고 호리호리했으며, 숱이 많은 검은 머리를 가르마를 내어 윤이 나는 포마드 크림으로 단정히 붙이고 있었다. 그는 좁은 골반에 딱 맞는 흐릿한 검은색 바지와 목까지 단추를 채운 하얀 셔츠, 그 위에 베이지색 스웨터를 입고 있었다. 격자무늬 넥타이는 매듭 부분만 보였다. 그리고 짧은 챙이 달린 둥근 가죽 모자가 멋 부린 듯 비스듬히 머리에 씌워져 있었다.

그녀는 자신을 향해 걸어오는 그를 보며 그가 얼마나 어린지 알 수 있었다. 아무리 많아도 열여덟 정도로 보였고, 햇빛에 그은 피부에 눈은 갈색이었다. (욕정 어린 눈, 그녀가 보는 연애 소설에서 그렇게 부르는 눈이었다.)

"안녕하세요, 아가씨." 그가 걸음을 멈추고 미소 지으며 모자를 벗었다.

"나, 나한테 하는 말이에요?"

"다른 사람은 없잖아요. 난 라파엘로 마르티넬리예요. 델하트 살아요?"

이탈리아인이다. 맙소사. 그녀 아버지는 이 아이와 얘기를 하는 것은 고사하고 쳐다보지도 못하게 할 것이다.

"그래요."

"난 아니에요. 론섬트리라고 그 엄청나게 크고 복잡한 도시 있잖아요. 저 위 오클라호마 경계 쪽인데 눈 깜빡하면 못 보고 지나칠 곳이죠. 당신은 이름이 뭐예요?"

"엘사 울컷." 그녀가 말했다.

"그 트랙터 상점 울컷요? 아, 당신 아버지 알아요." 그가 미소 지었다. "그렇게 예쁜 드레스를 입고 여기서 혼자 외롭게 뭐 해요, 엘사 울컷?"

패니 힐(쾌락을 추구하는 여성의 대명사, 동명 소설의 주인공)이 돼라. 대담해져라. 어쩌면 그녀의 단 한 번뿐인 기회일지도 몰랐다. 집에 가면 아버지가 외출을 금할 것이다. "내가… 외로운 것 같아요."

라파엘로의 검은 눈이 커졌다. 재빨리 마른침을 삼켜 목울대가 올라갔다 내려왔다.

그가 말을 하기까지 영겁의 세월이 흐른 듯했다.

"저도 외로워요."

그가 손을 뻗어 그녀의 손을 잡으려 했다.

엘사는 거의 손을 빼다시피 했다. 그만큼 놀란 것이다.

마지막으로 누군가의 손길이 닿았던 것이 언제였던가?

그냥 손이 닿은 거야, 엘사. 바보처럼 굴지 마.

그가 너무 잘생겨서 그녀는 약간 속이 울렁거렸다. 이 사람도 학교에서 그녀를 놀리고 괴롭혔던, 뒤에서 욕을 하던 남자아이들 같을까? 그의 얼굴은 달빛과 그림자가 조각한 듯했다. 갸름하고 윤곽이 뚜렷한 얼굴형, 넓고 반듯한 이마, 날카롭고 곧바른 코, 너무나도 도톰해서 그녀가 읽은 죄스러운 소설을 떠올리지 않을 수 없는 입술.

"나와 같이 가요, 엘스."

그는 엘스라고 부름으로써, 그렇게 간단하게, 그녀를 다른 여자로 만들어 버렸다. 그녀는 그 친밀함에 온몸을 관통하는 떨림을 느꼈다.

그는 앞장서서 그늘진 텅 빈 골목으로 이끌었고 어두운 거리를 건너갔다. 술집의 열린 창문들에서 〈아가씨, 아가씨, 아가씨! 굿바이〉가 흘러나오고 있었다.

그는 새 기차역을 지나 마을 밖으로, 새 모델인 멋진 T 포드 농장 트럭으로 그녀를 데려갔다. 널을 덧댄 넓은 짐칸이 달린 차였다.

"멋진 트럭이네요." 그녀가 말했다.

"밀이 풍년이었죠. 밤 드라이브 좋아해요?"

"좋죠." 그녀가 조수석에 오르자 그가 시동을 걸었다. 털털거리는 운전실에 앉아 그들은 북쪽으로 향했다.

1.5킬로미터도 채 가지 않아 댈하트가 백미러에 담기고 아무것도 보이지 않았다. 언덕도, 계곡도, 나무도, 강도 없이 그저 별이 빛나는 하늘뿐이었고 그 광대한 하늘이 세상을 다 집어삼킨 것만 같았다.

그는 울퉁불퉁 움푹 팬 도로를 따라 차를 몰아 옛 스튜어드 농장으로 들어갔다. 한때 카운티에서 큰 창고로 유명했던 그곳은 지난 가뭄에 버려졌고 창고 뒤 작은 집은 수년간 판자를 둘러쳐놓은 상태였다.

그는 비어 있는 창고 앞에 차를 세우고 시동을 끈 후 잠시 그대로 앞을 응시하며 앉아 있었다. 둘 사이 흐르는 침묵을 깨뜨리는 것은 그들의 숨소리와 꺼져가는 엔진이 내는 탁탁 소리뿐이었다.

그는 헤드라이트를 끄고 문을 열고 나와서는 그녀 쪽 문도 열어주었다.

그녀는 그를 바라보았다. 그가 손을 내밀어 그녀의 손을 잡고 트럭에서 내리는 것을 도와주었다.

그는 한 걸음 물러설 수도 있었지만 그러지 않았고, 그래서 그녀는 그의 숨결에서 위스키 냄새를, 그의 어머니가 그의 셔츠를 세탁할 때나 다림질할 때 사용했을 라벤더 냄새를 맡을 수 있었다.

그가 그녀에게 미소를 지었고 그녀도 미소를 지으며 희망을 느꼈다.

그가 트럭 짐칸 목조 바닥에 퀼트 두 장을 깐 후 둘은 그 위로 올라갔다.

그들은 나란히 누워 별이 흩뿌려진 넓디넓은 밤하늘을 올려다보았다.

"몇 살이에요?" 엘사가 물었다.

"열여덟, 그런데도 우리 어머니는 나를 애 취급하시죠. 오늘 밤 여기 오는 것도 몰래 나온 거예요. 다른 사람들이 무슨 생각을 할지 너무 염려하세요. 당신은 복이 많네요."

"복?"

"밤에 혼자 돌아다닐 수 있잖아요, 그 옷을 입고, 보호자도 없이."

"우리 아버지는 전혀 좋아하지 않아요. 그건 분명하죠."

"그래도 당신은 해냈네요. 떨치고 나왔어요. 인생은 우리가 여기서 보는 것보다 훨씬 커다랄 거라는 생각을 해보나요, 엘스?"

"그럼요."

"그러니까… 어디선가 우리 또래 사람들이 밀주를 마시고 재즈 음악에 맞춰 춤을 추고. 여자들이 사람들 앞에서 담배를 피우고." 그가 한숨을 쉬었다. "그런데 우리는 여기 있죠."

"난 직접 머리를 잘랐어요." 그녀가 말했다. "우리 아버지 반응을 봤으면 내가 사람이라도 죽인 줄 알았을 거예요."

"노인네들은 어쩔 수 없어요. 우리 부모님은 몇 푼 안 되는 돈만 가지고 시칠리아에서 이곳으로 왔어요. 그 얘기를 허구한 날 하며 두 분의 행운의 동전을 보여줘요. 마치 여기 흘러온 게 **행운**이기라도 한 것처럼."

"당신은 남자예요, 라파엘로. 무엇이든 할 수 있고 어디든 갈 수 있어요."

"레이프라고 불러줘요. 우리 엄마는 그게 더 미국적이라는데, 미국적인 게 그렇게 좋다면 내 이름을 조지라고 지었어야죠. 아니면 링컨으로." 그가 한숨을 내쉬었다. "이런 얘기를 한 번이라도 제대로 하니 좋네요. 당신은 잘 들어주는 사람이에요, 엘스."

"고마워요… 레이프."

그가 옆으로 돌아누웠다. 그녀는 얼굴에 와닿는 그의 시선을 느끼고 평온한 숨결을 유지하려 애썼다.

"키스해도 돼요, 엘사?"

그녀는 고개를 끄덕이기도 힘들었다.

그가 몸을 기울여 그녀의 뺨에 입을 맞추었다. 피부에 닿는 그의 입술이 부드러웠다. 그 촉감에 그녀는 자신이 살아나는 것을 느꼈다.

그는 그녀의 목을 따라 내려가며 키스했고 그러자 그녀는 그를 만지고 싶었으나 감히 그러지는 못했다. 정숙한 여성은 분명 그런 행동을 하지 않았다.

"좀 더… 해도 될까요, 엘사?"

"무슨 뜻인지….'

"사랑해도?"

엘사는 이런 순간을 꿈꾸고 간절히 바라왔으며 읽은 책을 바탕으로 상상했었는데, 이제 그 순간이 여기 있었다. 진짜로. 남자가 그녀를 사랑해도 되느냐고 묻고 있었다.

"네." 그녀가 속삭였다.

"정말?"

그녀가 고개를 끄덕였다.

그는 몸을 뒤로 물리고 벨트를 더듬더니 버클을 열고 빼서 던져버렸다. 버클이 트럭 옆면에 부딪히는 소리가 들렸고, 그사이 그는 바지를 벗었다.

그가 그녀의 빨간 드레스를 밀어 올렸다. 드레스는 그녀의 몸을 타고 올라가며 간지럽혀 그녀를 흥분시켰다. 그가 그녀의 속바지를 내릴 때 그녀의 눈에 달빛 속에 드러난 자신의 맨다리가 보였다. 따뜻한 밤공기가 어루만지자 그녀는 몸을 떨었다. 그녀가 다리를 오므리고 있자 그가 조심스럽게 벌리고 그녀 위로 올라왔다.

오, 하느님.

그녀는 눈을 감았고 그는 그녀 안으로 자신을 밀어 넣었다. 너무나도 아파 그녀는 비명을 질렀다.

엘사는 소리를 내지 않으려 입을 앙다물었다.

그가 신음하며 몸을 부르르 떨더니 그녀 위에서 축 늘어졌다. 그녀는 그의 가쁜 호흡이 목덜미에 와닿는 것을 느꼈다.

그가 몸을 굴려 그녀에게서 떨어져 나갔지만 그래도 가까이 누워 있었다. "와." 그가 말했다.

그의 목소리에 미소가 배어 있는 듯 들렸지만, 그럴 리가? 그녀가 뭔가 잘못했을 터였다. 그게 다일… 리가 없었다.

"당신은 특별해요, 엘사." 그가 말했다.

"음… 좋았나요?" 엘사가 감히 물어보았다.

"근사했어요." 그가 말했다.

그녀는 옆으로 누워 그의 얼굴을 살펴보고 싶었다. 키스하고 싶었다. 이별들은 백만 번도 더 보았다. 그는 새로웠고, 그는 그녀를 원했다. 그 효과로 그녀의 세계에 경이로운 격변이 일었다. 정말이지 상상도 하지 못했던 기회. **당신을 사랑해도 될까요?** 그가 그렇게 물었나? 어쩌면 함께 잠이 들지도 모르겠다, 그리고—

"음, 당신을 집에 데려다주는 것이 좋을 것 같군요, 엘스. 새벽에 내가 트랙터 위에 있지 않으면 우리 아버지 난리 날 거예요. 밀을 더 심으려면 내일 또 120에이커를 갈아야 하거든요."

"아." 그녀가 말했다. "그렇죠. 물론이죠."

엘사는 트럭 문을 닫고 열린 창문으로 레이프를 바라보았다. 그는 미소를 지으며 천천히 손을 올렸고 그러고는 차를 몰고 가버렸다.

무슨 안녕이 저럴까? 그는 다시 그녀를 보고 싶기는 한 걸까?

저 사람을 봐. 당연히 아닌 거야.

더구나 그는 론섬트리에 살았다. 50킬로미터나 떨어진 곳에. 댈하트에서 그를 보게 되더라도 마찬가지였다.

그는 이탈리아인이었다. 가톨릭 신자. 어리고. 무엇 하나 그녀 가족에게 탐탁한 것이 없었다.

그녀는 대문을 열고 어머니의 향기 가득한 세계로 들어갔다. 이제부터 활짝 핀 밤의 재스민을 볼 때마다 엘사는 늘 그를 생각할 것이다….

그녀는 현관문을 열고 어두운 응접실로 발을 내디뎠다.

문을 닫는데 삐걱 소리가 들려 걸음을 멈추었다. 달빛이 창문으로 흘러들었다. 축음기 옆에 선 아버지가 보였다.

"누구냐?" 그가 물으며 그녀에게 다가왔다.

엘사는 구슬 박힌 은빛 머리띠가 미끄러져 내려오자 다시 밀어 올렸다. "아―아버지 딸요."

"말 잘했다. 내 아버지는 텍사스를 미국의 일부로 만들기 위해 싸우셨다. 무장 순찰대에 지원해서 러레이도에서 싸우셨고 총을 맞아 돌아가실 뻔했다. 우리 핏줄은 이 땅에 있어."

"네. 알, 알아요. 근데―"

엘사가 가까이 온 그의 손을 보았을 땐 이미 피하기엔 너무 늦었다. 그는 그녀의 턱을 너무 세게 쥐었고 그녀는 균형을 잃고 바닥으로 쓰러졌다.

그녀는 기어서 구석으로 달아났다. "아버지―"

"넌 집안 망신이다. 썩 내 눈앞에서 사라져라."

엘사는 비틀거리며 일어나 계단을 뛰어오르고 침실 문을 쾅 닫았다.

떨리는 손으로 침대 옆 램프에 불을 켠 후 옷을 벗었다.

가슴에 붉은 자국이 있었다. (레이프가 그런 걸까?) 턱에는 이미 멍이 들었고 머리는 사랑을 나눈 탓에 엉망진창이었다. 그런데 그것을 사랑을 나누었다고 할 수 있긴 한 걸까.

어쨌든 그녀는 할 수만 있다면 다시 할 것이다. 아버지가 그녀를 때려도, 소리를 지르며 험한 말을 하고 호적에서 파내도.

그녀는 전에는 몰랐던 것을, 추측조차 못 했던 것을 이제는 안다. 사랑받기 위해서라면, 단 하룻밤의 사랑이라 할지라도, 무엇이든 할 것이고 어떤 고통이라도 감내하리라는 것을.

다음 날 아침 엘사는 열린 창으로 들어오는 햇빛에 잠이 깼다. 빨간 드레스는 옷장 문 위에 걸려 있었다. 턱의 통증에서 어젯밤이 떠올랐다. 레이프의 사랑 후에 가시지 않던 아픔 역시 어젯밤을 상기시켰고. 잊고 싶은 밤, 그리고 기억하고 싶은 밤이었다.

철제 침대에는 그녀가 만든 퀼트가 쌓여 있었다. 추운 겨울, 종종 촛불가에서 바느질한 것이었다. 침대 발치에 놓인 혼수함은 수놓은 리넨 제품, 고운 흰색 론 잠옷, 결혼 퀼트로 아름답게 채워져 있었다. 그 퀼트는 엘사의 매력 없는 모습이 그저 지나가는 단계가 아니라 영구적인 것임이 밝혀지기 전인 열두 살 때부터 시작한 것이었다. 그때쯤 엘사는 생리도 시작했고, 어머니는 슬며시 엘사의 결혼 이야기를 멈추며 알랑송 레이스에 구슬 장식하는 것도 그만두었다. 드레스 반 벌 정도 크기의 레이스는 접혀 종이 사이에 놓여 있었다.

방문을 두드리는 소리가 났다.

엘사가 일어나 앉았다. "들어오세요."

어머니가 들어왔다. 나무 바닥 대부분을 덮은 양탄자 위로 어머니의 유행을 따른 신발은 전혀 소리를 내지 않았다. 그녀는 키가 크고 어깨가 넓었으며 흐트러짐 없는 몸가짐으로 걸었다. 흠잡을 데 없는 삶을 살며 교회 위원회 회장을 했고 환경 미화 연맹을 운영했으며 화가 났을 때조차 음성을 높이지 않았다. 그 무엇도, 그 누구도 미너버 울컷을 동요하게 만들 수 없었다. 그녀는 그것이 말을 타고 엿새를 달려도 백인 한 명 볼 수 없던 시절 텍사스에 정착한 조상들에게서 물려받은 집안의 자질이라 주장했다.

어머니는 침대 끝에 앉았다. 검게 염색한 머리를 뒤로 빗어 넘겨 단정한 올림머리를 하고 있어 날카로운 이목구비가 더 근엄해 보였다. 어머니가 손을 뻗어 엘사 턱의 쓰라린 멍을 만졌다. "내 아버지였다면 내게 훨씬 더 심하게 했을 게다."

"하지만─"

"하지만이란 말 마라, 엘시노어." 어머니가 몸을 숙여 엘사의 제멋대로 자른 금발 머리카락을 귀 뒤로 넘겼다. "오늘 마을에서 험담을 들을 것 같구나. 험담. 내 딸 하나에 대한." 그녀가 무겁게 한숨을 쉬었다. "문제를 일으켰니?"

"아뇨, 엄마."

"그럼 여전히 착한 여자인 거지?"

엘사는 기짓밀을 입 밖으로 낼 수가 없어 그저 고개를 끄덕였다.

어머니의 검지가 아래로 내려와 엘사의 턱에 닿더니 그녀의 얼굴을 위로 들었다. 엘사를 자세히 살피고 평가하며 천천히 얼굴을 찌푸렸다. "이쁜 드레스가 사람을 이쁘게 만드는 건 아니란다, 애야."

"전 그저─"

"이제 그 이야기는 하지 않기로 하자. 이런 일은 다시는 일어나지 않을 거고."

어머니가 자리에서 일어나 자신의 라벤더색 크레이프 치마를 손으로 폈지만 구김은 있지도 않았고 생기지도 않을 것이다. 둘 사이에 거리가 펼쳐졌다, 마치 울타리처럼 견고하게. "너는 결혼을 못 한다, 엘시노어. 우리의 돈과 신분으로도. 괜찮은 남자라면 자기보다 키가 크고 매력 없는 아내를 원하지 않을 거다. 네 약점을 못 본 척해줄 남자가 나타난다고 해도 분명 나빠진 평판까지 봐주지는 않을 것이고. 현실에 만족하고 사는 법을 배우거라. 그 실없는 로맨스 소설도 다 버리고."

어머니는 빨간 실크 드레스를 가지고 나갔다.

3장

세계대전 이후로 댈하트에서는 애국주의가 고조되었다. 거기다 풍요로운 비와 치솟는 밀값이 더해지면서 모두 독립기념일을 축하해야 할 이유가 생겼다. 마을에서는 상점 진열장마다 독립기념일 할인 판매를 널리 알렸고, 잔치를 위한 음식과 술을 가득 쌓은 상점들에 사람들이 들어가고 나올 때마다 종소리가 즐겁게 울려댔다.

대개는 엘사도 기념일을 고대했으나 지난 몇 주는 힘들었다. 레이프와 밤을 보낸 후 엘사는 새장에 갇힌 느낌이었다. 안절부절. 불행했다.

가족 중 누구도 그 차이를 알아차릴 만큼 그녀를 자세히 보지도 않았다. 그녀는 불만을 입 밖에 내는 대신 묻어버리고 지냈다. 그녀가 아는 방법은 그게 다였다.

그녀는 머리를 숙인 채 아무것도 변한 것이 없는 척 행동했다. 지치는 여름 더위에도 가능한 한 침실에 머물렀다. 도서관에서 책을, 적절한 책을 배달시켜 샅샅이 읽었다. 행주와 베갯잇에 수를 놓았다. 저녁 식사 때는 부모의 대화에 귀를 기울이고 필요할 때 고개를 끄덕였다. 교회에서는 추문이 될 짧은 머리에 클로시 모자를 쓴 채, 몸이 좋지 않다는 핑계로 혼자 있곤 했다.

이따금 좋아하는 책에서 시선을 들고 창밖을 보면 노처녀의 공허한 미래가 저기 길게 펼쳐진 지평선과 그 너머까지 닿아 있는 것이 보였다.

받아들여.

턱의 멍은 이미 희미해졌다. 아무도, 심지어 여동생들도 멍에 대해 언급하지 않았다. 울컷 집안에서 생활은 정상으로 돌아왔다.

엘사는 자신이 아서왕의 전설에 등장하는, 저주를 받아 탑에 갇힌 여인, 샬럿의 처녀 같다고 생각했다. 방을 떠날 수 없어 바깥의 분주한 삶을 영원히 바라만 보고 있어야 하는 신세가 되었다고. 누군가 그녀의 갑작스러운 조용함을 알아차렸다 해도 그에 대해 말하거나 이유를 묻지 않았다. 사실은 평소와 그다지 다르지도 않았다. 그녀는 보이지 않는 존재가 되는 법을 오래전에 익혔다. 자기 보호를 위해 주변 환경과 섞여 들어가 보이지 않게 되는 동물과도 같았다. 그것이 거부에 반응하는 그녀의 방식이었다. 아무 말도 하지 않고 사라지는 것. 절대 맞대응하지 마라. 잠자코 있으면 사람들은 그녀가 거기 있다는 것을 잊어버리고 건드리지 않을 것이다.

"엘사!" 아버지가 계단을 향해 소리쳤다. "갈 시간이다. 너 때문에 늦겠다."

엘사는 염소 가죽 장갑을 끼고—끔찍한 더위에도 장갑 착용을 요구받았다—밀짚모자를 썼다. 그리고 아래층으로 내려갔다.

엘사는 계단을 반쯤 내려가다가 문득 멈춰 섰다. 만약 레이프가 파티에 오면 어떡하지?

독립기념일 행사에는 드물게도 카운티 전체가 다 모였다. 대개 각 마을은 각 마을 회관에서 축하를 했지만 이 파티 때만은 멀리 떨어진 곳에서도 사람들이 왔다.

"가자." 아버지가 말했다. "네 어머니는 늦는 건 질색이다."

엘사는 부모를 따라 밖으로 나가 아버지의 암녹색 새 모델 T 소형 무개차로 향했다. 그들은 차에 올라타 두꺼운 가죽 좌석에 끼어 앉았다. 그들은 도심에 살고 농민 회관이 가까웠지만 가지고 가야 할 음식이 많았고, 어머니는 파티에 걸어가는 모습을 보이고 싶지 않을 것이다.

델하트 농민 회관은 빨강, 하양, 파랑 깃발로 겹겹이 장식되어 있었다. 앞에는 십여 대의 차가 주차되어 있었다. 대부분 지난 몇 년 동안 풍작을 한 농부들과 그 성장에 재정 지원을 한 은행가들의 차였다. 환경 미화 연맹 여성들의 지대한 노력 덕분에 앞 잔디밭이 싱싱하고 푸르렀다. 정문으로 올라가는 계단 양쪽에는 꽃들이 풍성하게 자랐다. 마당 가득 아이들이 뛰어놀며 웃었다. 엘사는 십 대 아이들을 보지 못했지만, 그들은 이곳 어딘가에, 아마도 어두운 구석에 숨어 몰래 키스를 하고 있을 것이다.

아버지가 거리에 차를 세우고 시동을 껐다.

음악 소리가 들렸다. 열린 문으로 파티 소리가 흘러나왔다. 재잘거림, 기침, 웃음. 바이올린 한 쌍이 밴조와 기타와 함께 연주하고 있었다. 〈중고품 장미〉.

아버지가 트렁크를 열자 마리아가 며칠에 걸쳐 준비한 음식이 보였다. 엄마가 만든 것으로 여겨질 음식. 그녀의 텍사스 개척자 선조로부터 대대로 내려온 가문의 요리법으로 만든―층층이 쌓인 당밀 케이크, 버사 아주머니의 매운 생강 빵, 구운 복숭아 케이크, 월터 할아버지가 가장 좋아했던 육즙 소스와 옥수수 죽을 곁들인 햄―모든 음식은 사람들에게 울컷이 텍사스 역사에 깊이 뿌리내린 가문임을 상기시켜주는 것이었다.

엘사는 부모의 뒤를 따라 아직 따뜻한 압력 냄비를 들고 계단을 올라 목
조 홀로 향했다.

안에는 색색의 퀼트가 러그에서 식탁보에 이르기까지 모든 용도로 사용
되고 있었다. 뒤편 벽을 따라 놓인 여러 개의 긴 테이블에는 구운 돼지고기
와 진한 고기 스튜, 베이컨 기름으로 익힌 완두콩이 가득 담긴 쟁반 등 음식
이 놓여 있었다. 당연히 닭고기 샐러드, 감자 샐러드, 소시지와 비스킷, 밀
빵, 옥수수 빵, 케이크, 온갖 종류의 파이도 놓이게 될 것이다. 카운티 사람
모두 파티를 좋아했고, 여자들은 서로를 감탄시킬 생각에 열심히 준비했다.
훈제 햄, 토끼 고기 소시지, 신선한 버터를 곁들인 빵, 삶은 달걀, 과일 파이,
핫도그를 쌓은 접시도 있을 것이다. 어머니가 앞장서서 구석 테이블로 갔
다. 그곳에서는 환경 미화 연맹 여자들이 물건들을 정돈하느라 바빴다.

엘사는 동생들이 그들 옆에 서 있는 것을 보았다. 수재나는 엘사의 빨간
실크로 만든 블라우스를 입고 있었다. 샬럿은 목에 빨간 실크 스카프를 감
고 있었다.

엘사는 걸음을 멈췄다. 그 빨간 실크를 두른 동생들 모습에 가슴이 아파
왔다.

아버지는 무대 옆에서 큰 소리로 대화를 나누는 남자들 무리로 갔다.

금주법 때문에 술이 불법이지만 남자들이 마실 술은 충분히 있었다. 그
들은 러시아, 독일, 이탈리아, 아일랜드에서 이민 온 강인하고 건장한 사람
들이었다. 빈손으로 이곳에 와 무에서 유를 만들어낸 그들은 다른 사람이
나, 대평원이 존재한다는 것조차 모르는 듯한 정부가 어떻게 살라고 말하는
것을 탐탁지 않게 생각했다. 좀 초췌해 보여도 상당수는 은행에 돈이 제법

있었다. 밀이 부셸당 판맷값이 1.35달러에 재벳값이 40센트였을 때 마을 사람 모두 행복했다. 땅이 충분하면 부자가 될 수 있었다.

"댈하트는 제대로 가고 있어." 아버지가 음악 소리를 뚫고 들려올 만큼 크게 말했다. "나는 내년에 그놈의 오페라 하우스를 지을 거야. 왜 우리가 문화생활 조금 하려면 애머릴로까지 나가야 하는 거야?"

"마을에 전기가 들어와야 해. 그게 중요해." 허스트 씨가 덧붙였다.

어머니는 계속해서 음식을 재정돈했다. 그녀가 없을 때 해놓은 것이 도무지 그녀 기준에는 모자랐다. 샬럿과 수재나는 옷을 잘 차려입은 아름다운 친구들과 웃고 있었는데, 그들 대부분은 젊은 엄마였다.

엘사는 레이프를 발견했다. 그는 음식 테이블 옆 한 모퉁이에 다른 이탈리아 가족들과 서 있었다. 그의 검은 머리는 윗부분은 풍성하게 흐트러져 있고 귓가는 짧아 이발이 필요해 보였다. 포마드를 발라 윤기가 흘렀지만 머리카락을 온전히 붙이지는 못했다. 그는 팔꿈치가 닳은 단색 셔츠에 갈색 바지, 안장가죽 색깔 갈색 멜빵에 체크무늬 나비넥타이 차림이었다. 검은 머리의 예쁜 여자가 그의 팔에 매달려 있었다.

그녀가 레이프를 만나고 6주 사이 그의 얼굴은 밭에서 보낸 시간으로 더 그을려 있었다.

이쪽을 봐요. 그녀는 그렇게 생각했다가 다시 마음을 바꿨다. 아니, 보지 말아요.

그는 그녀를 모르는 척할 것이다. 아니, 더 최악은, 못 본 척할 것이다.

엘사는 힘겹게 앞으로 걸어가며 단단한 나무 댄스 플로어를 딛는 자신의 힐 소리를 들었다.

그녀는 냄비를 하얀 천이 덮인 테이블 위에 내려놓았다.

"맙소사, 엘사. 햄은 디저트 테이블 가운데. 도대체 무슨 생각을 하는 게냐?" 어머니가 말했다.

엘사는 냄비를 들어 옆 테이블로 가져갔다. 한 걸음 내디딜 때마다 레이프와 가까워졌다.

그녀는 가능한 한 빨리 냄비를 내려놓았다.

레이프가 주위를 살피다 그녀를 보았다. 그는 미소를 짓지 않았다. 게다가 염려스러운 듯이 그의 옆에 선 여자에게로 시선을 돌렸다.

엘사는 즉시 얼굴을 돌렸다. 그녀는 이렇게 열망하며 이곳에 서 있을 수가 없었다. 숨이 막혔다. 이 세상에서 그녀가 가장 피하고 싶은 것이 밤 내내 그에게 무시당하는 일이었다.

"어머니?" 그녀가 어머니 옆으로 가서 말했다. "어머니?"

"지금 톨리버 부인과 이야기하는 거 안 보이니?"

"네, 죄송해요. 저⋯." **그를 보지 말자.** "몸이 안 좋아서요."

"너무 들떴구나, 그런 모양이야." 어머니가 그녀의 친구를 흘깃 쳐다보며 말했다.

"집에 가야 할 것 같아요." 엘사가 말했다.

어머니가 고개를 끄덕였다. "그래야지."

엘사는 레이프를 보지 않으려 애쓰며 문을 향해 걸었다. 댄스 플로어에서는 쌍쌍이 빙글빙글 춤을 추며 그녀를 지나쳐갔다.

그녀는 문을 열고 따뜻한 황금빛 초저녁 속으로 발을 내디뎠다. 뒤로 탁 문이 닫히며 바이올린 음악 소리와 춤추는 발소리가 누그러졌다.

주차된 차들 사이를 통과한 후 이런 행사를 위해 중심가로 나온 비교적 덜 성공한 농부들의 마차들을 지나갔다.

메인 스트리트는 이제 조용했고 버터스카치 빛깔에 휩싸여 있었다. 곧 그 빛도 녹아내리며 밤이 될 것이다. 그녀는 목조 보도로 올라갔다.

"엘스?"

그녀는 걸음을 멈추고 천천히 돌아섰다.

"미안해요, 엘스." 레이프가 괴로운 표정으로 말했다.

"미안하다고요?"

"거기서 말을 걸었어야 했는데. 손을 흔들거나 그렇게."

"아."

그가 가까이 다가왔다. 너무나 가까워 그녀는 그가 발산하는 따뜻함을 느낄 수 있었고 희미한 밀 냄새를 맡을 수 있었다.

"이해해요, 레이프. 그 여자 예쁘던데요."

"자 콤포스토. 부모님들은 우리가 걸음마도 못 할 때부터 결혼시키기로 결정하셨어요." 그가 더 가까이 몸을 기울였다. 그녀는 뺨에 와닿는 그의 따뜻한 숨결을 느꼈다.

"나 당신 꿈을 꾸었어요." 그가 급히 말했다.

"그 – 그랬어요?"

그가 조금 부끄러워하며 고개를 끄덕였다.

그녀는 마치 벼랑 끝을 향해 조금씩 나아가고 있는 것만 같은 기분이었다. 아래로 추락하면 그녀의 뼈가 산산조각 날 것이다. 그의 표정, 그의 목소리. 그녀는 그의 눈을 들여다보았다. 밤처럼 검은, 감정이 풍부하고 약간은 슬프기도 한 그 눈을. 그렇지만 그에게 무슨 슬픈 일이 있을지는 그녀로서는 상상하기 힘들었다.

"오늘 밤에 만나요." 그가 말했다. "자정에. 옛 스튜어드 창고에서."

엘사는 옷을 차려입은 채로 침대에 누웠다.

가지 말아야 한다. 그건 분명했다. 턱의 멍은 다 사라졌어도 피부 아래 흔적은 그대로다. 참한 여자는 레이프가 요구한 그런 일은 하지 않는 법이다.

부모가 집에 돌아와 계단을 오르는 소리, 복도 저편 그들의 침실 문을 열고 또 닫는 소리가 들렸다.

침대 옆 시계는 9시 40분을 가리켰다.

엘사는 그대로 누워 받은 숨을 쉬었고 집은 이제 조용해졌다.

기다린다.

가서는 안 된다.

머릿속에서 얼마나 많이 그 말을 했든 중요하지 않았는데, 단 한 번도, 단 한순간도 그녀가 자신의 조언을 따르려 한 적이 없었기 때문이다.

11시 30분, 그녀는 침대 밖으로 나왔다. 방은 여전히 숨 막힐 정도로 더웠으나 창문으로 보이는 대평원 위로는 밤하늘이 펼쳐져 있었다. 어린 시절 모험의 세계로 향하는 탈출구. 얼마나 자주 이 창가에 서서 저 미지의 세계로 그녀의 꿈을 실어 보냈던가?

그녀는 창문을 열고 철제 격자 꽃 울타리를 타고 내려갔다. 그녀가 별이 빛나는 하늘을 향해 기어가는 것만 같았다.

두껍게 깔린 잔디밭으로 내려선 후 잠시 멈추고 혹시나 들킬까 초조하게 기다렸지만 어느 쪽에서도 불이 켜지지 않았다. 그녀는 집 옆쪽으로 살금살금 움직여 동생의 오래된 자전거를 꺼냈다. 자전거에 오른 그녀는 페달을 밟아 도로로 나갔고 메인 스트리트를 지나 마을을 벗어났다.

밤의 세상은 크고 외로웠는데, 사람들은 별빛이, 그 작은 하얀 점들만이 비추는 어두운 세상에 익숙했다. 그곳에는 집도 없었고 몇 킬로미터를 가도 아무것도 없이 어둠만이 이어졌다.

그녀는 그 오래된 창고 앞에 자전거를 멈추고 내린 후 자전거를 도로 옆 버펄로 그래스 풀밭 속에 세워두었다.

그는 오지 않을 것이다.

당연히 그는 오지 않을 것이다.

그녀는 그가 했던 모든 말을, 몇 마디 되지 않지만, 기억할 수 있었고, 말할 때 그의 표정이 지녔던 뉘앙스도 모두 떠올릴 수 있었다. 미소를 지을 때면 한쪽 옆에서 시작해 서서히 자리 잡는 것까지도. 턱 옆 선에 있는 하얀 쉼표처럼 생긴 흉터며, 조금 튀어나온 앞니 하나도.

나 당신 꿈을 꾸었어요.

오늘 밤에 만나요.

그녀가 대답을 했던가? 아니면 그냥 서 있었던가, 아무 말 없이? 기억나지 않았다.

어쨌든 여기 그녀가 이렇게 왔고, 버려진 창고 앞에 홀로 서 있다.

바보 같으니라고.

들키면 지옥 같은 대가가 기다리고 있을 것이다.

앞으로 걸음을 내딛자 그녀의 갈색 옥스퍼드화 굽이 길의 작은 자갈을 밟는 소리가 들렸다. 창고가 그녀 앞에 커다랗게 모습을 드러냈다. 지붕 꼭대기가 낚싯바늘 모양 달에 걸려 있었다. 슬레이트가 여기저기 사라졌고 떨어져 내린 판자들이 흩어져 있었다.

엘사는 추운 것처럼 몸을 감싸 안았지만 실제로는 불편할 정도로 더웠다.

얼마나 그러고 서 있었을까? 너무 오래 있어 속이 메슥거릴 정도였다. 포기하려는 순간 자동차 엔진 소리가 들렸다. 그녀가 돌아보니 헤드라이트 불빛 두 개가 도로를 따라왔다.

엘사는 너무나 놀라서 꼼짝도 할 수 없었다.

그는 너무 빨리 차를 몰았다, 조심성 없이. 바퀴에서 자갈이 튀어 올랐다. 경적이 울렸다. 빵, 빵, 빵.

그가 브레이크를 급히 밟았는지 트럭 뒤가 흔들리며 멈춰 섰다. 먼지가 피어올랐다.

레이프가 트럭에서 서둘러 뛰어내렸다. "엘스." 그가 웃으며 보라와 분홍의 꽃다발을 내밀었다.

"꽃 – 꽃을 주는 거예요?"

그가 운전실에 손을 뻗더니 병을 하나 꺼냈다. "그리고 진 한 병도요!"

엘사는 꽃에도 술에도 어떻게 반응해야 할지 몰랐다.

그가 꽃을 건넸다. 그녀는 그의 눈을 바라보며 생각했다. 이거야. 대가가 무엇이든 그녀는 기꺼이 치를 것이다.

"당신을 원해요, 엘스." 그가 속삭였다.

그녀는 그를 따라 트럭 짐칸으로 갔다.

퀼트가 벌써 깔려 있었다. 엘사는 퀼트를 약간 매만지고 누웠다. 아주 가느다란 빛만이 낫처럼 생긴 달에서 흘러내리고 있었다.

레이프가 그녀 옆에 누웠다.

그녀는 그의 몸을 느끼고 그의 숨결을 들었다.

"내 생각, 했어요?" 그가 물었다.

"네."

"나도요. 당신 생각, 이 생각." 그가 그녀의 단추를 풀기 시작했다.

그의 손길이 닿는 곳은 불이었다. 흐트러짐. 그녀는 가만히 있을 수가 없었고, 숨길 수도 없었다.

그가 그녀의 드레스를 올리고 속옷을 잡아당겨 내렸다. 그녀는 피부에 와닿는 밤공기를 느꼈다. 그 모든 것이 그녀를 흥분시켰다, 피부에 닿는 공기도, 벌거벗은 자신도, 그가 숨을 쉬는 방식도.

그녀는 그를 만지고 싶었고, 그를 맛보고 싶었고, 자신의 어느 곳을 만져주었으면 하는지, 만져주어야 하는지 이야기하고 싶었지만, 창피를 당할까 두려워 조용히 있었다. 그녀가 하는 말은 무엇이든 잘못된 것이고, 숙녀답지 못한 것일 터였고, 그녀는 너무나도 그를 행복하게 해주고 싶었다.

그녀가 준비되기도 전에 그가 안으로 들어왔고, 세게 찔러대며 신음했다. 곧 그는 그녀 위로 쓰러지며 몸을 떨고는 가쁜 숨을 쉬었다.

그는 그녀의 귀에 알아들을 수 없는 말을 속삭였다. 그녀는 그 말이 낭만적이길 바랐다.

엘사가 그의 턱을 따라 수염 그루터기를 어루만졌다. 자신의 손길이 너무나 부드럽고 희미하여 그가 그 손길을 느꼈을 거라 생각지 않았다.

"당신이 그리울 거야, 엘스." 그가 말했다.

엘스는 재빨리 손을 뒤로 물렸다. "어디… 가나요?"

그가 진이 담긴 병을 얼더니 쉴 게 늘이켜고는 그녀에게 건넸다. "우리 부모가 날 대학에 보내네요." 그가 옆으로 몸을 돌려 한 손으로 머리를 받치고 그녀가 불처럼 뜨겁고 쓰라린 술을 마신 후 손으로 입을 가리는 모습을 바라보았다.

그가 또 한 모금 마셨다. "우리 엄마는 내가 대학을 졸업하길 바라요. 그래야 내가 진짜 미국인이 된다고. 뭔가 그런 사람이 되라고."

"대학." 그녀가 아련하게 말했다.

"네. 실없어요, 그죠? 난 책으로 배움을 얻지 않아요. 난 타임스 스퀘어와 브루클린 다리, 할리우드가 보고 싶어요. 실제 **행동**으로 배우고 싶어요. 세상도 보고 싶고." 그가 다시 한 모금 마셨다. "당신은 꿈이 뭐예요, 엘스?"

그녀는 갑작스러운 질문에 한참을 있다 대답했다. "아이를 갖는 일 같아요. 내 가정을 꾸리고 싶은 것도 같고."

그가 씩 웃었다. "허, 그건 꿈으로 치지 않아요. 여자가 아기를 갖고 싶은 건 씨가 자라고 싶은 거나 마찬가지죠. 다른 건요?"

"웃을 텐데."

"아뇨. 약속해요."

"난… 용감해지고 싶어요." 그녀가 거의 들리지 않을 만큼 조용히 말했다.

"뭐가 겁나는데요?"

"모든 게." 그녀가 말했다. "우리 할아버지는 텍사스 레인저였어요. 내게 일어나 맞서 싸우라고 말씀하시곤 했죠. 그렇지만 무엇을 위해? 모르겠어요. 이런 말을 실제로 하니까 실없이 들리네…."

그녀는 와닿는 시선을 느끼고는 이 밤이 그녀 얼굴에 친절하길 바랐다.

"당신은 내가 아는 다른 여자들과는 달라요." 그가 말하며 그녀의 머리카락을 귀 뒤로 넘겨주었다.

"언제 떠나요?"

"8월. 그러니 우리 시간이 좀 있어요. 당신이 날 다시 만나준다면요."

엘사가 미소를 지었다. "그럴게요."

그녀는 레이프로부터 얻을 수 있는 거라면 무엇이든 받을 것이고 그 대가가 무엇이든 치를 것이다. 설사 지옥에 떨어진다고 해도. 그와 함께 있으면 단 1분 만에 이 세상을 살아온 25년 그 어느 때보다 더 자신이 아름답다고 느껴졌다.

4장

　8월 중순이 되자 댈하트 시내에 걸린 화분과 창가 화초 상자의 꽃들이 바싹 마르거나 늘어졌다. 이 열기 속에서 기운을 내어 가지를 다듬거나 물을 줄 상인은 줄어갔고, 꽃은 어쨌든 그렇게 했더라도 얼마 버티지 못했을 것이다. 도서관에서 집으로 돌아가는 길이던 엘사에게 허스트 씨가 맥없이 손을 흔들었다.

　엘사가 대문을 열자 역겨울 정도로 과도하게 달짝지근한 정원 냄새가 그녀를 휘감았다.

　그녀는 손으로 입을 가렸지만 느글거림을 참기 힘들었다. 그녀는 어머니가 가장 좋아하는 아메리칸 뷰티 장미에 토하고 말았다.

　엘사는 배 속에 아무것도 남지 않은 상태에서도 계속 헛구역질을 했다. 간신히 입을 닦고 몸을 일으키면서 몸이 떨리는 것을 느꼈다.

　옆에서 부스럭거리는 소리가 들렸다.

　어머니가 밀짚모자를 쓰고 일상복 면 원피스 위에 앞치마를 한 차림으로 정원에서 무릎을 꿇고 있었다. 어머니는 전지가위를 내려놓고 일어섰다. 정원용 앞치마 주머니가 자른 가지로 불룩했다. 가시가 성가시지도 않은 걸까?

"엘사." 어머니가 불렀다. 목소리가 놀랄 정도로 날카로웠다. "며칠 전에도 토하지 않았니?"

"괜찮아요."

어머니가 손가락 하나씩 장갑을 벗으며 엘사를 향해 걸어왔다.

그녀는 손등으로 엘사의 이마를 짚었다. "열은 없구나."

"괜찮아요. 그냥 체한 거예요."

엘사는 어머니가 말을 할 때까지 기다렸다. 무언가 생각하고 있는 것이 분명했다. 어머니가 인상을 썼는데, 좀처럼 하지 않는 일이었다. **숙녀는 감정을 드러내지 않는다**가 어머니가 가장 좋아하는 격언이었다.

어머니가 엘사를 뜯어보았다. "그럴 리 없지."

"네?"

"우리를 수치스럽게 한 게냐?"

"네?"

"남자와 있었던 게냐?"

물론이었다. 어머니는 엘사의 비밀을 볼 수 있었다. 엘사가 읽었던 모든 책은 모녀간의 유대감을 낭만적으로 그렸다. 어머니가 늘 사랑을 보여주진 않더라도(애정 역시 숙녀가 드러내면 안 되는 감정이었다) 엘사는 자신과 어머니가 얼마나 결속되어 있는지 알았다.

엘사는 손을 뻗어 어머니의 두 손을 잡았고, 어머니가 본능적으로 움찔하는 것을 느꼈다.

"얘기하고 싶었어요. 그러려 했어요. 이 혼란스러운 감정 속에서 너무나 외로웠거든요. 그리고 그 사람은—"

어머니가 손을 뿌리쳤다.

엘사는 대문이 삐걱하고 열렸다가 다시 조용히 닫히는 소리가 자신과 어머니 사이로 가라앉는 것을 느꼈다.

"맙소사, 이 여자들아, 이렇게 엄청나게 더운데 나와 있는 거야? 차가운 차 한잔 하는 게 좋겠군."

"당신 딸이 임신했다네요." 어머니가 말했다.

"샬럿이? 그럴 때가 됐지. 내 생각에—"

"아뇨." 어머니가 딱 잘라 말했다. "엘시노어가요."

"제가요?" 엘사가 말했다. 임신?

그럴 리 없었다. 그녀와 레이프는 겨우 몇 번 관계를 했을 뿐이다. 게다가 매번 아주 짧았다. 거의 시작하기도 전에 끝이 났다. 분명 그런 식으로는 아이가 생기지 않을 것이다.

그러나 그녀가 그런 일에 대해 뭘 알겠는가? 어머니는 결혼식 날까지는 딸에게 섹스에 대해 설명하지 않는 법이고, 엘사는 결혼한 적이 없으니, 그녀의 어머니가 그녀에게 열정이나 임신에 대해 이야기해준 적도 없었다. 엘사는 그런 걸 경험할 일이 절대 없으리라 여겨졌다. 엘사가 섹스와 생식에 대해 아는 것은 소설에서 읽은 게 전부다. 그리고 솔직히 구체적인 내용은 드물었다.

"엘사가?" 아버지가 말했다.

"그래요." 들릴 듯 말 듯 한 어머니의 대답이었다.

아버지가 엘사의 팔을 붙잡고 잡아당겼다. "누가 널 망친 게냐?"

"아니요, 아버지 —"

"그놈 이름 당장 대라, 아니면, 하느님께 맹세코, 이 동네 모든 집을 돌며 남자들에게 내 딸을 망쳤는지 물을 거다."

엘사는 상상이 갔다. 아버지가 자신을, 현대판 헤스터 프린(《주홍 글씨》의 주인공)을 질질 끌고 집집마다 돌아다니는 모습이. 문을 두드리며 허스트 씨나 맥레이니 씨 같은 남자에게 이 여자를 더럽혔냐 묻는 아버지가.

곧 그녀와 아버지는 마을을 벗어나 외곽의 농장들로 향할 것이다….

그는 그럴 사람이다. 그녀는 그가 실제로 그럴 것임을 안다. 아버지가 일단 마음을 먹으면 막을 수 있는 건 없었다. "제가 떠날게요." 그녀가 말했다. "지금 당장 제가 나갈게요. 가서 저 혼자 살게요."

"분명히… 저기… 범죄였을 거예요." 어머니가 말했다. "어떤 남자도 —"

"날 원하지 않았을 거라고요?" 엘사가 몸을 돌려 어머니를 마주 보며 말했다. "어떤 남자도 날 원하지 않을 거라고. 어머니가 제 평생 그렇게 말했죠. 어머니는 제가 못생겼고, 사랑받지 못할 여자라는 걸 제게 똑똑히 인식시켜주었지만 그건 사실이 아니에요. 레이프는 저를 원했어요. 그는 —"

"마르티넬리." 아버지가 역겨움으로 거칠어진 목소리로 말했다. "이탈리아 놈. 그놈 아버지가 올해 나한테서 탈곡기를 샀지. 빌어먹을. 사람들이 이 이야기를 들으면…." 그가 엘사를 밀쳤다. "네 방으로 가거라. 난 생각 좀 해야겠다."

엘사가 비틀거리며 돌아섰다. 뭔가 이야기를 하고 싶었지만 어떤 말이 상황을 바로잡을 수 있겠는가? 그녀는 포치 계단을 올라 집으로 들어갔다.

마리아가 은촛대와 걸레를 들고 부엌 아치 입구에 서 있었다. "울컷 양, 괜찮아요?"

"아니, 마리아, 안 괜찮아."

엘사는 위층으로 뛰어올라 가 자기 방으로 갔다. 눈물이 흐르기 시작하는 것이 느껴졌지만 눈물의 위로 따위는 원하지 않았다.

그녀는 평평하다 못해 거의 오목하게 들어간 배를 만져보았다. 자신 안에서 비밀스럽게 자라고 있는 아기가 상상이 되지 않았다. 여자라면 분명 그런 걸 알 수 있을 텐데.

한 시간이 지나고 또 한 시간이 흘렀다. 그들은, 부모는 무슨 이야기를 하고 있을까? 그들은 그녀를 어떻게 할까? 그녀를 때리고 가둔 후 경찰에 연락해 있지도 않은 범죄를 신고할까?

그녀는 방 안을 서성거렸다. 자리에 앉았다. 다시 일어나 서성거렸다. 창밖으로 저녁 별이 지는 것이 보였다.

그녀는 쫓겨날 것이고, 몰락하여 빈곤한 상태로 대평원을 방황하다 아기를 낳을 것이다. 그것도 외로이 홀로 비참하게. 그리고 마침내 그녀의 몸이 완전히 망가질 것이다. 그녀는 아이를 낳다 죽을 것이다.

아이도 죽을 것이다.

그만. 부모가 그녀에게 그렇게는 하지 않을 것이다. 그럴 수 없다. 그들은 그녀를 사랑한다.

마침내 침실 문이 열렸다. 어머니가 평소와 달리 당황하고 불편한 모습으로 서 있었다. "가방을 싸거라, 엘사."

"어디로 가는 건가요? 거트루드 렌케처럼 되는 건가요? 그 아이는 시어도어와의 추문 후 몇 달 동안 사라졌었지요. 그러다 집으로 돌아왔지만 아무도 그 일에 대해 한마디도 하지 않았고요."

"가방을 꾸려라."

엘사는 침대 옆에 무릎을 꿇고 앉아 가방을 꺼냈다. 마지막으로 가방을 쓴 건 애머릴로의 병원에 갔을 때였다. 11년 전이다.

그녀는 옷장에서 아무 생각이나 계획 없이 옷을 꺼내 열린 가방에 접어 넣었다.

엘사는 꽉 찬 책장을 바라보았다. 책은 책장 위에도 놓여 있었고 바닥에도 쌓여 있었다. 침대 옆 협탁도 책들이 뒤덮고 있었다. 그중에서 고르라는 것은 물과 공기 중에 선택하라는 거나 마찬가지였다.

"시간 없다." 어머니가 말했다.

엘사는 《오즈의 마법사》, 《이성과 감성》, 《제인 에어》, 《폭풍의 언덕》을 골랐다. 《순수의 시대》는 두고 가기로 했다. 어떻게 보면 그 책 때문에 이 모든 것이 시작되었다.

그녀는 소설 네 권을 가방에 넣고 단단히 닫았다.

"성경은 없구나, 그래. 오너라." 어머니가 말했다. "가자."

엘사는 어머니를 따라 집을 나섰다. 그들은 정원을 지나 자동차 옆에 서 있는 아버지에게로 갔다.

"우리한테 돌아와선 안 돼요, 유진." 어머니가 말했다. "그 애와 결혼시켜야 해요."

엘사가 걸음을 멈췄다. "결혼이라고요?" 긴 시간 그녀가 자신의 끔찍한 운명을 상상해야 했어도 이 생각은 전혀 하지 못했다. "말도 안 돼요. 그 사람 겨우 열여덟이에요."

어머니가 역겨움을 드러내는 소리를 냈다.

아버지가 조수석 문을 열고 성마른 모습으로 엘사가 차에 타길 기다렸다. 그녀가 자리에 앉자마자 그는 문을 쾅 닫고는 운전석에 올라타 시동을 걸었다.

"저 그냥 기차역에 데려다주세요."

아버지가 헤드라이트를 켰다. "그 이탈리아 놈이 널 원하지 않을까 봐 겁이 나는 게냐? 네 멋대로 하긴 늦었다, 이것아. 넌 그렇게 사라지지 못해. 그건 아니지. 넌 네 죄의 대가를 치르게 될 거다."

댈하트에서 불과 몇 킬로미터 벗어났을 뿐인데 노란 헤드라이트 불빛 한 쌍 외엔 아무것도 보이지 않았다. 순간순간 두려움이 점점 조여와 그녀는 그냥 무너져버릴 것만 같았다.

론섬트리는 오클라호마 경계 지역에 처박힌 작고 보잘것없는 마을이었다. 그들은 시속 30킬로미터 정도로 마을 안을 달렸다.

3킬로미터 정도 갔을 때 헤드라이트 불빛이 우체통을 비추었다. **마르티넬리**. 아버지가 긴 흙길 진입로로 들어갔다. 양쪽으로 미루나무가 줄지어 서 있고, 울타리는 나무가 귀한 이 땅에서 마르티넬리 집안사람들이 닥치는 대로 구한 목재에 가시철조망을 달아 세운 것이었다.

차가 잘 정돈된 마당으로 들어가 흰색으로 칠한 농가 앞에 멈추었다. 정면엔 지붕이 달린 포치가 있었고 지붕창은 도로를 향해 있었다.

아버지가 경적을 울렸다. 크게. 한 번. 두 번. 세 번.

한 남자가 한쪽 어깨에 도끼를 걸쳐 메고 헛간에서 나왔다. 그가 헤드라이트 불빛에 발을 들여놓자 엘사는 헝겊을 덧댄 멜빵 작업복에 셔츠 소매는 걷어 올린 이 지역에서 흔히 입는 농부 복장이라는 것을 알 수 있었다.

한 여자가 집에서 나와 남자 곁으로 갔다. 그녀는 몸집이 작았고 검은 머리를 땋아 올림머리를 하고 있었다. 그녀는 초록색 격자무늬 드레스에 빳빳한 흰색 앞치마를 두르고 있었다. 레이프가 잘생긴 만큼이나 아름다운 여자였다. 조각 같은 얼굴, 또렷하고 갸름한 얼굴형에 도톰한 입술, 그리고 그와 같은 올리브색 피부였다.

아버지가 차에서 내려 조수석 문으로 오더니 문을 열고 엘사를 잡아당겨 차에서 내려서게 했다.

"유진." 농부가 말했다. "난 탈곡기 할붓값 꼬박꼬박 냈는데요, 그렇지 않소?"

아버지가 그를 무시하고 소리쳤다. "레이프 마르티넬리!"

엘사는 땅이 갈라져 자신을 삼켜버렸으면 좋겠다고 빌었다. 그녀는 농부와 그의 아내가 자신을 보고 무슨 생각을 하는지 알았다. 노처녀, 꼬챙이처럼 마르고 남자처럼 키가 큰, 머리를 들쭉날쭉 자르고, 턱이 좁고 뾰족한 얼굴은 흙밭처럼 평범한 여자. 얇은 입술은 트고 찢어져 피가 맺혀 있었다. 초조하게 계속 입술을 씹었던 것이다. 오른손에 든 가방은 작아서 거의 아무것도 가진 게 없는 여자임을 보여주는 증거가 되었다.

레이프가 포치에 나타났다.

"무슨 일이오, 유진?" 마르티넬리 씨가 말했다.

"자네 아들이 내 딸을 망쳤어, 토니. 쟤가 임신했어."

엘사는 그 말에 마르티넬리 부인의 얼굴이 변하는 것을, 눈빛에 담겼던 친절이 의심으로 바뀌는 것을 보았다. 그 살피고 평가하는 표정으로 보건대 엘사는 거짓말쟁이이거나 헤픈 여자이거나 둘 다로 찍힌 것 같았다.

마을 사람들도 이제 엘사를 그런 식으로 볼 것이다. 소년을 유혹해 자기 신세를 망친 노처녀라고. 엘사는 머리를 가득 채운 비명을 내지르지 않으려 극도로 자제해야만 했다.

수치심.

그녀는 전에도 수치심을 느껴보긴 했었고, 심지어 일상적이었다 말할 수 있었지만, 이번엔 다르다는 것을 알았다. 집안에서 느꼈던 수치심은 매력이 없고 결혼을 못 하는 데에서 오는 것이었다. 그런 수치심은 그냥 자신의 한 부분으로 받아들이고, 몸과 마음을 엮어 그녀를 지탱하는 결합 조직이 되도록 두었다. 그러나 그 수치심에는 언젠가 그 모든 것 뒤의 그녀의 참모습을, 그녀가 생각하는 언니이자 딸로 보아줄 거라는 희망이 있었다. 비록 단단히 닫혀 있지만 햇살을 받아 꽃잎이 열리기를 기다리는, 활짝 피어나기를 간절히 바라는 꽃봉오리였다.

지금의 수치심은 달랐다. 그녀가 자초한 것이고, 설상가상 그녀는 이 불쌍한 소년의 인생을 망가뜨렸다.

레이프가 계단을 내려와 그의 부모 옆으로 왔다.

헤드라이트의 강한 불빛 속에 선 마르티넬리 가족이 공포라는 말 외엔 달리 표현할 길 없는 상태인 그녀를 응시했다.

"자네 아들이 내 딸을 유린했어." 아버지가 말했다.

마르티넬리 씨가 얼굴을 찌푸렸다. "어떻게 그걸 알 수 있—"

"아버지." 엘사가 낮은 목소리로 말했다. "제발 그러지 마세요…."

레이프가 앞으로 나왔다. "엘스." 그가 말했다. "괜찮아요?"

엘사는 그 작은 친절에 울고 싶어졌다.

"사실일 리 없소." 마르티넬리 씨가 말했다. "이 아인 자 콤포스토와 약혼했소."

"약혼?" 엘사가 레이프에게 말했다.

그의 얼굴이 붉어졌다. "지난주에."

엘사는 침을 꿀꺽 삼키고 무미건조하게 고개를 끄덕였다. "난 한 번도 당신이… 그러니까. 내 말은, 이해해요. 가볼게요. 이건 내가 알아서 할 일이에요."

그녀가 한 발짝 뒤로 물러섰다.

"아, 그건 아니지." 아버지가 마르티넬리 씨를 쳐다보았다. "울컷은 좋은 집안이야. 댈하트에서 존경받는 집이지. 자네 아들이 이 일을 제대로 처리하길 기대하네." 그는 엘사에게 마지막으로 역겨워하는 표정을 다시 한번 지어 보였다. "어느 쪽이든 난 다시는 너를 보고 싶지 않다, 엘시노어. 너는 이제 내 딸이 아니다."

그렇게 말하고 그는 시동이 걸린 상태로 있던 차로 성큼성큼 돌아가 차를 몰고 가버렸다.

엘사는 남겨져, 가방을 든 채 거기 서 있었다.

"라파엘로." 마르티넬리 씨가 아들에게 시선을 돌리며 말했다. "사실이냐?"

레이프는 움찔했고 그의 아버지를 제대로 쳐다보지 못했다. "네."

"마돈나 미아." 마르티넬리 부인이 이탈리아어로 한탄하더니 뭔가 더 말을 내뱉었다. 엘사가 알 수 있는 것은 화가 났다는 것뿐이었다. 그녀는 커다란 소리가 날 정도로 레이프의 뒤통수를 때리고는 소리를 지르기 시작했다. "저 여자 보내요, 안토니오. 푸타나(이탈리아어로 창녀)."

마르티넬리가 그의 아내를 둘로부터 멀리 잡아끌었다.

"미안해요, 레이프." 둘만 남자 엘사가 말했다. 수치심에 죽을 것만 같았다. 마르티넬리 부인이 "안 돼"라고, 그리고 또다시 "푸타나"라고 소리치는 것이 들렸다.

잠시 후 마르티넬리 씨가 엘사에게로 돌아왔고, 조금 전보다 더 늙어 보였다. 그는 얼굴이 우락부락했다. 툭 튀어나온 눈썹은 무성한 쑥처럼 덥수룩했고, 울퉁불퉁한 코는 한두 번 부러진 게 아닌 듯했으며 턱은 뭉툭하고 짧았다. 윗입술 대부분이 유행이 지난 덥수룩한 콧수염에 가려져 있었다. 얼굴은 짙게 탄 텍사스 북쪽 팬핸들 지역 나쁜 날씨가 고스란히 나타났고 나무의 나이테처럼 이마에 주름이 새겨져 있었다. "나는 토니다." 그가 말했다. 그러고는 5미터 정도 떨어져 서 있는 아내 쪽으로 머리를 까딱 움직였다. "우리 마누라는⋯ 로즈고."

엘사가 고개를 끄덕였다. 그녀는 그가 아버지에게서 농사철마다 외상으로 농기구를 사고 추수 후에 갚는 많은 농부 중 한 사람이란 것은 알고 있었다. 카운티 행사에서 몇 번 본 적은 있었지만 그냥 몇 번이었다. 울컷가는 마르티넬리가 같은 사람들과는 어울리려 하지 않았다.

"레이프." 그가 아들을 쳐다보며 말을 이었다. "네 아가씨를 정식으로 소개해라."

네 아가씨.

네 바람둥이 여자가, 네 헤픈 여자가 아니라.

엘사는 누군가의 아가씨였던 적이 없었다. 그리고 어쨌든 아가씨라기엔 너무 나이 들었다.

"아버지, 이쪽은 엘사 울컷이에요." 레이프의 목소리는 마지막 단어에서 갈라졌다.

"안 돼. 안 돼. 안 돼." 마르티넬리 부인이 울부짖었다. 그녀의 두 손이 허리에 올려져 있었다. "이 아인 사흘 후 대학에 가기로 되어 있어요, 토니. 우린 이미 등록금도 냈다고요. 이 여자가 임신 중인지 우리가 어떻게 알아요. 거짓말일 수 있어. 아기는—"

"모든 걸 바꾸지." 마르티넬리 씨가 말했다. 그는 이탈리아어로 뭔가 더 이야기했고, 그 말에 그의 아내가 조용해졌다.

"이 사람과 결혼해라." 마르티넬리 씨가 레이프에게 말했다.

마르티넬리 부인이 이탈리아어로 욕설을 퍼부었다. 적어도 욕설처럼 들렸다.

레이프가 그의 아버지에게 고개를 끄덕였다. 그는 엘사만큼 겁에 질린 얼굴이었다.

"애 앞날은 어쩌고요, 토니?" 마르티넬리 부인이 말했다. "이 아이에게 건 우리의 꿈은 전부 어쩌고요?"

마르티넬리 씨는 아내를 보지 않았다. "그 모든 건 끝이야, 로즈."

엘사는 말없이 가만히 서 있었다. 레이프가 그녀를 쳐다보자 시간이 느리게 흐르며 늘어지는 것만 같았다. 그들을 둘러싼 침묵이 한없이 이어질 듯하다가 닭장 안 닭의 울음과 돼지가 느긋하게 흙을 헤집는 소리에 깨어졌다.

"저 아가씨 데리고 들어갈게요." 마르티넬리 부인이 온통 불쾌감에 뒤덮인 얼굴로 딱딱하게 말했다. "두 사람은 가서 할 일을 마치고."

마르티넬리 씨와 레이프가 한마디 말도 없이 걸어갔다.

엘사는 생각했다. 떠나자. 그냥 걸어가자. 그게 저들이 그녀에게 바라는 것이었다. 그녀가 떠난다면, 이 가족은 원래의 삶을 살 것이다.

그런데 그녀는 어디로 가나?

어떻게 사나?

그녀는 한 손으로 평평한 배를 눌러보며 배 속에서 자라는 생명을 생각했다.

아기.

수치심과 후회의 그 모든 소용돌이 속에서 어떻게 중요한 단 한 가지를 잊고 있었던 걸까?

그녀는 어머니가 될 것이다. 어머니. 그녀를 사랑하고 그녀가 사랑할 아기가 태어날 것이다. 기적이.

그녀는 마르티넬리 부인에게서 돌아서 진입로를 따라 걸어 내려가기 시작했다. 자신이 한 걸음 한 걸음 내딛는 소리를, 바람에 미루나무 잎이 서로 부딪치는 소리를 들었다.

"잠깐!"

엘사가 걸음을 멈췄다. 돌아섰다.

마르티넬리 부인이 바로 뒤에 서 있었다. 두 손은 주먹을 쥐고 있었고 입은 못마땅한 듯 꾹 닫혀 있었다.

그녀는 너무나도 작아 바람이 조금만 불어도 넘어질 것 같았지만 뿜어 나오는 기운은 엄청났다. "어딜 가는 거니?"

"상관없잖아요? 떠날게요."

"네 부모가 널 다시 받아주겠니, 신세 망친 아이를?"

"그럴 리 없죠."

"그럼…."

"죄송해요." 엘사가 말했다. "아드님 인생을 망칠 생각은 없었어요. 아들에 대한 희망을 꺾을 생각도요. 저는 그저… 아니, 이젠 그런 건 상관없어요."

엘사는 자신이 이 이국적인 작은 여인을 내려다보는 기린 같은 느낌이 들었다.

"그게 다야? 그냥 떠난다고?"

"그걸 원하시는 것 아닌가요?"

마르티넬리 부인이 가까이 다가와 고개를 들고 엘사를 자세히 살폈다. 불편한 순간이 길게 이어졌다. "몇 살이지?"

"스물다섯이에요."

마르티넬리 부인은 그 말에 탐탁지 않은 표정이었다. "가톨릭으로 개종하겠니?"

엘사는 일이 어떻게 돌아가는 것인지 금방 알아차리지 못했다. 그들은 협상을 하고 있었다.

가톨릭.

그녀의 부모는 굴욕을 느낄 것이다. 그녀의 가족이 그녀와 의절할 것이다.

아니, 이미 의절했다. 너는 이제 내 딸이 아니다.

"네." 엘사가 대답했다. 그녀의 아이는 믿음의 위안이 필요할 것이고 마르티넬리 집안이 그녀의 유일한 가족이 될 것이다.

마르티넬리 부인이 딱딱하게 고개를 끄덕였다. "좋다. 그럼 ―"

"이 아이를 사랑해주시겠어요?" 엘사가 물었다. "자가 아이를 낳았다면 사랑해주었을 것처럼 그렇게요?"

마르티넬리 부인은 놀란 얼굴이었다.

"아니면 그저 이 **푸타나**의 아이를 참아주는 게 되나요?" 엘사는 그 단어가 무슨 뜻인지 몰랐지만 친절한 말이 아니라는 것은 알았다. "사랑받지 못하며 자란다는 것이 어떤지 잘 알기 때문에 제 아이에게는 그런 가정을 주고 싶지 않아요."

"네가 어머니가 되면 지금 내가 느끼는 감정을 알게 될 게다." 마르티넬리 부인이 마침내 말했다. "아이에 대한 꿈이 너무나… 너무나…." 그녀는 말을 멈추고 눈물이 차오르자 얼굴을 돌렸다가 말을 이었다. "라파엘로가 우리보다 나은 삶을 살 수 있도록 우리가 해온 희생을 너는 상상도 못 할 거다."

엘사는 자신 때문에 이 여인이 느끼는 고통을 깨닫고 수치심이 더욱 커졌다. 또다시 사죄하지 않는 것이 그녀가 할 수 있는 최선이었다.

"그 아기는 내가 사랑하마." 마르티넬리 부인이 침묵을 깨며 말했다. "내 첫 손주인데."

엘사는 소리가 되어 나오지 않은 나머지 말을 크고 또렷하게 들을 수 있었다. 넌, 아니다. 그러나 그 단어, 사랑이란 말만으로도 엘사의 마음을 안정시키고 미약한 결심을 지탱해주기에 충분했다.

그녀는 자신을 원하지 않는 이 낯선 사람들 가운데서 살 수 있을 것이다. 눈에 보이지 않기는 그녀가 익혀온 기술이다. 지금 중요한 것은 아기였다.

그녀는 손을 배에 대며 생각했다, 너, 너, 작은 아가야, 넌 내 사랑을 받을 거고 너도 나를 사랑하게 될 거란다.

그 외에는 아무것도 중요하지 않았다.

나는 엄마가 될 것이다.

이 아이를 위해서 그녀는 그녀를 사랑하지 않는 남자와 결혼할 것이고 그녀를 원하지 않는 사람들과 가족이 될 것이다. 이제부터 그녀의 모든 선택은 그렇게 행해질 것이다.

그녀의 아기를 위해.

"제 물건들 어디에 놓을까요?"

5장

마르티넬리 부인은 너무나도 빨리 걸어 따라가기 힘들었다.

"배고프니?" 작은 체구의 여인이 계단을 올라 포치의 짝이 안 맞는 의자들을 지나가며 물었다.

"아뇨, 부인."

마르티넬리 부인이 현관문을 열고 안으로 들어갔다. 엘사도 뒤따라 집으로 들어갔다. 거실에는 목조 가구들과 흠집이 난 타원형 칵테일 테이블이 보였다. 의자 뒤편으로 뜨개질한 흰색 덮개가 늘어져 있었다. 두 벽면에 큰 십자가가 걸려 있었다.

가톨릭.

그것이 진정 무슨 뜻일까? 엘사는 무엇이 된다고 약속한 걸까?

마르티넬리 부인은 거실을 지나 좁은 복도를 따라 내려갔다. 열린 문 하나를 지나쳤는데, 안으로 구리 욕조와 세면대가 보였다. 변기는 없었다.

실내에 화장실이 없나?

복도 끝에서 마르티넬리 부인이 문 하나를 밀어서 열었다.

소년의 침실이었다. 스포츠 트로피들이 서랍장 위에 놓여 있는. 정돈되지 않은 침대 맞은편의 커다란 창문에는 푸른 샘브레이 천으로 만든 커튼이 달려 있었다. 침대 옆 협탁 위에 자 콤포스토 사진이 있었다. 여행 가방 하나가—대학에 가지고 갈 짐이 분명하다—침대 위에 있었다.

마르티넬리 부인이 사진을 들고는 여행 가방을 침대 밑으로 던져 넣었다. "여기에서 지내, 혼자, 결혼식 때까지는. 레이프는 헛간에서 자면 된다. 어쨌든 더운 밤에는 그러는 걸 좋아해." 마르티넬리 부인이 램프를 켰다. "미카엘 신부님에게 즉시 얘기하마. 질질 끌 필요 없지." 그녀가 얼굴을 찌푸렸다. "콤포스토 집안에도 이야기를 해야겠군."

"그건 레이프가 해야 할 것 같아요." 엘사가 말했다.

마르티넬리 부인이 쳐다봤다. 이 조그만 여인은 모순의 전형적인 예였다. 새처럼 빠르고 눈에 띄지 않게 움직이며 연약해 보이는데도 엘사가 받은 압도적 인상은 힘이었다. 강인함. 엘사는 레이프의 가족사를, 토니와 로즈가 시칠리아에서 겨우 몇 달러만 들고 미국으로 왔다는 이야기를 기억하고 있었다. 두 사람은 함께 이 땅을 발견하고 이곳에서 살아남아 손수 지은 형편없는 움집에서 수년을 살았다. 오직 강인한 여성만이 텍사스 농경지에서 견뎌냈다.

"그녀에게 그가 그렇게 하는 것이 마땅하다고 생각해요." 엘사가 덧붙였다.

"씻어라. 네 물건들 정리하고." 마르티넬리 부인이 말했다. "아침에 보자. 햇빛이 환하면 더 좋게 보이기도 하지."

"저는 그렇지 않아요." 엘사가 말했다.

시간이 고통스럽게 흐르던 잠시 동안 엘사를 빤히 보던 마르티넬리 부인은 분명 그녀가 부족하다 생각한 듯했고, 그러고는 걸어 나가 문을 닫았다.

엘사는 침대 끝에 앉았고 갑자기 숨을 쉴 수가 없었다.

조용하게 문을 두드리는 소리가 났다.

"들어와요." 그녀가 말했다.

레이프가 문을 열었고, 입구에 선 그의 얼굴은 먼지투성이였다. 그가 모자를 벗어 두 손으로 비틀어 쥐었다.

그러고는 천천히 문을 닫고 들어왔다. 그녀를 향해 오더니 침대에 앉았다. 침대 용수철이 더해지는 무게에 삐걱거렸다.

그녀는 곁눈질로 그를 보았다. 그의 완벽한 옆얼굴이 보였다. **정말이지 잘 생겼다.**

"미안해요." 그녀가 말했다.

"아, 젠장, 엘스, 난 어쨌든 대학에 가고 싶지 않았어요." 그는 그녀에게 억지로 미소를 지어 보였다. 검은 머리카락이 한쪽 눈을 가리고 있었다. "여기 남고 싶지도 않긴 했지만, 그렇긴 하지만…."

그들은 서로를 바라보았다.

마침내 그가 그녀의 손을 잡고 꼭 쥐었다. "좋은 남편이 되려고 노력할게요." 그가 말했다.

엘사는 그의 손을 더 꼭 잡고 싶었지만, 그렇게라도 그 말이 얼마나 힘이 되는지 알려주고 싶었지만, 감히 그러지 못했다. 그녀가 정말로 그를 꼭 잡으면 절대 놓지 못할까 두려웠다. 그녀는 이제부터 조심스럽게 행동해야 한다. 그를 변덕스러운 고양이처럼 세심하게 다루어야 한다. 절대로 너무 빨리 움직여서도, 많은 것을 원해서도 안 된다.

그녀는 아무 말도 하지 않았고, 곧 그가 손을 놓더니 그의 침실에서 그의 침대에 앉은 그녀를 홀로 두고 나갔다.

다음 날 아침 엘사는 늦게 일어났다. 그녀는 얼굴에서 머리카락을 쓸어 뒤로 넘겼다. 가느다란 가닥들이 뺨에 붙어 있었다. 자면서 울었던 것이다.

좋아. 아무도 보지 않는 밤에 우는 편이 낫지. 그녀는 새 가족에게 자신의 약한 모습을 보이고 싶지 않았다.

그녀는 세면대로 가서 미지근한 물을 얼굴에 끼얹었고 양치질을 한 후 머리를 빗었다.

지난밤 짐을 풀면서 농장 생활에 전혀 맞지 않는 옷을 가져왔음을 깨달았다. 그녀는 도시 여자였다. 흙에서 사는 삶에 대해 무엇을 알겠나? 그녀가 가져온 것은 크레이프 드레스와 실크 스타킹과 굽 높은 구두가 전부였다. 교회 복장이었다.

그녀는 가장 평범한 일상복을, 진주 단추에 레이스 옷깃이 달린 진회색 드레스를 입고 스타킹과 어제 신고 온 검은 힐을 신었다.

집에서 베이컨과 커피 냄새가 났다. 배에서 꼬르륵 소리가 나며 어제 점심 이후로 아무것도 먹지 않았다는 사실이 떠올랐다.

부엌은 비어 있었다. 밝은 노란색 벽지를 바른 부엌에는 격자무늬 무명 커튼이 걸려 있었고 바닥은 흰색 리놀륨이었다. 싱크대 위 설거지가 끝난 접시를 보며 엘사는 자신이 아침 식사 시간을 넘겨 일어났음을 알 수 있었다. 이 사람들은 몇 시에 일어난 걸까? 이제 겨우 9시였다.

엘사가 밖으로 나가니 햇빛을 가득 받은 마르티넬리 농장이 보였다. 밀을 베어낸 수백 에이커의 땅이 사방으로 뻗어, 잘려 나간 마른 황금 줄기의 바다 같았다. 이 농가는 그 한가운데 몇 에이커를 차지하고 있었다.

밀밭을 가르고 난 진입로는 미루나무와 울타리로 가장자리를 두른 흙으로 된 갈색 리본처럼 보였다. 농장에는 집, 커다란 목조 헛간, 말 방목장, 소 방목장, 돼지우리, 닭장을 비롯한 딴채 몇 개, 풍차가 있었다. 집 뒤편으로는 과수원, 작은 포도밭, 울타리를 친 채소밭이 있었다. 채소밭에서 몸을 숙이고 있는 마르티넬리 부인이 보였다.

마르티넬리 씨가 헛간에서 나와 그녀에게 다가왔다. "잘 잤니." 그가 말했다. "같이 좀 걷자꾸나."

그는 앞장서서 추수를 끝낸 밀밭 가장자리를 따라 걸었다. 베어낸 줄기가 부러진 것처럼, 어쩐지 황폐한 것처럼 느껴졌다. 마치 그녀처럼. 부드러운 바람이 밀의 남은 부분을 스치고 지나가며 쉿쉿, 소리가 났다.

"넌 도시 여자지." 마르티넬리 씨가 강한 이탈리아어 억양으로 말했다.

"이젠 아닌 것 같네요."

"그거 좋은 대답이군." 그가 허리를 숙여 흙을 한 줌 퍼 올렸다. "내 땅은 귀를 기울이면 자기 이야기를 들려준다. 우리 가족의 이야기. 우리는 심고, 보살피고, 추수한다. 나는 내가 시칠리아에서 이리로 가져와 꺾꽂이한 포도로 와인을 만들고, 내가 만드는 그 와인은 우리 아버지를 떠올리게 하지. 이 땅은 그렇게 대를 이어 우리를 하나로 결속시켜왔다. 이제 너를 우리와 결속시켜줄 게다."

"전 평생 무얼 보살펴본 적이 없어요."

그가 그녀를 쳐다보았다. "그걸 바꾸고 싶으냐?"

엘사는 그의 검은 눈에서 그녀가 평생 얼마나 두려워하며 살았는지 아는 것만 같은 동정심을 보았지만, 아마도 그녀의 상상일 것이다. 그가 그녀에 대해 아는 것이라고는 그녀가 지금 여기 있다는 것, 그녀가 그의 아들을 나락으로 같이 끌고 내려갔다는 것뿐이다.

"시작은 고작 그거였다, 엘사. 로살바와 내가 시칠리아에서 여기에 왔을 때 우리가 가진 거라곤 17달러와 꿈뿐이었어. 그게 우리의 시작이었다. 그러나 그게 우리에게 이 좋은 삶을 준 건 아니었어. 우리가 열심히 일했으니까 이 땅을 갖게 된 거야. 아무리 사는 게 힘들어도 우리는 여길 떠나지 않았어. 이 땅이 우리를 먹여 살렸어. 네가 허락한다면 이 땅은 너도 먹여 살릴 거다."

엘사는 한 번도 땅을 그런 식으로, 사람을 정착시키고 삶을 주는 곳으로 생각한 적이 없었다. 그 생각이, 이곳에 머물며 좋은 삶과 소속감을 느낄 장소를 찾는다는 것이 그 어떤 것보다 그녀에게 유혹적으로 다가왔다.

그녀는 최선을 다해서 온전히 마르티넬리 집안사람이 될 것이다. 그렇게 그들의 이야기에 합류할 것이고, 어쩌면 그 이야기를 그녀의 것으로 만들어 그녀가 가진 아이에게도 전해줄 것이다. 그녀는 이 가족이 아기를 그들의 일원으로서 무조건적으로 사랑하도록 할 수만 있다면 무슨 일이든 하고 누구라도 될 것이다. "저도 그렇게 되길 원해요, 마르티넬리 씨." 그녀가 마침내 말했다. "여기 사람이 되고 싶어요."

그가 미소를 지었다. "그런 것 같구나, 엘사."

엘사가 고맙다는 인사를 하려 할 때 마르티넬리 부인이 남편을 부르는 소리에 말이 끊어졌다. 그녀는 익은 토마토와 녹색 채소가 가득 담긴 바구니를 들고 그들을 향해 걸어왔다. "엘사." 그녀가 걸음을 멈추며 말했다. "일어난 걸 보니 기쁘구나."

"저… 늦잠을 잤어요."

마르티넬리 부인이 고개를 끄덕였다. "날 따라오너라."

부엌에서 마르티넬리 부인은 바구니에서 채소를 꺼내 테이블 위에 올렸다. 통통한 빨간 토마토, 노란 양파, 푸른 허브, 마늘 등이었다. 엘사는 한꺼번에 그렇게 많은 마늘을 보는 것은 처음이었다.

"음식은 할 줄 아니?" 그녀가 앞치마를 걸치며 물었다.

"커, 커피요."

마르티넬리 부인이 동작을 멈추었다. "음식 할 줄 모른다고? 네 나이에?"

"죄송해요, 마르티넬리 부인. 할 줄 모르지만—"

"청소는 할 줄 아니?"

"음… 배울 수 있을 거예요."

마르티넬리 부인이 팔짱을 꼈다. "할 줄 아는 게 뭐니?"

"바느질. 자수. 옷 수선. 읽기."

"숙녀로군. 마돈나 미아." 그녀가 티 하나 없는 부엌을 둘러보았다. "좋다. 그럼 음식 하는 걸 가르쳐주마. 아란치니(라구 소스와 치즈, 콩, 밥 등을 섞은 후에 빵가루를 입혀 튀긴 이탈리아 요리)부터 시작하자. 그리고 날 로즈라고 부르렴."

결혼식은 조용히 급히 치러졌고, 식 전에도 후에도 축하 파티는 없었다. 레이프가 엘사의 손가락에 소박한 반지를 끼워주고 "맹세합니다"라고 말한 것이 다였다. 그는 그 간단한 식 동안 육체적인 고통을 느끼는 사람처럼 보였다.

결혼식 날 밤 그들은 어둠 속에서 하나가 되어, 말로 했듯이 몸으로도 그들의 결혼 서약을 마무리 지었다. 그들의 열정은 그들을 둘러싼 밤만큼이나 조용했다.

그 뒤로 며칠이, 몇 주가, 몇 달이 흐르면서 그는 좋은 남편이 되려 노력했고 그녀도 좋은 아내가 되려 노력했다.

처음에는, 적어도 로즈의 눈에는, 엘사는 아무것도 제대로 하는 것이 없어 보였다. 토마토를 다지다가 손가락을 베였고 오븐에서 갓 구운 빵을 꺼내다가 손목을 데었다. 그녀는 익은 호박과 덜 익은 호박을 구별하지 못했다. 애호박꽃에 속을 채우는 일은 엘사처럼 서툰 손놀림으로는 거의 불가능했다. 그녀는 가톨릭으로 개종하고 라틴어 미사곡을 들었으며, 단 한마디도 이해하지 못했음에도 그 아름다운 소리에서 어떤 낯선 위안을 얻었다. 그녀는 기도문을 외우고 묵주 기도를 배웠으며 늘 앞치마 주머니에 묵주 하나를 가지고 다녔다. 그녀는 고해 성사를 했다. 작고 어두운 고해실에서 미카엘 신부에게 죄를 고하고, 신부는 그녀를 위해 기도하고 죄를 사해주었다. 처음엔 이 모든 것이 이해가 되지 않았으나 시간이 흐르면서 곧 익숙해지고 일상이 되었으며, 금요일에 고기 먹지 않기나 그들이 기념하는 수많은 성자의 날과 마찬가지로 새로운 생활의 일부가 되었다.

엘사는―그녀도 놀라고 시어머니도 놀랐는데―포기할 줄을 몰랐다. 매일 남편보다 훨씬 일찍 일어나 제때 부엌으로 가서 커피를 만들었다. 들어본 적도 없는 음식을 본 적도 없는 재료인 올리브유, 페투치니, 아란치니, 판체타로 만들고 먹고 사랑하는 법을 배웠다. 그녀는 농장에서 사라지는 법도 배웠다. 누구보다 열심히 일했고 불평하지 않았다.

이윽고 새롭고 기대하지 않았던 소속감이란 것이 점차 스며드는 것을 느

껐다. 그녀는 몇 시간이고 텃밭에서 보냈다. 흙바닥에 무릎을 꿇고 그녀가 심은 씨들이 싹을 틔우고 땅을 뚫고 나와 초록으로 변해가는 것을 지켜보았고, 그 하나하나에서 새로운 시작을 느꼈다. 미래에 대한 약속이었다. 그녀는 짙은 보라색 네로 다볼라 포도 따는 법을, 그 포도로 토니가 그의 아버지가 만든 것만큼 좋은 것이라 선언했던 와인 만드는 법을 배웠다. 그녀는 새로 갈아놓은 밭을 바라볼 때 느껴지는 평화와 그 밭이 가져다주는 희망을 배웠다.

여기서, 그녀는 애정을 가진 대지 위에 서서 때로 생각했다, 여기서 그녀의 아기가 잘 자라고, 뛰어다니고, 놀고, 또 땅과 포도와 밀이 들려주는 이야기를 배울 것이다.

겨우내 눈이 내렸고 그들은 농가 안에서 옹송그리고 지내며 새로운 일과를 만들어나갔다. 여자들은 오랜 시간 청소와 바느질, 수선과 뜨개질을 했고 남자들은 가축을 돌보고 다가올 봄을 위해 농기구 채비를 했다. 눈이 오는 저녁이면 그들은 불가에 모여 앉았고, 엘사는 큰 소리로 이야기를 읽었고 토니는 바이올린을 켰다. 엘사는 남편에 대해 사소한 것들을 알게 되었다. 그는 잘 때 크게 코를 골고 뒤척였으며, 종종 한밤중에 악몽에 몸서리치며 울면서 잠에서 깨곤 했다.

이 땅은 너무 조용해서 사람을 화나게 해, 그는 가끔 그렇게 말하곤 했고, 엘사는 그 말이 무슨 뜻인지 이해하려 노력했다. 대부분 그녀는 남편이 말하도록 했고 그가 그녀를 찾아주길 기다렸으며, 그가 그녀를 찾는 때는 드물었고 항상 어둠 속에서였다. 그녀는 점차 불러오는 배에 그가 겁을 먹었다는 것을 알았다. 그가 그녀에게 말을 걸 때는 대개 와인이나 위스키 냄새를 풍겼다. 그러다 미소를 지으며 그들이 상상하는 할리우드나 뉴욕에서 사는 삶의 이야기를 풀어놓곤 했다. 엘사는 그녀가 결혼한 이 잘생기고 변덕스러운 남자에게 무슨 얘기를 해야 할지 잘 몰랐다. 원래 말도 잘할 줄 몰랐던 데다가, 어쨌거나 그녀가 어떤 감정을 느끼고 있는지 말할 용기도 없었기에, 자신이 이 농장에서 예상치 못했던 능력을 발견했으며, 남편과 시부모에 대한 사랑으로 제법 강한 사람이 되었다는 등의 이야기를 할 수 없었다. 대신 그녀는 가슴 아픈 거절을 당할 때마다 늘 해오던 행동을 했다. 그녀는 사라졌고, 침묵했고, 그녀가 어떤 여자가 되었는지 남편이 보아주길 — 때로는 너무나 간절하게 — 기다렸다.

2월이 되자 대평원에 비가 내리며 심었던 씨들이 흙 속에서 자랐다. 3월의 대지는 끝 간 데 없이 보이는 새로 자라난 녹색으로 생동감이 넘쳤다. 토니는 저녁이면 들판 옆에 서서 자라는 밀을 바라보았다.

유난히도 하늘이 푸르고 햇빛이 좋은 어느 날, 엘사는 집 창문을 모두 열었다. 시원한 바람이 불어 들어오며 새로운 생명의 향기를 가져왔다.

그녀는 스토브 옆에 서서 그들이 잡화점에서 사 온 견과 풍미가 나는 맛있는 수입 올리브유에 빵가루를 갈색으로 익히고 있었다. 뜨거운 기름에 눌어가는 아릿한 마늘 향이 부엌을 가득 채웠다. 그들은 이 빵가루에 치즈와 신선한 파슬리를 섞어 채소에서 파스타까지 모든 요리에 넣었다.

그녀 뒤 식탁에는 지난해 풍작으로 남은 밀로 만든 밀가루가 도자기 그릇에 가득 담겨 빵 반죽이 되려고 기다리고 있었다. 거실의 축음기에서는 '산타 루치아' 레코드 하나가 돌아가고 있었다. 아주 크게 틀어놓아 엘사는 노랫말을 모르는데도 따라 부르고 싶었다.

갑자기 어떤 전조도 없이 배 저 깊은 곳에서 찌르는 듯한 통증이 찾아와 그녀는 몸을 구부렸다. 그대로 가만히 배를 잡고 통증이 사라지기 기다렸다.

하지만 잠시 후 또다시 통증이, 처음보다 더 심하게 찾아왔다. "로즈!"

로즈가 급히 빨랫감을 한 아름 든 채 집으로 들어왔다.

"저기…." 엘사의 양수가 터져 스타킹을 신은 다리를 타고 흘러내려 바닥에 웅덩이를 만들었다. 그 광경에 엘사는 몹시 당황했다. 지난 몇 달 동안 자신이 점차 강해진다고 느꼈지만 지금 통증에 고꾸라지자 그녀는 오래전 흥분해선 안 된다고, 심장에 무리를 주지 말라던 의사의 말만 떠올랐다.

의사 말이 맞았다면? 그녀는 겁에 질려 고개를 들었다. "전 준비가 안 되었어요, 로즈."

로즈가 빨랫감을 내려놓았다. "준비된 사람은 없단다."

엘사는 숨을 쉴 수가 없었다. 다시 통증이 밀려들어 배가 쥐어짜듯 아팠다.

"날 보렴." 로즈가 말했다. 그녀는 발꿈치를 들고 발끝으로 서야 했지만 그래도 두 손으로 엘사의 얼굴을 감쌌다. "이게 정상이란다." 그녀는 엘사의 손을 잡고 침실로 이끌었고, 침대에서 퀼트와 시트를 벗겨 바닥으로 던졌다.

그녀는 엘사의 옷을 벗겼다. 엘사라면 부른 배와 볼품없는 팔다리를 이런 식으로 보이는 것을 부끄러워할 만했지만 아픔이 너무 심해 개의치 않았다.

이 통증에는 이빨이 있었다. 그녀를 물어뜯다가 잠시 숨을 돌리려 내뱉고 그러다 다시 물어뜯기 시작했다.

"괜찮아, 소리 질러도 된다." 로즈가 엘사가 침대에 눕는 것을 도우며 말했다.

엘사는 그 순간 더 이상 견딜 수가 없어서, 오로지 통증뿐이어서 비명을 내질렀다. 어쩔 수 없이 소리를 지르다 개처럼 헐떡거리다가 또 소리를 지르곤 했다.

로즈가 엘사를 인형 다루듯 두 맨다리를 활짝 벌려 자세를 잡았다. "머리가 보인다, 엘사. 이제 힘주고 밀어내도 돼."

엘사가 힘을 주고 안간힘을 쓰며 소리를 질렀다. "제… 심장이 멈출 거예요." 그녀가 헐떡거리며 말했다. 그녀가 아프다는 이야기를, 그녀는 아기를 가지면 안 된다는 것을, 그러다 죽을 수도 있다는 것을 말했어야 했다. "만일 그러면—"

"그런 말을 하면 재수가 없다, 엘사. 힘을 줘라."

엘사는 마지막으로 간절하게 힘을 주었고 뭔가 쑥 빠져나가는 안도감을 느낀 후 완전히 지쳐 베개 위로 축 늘어졌다.

아기 울음소리가 방 안 가득 울려 퍼졌다.

"예쁜 딸이구나. 튼튼한 폐를 가졌네." 로즈가 탯줄을 자르고 묶더니 아기를 그들이 긴 겨울 동안 뜨개질로 만든 많은 담요 중 하나에 싸서 엘사에게 건넸다.

엘사는 딸을 품에 안고 경이로워하며 내려다보았다. 사랑이 가득 차오르더니 눈물이 되어 넘쳐흘렀다. 그녀로서는 생전 처음 느끼는 것이었다, 이토록 기쁨과 두려움이 뒤섞여 들뜨고 벅차오르는 감정은. "안녕, 우리 딸."

아기가 조용해지더니 그녀를 보며 눈을 깜박였다.

로즈가 목걸이처럼 목에 걸고 있던 벨벳 주머니 안에 손을 넣었다. 주머니 안에는 1센트짜리 미국 동전이 있었다. 로즈는 동전에 입 맞추더니 그것을 내밀어 엘사에게 보여주었다. 뒷면에 밀 이삭 두 개기 세겨진 동전이었다. "토니가 이걸 우리 부모님 집 밖 길거리에서 발견했어. 우리가 배를 타고 미국으로 떠나는 날이었어. 얼마나 큰 행운인지 상상이 가니? 이 밀이 우리의 운명을 보여준 거야. 계시라고, 우리는 서로를 바라보며 말했고 지금껏 사실이었지. 이 동전이 이제 다음 세대를 지켜줄 거다." 로즈가 그렇게 말하며 엘사를 바라보았다. "나의 예쁜 손녀를."

"로레이다라고 부르고 싶어요." 엘사가 말했다. "우리 할아버지를 기리려고요. 할아버지가 러레이도에서 태어나셨거든요."

로즈가 익숙하지 않은 이름을 소리 내어 불러봤다. "로 - 레이 - 다. 예쁘구나. 아주 미국적이야, 그런 것 같네." 그녀가 동전을 엘사의 손에 놓으며 말했다. "내 말을 믿으렴, 엘사. 이 작은 아기는 그 누구보다 널 사랑할 거고… 널 미치게 만들고 네 영혼을 시험할 거다. 종종 그 모든 걸 동시에 하기도 하고."

로즈의 눈물로 환해진 검은 눈에서 엘사는 자신의 감정과 수천 년 동안 여성들끼리 나눠온 모성애라는 연대를 깊이 이해하는 영혼의 완벽한 반영을 보았다.

그녀는 또한 자신의 어머니 눈에서도 본 적이 없는 따뜻한 애정을 보았다. "우리 가족이 된 것을 환영한다." 로즈가 떨리는 목소리로 말했고, 엘사는 그것이 로레이다뿐 아니라 자신에게도 하는 이야기임을 알았다.

1934

나는 국민의 3분의 1이 제대로 된 집도, 제대로 된 옷도,
제대로 된 음식도 없다는 것을 압니다.
우리의 진보가 맞닥뜨린 시험은 많이 가진 자를 더욱더
풍요롭게 할 것인가가 아니라, 너무 적게 가진 자에게
충분히 제공할 것인가의 문제입니다.

— 프랭클린 루스벨트

6장

너무나 더워 이따금 새가 하늘에서 단단하게 다져진 흙 위로 탁 작은 소리를 내며 떨어졌다. 닭들은 흙 쌓인 바닥에 앉아 머리를 앞으로 축 늘어뜨리고 있었고, 마지막 남은 소 두 마리도 나란히 서서 너무 덥고 지쳐 움직이지도 않았다. 힘없는 바람이 농장을 스치며 텅 빈 빨랫줄을 흔들었다.

농장 진입로 양쪽으로는 여전히 되는대로 세운 말뚝과 가시철조망이 있었지만 여기저기 말뚝이 쓰러져 있었다. 양쪽의 나무들도 앙상하여 거의 죽은 거나 마찬가지였다. 농장은 바람과 가뭄에 완전히 바뀌어 회전초와 말라가는 메스키트 관목의 땅이 되어버렸다.

수년간의 가뭄에 대공황이라는 경제 피폐화까지 겹쳐 대평원은 무릎을 꿇고 말았다.

텍사스 팬핸들 지역은 수년간 가뭄으로 고통받았으나 1929년의 경제 붕괴로 나라 전체가 피폐해져 1200만 명이 실직한 상태라 큰 도시의 신문은 가뭄은 아예 다루지도 않았다. 정부도 지원하지 않았고 농부들도 바라지 않았다. 지원금으로 생활하기엔 자존심이 너무 강했다. 그들은 그저 비가 내려 흙이 부드러워지고 씨가 싹을 틔워 밀과 옥수수가 다시 하늘을 향해 황금빛 팔을 들 수 있길 바랄 뿐이었다.

비는 1931년부터 양이 줄기 시작하더니 지난 3년 동안 거의 내리지 않았다. 올해도 지금까지 내린 양이 13센티미터도 되지 않았다. 수천 에이커의 밀밭에 물을 대기는커녕 차를 끓일 주전자 하나 채우지 못했다.

이제 또다시 기록적으로 무더운 8월 말의 어느 날, 엘사는 오래된 짐마차 운전석에 앉아 있다. 고삐를 잡은 스웨이드 장갑 안 두 손이 땀이 차서 가렵다. 휘발유를 살 돈도 없어 트럭은 헛간에 모셔둔 유물이 되었고, 트랙터와 경작기도 마찬가지 신세였다.

흰색이었으나 이제 흙먼지로 누레진 밀짚모자가 햇볕에 그을린 그녀 이마까지 깊이 씌워져 있다. 목에는 파란색 밴대너를 묶었다. 날아드는 흙먼지 때문에 눈을 찌푸린 채 그녀는 혀를 차며 쯧쯧 소리를 냈고 마차를 몰아 농장에서 큰길로 나갔다. 밀로의 느린 발걸음이, 타가닥타가닥 소리가 굳은 흙길 위로 울렸다. 새들이 전봇대 사이 전선 위에 앉아 있었다.

오후 3시도 되지 않아 그녀는 론섬트리로 들어갔다. 마을은 열기 속에 조용히 웅크리고 있었다. 장을 보러 나온 마을 사람들도, 가게 앞에 모인 여자들도 없었다. 그런 날들은 초록 풀밭과 마찬가지로 사라지고 없었다.

모자 가게도 약방과 소다수 상점과 식당처럼 창문을 판자로 막아놓았다. 리앨토 극장은 간신히 명맥만 유지하며 일주일에 낮 상영 한 번만 하고 있었으나 영화를 보러 갈 여윳돈이 있는 사람은 거의 없었다. 누더기를 걸친 사람들이 손에 철제 숟가락과 컵을 들고 장로교회 앞에 음식을 받기 위해 줄지어 서 있었다. 햇볕에 탄 주근깨투성이 아이들이 부모들만큼이나 야윈 모습으로 조용히 서 있었다.

메인 스트리트에 외로이 우뚝 선 평원 미루나무가 죽어가고 있었다. 론 섬트리, 그러니까 외로운 나무라는 마을 이름의 유래이기도 한 이 나무는 엘사가 시내에 올 때마다 조금씩 더 나빠 보였다.

마차가 삐걱거리는 바퀴 소리와 함께 앞으로 굴러가며 판자로 막아놓은 카운티 복지 센터 건물(필요로 하는 사람은 많았으나 예산이 없었다)을 지나, 유랑민과 부랑자와 무능한 기차 떠돌이가 그 어느 때보다 바글거리는 퀭한 눈의 구치소를 지나갔다. 의원은 아직 열려 있었지만 빵집은 문을 닫았다. 건물 대부분은 단층 목조였다. 비가 풍족한 시절에는 해마다 새로 페인트칠을 했었다. 이제 건물은 관리가 되지 않아 잿빛으로 변했다.

엘사가 말했다. "워워, 밀로." 그리고 고삐를 잡아당겼다. 말과 마차가 철커덕 소리를 내며 멈췄다. 말은 머리를 흔들고는 지친 듯 코로 거칠게 숨을 내쉬었다. 말도 이 더위에 밖으로 나오는 것을 싫어했다.

엘사는 '실로 술집'을 가만히 바라보았다. 메인 스트리트의 다른 건물에 비하면 너비는 절반 정도였고 길이는 두 배인 낮은 건물에는 길을 향해 창문이 두 개 나 있었다. 하나는 작년에 취객 두 사람의 싸움으로 부서졌지만 지금까지 고치지 않았다. 네모난 공간을 더러운 테이프가 줄줄이 붙어 막고 있었다. 이곳은 텍사스와 뉴멕시코 경계를 따라 펼쳐진 300만 에이커의 엑싯 목장의 카우보이들을 위해 1880년대에 문을 열었다. 목장은 오래전에 사라졌고 카우보이도 대부분 떠났지만 실로는 남았다.

금주령이 폐지된 후 실로 같은 곳이 다시 영업을 재개한 지 몇 달이었지만, 대공황 때문에 맥주에 몇 푼이라도 쓸 수 있는 남자는 줄어만 갔다.

그녀는 말을 말뚝에 묶고 눅눅한 면 드레스 앞을 매만졌다. 그녀는 오래된 밀가루 부대로 직접 옷을 만들었다. 요즘은 누구나 곡물과 밀가루 부대로 옷을 만들었다. 부대 공장에서는 원단에 예쁜 무늬를 넣기 시작했다. 사소한 것이었지만 그 꽃무늬는 어려운 시기에 그나마 여자들이 아름다움을 누릴 수 있게 해주어서 황금만큼 소중하게 느껴졌다. 엘사는 예전엔 몸매에 꼭 맞았으나 이젠 가슴과 가늘어진 허리 부분이 헐렁한 드레스를 목까지 단추를 꼭꼭 채웠는지 확인했다. 아이가 둘에 나이가 서른여덟이나 된 성인 여성임에도 이런 곳에 들어가는 것을 여전히 꺼린다는 사실이 슬펐다. 그녀는 부모를 본 지 오래되었지만, 부모에게 듣던 부정적인 말은 강력하게 영향을 발휘해서 사람이 자신의 이미지를 형성하고 정의하는 목소리로 계속 남아 있기 마련이다.

엘사는 마음을 단단히 먹고 문을 열었다. 안에 들어가니 길고 좁은 술집은 마을만큼이나 제대로 손길이 미치지 않아 우중충했다. 연기 가득한 공기에는 쏟아진 술과 남자들 땀 냄새가 배어 있었다. 긴 마호가니 카운터는 50년 동안 술을 마신 곳이라 닳아서 새틴 페인트가 벗겨져 있었다. 카운터를 따라 놓인 너덜너덜 퇴색한 의자들은 지금 이 무더운 여름 낮에 대부분 비어 있었다.

레이프는 그 의자 하나에 축 늘어져 앉아 두 팔꿈치를 카운터에 댄 채 빈 술잔을 앞에 놓고 머리를 앞으로 숙이고 있었다. 검은 머리카락이 얼굴로 쏟아져 시야를 가렸다. 그는 헝겊을 대고 기운 빛바랜 멜빵 작업복에 미색 무지 밀가루 부대로 만든 셔츠를 입었다. 더러운 손가락 사이에 직접 만 갈색 담배 한 대가 타고 있었다.

술집 뒤편에서 노인 한 사람이 껄껄거렸다. "조심해, 레이프. 보안관이 나타나셨어." 그의 목소리는 입이 더부룩한 잿빛 수염에 파묻히다시피 해서 잘 들리지 않았다.

바텐더가 고개를 들었다. 그의 어깨에는 지저분한 수건이 걸려 있었다. "안녕하쇼, 엘사." 그가 말했다. "이 인간 술값 내러 오셨나?"

완벽하군. 아이들 새 신발이나 하나 남은 스타킹 여분을 살 돈도 없는데 이제 남편은 외상으로 술을 마시고 있었다.

그녀는 헐렁한 밀가루 부대 드레스에 두꺼운 무명 스타킹, 안 그래도 커다란 발이 더 커 보이는 다 해진 가죽 신발 차림의 자신이 꼴사납고 매력 없다고 느꼈다.

"레이프?" 그녀는 조용히 말하고는 그의 뒤로 가서 맨손으로 그의 어깨를 만지며, 그 손길로 겁 많은 망아지를 달래주었듯 그를 온순해지게 할 수 있기를 바랐다.

"딱 한 잔만 하려 했는데." 그가 거친 한숨을 내쉬었다.

그러려고 했다고 운을 떼는 남편의 말은 셀 수도 없이 들었다. 결혼 초기 몇 년간은 그도 노력했다. 엘사는 그가 그녀를 사랑하려, 행복해보려 애쓰는 모습을 보았다. 그러나 가뭄은 땅에서 물기를 바닥낸 것처럼 남편도 바닥내고 말았다. 지난 4년 그는 미래에 대한 꿈을 엮어가는 일을 멈췄다. 3년 전 그들은 아들 하나를 땅에 묻었는데, 그때 그 상실보다도 빈곤과 가뭄이 더 크게 그를 망가뜨렸다. "오늘 오후에 가을 감자를 심어야 하는데 아버님이 당신이 도와주길 기다리고 있어요."

"그래."

"아이들에겐 감자가 필요해요." 엘사가 말했다.

그가 탁한 검은 머리카락 사이로 간신히 그녀가 보일 만큼만 고개를 갸울였다. "내가 그걸 모르나?"

당신은 여기 앉아 그나마 몇 푼 남은 돈까지 다 술로 마셔버리고 있는데 당신이 아는지 내가 어떻게 알겠어요? 로레이다가 새 신발이 필요하다고요. 그녀는 생각을 감히 입 밖에 내지는 않았다.

"난 나쁜 아비군, 엘사, 더 나쁜 남편이고. 왜 날 떠나지 않아?"

당신을 사랑하니까요.

그의 검은 눈에 어린 표정을 보며 그녀는 다시 한번 마음의 상처를 입었다. 그녀는 로레이다와 앤서니, 그녀의 아이들 못지않게, 그리고 마르티넬리 가족과 이 대지를 사랑하게 된 만큼이나 남편도 **사랑했다.** 엘사는 자기 안에서 거의 무한하게 사랑할 수 있는 능력을 발견했다. 오, 하느님, 다른 무엇보다 레이프에 대한 그 숙명적인, 흔들리지 않는 사랑 때문에 그녀는 처량해 보이지 않으려 잠자코 있거나 뒤로 물러서곤 했다. 때로는, 특히 그가 아예 침실로 오지 않는 밤이면 자신이 더 나은 대접을 받을 자격이 있다고, 당당히 원하는 것을 요구하면 받을 수 있을지도 모른다고 느낄 때도 있었다. 그러다 부모가 그녀에 대해서 했던 말을, 절대 바뀌지 않을 매력 없음에 대한 말을 떠올리곤 결국 아무 말도 하지 못하곤 했다.

"자, 엘사, 나를 집에 데려다줘. 남은 하루 내내 흙을 파헤치며 감자를 심어야겠군. 어차피 비가 안 와서 죽겠지만."

그녀는 비틀거리는 그를 부축해 술집에서 나와 마차에 타는 것을 도왔다. 그녀는 고삐를 잡고 암갈색 말 엉덩이를 내려쳤다. 밀로는 코로 지친 숨을 내쉬며 터벅터벅 마을을 통과하는 긴 여정을 시작했다. 로터리 클럽과 키와니스 클럽이 모이곤 했던, 이제는 버려진 농민 회관을 지나갔다.

레이프가 엘사에게 기대며 손가락이 긴 부드러운 손을 그녀의 허벅지에 올렸다. "미안해, 엘스." 그가 다정한 목소리로, 내가 무슨 짓을 한 거지, 하는 어조로 말했다.

"괜찮아요." 그녀가 진심으로 말했다. 그가 곁에 있는 한 다 괜찮았다. 늘 그를 용서할 것이다. 그가 그녀에게 준 것도 거의 없었고, 그녀에 대한 그의 애정도 때로 다 닳아버렸지만 그녀는 그것을 잃을까, 그를 잃을까 두려워하며 살았다. 그녀의 뚱한 사춘기 딸의 사랑을 잃을까 걱정하는 것처럼.

최근 그 두려움은 너무나 커져 이제 감당하기 힘들었다.

로레이다는 열두 살이 되었고, 그러자마자 늘 화가 나 있었다. 모녀간의 정원 가꾸기 나날도, 히스클리프의 본성과 제인 에어의 강인함을 토론하던 저녁 독서 시간도 사라졌다. 로레이다는 아빠를 유달리 따르긴 했지만 어릴 때는 그래도 부모 둘 다에 애정을 가지고 있었다. 아니, 모든 사람에게 애정을 보였다. 로레이다는 늘 웃음을 터뜨리고 손뼉을 치며 관심받길 원하는 아주 행복한 아이였다. 엘사가 침대에 함께 누워 머리카락을 쓰다듬어주어야만 잠들던 아이였다.

그 시절은 가버렸다, 모두.

엘사는 첫딸과의 다정한 관계를 잃어 매일 슬퍼했다. 처음에 그녀는 딸의 사춘기와 비이성적인 분노라는 벽을 넘어보려 노력했다. 사랑의 말로 맞받아치려 했으나 로레이다는 계속, 갈수록 엘사를 못 참아주었고, 엘사는 뼈가 갈리는 아픔을 느꼈다. 어린 시절 느꼈던 불안감이 되살아났다. 그 과정에서 엘사는 로레이다와 거리를 두었다. 처음에는 딸이 성숙해지며 감정 기복에서 벗어나길 바랐다가, 나중에는 상황이 나빠져 가족들이 자신에게서 보았던 부족함을 드디어 딸도 알게 된 것이라 믿게 되었다.

엘사는 딸이 자신을 거부하자 깊게 뿌리박혀 있던 비참함을 다시 느꼈다. 상처받은 그녀는 늘 하던 대로 할 수밖에 없었다. 그녀는 사라졌다. 그러나 그러면서도 기다렸고, 기도했다. 딸과 남편이 언젠가는 그녀가 얼마나 그들을 사랑하는지 알게 되기를, 그들도 그녀를 사랑하게 되기를. 그때까지는 감히 강압하지도 요구하지도 않을 것이다. 그 대가가 너무 클 테니까.

그녀가 결혼할 때, 어머니가 될 때는 몰랐으나 지금은 아는 것이 있다. 사랑이 무엇인지 몰랐을 때나 사랑 없이 살 수 있다는 것.

개학 날 마을에 남아 있는 유일한 교사인 니콜 버슬릭이 손에 분필을 들고 칠판 앞에 서 있었다. 그녀의 적갈색 머리가 통제되지 않아 더위로 벌게진 얼굴 주위로 곱슬곱슬한 후광을 만들었다. 목 주변 레이스가 땀에 젖어 색깔이 좀 더 진해진 걸 보며 로레이다는 버슬릭 선생님이 땀자국이 보일까 봐 팔을 들지 못한다고 확신했다.

열두 살인 로레이다는 수업에는 귀를 기울이지 않고 구부정하게 책상 앞에 앉아 있었다. 그냥 잘못된 것들에 관한 허튼소리였다. 대공황, 가뭄, 어쩌고저쩌고.

로레이다가 기억하는 한 언제나 '힘든 시기'였다. 아, 기억하지 못하는 어린 시절엔 계절마다 비가 내리며 땅을 비옥하게 했다는 건 알았다. 녹색이 우거진 시절에 대해 로레이다가 기억하는 건 대부분 할아버지의 밀이 드넓은 푸른 하늘 아래서 황금빛으로 춤을 추는 광경이었다. 바스락바스락 소리. 하루 24시간 땅 위를 굴러가며 흙을 갈고 더 많은 들판을 일구던 트랙터들의 이미지. 땅을 갈아 부수는 기계 곤충 떼.

언제 나쁜 시절이 시작되었던가, 정확하게? 꼭 집어 얘기하긴 힘들었다.

너무 많은 일이 있었다. 1929년 주식 시장 붕괴부터라고 말하는 사람이 있겠지만, 이 근방 사람들은 아니다. 로레이다는 그때 일곱 살이었기 때문에 당시를 조금은 기억했다. 사람들이 저축 대부 조합 밖에 길게 줄을 섰다. 할아버지는 밀 가격이 안 좋다고 불평했다. 할머니는 촛불을 켜고 계속 밝혀둔 채 묵주를 돌리며 기도했다.

주식 시장 붕괴가 문제이긴 했으나 그로 인한 고난은 대부분 로레이다가 한 번도 가본 적 없는 도시의 일이었다. 1929년은 비가 알맞게 내려 작물도 풍년이어서 마르티넬리 가족에겐 꽤 괜찮은 해였다.

할아버지는 계속 트랙터를 탔고, 계속 밀을 심었다. 대공황으로 밀 가격이 가파르게 떨어졌을 때도 그랬다. 심지어 할아버지는 짐칸에 난간을 두른 포드사의 모델 AA 농장 트럭을 새로 구입하기까지 했다. 그 시절 아버지는 엄마가 집안일을 하는 동안 로레이다에게 미소를 지으며 머나먼 곳의 이야기를 들려주곤 했다.

밀 수확이 좋았던 마지막 해는 1930년, 로레이다가 여덟 살 되던 해였다. 그녀는 자신의 생일을 기억했다. 아름다운 봄날. 선물. 코코아 가루 토핑에 촛불이 꽂힌 할머니의 티라미수. 그녀의 가장 친한 친구 스텔라가 처음으로 자고 가는 허락을 받아 놀러 왔었다. 아버지는 그들에게 찰스턴을 어떻게 추는지 가르쳐주었고 할아버지는 바이올린으로 반주를 해주었다.

그러고 나서 비가 뜸해지기 시작하더니 다시는 오지 않았다. **가뭄이었다.**

요즘은 초록 들판이란 건 아득한 기억, 어린 시절 신기루였다. 어른들도 땅만큼이나 바싹 말랐다. 할아버지는 몇 시간이고 죽은 밀밭에 서서 굳은살 박인 손으로 말라버린 흙을 한 줌 떠서 그 흙이 손가락 사이로 흘러내리는 것을 보곤 했다. 그는 죽어가는 포도를 보며 애달파했고 들어주는 사람만 있으면 첫 포도 넝쿨을 이탈리아에서 주머니에 넣어 가져왔노라 말하곤 했다. 할머니는 사방에 제단을 만들었고 벽에 십자가를 더 달아 개수가 두 배가 되었고, 일요일마다 가족 모두에게 비를 내려달란 기도를 하게 했다. 때로는 마을 사람 전부가 학교 건물에 모여 비를 비는 기도를 했다. 종교는 달라도, 장로교, 침례교, 아일랜드 가톨릭, 이탈리아 가톨릭 끼리끼리 줄지어 앉아 신에게 물을 달라고 빌었다. 멕시코인들은 수백 년 전에 지은 그들의 성당이 따로 있었다.

누구나 언제나 가뭄을 이야기했고 옛날 좋은 시절을 그리워했다. 어머니만 예외였다.

로레이다는 크게 한숨을 쉬었다.

어머니에게 재미라는 것이 있었던 적이 있었나? 그랬다면 그 역시 로레이다가 잃어버린 기억일 것이다. 때로 침대에 누워 깜빡 잠이 들려고 할 때 어머니의 웃음소리가 기억난다는 생각을 했다. 어머니의 손길, 잘 자라는 입맞춤 전에 해주던 **용감해져라**라는 속삭임도.

그렇지만 갈수록 그런 기억은 지어낸 것만 같다는, 거짓이라는 느낌이 들었다. 어머니가 무슨 일에 대해서든 마지막으로 웃은 게 언제였는지 기억나지 않았다.

어머니는 일만 했다.

일, 일, 일. 마치 그렇게 하면 그들이 구원을 받을 것처럼.

로레이다는 정확히 언제부터 자신이 어머니의… 사라짐에 화가 나기 시작했는지는 기억나지 않았다. 사라짐이란 말 외에는 다른 표현이 없었다. 어머니는 해가 뜨기 전 일어나 일을 했다. 매일매일. 온종일. 음식을 아껴라, 옷을 더럽히지 말아라, 물을 낭비하지 말아라, 끊임없이 잔소리했다.

로레이다는 잘생기고 매력적이며 재미있는 아버지가 어떻게 엄마와 사랑에 빠졌는지 상상이 가지 않았다. 그녀는 언젠가 아버지에게 엄마가 웃는 걸 두려워하는 것 같다고 말한 적이 있다. 아버지는 말했다. "그만, 롤로." 그의 방식으로, 머리를 갸울이고 미소를 지었는데, 이는 그 이야기는 하고 싶지 않다는 뜻이었다. 그는 아내에 대해 불평하는 법이 없었지만, 로레이다는 아버지가 어떤 생각인지 알았기에 아버지를 위해 불평하곤 했다. 그렇게 두 사람은 가까워졌고, 두 사람이, 딸과 아버지가 서로 닮았음을 증명했다.

부전여전. 모두가 그렇게 말했다.

아버지처럼 로레이다 역시 텍사스 팬핸들 지역 밀 농장에서의 삶이 너무 답답하다고 생각했고, 어머니처럼 살 생각은 절대 없었다. 평생 이 죽어가는 밀밭에 엎드려 고무도 녹을 정도로 뜨거운 태양 아래에서 말라비틀어지는 인생을 살지는 않을 것이다. 그녀는 자신의 기도를 비에 낭비하지 않을 것이다. 어림 반 푼어치도 없다.

그녀는 전 세계를 여행하고 모험담을 쓸 것이다. 언젠가 그녀는 저널리스트 넬리 블라이처럼 유명해질 것이다.

언젠가는.

그녀는 갈색 들쥐가 창문 아래 걸레받이를 따라 기어가는 것을 보았다. 들쥐는 선생님 책상에서 멈추어서 떨어진 잉크 방울을 홀짝거렸다. 쥐가 머리를 들자 파란색으로 물든 작은 코가 보였다.

로레이다는 옆에 앉은 스텔라 데베로를 팔꿈치로 찔렀다.

스텔라가 더위에 지쳐 게슴츠레한 눈으로 쳐다보았다.

로레이다가 쥐를 가리켰다.

스텔라가 살짝 미소를 지었다.

종이 울리고 쥐는 구석으로 달려가 구멍으로 사라졌다.

로레이다가 자리에서 일어섰다. 밀가루 부대 드레스가 땀 때문에 달라붙었다. 그녀는 책가방을 들고 스텔라와 함께 걸었다. 대개는 나가는 길에 남자아이들이나 책, 또는 가고 싶은 곳과 리앨토 극장에 들어오는 영화에 대해 쉴 새 없이 재잘거리지만 오늘은 그러기엔 너무 더웠다.

로레이다의 남동생 앤서니가 평소와 다름없이 문 앞에 먼저 도착해 있었다. 일곱 살인 앤트(앤서니의 애칭)는 길들지 않은 망아지처럼, 팔꿈치를 구부리고 자유롭게 달렸다. 어떤 아이들보다 활기찬 앤트는 늘 통통 튀며 걸었다. 그는 헝겊을 덧댄 빛바랜 멜빵바지를 입었는데, 너무 짧은 데다 단이 다 해어져 빗자루처럼 야윈 발목이 드러났고 구멍 난 신발은 발가락이 보였다. 주근깨투성이의 각진 얼굴은 안장가죽 색깔로 그을린 데다 특히 두 뺨은 햇볕에 타서 아주 빨갰다. 모자가 검은 머리가 지저분하다는 사실을 가려주고 있었다. 앤트는 밖으로 나오자 마차에 탄 부모를 보고는 크게 손을 흔들더니 달려가기 시작했다. 그는 가뭄 아닌 세상을 몰랐다, 정말로. 그래서 평범한 사내아이처럼 놀고 웃었다. 스텔라의 여동생 소피아가 배짱 좋게 앤트를 따라잡으려 했다.

"너희 엄마는 이 더위에도 항상 똑바로 앉아 있더라?" 스텔라가 말했다. 그녀는 반에서 유일하게 새 신발을 신고 진짜 격자무늬 천으로 만든 옷을 입는 아이였다. 데베로 집안은 이 시절에도 그리 사정이 나쁘지 않았지만, 로레이다의 할아버지는 은행들도 전부 고생을 하고 있다고 했다.

"아무리 더워도 상관없어. 엄마는 불평 같은 거 안 해."

"우리 엄마도 별말 안 하지만, 우리 언니는 말도 마. 결혼한 후로는 아내가 해야 하는 온갖 일들에 대해 먹딴 돼지처럼 툴툴거린다니까."

"난 결혼 안 할 거야." 로레이다가 말했다. "아버지랑 나랑 언젠가는 같이 할리우드에 갈 거야."

"너희 엄마가 언짢아하지 않을까?"

로레이다가 어깨를 으쓱했다. 엄마가 언짢아하는 게 뭔지 누가 알까? 게다가 누가 신경 쓴다고?

스텔라와 소피아는 왼쪽으로 꺾어 마을 저편에 있는 그들의 집으로 향했다.

앤트가 마차 앞까지 갔다.

"와, 엄마." 앤트가 씩 웃자 새로 이 빠진 자국이 보였다. "아빠."

"안녕, 아들." 아빠가 말했다. "뒤에 타라."

"오늘 학교에서 뭐 그렸는지 볼래요? 버슬릭 선생님이 ─"

"마차에 타거라, 앤서니." 아빠가 말했다. "네 그림은 집에 가서 해가 지고 이 지긋지긋한 더위가 좀 가시면 그때 보마."

앤트가 실망해서 고개를 숙였다.

로레이다는 아버지의 얼굴이 슬프고 지쳐 보이는 것이 싫었다. 가뭄이 아버지의 기를 다 빨아먹었다. 아버지와 로레이다는 빛나야 할 밝은 별이었다. 아버지가 늘 그렇게 이야기했다. "내일 영화 보러 갈래요, 아빠?" 그녀가 그를 애정 어린 눈으로 쳐다보며 말했다. "〈어린 소녀 마커〉 또 한대요."

"그럴 돈이 없단다, 로레이다." 엄마가 말했다. "동생이랑 뒤에 타거라."

"그러면 ─"

"마차에 타거라, 로레이다." 엄마가 말했다.

로레이다는 책가방을 마차 뒤에 던지고 올라탔다. 그녀와 앤트는 뒷자리에 두는 오래된 먼지투성이 퀼트 위에 함께 앉았다.

엄마가 고삐를 당겼고, 그들은 출발했다.

마차의 움직임에 따라 흔들리면서 로레이다는 메마른 땅을 바라보았다. 공기에서도 먼지와 열기의 냄새가 났다. 썩어가는 황소 사체를 지나갔다. 갈비뼈가 튀어나와 있었고 모래에 파묻힌 뿔도 보였다. 파리들이 윙윙거리며 주변을 날았다. 까마귀 한 마리가 사체 위에 앉아 소유를 주장하듯 까악 울고는 뼈를 뜯기 시작했다. 옆에는 문이 열린 모델 T 자동차가 타이어가 차축까지 메마른 흙에 파묻힌 채 버려져 있었다.

그들 왼쪽으로는 작은 농가 한 채가 나무 그늘도 없이 갈색 흙에 둘러싸인 채 서 있었다. 현관에는 **경매**와 **압류** 팻말 두 개가 못 박혀 있었다.

마당에는 고물 자동차에 사람과 잡동사니가 한가득이었다. 차 뒤편에는 양동이 쌓은 것, 무쇠 프라이팬, 저장용 유리병을 가득 담은 나무 궤짝 하나, 밀 부대 등이 묶여 있었다. 시동이 걸린 엔진에서 검은 연기가 뿜어져 나왔고 금속 차체가 덜커덩거렸다. 냄비와 솥이 묶을 자리가 있는 곳이면 어디나 매달려 있었다. 아이들 둘이 차의 녹슨 발판 위에 서 있었고 서글픈 표정에 축 늘어진 머리카락의 여자가 아기를 안고 조수석에 앉아 있었다.

농부 월 번팅은 운전석 문 옆에 서 있었다. 상하의가 붙은 작업복에 소매가 한쪽뿐인 셔츠 차림에 찌그러진 카우보이모자를 먼지투성이 얼굴 위로 깊이 눌러쓰고 있었다.

"워워." 어머니가 말을 세우며 밀짚모자를 뒤로 젖혔다.

"어이, 레이프." 월이 발치의 땅에 담배를 뱉으며 말했다. "엘사." 그가 짐을 잔뜩 실은 차에서 몸을 떼어 천천히 마차로 다가왔다. 마차까지 온 그는 걸음을 멈추고는 아무 말도 하지 않고 두 손을 주머니에 넣었다. "어디로 가?" 아빠가 물었다.

"우린 완전히 망했어." 윌이 말했다. "우리 아들, 칼슨, 이번 여름에 죽은 거 알지?" 그가 아내를 흘깃 쳐다보았다. "그리고 이제 다시 아이가 생겼어. 더는 못 견디겠다. 떠날 거야."

로레이다가 몸을 펴고 앉았다. 떠난다고?

엄마가 얼굴을 찌푸렸다. "하지만 당신네 땅은—"

"이제 은행 땅이오. 돈을 갚을 수가 없었어."

"어디로 갈 건데?" 아빠가 물었다.

윌은 뒷주머니에서 구겨진 전단지를 꺼냈다. "캘리포니아. 젖과 꿀의 땅이라고 하더군. 꿀은 필요 없고, 일만 있으면 돼."

"그게 사실인지 어떻게 알아?" 아빠가 전단지를 받아 들며 말했다. 모두를 위한 일자리! 기회의 땅! 캘리포니아를 향해 서부로!

"나야 모르지."

"그냥 무작정 가면 안 돼요." 엄마가 말했다.

"이미 끝난 얘기야. 애 하나 땅에 묻었으면 됐어. 자네 부모님께 작별 인사나 대신 해줘."

윌은 돌아서서 그의 먼지 덮인 차로 가더니 운전석에 올라탔다. 철제문이 철커덕 닫혔다.

엄마가 혀를 차더니 고삐를 잡아당겼고 밀로는 다시 터벅터벅 걷기 시작했다. 로레이다는 고물 자동차가 뿌옇게 먼지구름을 일으키며 그들을 지나가는 것을 보며 갑자기 오로지 한 가지 외에 다른 건 생각이 나지 않았다. 떠난다. 그들은 그녀와 아버지가 이야기 나눴던 그곳으로 갈 수 있다. 샌프란시스코나 할리우드나 뉴욕으로.

"글렌과 메리 린 멍거도 지난주에 떠났어." 아빠가 말했다. "그들도 캘리포니아로 갔어. 그 낡은 패커드 차를 타고는 그냥 떠나버렸어."

한참 지나서야 엄마가 말했다. "우리가 봤던 뉴스 영화 기억나요? 시카고에서 무료 음식을 받으려고 늘어선 줄들. 사람들이 센트럴 파크에선 판잣집과 판지 상자에서 산대요. 그래도 여기 우리한테는 달걀과 우유가 있잖아요."

아빠가 한숨을 쉬었다. 로레이다는 그 소리에서 고통을, 그에 동반된 상처를 느꼈다. 엄마는 안 된다고 할 것이다. "그래, 그런 것 같군." 아빠는 전단지를 마차 바닥에 떨어뜨렸다. "어차피 우리 부모님은 절대 떠날 사람들이 아니니까."

"절대로." 엄마도 동의했다.

그날 밤 로레이다는 저녁을 먹은 후 포치의 그네에 앉았다.

떠난다.

해가 천천히 농장 위로 졌다. 밤이 평평한 갈색의 마른 대지를 삼키고 있었다. 소 한 마리가 물을 찾아 애처로이 낮은 소리로 울었다. 곧 어둠 속에서 할아버지가 우물에서 한 동이씩 물을 길어 와 가축들에게 물을 줄 것이고 할머니와 엄마는 텃밭에 물을 줄 것이다.

포치의 그네 체인이 삐걱거리는 소리가 조용한 가운데서 시끄럽게 들렸다. 집 안에서 공동 가입 전화가 울리는 소리가 들렸다. 요즘 통화 내용은 하나도 재미가 없었다. 가뭄 얘기뿐이었다.

아버지만 제외하고. 그는 다른 농부나 상점 주인과는 달랐다. 다른 남자들은 모두 땅과 날씨와 곡물에 죽고 사는 듯했다. 할아버지만 봐도 그랬다.

로레이다가 어리고 비가 제대로 내리던 시절, 밀이 황금빛으로 잘 자라던 시절, 토니 할아버지는 항상 미소를 지었고, 주말이면 호밀주를 마시고 마을 파티에서 바이올린을 연주했다. 그는 로레이다 손을 잡고 속삭이는 밀밭 사이로 걸으며 그녀가 귀를 기울여보면 밀이 들려주는 이야기를 들을 수 있을 거라 말하곤 했다. 그는 옹이 진 커다란 손으로 흙을 한 덩어리 들고 마치 다이아몬드라도 되는 것처럼 그녀에게 내밀며 "이것이 언젠가는 모두 네 것이 될 거란다, 그 후에는 네 아이들, 또 그 후에는 네 아이들의 아이들 것이 될 거고"라고 말했다. 땅. 그는 마치 미카엘 신부가 하느님을 부르듯 땅을 불렀다.

할머니와 엄마는? 그들도 론섬트리의 다른 농부의 아내들과 똑같았다. 그들은 손가락이 닳도록 일했고, 웃지도 않았고 말도 거의 없었다. 입을 열어도 재미있는 이야기 같은 건 없었다.

오로지 아빠만 생각이나 선택, 꿈에 관해 이야기했다. 그는 여행과 모험, 사람이 경험할 수 있는 온갖 종류의 인생에 대해 말했다. 그는 로레이다에게 이 농장 너머에 크고 아름다운 세상이 있다는 것을 되풀이해서 들려주었다.

그녀 뒤에서 문이 열리는 소리가 들렸다. 토마토 스튜, 튀긴 판체타와 익힌 마늘 냄새가 흘러나왔다.

아빠가 포치로 나오더니 조용히 문을 닫았다. 담배에 불을 붙이고 그녀가 앉은 그네에 같이 앉았다. 아버지 숨결에서 달콤한 와인 향이 났다. 모든 걸 아껴야 하는 상황이었지만 아빠는 와인도 위스키도 포기하지 않았다. 제정신을 유지하게 해주는 건 술뿐이라고 말했다. 그는 저녁 식사 후 마시는 와인에 매끈하고 달콤한 통조림 복숭아 한 조각을 넣는 것을 좋아했다.

로레이다가 아버지에게 기댔다. 그는 그녀를 팔로 감싸고 가까이 끌어당겼고 그러자 그네가 앞뒤로 움직였다. "말이 없구나, 로레이다. 우리 딸답지 않네."

농장은 어둠의 세계로 빠져들며 온갖 소리로 가득해졌다. 풍차가 쿵쿵대며 귀중한 물을 끌어올리는 소리, 닭들이 땅을 긁는 소리, 돼지들이 흙을 파헤치는 소리.

"이 가뭄." 로레이다가 이 우울한 단어를 이 지방 사람들이 발음하는 방식으로 말했다. 가물. 그녀는 말없이 조심스럽게 어휘를 골랐다. "그게 땅을 죽이고 있어요."

"응." 아버지가 담배를 다 피우고 옆에 놓인 죽은 꽃만 가득한 화분에 비벼 껐다.

로레이다가 주머니에서 전단지를 꺼내 가만가만 펼쳤다.

캘리포니아. 젖과 꿀의 땅.

"버슬릭 선생님이 캘리포니아에는 일자리가 있다고 했어요. 길에 돈이 깔렸대요. 스텔라네 삼촌이 엽서를 보냈는데 오리건에 일자리가 있다고 했대요."

"길에 돈이 깔렸을 것 같진 않구나, 로레이다. 이 대공황은 도시에서 더 힘들단다. 지난번에 어디서 읽었는데 1300만 명이 일자리를 잃었대. 기차 타는 떠돌이들을 너도 봤잖니. 오클라호마시티의 후버빌(대공황 당시 대통령인 후버의 이름을 딴 노숙자 마을)을 보면 눈물이 날 거다. 사람들이 사과 손수레에 살고 겨울이 오면 공원 벤치에서 추위로 죽어갈 거야."

"캘리포니아에서는 추워서 죽지는 않아요. 아버지도 일자리를 구할 수 있을 거예요. 어쩌면 철도에서 일할 수도 있고."

아빠는 한숨을 쉬었고, 내쉬는 숨결에서 그녀는 그가 무슨 생각을 하는지 알았다. 그런 식으로 그녀는 아버지와 통했다. "할아버지, 할머니는, 그리고 네 엄마도 절대 이 땅을 떠나지 않을 거다."

"하지만―"

"비가 내릴 거다." 아빠는 그렇게 말했지만, 그 말투에는 무언가 서글픔이 묻어 있었고, 마치 비가 내려 구원받는 것을 원치 않기라도 하는 듯했다.

"아버지는 꼭 농사를 지어야 해요?"

그가 고개를 돌렸다. 찌푸린 얼굴에서 숱 많은 검은 눈썹이 꿈틀거렸다. "난 농부로 태어났다."

"아빠는 늘 여긴 미국이라고 말하잖아요. 사람은 무엇이든 될 수 있다고."

"그래, 흠. 난 몇 년 전 잘못된 선택을 했고… 어… 때론 인생이 너를 선택하기도 한단다." 그러고는 아빠는 오랫동안 아무 말도 하지 않았다.

"잘못된 선택이 뭐였는데요?"

그는 그녀를 쳐다보지 않았다. 몸은 옆에 앉아 있었지만 마음은 딴 곳에 있었다.

"나는 여기서 말라붙고 그렇게 죽고 싶지 않아요." 로레이다가 말했다.

마침내 그가 말했다. "비가 내릴 게다."

7장

또 뜨거운 하루였다, 아직 오전 10시도 되지 않았는데. 9월이 되었는데도 여태 더위는 한풀도 꺾이지 않았다.

엘사는 리놀륨 부엌 바닥에 무릎을 꿇고 앉아 열심히 닦았다. 벌써 몇 시간 전에 일어났다. 비교적 서늘한 새벽과 해 질 녘에 일하는 것이 그나마 나았다.

슥슥, 소리가 그녀의 주의를 끌었다. 쳐다보니 사과만큼 커다란 타란툴라 거미가 숨어 있던 구석에서 기어 나오고 있었다. 그녀는 일어서서 비질을 해 거미를 밖으로 쫓았다. 이 더위에는 밖으로 돌려보내는 것이 신발로 밟아버리는 것보다 더 잔인한 일이었다. 게다가 그녀는 거미를 밟을 힘도 없었고 관심을 가질 여유도 없었다. 그녀는 요즘 음식이나 물이 생기지 않는 일이라면 그 어떤 일에도 수고를 들이지 않았다.

이 건조한 열기 속에서 생존하는 비결은 모든 것을, 물, 음식, 감정을 아끼는 것이었다. 감정을 덜 소모하는 것이 가장 어려웠다.

그녀는 레이프와 로레이다가 얼마나 불행해하는지 알았다. 그 둘은 모래 알갱이처럼 똑같았고 요즘 다른 식구들보다 더 힘들어했다. 그렇다고 식구들 중에 행복한 사람이 있는 건 아니었다. 어떻게 행복하겠나? 그러나 토니와 로즈와 엘사는 삶이 어려울 것이라 예측하면 살아남기 위해 더 강인해지는 사람들이었다. 시부모는 오랜 세월 열심히 일했다. 시아버지는 철도에서, 시어머니는 블라우스 공장에서 돈을 벌어 이 땅을 샀다. 손수 지은 흙 벽돌 움집이 이 땅에서 그들의 첫 집이었다. 배에서 내렸을 때는 안토니오와 로살바였겠지만 극한 노동과 그 땅으로 토니와 로즈가 되었다. 미국인이었다. 그들은 목마름과 배고픔으로 죽을지언정 그 땅은 포기하지 않을 것이다. 엘사는 농부로 태어나지 않았지만 이제 농부가 되었다.

지난 13년 동안 그녀는 이 땅과 농장을 자신이 상상도 못 했을 만큼 사랑하는 법을 배웠다. 좋은 시절 봄은 텃밭 채소들이 자라는 것을 바라보는 기쁨의 시간이었고, 가을은 자랑스러움의 계절이었다. 노동의 결과물을 지하 저장고 선반에서 보는 것이 좋았다. 채소와 과일, 빨간 토마토, 매끈한 복숭아, 시나몬 향이 나는 사과로 채운 유리병이 줄지어 서 있었다. 돼지 뱃살로 만든 향신료를 넣은 판체타 롤과 보존 처리한 햄이 머리 위 갈고리에 걸려 있었다. 텃밭에서 캔 감자, 양파, 마늘이 넘치도록 담긴 상자들도 있었다.

마르티넬리 부부는 엘사를 가족으로 받아들여주었고 엘사는 그 예상치 못했던 친절에 신심 어린 헌신과 그들과 그들의 방식에 대한 강렬한 사랑으로 보답했다. 그러나 엘사가 더욱 단단히 가족으로 결속될수록 레이프는 멀어져갔다. 그는 오랫동안 행복하지 못했고 이제 로레이다가 제 아버지의 길을 따라가고 있었다. 당연히 따라갈 법했다. 레이프의 매력에 사로잡히지 않는 것은, 그의 불가능한 꿈에 휩쓸리지 않는 것은 불가능했다. 그가 미소를 지으면 집 안이 환해졌다. 그는 감수성 예민하고 변덕스러운 딸이 어렸을 때 꾸준히 꿈이라는 양식을 먹였고, 이제는 불만족을 전달하고 있었다. 엘사는 그가 부모나 아내에게는 하지 않을 말과 불평을 로레이다에게 한다는 것을 알았다. 로레이다는 레이프의 마음에서 가장 큰 부분을 차지했고 그녀가 태어난 순간부터 그래왔다.

엘사는 다시 부엌 바닥을 닦기 시작했고, 그리고 나서는 방 여덟 곳 바닥을 다 닦았으며, 나무 문짝이며 창턱 먼지도 털어냈다. 그 일을 마친 후엔 러그를 다 모아서 밖으로 가지고 나가 걸고 막대기로 두드려 흙을 털었다.

바람이 불면서 그녀의 옷이 펄럭거렸다. 그녀는 러그 두드리기를 멈추고 한 손을 눈 위로 올렸다. 땀이 얼굴과 가슴골 사이로 흘렀다. 딴채 너머로 탁한, 오줌같이 노란 아지랑이가 하늘을 가리며 일렁였다.

엘사는 밀짚모자를 뒤로 젖히고 지독하게도 누런 지평선을 응시했다.

먼지 폭풍. 대평원의 새로운 재앙.

하늘 색깔이 바뀌며 붉은 갈색으로 변했다.

바람이 일면서 남쪽부터 농장을 휩쓸고 온다.

엉겅퀴가 그녀 얼굴을 때리면서 뺨의 피부가 찢어졌다. 회전초가 뒹굴며 지나갔다. 닭장에서 판자 하나가 떨어지더니 집 벽면에 부딪혔다.

레이프와 토니가 헛간에서 달려 나왔다.

엘사가 밴대너를 올려 입과 코를 가렸다.

소들이 성을 내며 울어대고 서로를 밀쳤고, 앙상한 엉덩이를 먼지 폭풍을 향해 돌렸다. 정전기 때문에 꼬리가 바짝 섰다. 새 떼가 세차게 날갯짓하고 깍깍 울어대면서 소들을 지나쳐 먼지보다 앞서 날아갔다.

레이프의 카우보이모자가 머리에서 벗어져 날아가더니 가시철조망 울타리로 굴러가 걸렸다. "안으로 들어가!" 그가 소리쳤다. "동물은 내가 돌볼게."

"애들은요!"

"버슬릭 선생님이 알아서 할 거야. 안으로 들어가."

그녀의 아이들. 이런 상황에 밖에 있다.

이제 바람이 울부짖으며 그들을 때리고 옆으로 밀쳤다. 엘사는 몸을 숙이고 바람에 휘몰아치는 먼지를 맞으며 집으로 들어가기 위해 고생해야 했다.

그녀는 평평하지 못한 계단을 조금씩 올라 모래투성이 포치를 가로질러 쇠로 된 문손잡이를 붙잡았다. 정전기가 흐르며 그녀는 바닥으로 쓰러졌다. 잠시 그대로 누워 어지러움 속에 기침을 하고 숨을 쉬려 애썼다.

문이 열렸다.

로즈가 그녀를 붙잡아 일으켜 세우고 흔들리며 삐걱대는 집 안으로 잡아당겼다.

엘사와 로즈는 창문에서 창문으로 뛰어다니며 유리와 창문턱에 신문지와 천을 붙이고 고정했다. 먼지가 천장에서 비처럼 떨어졌고, 창문틀과 벽의 미세한 틈새로도 불어 들어왔다. 임시 제단의 촛불들이 꺼졌다. 벽에서 지네 수백 마리가 빠져나와 숨을 곳을 찾아 바닥을 기었다.

세찬 돌풍이 집을 때렸고, 충격이 너무 커 지붕이 날아갈 것만 같았다.

그리고 굉음.

마치 기관차가 엔진을 돌리며 그들을 향해 돌진해오는 듯했다. 집이 숨을 헐떡이듯 부르르 떨렸다. 바람이 가족의 죽음을 예고한다는 유령 밴시처럼 지독히도 울어댔다.

문이 열리고 남편과 토니가 비틀대며 들어왔다. 토니가 문을 쾅 닫고 걸쇠를 걸었다. 십자가가 바닥에 떨어졌다.

엘사가 흔들거리는 벽에 등을 기댔다.

엘사는 시어머니가 숨 가쁘게 거친 목소리로 기도하는 것을 들었다.

그녀는 손을 옆으로 뻗어 시어머니의 손을 잡았다.

레이프가 엘사 옆으로 다가왔다. 엘사는 두 사람이 같은 생각을 하고 있음을 알았다. 만약 아이들이 운동장에 나와 있었다면 어쩌나? 이번 폭풍은 너무나 **빨리** 왔다. 요즘은 모든 것이 죽어가고 있어 지상에는 흙을 지탱해줄 강한 뿌리라고는 남아 있지 않았다. 이런 바람이 불면 농장 전체를 날릴 수도 있었다. 어쨌든 그렇게 느껴졌다.

"애들 괜찮을 거야." 그가 먼지를 가르며 말했다.

"어떻게 알아요?" 그녀가 폭풍 소리를 뚫고 외쳤다.

눈에 담긴 절망이 그녀의 남편이 할 수 있는 대답 전부였다.

로레이다는 요동치는 학교 바닥에 앉아 있었고, 동생은 옆에 바짝 붙어 있었다. 둘 다 노상강도처럼 밴대너로 입과 코를 가리고 있었다. 앤트는 용감해지려 노력했지만 유독 사나운 바람이 건물을 때려 유리창이 덜컹거릴 때마다 움찔하곤 했다.

천장에서 먼지가 비처럼 내렸다. 로레이다는 머리에, 어깨에 먼지가 쌓이는 것이 느껴졌다. 바람이 나무 벽을 세차게 쳐대며 새되게, 거의 인간의 비명처럼 울었다. 겁에 질린 새들이 유리창에 부딪쳤다.

처음 폭풍이 몰아쳤을 때 버슬릭 선생님은 그들을 모두 불러 창문에서 가장 먼 모퉁이에 모여 앉게 했다. 그녀는 이야기를 읽어주려 애썼지만 아무도 집중할 수 없었고, 결국 그녀의 목소리도 들리지 않게 되어 포기하고 책을 덮었다.

지난해만 해도 이런 먼지 폭풍이 적어도 열 번은 있었다. 이번 봄 어느 날에는 바람과 흙이 열두 시간 내내 불어왔고, 너무 긴 시간이었기에 그들은 거세게 휘몰아치는 먼지 속에서 음식을 해서 먹고 집안일을 해야 했다.

할머니와 엄마는 기도를 해야 한다고 말했다.

기도해라.

촛불을 켜고 무릎을 꿇으면 이 모든 것을 멈추게 할 수 있는 것처럼. 분명했다, 만일 하느님이 대평원의 사람들을 보고 있는 것이라면, 하느님은 그들이 떠나거나 죽기를 바라는 것이다.

폭풍이 마침내 지나가고 고요함이 학교로 스며들었을 때 아이들은 충격에 휩싸여 퀭한 눈으로 먼지에 뒤덮인 채 거기 앉아 있었다.

버슬릭 선생님은 천천히 앉은 바닥에서 몸을 폈다. 그녀가 일어서자 무릎에서 먼지가 쏟아져 내렸다. 바닥에는 모래 디자인인 양 그녀의 몸 윤곽을 따라 모래가 선을 그리고 있었다. 그녀가 문 쪽으로 가서 문을 열자 아름다운 푸른 하늘이 보였다.

로레이다는 버슬릭 선생님이 안도의 숨을 내쉬는 것을 보았다. 그렇게 내쉰 숨은 기침이 되었다. "오케이, 애들아." 그녀가 목을 긁는 목소리로 말했다. "끝났다."

앤트가 로레이다를 쳐다봤다. 주근깨투성이 얼굴은 입과 코를 가린 밴대너 위가 흙 때문에 갈색이었다. 눈을 비비자 너구리 같았다. 눈썹에 눈물이

끈질기게 매달려 있어 진흙 구슬처럼 보였다.

로레이다가 자신의 밴대너를 잡아 내렸다. "이리 와, 앤트." 그녀가 말했다. 그녀의 목소리는 가늘고 메말라 있었다.

로레이다와 스텔라와 앤트는 책가방을 찾아 도시락 통을 비우고 학교를 나섰다. 소피아가 고개를 늘어뜨리고 발을 끌며 뒤를 따랐다.

로레이다가 앤트의 손을 꼭 잡고 건물 밖으로 나갔다.

마을은 재앙이 지나간 후 고요했다. 4년 전 설치되었을 때 공동체 자부심의 원천이었던 카바이드 아크 가로등이 밝혀져 있었다. 사람과 차와 동물이 안전한 곳을 찾으려면 불빛이 필요했기 때문이다.

그들은 메인 스트리트를 걸어갔다. 회전초가 목조 보도에 여기저기 걸려 있었다. 창문마다 대공황 때문에, 그리고 먼지 폭풍 때문에 판자로 막혀 있었다.

기차역 근처에 갔을 때 스텔라가 말했다. "점점 나빠져, 롤로." 부모 집에까지 닿을까 두려워하기라도 하는 것처럼 목소리를 낮추었다.

로레이다는 대답할 말이 없었다. 마르티넬리 집도 몇 년 동안 사정이 좋지 않았다. 그녀는 스텔라가 걸어가는 것을 바라보았다. 닥쳐올 어려움이 무엇이든 그로부터 자신을 보호하겠다는 듯이 어깨를 잔뜩 웅크린 모습이었다. 스텔라는 바람에 거리로 쏠려 와 새로 쌓인 모래 언덕을 올라가 집으로 가는 길모퉁이를 돌아갔다. 소피아가 제 언니 뒤를 따랐다.

로레이다와 앤트도 계속 걸었다. 세상에 두 사람만 남은 듯한 기분이 들었다.

그들은 울타리 기둥에 **매매** 팻말이 붙은 곳을 몇 군데 지났고, 그러자 아무것도 없었다. 집도, 울타리도, 가축도, 풍차도. 그냥 갈색, 황금색 흙이 끝없이 언덕과 비탈을 이루고 있었다. 전봇대 아래에도 모래가 쌓여 있었다. 전봇대 하나는 넘어졌다.

느리고 둔탁하게 말발굽이 달가닥거리는 소리를 들은 것은 로레이다가 먼저였다.

"엄마!" 앤트가 외쳤다.

로레이다가 고개를 들었다.

엄마가 마차를 몰고 그들을 향해 오고 있었다. 엄마는 밀로가 더 빨리, 더 빨리 가주길 바라는 듯 몸을 앞으로 한껏 내민 채 앉아 있었다. 그러나 불쌍한 늙은 말은 누구라도 그러하듯 지치고 목이 마른 상태였다.

앤트가 손을 놓고 뛰어가기 시작했다.

엄마가 말을 멈추고 마차에서 뛰어내렸다. 엄마가 그들을 향해 뛰어왔다. 흙으로 갈색이 된 얼굴로, 허리 아래는 갈기갈기 찢어진 옷에 앞치마를 펄럭이며, 옅은 금발 머리가 먼지에 갈색이 된 채로.

엄마가 앤트를 왈칵 끌어안고 들어 올리더니 다시는 못 볼 거라 생각한 사람처럼 빙글빙글 돌리면서 그 더러운 얼굴에 키스를 퍼부었다.

로레이다도 그 키스를 기억했다. 좋았던 시절, 엄마에게서는 라벤더 비누와 땀띠분 향기가 났다.

이젠 아니었다. 로레이다는 마지막으로 엄마에게 키스를 허락했던 것이 언제인지 기억도 나지 않았다. 그녀는 자신을 옥죄는 그런 종류의 사랑은 원하지 않았다. 그녀가 높이 날 수 있다고, 무엇이든 하고 어디로든 갈 수 있다고 말해주는 사랑을 원했다. 아버지가 원하는 일들을 그녀는 하고 싶었다. 언젠가 그녀도 담배를 피우고 재즈 클럽에 가고 직장을 얻을 것이다. 현대적이 될 것이다.

그녀의 어머니가 생각하는 여자의 자리는 로레이다가 견디기에 너무 슬픈 것이었다.

엄마는 앤트가 마차 앞자리에 올라타는 것을 돕고 나서 로레이다 앞으로 와서 섰다. "괜찮니?" 엄마가 로레이다의 머리카락을 귀 뒤로 넘겨주더니 잠시 거기에 손길이 머물렀다.

"네. 좋네요." 로레이다가 말했다. 자신의 목소리에 날이 서 있는 것이 들렸다. 지금 엄마에게 화를 내는 것이 잘못된 일임을 알았지만, 날씨가 엄마 잘못일 리는 없었지만, 로레이다도 자신을 어쩔 수 없었다. 이 세상에 화가 났고, 어째서인지 무엇보다 엄마에게 화가 났다.

"앤트가 울었던 것 같구나."

"무서워했어요."

"누나가 옆에 있어줘서 참 다행이다."

어떻게 엄마는 이럴 때 미소를 지을 수 있을까? 짜증이 났다.

"엄마 이가 흙 때문에 누런 거 알아요?" 로레이다가 말했다. 엄마가 움찔하고는 즉시 미소를 지웠다.

그녀는 엄마의 감정에 상처를 주었다. 또다시.

로레이다는 갑자기 울고 싶어졌다. 엄마가 자신의 감정을 알아차리기 전에 그녀는 마차 뒤편으로 향했다.

"앞에 같이 앉자꾸나." 엄마가 말했다.

"있던 데나 가는 데나 보이는 게 도찐개찐. 풍경은 늘 똑같아."

"도긴개긴." 엄마가 기계적으로 지적하며 단어를 고쳐주었다.

"아, 알았어요." 로레이다가 말했다. "교육이 중요하죠."

집으로 가는 길에 로레이다는 평평하기 그지없이 뻗어나간 땅을 응시했다.

진입로의 나무는 모두 죽어가고 있었다. 덥고 건조한 날씨가 몇 년 이어지며 나무는 병든 회갈색이 되었고, 잎은 바싹 말라 검은 색종이 조각으로 변하더니 바람에 모두 날아가버렸다. 나무 세 그루만이 여전히 똑바로 서 있었다. 흙먼지가 울타리 기둥마다 아래에 사구를 이루며 쌓여 있었다. 들판에선 아무것도 번성하지도 자라지도 못했다. 어디에도 초록 풀 한 포기 볼 수 없었다. 살아 있는 식물이라고는 엉겅퀴, 회전초, 유카뿐이었다. 모래 더미에 아마도 산토끼였을 것의 사체가 썩어가고 있었고, 까마귀들이 그것을 뜯어 먹고 있었다.

엄마가 마당에 마차를 세웠다. 밀로가 발굽 아래 단단한 흙을 찼다. "로레이다, 밀로를 들여보내렴. 난 레몬 절임을 가져와 레모네이드를 만들마." 엄마가 말했다.

"알았어요." 로레이다가 뚱하게 말했다. 그녀는 마차에서 내려 고삐를 잡고 말과 마차를 헛간으로 끌고 갔다.

불쌍한 밀로가 너무나도 천천히 움직여 로레이다는 한때 이 세상 가장 친한 친구였던 이 말에 측은함을 느끼지 않을 수 없었다. "괜찮아, 밀로. 우리 모두 같은 기분이야."

그녀는 벨벳처럼 부드러운 말의 주둥이를 쓰다듬으며 아빠가 말 타는 법을 가르쳐주던 날을 떠올렸다. 그날의 하늘은 화창했고 주변은 온통 밀이 이루는 황금빛 바다가 감싸고 있었다. 그녀는 겁이 났다, 성인용 크기 안장까지 올라가는 것이 너무나 겁이 났다.

아빠가 올라타는 것을 도와주며 속삭였다. "걱정 마." 그리고 뒤로 물러나 로레이다 자신만큼이나 불안해하는 엄마 옆으로 갔다.

로레이다는 한 번도 떨어지지 않았다. 아빠는 그녀에게 타고났다고 말했고, 저녁 식사 때 가족들에게 이렇게 말을 잘 타는 어린 소녀를 본 적이 없다고 말했다.

로레이다는 그의 칭찬을 만끽했고 거기에 어울리게 자랐다. 그 후로 오랫동안 그녀와 밀로는 늘 함께였다. 기회만 된다면 밀로의 마방(馬房)에서 숙제를 했고, 그녀가 텃밭에서 뽑아 온 당근을 함께 아작아작 먹었다.

"네가 그립구나, 밀로." 로레이다가 말의 머리 옆면을 쓰다듬었다.

말이 코를 씨근거리며 축축하고 모래가 낀 콧물을 로레이다의 맨팔에 뿜었다. "으악."

로레이다가 헛간의 쌍여닫이 문을 열었다. 그 헛간은 할아버지의 자랑이자 기쁨이었다.

커다란 헛간 안은 널찍한 중간 통로에 트랙터와 트럭이 세워져 있었고, 그 양쪽으로 칸막이 된 공간이 두 개씩 있었는데 방목장 쪽으로 열리게 되어 있었다. 두 개에는 말, 두 개에는 소를 넣었다. 헛간 다락에는 예전에는 향기로운 녹색 건초 다발이 쌓여 있었지만 지금은 빠르게 비어갔다. 그곳이, 그 다락이 아빠가 가장 좋아하는 아지트라는 것은 모두 다 알았다. 아빠는 거기 앉아 담배를 피우고 위스키를 마시고 큰 꿈을 꾸는 것을 좋아했다. 요즘은 그곳에 있는 시간이 점점 더 늘어갔다.

로레이다는 마구를 풀면서 타이어의 고무와 엔진의 금속 얼룩 냄새와 달콤한 건초와 퇴비의 편안한 향기를 맡았다. 헛간 끝 나란히 있는 마방에는 다른 말인 브루노가 부드럽게 콧김을 내뿜으며 코로 마방 문을 두드려 인사를 했다.

"너희들 물 가져다줄게." 로레이다가 밀로의 입에서 끈적한 재갈을 빼내며 말했다. 그녀는 밀로를 녀석의 마방으로 돌려서 넣었다. 마방 뒤편은 방목장으로 나갈 수 있게 열려 있었다.

그녀가 마방 문을 닫고 잠갔을 때 뭔가 소리가 들렸다.

뭐지?

그녀는 헛간에서 밖으로 나와 주변을 둘러보았다.

또 들렸다. 깊은 울림. 천둥은 아니었다. 하늘엔 구름 한 점 없었다.

발아래 땅이 흔들리며 커다랗게 바지직 쪼개지는 소리가 났다.

땅이 갈라지며 열렸고, 뱀처럼 구불구불한 커다란 틈새가 생겼다.

쾅.

공중으로 먼지가 솟구쳤고 흙이 무너져 내리며 새로운 균열이 생기고 그 양쪽이 부서져 내렸다. 울타리의 철조망 일부가 그 균열 안으로 떨어졌다. 나무줄기에서 가지가 뻗어나가듯 커다란 균열로부터 새로운 틈들이 기어나갔다.

마당에 구불구불하게 생긴 균열은 15미터나 되었다. 부서져 내리는 양옆의 흙에서 튀어나온 죽은 뿌리들이 해골만 남은 시신의 손 같았다.

로레이다는 겁에 질려 그 균열을 바라보았다. 그녀는 가뭄에 땅이 갈라져 열린다는 이야기를 들은 적이 있었다. 하지만 그냥 전설인 줄 알았다….

그러니까, 동물과 사람만 메말라가고 있었던 것이 아니었다. 땅도 죽어가고 있었다.

로레이다와 아버지는 그들이 가장 좋아하는 곳에, 풍차의 거대한 날개 아래 기단에 나란히 앉아 있었다. 어둠이 내리기 직전에 하늘이 붉게 물드는 순간, 그녀는 자신이 알던 세상의 끝을 보고 그 너머를 상상할 수 있었다.

"난 대양이 보고 싶어요." 로레이다가 말했다. 이건 그들이 하는 게임이었다. 언젠가 그들이 살게 될 다른 삶을 상상하기. 지금은 그들이 언제 이 게임을 시작했는지 기억나지 않았다. 그저 요즘은 아버지의 새로운 슬픔 때문에 이 놀이가 더 중요하게 느껴진다는 것만 알 뿐이었다. 적어도 새롭게 느껴졌다. 때로는 그의 슬픔이 늘 그 자리에 있었는데, 마침내 그걸 알아볼 만큼 자신이 큰 건 아닐까 생각도 들었다.

"넌 그렇게 될 거야, 롤로."

보통 그는 **우리는** 그럴 거라 말했었다.

그는 앞으로 몸을 숙이더니 두 팔을 허벅지 위에 얹었다. 숱 많은 검은 머리가 넓은 이마 위로 제멋대로 물결쳤다. 머리 옆면을 짧게 깎은 머리인데 엄마가 세심하게 돌볼 시간이 없어 가장자리가 삐죽빼죽 단정치 못했다.

"아빠 브루클린 다리 보고 싶잖아요, 기억해요?" 로레이다가 말했다. 아버지의 불행한 기분을 생각하면 겁이 났다. 최근 아버지와 거의 시간을 보내지 못했고, 아버지는 이 세상에서 그녀가 가장 사랑하는 사람이었다. 아버지는 그녀 자신이 대단한 미래가 기다리는 특별한 사람이라고 느끼게 해주었다.

그는 그녀에게 꿈을 가르쳐주었다. 지루한 일벌레인 어머니와는 정반대였다. 어머니는 그냥 앞으로 터벅터벅 나아가며 일을 할 뿐 아무 재미 없이 살았다. 그들은, 그녀와 아빠는, 생김새도 닮았다. 모두가 그렇게 말했다. 숱 많은 검은 머리도, 섬세한 윤곽의 얼굴도, 도톰한 입술도 닮았다. 로레이다가 어머니에게서 물려받은 것은 푸른 눈뿐이었지만, 어머니의 눈으로도 로레이다는 아빠의 방식으로 사물을 보았다.

"그럼, 롤로. 내가 어떻게 잊어버리겠어? 너랑 나랑 언젠가는 세상을 보게 될 거다. 우리는 엠파이어 스테이트 빌딩 꼭대기에 서고, 할리우드 대로에서 개봉 첫날 영화를 볼 거야. 그뿐이야? 우리는—"

"레이프!"

엄마가 풍차 아래 서서 올려다보고 있었다. 갈색 머릿수건과 밀가루 부대 드레스, 늘어진 스타킹 차림의 그녀는 실제로 할머니만큼이나 나이 들어 보였다. 늘 그렇듯 그녀는 굳은 듯 뻣뻣하게 서 있었다. 어깨를 뒤로 젖히고 척추는 꼿꼿하게 세운 채 턱을 쳐든, 단호하고 가차 없는 자세를 완벽하게 구현했다. 옥수수수염 같은 가늘고 흐린 금발 머리카락 한 줄기가 머릿수건 아래로 삐져나와 있었다.

"어이, 엘사. 우릴 찾아냈네." 아빠가 로레이다에게 공범의 미소를 지었다.

"아버님이 날 시원할 때 물 주는 걸 도와달라셔요." 엄마가 말했다. "그리고 끝마쳐야 할 일이 있는 아가씨 한 사람도 알지."

아빠가 어깨로 로레이다의 어깨를 툭 치더니 풍차를 내려갔다. 그의 걸음마다 판자가 삐걱거리며 흔들렸다. 마지막 몇십 센티미터를 남겨두고는 뛰어내리더니 엄마 앞에 섰다.

로레이다도 뒤따라 기어 내려왔지만 그만큼 빠르지는 못했다. 그래서 내려왔을 때 아버지는 이미 헛간으로 가고 있었다.

"어떻게 재미있게 노는 꼴을 못 보세요?" 그녀가 어머니에게 말했다.

"난 너와 네 아버지가 재미있게 지내길 바란다, 로레이다. 하지만 난 온종일 일했고 네가 빨래 걷는 걸 도와줬으면 좋겠다."

"엄만 정말 **심술궂어**." 로레이다가 말했다.

"심술궂은 게 아니야, 로레이다." 엄마가 말했다.

로레이다는 어머니가 상처 입었다는 것을 목소리로 알았지만 신경 쓰지 않았다. 화가 나서, 늘 머리 꼭대기까지 차올라서 폭발할 것만 같고 통제가 되지 않았다. "아빠가 불행한 건 관심도 없어요?"

"인생은 힘든 거다, 로레이다. 넌 더 강해져야 한다. 그러지 않으면 네 아버지처럼 온통 뒤죽박죽이 된다."

"아빠를 슬프게 만드는 건 인생이 아니에요."

"아, 그래? 그럼 얘기를 해봐라. 네 그 똑똑한 경험을 통해서 보니 무엇이 네 아버지를 불행하게 만드는 것 같니?"

"엄마가요." 로레이다가 말했다.

8장

그늘에서도 40도였고, 우물도 말라갔다. 탱크 속 물은 세심하게 아껴 써야 했고, 양동이에 채워 집으로 나르곤 했다. 밤이면 가축들에게 줄 수 있는 만큼 물을 주었다.

채소는 엘사와 로즈가 정성을 쏟아 가꾸었음에도 죽었다. 요사이 바람과 먼지와 혹독한 태양 사이에서 식물은 모두 뿌리째 뽑히거나 버려진 채 시들어 죽었다.

로즈가 옆으로 오는 소리가 들렸다.

"물을 줘봤자 소용이 없어요." 엘사가 말했다.

"그러네."

시어머니의 목소리에서 애끓는 마음이 읽혔고 무언가 도움이 되는 말을 할 수 있으면 했지만 그런 말은 없었다.

"오늘 네가 정말 말이 없구나." 로즈가 말했다.

"평소에 수다스러웠던 것도 아닌데요." 엘사는 대화를 하고 싶지 않아 그렇게 피했다.

로즈가 어깨로 엘사의 팔을 툭 쳤다. "뭐가 문제인지 내게 말을 하렴. 물론 뻔한 건 말고."

"로레이다가 저한테 화가 나 있어요. 항상요. 제가 말만 하려고 해도, 그게 무슨 말인지도 모르면서 화부터 내요."

"그럴 나이다."

"꼭 그래서는 아닌 것 같아요, 제 생각엔."

로즈가 황폐한 들판을 바라보았다. "내 아들." 그녀가 말했다. "스투피도(어리석다는 뜻의 이탈리아어). 그 애가 로레이다 머리에 꿈을 가득 채웠지."

"그는 불행해해요."

"흥." 로즈가 성마르게 말했다. "누군들 그렇지 않아? 돌아가는 꼴을 봐라."

"제 부모님, 저희 친정." 엘사가 조용히 말했다. 그녀가 거의 하지 않는 이야기였다. 말로 하기엔 아픔이 너무 깊었다, 특히 말을 해도 바뀌는 것이 전혀 없을 때는. 요즘 엘사에 대한 로레이다의 생각은 가슴 아팠던 젊은 시절 기억이 모두 떠오르게 했다. 엘사는 로레이다를 분홍 포대기로 감싸 안고 부모님 집에 갔던 날을 기억했다. 결혼을 했으니 그들도 자신을 받아들여줄 거라는 희망을 품었었다. 그녀는 몇 주에 걸쳐 아기를 위해 레이스로 단을 두른 예쁜 분홍 드레스를 만들었다. 옷에 어울리는 모자도 뜨개질했다. 마침내 트럭을 빌려 댈하트로 몰고 가서 뒷문에 차를 세웠다. 그녀는 그때의 모든 순간을 아주 자세하게 기억했다. 걸어갔다. 마당 통로를 따라. 장미 향기. 만발한 온갖 꽃들. 맑고 푸른 하늘. 장미 주변을 윙윙거리며 날던 벌들.

그녀는 초조하기도 했고 자랑스럽기도 했다. 이제 그녀는 한 사람의 아내였고 너무나 아름다워 낯선 이들도 예쁘다고 말해주는 딸도 있었다.

문을 두드렸다. 발걸음 소리, 단단한 바닥을 딛는 구두 굽. 어머니가 문을 열었다, 교회 가는 복장으로 진주를 단 채. 아버지는 갈색 양복 차림이었다.

"보세요." 엘사가 불안정한 미소를 지으며, 뜻하지 않은 눈물을 가득 담고 말했다. "제 딸이에요, 로레이다."

어머니는 목을 빼고 로레이다의 작고 완벽한 얼굴을 뚫어지게 내려다보았다.

"보세요, 유진. 애 피부가 아주 검네. 네 망신거리를 데려가거라, 엘시노어."

문이, 쾅 닫혔다.

엘사는 다시는 그들을 보지도, 그들과 말도 하지 않을 거라 결심했으나, 그랬음에도, 그들의 부재는 가시지 않는 아픔이었다. 어떤 사람인지 잘 알면서도 사랑하는 일을 멈출 수 없고 사랑을 계속 원하게 되는 사람도 있는 법이다.

"응?" 로즈가 그녀를 쳐다보며 말했다.

"그분들은 저를 사랑하지 않았어요. 왜 그런지 알 수 없었어요. 그러더니 이제 로레이다도 제게 너무나 화가 나 있어서 저 아이도 그분들이 저를 봤던 것처럼 보는 걸까, 생각이 드네요. 제가 뭘 해도 그분들 역시 만족시킬 수 없었거든요."

"로레이다가 태어나던 날 내가 네게 했던 말 기억하니?"

엘사는 슬쩍 미소가 지어졌다. "아이가 그 누구보다 저를 사랑하고 저를 미치게 만들고 제 영혼을 시험할 거라는?"

"그래. 내 말이 맞지?"

"부분적으로는요, 그런 것 같네요. 제 마음을 아프게 하는 건 분명해요."

"응. 나도 우리 불쌍한 엄마에겐 골칫거리였지. 사랑은, 아이의 삶 시작과

네 삶 끝에 온다. 하느님은 그런 식으로 잔인하시지. 네 마음이 너무 상처를 입어 사랑할 수 없는 상태니?"

"당연히 아니죠."

"그럼 계속 사랑하거라." 그녀가 어깨를 으쓱했다, 그게 엄마의 삶이라고 말하는 것처럼. "우리에게 다른 선택이 있니?"

"그냥… 가슴이 아프네요."

로즈가 잠시 침묵하더니 마침내 말을 이었다. "그렇지."

멀리 들판에서 토니와 레이프가 겨울 밀을 심으며 힘들여 일하고 있었다. 땅의 표면은 밀가루처럼 바스러지는 가루 상태였고 그 아래는 딱딱했다. 3년 동안 밀을 심고 비를 기도했지만 비는 너무 적게 내렸고 곡식은 전혀 자라지 않았다.

"이번 계절은 좀 나을 게다." 로즈가 말했다.

"아직 팔 우유와 달걀도 있어요. 비누도 있고." 작은 축복에 감사했다. 엘사와 로즈는 각자의 낙관주의를 합쳐 공동의 희망으로 삼아 함께 더욱 강해지고 함께 견디었다.

로즈가 한쪽 팔을 엘사의 허리에 두르자 엘사가 자신보다 작은 그녀에게 기대었다. 로레이다가 태어난 순간부터 그 긴 세월, 로즈는 엘사에게 모든 면에서 어머니가 되어주었다. 그들이 사랑이란 말을 직접 하지 않았어도, 길고 진솔한 대화를 통해 감정을 나누지 않았어도, 그들의 유대감은 늘 존재해왔다. 굳건했다. 그들은 말이 많지 않은 여인들의 조용한 방식으로 그들의 삶을 함께 엮어왔다. 하루, 또 하루, 그들은 함께 일했고, 함께 기도했고, 힘든 농사일을 하며 늘어가는 가족의 삶을 함께 꾸려왔다. 엘사가 셋째 아이를, 숨 한 번 쉬어보지 못한 아들을 잃었을 때 엘사를 안고 울게 해준 사람도 로즈였다. 어떤 생명은 우리의 것이 아니더라. 하느님이 우리와 상관없이 선택하시더라. 그리고 로즈는 처음으로 자신이 잃은 아이들 이야기를 들려주고, 엘사에게 슬픔은 언젠가는 견딜 수 있게 된다는 것을, 한 번에 한 가지 일을 하면 된다는 것을 보여주었다.

"가서 가축들 물 줄게요." 엘사가 말했다.

로즈가 고개를 끄덕였다. "난 뭐든 캐보마."

엘사는 포치에서 철제 양동이를 들고 안의 먼지를 닦았다. 펌프로 가서는 뜨겁게 달궈진 금속으로부터 손을 보호하기 위해 장갑을 끼고 양동이 가득 물을 펌프질했다.

소중한 물을 한 방울도 흘리지 않으려 출렁이는 양동이를 조심스럽게 들고 집으로 나르던 그녀는 헛간 근처에 이르렀을 때 무언가 소리를 들었다. 톱으로 금속을 가는 소리 같았다.

걸음을 늦추며 귀를 기울이자 소리가 다시 들렸다.

양동이를 내려놓고 헛간 모퉁이를 돌자 레이프가 바닥에 새로 생긴 균열 옆에 서서 두 팔을 갈퀴에 얹고 모자를 푹 눌러쓴 채 머리를 숙이고 있는 것이 보였다.

울고 있었다.

엘사는 그에게 다가가 곁에 아무 말 없이 섰다. 말이란 것, 그녀로선 참 쉽게 나오지 않았다, 그에게는 특히. 그녀는 말을 잘못할까 봐, 그를 가까이 당기고 싶을 때 오히려 더 밀어내게 될까 봐 늘 두려웠다. 그는 로레이다처럼, 늘 기분이 변덕스러웠고, 자주 욱하곤 했다. 그럴 때면 그녀는 달랠 수도 이해할 수도 없어 겁이 나곤 했다. 그래서 그녀는 입을 다물었다.

"내가 얼마나 더 버틸 수 있을지 모르겠어." 그가 말했다.

"곧 비가 내릴 거예요. 기다려보세요."

"당신은 어떻게 무너지지 않지?" 그가 손등으로 눈을 닦으며 말했다.

엘사는 무슨 답을 해야 할지 몰랐다. 그들은 부모였다. 그들은 아이들을 위해 강인하게 살아야 했다. 아니면, 그는 다른 얘기를 하는 걸까? "왜냐하면, 아이들을 위해 우리가 무너지면 안 되니까요."

그는 한숨을 쉬었고, 그녀는 자신이 잘못된 답을 했다는 것을 알았다.

그해 9월의 열기가 매일매일 한 주 또 한 주 대평원을 휩쓸며 그나마 여름을 버텨내고 살아남은 것을 다 태워버렸다.

엘사는 이제 잠을 설치거나 아예 자지 못했다, 정말로. 그녀는 여윈 아이들과 죽어가는 곡식의 악몽에 시달렸다. 가축들, 뼈만 남아 홀쭉해진 말 두 마리와 소 두 마리는 가시 돋친 야생 엉겅퀴를 먹고 목숨을 이어갔다. 거둬들인 얼마 되지 않은 건초는 거의 바닥났다. 가축은 한 걸음이라도 내디디면 죽을까 무서워하는 것처럼 한 번에 몇 시간이고 그대로 서 있었다. 가장 더운 한낮에는 기온이 45도를 넘어 가축들 눈이 탁해지고 초점을 잃었다. 할 수 있을 때면 가족이 양동이로 방목장에 물을 날랐지만 늘 너무 적은 양이었다. 우물에서 나오는 물은 한 방울이라도 소중히 써야 했다. 닭은 너무나 무기력해 거의 움직이지 않았고, 흙 속에 깃털 뭉치처럼 앉아서 건드려도 울지도 않았다. 알은 아직 낳고 있었는데, 달걀 하나하나가 금덩어리같이 여겨졌고 엘사는 혹시나 마지막 달걀이지 않을까 걱정스러웠다.

오늘도 대부분의 아침처럼 엘사는 수탉이 울기 전에 잠에서 깨어 있었다.

침대에 누운 채 죽은 텃밭이나 말라붙은 대지, 혹은 다가올 겨울을 생각하지 않으려 애썼다. 햇빛이 창문들을 통해 흘러들기 시작하자 그녀는 일어나 《제인 에어》를 읽으며 익숙한 어휘들에서 마음을 진정하고 위안을 얻었다. 그러고는 소설책을 놓고 레이프를 깨우지 않으려 조심하며 침대에서 나왔다. 옷을 입은 후 잠시 잠든 남편을 내려다보았다. 그는 어젯밤 늦게까지 헛간에 있었고 비틀거리며 침대에 왔을 땐 위스키 냄새를 풍겼다.

그녀 역시 불안했지만 두 사람 다 서로에게서 위로를 찾지 않았다. 그녀는 그와 자신이 그것을 어떻게 해야 하는지 모르는 것 같다고 생각했다. 그들은 서로를 위로하는 법을 배운 적이 없었다. 어쩌면 삶이 이리도 나쁠 때라면 찾을 수 있는 위로라는 게 없는 건지도 몰랐다.

그녀가 아는 것은 자신이 그나마 그를 붙들고 있던 가느다란 끈마저 헐거워졌다는 것이다. 지난 몇 주 동안 그가 얼마나 자주 자신을 외면하는지 느꼈다. 먼지 폭풍에 밭이 망가지고 일이 세 배로 늘어난 후였나? 시아버지와 그가 겨울 밀을 심은 후였나?

그는 늦게까지 자지 않고 마치 모험 소설을 읽듯 신문을 읽었고 창밖을 응시하거나 지도를 들여다보았다. 마침내 침대 안으로 비틀거리며 들어와서는 그녀에게서 몸을 돌리고 곯아떨어졌다. 어찌나 깊이 자는지 때로 밤새 죽었나 싶기도 했다.

어젯밤 그가 마침내 침대로 왔을 때, 그녀는 어둠 속에 누워 그가 그녀 쪽으로 돌아눕기를, 안아주기를 갈망했다. 그러나 설사 그녀를 안았더라도 두 사람 다 만족하지 못했을 것이다. 몸을 섞을 때도 그는 말을 하는 적이 없었고, 그의 욕구에 대해 속삭임조차 없이 시작하기도 전에 후회스러운 사람처럼 서둘러 행위를 끝냈다. 때로 엘사는 그들이 사랑을 나누기 전보다 끝나고 났을 때 더 외로움을 느꼈다. 그는 그녀가 너무 쉽게 임신을 하기 때문이라고, 그래서 하지 않는 것이라 말했지만, 진실은 그보다 더 어둡다는 것을 그녀는 알았다. 늘 그렇듯 자신이 아름답지 않기 때문이라는 결론이었다. 당연히 그는 그녀에게 욕망이 잘 일어나지 않았다. 그리고 명백히 그녀는 침대에서 능숙하지 못했다. 그리고 그는 서둘러 끝냈다.

처음 몇 년간 그녀는 대담하게 그에게 다가가는 일을, 그들이 서로를 어루만지는 방법을 바꾸는 일을, 그녀의 두 손과 입으로 그의 몸을 탐미하는 일을 꿈꾸었다. 그러다 잠에서 깨면 그녀는 표현하지도, 함께 나누지도 못하는 욕망으로 부푼 채 좌절감을 느끼곤 했다. 그가 그 바람을, **그녀**를 보아주기를, 다가오기를 오랜 세월 기다렸다.

그러나 요즘 들어 그 꿈은 멀리 가버린 듯했다. 혹은 그런 것을 믿기엔 그녀가 너무 피곤하고 지쳤는지도 모른다.

그녀는 침실을 나와 복도를 걸었다. 아이들 침실 앞마다 멈추어 서서 안을 들여다보았다. 잠든 아이들 얼굴의 평화로움에 마음이 저렸다. 이럴 때면 로레이다가 어리고 행복하던 시절, 늘 웃고, 두 팔 활짝 벌려 안아달라고 하던 날들이 떠올랐다. 로레이다가 세상에서 가장 좋아하는 사람이 엘사 자신이었던 그때가.

부엌으로 들어가니 커피와 빵 냄새가 났다. 시부모 역시 이제 잠을 이루지 못했다. 그녀처럼 그들도 더 열심히 일하면 구원을 받을 거라는 증명되지 않은 희망인지 믿음인지에 매달려 있었다.

블랙커피 한 잔을 따라 급히 마시고 컵을 씻은 그녀는 굽이 거의 닳은 갈색 신발을 신고 밀짚모자를 집어 들었다.

밖으로 나와서는 밝은 태양에 눈을 찌푸리며 장갑 낀 손으로 눈가를 가렸다.

토니는 비교적 시원한 아침을 이용하여 이미 일을 하고 있었다. 그는 얼마 안 되는 건초를 쌓고 있었다. 오후가 되면 더위에 말들이 죽을까 걱정이 되어 일찍 나선 것이다. 두 마리 다 매일 동작이 느려졌다. 때로는 허기에 낮은 신음을 뱉었고, 그 소리만으로도 엘사는 울음이 나왔다.

엘사는 시아버지에게 손을 흔들었고 그도 마주 흔들어주었다. 모자 끈을 묶으면서 딴채에 들른 그녀는 빨래에 쓸 물을 양동이 가득 퍼 올려 부엌으로 가지고 갔다. 과수원이나 텃밭은 이제 물을 줄 필요도 없었다. 물을 나르는 일을 마치니 팔이 아프고 땀이 났다. 마지막으로 그녀는 자신의 작은 정원으로 갔다. 부엌 창문 바로 아래, 아침이면 그늘이 지는 좁은 공간에 네모나게 땅을 팠다. 가치 있는 것을 기르기엔 너무 작은 땅이어서 그녀는 꽃씨를 조금 심었다. 그저 조금이라도 초록을, 좀 더 욕심을 낸다면 고운 색깔을 보고 싶은 마음이었다.

그녀는 가루로 부서지는 흙에 무릎을 꿇고 정원을 표시하기 위해 반원형으로 두른 돌들을 다시 정돈했다. 지난번 바람이 불었을 때 몇 개가 자리를 벗어났다. 가운데에는 여전히 버티고 서 있는 그녀의 소중한 과꽃이 있었다. 시들시들한 긴 갈색 줄기에 도도하게 초록 잎들이 달려 있었다.

"이번 무더위만 견뎌내면 곧 시원해질 거야." 엘사가 소중한 물 몇 방울을 흙에 떨구며, 흙이 바로 검어지는 것을 보며 말했다. "너도 꽃을 피우고 싶은 거 알아."

"당신의 작은 친구와 또 이야기하는 거야?"

엘사가 뒤꿈치 위에 앉으며 올려다보았다. 밝은 해 때문에 잠시 아무것도 보이지 않았다.

레이프가 노란 햇빛의 후광 속에 서 있었다. 그는 요즘 면도도 하려 들지 않아 얼굴 절반이 빽빽하게 수염 그루터기로 덮여 있었다.

그가 옆에 한쪽 무릎을 꿇고 앉으며 그녀 어깨에 한 손을 얹었다. 그녀는 그의 손바닥이 약간 축축한 것을 느낄 수 있었다. 어젯밤 마신 술에 손이 떨리는 것도.

엘사는 어쩔 수 없이 그의 손길을 관심을 표현한 것이라 여기고 싶었다.

"내가 들어가서 잠을 깼나 보던데 미안해." 그가 말했다.

그녀가 돌아보았다. 그녀의 밀짚모자 테두리가 그의 것과 맞닿으며 긁히는 소리가 났다. "괜찮아요."

"난 당신이 이 모든 걸 어떻게 견디는지 모르겠어."

"이 모든 것?"

"우리 생활. 땅 파봐야 나오는 것도 없고. 배는 고프고. 애들은 비쩍 마르고."

"요즘의 다른 사람들보다는 더 가졌잖아요."

"당신은 너무 바라는 게 없어, 엘사."

"그게 나쁜 일인 것처럼 말하네요."

"당신은 착한 여자야."

그는 그 말도 나쁜 일인 것처럼 들리게 했다. 엘사는 무어라 답해야 할지 몰랐고, 그녀의 혼란스러운 침묵에 그가 천천히, 지친 듯 일어섰다.

그녀가 그의 앞에 서서 고개를 들었다. 그녀는 그가 무엇을 보고 있는지 알았다. 큰 키에 예쁘지도 않은 여자. 햇볕에 타서 벗겨진 피부, 너무 커다란 입, 하느님이 그녀에게 허락한 모든 색깔을 다 삼켜버린 것만 같은 두 눈.

"일하러 가야겠어." 그가 말했다. "벌써 너무 염병하게 더워서 숨이 막혀."

엘사는 그가 **돌아보길, 미소 짓길** 바라며 그를 시선으로 좇았지만, 그는 그러지 않았다. 마침내 그녀는 기다리기를 멈추고 안으로 들어가 빨래를 시작했다.

개척자의 날을 처음 기념한 것은 1905년이었다. 그 시절 론섬트리는 청록색 버펄로 그래스가 가득한 광대한 평원이었고, 엑싯 목장은 천 명의 카우보이를 고용했었다. 개척 이주자들에게 공유지를 부여하는 법이 시행되고 밀과 유모차만큼 큰 양배추를 재배할 수 있다고 약속하는 안내 책자를 보고 사람들이 이 땅으로 들어와 정착했다. 책자에는 관개 없이 가능하다고 쓰여 있었다. 건조 농법이라는 것을 그들은 약속받았다.

정말로.

로레이다는 이 파티는 사실 남자들이 자축하는 것이라고 생각했다.

"예쁘구나." 엄마가 노크도 없이 로레이다의 방으로 들어오며 말했다. 로레이다는 침범당했다는 것에 짜증이 밀려왔다.

그녀는 사생활에 대해 성을 내며 한마디 하려다 꾹 참았다.

엄마가 그녀 뒤에 섰다. 잠시 그들의 얼굴이 로레이다의 세면대 위 거울에 함께 비쳤다. 로레이다의 그을린 피부와 짧게 자른 검은 머리 옆 엄마의 창백함이 눈에 확 띄었다. 엄마 피부는 어떻게 검어지지 않는 걸까? 왜 그냥 탔다가 벗겨지기만 하는 걸까? 엄마는 머리에도 전혀 신경 쓰지 않아서 땋아서 틀어 올릴 뿐이었다. 스텔라 엄마는 늘 화장을 하고 머리도, 이 힘든 시기에도 핀을 꽂고 말았다.

엄마는 아름다워 보이려는 **노력조차** 하지 않았다. 입고 있는 드레스는 꽃무늬 밀가루 부대 일상복이었고 단추를 채우는 보디스는 최소한 한 사이즈는 더 커서 그녀가 얼마나 키가 크고 말랐는지를 더 강조해주었다.

"새 드레스를 만들어주지도, 하다못해 양말 한 켤레도 못 사 줘서 미안하구나. 내년에는. 비가 내리면."

로레이다는 어머니가 어떻게 아직도 그런 말을 할 수 있는지 상상이 가지 않았다. 그녀는 물러서며 말아두었던, 턱까지 오는 머리를 쓸어 펴고 앞머리도 손가락으로 헝클었다. "아빠는 어디 있어요?"

"마차에 말을 매고 계셔."

로레이다가 돌아보았다. "이따가 스텔라 자고 가도 돼요?"

"그럼." 엄마가 말했다. "그래도 아침에 네 할 일은 해야 한다."

로레이다는 너무나 기뻐서 실제로 엄마를 안기까지 했다. 그런데 엄마가 너무 오래 안고 너무 꽉 껴안아 다 망쳐버렸다.

로레이다가 몸을 잡아 뺐다.

엄마가 슬퍼 보였다. "아래층으로 가거라." 그녀가 말했다. "할머니가 음식 싸는 걸 도와드리렴."

로레이다는 침실에서 뛰어나가 급히 부엌으로 내려갔다. 할머니는 벌써 미네스트로네 수프(야채와 파스타를 넣은 이탈리아식 수프) 냄비를 싸느라고 바빴다. 할머니의 달콤한 리코타 치즈로 속을 채운 칸놀리 파이가 가득 담긴 접시가 테이블 위에 놓여 있었다. 둘 다 이탈리아 가족들만 먹을 음식이었다.

로레이다는 행주로 디저트 쟁반을 덮은 후 마차로 가지고 나갔다. 그녀는 뒷자리에 올라타 아버지 가까이 앉았고, 아버지는 팔을 둘러 그녀를 꼭 안았다. 할머니와 할아버지가 앞자리에 앉았다. 엄마는 마지막으로 뒷자리에 올라탔다.

앤트는 엄마 옆에 딱 붙어 쉴 새 없이 말을 했고, 그의 새된 목소리는 시내에 가까워지면서 신이 나서 더 높아졌다. 아빠가 아빠답지 않게 조용한 것을 그녀는 알아차렸다.

론섬트리가 지평선 위로 보였다. 초라한 시내가 탁자처럼 평평한 땅 위에, 주변에 아무것도 없이 오도카니 있었다.

급수탑만이 구름 한 점 없는 푸른 하늘을 배경으로 우뚝 서 있었다.

한때, 마을에 애국주의가 고조되던 시절이 있었다. 로레이다는 노인들이 마을 모임이 있을 때마다 세계대전에 관해 이야기하던 것을 기억했다. 누가 참전했고, 누가 죽었고, 누가 밀을 키워 군대를 먹여 살렸는지. 그때는 개척자의 날이 농부의 자부심을 표현하고 자신의 노고를 위로하는 날이었다. **미국인이여! 번영하라!** 그들은 메인 스트리트 상점들 위로 빨간색, 흰색, 파란색 장식 깃발을 줄줄이 달고 화분에는 국기를 꽂고, 창문에 애국적인 구호를 페인트로 썼다. 남자들은 모여서 술을 마시고 담배를 피우며 전쟁에서 이기고 풀밭을 농지로 만든 것을 서로 축하했다. 그들이 집에서 양조한 위스키를 마시고 바이올린과 기타로 음악을 연주하는 동안 모든 일은 여자들이 했다.

적어도 로레이다가 보기엔 그랬다. 기념 행사가 있을 그 주에 엄마와 할머니는 음식을 더 했고, 마카로니를 더 많이 만들었고, 빨래를 더 많이 했으며 입게 될 옷이란 옷은 전부 꿰매고 수선해야 했다. 시절이 아무리 어렵고 돈이 아무리 부족해도 엄마는 아이들이 남부끄럽지 않은 차림이길 바랐다.

오늘은 장식 깃발이 없었고(깃발을 달기에 너무 덥나 보다 그녀는 생각

했다. 혹은 드디어 속내를 말한 다른 여자 말마따나 **그딴 거 해서 뭐 하게?**),
꽃도, 화분의 국기도, 애국 구호도 없었다. 그 대신 로레이다는 부랑자들이
뒷주머니가 뒤집힌 누더기 차림으로 기차역 근처에 모여 있는 것을 보았
다. 사람들은 그렇게 뒤집힌 뒷주머니를 후버 깃발이라 불렀다. 구멍 난 신
발은 후버 신발이었다. 모두 대공황을 누구 탓으로 돌릴지는 알았다. 그러
나 어떻게 해결해야 할지는 몰랐다.

다각, 다각, 다각, 메인 스트리트를 따라 내려갔다. 자동차는 단 두 대만
주차되어 있었다. 둘 다 은행가의 것이었다. 그들은 은행가를 뜻하는 뱅커
와 갱스터를 합친 '뱅크스터'로 불렸다. 그들은 열심히 일한 사람들을 속여
땅을 빼앗고는, 파산 선고 후 사람들이 맡겨도 안전하리라 믿었던 돈을 삼
키고 은행을 닫아버렸다.

할아버지가 마차를 학교까지 몰고 가서 세웠다.

로레이다는 열린 문들로 흘러나오는 음악과 쿵쿵거리는 발소리를 들었
다. 그녀는 마차에서 뛰어내린 후 서둘러 학교 건물로 들어갔다.

안에서는 파티가 **진행** 중이었다. 임시 밴드가 모퉁이에서 연주하고 몇 커
플이 춤을 추고 있었다.

오른쪽으로 음식 테이블들이 있었다. 음식이 많은 것은 아니었지만 몇
년 동안 가뭄이 이어졌던 것을 생각하면 로레이다는 이것이 여자들이 걱정
하며 고생해서 만들어낸 성대한 잔칫상임을 알았다.

"로레이다!"

스텔라가 그녀를 향해 오는 것이 보였다. 늘 그렇듯 예쁜 새 파티 드레스
를 입는 소녀라고는 스텔라와 그녀의 여동생 소피아뿐이었다.

로레이다는 살짝 시샘을 느꼈지만 그 마음을 밀어놓았다. 스텔라는 가장

친한 친구였다. 옷 따위가 무슨 상관인가?

둘은 늘 그랬듯 하나가 되어 손을 잡고 머리를 서로에게 기울였다.

"별일 없어, 친구?" 로레이다가 내가 다 알지, 느낌이 나도록 말했다.

"내가 성적이 많이 뒤처졌잖아, 몰랐냐?" 스텔라가 말했다.

스텔라의 부모가 아이들 뒤로 다가와 서서는 마르티넬리 가족과 이야기를 나누었다.

로레이다는 데베로 씨가 이야기하는 것을 들었다. "우리 처남에게서 또 엽서를 받았어요. 오리건에 철도 공사가 있대요. 생각해보세요, 토니. 레이프도."

여자들 의견은 묻지도 않네.

그러자 할아버지가 대답했다. "난 떠나는 사람 탓하지 않아, 랠프. 그렇지만 우린 안 떠나. 이 땅은…."

또 저 얘기. 땅.

로레이다는 스텔라를 끌고 어른들에게서 멀리 떨어졌다.

앤트가 그들을 지나쳐 뛰어갔는데 방독면을 쓰고 있어 곤충처럼 보였다. 그는 로레이다와 부딪치자 깔깔 웃더니 날아가는 것처럼 두 팔을 뻗고 다시 뛰어갔다.

"적십자사에서 방독면 큰 박스 하나를 은행에 기부했대. 먼지 폭풍 때 아이들 사용하라고. 우리 엄마가 오늘 밤 나눠주고 있어."

"방독면." 로레이다가 고개를 저었다. "맙소사."

"점점 나빠진대, 우리 아빠가 그러셔."

"방독면 이야기하지 말자. 파티 왔잖아. 제발." 로레이다가 말하고는 손을 내밀어 스텔라의 손을 잡았다. "우리 엄마가 너 오늘 우리 집에서 자고 가도 된대. 도서관에서 잡지도 빌려놨어. 클라크 게이블 사진이 있는데 너 기절할 거다.”

스텔라가 물러서며 시선을 돌렸다.

“왜 그래?”

“은행이 문 닫는대.” 스텔라가 말했다.

“아.”

“지미 삼촌, 오리건 포틀랜드에 있는 삼촌 말이야. 아빠한테 엽서를 보냈어. 철도에서 사람을 고용하고 있고, 거기엔 먼지 폭풍도 없대.”

로레이다가 한 걸음 물러섰다. 그다음 이야기를 듣고 싶지 않았다.

“우리 떠날 거야.”

9장

　로레이다는 침실 창밖으로 몸을 내밀고 좌절감에 소리를 질렀다. 그녀 아래에서 닭들이 대답하듯 꼬꼬댁 울었다. "날아가, 이 멍청한 닭들아. 우리가 여기서 죽어가고 있는 거 모르겠어?"

　스텔라가 떠난다.

　론섬트리에서 가장 친한, 그리고 유일한 친구가 떠난다.

　방이 조여드는 것만 같았다. 점점 너무나 작아져 숨을 쉴 수가 없었다. 아래층으로 내려갔다. 집은 고요했고, 금이 간 곳으로 바람 한 점 들어오지 않았고, 목재는 제대로 서 있는 곳이 없었다.

　그녀는 어둠 속에서도 수월하게 움직였다. 지난 몇 달 동안 그들은 전화비를 낼 돈이 없어 공동 가입 전화선을 폐쇄했고 이제는 이 외딴곳에 정말로 그들뿐이었다. 그녀는 현관문을 찾았고 밖으로 나갔다. 달이 밝게 빛나며 헛간 지붕을 은빛으로 물들였다.

　햇볕에 달궈진 흙과 희미한 닭똥 냄새가 났다. 그리고… 담배 연기 냄새도? 로레이다는 냄새를 따라 농장 옆면을 돌아갔다.

풍차 아래에서 담배 끄트머리 빨간 불빛이 밝아졌다 어두워졌다 다시 밝아지는 것이 보였다. 아빠다. 그래, 아빠도 잠을 이룰 수가 없었던 거다.

가까이 다가가자 그의 붉은 눈과 뺨을 타고 흘러내리는 눈물이 보였다. 그가 여기 이 어둠 속에서, 홀로, 담배를 피우며 울고 있다. "아빠?"

"어이, 이쁜이. 들켰네."

그는 아무렇지 않은 척했지만 그 뻔한 허세에 그녀는 더 속이 상했다. 세상에서 단 한 사람 그녀가 진심을 털어놓을 수 있는 이는 아버지였다. 그런데 너무나 상황이 나빠 그가 울고 있는 것이다.

"데베로가 사람들이 떠난다는 거 들었어요?"

"안됐구나, 롤로."

"안됐다는 얘기 지겨워요." 그녀가 말했다. "우리도 떠나면 되잖아요. 그 집처럼, 멍거가와 멀가처럼. 그냥 가자고요."

"오늘 밤 파티에서 사람들이 다 떠나는 것에 대해서 얘길 하더구나. 그런데 대부분은 네 할아버지, 할머니 같단다. 떠나느니 여기서 죽을 거다."

"우리가 여기서 실제로 죽을 수도 있다는 거 모른대요?"

"오, 그 사람들도 안다. 정말로 알아. 오늘 밤 네 할아버지가 말했단다, 이렇게. 날 여기 묻어주게. 난 안 떠나." 그가 담배 연기를 내뿜었다. "사람들은 우리의 미래를 위해서라고 말하지. 이 흙밭만이 우리가 원하는 유일한 것인 양."

"어쩌면 떠나자고 설득할 수 있지 않을까요?"

아버지가 웃음을 터뜨렸다. "어쩌면 밀로가 날개를 내뻗고 날아갈 수도 있겠지."

"우리끼리 떠나면 안 돼요? 사람들 많이 떠나잖아요. 늘 그러셨잖아요, 여긴 미국이라고, 무엇이든 가능하다고. 캘리포니아로 가요. 아니면 오리건에서 철도 일을 구하실 수도 있을 거예요."

발걸음 소리가 들렸다. 곧 나타난 엄마는 남루하고 낡은 가운에 작업용 장화 차림이었고, 가느다란 머리카락은 사방으로 뻗쳐 있었다.

"레이프." 엄마는 안도한 목소리였다, 마치 아빠가 달아났을지도 모른다고 생각했던 것처럼. 엄마가 얼마나 아빠를 가까이서 지켜보고 있는지 알면 정말 측은할 지경이었다. 모두를 그렇게 지켜보았다. 부모라기보다 경찰이었고, 모든 것에서 재미를 앗아 갔다. "잠에서 깨보니 당신이 없어서. 혹시…."

"여기 있잖아." 그가 말했다.

엄마의 미소는 엄마의 다른 모든 것이 그렇듯 가늘었다. "들어와요. 둘 다. 늦은 밤이야."

"그래야지, 엘스." 아빠가 말했다.

로레이다는 아버지가 너무나 지친 목소리여서, 엄마만 있으면 그의 불이 사그라들어서 화가 났다. 그녀는 그 슬프고 인내하는 표정으로 모든 사람에게서 생기를 빨아들였다. "전부 엄마 잘못이야."

엄마가 말했다. "이번엔 또 뭐가 나 때문이니, 로레이다? 날씨? 대공황?"

아빠가 고개를 저으며 로레이다에게 손을 얹었다. 그만.

엄마는 로레이다가 이야기하길 잠시 기다리다 돌아서서 집으로 향했다.

아빠가 따라갔다.

"우리도 떠나요." 로레이다가 아버지에게 말했다. 그는 못 들은 척 계속 걸었다. "뭐든지 가능하잖아요."

다음 날 아침 엘사가 동이 트기 전에 일어났을 때 침대 옆자리가 비어 있었다. 그는 또 헛간에서 잠을 잔 것이다. 최근 그는 그녀와 자기보다 헛간을 선호했다. 그녀는 한숨을 쉬며 옷을 입고 방에서 나왔다.

어두운 부엌에서는 로즈가 건식 싱크대 앞에 서서 두 손은 우물에서 길어 와 싱크대에 부은 물에 깊이 담그고 있었다. 그 옆 조리대에는 금이 간 커다란 양푼 하나가 수건 위에 놓여 건조되고 있었다. 그 수건은 엘사가 밤에 촛불 옆에서 레이프가 가장 좋아하는 색들로 수놓은 것이다. 그녀는 완벽한 집을 만들면 결혼 생활이 행복해질 거라 생각했었다. 라벤더 향이 나는 깨끗한 침대 시트, 수놓은 베갯잇, 손수 짠 목도리. 그녀는 그런 일들을 하며 시간을 보냈고, 말로 하기 힘든 이야기를 마음과 영혼을 쏟아 실로 표현했다.

장작 스토브 위 커피 주전자가 위안이 되는 향기를 가득 뿜어내고 있었다. 직사각형 병아리콩 파넬레(병아리콩 반죽을 튀긴 요리) 반죽이 쟁반 가득 테이블 위에 있었고 스토브 위에는 올리브유 한 숟가락을 두른 주물 프라이팬이 놓여 있었다. 그 옆에서는 냄비에 오트밀이 보글보글 끓었다.

"안녕히 주무셨어요." 엘사가 말했다. 그녀는 서랍에서 주걱을 꺼내 파넬레 두 개를 뜨거운 기름 위에 올렸다. 소중한 레몬 절임을 몇 방울 짜 넣고 빵 사이에 끼워 점심으로 먹을 음식이었다.

"피곤해 보이는구나." 불친절한 말투는 아니었다.

"레이프가 잠을 잘 자지 못하네요."

"밤에 헛간에서 술을 마시지 않으면 그나마 나을 텐데."

134

엘사가 커피 한 잔을 따라 장미 벽지를 바른 벽에 기대었다. 바닥 모서리에서 리놀륨이 들뜨는 것이 눈에 들어왔다. 파넬레 앞으로 돌아가 뒤집자 보기 좋게 갈색으로 익은 게 보였다.

로즈가 옆으로 오더니 요리를 대신 맡았다.

엘사는 버터 제조 통을 분리하기 시작했다. 부품들을 잘 씻어서 끓는 물로 소독한 뒤 정확하게 순서대로 다시 조립하여 쌓아놓았다가 다음에 써야 했다. 딴생각 없이 집중하기에 완벽한 일거리였다.

지네 한 마리가 어딘가에서 기어 나와 조리대 위로 떨어졌다. 엘사는 칼 두 개를 꺼내 지네를 조각냈다. 지네와 거미와 온갖 곤충들이 집에 들끓는 것은 이제 예삿일이 되었다. 대평원에 살아 있는 모든 것은 먼지 폭풍을 피할 은신처를 찾아다녔다.

두 여인은 해가 뜨고 아이들이 침실에서 나올 때까지 다정한 침묵 속에서 함께 일했다.

"내가 애들 먹이마." 로즈가 말했다. "넌 레이프에게 커피를 가져다주렴."

엘사는 시어머니의 통찰력에 감사한 마음이었다. 미소를 지으며 엘사가 말했다. "고맙습니다." 그리고 남편에게 줄 커피를 따라 밖으로 나갔다.

태양이 구름 한 점 없는 수레국화색 파란 하늘에서 선명한 노란색으로 빛났다. 요즘 생긴 피해들, 부서진 울타리 기둥, 망가진 풍차, 점점 커지는 흙더미 대신 그녀는 좋은 소식에 신경을 쓰기로 했다. 서두른다면 오늘 빨래를 해서 죄다 표백할 수 있을 것이다. 세탁한 깨끗한 시트가 빨랫줄에 걸린 걸 보면 기분이 좋아졌다. 아무도 알아차리지 못하더라도 가족의 생활을 나아지게 하는 뭔가를 해내고 그 결과물을 보는 것이 좋았는지도 모른다.

토니는 풍차 위에서 날개를 수리하고 있었다. 탕, 탕, 탕, 망치 소리가 끝없이 펼쳐진 갈색 평야로 퍼져나갔다.

레이프는 그녀가 전혀 예측하지 못한 곳에 있었다. 가족 묘지. 축 늘어진 말뚝 울타리로 경계를 지은 작은 갈색 땅덩어리. 한때는 분홍 나팔꽃이 하얀 말뚝 울타리를 타고 올라가고 땅에는 청록색 버펄로 그래스가 가득 뒤덮은 아름다운 정원이 그 안에 있었다. 엘사는 예전엔 비가 오나 눈이 오나 날이 더우나, 매주 일요일 이곳에서 한 시간을 보냈으나 최근에는 그만큼 자주 오지 못했다. 늘 그렇듯 묘비들을 보니 죽은 아들이, 배 속에 아들이 있을 때 아이를 위해 꾸었던 꿈이 생각났다. 시간이 흐르며 고통도 둔해졌지만 결코 사라지진 않았다.

그녀가 문을 철컥 열자 경첩이 망가진 문이 삐딱하게 젖혀졌다. 하얀 말뚝 수십 개가 바닥에 쓰러져 있었는데 일부는 부러진 것이고 일부는 사나운 바람에 아예 뿌리 뽑힌 것이었다.

회색 묘비 네 개가 땅 위에 서 있었다. 세 개는 로즈와 토니의 아이들, 전부 딸들이었다. 그리고 로렌초….

레이프는 아들의 묘비 앞에 무릎을 꿇고 있었다. **로렌초 월터 마르티넬리, 1931년 출생, 1931년 사망.**

엘사가 옆에 무릎을 꿇고 앉으며 그의 어깨에 손을 올렸다.

그가 그녀를 돌아보았다. 그의 눈에서 그렇게 지독한 아픔을 본 것은 처음이었다. 갓 태어난 아들을 땅에 묻었을 때도 그렇지는 않았다. 레이프는 그 작은, 숨을 쉬지 않는 아이를 품에 안았을 때, 아들을 잃고 울었을 때 겨우 스물여덟 살이었다. 그녀가 아는 한, 그는 여기 온 적도, 이 무덤 앞에 무릎을 꿇은 적도 없었다.

"나도 그 아이가 그리워요." 엘사가 조금 더듬거리며 말했다.

"올로프 영감이 이번 주에 그의 마지막 소를 도축했어. 그 불쌍한 소 배 속에 먼지가 가득했어."

"네." 엘사는 화제가 뜻하지 않게 바뀌자 인상을 찌푸렸다.

"앤트가 왜 자기 배가 늘 아프냐고 묻더군. 이 땅이 너를 죽이고 있는 거란 말을 어떻게 해주겠어?" 그가 자리에서 일어나더니 그녀의 손을 잡고 일으켜 세웠다. "가자."

"가다니요?"

"서부로. 캘리포니아로. 매일 사람들이 떠나. 거기 철도에서 일할 수 있다는 얘기 들었어. 어쩌면 내가 FDR(루스벨트(Franklin Delano Roosevelt) 대통령을 말한다) 프로그램에 들어갈 수 있을지도 몰라. 민간 자원 보존단 같은 거."

"우린 휘발유 살 돈도 없어요."

"걸어가면 돼. 기차에 올라타든지. 사람들이 차를 태워줄 거야. 거기 갈 수 있을 거라고. 우리 애들은 강하잖아."

"강하다고요?" 그녀가 그의 손을 뿌리치며 한 걸음 물러섰다. "애들한테 맞는 신발도 없어요. 우린 돈이 없다고요. 음식도 없고. 당신도 후버빌 사진 봤잖아요, 바깥세상이 어떤지. 앤서니는 일곱 살이에요. 걔가 걸어서 얼마나 멀리 갈 것 같아요? 걔한테 달리는 기차에 올라타라고 한다고요?"

"캘리포니아는 달라." 그가 고집스럽게 말했다. "거긴 일자리가 있어."

"당신 부모님은 떠나지 않을 거예요. 알잖아요."

"부모님 두고 우리끼리 갈 수 있잖아?" 그는 확언이 아니라 질문처럼 말했고, 묻는 것조차 너무나 부끄러워하는 것이 보였다.

"두 분을 두고 간다고요?"

레이프가 손으로 그의 머리카락을 훑더니 죽어버린 밀밭과 이 땅에 이미

자리한 무덤들을 바라보았다. "이 빌어먹을 바람과 가뭄이 어머니 아버지를 죽일 거야. 그리고 우리도. 난 더는 못 견디겠어. 못 하겠어."

"레이프… 당신, 이거 진심일 리가 없어요."

이 땅은 그의 유산, 그들의 미래, 아이들의 미래였다. 아이들은 이 땅에서 자랄 것이고, 늘 자신의 역사를 알고, 자신이 누구이고 어디서 왔는지 알 것이다. 좋은 시절 땀 흘려 일하는 것의 자부심을 배울 것이다. 아이들은 어딘가에 **속하는** 사람이 될 것이다. 레이프는 어디에도 속하지 못한다는 느낌이 어떤 것인지, 그것이 얼마나 고통스러운지 모르지만 엘사는 알았고, 그녀는 자신의 아이들은 결코 그런 마음의 상처를 입지 않도록 할 것이다. 이곳이 집이었다. 그는 힘든 시절은 끝나기 마련임을 알아야 했다. 땅은 견뎌냈다. 가족도 견뎌냈다. 그런데 어떻게 토니와 로즈를 여기 남겨두고 갈 생각을 할 수 있단 말인가? 터무니없는, 생각조차 할 수 없는 일이었다. "비가 내리면—"

"제장, 난 그 문장이 싫어." 그 어느 때보다 더 씁쓸한 목소리였다.

그의 눈에서 고뇌를, 실망을, 분노를 보았다.

엘사는 손을 내밀어 그를 어루만지고 싶었지만 감히 그러지 못했다. **사랑해요**, 라는 말이 그녀의 메마른 목 안에서 타들어갔다. "내 생각은 그저—"

"당신이 무슨 생각 하는지 알아."

그는 그 자리를 떠났고 뒤돌아보지 않았다.

떠난다. 이 땅을 포기하고 빈손으로 걸어 나간다.

실제로 **걸**어서 떠난다. 그녀는 밤이 찾아오고도 한참, 몇 시간이나 그 생각을 계속했다.

그녀는 일자리도 집도 없는 부랑자들이나 이민자들과 함께 서쪽으로 향하는 일을 상상조차 할 수 없었다. 기차에 뛰어오르기가 얼마나 위험한지 들었다. 거대한 금속 바퀴에 다리와 발이 절단되고 몸이 반으로 잘리기도 한다고 했다. 그리고 가족을 떠날 때 양심도 놓고 온 나쁜 남자들이 있어, 범죄도 일어났다. 엘사는 용감한 여자가 아니었다.

여전히.

그녀는 남편을 사랑했다. 그를 사랑하고, 존중하고, 그에게 순종하겠다고 맹세했다. 물론 '그를 따른다'는 것도 암묵적으로 동의된 것이다.

그녀가 그에게 함께 캘리포니아로 가겠다고 말해야 했을까? 최소한 이야기는 나눴어야 했나? 어쩌면 봄에, 비가 내리고 곡식을 거두면 휘발유 살 돈이 생길 것이다.

그가 여기에서 행복하지 못한 건 확실했다. 로레이다도 그랬다.

어쩌면 그들 모두 떠날 수 있지 않을까? 그리고 가뭄이 끝나면 다시 돌아오면 되지 않을까?

안 될 것 없지 않나?

이 땅은 그들을 기다려줄 것이다.

그녀는 적어도 남편과 제대로 이야기를 나누고 알려줄 수는 있을 것이다, 그녀가 그의 아내이고 그들이 한 팀이란 것을, 그가 정말 원한다면 그녀도 그렇게 하겠다는 것을. 그녀가 사랑하게 된 이 땅을, 그녀의 유일한 집인 이곳을 떠나겠다는 것을.

그를 위해서라면.

그녀는 낡은 론 잠옷 위에 숄을 두르고 현관 옆에 있던 고무징화를 신고 밖으로 나갔다.

그는 어디 있을까? 풍차 위에서 혼자 실망을 곱씹고 있을까? 아니면 마차를 타고 실로로 갔을까? 바에 앉아 위스키를 마시려고?

9시가 다 되었고 농장은 조용했다.

집에 불빛이 있는 곳은 위층 로레이다의 창문뿐이었다. 딸은 침대에 누워 엘사가 그 나이에 그랬던 것처럼 책을 읽고 있었다. 그녀는 마당으로 걸어 나갔다. 그녀가 지나가자 닭들이 잠결에 꿈틀대다가 금세 조용해졌다. 시부모님 방에서 음악 소리가 들렸다. 토니가 바이올린을 연주하고 있었다. 엘사는 그 음악이 이 고단한 시기에 그가 로즈에게 이야기하는 방식임을, 그들의 과거와 미래를 상기시키며 **사랑한**다고 말하는 방법임을 알았다.

어둠 속 방목장 옆에 선 레이프가 보였다. 상현달 빛에 온통 은색으로 빛나는 검은 판자에 기대어 서 있는 검은 사선 하나. 밝은 오렌지색 담뱃불.

그녀는 자신의 발걸음 소리를 그가 들었다는 것을 알 수 있었다.

레이프가 방목장에 기댄 몸을 떼더니 담배를 비벼 끄고 타고 남은 담배를 셔츠 주머니에 떨궜다. 토니의 사랑 노래가 그들을 향해 흘렀다.

엘사가 레이프 앞에 멈춰 섰다. 아주 약간 움직이기만 해도 그의 어깨에 손을 올려놓을 수 있을 것이다. 그녀는 이 길고 더운 날을 보낸 그의 빛바랜 푸른 샘브레이 작업복 셔츠가 따뜻할 것임을 알았다. 그녀는 그가 가진 모든 옷의 단을 감침질했고, 세탁해 꿰매고 개었으니 만져만 보아도 한 벌, 한 벌을 다 알았다.

엘사가 이렇게 남편 가까이 있어 그에게서 나오는 열기를 느끼고 그의 숨결에서 위스키와 담배 냄새를 맡을 수 있는데도 어째서 여전히 두 사람

사이에 큰 바다가 출렁이고 있는 느낌일까?

그녀는 그가 자신의 손을 잡고 잡아당겨 품 안에 안자 깜짝 놀랐다.

"우리 첫날 밤 기억나? 스튜어드 창고 앞 트럭 위?"

엘사가 머뭇거리며 고개를 끄덕였다. 그들이 하지 않는 이야기였다.

"당신 용감해지고 싶다고 했었지. 난 그냥… 다른 곳에 있고 싶어."

엘사가 그를 쳐다보았고, 그의 고통을 보았으며, 그녀 역시 아픔을 느꼈다. "오, 레이프ㅡ"

그가 그녀의 입술에 키스했다. 길게, 천천히, 깊게, 혀로 그녀의 혀를 맛보았다.

"당신이 내 첫 키스 상대였어." 그가 속삭이며 그녀를 볼 수 있을 정도로만 얼굴을 뗐다. "그때의 나를 기억해?"

그가 지금껏 그녀에게 해준 가장 낭만적인 말이었고, 그녀에게 희망을 주었다. "항상." 그녀가 속삭였다.

토니의 음악이 멈추며 무거운 침묵이 흘렀다. 벌레들이 짧고 날카로운 노래를 불렀다. 말들이 방목장에서 느릿느릿 움직이며 코로 울타리를 두드려 배가 고프다고 알려 왔다.

주변은 어두운 밤이었고, 넓디넓은 하늘은 별들로 환하게 빛났다. 어쩌면 그녀가 다른 세계들을 올려다보고 있는 것인지도 몰랐다.

아름답고 낭만적으로 느껴졌다, 바로 지금, 두 사람만이 이 지상에 있는 것 같았다. 오로지 밤의 소리뿐인 이곳에.

"당신은 캘리포니아 생각을 하고 있죠." 그녀가 새로운 대화를 열어줄 알맞은 단어를 찾으려 애쓰며 입을 열었다.

"응. 앤트가 형편없는 신발로 거의 2000킬로미터를 걷는 거. 어디선가 무료 급식 줄에 선 우리. 당신 말이 맞았어. 우린 갈 수 없어."

"어쩌면 봄에—"

레이프가 키스로 그녀의 말을 막았다. "가서 자." 그가 중얼거렸다. "나도 곧 갈게."

엘사는 그가 몸을 떼어내며 그녀를 놓는 것을 느꼈다. "레이프, 난 우리가 이야기를 해보는 게—"

"조바심 내지 마, 엘스." 그가 말했다. "금방 침대로 갈게. 그때 얘기하자. 난 가축들 물 좀 줘야 해서."

엘스는 그를 막아서고 이야기를 듣게 하고 싶었지만, 그런 대담함은 그녀에게 없었다. 마음 깊은 곳에서 그에게 미칠 수 있는 힘이 너무도 미약하다는 것이 두려웠다. 감히 시험해볼 수가 없었다.

그러나 오늘 밤은 그에게 용기를 내어 손을 내밀고, 그녀가 꿈꾸었던 은밀한 종류의 손길로 그를 어루만질 것이다. 그녀는 무엇이었든 그녀의 잘못을 극복하고 마침내 그를 만족시킬 것이다.

그렇게 할 것이다. 그리고 사랑을 나누고 난 후 떠나는 일을 이야기할 것이다, 진지하게. 무엇보다, 그녀도 귀 기울여 들을 것이다.

그녀는 방으로 돌아와 서성거렸다. 마침내 창가로 가서 창턱과 유리창을 덮었던 흙투성이 걸레와 신문지를 벗겨냈다.

풍차가 보였다. 하늘을 가르는 검은 선들, 보석 박힌 밤하늘을 배경으로 그 실루엣이 거의 한 송이 꽃 같았다.

레이프가 거기 있었다, 풍차에 기대어, 풍차와 거의 구분이 안 되게 선 모습. 그는 담배를 피우고 있었다.

그녀는 침대로 올라가 이불을 당겨 덮은 채 남편을 기다렸다.

다음 순간 엘사가 알아차린 것은 이미 날이 밝았고 커피 냄새가 난다는 것이었다. 쌉쌀하고 풍부한 향내가 편안한 침대에서 몸을 일으키게 했다. 손가락으로 머리카락을 대충 빗고 일상복을 입으며 지난밤 레이프가 침대로 오지 않은 것에 상처 입지 않으려 애썼다.

그녀는 머리를 다시 땋고 뒤통수에 똬리를 틀어 올려 핀으로 고정한 후 머릿수건을 썼다.

아이들을 들여다보고, 토요일 아침이니 더 자도록 내버려두고는 부엌으로 내려갔다. 지난밤 감자 삶은 물 한 냄비를 빵 만들 때 쓰려고 버리지 않았다.

아침거리라고는 밀 시리얼뿐이었고, 그래서 그녀는 준비를 시작했다. 다행히 암소 한 마리는 아직 젖이 나왔다.

로레이다가 먼저 일어나 비틀거리며 2층의 작은 침실에서 나왔다. 그녀의 검은 단발머리는 구불구불 엉켜서 새 둥지 같았다. 뺨 여기저기 햇볕에 탄 피부가 벗겨졌다. "밀 시리얼. 냠냠." 그녀는 아이스박스로 갔다. 박스를 열고 귀중한 크림이 조금 담긴 노란 도자기 주전자를 꺼내 기름 먹인 천이 깔린 식탁으로 가져갔다. 식탁에는 이미 어룽더룽한 무늬가 있는 대접과 접시가 놓여 있었는데 먼지로부터 보호하기 위해 뒤집어둔 상태였다. 그녀는 대접 세 개를 다시 뒤집었다.

앤트가 다음으로 나오더니 누나 옆 의자에 올라앉았다. "난 팬케이크 먹고 싶은데." 그가 툴툴거렸다.

"네 시리얼에 콘 시럽 좀 넣어줄게." 엘사가 말했다.

엘사가 대접마다 시리얼을 담은 다음 크림을 섞고 콘 시럽을 조금씩 넣고는 차가운 버터밀크 두 잔을 놓았다.

아이들이 말없이 먹는 동안 엘사는 헛간으로 갔다. 바람과 날리는 모래가 밤새 또 풍경을 바꿔놓았다. 그들 토지를 갈라놓았던 거대한 균열이 상당 부분 메워져 있었다.

돼지우리를 지나가며 보니 한 마리 남은 돼지가 단단하게 다져진 흙 위에 무기력하게 무릎을 꿇고 있었고, 말 한 마리로 끄는 존 디어 파종기가 방치된 채 반쯤 모래에 파묻혀 있었다. 그 너머로 로즈가 과수원의 쩍쩍 갈라진 땅에서 사과를 찾고 있었다.

우사에서는 암소 두 마리가 나란히 서서 머리를 늘어뜨리고 애처롭게 울고 있었다. 갈비뼈가 툭 튀어나왔고 배는 홀쭉했으며 엉덩이는 종기 때문에 물집이 잡혀 있었다. 엘사는 몇 년 전 두 마리 중 어린 녀석인 벨라가 태어나던 때를 떠올리지 않을 수 없었다. 어미가 새끼를 낳다가 죽어 엘사가 젖병으로 먹여야 했었다. 로즈는 엘사에게 젖병을 준비하는 법과 휘청거리는 송아지에게 먹이는 법을 가르쳐주었다. 여전히 벨라는 마당을 돌며 애완동물처럼 엘사를 따라다녔다.

"안녕, 벨라." 엘사가 말하며 암소의 홀쭉한 허리를 쓰다듬었다.

벨라가 머리를, 흙먼지가 뒤덮인 커다란 갈색 눈을 들고는 애처로이 울었다.

"나도 알아." 엘사가 울타리 기둥에 걸린 양동이를 들며 말했다.

엘사는 벨라를 헛간에서 비교적 시원한 곳으로 데리고 가, 가운데 말뚝에 묶고 젖 짤 때 쓰는 의자를 꺼냈다. 그녀는 목초 다락을 올려다보지 않을 수 없었다. 이제 목초도 거의 바닥이 났다. 그녀는 레이프가 어제 여기서 잤을 거라 확신했다. 또다시.

엘사는 늘 이 일이 좋았다. 처음에는 배우는 데 오래 걸렸다. 방법을 터득하려 노력하는 동안 로즈가 수도 없이 쯧쯧 혀를 찼지만 터득하고 나자, 이젠 엘사가 가장 좋아하는 집안일이 되었다. 벨라와 함께 있는 것이 좋았고, 신선한 우유의 달콤한 냄새, 첫 우유 줄기가 금속 양동이를 때릴 때 그 텅 빈 울림이 좋았다. 그리고 이어지는 일도 좋았다. 신선하고 따뜻한 우유 양동이를 집으로 가져가 분리기에 쏟고 손으로 기계를 돌려서 진한 노란 크림을 걷어낸 후 전유는 가족에게, 탈지유는 가축에게 먹이는 일도.

엘사는 거의 부풀지 않은 젖통으로 손을 뻗어 바람에 거칠어진 젖꼭지를 부드럽게 만졌다.

소가 아파하며 울었다.

"미안해, 벨라." 엘사가 말했다. 그녀가 다시 시도하여 최대한 살살 비틀고 천천히 잡아당겼다.

흑갈색 우유 줄기가 다산의 냄새를 풍기며 뿜어져 나왔다. 날이 갈수록 사용할 수 있는 하얀 우유가 나오기까지 더 오래 걸리는 것 같았다. 첫 줄기는 늘 이렇게 지저분했다. 엘사는 갈색 우유를 쏟아버리고 양동이를 닦은 다음 다시 시도했다. 그녀는 벨라의 울음 때문에 아무리 슬퍼져도, 깨끗한 우유를 얻을 때까지 아무리 시간이 오래 걸려도 절대 포기하지 않았다.

그녀는 필요한 양보다 적었지만 젖짜기를 마치고 불쌍한 소를 방목장으로 내보내주었다.

그녀가 마방을 지나는데 밀로와 브루노가 거칠게 숨을 몰아쉬며 문을 씹고 있었다. 나무를 먹으려는 것이었다.

그녀가 헛간 문을 잠그는 순간 총소리 한 방이 들렸다.

뭐지?

돌아서니 돼지우리에 있는 시아버지가 보였다. 그가 라이플총을 내리자 마지막 돼지가 옆으로 비틀거리더니 쓰러졌다.

"하느님, 감사합니다." 엘사가 중얼거렸다. 아이들 줄 고기다.

그녀가 손을 흔들었고, 그는 죽은 돼지를 수레에 힘겹게 싣고는 도축을 위해 돼지를 매달러 갔다.

회전초 하나가 부드러운 바람에 밀려 느릿느릿 굴러 그녀를 지나갔다. 그녀의 시선이 그것을 따라 울타리까지 갔다. 엉겅퀴들이 이 험한 환경에서도 살아남아 가뭄과 바람 속에서 끈질기게 자라고 있었다. 소들은 먹을 것이 달리 없을 때면 그 엉겅퀴를 먹었다. 말들도 그랬다.

그녀는 우유를 집 안에 들여놓고 다시 나와 헛간과 울타리 사이 넓은 흙밭을 건너갔다. 그러는 그녀를 막아서려는 듯 바람이 그녀의 머릿수건을 날렸다.

엉겅퀴는 가시와 줄기가 엉켜 있을 뿐, 초록 기가 별로 없었다. 철사 같았다. 질겼다. 핀처럼 날카롭고 뾰족했다.

그녀는 앞치마 주머니에서 장갑을 꺼내 꼈다. 날카로운 가시가 달린 부분을 조심스럽게 피해 싹을 따서 앞치마를 그릇 삼아 담았다.

맛을 보았다.

나쁘지 않았다. 어쩌면 올리브유에 와인, 마늘, 허브를 넣고 살짝 익힐 수도 있을 것 같았다. 아티초크 맛이 날까? 토니는 아티초크를 좋아했다. 아니면 피클을 담아도 되고….

내일 식구들에게 엉겅퀴를 따라고 얘기하고 보관하는 법을 찾아볼 것이다.

그녀는 정오에 앞치마에 담을 수 있는 만큼 한가득 엉겅퀴를 따 집으로 들어갔다.

집에서는 아이들과 토니가 벌써 점심을 먹으려 앉아 있었다.

"포도를 찾았어요." 앤트가 자신의 기여에 활짝 웃으며 엉덩이를 들썩였다.

엘사가 그의 머리를 헤집으며 머릿결을 느껴보았다. "오늘 밤 내가 아는 어떤 남자애 목욕해야겠는데."

"해야 돼요?"

엘사가 미소를 지었다. "여기서도 냄새가 난다. 해야지."

토니가 모자를 벗자 이마를 가로지르는 하얀 피부가 드러났다. 그는 차 한 잔을 단 두 모금 만에 다 마시고는 손등으로 입을 닦았다.

로즈가 부엌으로 들어와 토니에게 레드 와인 한 잔을 따라주었다.

토니가 접시에 담긴 아란치니를 열심히 먹기 시작했다. 가족이 가장 좋아하는 음식이었다. 부드러운 치즈로 속을 채운 이 라이스 볼에 판체타와 마늘로 맛을 낸 토마토 소스를 넉넉히 부어 먹었다.

엘사는 엉겅퀴를 양푼에 담고 싱크대 옆에 놓았다.

"그게 뭐니?" 로즈가 앞치마에 손을 닦으며 물었다.

"엉겅퀴예요. 먹을 만하게 만들 수 있을 것 같아서요. 아티초크 비슷한 맛이 나요."

로즈가 한숨을 쉬었다. "이 지경까지 왔구나. 이탈리아 사람이 말 먹이를 먹다니. **미돈나 미아.**"

"레이프는 어디 있어요?" 엘사가 물으며 두리번거렸다. "할 얘기가 있는데."

"하루 종일 못 봤어요." 앤트가 말했다. "나도 찾고 있었는데."

엘사가 포치에 나가 점심 식사를 알리는 종을 울리고 기다리며 농장 너머를 바라보았다.

말과 마차가 여기 있으니 시내에 나간 건 아니었다.

어쩌면 방에 있는지도 모른다.

그녀는 다시 집 안으로 들어가 침실로 올라갔다. 햇빛에 하얀 벽이 황금빛으로 보였다. 커다란 액자 속 예수님이 그녀를 응시했다.

방은 비어 있었다. 침대와 그녀가 남편과 함께 사용하는 서랍장, 세면대, 그녀의 모습이 비친 타원형 거울뿐이었다. 모든 것은 그대로였다, 다만….

바닥에 자국 하나가 침대 아래로부터 이어져 있었다. 침대 아래로 무엇을 넣었거나 아래 있던 것을 끌어낸 흔적이.

그녀는 이불을 들추고 침대 아래를 보았다. 그녀가 결혼할 때 가지고 온 가방과, 만약을 위해 보관해둔 아기 옷 상자가 보였다.

뭔가가 없다. 무엇일까?

그녀는 더 자세히 보기 위해 무릎을 꿇었다. 뭐가 없는 거지?

레이프의 가방. 그가 그 옛날, 대학에 가려고 짐을 쌌던 그 가방. 엘사의 아버지가 그녀를 여기 두고 떠났을 때 짐을 풀었던 바로 그 가방.

그녀는 흘깃 옆을 보았다. 문 옆에 걸려 있던 그의 옷들과 모자가 없었다.

그녀는 천천히 일어나 서랍장으로 가서 첫 번째 서랍을 열었다.

그의 서랍.

파란 샘브레이 셔츠, 남은 건 그뿐이었다.

10장

그녀는 그가 말 한마디 없이 밤중에 떠났다는 것을 믿을 수 없었다.

그와 13년을 함께 살며 밤에 같은 침대를 썼고 그의 아이들을 낳았다. 그녀는 그가 그녀를 사랑한 적이 없다는 것은 알았다. 그렇지만 **이렇게**?

그녀는 방에서 걸어 나와 가족을, 그녀의 가족, 두 사람의 가족이 테이블 앞에 앉아 이야기를 나누는 것을 보았다. 앤트가 포도 찾은 이야기를 다시 하고 있었다.

로즈가 고개를 들고 엘사를 보더니 얼굴을 찌푸렸다. "엘사?"

엘사는 로즈에게 이 끔찍한 일을 이야기하고 안기고 싶었지만 확실해질 때까진 아무 말도 할 수 없었다. 어쩌면 걸어서 시내에 갔는지도 모른다… 뭔가 일이 있어서.

그의 모든 소지품과 함께.

"저… 볼일이 좀 있어요." 엘사는 로즈가 그 말을 믿지 않는다는 것을 알았다.

엘사는 급히 집을 나와 로레이다의 자전거에 탄 후 페달을 밟았다. 진입로에는 흙이 두껍게 쌓여 있어 힘껏 다리를 움직여야 했다. 여러 번, 지난번 먼지 폭풍에 쓰러진 나무들의 죽은 가지를 피해 방향을 틀며 달려야 했다. 우편함 앞에 멈춰 서서 안을 들여다보았다. 아무것도 없었다.

시내로 나가는 길, 이 무더위 속에 단 한 대의 자동차도, 마차도 나와 있지 않았다. 머리 위 전선에는 새들이 모여 앉아 그녀를 내려다보며 지저귀었다. 소와 말 몇 마리가 떠돌며 먹을 것과 물을 찾아 애처로이 울었다. 도축을 할 수도, 돌볼 수도 없어 농부들이 알아서 살라고 풀어준 가축이었다. 그녀가 론섬트리에 도착했을 무렵 머리는 얼굴 뒤로 넘겨 고정했던 핀들에서 풀려 제멋대로였고 머릿수건은 젖어 있었다.

메인 스트리트에서 그녀는 자전거를 멈추었다. 회전초 하나가 구르며 그녀의 맨종아리를 긁고 지나갔다. 마비된 론섬트리가 그녀 눈앞에 펼쳐졌다. 상점들은 판자로 막아놓은 상태였고, 녹색이라곤 찾아볼 수가 없었다. 마을의 이름이 유래한 미루나무는 죽어갔다. 바람에 떨어져 나간 판자가 거리 곳곳에 있었다.

그녀는 페달을 밟아 기차역으로 갔고 자전거에서 내렸다.

어쩌면 그가 아직 여기 있을지도 몰랐다.

안에는 텅 빈 벤치들만 가득했다. 더러운 바닥. 백인만 이용 가능 음수대.

그녀는 매표소로 갔다. 작은 아치형 창구에 먼지투성이 흰 셔츠에 검은 토시를 낀 남자가 있었다.

"안녕하세요, 매컬베인 씨."

"안녕하쇼, 마르티넬리 부인." 남자가 말했다.

"우리 남편 최근에 여기 왔었나요? 티켓 샀나요?"

그는 책상의 서류를 내려다보았다.

"제발요. 제가 꼬치꼬치 캐묻게 하지 마세요. 지금도 충분히 창피해요, 그렇게 생각하지 않으세요?"

"그 친구 돈이 하나도 없었어요."

"어디로 가고 싶다고 말하던가요?"

"듣고 싶지 않을 거요."

"듣고 싶어요."

그가 한숨을 쉬더니 그녀를 쳐다보았다. "여기 말고 어디든, 이라고 합디다."

"그렇게 말했다고요?"

"혹시 위안이 된다면, 거의 울 것 같은 얼굴이더군요."

남자는 구겨지고 지저분한 봉투 하나를 꺼내 매표소 철제 기둥들 사이로 내밀었다. "이거 부인에게 주라고 했어요."

"제가 올 걸 알았군요?"

"아내는 늘 오기 마련이죠."

그녀는 마음을 진정하려 숨을 들이마셨다. "그러니까, 돈이 없으니, 어쩌면―"

"그는 사람들 모두가 하는 걸 했어요."

"모두가?"

"이 나라 곳곳에서 남자들이 가족을 떠나고 있어요. 가족끼리 애들도, 피붙이도 버린다고요. 살면서 이런 꼴을 본 적이 없네. 시머론 카운티에선 어떤 남자가 가족을 전부 죽이고 떠났어요."

"돈도 없으면서 어디로들 간대요?"

"서부로요, 부인. 대부분은. 마을을 지나는 첫 번째 기차에 몰래 올라타죠."

"어쩌면 돌아올지도 몰라요."

남자가 한숨을 쉬었다. "아직 돌아오는 사람 단 한 명도 못 봤어요."

엘사는 기차역 앞에 서 있었다. 천천히, 마치 불타기 쉬운 물건인 양 그녀는 레이프의 편지를 열었다. 종이는 구겨지고 먼지투성이였으며 물기가 군데군데 있었다. 그의 눈물일까?

> 엘사,
>
> 미안해. 말이 무슨 소용이겠어. 오히려 안 하니만도 못할 수 있겠지.
>
> 난 여기서 죽어가고 있어. 그건 확실해. 이 농장에서 하루만 더 있으면 내가 총으로 내 머리를 쏠 것만 같아. 난 약한 사람이야. 당신은 강한 사람이고. 이 땅과 이 생활을 난 결코 당신처럼 사랑할 수 없어.
>
> 우리 부모님과 아이들에게 사랑한다고 전해줘. 당신은 내가 없는 편이 더 나아. 제발 나를 찾으려 하지 마. 날 찾지 말아줘. 어차피 난 내가 어디로 가는지도 모르겠어.
>
> R.

엘사는 울 수조차 없었다.

가슴앓이는 평생 그녀 삶의 일부였기에 자신의 머리카락 색이나 약간 흰

척추만큼이나 익숙했다. 때로는 마음의 고통이라는 렌즈를 통해 세상을 보았고, 때로는 그것이 눈가리개가 되어 아무것도 보이지 않았다. 그러나 마음의 고통은 늘 거기 있었다. 그녀는 그것이 그녀의 잘못임을, 어떤 식으로든, 그녀의 행동 때문임을 알았지만, 그 근본을 필사적으로 숙고해보면 자신에게서 그렇게 본질적이라 증명할 만한 결함은 찾아볼 수가 없었다. 그녀의 부모는 그러한 결함을 보았다. 그녀의 아버지는 확실히. 그리고 그녀보다 아름다운 여동생들도. 그들 모두 엘사에게서 부족함을 감지했다. 로레이다도 분명히 보았다.

엘사 자신을 포함해서 모두 그녀가 다른, 더 생기 있게 사는 사람들의 필요 속에 숨어 사는, 유감스러운 삶을 살 거라 단정했었다. 돌보는 사람, 시중드는 사람, 집에 불이 꺼지지 않도록 뒤에 남아 있는 여자.

그런데 그녀가 레이프를 만났다.

잘생기고, 매력적이며, 우울한 남편을.

"고개를 들어." 그녀가 소리 내어 말했다.

그녀는 아이들을 생각해야 했다. 아버지의 배신에 위로가 필요한 작은 아이들이 둘 있다.

아이들은 자라면서 아버지가 자신들이 이렇게 어린데 버리고 떠났음을 알게 될 것이다.

아이들은, 엘사와 마찬가지로, 가슴앓이를 하며 성장할 것이다.

엘사가 농장으로 돌아갔을 무렵, 그녀는 자신이 서서히 고장 나고 있는 기계처럼 느껴졌다. 그녀의 가족이 집에 있었다, 분수히 일하며. 로즈와 로레이다는 부엌에서 파스타를 만들고 앤트와 토니는 거실에서 가죽 마구에 기름칠을 하고 있었다.

아이들은 오늘부터 완전히 다른 삶을 살게 될 것이다. 모든 것에 대한 아이들의 의견이 바뀔 것이고, 특히 자신에 대한, 사랑의 견고함에 대한, 그리고 그들 가족의 진실에 대한 생각이 바뀔 것이다. 그들은 아버지가 그 어려운 시절에 곁에 있어줄 만큼 어머니를, 어쩌면 그들을 사랑하지 않았다는 것을 영원히 기억하게 될 것이다.

이럴 때 좋은 어머니는 어떻게 할까? 잔인하고 추한 진실을 사실대로 이야기해야 하나?

아니면 거짓말이 더 나은 것일까?

엘사가 레이프의 이기심으로부터 아이들을 보호하고, 아이들의 증오로부터 레이프를 보호하기 위해 거짓말을 한다면, 한참 후에야 진실이 드러날 것이다, 만약 드러난다는 가정하에.

엘사가 거실의 토니와 앤트를 지나 부엌으로 들어가니 딸이 밀가루 범벅인 테이블에서 파스타 반죽을 만들고 있었다. 엘사는 딸의 야윈 어깨를 살짝 쥐었다. 딸을 두 팔로 꽉 끌어안고 싶은 충동을 자제하려는 최소한의 행동이었고, 솔직히 이제는 또 한 번 거절당할 자신도 없었다.

로레이다가 몸을 뺐다. "아빠는 어디 있어요?"

"맞아." 앤트가 거실에서 말했다. "아빠 어디 있어요? 할아버지랑 나랑 찾은 화살촉 보여드리고 싶은데."

로즈는 스토브 앞에서 물이 든 냄비에 소금을 치고 있었다. 그녀는 엘사를 보고는 버너를 껐다.

"울었어요?" 로레이다가 물었다.

"먼지가 너무 많아 눈물이 나네." 엘사가 말하며 억지로 미소를 지었다. "얘들아, 가서 감자 좀 찾아볼래? 엄마는 할머니, 할아버지와 할 이야기가 있어서."

"지금요?" 로레이다가 투덜거렸다. "너무 하기 싫은데."

"지금." 엘사가 말했다. "네 동생 데리고 가거라."

"가자, 앤트." 로레이다가 반죽을 밀어놓으며 말했다. "가서 돼지처럼 땅이나 파자."

앤트가 깔깔거렸다. "난 돼지인 거 좋아."

"넌 그렇겠지."

아이들이 집에서 발을 끌며 나섰고 문을 쾅 닫았다.

로즈가 엘사를 뚫어지게 쳐다보았다. "무섭게 왜 그러니."

엘사는 거실로 들어가 토니의 호밀주병을 잡고 한 잔 따라 마셨다.

맛이 끔찍했지만 그녀는 한 잔 더 따라서 그마저 마셨다.

"**마돈나 미아.**" 로즈가 나지막이 말했다. "난 여태 네가 술 한 잔 하는 걸 본 적이 없는데 두 잔이나 마시는구나."

로즈가 엘사 뒤로 와서 어깨에 손을 올렸다.

"엘사." 토니가 마구를 옆으로 치우고 일어섰다. "무슨 일이냐?"

"레이프가요."

"레이프?" 로즈가 얼굴을 찌푸렸다.

"갔어요." 엘사가 말했다.

"레이프가 갔다고?" 토니가 말했다. "어디로?"

"그가 가버렸어요." 엘사가 지친 목소리로 말했다.

"그 빌어먹을 술집으로?" 토니가 말했다. "내가 그렇게 말했는데도—"

"아뇨." 엘사가 말했다. "론섬트리를 떠났어요. 기차로요. 그렇게 얘기 들었어요."

로즈가 엘사를 쳐다보았다. "떠났다고? 아니다. 그럴 애가 아니다. 그 애가 행복하지 않다는 건 알았지만, 그렇지만….."

"맙소사, 로즈." 토니가 말했다. "우리 모두 행복하지 않아. 흙이 하늘에서 비처럼 내리지. 나무는 쓰러져 죽지. 가축도 죽어가지. 우리 모두 행복하지 못해."

"레이프는 캘리포니아에 가고 싶어 했어요." 엘사가 말했다. "제가 안 된다고 했어요. 그게 실수였어요. 얘기를 더 나누려 했지만….." 그녀가 주머니에서 편지를 꺼내 시부모에게 내밀었다. 로즈가 떨리는 손으로 편지를 받아 읽었다. 읽어 내리는 입술이 소리 없이 달싹였다. 그녀가 고개를 들었을 때 눈에 눈물이 가득했다.

"망할 자식." 토니가 편지를 구기며 말했다. "애지중지 키웠는데 고작 이거라니."

로즈가 충격을 받은 표정이었다. "돌아올 거예요." 그녀가 말했다.

세 사람은 서로를 바라보았다. 그의 부재가 집을 가득 채우고 넘쳐흐르는 것 같았다.

현관문이 탁 열렸다. 로레이다와 앤트가 더러운 손과 얼굴로 작은 감자 세 개를 가지고 들어왔다.

"쓸 만한 게 없어요." 로레이다가 걸음을 멈췄다. "왜 그래요? 누가 죽었어요?"

엘사가 술잔을 내려놓았다. "너희 둘에게 해줄 이야기가 있다."

로즈가 손으로 입을 가렸다. 엘사는 이해했다. 이런 말을 입 밖에 내면 아이들의 삶이 완전히 바뀔 것이다.

로즈가 엘사를 꼭 안았다가 놓았다.

엘사가 아이들을 돌아보았다.

아이들 얼굴에 그녀의 마음이 무너졌다. 두 아이 모두 아버지와 너무나 닮았다. 그녀는 아이들에게 다가가 두 아이를 동시에 꼭 끌어안았다. 앤트는 기뻐하며 그녀를 안았지만 로레이다는 몸을 빼내려 애썼다.

"숨 막혀요." 로레이다가 투덜거렸다.

엘사가 그녀를 놓아주었다.

"아빠 어디 있어요?" 앤트가 물었다.

엘사가 아들의 머리를 쓰다듬어 주근깨투성이 얼굴 뒤로 넘겼다. "같이 나가자." 아이들을 데리고 포치로 가서 셋이 함께 그네에 앉았다. 엘사가 앤트를 무릎에 앉혀 자리를 만들었다.

"그래서 뭐가 문제인데요?" 로레이다가 못마땅하다는 듯이 말했다.

엘사가 숨을 들이마신 후 그네를 밀어 앞뒤로 흔들리게 했다. 제발, 그녀는 할아버지가 와서 **용감해져라**, 라고 말하고 작은 격려를 해줄 수 있길 바랐다. "아버지가 떠나셨―"

로레이다가 성마르게 말했다. "아, 그래요? 어디로 갔는데요?"

그리고 바로 그 순간이었다. 거짓말을 할 것이냐, 진실을 말할 것이냐.

아버지는 우리를 위해서 다른 지방에서 직장을 구했어. 이렇게 말하긴 쉬울 것이나, 몇 달이 지나도 돈도 편지도 오지 않을 테니 증명하기는 어려웠다. 그렇긴 하지만 아이들이 울다 지쳐 잠드는 일도 없을 것이다.

오로지 엘사만 울 것이다.

"엄마?" 로레이다가 날카롭게 물었다. "아빠가 어디에 갔는데요?"

"나도 모른단다." 엘사가 말했다. "우리를 떠나셨다."

"잠깐. 뭐라고?" 로레이다가 그네에서 뛰어내렸다. "그 말은—"

"집을 나가셨다, 롤로." 엘사가 말했다. "기차에 올라타신 모양이다."

"날 그렇게 부르지 말아요. 아빠만 날 롤로라 부를 수 있어." 로레이다가 소리를 질렀다.

엘사는 자신이 약해지는 것을 느꼈고 눈물이 나왔을까 봐 두려웠다. "미안하구나."

"아빠는 **엄마를** 떠난 거야." 로레이다가 말했다.

"그래."

"난 엄마가 싫어!" 로레이다가 포치 계단을 뛰어내려 가 집 모퉁이를 돌아 사라졌다.

앤트가 몸을 틀어 엘사를 올려다보았다. 그의 혼란스러운 얼굴에 가슴이 아팠다. "언제 돌아오시는데요?"

"돌아오실 것 같지 않구나, 앤트."

"하지만… 우린 아빠가 필요해."

"안다, 아가야, 마음이 아프구나." 그녀는 아이의 머리를 쓰다듬어 뒤로 넘겨주었다.

앤트의 눈에 눈물이 가득 고였고, 그 모습에 그녀 역시 눈물이 핑 돌았으나 아이 앞에서는 울지 않으려 했다.

"아빠 보고 싶어. 나 아빠 보고 싶어…."

엘사가 아들을 꼭 끌어안고 울도록 내버려두었다. "알아, 아가야, 엄마도 알아…."

그녀는 달리 할 말이 생각나지 않았다.

로레이다는 풍차로 올라가 기단 위, 거대한 날개 아래에서 무릎을 끌어안고 앉았다. 그녀 아래 나무 판이 따뜻했다. 햇볕을 받아 데워졌다.

어떻게 아빠는 이럴 수가 있을까? 어떻게 가족을 곡식도 물도 없는 농장에 두고 떠날 수 있을까? 어떻게 떠날 수 있을까—

나를 두고.

그 생각을 하면 너무나 마음이 아파 숨도 쉴 수 없었다.

"돌아와요." 그녀는 소리쳤다.

푸른, 햇빛이 환한 대평원 하늘은 그녀의 미약한 울음을 삼키고, 그녀를 그냥 그곳에, 홀로, 너무나 작고 외롭게 느끼도록 내버려두었다.

그녀가 그렇게도 이 농장을 떠나고 싶어 하는 걸 알면서 어떻게 그는 그녀를 두고 갈 수 있을까? 그녀는 그와 같은 종류의 사람이었다. 엄마와 할머니와 할아버지와는 달랐다. 로레이다는 농부가 되고 싶지 않았다. 그녀는 더 넓고 근사한 세상으로 나가 작가가 되어 중요한 글을 쓰고 싶었다. 텍사스를 떠나고 싶었다.

그녀는 풍차가 흔들리는 것을 느끼며 생각했다, 젠장, 이제 엄마가 올라오는군, 처량한 표정으로 위로해주려고. 엄마는 로레이다가 지금 가장 보고 싶지 않은 사람이었다.

"가세요." 로레이다가 눈물을 훔치며 말했다. "이건 다 엄마 잘못이야."

엄마가 한숨을 쉬었다. 그녀는 창백해서 금방이라도 부서질 것처럼 보였으나, 그건 우스꽝스러운 이야기였다. 엄마는 질긴 유카 뿌리 같은 사람이었다.

엄마가 계속 기단으로 올라와 로레이다 옆에 앉았다. 늘 아빠가 앉던 자리였고, 로레이다는 갑자기 화가 치밀었다. "거긴 엄마 자리 아니에요." 그녀가 말했다. "거긴….." 그녀의 목소리가 갈라졌다.

엄마가 한 손을 로레이다의 다리에 올렸다. "애야—"

"아니. 아뇨." 로레이다가 손을 뿌리쳤다. "난 다 괜찮을 거라는 둥, 그런 거짓말 듣고 싶지 않아요. 이제 괜찮아지는 건 없어요. 엄마가 아빠를 쫓아낸 거야."

"난 네 아버지를 사랑했다, 로레이다." 엄마가 너무나 조용하게 말해 로레이다는 간신히 그 말을 들었다. 그녀는 엄마의 눈에서 눈물이 반짝이는 것을 보며 생각했다. 난 엄마 우는 걸 보고 있지 않을 거야.

"아빠가 나를 떠날 리 없어." 그 말이 로레이다를 찢고 나오는 것만 같았다. 그녀는 풍차를 내려가 눈물이 앞을 가린 채 집으로 뛰어들어 갔다. 할아버지와 할머니가 긴 의자에 손을 잡고 앉아 있었다. 마치 토네이도에서 살아남은 사람들처럼 충격을 받은 모습이었다.

"로레이다." 할머니가 말했다. "이리 오너라….."

로레이다가 쿵쾅대며 침실로 들어가니 앤트가 그녀 침대 위에서 몸을 웅크리고 엄지를 빨고 있었다.

동생이 우는 광경을 보자 마침내 로레이다도 무너졌다. 그녀는 눈물이 뜨겁게 흐르는 것을 느꼈다.

"아빠가 우리를 버렸어?" 앤트가 말했다. "정말로?"

"우리가 아니야. 엄마를 버린 거야. 어디선가 우리를 기다리고 있을 거야."

앤트가 일어나 앉았다. "모험처럼?"

"그래." 로레이다가 눈물을 닦고 생각했다. 당연하지. "모험처럼."

엘사는 풍차 기단에 앉아 앞을 응시했지만 아무것도 보이지 않았다. 여기서 내려가, 집으로 들어가, 침실로, 그녀의 침대로 간다는 것을 생각하니 견딜 수가 없었다. 그래서 그녀는 거기 머물렀다, 자신을 이런 순간으로 이끈 그 모든 잘못을 반추하고, 이제 자신의 삶이 어떻게 될지 생각하며.

바람이 머리카락을 흔드는 것이 느껴졌다. 고통의 숲에서 길을 잃은 나머지 그것도 간신히 알아차렸다.

로레이다에게 가야지.

그러나 딸의 분노와 마음의 상처를 맞닥뜨릴 용기가 없었다. 아직은.

레이프에게 그녀도 서부로 가겠다고 말했어야 했다. 물론이죠, 레이프, 우리도 가요, 라고 그냥 말했더라면 모든 게 달랐을 것이다. 그는 여기 있었을 것이다. 둘이 토니와 로즈에게 같이 가자고 설득해볼 수도 있었을 것이다.

아니다.

그건 지금 이 순간에도 할 수 없는 거짓말이었다. 어떻게 엘사와 레이프가 토니와 로스들 두고 떠날 수 있단 말인가? 차도 돈도 없이 그들이 어떻게 서부로 갈 수 있단 말인가?

바람이 머릿수건을 벗겼다.

엘사는 머릿수건이 바람을 타고 날아가는 것을 보았다. 기단이 흔들렸다. 머리 위 풍차 날개가 삐걱거리며 돌아갔다.

폭풍이 온다.

엘사는 흔들리는 기단에서 내려왔다. 그녀가 땅을 딛는 순간 돌풍이 땅표면의 흙을 휩쓸며 커다란 울부짖음과 함께 위로 퍼 올리더니 옆으로 날렸다. 모래가 작은 유리 조각들처럼 엘사의 얼굴을 때렸다.

로즈가 집에서 뛰어나오며 엘사에게 소리쳤다. "폭풍이다! 빨리 오너라!"

엘사가 시어머니를 향해 달렸다. "애들은요?"

"안에 있다."

둘은 손을 잡고 집으로 뛰어들어 간 후 문을 닫아걸었다. 안에서 벽이 뒤흔들렸다. 흙이 천장에서 비처럼 쏟아졌다. 돌풍이 세차게 몰아치며 모든 것이 덜거덕거렸다.

로즈가 창문틀에 헝겊 뭉치와 오래된 신문을 추가로 밀어 넣었다.

"애들아!" 엘사가 소리쳤다.

앤트가 거실로 달려 나왔다. 겁에 질린 얼굴이었다. "엄마!" 그가 그녀의 품에 뛰어들었다.

엘사가 그를 꼭 끌어안았다. "방독면을 써라." 엘사가 말했다.

"싫어요, 그러면 숨을 쉴 수가 없어요." 앤트가 칭얼거렸다.

"얼른 써, 앤서니. 그리고 식탁 아래에 앉아 있어. 네 누나는?"

"응?"

"가서 로레이다 데려오렴. 누나에게도 방독면 쓰라고 해."

"어, 못 해요."

"못 하다니? 왜?"

그가 괴로운 표정이 되었다. "말 안 한다고 약속했는데."

그녀가 몸을 낮추고 그를 바라보았다. 흙이 그들 위로 쏟아졌다. "앤트,

162

누나 어디 있니?"

"누나 집 나갔어요."

"뭐?"

앤트가 침울하게 고개를 끄덕였다. "내가 누나한테 멍청한 생각이라고 말했는데."

엘사가 로레이다의 방으로 뛰어가 문을 밀쳐 열었다.

로레이다가 없었다.

떨어지는 흙 사이로 하얀 무언가가 보였다.

서랍장 위 메모였다.

아빠 찾으러 가요.

엘사는 급히 아래층으로 내려가며 로즈와 토니에게 소리쳤다. "로레이다 가 집을 나갔어요. 트럭 탈게요. 휘발유가 남았나요?"

"아주 조금." 토니가 소리쳤다. "하지만 지금은 못 나간다."

"가야 해요."

엘사는 오랫동안 쓰지 않은 열쇠를 부엌의 잡동사니 양동이에서 꺼내 몰아치는 거친 먼지 폭풍 속으로 다시 나갔다. 그녀는 입과 코 주위에 밴대너 를 두르고 눈을 보호하기 위해 가늘게 떴다.

바람이 그녀 앞에서 소용돌이쳤다. 정전기에 머리카락이 삐죽 섰다. 울타 리가 있던 자리, 철조망에서 파란 불길이 올라오는 것이 보였다.

폭풍 속에서 그녀는 더듬더듬 길을 찾다가 집과 헛간 사이에 매어둔 줄 을 발견했다.

그녀는 거친 밧줄에 의지하며 헛간으로 가서 문을 열어젖혔다. 바람이 몰아치며 널판을 날리자 말들이 겁에 질렸다.

브루노가 부서진 널판 사이로 마방에서 뛰쳐나와 통로에 있다. 두려움에 콧구멍을 벌렁거리며 당황하고 있었다. 그러다 엘사에게 킁킁거리더니 폭풍 속으로 뛰쳐나갔다.

엘사는 트럭 덮개를 잡아당겨 벗겼다. 바람이 그 천을 그녀의 손에서 잡아채더니 돛처럼 활짝 펼쳐 목초 다락으로 날려버렸다. 밀로가 마방에서 무서움에 힝힝 울었다.

엘사는 운전석으로 올라가 열쇠를 꽂고 세게 돌렸다. 엔진이 쿨럭거리더니 마지못해 살아났다. 제발 아이를 찾을 만큼 휘발유가 남아 있길.

그녀는 헛간을 나서 폭풍 속으로 들어갔다. 두 손으로 운전대를 단단히 잡았지만 바람은 그녀를 도랑으로 밀어붙이려 했다. 차축에 묶인 체인이 그녀 뒤에서 철커덩거렸다. 그 체인이 접지를 해주니 트럭에 누전이 일어나지는 않을 것이다.

그녀 앞에는 갈색 흙이 옆으로 날아다녔다. 트럭 헤드라이트 두 개가 어둠을 뚫었다. 진입로 끝에 이르러 그녀는 생각했다. 어느 쪽이지?

시내다.

로레이다는 다른 쪽으로는 가지 않았을 것이다. 이곳과 오클라호마 경계 사이에는 몇 킬로미터를 가도 아무것도 없었다.

엘사는 힘을 주어 트럭의 방향을 틀었다. 바람은 이제 뒤에서 불어와 그녀를 앞으로 밀었다. 그녀는 몸을 기울이며 앞을 보려 애썼다. 한 시간에 20킬로미터 가기도 어려웠다.

시내에는 폭풍이라 가로등을 켜놓았다. 창문들은 판자로 막았고 문도 널빤지를 덧대었다. 먼지와 모래와 흙과 회전초가 거리를 휩쓸었다.

엘사는 기차역에서 로레이다를 발견했다. 닫힌 문에 기대어 몸을 웅크린 채 바람이 손에서 잡아채려는 가방을 꼭 붙잡고 있었다. 엘사가 트럭을 세우고 내렸다. 이 갈색의 암흑 속에서 황금빛의 얇은 후광에 둘러싸인 가로등들이 점점이 반짝였다.

"로레이다." 그녀가 소리쳤다. 목에서 가늘고 거친 목소리가 흘러나왔다.

"엄마!"

엘사가 폭풍 속에서 몸을 앞으로 기울였다. 거센 바람이 드레스를 찢고 두 뺨을 긁었으며 눈앞을 가렸다. 그녀는 비틀거리며 역 계단을 올라가 로레이다를 두 팔로 끌어안은 후 잠시 꼭 안고 있었다. 그 순간 폭풍도, 할퀴는 바람도, 긁어대는 모래도 없이 그들 두 사람뿐이었다.

하느님, 감사합니다.

"역사 안으로 들어가야겠다." 그녀가 말했다.

"문이 잠겼어요."

창문 하나가 그들 뒤에서 깨졌다. 엘사가 로레이다를 놓아주고는 부서진 창문으로 기어가 창턱의 들쑥날쑥 깨진 유리를 넘어갔다. 날카로운 조각들이 피부를 파고드는 것이 느껴졌다.

일단 안으로 들어간 그녀는 앞문을 열고 로레이다를 안으로 잡아당긴 다음 문을 쾅 닫았다.

역이 흔들거렸다. 금이 갔다. 엘사는 음수대로 가서 미지근한 물을 떠 담아 로레이다에게 가지고 갔고, 로레이다는 게걸스럽게 그 물을 들이켰다.

엘사가 딸 옆에 털썩 앉았다. 눈이 너무나 따가워 거의 보이지 않았다.

"미안하구나, 로레이다."

"아빠는 서부로 가고 싶어 했어요, 그죠?" 로레이다가 말했다.

벽이 덜컹거리며 흔들거렸다. 세상이 다 무너져 내리는 것만 같았다.

"그래."

"왜 그냥 그러자고 하지 않았어요?"

엘사가 한숨을 쉬었다. "네 동생은 신발도 없다. 휘발유 살 돈도 없다. 아무것도 살 돈이 없다. 할아버지와 할머니는 떠날 생각이 없다. 내게는 가지 못할 이유만 보였어."

"여기 왔지만 어디로 가야 할지 몰랐어요. 아빠는 내가 모르길 바랐어요."

"안다."

엘사가 딸의 등을 쓰다듬었다.

로레이다가 옆으로 몸을 빼며 손길을 피했다.

엘사는 손을 물리고는 그냥 앉아 있었다. 그녀와 딸 사이의 이 간극은 그녀가 무슨 말을 해도 메울 수 없다는 것을 알았다. 부부이기를 포기하고 아이들과 책임을 버리고 떠난 것은 레이프이지만 로레이다는 **여전히** 엘사를 비난했다.

그날 밤 폭풍이 가라앉은 다음, 엘사는 트럭을 몰고 로레이다와 함께 농장으로 돌아왔다. 어찌어찌 힘을 내어 아이들도 먹이고 자신도 먹은 후, 마침내 아이들을 재웠다. 그 모든 일을 하면서도 누구 앞에서도 울지 않았다. 대단한 승리를 거둔 것만 같았다. 레이프가 떠난 후 몇 시간 동안, 로즈의 아픔은 끓어오르는 분노가 되어 이탈리아어로 터져 나왔다. 로레이다의 절망은 저녁 먹는 내내 그녀의 말을 빼앗았고, 앤트의 혼란스러움은 보기가 애처로웠다. 토니는 누구와도 눈을 마주치지 않았다.

엘사는, 드디어, 침실로 걸어가며 그녀가 오랫동안 아무 말도 하지 않았다는 것에 생각이 미쳤다. 누군가 말을 걸어와도 대답조차 하지 않았다. 그가 떠났다는 고통이 그녀 안에서 팽창하며 점점 더 큰 자리를 차지했다.

이제 밖에는 바람이 불지 않았고, 어떤 자연의 힘도 벽을 부수려 하지 않았다. 오로지 침묵뿐이었다. 때때로 코요테 울음소리가 들려왔고, 이따금 벌레가 바닥을 기어가는 소리가 나기도 했지만 그뿐이었다.

엘사는 창문 아래 서랍장으로 갔다. 레이프의 서랍을 열고 그가 남기고 간 유일한 셔츠를 보았다. 이제 그녀가 가진 유일한 그의 물건이었다.

그녀는 그것을, 놋쇠 똑딱단추가 달린 연푸른 샘브레이 셔츠를 들어 올렸다. 그녀가 크리스마스 선물로 만든 것이었다. 한쪽 소매 단에 아직도 그녀의 피가 작은 적갈색 얼룩으로 남아 있다. 바느질을 하다 찔렀었다.

그녀는 셔츠를 스카프처럼 목에 감고 별이 빛나는 밤으로 그냥 걸어 나갔다. 정처 없이. 어쩌면 멈추지 않을지도 모른다…. 어쩌면 이 스카프를 절대 벗지 않을지도 모른다. 그러다 그녀가 언젠가 늙고 흰머리 노인이 됐을 때 어떤 아이가 스카프 대신 셔츠를 두른 미친 여자에 대해 물으면 그녀는 어떻게 시작된 일인지도 누구 셔츠였는지도 기억나지 않는다고 말할 것이다.

우편함에 가까이 이르자 브루노가 보였다. 그들의 말이, 죽은 채, 쓰러진 나무의 마른 가지에 깔려 있었다. 말의 벌린 입에 흙이 가득했다. 내일, 그들은 브루노를 묻어주기 위해 단단하고 마른 땅을 파야 할 것이다. 또 하나의 고된 일, 또 하나의 안녕.

한숨을 쉬며 그녀는 집으로 돌아와 침대에 누웠다. 매트리스는 두 팔과 다리를 활짝 벌려도 혼자 쓰기에 너무 크게 느껴졌다. 그녀는 몸을 닦아 매장할 준비를 마친 시신처럼 팔을 접어 가슴에 올린 채 먼지투성이 천장을 응시했다.

그 오랜 세월, 그 많은 기도, 그 모든 희망, 언젠가는, 드디어, 그녀도 사랑을 받으리라는, 남편이 그녀를 돌아보고 그가 보는 것을 사랑하게 되리라는 그 소망이… 사라졌다.

그녀에 대해서는 그녀의 부모가 줄곧 옳았다.

11장

로레이다는 아빠가 그들을 버린 것에 대해 어머니를 비난할 수 없다는 것을, 혹은 전적으로 비난할 수 없다는 것을 알았다. 그것은 잠 못 이루며 긴긴밤을 보낸 후 도달한 슬프고도 유감스러운 진실이었다.

아빠는 그들 모두를 버렸다. 일단 사실을 알아보고 나자 모른 척할 수 없었다. 아빠는 로레이다의 머릿속을 꿈으로 가득 채웠고, 그녀를 사랑한다고 말했지만, 그녀를 버려두고 떠나버렸다.

그래서 그녀는 평생 처음으로 희망이 없다고 느꼈다.

다음 날 아침 일어나자 창밖으로 파란 하늘이 보였다. 그녀는 도망갈 때 입었던 그 더러운 옷을 그대로 입은 채였고 머리도 빗지 않고 양치질도 하지 않았다. 그게 다 무슨 소용인가? 그녀는 이 농장을 떠나는 일이 없을 텐데, 떠나지 않는다면 어떤 모습이든 누가 상관한다고?

부엌에 가니 할머니가 있었고, 스토브에는 아침으로 크림을 넣은 밀 시리얼이 끓고 있었다. 할머니는… 이를 악물고 있는 것 같았다. 달리 설명할 말이 없었다. 할머니는 계속 이탈리아어로 혼잣말을 했다. 미국인으로 자라길 바라 손주들에게 가르쳐주길 거부한 그 언어로.

앤트가 발을 끌고 바닥에 몇 센티미터 두께로 쌓인 흙을 헤집으며 부엌으로 들어왔다. 로레이다는 기름 먹인 천이 깔린 식탁의 의자를 빼주었다. 식탁에는 대접이 뒤집혀 제자리에 놓여 있었고, 그 위로도 흙이 쌓여 있었다.

로레이다가 대접을 뒤집고 닦은 후 동생 옆에 앉았다. 크림과 버터를 넣었음에도 먹을 만하지 못해 너무나 맛없는 시리얼을 먹으며 어깨를 움츠린 동생은 더 어려 보였다.

할아버지가 부엌으로 들어오며 누덕누덕 헝겊을 댄 멜빵 작업복의 버클을 죄었다. "커피 냄새가 좋군, 로즈." 그가 앤트의 머리를 헝클어뜨렸다.

앤트가 울기 시작했다. 울음은 마른기침으로 끝났다. 로레이다는 손을 뻗어 동생의 손을 잡았다. 그녀도 울고 싶었다.

"어떻게 재들을 버릴 수가 있어?" 할아버지가 충격받은 얼굴로 할머니에게 말했다.

"실렌치오('조용히 하라'는 뜻의 이탈리아어)." 할머니가 낮게 힐난했다. "말을 해봤자 소용없잖아요?"

할아버지가 무거운 한숨을 쉬었다. 그 한숨도 기침으로 끝났다. 그가 손으로 가슴을 눌렀다, 마치 어제 폭풍으로 들어온 먼지가 거기 쌓인 것처럼.

할머니가 빗자루와 쓰레받기를 들었다. 로레이다가 끙, 소리 내어 투덜거렸다. 그들은 하루 종일 어제 폭풍이 몰고 온 것을 치웠다. 러그를 두드려 털고, 창턱에 쌓인 흙을 치우고, 찬장에 있는 모든 것을 꺼내서 닦고 뒤집어서 정리했다. 그래도 아직 쓸어낼 것이 더 있었다.

현관문을 두드리는 소리가 났다.

"아빠!" 로레이다가 소리치며 벌떡 일어섰다.

그녀는 달려가 문을 열어젖혔다.

거기 서 있는 사람은 누더기를 걸친 더러운 얼굴의 남자였다.

그는 다 떨어진 모자를 벗어 더러운 손에 말아 쥐었다.

배고파요. '그곳'에 가는 길에 이곳에 들르는 모든 부랑자가 그랬다.

이게 아빠가 원했던 걸까? 굶주리며, 홀로, 낯선 집 문을 두드리고 음식을 구걸하는 일이? 그게 집에 남는 것보다 나을까?

할머니가 로레이다 옆으로 왔다.

"배가 고픕니다, 부인. 먹을 게 있으면 조금만 나눠주세요. 그러면 정말 감사하겠습니다." 부랑자의 셔츠는 흙과 땀으로 탈색이 심해 원래 색깔이 무엇인지 아는 게 불가능했다. 파란색, 어쩌면. 아니면 회색. 그는 멜빵 작업복을 입고 벨트로 허리를 꽉 조여 묶고 있었다. "일을 시켜주시면 기쁜 마음으로 하겠습니다."

"시리얼이 있네." 할아버지가 말했다. "그리고 포치에 비질이 필요하고."

그들은 부랑자들이 끼니때에 들러 음식을 구걸하거나 일을 하겠으니 빵한 조각을 달라고 부탁하는 일에 익숙해져 있었다. 이렇게 어려운 시절에 사람들은 더 불우한 사람들을 위해 할 수 있는 일을 했다. 부랑자 대부분은 일을 한두 가지 하고 다시 떠나곤 했다. 떠돌이 한 사람이 헛간에 뭔가 표시를 해놓고 갔다. 다른 방랑자들에게 전하는 메시지. **여기 들러요. 좋은 사람들,** 뭐 그런 뜻인 것 같았다.

할아버지가 그 유랑민을 살펴보았다. "어디서 오는 건가, 자네?"

"아칸소입니다, 어르신."

"몇 살인가?"

"스물둘입니다, 어르신."

"떠난 지 얼마나 됐나?"

"제가 가는 곳에 도착하기에 충분한 시간만큼요. 거기가 어딘지 안다면 말이지요."

"무엇 때문에 그렇게 그냥 떠나버렸나? 그걸 얘기해줄 수 있겠나?" 할아버지가 물었다.

그들 모두 그 유랑민을 쳐다보았고, 그는 질문에 곰곰이 생각하는 듯 보였다. "저, 어르신. 지금의 자기 생활을 도저히 견딜 수 없을 때 떠나게 되는 것 같습니다."

"자네가 두고 온 가족은 어떡하고?" 할아버지가 날카롭게 물었다. "처자식이 어떻게 되든 상관하지 않는다는 건가?"

"그랬다면 머물렀겠지요, 아마도." 그가 말했다.

"그건 틀린 말이에요." 로레이다가 말했다.

"시리얼 좀 가져다주죠, 응?" 할머니가 말했다. "말로 시간 보낼 필요 없지."

"누나." 앤트가 로레이다의 소매를 잡아당겼다. "엄마가 좀 이상해."

로레이다가 눈을 가리던 헝클어진 머리카락을 치우고 빗자루에 기댔다. 그녀는 줄곧 비질을 열심히 해서 땀이 났다. "무슨 소리야?"

"엄마가 일어나지 않아."

"실없는 소리 하지 마. 할머니가 엄마 자게 내버려두라고 했어."

앤트 어깨가 축 처졌다. "누나가 내 말 안 믿을 줄 알았어."

"좋아."

로레이다가 앤트를 따라 부모님 침실로 갔다. 그 작은 방은 평소 아주 깔끔했지만 지금은 사방에, 심지어 침대 위에도 흙이 있었다. 그 광경이 아빠가 그들을 버렸다는 사실을 통렬하게 일깨웠다. 엄마는 잠자리에 들기 전에 흙을 쓸어내리려고도 하지 않았다. 청소에 지독하게 열심인 사람인데도. "엄마?"

엄마가 더블베드에 누워 있었는데, 최대한 오른쪽 끝에 누워 있어 왼쪽으로는 커다란 빈 공간이 있었다. 엄마는 더러운 머릿수건과 잠옷 차림이었고, 오래된 면 옷 사이로 살결이 드러났다. 파란 샘브레이 셔츠, 아빠 옷이 목에 감겨 있었다. 얼굴은 거의 종잇장처럼 창백했고, 각진 광대뼈가 홀쭉한 뺨 위로 두드러져 보였다.

엄마는 언제나 창백했다. 심지어 여름 태양 아래 있어도 그냥 탄 다음 피부가 벗겨졌다. 검게 그을리는 적이 없었다. 그래도 이건….

그녀가 엄마 어깨를 살짝 밀었다. "일어나요, 엄마."

아무 반응이 없었다.

"가서 할머니 데려와. 벨라 젖 짜고 계셔." 로레이다가 앤트에게 말했다.

로레이다가 엄마의 팔을 찔렀다. 이번에는 살짝이 아니었다. "일어나요, 엄마. 장난하지 마."

로레이다가 엄마를 내려다보았다. 늘 굴하지 않는, 포기를 모르는, 유머도 모르는 여인을. 그런데 이제 엄마가 얼마나 연약한지, 얼마나 마르고 창백한지 볼 수 있었다. 침대에 누워, 아빠의 셔츠를 스카프처럼 두른 그녀는 부서질 것 같았다.

무서웠다.

"일어나요, 엄마. 어서."

할머니가 빈 철제 양동이를 든 채 방으로 들어왔다. "왜 그러니?" 앤트가 바로 그 뒤에 바짝 붙어 있었다.

"엄마가 일어나지 않아요."

할머니가 양동이를 내려놓고 협탁 위 금이 간 도자기 물병을 덮어놓은 시멘트 부대로 만든 수건을 들었다. 미세한 먼지가 바닥으로 떨어져 내렸다. 할머니는 수건을 물에 담갔다가 세숫대야에 물을 짜고는 젖은 수건을 엄마 이마에 놓았다. "열은 없구나." 그리고 말했다. "엘사?"

엄마는 반응이 없었다.

할머니가 방으로 의자를 끌어와 침대 옆에 앉았다. 오랫동안 할머니는 아무 말도 하지 않고 그냥 거기 앉아만 있었다. 그러다 마침내 한숨을 내쉬었다. "그 아인 우리도 버렸다, 엘사. 너만 버린 게 아니다. 자기가 사랑한다고 하던 사람들 모두 버렸다. 난 절대 용서하지 않을 거다."

"그런 말 하지 마세요!" 로레이다가 말했다.

"실렌치오." 할머니가 말했다. "여자는 마음의 상처로 죽을 수도 있다. 더 악화시키지 말아라."

"아빠가 떠난 건 엄마 잘못이에요. 엄마가 캘리포니아 안 가겠다고 해서."

"네가 남자도, 사랑도 아주 경험이 풍부해서 그런 결론을 내렸구나. 네 천재적 의견이 고맙다, 로레이다. 네 엄마에게 아주 위로가 되겠구나."

할머니가 시원한 물수건으로 엄마의 이마를 닦았다. "지금 얼마나 마음이 아픈지 잘 안다, 엘사. 누군가를 사랑하지 않으려 해도 그렇게 되지 않지. 그게 네게 상처를 준 사람이라고 해도. 깨어나고 싶지 않은 것도 이해

한다. 맙소사, 맹세컨대 널 비난할 수 있는 사람은 없다. 그렇지만 네 딸에 겐, 특히 지금, 네가 필요하다. 저 아인 제 아비만큼이나 어리석구나. 앤트도 난 걱정이다." 할머니가 더 가까이 몸을 기울이고 속삭였다. "기억하렴, 네가 처음 로레이다를 품에 안던 때, 우리 둘 다 울던 그때를 기억하렴. 네 아들의 웃음을, 그 아이가 너를 얼마나 꼭 껴안는지 기억하렴. 네 아이들을, 엘사. 기억하렴, 로레이다… 앤서니….

엄마가 날카롭고 거칠게 숨을 들이쉬더니 벌떡 일어나 앉았다. 마치 물가에 표착한 것만 같았다. 할머니가 엄마를 안정시키며 두 팔로 감싸 안았다.

로레이다는 이런 흐느낌을 생전 처음 들었다. 그녀는 엄마가 너무 힘겹게 울어서 그 힘에 반으로 갈라지는 것은 아닐까 생각했다. 마침내 울음을 거두고 숨을 제대로 쉬더니 뒤로 기대앉았다. 황폐한 모습이었다. 달리 표현할 말이 없었다.

"로레이다, 앤트, 나가 있거라." 할머니가 말했다.

"엄마가 왜 이러는 거예요?" 로레이다가 물었다.

"열정엔 어두운 칼날이 있다. 네 아버지가 어른이었다면 네게 이 말을 해주었을 거다, 그 시시껄렁한 것들로 네 머리를 채우지 않고."

"열정? 그게 도대체 무슨 상관인데요?"

"저 아인 너무 어려서 이해 못 해요, 로즈." 엘사가 말했다.

로레이다는 어떤 경우든 너무 어리다는 말이 너무 싫었다. "난 어리지 않아요. 열정은 좋은 거죠. 근사해요. 난 열정을 원해요."

할머니가 짜증스럽다는 듯 손을 흔들었다. "열정은 천둥이야. 왔다가 사라진다. 자양분을 주지. 그래, 하지만 물속으로 가라앉히기도 한다. 우리 땅이 널 구원하고 보호해줄 거다. 네 아버지는 그걸 끝내 배우지 못했지. 네

175

이기적이고 어리석은 아버지보다 더 똑똑해지거라, 얘야. 땅 같은 남자와 결혼하거라, 믿을 수 있고 진실한 사람. 너를 계속 안정시켜줄 사람."

또 결혼 이야기. 모든 질문에 대한 할머니의 답. 마치 결혼을 잘하면 좋은 인생인 것처럼. "그냥 내가 개 한 마리 키우면 어때요? 할머니가 제게 원하는 인생만큼이나 신날 텐데요."

"내 아들이 널 망쳤구나, 로레이다. 네게 너무 많은 로맨스책을 읽혔어. 널 망가뜨릴 거다."

"책 읽기가요? 그건 아닐걸요."

"나가거라." 할머니가 문을 가리키며 말했다. "당장."

"어차피 여기 있고 싶지도 않아요." 로레이다가 말했다. "가자, 앤트."

"잘됐다." 할머니가 말했다. "빨래하는 날이다. 가서 물 길어 오거라."

로레이다는 5분 전에 나갔어야 했다.

"그 사람은 저를 사랑한 적이 없어요." 엘사가 말했다. "왜 사랑하겠어요?"

"아, 얘야…." 로즈가 더 가까이 다가와 거칠고, 일을 많이 해 붉어진 손을 엘사의 손에 얹었다.

"내가 딸을 셋 잃은 것 알지. 셋이나. 둘은 이 세상에서 숨도 쉬어보지 못했고, 한 아이는 숨은 쉬었다. 하지만 우린 그 이야기를 제대로 한 적이 없다." 로즈가 깊게 숨을 들이쉬었다가 뱉었다. "난 매번 나 자신에게 아주 짧은 애도 기간만을 허락했다. 하느님이 나를 위해 마련하신 계획을 믿었어.

난 성당에 가서 초를 밝히고 기도했다. 난 라파엘로를 배 속에 가졌을 때만큼 두려웠던 적이 없었다. 그 아이는 배 안에서 아주 **분주했지**. 그래서 나는 아이가 건강하다고 생각할 수밖에 없었는데 점점 그 희망이 두려워졌어. 검은 고양이를 보면 눈물이 터졌어. 올리브유를 쏟으면 성당으로 달려가 불운을 쫓으려 했어. 나는 아기 양말 한 켤레도 짤 수가 없었고, 이불도, 세례복도 만들지 못했어. 내가 한 일은 그 아이를 상상하는 일이었어. 그 아인 내게 진짜가 되었지, 딸아이들은 그러지 못했는데. 라파엘로가 드디어 태어났을 때, 너무나도 건강하고 활기찼고, 정말이지 아름다웠지. 난 딸들로 대가를 치러야 했던 내 죄가, 그것이 무엇이든 하느님이 용서해주었다는 걸 알았어. 난 그 아이를 너무나 사랑했다. 나는… 그 아이를 제대로 **훈육**하지 못했고, 안 된다는 말을 못 했어. 토니는 내가 아이를 망친다고 했지만, 난 그게 무슨 문제가 되겠어, 라고 생각했지. 그 아인 별똥별이었고, 그 빛에 앞이 가려 난 제대로 보지 못했던 거야. 난… 그 아이에게 너무 많은 것을 원했어. 그가 사랑을, 번성을 알기 바랐고, 미국인이 되길 바랐지.”

“그런데 제가 왔지요.”

로즈가 잠시 가만히 있었다. “난 그날의 모든 부분을 하나하나 다 기억한다. 그 아인 대학을 가려고 가방을 꾸렸지. **대학**. 드디어 마르티넬리가. 나는 너무 자랑스러워 모든 사람에게 다 이야기했단다.”

“그런데 그때, 제가.”

“버들 회초리처럼 가늘었지. 머리는 손질이 필요했고, 넌 미소 짓는 법을 모르는 젊은 여자 같았어. 그리고 그 아이보다 나이도 너무 많았고, 난 그렇게 생각했지.”

“전 말씀하신 그대로였어요.”

"내가 아는 누구보다 사랑과 헌신을 할 줄 아는 여자라는 걸 알아보기까지 몇 달이 걸렸어. 넌 내 아들에게 온 최고의 선물이었다. 그 아이가 바보라서 몰랐던 거지."

"친절한 말씀이세요."

"넌 믿지 않는구나." 로즈가 한숨을 쉬었다. "내가 라파엘로를 과하게 사랑해서 그 아이를 망쳤고, 네 부모는 너를 너무 조금 사랑해서 너를 망친 게지."

"제 부모님은 저를 사랑하려 노력했어요. 레이프가 그랬던 것처럼요."

"네 부모가 그랬다고?" 로즈가 말했다.

"전 병약한 아이였어요. 십 대 때 열병이 났고, 그러고 나서 몸이 허약해졌어요. 부모님은 제가 오래 살지 못할 거라는, 심장이 안 좋다는 말을 들었대요."

"넌 그 말을 믿었고."

"당연하죠."

"엘사, 난 네 어린 시절도, 네 병도, 네 부모가 무슨 말을 하고 어떻게 했는지 모른다. 하지만 이건 알아. 넌 사자의 심장을 가졌어. 다르게 이야기하는 사람은 믿지 마라. 난 분명히 봤다. 내 아들이 바보인 게야."

"그가 떠나기 전 제게 마지막으로 한 말이 '그때의 나를 기억해?'였어요. 난 그 사람이 낭만적인 말을 하는 거라 생각했어요."

"오랫동안 우린 이 일로 가슴이 아플 거다. 하지만 로레이다와 앤트는 네가 있어야 한다. 로레이다도 어리석은 제 아비가 아니라, 이 땅이 저를 구원한다는 걸 배워야 하고."

"전 로레이다가 대학에 가기 바라요, 로즈. 용감해지고 모험도 하고."

"여자가?" 로즈가 웃었다. "앤트는 그렇게 될 거다. 로레이다는 여기 정착할 거야. 너도 보게 될 거다."

"전 그 아이가 정착하길 원하지 않는 것 같아요, 로즈. 전 그 아이의 불이 경이로워요. 설사 그 불길이 태울 대상이 저일지라도. 전 그저… 그 아이가 행복했으면 좋겠어요. 그 아이가 제 아버지처럼 불행해하는 걸 보면 가슴이 너무 아파요."

"넌 그 두 사람을 비난해야 하는데 오히려 너 자신을 탓하는구나." 로즈가 흔들리지 않는, 격려하는 눈길로 엘사를 바라보았다. "기억해라, 애야, 힘든 시기는 지속되지 않는다. 땅과 가족은 지속된다."

12장

    11월에 첫 겨울 폭풍이 북쪽에서 몰아쳤고, 눈이 얇게 쌓였다. 깨끗하고 반짝이는 하얀 눈이 풍차의 거친 날개에도, 닭장에도, 암소의 엉덩이에도, 땅에도 내려앉았다.

    눈은 좋은 신호였다. 눈은 곧 물이다. 물은 곧 곡식이다. 곡식은 곧 식탁 위 음식이다.

    이 유난히도 추운 날에 엘사는 식탁 앞에 서서 손으로 미트볼을 만들고 있었다. 그녀의 손은 분홍색으로 부어올랐고 물집도 잡혀 있었다. 이 계절에 동상은 흔했고, 식구들은, 아니 이 지역 사람들은 모두 목이 따갑고 쓰라렸으며, 눈도 가렵고 핏발이 섰다. 너무 많은 먼지 폭풍을 겪은 탓이었다.

    그녀는 마늘로 양념한 돼지고기 미트볼을 구이판 위에 놓고 수건을 덮은 다음 거실로 들어갔다. 로즈가 스토브 옆에 앉아 양말을 꿰매고 있었다.

    토니가 집으로 들어와 발을 구르며 부츠의 눈을 털고는 문을 쾅 닫았다. 그는 장갑 낀 두 손을 모으고는 입김을 불어넣었다. 두 뺨은 추위에 붉게 거칠어지고 바람에 쓸린 채였다. 삐져나온 머리카락은 갈래갈래 얼어붙었다. "풍차가 펌프질을 안 하네." 그가 말했다. "추위 때문인 게야." 그는 장작 스토브를 향해 걸어왔다. 스토브 옆에는 말린 쇠똥이 담긴 통이 있었는데, 양이 점점 줄고 있었다. 먼지와 가뭄의 세월을 겪으며 대평원의 동물은 죽어갔고, 이 나무 없는 땅은 한때 농부들이 영원히 바닥나지 않을 거라 믿었던 연료를 잃어갔다. 그는 쇠똥 몇 개를 불에 넣었다. "돼지우리에 부서진 판자가 몇 개 남아 있어. 내가 잘 쪼개놓을게. 오늘 밤은 불이 활활 타야겠어."

"제가 갈게요." 엘사가 말했다.

그녀는 문 옆 고리에서 겨울 코트와 장갑을 내려 얼어붙은 세상으로 나갔다. 얼어붙어 반짝이는 회전초가 마당을 굴러다니며 한 바퀴 돌 때마다 조각조각 부서졌다.

그녀는 나무 상자에서 도끼를 꺼냈다.

도끼를 들고 빈 돼지우리로 가서 남은 판자들을 살펴보고 자리를 고른 다음 도끼를 들어 올렸다가 내리쳤다. 탁, 쇠가 나무에 꽂히는 느낌이 그녀의 어깨까지 전해졌고 나무가 갈라지는 쩍, 소리가 들렸다.

30분도 채 되지 않아 돼지우리에 남았던 것을 모두 부숴 땔나무로 만들었다.

지독한 잿빛 하늘은 영혼을 질식시킬 수도 있을 것 같았다.

엘사는 마차 뒤에 퀼트로 몸을 싸고 앤트와 함께 앉았다. 로레이다도 담요를 두르고 그녀 옆에 앉았다. 계절에 맞지 않는 추위에 두 뺨이 붉게 물들고 터 있었다. 로레이다는 레이프가 떠난 이후 갈수록 말이 없어지고 거리를 두었다. 엘사는 자신이 딸의 조용한 우울보다 요란한 분노가 차라리 나았다고 느낀다는 사실을 깨닫고 놀랐다. 로즈와 토니가 앞에 앉았고, 토니가 고삐를 쥐었다. 그들 모두 누덕누덕 기운 옷을 입었지만 그래도 그게 일요일 외출복이라 불릴 만한 것이었다.

론섬트리는 이 11월 말에도 조용했다. 죽어가는 도심다운 조용함. 눈이 모든 것을 가렸다.

성당은 외로워 보였다. 지붕 절반은 지난달 찢겼고 첨탑은 부서졌다. 한 번만 더 큰바람이 불면 날아갈 것이다.

토니는 성당 앞에 마차를 세우고 말을 말뚝에 묶었다. 그는 양동이를 펌프로 가져가 물을 채우고 밀로에게 가져다주었다.

엘사가 펠트 클로시 모자를 땋은 머리 위에 눌러쓰고 아이들을 가까이 당겼다. 그들은 함께 삐걱대는 계단을 올라 성당으로 들어갔다. 깨진 유리창들을 합판으로 막아 제단이 어두웠다.

좋은 시절에도 마을에는 가톨릭 신자가 많지 않았고, 지금은 좋은 시절과는 거리가 멀었다. 일요일마다 점점 숫자가 줄었다. 아일랜드인은 댈하트에 따로 성당이 있었고, 멕시코인들은 수백 년 전에 세운 성당에서 미사를 올렸다. 그렇지만 그곳들도 신자를 잃고 있었다. 카운티에 있는 모든 교회와 성당이 마찬가지였다. 대평원의 우편함들에 엽서와 편지가 점점 더 많이 도착했다. 캘리포니아, 오리건, 워싱턴에서 일자리를 찾은 사람들이 친족에게 따라오라고 부추기는 내용이었다.

엘사는 뒤에 사람들이 들어오는 소리를 들었다. 예전처럼 여자들이 모여 조리법을 이야기하고, 남자들이 무리 지어 날씨로 언쟁하는 일은 없었다. 아이들도 조용했다. 목조 신도석의 삐걱거림 위로 마른기침 소리만 들려왔다.

조금 있으니 미카엘 신부가 제단 앞에 서서 현저히 줄어든 신자들을 바라보았다.

"우리는 시험에 들었습니다." 그도 엘사만큼이나 피곤해 보였다. 그들 모두 피곤했다. "기도합시다. 이 눈이 비가 온다는 의미이길. 곡식이 자랄 거란 의미이길."

"하느님은 돕지 않아." 로레이다가 투덜거렸다.

로즈가 팔꿈치로 로레이다를 세게 찔렀다.

"시험에 들었다는 것은 잊혔다는 것이 아닙니다." 미카엘 신부가 그의 작고 동그란 안경을 통해 로레이다를 보며 말했다. "기도합시다."

엘사가 고개를 숙였다. 하느님, 저희를 도우소서, 그녀는 생각했지만, 이것이 정확히 기도라고는 확신하지 못했다. 오히려 처절한 탄원에 가까웠다.

그들은 기도를 하고, 찬양을 하고, 더 기도를 하고, 그리고 성찬식을 위해 줄을 섰다.

미사가 끝나자 그들은 남아 있는 친구와 이웃을 둘러보았다. 오랫동안 아무도 눈을 마주치지 않았다. 다들 예전에 일요일을 축복했던 음식과 연대감을 떠올리고 있었다.

밖에는 가리오 가족이 일어붙은 물 펌프 옆에 서 있었다.

카리오 씨가 가족과 함께 있다가 그들을 향해 걸어왔다. 그의 얼굴은 딱딱하게 굳어 있었다. 요즈음은 누구도 너무 많은 감정을 드러내려 하지 않았고, 약간의 감정도 이내 너무 지나친 것이 될까 두려워했다.

"토니." 그가 추위로 붉어진 얼굴 뒤로 머리를 쓸어 넘기며 말했다. 그는 쪼그라들고 힘줄이 튀어나온, 단단한 턱과 가느다란 코를 가진 남자였다.

할아버지가 모자를 벗고 친구와 악수했다. "치릴로 가족은 어디 있나?"

"레이가 로스앤젤레스에 있는 누이에게서 편지를 받았대." 그가 강한 이탈리아 억양으로 말했다. "누이가 돈이 좀 있는 모양이야. 직장도 좋고. 그래서 레이와 안드레아와 애들이 그리로 갈 생각이래. 여기 있을 이유가 없다더군."

침묵이 뒤따랐다.

"우리도 진작 떠났어야 했는데." 카리오 씨가 말했다. "이젠 휘발유 살 돈도 없어. 아들한테서 소식은 왔나? 일자리는 찾았대?"

"아직." 토니가 굳은 목소리로 말했다. 그들은 누구에게도 레이프의 가출의 진실을 말하지 않았다. 그의 배신과 허약함을 사람들이 알게 되는 것이 그들로서는 견디기 힘들었다.

"안됐군." 카리오 씨가 말했다. "자네는 꼼짝달싹 못 하겠구먼."

"난 내 땅을 떠나지 않을 걸세." 토니가 말했다.

카리오 씨의 얼굴이 어두워졌다. "아직도 모르겠나, 토니? 이 땅은 우리를 원하지 않아. 그리고 갈수록 나빠질 거야."

그 길고 유달리 추운 겨울 동안 매일, 엘사는 단 하나의 목적을 가지고 일어났다. 아이들을 먹이는 일이었다. 그들의 생존은 갈수록 불투명하게 느껴졌다. 그녀는 어둠 속에 혼자 일어나 불빛도 없이 옷을 입었다. 어차피 거울을 봐야 좋을 게 아무것도 없었다. 그녀의 입술은 추위로 다 텄고 걱정을 할 때마다 입술을 깨무는 버릇 때문에 부었다. 그런데 그녀는 항상 걱정했다. 추위에 대해, 곡식에 대해, 아이들 건강에 대해. 그것이 가장 문제였다. 지난주 학교가 완전히 문을 닫았다. 학교 건물 온도가 영하 6도까지 떨어졌다. 쇠똥도 사라지고 있어 학교 난방은 그 누구도 감당할 수 없는 사치가 되었다. 그래서 이제 엘사는 집안일 목록에 아이들 가르치는 일까지 추가했다. 고등학교도 졸업하지 못한 여자가 아이들 교육을 책임진다는 것은 벅찬 경험이었지만 그녀는 열정적으로 해나갔다. 그녀가 가장 바라는 것 한 가지가 있다면 바로 아이들에게 교육을 통한 기회를 부여하는 일이었다.

늦은 밤 아이들을 위해 기도하고 나서야 그녀는 외로운 침대에 쓰러져 레이프를 생각하고, 그를 그리워하고, 그를 갈망했다. 그가 항상 얼마나 친절했는지 떠올리며 그도 그녀를 그리워할까, 아주 조금이라도 그러려나 생각했다. 그들에게는 어쨌든 그들의 역사가 있고, 그녀는 여전히 그를 사랑하지 않을 수 없었다. 그 모든 일에도 불구하고, 그가 남기고 간 모든 아픔과 마음의 상처와 분노에도 불구하고, 밤이면 그녀는 눈을 감고 옆자리에 있던 그를 그리워하고, 그의 숨소리를, 언젠가는 그가 그녀를 정말로 사랑하게 될 거라 품곤 했던 그 희망을 그리워했다. 그녀는 생각하곤 했다. 나도 **캘리포니아로 갈게요, 라고 말할 걸 그랬다고,** 그녀는 그 생각을 하고 또 하다가 까무룩 잠이 들어야 그 생각에서 놓여날 수 있었다.

그녀는 이 농장과 아이들이 있는 것을 하느님께 감사했다. 때때로 여전히 구멍으로 기어들어 통곡하고 싶었기 때문이다. 아니면, 어쩌면 하루 종일 파자마와 슬리퍼 차림으로 창가에 서서 자신을 버리고 떠난 남자를 기다리는 미친 여자가 되고 싶기도 했다. 평생 처음으로 그녀는 배신의 육체적 고통이 이해되었다. 그녀는 그것을 피하기 위해서라면 거의 모든 것을 다 할 것이다. 달리기. 술. 아편….

그러나 그녀는 나가 아니었다. 그녀는 **우리**였다. 아름다운 두 아이가 그녀를 의지하고 있었다, 비록 로레이다는 그 사실을 모르지만.

이 추운 12월 말에, 그녀는 어둠 속에 일어나 가진 옷이란 옷은 다 껴입고, 지저분한 머리를 빨간 밴대너와 로즈가 크리스마스 선물로 짜 준 양털 모자로 덮었다.

그녀는 레이프의 셔츠를 스카프처럼 목에 감고 부엌으로 들어가 밀 시리얼을 끓였다.

오늘, **마침내**, 그들은 정부로부터 도움을 받는다. 마을의 큰 뉴스였다. 지난 일요일 성당에서, 아무도 그 밖에는 할 이야기가 없었다.

그녀는 겨울 부츠를 신고 밖으로 나갔고, 즉시 몸이 떨렸다. 닭들에게 모이 한 줌을 던져주고 물을 확인했다. 우물은 이 얼어붙는 날씨에 계속 문제여서 이따금씩만 물을 길을 수 있었다. 우물이 얼었을 때는 감사하게도 쌓인 눈이 있어 가축과 식구들 먹을 물로 썼다. 토니가 집 옆에서 나무 패는 것이 보였다. 헛간 판자를 뜯어 불쏘시개로 만드는 중이었다.

그녀는 손을 흔들고 헛간으로 향했다. 방목장에서 밀로의 고삐에 끄는 밧줄을 연결했다.

굶주린 불쌍한 짐승이 너무나도 슬픈 표정을 지어 그녀는 잠시 동작을 멈추었다. "나도 알아. 우리 모두 같은 느낌이야."

그녀는 뼈가 앙상한 말을 데리고 밝고 푸르른 밖으로 나갔다. 그녀가 말을 마차에 연결하는 일을 마쳤을 때 토니가 나타나 옆에 섰다.

그녀는 추위로 붉어진 그의 뺨을, 하얗게 뿜어 나오는 입김을, 살이 빠져 퀭해진 얼굴과 눈을 보았다. 두 가지 종교를 가진 남자, 하느님과 땅을 믿는 그는 매일 두 신에게 실망하여 조금씩 죽어가고 있었다. 그는 온종일 오랜 시간 눈 덮인 겨울 밀밭을 응시하며 하느님께 밀이 자라게 해달라고 애원했다. "이 마을 회의가 답이 될 거예요." 그녀가 말했다.

"그랬으면 좋겠구나." 그가 말했다.

추운 계절은 로레이다에게도 힘든 시간이었다. 아버지와 가장 친한 친구를 잃었고, 이제 학교도 문을 닫았다. 그녀는 자신의 세계가 줄어들면서 뚱해지고 우울해졌다.

엘사는 집 문이 쾅 열리는 소리를 들었다. 포치를 뛰어내려 오는 발걸음. 로레이다와 앤트가 마차를 향해 발을 끌며 다가왔다. 아직 몸에 맞는 것은 무엇이든 다 입은 모습이었다. 로즈가 그들을 뒤따라 나왔다. 시내에서 팔 물건이 가득 담긴 상자를 들고 있었다.

엘사와 아이들이 팔 물건이 담긴 상자를 들고 마차 뒤에 탔다.

엘사는 퀼트로 앤트를 감싸고 꼭 안았다. 로레이다는 저 틈에 끼느니 얼어 죽는 게 낫겠다고 생각하며 그들과 마주 보고 앉아 몸을 떨었다.

토니가 고삐를 당기자 밀로가 앞으로 걸음을 옮겼다. 마차 바닥에 놓인 나무 상자 안에서 비누가 달그락거렸다. 엘사가 쌓아놓은 달걀이 굴러떨어지지 않도록 장갑 낀 한 손을 그 위에 올렸다. "있잖아, 로레이다, 네가 우리랑 같이 앉아 따뜻하게 가면, 네가 화났다는 거 알아준다고 약속할게."

"아주 재밌네요." 로레이다가 팔짱을 끼고 이를 덜덜 떨었다.

"추워서 시퍼레지잖니." 엘사가 말했다.

"아뇨, 아니에요."

"근데 불그죽죽한데." 앤트가 웃으며 말했다.

"나 쳐다보지 마." 로레이다가 말했다.

"네가 정면으로 마주 보고 있잖니." 엘사가 말했다.

로레이다가 쌩하니 고개를 돌렸다.

앤트가 깔깔 웃었다.

로레이다가 어이없다는 듯 눈동자를 굴렸다.

엘사가 땅으로 시선을 돌렸다.

눈으로 덮인 이 풍경은 아름다웠다. 시내와 마르티넬리 농장 사이에는 집이 많이 없었고, 가는 길에 있는 여러 채는 버려진 상태였다. 오두막과 판잣집과 움집과 가정집에는 창문마다 판자로 막혀 있었고, 압류 안내장 위에 **매매** 팻말이 붙어 있었다.

그들은 버려진 멀 가족의 집을 지나갔다. 지난번에 들었을 때 톰과 로리는 친척을 따라 캘리포니아로 걸어서 갔다고 했다. **걸어서.** 어떻게 사람이 그렇게 처절할 수 있나? 게다가 톰은 직업이 변호사였다. 요즘은 농부만 빈털터리가 되는 게 아니었다.

너무 많은 사람이 떠나고 있었다.

캘리포니아로 가자.

엘사는 그 생각을 떨쳐버렸지만, 또다시 찾아와 어둠 속에서 그녀를 쫓아다닐 것임을 알았다.

시내에 들어가 토니가 마차를 세우고 밀로를 말뚝에 묶었다. 엘사는 달걀과 버터와 비누가 담긴 나무 상자를 꺼내 두 팔로 안았다. 아직도 문을 여는 몇몇 상점 앞에는 휴 베넷이 오늘 온다는 것을 알리는 플래카드가 걸려 있었다. 그는 루스벨트 대통령의 새 민간 자원 보존단의 과학자였다. 미국인들이 다시 일할 수 있도록 대통령은 수십 개의 기관을 만들고 대공황을 글과 사진으로 기록하는 일에, 다리 건설과 철도 보수 공사 같은 땀 흘리는 노동에 사람들을 투입했다. 베넷은 저 멀리 워싱턴 D.C.에서 여기까지 드디어 농부들을 도우러 온 것이다.

상점 안에서 엘사는 빈 선반들을 마주했다. 그럼에도 여전히 유혹적인 색깔과 향기가 있었다. 몇 년 동안 사 간 사람이 없는 커피와 향수, 사과 한 상자. 여기저기 휑한 선반 위에는 부엌용품과 드레스 옷감, 차양 모자, 쌀 포대, 설탕, 고기 통조림, 캔 우유 등이 있었다. 체크무늬와 물방울무늬와 줄무늬 원단들이 먼지에 덮인 채 쌓여 있었고, 아일릿 천과 레이스도 마찬가지였다. 곡물 부대가 옷을 만드는 유일한 천이 되어버렸다.

그녀는 파블로브 씨가 서 있는 카운터로 갔다. 그는 낡은 흰 셔츠 차림으로 피곤한 미소를 짓고 있었다. 한때는 마을에서 가장 부유한 사람에 속했지만 지금은 필사적으로 이 가게에 매달리고 있었고 모두 그 사실을 알았다. 은행이 그의 집을 압류하면서 그의 가족은 상점 2층으로 이사했다.

"마르티넬리." 그가 말했다. "마을 회의 때문에 왔어요?"

엘사가 물건이 든 상자를 카운터에 올렸다.

"그렇지." 토니가 말했다. "자네는?"

"나도 들를게요. 정부가 이 근방 사람들을 도와줬으면 좋겠어요. 사람들이 포기하고 떠나는 걸 보기 괴로워요."

토니가 고개를 끄덕였다. "그래도 대부분 남아 있지."

"농부들은 강인하죠."

"우린 그냥 가버리기엔 너무 열심히 일했고 너무 많은 희생을 했어. 가뭄은 끝나."

파블로브 씨가 고개를 끄덕이더니 엘사가 올려놓은 상자를 흘깃 보았다. "닭이 아직 알을 낳는군요. 다행이네요."

"엘사의 비누도 있어요." 로즈가 말했다. "라벤더 향이죠. 댁 여자들이 좋아할 거예요."

아이들이 와서 엘사 곁에 섰다. 그녀는 아이들이 이곳을 뛰어다니며 캔디를 보고 감탄하거나 과자를 사달라고 조르던 시절을 떠올렸다.

파블로브 씨가 무테안경을 코에서 밀어 올렸다. "뭘 원하세요?"

"커피. 설탕. 쌀. 콩. 이스트도 좀? 좋은 올리브유 캔도 하나, 혹시 있으면요."

파블로브 씨가 머릿속으로 계산했다. 그가 만족스러운지 옆 밧줄에 걸려 있던 바구니를 잡아당겼다. 그는 종이 한 장을 집더니 그 위에 썼다. 설탕. 커피. 콩. 쌀. 그리고 말했다. "올리브유는 없고, 이스트는 그냥 드릴게요." 그는 품목 적은 것을 바구니에 넣고 상점 2층으로 올리는 레버를 잡아당겼고, 2층에서 그의 아내와 딸이 그것을 수령했다.

얼마 후 체격이 큰 여자가 뒤에서 설탕 자루, 커피 조금, 쌀 한 봉지, 콩 한 봉지를 들고 나왔다.

앤트가 카운터 위 감초 막대 과자가 담긴 병을 쳐다보고 있었다.

엘사가 아들의 머리를 쓰다듬었다.

"감초는 오늘 특별 상품이에요." 파블로브 씨가 말했다. "막대 두 개가 하나 값이죠. 외상으로 달아놓을게요."

"나는 공짜는 믿지 않는다네." 토니가 말했다. "그리고 우리가 언제 갚을 수 있을지도 모르는데."

"압니다." 파블로브 씨가 말했다. "서비스입니다. 두 개 가져가세요."

그의 친절 덕분에 그나마 사람들은 여기서 살 만하다 느꼈다. "고맙습니다, 파블로브 씨." 엘사가 말했다.

토니가 새로 받은 물건들을 마차 뒤에 싣고 방수포로 덮었다. 밀로는 말뚝에 매어둔 채 그들은 언 목조 보도를 걸어서 판자로 막아놓은 학교로 향했다. 그곳엔 말과 마차로 온 사람들 몇몇이 밖에서 기다리고 있었다.

"많이 오진 않았군." 토니가 말했다.

로즈가 그의 손을 잡았다. "에밋이 워싱턴주에 있는 친척에게서 엽서를 받았대요. 거긴 철도 일자리가 있대요."

"그 사람들 후회할 거야." 토니가 말했다. "그 일자리는 몽상이야. 틀림없어. 수백만이 일자리를 잃었어. 포틀랜드나 시애틀로 간다고 쳐. 갔더니 일이 없어. 그럼 어디 있을 거야? 땅도 없고 일도 없는 낯선 곳에서?"

엘사가 앤트의 손을 잡았다. 그들은 함께 계단을 올라 학교 건물 안으로 들어갔다. 안에는 아이들 책상이 한쪽으로 밀린 채 벽을 따라 놓여 있었다. 합판이 깨진 창문 몇 개를 덮고 있었다. 누군가 이동용 영화 스크린을 마주 보도록 의자를 한 줄로 배치해둔 상태였다.

"와." 앤트가 소리쳤다. "영화다!"

토니가 가족을 데리고 뒤쪽으로 갔고, 아직 마을을 떠나지 않은 다른 이탈리아인들과 함께 앉았다.

몇 사람 더 자리를 채웠지만 다 말이 없었다. 노인 두세 명이 계속 기침을 해 지난가을 이 땅을 휩쓸고 간 먼지 폭풍을 상기시켰다.

문이 쾅 닫히고 불이 꺼졌다.

윙, 철커덕 소리가 났고, 흑백 이미지가 흰 스크린 위에 등장했다. 농장으로 몰아치며 울부짖는 폭풍이었다. 회전초가 판자로 막은 집을 지나갔다.

자막이 있었다. **대평원 농부의 30퍼센트가 압류당했다.**

다음 이미지는 적십자 병원이었다. 병상이 꽉 찬 그곳에서 회색 유니폼을 입은 간호사들이 기침하는 아기들과 노인들을 돌봤다. 먼지 폐렴으로 극심한 피해를 입었다.

다음 장면에서는 농부들이 거리에 우유를 쏟았고, 우유는 메마른 흙 속으로 순식간에 사라졌다.

우유는 생산가 아래로 판매된다….

누더기를 입은 수척한 남자들, 여자들, 어린이들이 유령 같은 모습으로 잿빛 스크린을 가로질렀다. 후버빌 노숙자 마을. 수천 명이 종이 상자나 고장 난 자동차, 깡통과 금속판으로 급조한 집에서 살고 있었다. 수프를 타기 위해 줄지어 선 사람들….

영화가 끊어졌다. 불이 다시 들어왔다.

엘사는 발걸음 소리를 들었다. 부츠 굽이 단호하게 나무 바닥을 딛는 소리였다. 다른 사람들처럼 엘사도 돌아보았다.

이 마을의 누구보다 좋은 옷차림의 풍채 좋은 남자가 있었다. 그는 임시 스크린을 치우더니 칠판 쪽으로 가 분필 하나를 들고 썼다. **경작 방법**. 그리고 거기에 밑줄을 그었다.

그가 돌아서서 사람들을 보았다. "저는 휴 베넷입니다. 미합중국의 대통령께서 저를 새 보존단에 임명했습니다. 저는 몇 달째 대평원의 농지를 돌아다니고 있습니다. 오클라호마, 캔자스, 텍사스. 저는 할 말이 있습니다, 여러분. 이번 여름 제가 가본 다른 곳과 마찬가지로 론섬트리도 몹시 심각했습니다. 이 가뭄이 얼마나 이어질지 누가 알겠습니까? 올해 작물을 심은 사람은 몇 되지 않는다고 들었습니다."

"누가 그걸 몰라요?" 누군가 기침을 하며 소리쳤다.

"비도 내리지 않았죠, 친구. 저는 그 이상의 문제가 있다는 걸 말씀드리려 여기 있는 겁니다. 여러분 땅에서 일어나고 있는 일은 끔찍한 환경 재앙입니다. 아마도 우리 나라 역사상 최악일 것이며, 여러분은 경작 방법을 바꾸어야 더 나빠지는 것을 막을 수 있습니다."

"우리 잘못이라는 거요?" 토니가 말했다.

"제 말은 여러분도 한몫했다는 겁니다." 베넷이 말했다. "오클라호마는 표층토를 거의 4억 5000만 톤이나 잃었습니다. 진실은 농부들이 이 일에서 자신의 역할을 하지 않으면 이 위대한 땅이 죽는다는 겁니다."

캐링턴 가족이 자리에서 일어나 나가며 문을 쾅 닫았다. 렌케 가족도 그 뒤를 따랐다.

"그래서 우리더러 뭘 어쩌라는 거요?" 토니가 물었다.

"여러분이 땅을 경작하는 방식이 땅을 망치고 있습니다. 표층토를 지탱해주는 풀들을 다 캐내고 있어요. 쟁기질이 초원을 망가뜨리는 겁니다. 비가 멎고 바람이 불면, 땅이 날아가는 것을 막아줄 게 아무것도 없습니다. 이곳은 인간이 만든 재앙이고, 그래서 우리는 고쳐야만 합니다. 우리는 풀이 다시 필요합니다. 흙을 보존하는 방법을 정착시켜야 합니다."

"이건 날씨 때문이야. 빌어먹을 그 탐욕스러운 월 스트리트 은행 놈들 때문이야. 은행을 닫고 우리 돈을 빼앗고. 그게 우리를 망하게 하는 거라고." 카리오 씨가 말했다.

"루스벨트 대통령은 내년에 아무것도 **심지 않는** 조건으로 여러분 모두에게 돈을 지불하고자 합니다. 보존 계획이 있습니다. 이 땅을 좀 쉬게 하고 풀을 심어야 합니다. 그러나 여러분 한두 사람이 그렇게 하는 것은 충분하지 않습니다. 여러분 모두가 해야 하는 일입니다. 여러분은 여러분 소유 땅뿐 아니라 대평원을 보호해야 합니다."

"그게 다요?" 파블로브 씨가 발끈 성을 내며 일어섰다. "지금 이 사람들에게 내년에 아무것도 심지 말라고? 풀을 기르라고? 그나마 남은 것에 성냥으로 불을 지르지 그래요? 농부들은 **도움**이 필요하다고요."

"루스벨트 대통령은 농부들을 사랑합니다. 대통령께서는 여러분들이 잊혔다는 것을 압니다. 계획이 있으세요. 우선, 정부는 여러분의 가축을 한 두 당 16달러에 구매할 겁니다. 가능하면, 우리는 여러분의 소로 빈곤층을 먹일 겁니다. 그럴 수 없다면, 가축들 배 속이 흙으로 가득 찼다면, 실제로 제가 그런 경우를 봐서요, 그 돈을 지불한 뒤 매장할 겁니다."

"그게 다요?" 토니가 말했다. "당신은 그 멀리서 여기까지 와놓고는 고작 재앙이 우리 잘못이라고, 우리가 풀을 심어야 한다고 말하는 거요? 돈이 되는 곡식도 아닌 것을, 뭐라도 자라기엔 너무 메마른 땅에, 이 가뭄 와중에, 씨앗살 돈도 없는데? 아, 그리고 16달러를 줄 테니 마지막 남은 가축을 죽여라?"

"구제 계획이 있습니다. 우리는 곡식을 재배하지 않는 대가로 돈을 지급합니다. 은행에 주택 융자금을 탕감하도록 할 수도 있습니다."

"우린 자선을 원하는 게 아니오." 누군가 소리쳤다. "우린 **도움**을 원해요. 우린 물을 원한다고. 땅이 쓸모없는데 집을 가지고 있으면 뭐 합니까?"

"우리는 **농부**요. 곡식을 심고 싶다고. 우리는 **스스로** 먹고살고 싶소."

"그만." 토니가 말했다. 그는 의자를 뒤로 밀고 일어섰다. "가자. 우리는 나가겠어."

엘사가 흘끗 돌아보니 실망하는 베넷의 얼굴이 보였고, 더 많은 가족이 마르티넬리가를 뒤따라 학교에서 나오고 있었다.

13장

엘사는 내리는 눈 속에 서 있었다. 세상의 소리가 가벼운 눈송이에 먹먹해졌다. 저리도 예쁘고 반짝이는 흰색의 이불이라니. 그녀는 자신이 자연에서 여전히 아름다움을 발견할 수 있다는 것이 경이로웠다. 지하 저장고에 가는 길에 벨라의 낮고 우울한 울음을 들었다. 불쌍한 소는 나머지 식구와 마찬가지로 배고프고 목말랐다. 추워서 몸을 떨며 엘사는 텅 빈 선반들을 바라보았다. 양파와 감자 상자들이, 과일과 채소가 담긴 병들이 있어야 했지만 빈 선반뿐이었다.

그리고 지금… 이 정부 전문가가 전한 소식은.

엘사는 대평원의 개척자들, 토니와 로즈 같은 무너지지 않는 불굴의 사람들을 생각했다. 이 광활한 미지의 나라에 빈털터리로, 오직 꿈만 가지고 온 사람들이 이 땅을 근성과 결의와 노력으로 길들였다.

그러나 명백히 그들은 땅에 대해 잘못 판단했다. 아니, 더 나쁘게도, 땅을 혹사했다.

그녀는 그들의 일과를, 이 살을 에는 모진 추위 속에 이번 주에 한 일들을 생각했다. 오늘 밤은 빵 한 조각, 지난 계절에 남은 물러진 감자 몇 개, 훈제 햄 조금이 먹을거리였다. 아무도 배불리 먹을 수 없는 양이다. 식사 뒤에는 잘 시간이라 그들은 각자 자기 길로, 자신의 어둡고 추운 방으로 갈 것이다. 귀중한 연료나 돈을 불빛 같은 사치스러운 것에 낭비할 생각이 없기에. 그리고 그들은 아무리 자주 갈아도 늘 모래로 까끌까끌한 침대 시트 속으로 기어들어 가 잠에 들려고 애를 쓸 것이다.

이제, 그녀는 상자에서 쭈그러든 감자 세 개를 꺼내며 몇 개가 남았는지 보지 않으려 했다. 그리고 다시 내리는 눈 속으로 걸어갔다.

"엄마?"

엘사가 돌아보았다.

로레이다가 제대로 맞지도 않는 옷들을 겹겹이 껴입고, 무릎 양말 두 켤레를 신고 있었다. 자란 발에 안 맞는 신발을 신느라 분명 불편할 터였다. 지난 몇 달 동안 로레이다는 단발머리를 길렀고, 이제 거의 어깨까지 내려왔다. 들쭉날쭉한 앞머리가 코 아래로 내려와 계속 눈을 가렸다. 그녀는 이제 친구도 없으니 외모가 어떻든 상관없다고 말했다.

그런데도 그녀는 놀랄 정도로 아름다웠다. 머리를 잘못 잘라도, 싸구려 옷을 입어도 아름다움은 흐려지지 않았다. 그녀는 아버지의 올리브빛 피부와 우아한 골격, 탐스러운 검은 머리를 물려받았다. 그리고 그 눈. 엘사의 눈처럼, 그러면서도 더 강렬한 푸른색이었다. 거의 바이올렛 빛깔이었다. 언젠가 남자들은 복잡한 거리에서 그녀를 보고 가던 길을 멈출 것이다.

로레이다의 뺨은 환한 분홍색이었다. 녹은 눈송이가 그녀의 검은 속눈썹과 도톰한 입술에서 반짝였다. "얘기 좀 하고 싶어요."

"그래."

로레이다가 앞장서서 포치로 가더니 그네에 앉았다.

엘사도 로레이다 옆에 앉았다.

"생각을 좀 해봤어요." 로레이다가 말했다.

"오, 저런." 엘사가 조용히 말했다.

"아빠가… 음, 그러니까, 길을 떠난 후로 내가 엄마한테 못되게 굴었어요."

엘사는 딸의 인정에 놀랐다. 그녀는 고작 이런 말밖에 할 수가 없었다. "아빠 때문에 얼마나 상처를 입었는지 안다."

"아빠는 안 돌아올 거죠, 그렇죠?"

엘사는 몇 년 전이었다면 가능했을 다정한 손길로 딸의 머리를 쓰다듬고 머리카락을 이마 뒤로 쓸어 넘겨주고 싶었다. 그 시절에는 로레이다의 몸이 자신의 분신처럼 느껴졌었고, 딸의 대담한 심장이 분명 자신의 허약한 심장에 힘을 보탤 것이라 생각했었다. "안 돌아올 거야."

"내가 아빠를 부추겼어요."

"오, 얘야. 아버지 행동에 네가 책임을 질 필요 없어. 아버지는 어른이야. 아버지는 자기가 하고 싶은 일을 한 거야."

로레이다가 한참 가만히 있더니 말했다. "그 남자, 정부에서 온 사람, 그 사람은 땅이 망가졌다고 했어요."

"그건 그 사람 의견이겠지."

"믿기 힘든 일은 아니에요."

"그래."

"나도 일자리를 얻어야겠어요." 로레이다가 말했다. "돈을 벌어서… 도우려고요."

"그렇게 말하는 네가 자랑스럽구나, 로레이다. 하지만 우리 나라 사람 절반이 일자리를 잃었어. 일자리가 없단다. 우리는 운이 좋은 사람들이야. 농장이 있잖아. 아직 먹을 게 있고."

"운이 좋지 않아요." 로레이다가 말했다.

"봄이 되고 비가 내리면 ―"

"우리도 떠나야 해요."

"로레이다, 얘야, 널 위해서 무엇이든 하마."

"이것만 빼고." 로레이다가 불쑥 일어섰다. "떠나는 것만 빼고. 엄마는 나한테 안 된다고 말하는 거예요. 아빠한테 그랬듯이."

엘사가 무거운 한숨을 내쉬며 일어섰다. "내가 용기를 내어 네 아버지에게 해야 했던 말을 네게 하마. 나는 이 땅을 사랑한다. 나는 이 가족을 사랑한다. 여기가 **집**이다. 나는 네가 여기서 성장하고, 이것이 네 자리, 네 미래라는 것을 알았으면 좋겠다."

"하지만 이 땅이 죽어가고 있어요, 엄마. 이 땅이 우리가 선 이 자리에서 우릴 죽일 거예요."

"캘리포니아에 가면 더 나을지 어떻게 아니? 젖과 꿀이 흐르는 땅 같은 헛소리는 하지 마라. 저번에 뉴스 영화 봤잖니. 나라의 절반이 일자리를 잃었어. 무료 급식소는 수요를 따라가지 못해. 적어도 우리는 음식과 물이 조금이라도 있고 머리 위엔 지붕도 있어. 편모인 나로서는 철도 일 잡기도 힘들어. 그리고 네 할머니, 할아버지는….'"

"그분들은 절대 안 떠나요." 로레이다가 말했다.

엘사는 레이프의 셔츠를 목에서 풀었다. "네가 이걸 가지고 있으면 좋겠다. 오래되고 낡았지만 사랑으로 만든 거란다."

로레이다가 레이프의 셔츠를 조심스럽게 받았다, 마치 꿈을 엮어서 만든 옷인 것처럼. 그리고 목에 둘렀다. "아직도 아빠 머리 포마드 냄새가 나요."

"그래."

눈물이 로레이다의 눈을 밝혔다.

"미안하다, 로레이다." 엘사가 말했다.

로레이다가 깊은 한숨을 쉬며 목에 두른 샘브레이가 마치 마법의 힘이라도 가진 것처럼 어루만졌다. "우리는 더 미안할 일이 많아질 거예요. 두고 보세요."

마침내 긴 겨울이 끝났다.

3월 첫 주에 해가 밝고 환하게 빛나는 친구가 되어 기분을 고양시켰고 그들 모두에게 희망을 되새겨주었다. 하늘이 푸른 날이 매일 찾아왔다.

오늘 엘사는 식탁 앞에 서서 부드러운 리코타 치즈를 만들며 생각했다, 비가 아주 조금이라도 왔으면. 그러면 그녀도 다시 한번, 믿을 수 있을 것이다. 구원을. 그녀는 여기서 다른 풍경을 상상할 수 있었다. 높이 자란 밀. 가없이 푸른 하늘 아래 지평선까지 펼쳐진 황금빛 들판.

로즈가 머릿수건을 핀으로 정돈하며 부엌으로 들어왔다. "리코타? 진수성찬이네."

"열세 살 되는 날이 매일 찾아오는 게 아니잖아요. 좀 사치를 하려고요. 비가 올 게 느껴져요. 그렇지 않아요?"

로즈가 고개를 끄덕이며 목뒤의 머리를 다시 틀어 올렸다.

엘사가 커피 주전자를 들고 앞치마 가득 컵을 담아 거실로 들어갔다. 흠이 있는 주석 컵들에 차례로 김이 피어오르는 진한 커피를 따랐다.

"아, 엘사, 넌 하느님의 선물이다." 토니가 한 모금 마셨다.

엘사가 미소를 지었다. "그냥 커피인걸요."

토니가 바이올린을 잡더니 연주를 시작했다.

앤트가 벌떡 일어나더니 말했다. "나랑 춤추자, 롤로."

로레이다가 너무나 짜증 난다는 듯 눈동자를 굴리다가, 벌떡 일어나더니 찰스턴 춤을 열광적으로 추기 시작했는데, 스텝과 음악이 전혀 맞지 않았다.

모두 웃음을 터뜨렸다.

엘사는 집 안에 아이들 웃음소리가 가득했던 때가 언제였는지 기억나지 않았다. 그것은 하느님의 선물이었다, 좋은 날씨와 마찬가지로.

이제 모든 게 좋아질 거다. 그녀는 느낄 수 있었다. 새해. 새봄.

태양은 과도하지 않을 것이고, 비는 너무 적지 않을 것이며, 부드러운 초록 식물들이 높이 자랄 것이다. 황금빛 밀이 자라 태양을 향해 뻗어 올라갈 것이다.

"나와 춤추자꾸나." 로즈가 엘사 앞에 서서 말했고, 엘사도 웃음을 터뜨렸다.

"춤을 춰본 지가… 까마득해요."

"우리 다 그렇지." 로즈가 왼손을 엘사의 등허리에 얹고 엘사의 오른손을 잡고 가까이 당겼다.

"겨울이 참 길었다." 로즈가 말했다.

"여름만큼 길지는 않았어요."

로즈가 미소를 지었다. "그래, 네 말이 맞아."

그들 옆으로 앤트와 로레이다가 빙글빙글 돌며 춤을 추고 웃었다.

엘사는 시어머니와 춤추는 것이 너무나 편안해서 놀랐다. 발걸음이 아주 가벼웠다. 레이프에 안겨 춤출 때는 늘 서툴게만 느껴졌었다. 이제 그녀는 수월하게 움직이며 음악에 맞춰 허리를 흔들었다.

"넌 내 아들 생각을 하고 있구나. 네 슬픔이 보인다."

"네."

"돌아오면 내가 삽으로 때려줄 거다." 로즈가 말했다. "내 아들이 그렇게 어리석다니. 그리고 그렇게 잔인하다니."

"저 소리 들려요?" 앤트가 말했다.

토니가 연주를 멈추었다.

엘사도 타닥, 타닥, 타닥, 지붕을 때리는 빗소리가 들렸다.

앤트가 현관문으로 달려가 문을 열어젖혔다.

그들 모두 포치로 달려 나갔다. 짙은 회색 구름이 머리 위에 떠 있고, 또 다른 구름이 하늘을 가르며 다가오는 중이었다.

빗방울이 가늘게 떨어지며 집을 두드렸고 메마른 땅 위에 터지는 별과 같은 얼룩을 남겼다.

비.

계단 위로 후드득 떨어지는 크고 풍성한 물방울에 흙먼지가 엉겨 붙었다. 더 많은 빗방울이 떨어졌다. 후드득하던 소리가 커다란 울림이 되었다. 세차게 쏟아지는 비.

그들은 마당으로 뛰어나갔다, 모두 함께, 그리고 얼굴을 들어 시원하고 달콤한 비를 맞았다.

비가 그들 위로 퍼부었고, 그들을 흠뻑 적셨고, 발치에 진흙을 만들었다.

"우린 구원받았어, 로살바." 토니가 말했다.

엘사는 아이들을 품으로 당겨 끌어안았다. 빗물이 얼굴 위로 흘러내리고 시원하고 차가운 물줄기가 되어 등을 타고 흘렀다. "우리 이제 살았다."

그날 밤 그들은 저녁을 넉넉하게 먹었다. 집에서 만든 페투치니와 갈색이 나게 구운 판체타를 진하고 부드러운 소스와 함께 즐겼다. 그러고 나서 토니가 거실에서 비가 떨어지는 리듬 속에서 바이올린을 연주하는 동안 엘사는 리코타 카사타 케이크를 식구들에게 가지고 나갔다. 케이크의 황금빛 윗부분은 빛나는 병조림 복숭아로 덮여 있었고, 초 하나가 타고 있었다.

로즈는 목에 걸고 있던 벨벳 주머니에 손을 넣어 30년 넘게 지녀온 1센트짜리 미국 동전을 꺼냈다. 엘사는 이 동전의 이야기를, 가족의 전통을 너무나 잘 알았다. 동전은 토니가 시칠리아 거리에서 발견하고 주워서 로즈에게 보여준 것이었다. 계시야, 그들은 동의했다. 그들의 미래에 대한 희망. 그것은 가족의 부적이었다.

해마다 새해 첫날 아침이면 가족들이 돌아가며 이 동전을 잠시 손에 쥐고 새해 소망을 말하곤 했다. 그들은 곡물을 심을 때와 생일에도 동전을 돌렸다. 동전 뒷면 양옆으로 양각된 아름다운 밀 이삭이 호를 그리고 있었다. 그것은 작은 경이로, 토니는 이 동전이 마르티넬리가에게 그들의 운명을 보여주었다고 믿었다.

로즈는 동전을 로레이다에게 내밀었다. 로레이다는 동전을 침울하게 내려다보았다. "소원을 빌거라, 얘야."

"난 이제 이거 안 믿어요." 로레이다가 동전을 다시 할머니에게 돌려주며 말했다. "우리 가족을 함께 뭉치게 못 했잖아요."

로즈가 충격을 받은 표정이었다. 잠시 후 그녀가 표정을 고치고 애써 미소를 지었다.

토니의 음악이 멈추었다.

로레이다가 눈물이 그렁그렁한 눈으로 엘사를 쳐다봤다. "아빠는 내가 열세 살이 되면 운전 가르쳐준다고 약속했어요."

"아…." 엘사가 딸의 아픔을 느끼며 말했다. "내가 가르쳐줄게."

"그게 어떻게 같냐고요." 로레이다가 말했다.

잠시 짧고 날카로운 침묵이 흘렀다. 그러다 로즈가 말했다.

"너도 다시 믿게 될 거다. 설사 네가 믿지 않는다고 해도 이 동전은 힘을 가지고 있어."

"누나 소원 내가 가질게요." 앤트가 말했다. "동전 저 주세요."

로레이다도 웃음을 터뜨리며 눈물을 훔쳤다.

토니가 바이올린으로 생일 축하 노래를 연주했고 다 같이 노래를 불렀다.

그 아름다운 폭우가 내린 후 이어진 날들 동안 엘사는 매일 희망에 힘입어 일찍 일어나 밖으로 나갔다. 그녀는 깊이 숨을 들이마시며 젖은 땅의 비옥한 향기를 맡았고, 텃밭에 무릎을 꿇고 채소를 가꾸었다. 그녀는 아이들에게 하듯 채소를 보며 어서 자라라 격려했다. 조심스러운 손길과 조용한 목소리로. 땅은 다시 살아나는 것 같았다. 바싹 메마르지도 건조하지도 않았다. 여기저기서 연약한 초록색 싹이 햇빛을 찾아 흙을 뚫고 올라왔다.

오늘 아침 그녀는 토니가 겨울 밀밭 옆에 서 있는 것을 보았다. 그녀는 모자를 쓰지 않은 채—따뜻하고 친절했다, 이 태양은, 오랜 친구처럼—닭장을 지나가며 닭들이 꾸꾸거리는 소리를 들었다. 늙은 수탉이 철조망을 따라 뻐기듯 걸으며 그녀에게 제 새끼들 앞을 빨리 지나가라 독촉했다. 풍차가 바람에 철커덕 물을 퍼 올리고 있었다.

엘사가 밀밭으로 가서 섰다.

"봐라." 토니가 거친 목소리로 말했다.

초록.

새로 자란 밀들이 곧게 줄지어 지평선까지 펼쳐졌다.

여기가 농장의 가장 중요한 희망이었다. 미래의 빛깔. 지금은 초록이고 연약하지만 햇빛과 비와 함께 밀은 이 가족처럼 견고해질 것이고, 이 땅처럼 강인해질 것이며, 출렁이는 황금빛 바다가 되어 그들을 지탱해줄 것이다.

최소한 짐승들 먹일 곡물은 되어줄 것이다. 4년 가뭄의 끝이기에 그것만으로도 축복이리라.

엘사는 그의 땅이라는 제단 앞에 서 있는 토니를 놔두고 집으로 향했다. 그녀는 부엌 창문 아래 자신의 특별한 땅 한 조각에 무릎을 꿇었다. 그녀의 과꽃이 초록빛을 띠었다. "안녕, 얘야." 그녀가 말했다. "네가 돌아올 줄 알았어."

14장

　그 일이 있던 날, 엘사는 아무것도 아니라고 자신에게 말했다. 그들 모두 그랬다.

　일찍 일어난 그녀는 뭔가 불안했다. 잠을 제대로 자지 못했는데 왜 그랬는지 알 수 없었다. 침대에서 나와 얼굴에 물을 뿌리고는 뭔가 잘못됐다는 것을 갑자기 깨달았다. 더웠다.

　그녀는 머리를 땋고 머릿수건을 쓰고는 부엌으로 내려갔다. 로즈가 창가에 서 있었다.

　엘사는 둘 다 같은 생각을 하고 있음을 알았다. 벌써 더웠다. 아직 아침 7시도 되지 않았다.

　"참 더운 날이네요?" 엘사가 말하며 시어머니 옆에 가서 섰다.

　"예전엔 더운 날 좋아했는데." 로즈가 말했다.

　엘사가 고개를 끄덕였다.

　그들은 눈을 뜰 수 없을 정도로 노란 태양을 쳐다보았다.

37도가 넘는 더위가 8일 연속 이어졌다. 3월 중순에.

그들은 다시 아끼기 시작했다. 에너지, 물, 음식, 등유 등을. 창문을 어둡게 하고 양동이에 물을 담아 텃밭과 포도밭과 가축 물통에 조금씩 부었고, 충분하지 않았다. 새로 나온 싹들이 지독한 더위에 시들기 시작했다. 네 번째 날이 되자 밀이 죽었다. 수백 에이커에 녹색이라곤 없었다. 엘사는 시아버지 기분이 계속 가라앉는 것을 지켜보았다. 그는 여전히 일찍 일어나 쓴 블랙커피를 마시고 신문을 읽었다. 문을 열면 그때부터 그의 어깨가 축 처졌다. 매일 그는 자기 땅의 광경에 다시금 파괴되었다. 어떤 날은 죽은 밀밭 가장자리에서 몇 시간이곤 그냥 뚫어지게 바라보며 서 있었다. 그는 땀과 절망의 냄새를 풍기며 집으로 와 거실에 앉아 아무 말도 하지 않았다. 로즈가 그의 기분을 되살리려 애썼지만 두 사람 모두에게 낙관적인 생각은 별로 남아 있지 않았다.

그래도, 곡식이 죽고, 들판이 말라붙고, 그들의 피부가 타도, 삶은 계속되었다.

오늘 엘사와 로즈는 빨래를 해야 했다. 이 눈앞이 아른거리는, 머리가 아플 정도의 더위 속에서.

엘사는 그냥 아이들이 더러운 옷을 입게 놔두고 싶었다, 그리고 **누가 신경 쓴다고?** 하고 말하고 싶었다. 요즘은 누구나 할 것 없이 더러웠다. 그래도 이건 그녀가 어떤 엄마인지, 아이들에게 뭘 가르치는지의 문제가 아닌가? 몇 남지 않은 이웃들이 지나가다 빨래도 안 한 옷을 입은 아이들을 보면 어쩌나?

그래서 그녀는 욕조를 씻고 물을 채운 후, 시간을 더 들여 땀을 흘리며, 지치도록 수건과 침구와 옷을 빨았다. 일단은, 물론, 빨랫감을 다 밖으로 가지고 나가 털어야 했다. 물탱크가 때 이른 더위에 말라버려 필요한 물은 전부 우물에서 퍼 올려 양동이에 담아 집으로 날라야 했다. 다행히 로레이다가 물을 퍼 올리는 일을 잘했고, 요즘 들어 로레이다는 너무 피곤하고 의기소침해서 불평도 하지 않았다.

엘사가 빨래를 끝내고 나니 정오가 꽤 지났고 온도는 40도가 넘었다. 줄에 건 침대 시트가 바람에 펄럭거렸다. 그녀는 머리를 들기도 힘들었다. 몸마디마디가 다 쑤셨다. 그리고 이 모든 게 쓸데없는 짓이 될 것이다. 어디선가 흙먼지가 일어나 떨어지고 불어오며 막 빨래한 것들 위에 먼지를 한 꺼풀 씌울 것이기 때문이다.

그녀는 숨이 탁탁 막히는 어두운 부엌으로 들어와 빵 반죽을 만들었다. 어젯밤에 감자 삶은 물, 삶은 감자, 설탕, 이스트, 밀가루를 섞었다. 2시에 로레이다가 부엌으로 들어왔다.

"잘됐다." 엘사가 빵 반죽을 행주로 덮으며 말했다. "때맞춰 잘 들어왔다. 빨래 안으로 들이는 것 좀 도와주렴."

"아, 좋아라." 로레이다가 엘사를 따라 밖으로 나갔다.

봄의 첫날이자 또다시 무더운 날, 엄마는 비누를 만들기로 했다. 비누. 로레이다는 너무 지쳐서 불평도 못 했고, 어차피 불평해봤자 소용도 없었다. 엄마와 할머니는 여전사였다. 두 사람이 마음을 먹으면 그 어떤 것도 막지 못했다.

로레이다는 어머니를 따라 헛간으로 갔다.

두 사람은 힘을 합해 큰 검은 솥을 단단한 흙 마당 위로 굴려 와 설치했다. 엄마가 다리가 셋 달린 솥 옆에서 무릎을 꿇고 불을 피웠다.

불길이 올라오며 위로 핥기 시작했다. 엄마가 말했다. "물을 길어 오기 시작해라."

로레이다는 아무 말 없이 양동이 두 개를 집어 들고 갔다. 돌아오니 할머니가 엄마와 함께 불을 지켜보고 있었다.

"파이프를 놓았어야 했는데." 할머니가 말했다. "시절 좋았을 때."

"지나고 나야 안다고 하잖아요." 엄마의 대답이었다.

"파이프 대신 우린 땅을 더 사고, 새 트럭과 탈곡기를 샀지. 하느님이 우리를 벌하는 것도 무리가 아니야. 바보 같으니라고." 할머니가 말했다.

"계속 말만 하고 계세요." 로레이다가 말했다. "물은 저 혼자 다 알아서 할 테니까요."

할머니가 로레이다 뒤통수를 살짝 때렸다. "그만 됐다. 가거라."

솥에 물이 충분히 채워질 즈음 로레이다는 목이 아프고 무릎이 쑤셨으며 망할 더위에 머리가 욱신욱신했다. 그녀는 목에 둘렀던 밴대너를 풀어 뺨을 닦았다.

물이 끓기 시작하자 할머니가 라드를 솥에 긁어 넣고 잿물을 조심스럽게 부었다. 뜨겁고 눅눅한 공기가 금방 독성을 띠었다. 엄마가 기침을 하며 입과 코를 가렸다.

로레이다 눈 뒤편에서는 열로 인한 두통이 강해졌다. 지평선과 만나는 새파란 하늘은 눈을 깜박이지 않고는 쳐다보기가 힘들었다. 그녀는 대신 죽은 감자밭을 응시했다. 비어 있는 풍차 기단을 보니 아버지가 그리웠다. 금방 감정이 북받쳤다. 그녀는 아빠를 그리워하는 일은 그만두었었다. **안 보니 속이 시원한걸**, 그녀는 생각했다(그러려고 애썼다).

엄마가 솥 앞에 서서 잿물과 기름과 물을 길고 뾰족한 막대기로 알맞은 농도가 될 때까지 저었다.

판매할 비누 만들기. 마치 **비누**가 그들을 구원할 것처럼, 마치 비누가 이번 겨울 그들을 먹여 살릴 충분한 돈이 될 것처럼.

엄마가 비누를 나무틀 안에 떠 넣는 동안 할머니는 모래를 발로 차서 불을 껐다.

"로레이다, 이 쟁반들 지하 저장고로 옮기는 것 좀 도와다오." 엄마가 말했다.

할머니가 앞치마에 손을 닦고 다시 집으로 향했다.

로레이다는 솥이 식자마자 다시 굴려서 헛간으로 가지고 가야 한다는 것을 알았고, 그 생각을 하자 불만스러워 소리를 지르고 싶어졌다. 하지만 그녀는 순순히 굳지 않은 비누가 가득 놓인 쟁반을 들고 어머니를 따라 비교적 시원하고 어두운 지하 저장고로 들어갔다.

빈 선반들.

밀 추수도 없이, 텃밭에서 난 것도 많지 않은 상태로 몇 년을 겪으며 그들은 풍년 시절 남은 것으로 생활해왔지만 그나마도 빠르게 줄고 있었다.

그녀와 엄마는 서로를 쳐다보고는 둘 다 아무 말도 하지 않았다. 식량이 부족하다는 걸 지적해보았자 무슨 위안이 되겠는가.

로레이다는 엄마를 따라 다시 더위 속으로 나왔다. 그녀가 물 한 잔을 달라고 말하려는 순간 이상한 소리가 들렸다. 그녀는 멈추고 귀를 기울였다.

"저 소리 들려요?"

헛간에서 들리는 소리였다.

엄마가 헛간을 향했고 문을 열자 나무가 삐걱 돌아가는 소리가 났다.

로레이다가 엄마를 따라 안으로 들어갔다.

밀로가 옆으로 누워 있었고, 녀석이 숨을 쉬려 애쓰는 동안 홀쭉한 배가 헐떡이며 오르락내리락했다. 더러운 콧물이 콧구멍에서 흘러나와 바닥을 적셨다.

할아버지가 말 옆에 무릎을 꿇고 앉아 말의 축축한 목을 쓰다듬었다.

"얘가 왜 이래요?" 로레이다가 물었다.

"쓰러졌다." 할아버지가 말했다. "물을 주려고 마방에서 데리고 나오는 길이었다."

"집으로 가거라, 로레이다." 엄마가 말했다. 엄마는 할아버지에게 가서 우유 짤 때 쓰는 의자를 가까이 끌어다 놓고 앉았다. 그녀는 손을 할아버지 어깨에 얹었다.

"총을 쏴주어야겠다, 엘사. 말이 고통스러워하는구나. 이 불쌍한 녀석은 우리에게 모든 것을 다 바쳤지."

로레이다가 밀로를 바라보며 생각했다, 안 돼. 그녀의 좋은 기억에는 대부분 밀로가 함께였다.

그녀는 아빠가 이 늙은 말을 타는 법을 가르쳐주던 일을 기억했다. 말이 알아서 해줄 거다, 롤로, 이 말을 믿어라. 겁내지 마라.

로레이다는 아빠가 그녀를 번쩍 들어 올려 안장에 앉히던 일을, 엄마가, 아직 너무 어리지 않아요? 하고 묻던 일을 기억했다. 아빠가 미소 지었다. 우리 롤로는 어리지 않아. 무엇이든 할 수 있다고.

밀로의 등에서 로레이다는 처음으로 두려움을 극복했다. 나 해냈어요, 아빠!

로레이다의 가장 행복했던 시절이었다. 그녀는 하루 만에 걷기에서 속보까지 마쳤고, 아빠는 아주 많이 자랑스러워했다.

그 후로 오랫동안 밀로는 이 드넓은 농장에서 그녀의 가장 좋은 친구였다. 밀로는 강아지처럼 그녀를 따라다녔고, 그녀의 어깨를 핥았고, 당근을 달라고 몸을 부딪쳤다.

그리고 지금… 밀로가 쓰러졌다.

"그냥 그렇게 앉아 있지 말고 어떻게 해봐요." 로레이다가 눈물로 눈시울이 뜨거워진 채 말했다. "고통스러워하잖아요."

"난 모든 걸 실패했구나." 할아버지가 말했다.

"실패하지 않으셨어요." 엄마가 대답했다. "땅이 실패한 거예요."

"정부 사람 말이 탐욕과 잘못된 경작으로 우리가 땅을 망친 거라 했지. 내가 나쁜 농부라면 난 정말 아무것도 없다, 엘사."

밀로가 몸을 떨고, 씨근거리다가, 고통에 낮게 절망적인 신음을 내며 앞다리를 찼다.

로레이다는 느릿느릿 작업대로 가 할아버지의 콜트 권총을 집어 들었다. 그녀는 탄창을 확인하고 딸각 끼운 후 다시 밀로에게로 갔다. 밀로는 그녀가 쓰다듬자 헐떡거리며 코로 거친 숨을 내쉬었다.

그녀는 밀로의 눈에서 고통을, 콧구멍에서 끈적한 점액을 보며 녀석의 축축한 목을 어루만졌다. "사랑해." 그녀가 말했다. 눈물이 앞을 가려 사랑하는 밀로의 얼굴이 흐릿해 보였다. "넌 네가 가진 모든 걸 우리에게 주었어. 너와 더 많은 시간을 보냈어야 했는데. 미안해."

"로레이다, 안 된다." 할아버지가 말했다. "그건 아니 "

로레이다는 총구를 말의 머리에 대고 방아쇠를 당겼다. 총성이 요란하게 울렸다.

피가 로레이다의 얼굴에 흩뿌려졌다.

그러고 나서, 침묵이었다.

눈물이 로레이다의 볼을 타고 흘러내렸다. 그녀는 신경질적으로 눈물을 닦았다. 쓸모없는 눈물. "정부에서 16달러 줄 거예요. 살아 있든 죽었든." 그녀가 말했다.

"16달러." 할아버지가 말했다. "우리 밀로가."

로레이다는 어른들이 무슨 생각을 하는지 알았다. 그들은 16달러를 받겠지만 교통수단이 없어졌다. 곡식도 없다. 음식도 없다.

"우리가 전부 무릎을 꿇고 쓰러져 못 일어나게 될 때까지 얼마나 걸릴까요? 얼마나?"

그녀는 권총을 던지고 헛간에서 달려 나갔다.

로레이다는 어쩌면 진입로를 향해 달리고 거기서도 계속 달려 캘리포니아까지 갔을지도 모른다. 그러나 그녀는 집에도 닿기 전에 바람이 이는 것을 느꼈다. 그녀는 멀리 내다보았고 그것이 보였다. 먼지 폭풍, 북쪽에서 몰려오고 있었다.

빠르게.

그 주, 바람은 할퀴고 소리를 지르는 괴물이 되어 집을 흔들고 창문을 요동치게 하고 문을 쳐댔다. 바람은 시속 65킬로미터로 불었다. 매일매일, 쉬지 않고, 그냥 끝없이, 무섭게 몰아치며 공격했다. 먼지가 천장에서 끊임없이 쏟아졌다. 모두 그것을 들이마시고 뱉어내고 기침으로 토해냈다. 새들은 먼지에 방향 감각을 잃어 벽과 전신주에 부딪쳤다. 기차가 선로에 멈췄다. 모래가 평야를 파도처럼 떠다녔다.

자고 일어나면 침대 시트 위에서 먼지로 이루어진 몸의 윤곽을 볼 수 있었다. 그들은 코에 바셀린을 발랐고 밴대너로 얼굴을 가렸다. 어른들은 그 먼지 구렁텅이 속으로 들어가야 할 때면 집과 헛간 사이에 매어놓은 밧줄을 잡고 따라갔다. 먼지에 앞을 보지 못하고 손으로 더듬으면서. 닭들은 매일 먼지 속에서 숨을 쉬며 겁에 질려 날뛰었고, 아이들은 방독면을 쓴 채 집 안에 머물렀다. 앤트는 방독면을 계속 쓰고 있기 싫다고, 두통이 온다고 말했지만 다른 식구보다 더 먼지를 힘들어했다.

엘사는 앤트를 걱정해 함께 자고, 침대에 함께 앉아 거칠어진 목소리로 최선을 다해 책을 읽어주었다. 이야기는 그를 진정시켜주는 하나의 방도였다.

이제, 폭풍이 닷새째로 접어든 날, 앤트는 엘사의 침대에서 방독면을 쓰고 이불을 끌어올린 채 누워 있었고 엘사는 바닥을 쓸었다. 서까래 사이로 먼지가 떨어지며 모든 것 위에 내려앉았다.

탁 소리가 들렸다. 먼지 폭풍 때문에 거의 들리지 않을 뻔했다.

앤트가 그림책을 바닥으로 떨어뜨렸다.

엘사가 비를 놓고 침대 옆으로 갔다. "앤트, 아가—"

"엄—" 그가 심하게 기침을 했다. 이렇게 격하게 기침을 하는 것은 처음이었다. 갈비뼈가 부러질까 염려될 정도였다.

엘사가 자신의 밴대너를 내리고 앤트의 방독면을 벗겨주었다. 눈 가장자리에 진흙이 붙어 있었고, 콧구멍엔 먼지가 굳어 있었다.

그가 눈을 깜박였다. "엄마? 엄마야?"

"그래, 엄마야, 아가." 그녀는 아이를 일으켜 세우고, 컵에 물을 따라주고 마시게 했다. 물을 삼키는 것을 힘겨워하는 것이 보였다. 방독면을 벗어도 호흡이 엉망이어서 씩씩거렸다.

바람이 창문을 흔들었고, 나무 갈라진 틈으로 소리를 질러댔다.

"배 아파."

"안다, 아가야."

잔모래. 어디에나 있었다. 그들 눈물 속에도, 콧구멍 속에도, 혀에도. 목구멍을 긁어댔고, 배 속에도 쌓이고 쌓이다가 결국 다 토해내곤 했다. 그들 모두 배가 쓰라렸다.

그중에서도 앤트가 최악이었다. 기침이 너무 지독해 먹지도 못했다. 최근 그는 빛을 보면 눈이 아프다고 했다.

"좀 더 마셔. 테레빈유와 뜨거운 수건을 가슴에 올려줄게."

앤트가 아기 새처럼 물을 홀짝홀짝 마셨다. 물을 마시고는 뒤로 쓰러져 씩씩댔다.

엘사는 침대로 올라가 아들을 두 팔로 안고 기도문을 읊조렸다.

그는 무서울 만큼 가만히 있었다.

엘사가 깡통에서 바셀린을 덜어내 앤트의 피부가 벗겨져 따가운, 먼지로 막힌 콧구멍에 발랐다. 그리고 방독면을 얼굴에 다시 씌웠다. 그가 그녀를 향해 눈을 깜박였다. 눈 가장자리에 진흙이 만들어졌다.

"울지 마, 아가. 이 폭풍은 곧 멈출 거고, 그러면 병원에 데려다줄게. 의사가 낫게 해줄 거야."

그가 방독면을 통해 거칠게 숨을 쉬었다. "알…았어요." 그가 말했다.

엘사는 아이를 끌어안으며 아이가 그녀의 눈물을 보지 못하길 빌었다.

아흐레가 지났고, 폭풍은 여전히 쉼이 없었다. 바람이 벽을 뒤흔들고 문을 긁어댔다.

엘사가 일어나 또 하루 바람 부는 날을 맞닥뜨리며 옆에서 자고 있는 앤트를 살폈다. 그는 최근 나흘 동안 침대에서 나오지도 못할 정도로 기운이 없었다. 장난감 병사를 가지고 놀지도 않았고, 책을 읽어주는 것도 원하지 않았다. 방독면을 쓴 채 그저 쌕쌕거리며 누워만 있었다.

그 늘어지는 끔찍한 호흡이 그녀가 아침마다 잠에서 깨며, 밤마다 아이를 안으며 우선적으로 확인하는 것이었다.

그녀가 아들의 숨소리를 확인하고는 성모 마리아에게 짧은 기도를 올리고 침대에서 나왔다. 딱딱하게 굳은 밴대너를 목으로 끌어내리고 밤새 마룻장에 쌓인 모래보다 가는 흙을 밟았다. 방에 발자국을 남기며 그녀는 협탁으로 가서 얼굴을 씻었다.

거울이 그녀의 발걸음을 멈추게 했다. 요즘 사주 그랬다.

"맙소사." 그녀가 쉰 목소리로 한탄했다. 얼굴이 여름의 넓은 사막 같았다. 온통 갈색에, 갈라지고, 깊은 주름이 져 있었다. 입술과 이도 모래로 갈색이었다. 눈가와 눈썹에도 먼지가 쌓여 있었다. 그녀는 얼굴을 씻고 닦은 후 양치질을 했다.

거실에서 문 옆에 놓인 부츠를 신고는 잠시 멈춘 채 덜거덕거리는 문손잡이를 노려보았다. 세찬 바람에 벽이 흔들렸다. 그녀는 밴대너를 다시 입과 코로 올리고 장갑을 낀 다음 온 힘을 다해 문을 열었다.

바람이 그녀를 다시 밀어 넣었다. 그녀는 바람과 맞서며 몰려드는 먼지에 눈을 찌푸렸다.

집과 헛간 사이에 매어놓은 밧줄을 찾아 더듬으며 마당으로 천천히 나갔다. 마침내 헛간까지 왔다. 일단 들어가자, 그녀는 벨라의 고삐에 달린 줄을 낚아채 비틀거리는 불쌍한 암소를 우사에서 헛간의 넓은 통로로 나오게 이끌었다. 벽이 덜거덕거리고 흔들렸다. 먼지가 머리 위로 쏟아졌다.

양동이를 제자리에 놓으며 엘사는 젖 짤 때 앉는 의자에 앉았다. 그리고 장갑을 벗어서 앞치마 주머니에 넣었다. 밴대너를 내리며 암소의 메마르고 우둘투둘한 젖꼭지로 손을 뻗었다. 헛간이 덜컹덜컹했다. 바람이 갈라진 틈새로, 판자 사이로 휘파람을 불었다.

엘사는 손이 너무나 트고 피부가 벗겨져 젖을 짤 때 소만큼이나 그녀도 아팠다. 그녀가 잠시 멈췄다. 소가 아파 울었다.

"미안하다, 얘야." 엘사가 말했다. "아픈 거 알아, 하지만 아들이 우유가 필요하단다. 애가… 아파."

탁한 갈색 우유가 흙물 섞인 방울로 흘러나와 양동이에 튀었다.

"그래, 그렇게." 엘사가 격려하며 다시 시도했다.

또 하고. 또 하고.

우윳빛 섞인 진흙만 나왔다.

엘사가 껄끄러운 눈을 감고 이마를 벨라의 커다란, 홀쭉 팬 허리에 댔다. 소꼬리가 그녀를 철썩 치며 뺨을 찔렀다.

그녀는 얼마나 오래 그러고 앉아 있었는지 몰랐다. 끝이 난 우유를 슬퍼하며, 우유도, 버터도, 치즈도 없이 어떻게 아이들을 먹일 것인지 걱정하며, 하루 종일 먼지를 들이마시는 이 착한 짐승이 얼마 살지 못할 것을 서글퍼하며. 다른 소 한 마리는 몇 달 전에 우유가 더 이상 나오지 않았고 벨라보다 상태가 더 나빴다.

지친 한숨을 내쉬며 엘사는 장갑을 끼고 밴대너를 올린 후 벨라를 우사로 들여보냈다.

집에 간신히 돌아왔을 때 이마는 긁혀 벗겨졌고, 눈도 거의 보이지 않았다. 바람이 피부를 갉았다.

"엘사? 괜찮니?"

토니였다. 그가 옆에 다가와 팔을 두르며 안정시켰다.

그녀가 밴대너를 내리며 말했다. "이제 우유도 없어요."

토니가 말이 없어 가슴이 아팠다. "그럼 이제 소도 정부에 팔게 되겠구나. 한 마리에 16달러, 안 그러냐?"

엘사가 눈에서 모래를 닦으려 애썼다. "그래도 팔 비누와 달걀 몇 개가 남았어요."

"작은 기적에 감사하군."

"네." 엘사가 저장고의 빈 선반들을 생각하며 말했다.

15장

조용함.

창문을 흔드는 바람이 없음. 천장에서 쏟아지는 흙 없음.

엘사는 그들 모두 숙달하게 된 방식으로 조심스럽게 눈을 떴음. 코와 입을 가렸던 흙이 떡 진 밴대너를 내리고 눈에서 먼지를 쓸어내렸다. 눈의 초점을 맞추는 데 시간이 조금 걸렸다. 몸을 일으켜 앉자 흙이 우수수 바닥으로 떨어졌다.

그녀는 우선 앤트를 살폈다. 그 작고 야윈 얼굴에서 방독면을 벗기며 깨웠다. "얘야, 아가야." 그녀가 말했다. "폭풍이 끝났어."

앤트가 눈을 떴다. 눈 뜨는 것도 힘겨워하는 것이 보였다. 눈에 흰 부분이 아예 없이 짙은, 성난 붉은색뿐이었다. "숨을… 못 쉬겠어." 그의 지저분한, 파란 핏줄이 보이는 눈꺼풀이 파르르 떨리며 닫혔다.

갈수록 나빠졌다.

"앤트? 아가? 잠들지 마, 알았지?"

그는 입술을 적시려 애쓰며 계속 헛기침을 했다. "나… 아파… 엄마."

엘사는 아들의 젖은 머리카락을 이마 위로 쓸어 올리며, 그가 뜨거운 것을 알았다.

열이다.

그건 새로운 증상이었다.

엘사는 열에 대해서는 깊은 두려움이 있었다. 어린 시절 경험 때문으로, 자신의 병을 떠올리게 되었다.

엘사는 침대 옆 물병의 덮개를 벗기고 물을 도자기 세숫대야에 부었다. 그리고 수건을 미지근한 물에 적셔 꼭 짠 다음 서늘하게 젖은 수건을 앤트의 이마에 놓았다. 그의 얼굴 옆으로 물이 흘렀다.

엘사는 물을 컵에 조금 따른 후 아이가 아스피린 두 알을 먹는 것을 도왔다. "할머니의 레모네이드라고 생각하렴. 새콤달콤하다고." 그녀는 설탕 한 숟가락에 테레빈유를 뿌려 아이에게 주었다. 이것이 그들이 아는, 앤트가 방독면을 쓰고 있을 때조차 들이마시게 되는 먼지와 싸우는 방법이었다.

앤트가 물을 조금 마시고 설탕을 삼켰고, 그리고 나서 눈을 감고 다시 베개 위로 깊숙이 누웠다.

엘사가 막 숨을 내쉬는 순간 앤트의 몸이 갑자기 휘더니, 경련을 일으키며 손가락이 갈퀴 모양으로 오그라들고 붉은 눈이 뒤로 넘어갔다.

엘사는 평생 이렇게 무기력함을 느낀 적이 없었다. 할 수 있는 일이 아무것도 없었다. 그냥 거기 앉아 경련이 자신의 어린 아들을 고문하는 것을 보고 있을 수밖에 없었다. 두 번째 경련은 영원히 끝나지 않는 것만 같았다.

마침내 경련이 지나가자 그녀는 아들을 품에 꼭 안았다. 너무 떨리고 무서워 아이를 달래기도 힘들었다.

"도와줘, 엄마." 아이가 갈라진 목소리로 말했다. "나 더워."

아들에게는 도움이 필요했다. **지금 당장.**

그녀는 돈이 없는 건 상관없었다. 필요하다면 구걸이라도 할 것이다.

"엄마가 도와줄게, 아가야."

그녀는 아이와 담요며 그런 것들을 모두 들고 나갔다. 마치 멀리서 들려오는 것처럼 식구들이 그녀에게 소리치는 것이 들렸다. 그녀는 멈출 수 없었고, 앤트 외에는 그 무엇도 신경 쓸 수 없었다.

그녀는 포치로 나간 후에야 말이 없다는 것을 깨달았다. 마차를 끌 것이 없었다. 진입로가 그녀 앞에 뻗어 있었다, 헐벗고 황량한 모습으로.

바닥은 바람이 흙을 벗겨내어 곳곳에 경반층이 드러나 판판하고 단단했다. 철조망까지 마치 머리카락처럼 바람에 갈기갈기 찢어지고 끊어져 날아갔다. 건물마다 철조망 조각들이 널려 있었다. 회전초가 철조망에 걸린 채 쌓인 모래에 덮여 있었다.

외바퀴 수레가 모래에 반쯤 파묻힌 채 똑바로 서 있는 것이 보였다.

그녀가 할 수 있을까? 외바퀴 수레에 아이를 태우고 마을까지 3킬로미터가 넘는 길을 갈 수 있을까?

물론이다. 그녀는 필요하다면 아무리 멀어도 아이를 데려갈 수 있다.

그녀는 흔들림 없이 수레를 향해 걸었고, 아이를 녹슨 수레 안에 내려놓았다. 가느다란 다리가 가장자리를 넘어갔다. 그녀는 아이의 머리를 조심스럽게 담요 위에 놓았다.

"엄 - 마?" 아이가 씨근거렸다. "빛이… 아파요."

"눈을 감아, 아가." 그녀가 말했다. "잠을 자렴. 우리는 라인하트 의사 선생님을 보러 갈 거야."

엘사가 거친 나무 손잡이를 잡고 진입로를 향했다.

"엘사!" 로즈가 외치는 소리가 들렸으나 멈추지 않았고, 듣지 않았다. 그녀는 겁에 질려, 가야 한다는, 아이가 도움을 받아야 한다는 생각밖에 하지 못했다. 미친 짓이란 걸, 자신이 약간 제정신이 아니라는 것을 알았지만 달리 무엇을 하겠는가?

"엘사, 우리가 도와줄게!"

엘사는 앞으로 밀었다. 수레는 저항하는 것 같았다. 진입로의 울퉁불퉁한 부분은 죄다, 파인 곳은 죄다, 충격이 되어 그녀의 척추에 전해졌다. 그녀는 큰길까지 나갔다.

황폐. 모래 더미. 모래에 덮인 창고들. 쓰러진 울타리.

그녀는 큰길에 올라 거친 숨을 쉬며 계속 나아갔다.

더위가 그녀를 덮쳐왔다. 땀이 시야를 흐렸고 가슴 사이로 줄줄 흘러 가려웠다.

그녀는 모래에 묻힌 뭔가에 발가락을 부딪치며 비틀거렸다. 수레가 그녀 손에서 떨어져 나가더니 앞으로 덜컹거리며 가버렸다. 앤트가 바닥에 머리를 부딪쳤다.

"미안하다, 아가." 엘사가 말했다. 엘사는 자기 자신의 말도 제대로 들리지 않았다. 목이 너무 건조했다. 그녀는 왼쪽 손바닥을 내려다보았다. 피부가 벗겨져 피가 났다. 그녀의 피로 손잡이가 검게 물들었다.

그녀가 수레에 앤트를 다시 앉히고 앞으로 나아가려고 기를 썼다. 한 발제대로 내딛기 전에 어깨에 손이 와닿는 것이 느껴졌다.

토니였다. 그의 양옆으로 로즈와 로레이다가 서 있었다. "이젠 우리가 도와줘도 되겠니?"

"너 혼자 모든 걸 할 필요는 없단다." 로즈가 말했다.

"그래, 엄마." 로레이다가 말했다. "우리 계속 엄마 불렀어요. 안 들려?"

엘사는 거의 울음이 터질 것만 같았다.

아주 천천히 그녀는 수레를 내려놓았다.

토니가 손잡이를 잡고 수레를 들어 올리고는 밀기 시작했다. 로레이다가 그의 옆으로 서서 한쪽을 잡았다.

"넌 거의 1킬로 넘게 왔다." 로즈가 말하며 엘사의 젖은 머리를 지저분한 이마 위로 부드럽게 넘겨주었다.

"전 그냥—"

"어미이지." 로즈가 엘사의 손을 잡아 들고는 찢어져 피투성이인 손바닥을 보았다.

엘사는 마음을 단단히 먹었다. 그녀의 엄마였다면 장갑도 끼지 않은 어리석음을 야단쳤을 것이다.

로즈가 엘사의 두 손을 천천히 들어 올리더니 피투성이 피부에 입을 맞추었다. "이렇게 하면 우리 바보 같은 아들은 기분이 나아졌었는데."

"훨씬 낫네요." 엘사가 말했다. 평생 처음으로 누군가 달래주려고 그녀의 다친 상처에 입을 맞췄다.

"가자. 네 시아버지는 자기가 생각하는 것처럼 젊지 않단다. 곧 내 차례야."

론섬트리는 유령 마을이었다.

토니는 메인 스트리트를 따라 수레를 밀었다. 판자로 막은 가게들을 지나갔다. 한때 번창하던 사료 상점은 적십자사가 들어와 병원으로 바뀌었다.

평원 미루나무는 이제 사라졌다. 메말라 죽은 후 누군가 잘라 땔감으로 썼을 것이다.

임시변통으로 만든 병원 앞에서 토니가 앤트를 안아 들었다. 앤트는 신음하며 기침을 해댔다.

좁다란 건물인 병원 안은 그늘지고 어두웠다. 창문에는 먼지와 바람을 막기 위해 판자가 붙어 있었다. 적십자사 간호사들이 입은 유니폼은 한때 빳빳한 흰색이었겠지만 이제 구겨진 회색이었다. 의사 한 사람이 침상에서 침상으로 바삐 다녔는데, 환자 상태를 진단하고 뒤에서 따라다니는 간호사들에게 지시할 정도의 시간만큼만 한 침상에서 머물렀다.

토니가 앤트를 안고 안으로 들어갔다. "여기 이 아이가 도움이 필요해요."

간호사 한 사람이 그들에게 다가왔다. 그녀도 다른 모든 사람만큼이나 수척하고 야위었다.

"얼마나 안 좋아요?"

"안 좋아요."

간호사가 무겁게 한숨을 쉬었다. "오늘 아침 침대 하나가 났어요."

그들 모두 그 말은 누군가 먼지로 죽었음을 의미한다는 것을 알았다.

간호사가 엘사에게 슬픈 표정을 지었다. "안 좋았어요. 이리 오세요."

엘사가 토니를 따라 안으로 들어갔다. 숨을 헐떡이며 기침하는 환자들로 가득했다.

그들은 앤트를 뒤편 3미터 길이의 창문 아래 야전 침대에 뉘었다. 창문은 널빤지로 가린 상태임에도 걸레로 창턱을 메워놓았다. 왼쪽에 놓인 야전 침대에는 숨을 쉴 때마다 힘겨워하는 노인이 있었다. 방독면이 그의 눈을 덮고 있었다.

엘사가 아들 옆에 무릎을 꿇었다.

아이에게서 열이 뿜어져 나왔다. 그녀가 아이의 뜨거운 이마를 만졌다. "엄마 여기 있어, 앤트. 우리 다 여기 있어."

로레이다가 침대 끝에 앉았다. "우리 체커 게임 하자. 내가 너 이기게 해 줄게."

앤트가 더 심하게 기침을 했다.

잠시 후 로즈가 의사와 함께 돌아왔다. 그녀는 의사의 소매를 꽉 붙들고 있었다. 로즈는 분명 그 불쌍한 사람을 붙잡고 이리로 끌고 왔을 것이다. 여하튼 로즈는 내면에 여전히 불을 간직하고 있었다. 엘사는 로즈가 어떻게 이 떨어지는 흙 속에서도 불을 꺼뜨리지 않는지 신기했다.

의사가 체온계를 읽고, 앤트를 진찰하더니 한숨을 쉬었다. "아드님은 심각하게 아픕니다. 물론 아시겠지만요. 열이 높고 심한 규폐증을 앓고 있어요. 먼지 폐렴이죠. 초원의 먼지에는 규토가 많습니다. 폐에 쌓이면서 폐포를 찢습니다."

"무슨 뜻이지요?"

"아이가 먼지를 들이마시고 삼키고 있어요. 그게 쌓이고 있고요. 달리 표현할 길이 없네요. 그래도 여기로 데려오신 건 잘하신 겁니다. 먼지 폭풍 속에서는 이곳이 최선의 장소입니다. 잘 보살필게요, 약속드리죠." 의사가 숨을 헐떡이고 기침을 하며 땀을 흘리고 죽어가는 환자들이 가득 찬 침상들을 둘러보았다.

"아이가 죽나요?" 엘사가 조용히 물었다.

"아직은 아닙니다." 의사가 그녀의 어깨를 만지며 부드럽게 쥐었다. "이제 집으로 가세요. 제가 아이를 돕겠습니다."

엘사가 앤트의 침대 옆에 무릎을 꿇었다. 아이의 뜨거운 목덜미에 얼굴을 묻고 코를 비볐다. "엄마 여기 있어, 아가." 그녀의 목소리가 갈라졌다. "사랑한다."

로즈가 부드럽게 엘사를 일으켜 세웠다. 엘사는 자제력을 발휘해 울부짖거나 소리 지르거나 무너져 내리지 않으려 애썼다. 무슨 힘이 있어 돌아서서 시어머니와 마주 보았는지 알 수 없었다. 로즈는 슬픈 눈길이었다.

"우리 버터가 좀 있잖니." 로즈가 목이 메어 말했다. "쿠키 한두 개는 앤트에게 만들어줄 수 있을 거다. 내일 가지고 오자. 애 장난감이랑 옷도 가져오고."

"혼자 두고 갈 수 없어요."

의사가 가까이 다가왔다. "여기 있는 사람은 모두 아기나 어린이, 아니면 노인이에요. 환자마다 누군가 함께 있으려고 합니다. 보호자를 위한 공간이 없어요. 집에 가세요. 잠을 주무세요. 아이는 우리가 돌보겠습니다. 최소한 일주일. 어쩌면 이 주일."

"면회는 할 수 있죠, 그렇죠?" 로레이다가 말했다.

"물론이지." 의사가 말했다. "원할 때면 언제나. 여기 다른 아이들도 있어서 몸이 조금 나으면 같이 놀 수도 있단다."

엘사가 말했다. "만약―"

의사가 그녀의 말을 막았다. "다른 사람들도 모두 같은 걸 묻습니다. 제가 할 수 있는 말은 이겁니다. 아이를 구하고 싶으면 아이를 텍사스에서 데리고 나가세요. 아이가 숨 쉴 수 있는 곳으로 데리고 가세요."

로즈가 엘사에게 팔을 둘렀다. 그것만이 엘사를 똑바로 서 있게 했다. "가자, 엘사. 가서 우리 손자 줄 과자를 만들자. 내일 가지고 오자꾸나."

엘사는 죽은 밀밭 끝에 섰다. 저 멀리 보이는 곳까지 메마른 갈색 흙이 둔덕들을 이루고 있었다. 거의 4시가 되었지만 태양은 여전히 쨍쨍 내리쬐고 있었다. 덥고 건조했다. 풍차가 천천히 돌아가며 삐걱삐걱 최선을 다했다.

그녀는 비가 올 거라고, 씨앗이 싹을 틔우고 이 땅이 번성할 것이라고 믿고 싶었다. 그러나 앤트가 야전 침대에 누워 기침을 하며 폐에서 흙을 토해내고 열이 펄펄 끓는 지금, 희망은 더는 그녀가 누릴 수 있는 것이 아니었다.

먼지 폐렴.

사람들은 그렇게 불렀지만, 사실은 상실과 빈곤과 인간의 실수였다.

뒤에서 발걸음 소리가 들렸다. 모래를 섞는 듯한 새로운 소리였다. 마치 인간이 자신에게 대항하는 땅을 건드릴까 두려움에서 나온 일종의 속삭임처럼 들렸다.

토니가 그녀 옆에 와서 섰다. 로즈가 다른 쪽 옆에 섰다.

"아이가 여기서 죽어가고 있어요." 엘사가 말했다.

죽어간다.

앤트뿐만이 아니었다. 땅도, 짐승도, 식물도. 모든 것이. 태양은 모든 것을 태워 먼지로 만들고 바람은 그것을 날려 보냈다. 수백 톤의 표층토가 사라졌다.

"우리 텍사스를 떠나야 해요." 엘사가 말했다.

"그래." 로즈가 말했다.

"소를 정부에 팔 수 있다. 그게 도움이 좀 될 게다." 토니가 말했다. "소 두 마리에 32달러를 줄 거야."

엘사는 깊고 고통스러운 숨을 들이쉬고는 죽어버린 갈색의 땅을 바라보았다. 그녀는 일자리도, 돈도 거의 없이 모르는 곳으로 가고 싶지 않았다. 그들 누구도 떠나고 싶지 않았다. 여기가 **집**이었다.

그들 머리 위에서 풍차가 삐걱거렸고, 날개가 느릿느릿 돌아갔다.

그들은 함께 집으로 돌아갔다. 발치에서 먼지가 올라왔다.

16장

"내일 로레이다를 데리고 사냥을 갈까 생각 중이다." 할아버지가 그날 밤 저녁을 먹으며 말했다.

"그거 좋은 생각이네." 할머니가 조금 담아놓은 귀중한 올리브유에 빵을 찍으며 말했다. "내 서랍장에 나침반이 있어요. 첫 번째 서랍."

"헛간을 청소해야겠네요." 엄마가 말했다. "레이프의 옛날 사냥 텐트가 거기 어디 있어요. 움집에 있던 장작 스토브도요."

로레이다는 단 1초도 참아낼 수가 없었다. 어른들은 쓸데없는 이야기를 떠들어대고 있었다. 앤트가 그들도 없이 침침한 병원에 있다는 걸 잊어버린 사람들 같았다. 아니면 그녀가 진실을 듣기에 너무 어리다고 생각하는 걸까. 이 바보 같은 대화가 역겨웠다. 그놈의 헛간을 치우는 일은 가장 덜 급한 일이었다.

그녀가 너무나 갑자기 벌떡 일어나 의자 다리에서 끽 날카로운 소리가 났다. 그녀는 의자를 발로 차고 의자가 바닥에 넘어지는 것을 바라보았다.

"앤트 죽는 거죠, 그렇죠?"

엄마가 그녀를 쳐다보았다. "아니, 로레이다. 앤트는 죽지 않아."

"거짓말이잖아요. 나 설거지 안 할 거야." 그녀는 집에서 뛰쳐나가 문을 쾅 닫았다.

밖에 나오니 방목장에는 말이 없었고, 우리에 돼지도 없었다. 뼈가 앙상한 닭 몇 마리만이 남아 너무 덥고 지치고 허기진 나머지 그녀가 지나가도 울지도 않았다. 소 두 마리는 아직 간신히 서 있었다. 곧 소들은 정부 사람들에게 팔려 갈 것이다. 그럼 모든 우리가 텅 빌 터였다.

그녀는 풍차 기단으로 올라가 끝없이 펼쳐진, 별이 사방에 흩어진 대평원의 밤하늘 아래 앉았다. 여기 올라오니 자신이 천국의, 하늘의 일부인 것처럼 느껴졌다, 아니 예전엔 그렇게 느꼈었다. 여기에선 참 많은 것이 될 수 있었다. 발레리나, 오페라 가수, 영화 스타.

그녀의 아버지가 격려해주었던 꿈들.

아버지가 자신의 꿈을 찾아 떠나기 전에.

로레이다는 다리를 모아 두 팔로 발목을 감쌌다. 그녀는 죽어가는 농장과 그녀에게 거짓말하는 어른들은 감당할 수 있었다. 심지어 아버지가 그들을, 그녀를 버린 것도 감당할 수 있었지만, 그러나 이건….

앤트. 그녀의 남동생. 감자 벌레처럼 몸을 말고 엄지를 빨던 아이, 마리오네트 인형처럼 온 팔과 다리를 벌리고 달리던 아이, 밤이면 그녀를 쳐다보고 '이야기해줘' 하고는 단어 한마디도 놓치지 않고 집중하던 아이.

"앤트." 그녀가 속삭이며 이것이 기도였음을 깨달았다. 정말 오래간만에 시작하는 기도였다.

풍차가 흔들렸다. 내려다보니 엄마가 올라오고 있었고, 엄마가 조금씩 위로 오를 때마다 판자가 덜걱덜걱 소리를 냈다.

엄마가 그녀 옆에 앉으며 다리를 아래로 내려뜨렸다.

"나 어린애 아니에요, 엄마. 사실대로 말해줘도 돼요."

엄마가 깊이 숨을 들이마시고 내쉬었다. "우리가 네 아빠 텐트 얘기를 한 건 왜냐하면… 앤트가 나아지는 대로 곧 텍사스를 떠날 거니까. 캘리포니아로 간다."

로레이다가 고개를 돌렸다. "뭐라고요?"

"할머니, 할아버지와 이야기를 했어. 돈이 조금 있고 트럭도 움직인다. 그래서, 우리는 서부로 달릴 거다. 할아버지는 여전히 건강하셔. 일을 찾으실 거야, 어쩌면 철도에서. 나도 빨래 같은 걸 할 수 있겠지. 그랬으면 좋겠다. 패멀라 슈라이어가 보석 상점에서 일을 하게 됐다고 들었어. 상상해보렴. 패멀라의 남편 게리는 포도를 재배해."

"그럼 앤트도 우리와 같이 가요?"

"당연히 같이 가지."

"캘리포니아까지 거의 2000킬로미터예요. 휘발유는 1갤런에 19센트고. 그럴 돈이 돼요?"

"그런 걸 다 어떻게 아니?"

"아빠가 떠난 후, 텍사스 역사를 공부해야 할 때 난 캘리포니아 지도를 들여다봤어요. 생각했거든요—"

"아버지를 찾으러 가는 거?"

"네. 내가 어리석었지만, 그렇게 어리석은 건 아니었어요. 캘리포니아는 굉장히 큰 주예요. 그리고 아버지가 서부로 갔는지도 확실하지 않아요. 갔다고 해도 서부에 머물고 있을지도 확실하지 않고."

230

"그래, 우리로선 어떤 것도 알 수 없지."

로레이다가 어머니에게 기댔고, 어머니는 팔로 그녀를 안아주었다.

떠난다. 로레이다는 처음으로 이 문제를 생각했다, 정말로 생각했다. 집을 떠나는 일을.

"난 네가 이 땅에서 자라길 바랐다." 엄마가 말했다. "나도 여기서 늙고 여기에 묻혀서 네 아이들의 아이들까지 지켜보고 싶었다. 나는 밀이 다시 자라는 걸 보고 싶었어."

"알아요." 로레이다는 그렇게 말하며 문득 깨달았다. 그녀도 마음 한구석으로는 그러고 싶다는 것을.

"선택의 여지가 없구나." 엄마가 말했다. "이제는."

다음 주, 닭장 대부분이 여전히 흙 속에 파묻혀 있었고 헛간의 한쪽 면도 그랬다. 소들은 팔려 갔고 농장은 열하루의 먼지 폭풍으로 갈색 파도가 치는 바다가 되어버렸다. 그 흙더미를 파내고 치운다는 건 너무 큰 일이었다, 특히 이제 떠나는 상황에서는. 나무 난간을 두른 커다란 트럭에 새로운 생활에 필요할 걸로 생각되는 몇 가지가 실려 있었다. 소형 장작 스토브, 물건과 음식이 담긴 나무통들, 침구가 든 상자들, 냄비들과 솥들, 등유 한 통과 랜턴들.

엘사는 사막의 유목민처럼 모래 둔덕들을 오르내리며 풍차를 지나갔다. 마침내 그녀는 야생으로 자라는 유카를 발견했다. 바람과 침식에 섬유질 많은 뿌리가 노출되어 있었다.

그녀는 뿌리를 마구 잘라 유카를 캐낸 다음 철세 양동이에 담았다.

집에 돌아온 그녀는 로레이다가 토니와 함께 식탁에 앉아 지도를 펼쳐놓고 있는 것을 보았다.

"그게 뭐냐?" 로즈가 부엌에서 나오며 말했다. 그녀는 길을 떠나기 위해 닭 두 마리를 통조림으로 만들었다. 그에 더해 채소 통조림들과 설탕에 절인 햄, 그리고 약간의 절인 엉겅퀴를 가지고 캘리포니아로 향할 것이다.

"유카예요. 삶아서 먹을 수 있어요."

로레이다가 얼굴을 찌푸렸다. "더 바닥으로 내려가네요, 엄마."

밖에서 차 한 대가 시야로 들어왔다. 그들은 서로를 쳐다보았다.

방문객이 마지막으로 온 게 언제였던가?

엘사가 시멘트 부대로 만든 행주에 손을 닦고 현관으로 나갔다. 토니가 뒤따라 집 밖으로 나왔다.

자동차 한 대가 갈라진 땅과 모래 둔덕과 철조망을 피하려 이쪽저쪽 오가며 도로를 올라오고 있었다. 황갈색 먼지가 얇은 고무 타이어에서 피어올랐다.

토니가 포치를 가로질러 그들을 향해 오는 자동차 쪽으로 갔다.

엘사가 이글거리는 태양을 피하려고 손으로 눈가에 차양을 만들었다.

"누구지?" 로즈가 그녀 옆에 서며 젖은 손을 앞치마에 닦았다.

자동차가 덜컹거리며 마당으로 들어와 토니 앞에 섰다. 먼지구름이 천천히 가라앉자 1933년형 포드 모델 Y가 드러났다.

문이 천천히 열렸다. 한 남자가 차에서 내리더니 몸을 똑바로 했다. 그는 검은 양복 차림이었는데, 단추를 채운 코트가 잘 먹어 살찐 배 위로 팽팽했다. 새 중절모를 쓰고 있었다. 그의 혈색 좋은 얼굴 양쪽에 희끗희끗한 구레나룻이 보였다.

제럴드 씨, 마을에 남은 유일한 은행가였다.

로즈와 엘사가 갈색 마당으로 내려가 토니와 함께 섰다.

"모턴." 토니가 얼굴을 찌푸리며 말했다. "내일 마을 회의 때문에 여기 온 건가? 그 정부 사람이 마을에 다시 온다는 얘기는 들었네."

"응, 온다네. 그런데 그것 때문에 온 게 아닐세." 모턴 제럴드가 차 문을 부드럽게 닫았다. 자동차가 마치 보살펴야 할 연인이라도 되는 듯이. 그러고 는 모자를 벗었다. "여자분들은." 그가 말을 주저하며 불편하게 토니를 쳐다봤다. "여자분들은 들어가시고 우리끼리 이야기를 했으면 하는데." 그가 말했다.

로즈가 단호하게 말했다. "우리도 있겠어요."

"무슨 일인가, 모턴?" 토니가 물었다.

"뒤쪽 160에이커에 대한 자네 어음이 만기가 됐네." 제럴드 씨가 말했다. 그나마 이 소식을 전하는 얼굴이 밝지는 않았다. "내가 할 수 있다면 상환을 연장할 텐데… 농부들에겐 힘든 시기인 만큼 큰 도시 사람들이 땅을 사 모으고 있거든. 자네가 갚아야 할 돈이 거의 400달러야."

"탈곡기 가져가게." 토니가 말했다. "젠장, 트랙터도 가져가."

"요즘 농기구 필요한 사람은 없네, 토니. 하지만 동부의 부자들, 은행 가진 사람들은 아직 땅이 돈이 된다고 보거든. 자네가 갚을 수 없다면 그들이 압류할 걸세."

대답이 없었다. 그저 바람의 한숨 소리가, 바람도 역겨워한다는 듯이, 들려왔다.

"조금이라도 갚을 수 있나, 토니? 다만 얼마라도, 그럼 내가 미뤄볼 수 있을 텐데?"

토니는 지쳐 보였다, 수치스러워 보였다. "난 내가 필요한 것보다 땅이 많네, 모턴. 그렇게 해, 그 땅 도로 가져가." 그가 말했다.

제럴드 씨가 셔츠 주머니에서 분홍색 종잇조각을 꺼냈다. "이게 자네 땅 160에이커에 대한 공식 압류장일세. 명시된 기한 안에 빚 전액을 갚지 않으면 우리가 4월 16일에 경매를 해서 가장 높은 가격에 넘길 걸세."

엘사는 신발이 가끔씩 모래에 깊이 빠져 균형 잡기 힘들었다. 그녀와 토니는 시내로 걸어가고 있었다. 도로 양쪽으로 버려진 농가와 자동차가 흙더미에 묻혀 있었다. 모래 둔덕에서 삐져나온 창고 지붕 꼭대기만 보일 때도 있었다. 전신주들도 쓰러져 있었다. 지저귀는 새 한 마리 없었다.

시내는 저세상 같은 고요함이 지배하고 있었다. 부르릉 거리를 달리는 자동차도, 달각달각 규칙적인 리듬으로 걷는 말도 없었다. 학교 종은 열하루 동안 이어진 폭풍에 날아갔고 아직 찾지 못했다. 분명 어딘가에 묻혀 있을 것이고, 바람이 불어와 지형을 다시 바꾸면 모습을 드러낼 것이다.

임시 병원 앞에서 엘사가 걸음을 멈추었다. "30분 후에 만날까요?"

토니가 고개를 끄덕였다. 그가 헝겊을 덧댄 회색 모자를 눈 위로 내리고 마을 회의를 위해 학교 건물로 향했다. 어깨가 이미 패배감에 축 늘어져 있었다. 정부 사람이 돌아왔어도 많은 걸 기대하는 사람은 아무도 없었다.

엘사가 어둑한 병원으로 들어갔다. 조금 후에야 흐릿한 어둠에 눈이 적응되었다. 사람들이 기침을 하며 콜록거렸고, 아기들이 울었다. 피곤한 간호사들이 침상에서 침상으로 오갔다.

엘사는 방독면을 쓴 환자들을 지나가며 그들에게 미소를 지었다. 대부분 아주 어리거나 아주 나이가 많았다.

앤트가 좁다란 침대에 앉은 채 포크와 숟가락으로 칼싸움 놀이를 흉내 내고 있었다. "받아라, 친구." 그가 말하며 포크를 숟가락에 부딪쳤다. 그의 목소리는 여전히 거칠고, 옆 작은 탁자에는 방독면이 준비되어 있었다. "넌 섀도(월터 B. 깁슨의 소설 속 영웅 캐릭터)에겐 상대가 안 돼!"

"안녕." 엘사가 말하며 침대 끄트머리에 앉았다. 오늘은 훨씬 나아 보였다. 지난 10일간 앤트는 무기력한 채 누군가 보러 와도 늘어져 있었다. 그러나 이제, 마침내, 그녀의 아들다웠다. **그가 돌아왔다.** 갑작스럽게 놀라울 정도의 안도감이 찾아와 눈물에 눈이 쓰라렸다.

"엄마!" 그가 그녀에게 달려들었다. 너무 세게 끌어안는 바람에 그녀는 침대에서 떨어질 뻔했다. 그녀는 아이를 놓을 수가 없었다.

"나 해적 놀이 하는 거야." 그가 씩 웃으며 말했다.

"이가 하나 빠졌구나."

"응! 그리고 정말로 잃어버렸어요. 샐리 간호사님은 내가 삼킨 것 같대요."

엘사가 가져온 바구니를 올렸다. 안에서 오르차타, 해마다 잡화점에서 구입한 이몬드로 만드는 달콤한 시럽 같은 음료수 한 병을 꺼냈다. 하나 남은 이 귀중한 것은 수년 전에 만들어 특별한 경우를 위해 비축해둔 것이었다. 엘사가 그것을 캔 우유를 담아 온 병에 조금 넣어 흔들어 거품을 만든 다음 앤트에게 건넸다.

"와." 그가 한 모금 맛본 후 말했다. 그녀는 그가 아끼면서 천천히 마실 거라 생각했지만 그는 그럴 수가 없었다.

"그리고 이거." 엘사가 달콤한 아이싱을 얹은 설탕 쿠키를 하나 꺼냈다.

앤트는 가장자리부터 시작해 안쪽 쫄깃한 부분까지 쥐처럼 쿠키를 갉아 먹었다.

"우리 복 많은 꼬마에게 사랑하는 엄마까지 오셨네." 의사가 침대 앞에 멈춰 서며 말했다.

엘사가 일어났다. "오늘은 좀 나아 보이네요, 선생님."

"좋아지고 있는 게 분명합니다. 간호사들도 아이가 장난을 치기 시작했다고 말하네요." 라인하트 선생이 앤트의 머리를 헝클며 말했다. "어젯밤에 드디어 열도 내렸고 호흡도 훨씬 나아졌어요. 분명히 좋아지고 있습니다. 며칠 더 지켜보고 싶지만, 그건 만에 하나를 위해서고요."

엘사가 의사에게 쿠키 하나를 건넸다. "별건 아닙니다만."

의사가 쿠키를 받고 미소 짓더니 한 입 먹었다. "자, 앤트, 얼른 집에 가고 싶니?"

"와, 당연히 가고 싶죠, 선생님. 내 장난감 병사들이 나를 보고 싶어 해요."

"화요일 어때?"

"야호!" 앤트가 말했다. 신이 나서 지르는 소리와 함께 약간 기침이 나왔다. 엘사는 그 소리에 가슴이 미어졌다. 이제 기침 한 번 할 때마다 이렇게 밀려오는 두려움을 느끼게 될까? "감사합니다, 선생님." 그녀가 말했다.

그가 지친 미소를 지었다. "화요일에 뵙죠."

엘사는 다시 아들 옆에 앉았다. 아들이 가장 좋아하는 책이 그들 옆에 놓여 있었다. 비어트릭스 포터의 《꼬마 돼지 로빈슨 이야기》. 앤트는 꼬마 돼지가 조각배를 타고 봉나무가 높이높이 자라는 섬으로 간 이야기를 듣고 또 들어도 그때마다 새롭게 좋아할 것이다. 어쩌면 그 친숙함을 좋아하는 것일지도 몰랐다. 늘 똑같이 끝난다는 사실을.

그는 엄마 품으로 파고들어, 엄마가 책을 읽어주는 동안 쿠키를 먹었다. 마침내 그녀가 책을 덮었다.

"가야 돼요?" 그가 풀 죽은 표정으로 말했다.

"의사 선생님이 네가 여기 며칠 더 있었으면 하신대. 네가 괜찮은지 확실히 해두려고 말이야. 하지만 곧 우리의 모험을 떠나게 될 거야."

"캘리포니아로." 그가 말했다.

"캘리포니아로." 엘사가 그를 품으로 당겨 꼭 안고 이마에 입 맞춘 후 속삭였다. "안녕, 아가야."

그를 두고 가는 것은 언제나 힘들었지만 마침내 희망이 생겼다. 앤트가 곧 집으로 돌아올 것이다.

밖으로 나와 거리를 보니 사람들이 학교에서 나오고 있었다. 음울하고 조용한 모임이었다. 토니가 카리오 씨와 몇 마디 나누고는 악수를 하는 것이 보였다.

엘사는 목조 보도에서 토니를 기다렸다. 토니가 지친 모습으로 천천히 그녀를 향해 다가왔다.

"애는 좀 어떠하더냐?" 토니가 물었다.

"의사 선생님 말이 화요일에는 퇴원해도 된대요. 정부 사람에게선 좋은 소식이 없었어요?" 그녀가 다가오는 그에게 물었다.

토니가 절망에 빠진 표정을 지어 그녀는 숨이 탁 막혔다. "좋은 소식 없다." 그가 말했다.

엘사가 고개를 끄덕였다.

그늘은 집을 향해 길고 무거운 걸음을 걷기 시작했다.

이틀 후 그들은 하느님께 버림받은 이 땅을 떠날 것이다. 엘사는 그 말을 가벼이 하지 않았다.

하느님께 버림받다.

달리 어떻게 표현할 수 있겠는가? 하느님이 대평원에 등을 돌렸다.

그녀는 마지막 며칠을 여정을 위한 짐 싸기에 보냈다. 종려주일에 성당에 가는 대신 엘사는 토니와 로레이다가 전날 총으로 사냥한 산토끼를 통조림으로 만들었다. 그 수고로운 일을 마치고는 빨래를 했다.

이제 하늘이 청명한 하루가 저물 무렵이 되어 엘사는 그녀의 작은 과꽃 앞에 무릎을 꿇고 귀중한 물 한 컵을 목마른 땅으로 부었다.

그녀가 오랫동안 덮어주고, 보호하고, 물을 주며, 말을 걸었던 과꽃이 온통 갈색인 세상에서 당당하게 초록으로 홀로 서 있었다.

그녀가 두고 떠나면 죽을 것이다.

그녀는 이 작고 부드러운 식물을 땅에서 파냈다. 장갑 낀 두 손 안에 담아 마당을 가로질렀다.

가족 묘지로 가니 하얀 울타리 말뚝이 조각조각 쓰러져 있었다. 묘비도 반쯤 흙으로 덮여 있었다. 로즈와 엘사의 아기들의 이름이 새겨진, 상점에서 산 네 개의 회색 묘비. 딸 셋과 아들 하나.

바람에 이 묘비들이 얼마나 더 버틸까? 마르티넬리 집안이 떠나고 나면 누가 허허벌판에 홀로 묻힌 이 아이들을 돌볼까?

엘사는 모래에 무릎을 꿇고 앉았다. "마리아, 안젤리나, 줄리아나, 로렌초. 내가 너희에게 남겨줄 수 있는 건 이게 다란다. 이번 봄에 비가 내려 꽃이 피길 기도할게." 그녀는 그 꽃을 로렌초의 반쯤 파묻힌 묘비 앞 바삭한 흙 속에 심었다.

과꽃은 금방 축 처지며 한쪽으로 늘어졌다.

엘사는 이 작은 꽃 때문에 울지는 않을 것이다.

그녀는 눈을 감고 기도했다. 너무 일찍 그녀는 눈물을 닦으며 천천히 일어섰다. 몸을 펴는 순간 저 멀리 솟아오르는 검은 그림자를 보았다. 지금껏 그렇게 검은 것은 본 적이 없었다. 그것은 이른 저녁 검푸른 하늘로 올라가 거대한 검은 날개를 활짝 펼쳤다. 정전기가 그녀의 목 뒤에서 찌릿하며 머리카락을 세웠다.

검은 폭풍?

그것이 무엇이든 이쪽으로 오고 있었다. **빠르게.**

그녀는 집으로 달려가다 마당에서 로즈를 만났다.

"**마돈나 미아.**" 로즈가 말했다. 그들은 검은 것이 그들을 향해 부풀어 오르는 것을 바라보았다. 높이가 1킬로미터도 훨씬 넘는 것 같았다. 새들이, 수백 마리가 엄청난 속도로 날아가고 있었다.

토니가 헛간에서 나와 그들과 함께 서서 바라보았다.

기피할 정도로 고요했다. 자분했다. 바람도 없었다.

타는 냄새가 엘사의 코를 가득 채웠다. 공기가 끈적하게 느껴졌다.

정전기가 공중에서 아크를 발생시켜 작은 파란 불꽃들이 철조망 조각과 풍차의 철제 날개 위에서 춤을 추었다. 새들이 하늘에서 떨어졌다.

갑자기. 완전한 어둠. 먼지에 눈과 코가 막혔다.

엘사는 한 손으로 입을 가리고 시어머니를 붙잡았다. 세 사람은 간신히 집 앞까지 가 비틀거리며 계단을 올랐다. 토니가 문을 열고 여자들을 밀어 넣었다.

"엄마!" 로레이다가 소리쳤다. "무슨 일이에요?"

엘사는 딸이 보이지 않았다. 그만큼 캄캄했다. 그녀는 자신의 손도 보이지 않았다.

토니가 문을 쾅 닫았다. "로즈, 창문 닫는 거 도와줘."

"로레이다." 엘사가 소리쳤다. "방독면 써. 부엌으로 가. 식탁 밑으로 들어가."

"하지만—"

"어서 가." 엘사가 보이지 않는 딸에게 말했다.

엘사와 로즈는 더듬더듬 방마다 다니며 창문을 닫고 덮은 후 틈새와 갈라진 곳마다 신문과 기름천으로 틀어막았다.

그들은 필요한 것들, 바셀린과 스펀지, 밴대너가 담긴 바구니를 부엌에 보관하고 있었다. 엘사가 잉크 같은 암흑을 뚫고 그 바구니를 들고 손전등을 찾아 스위치를 눌렀다.

아무 반응이 없었다. 그냥 딸깍 소리.

"켜졌니?" 로즈가 기침을 하며 물었다.

"모르겠어요."

"우리 모두 식탁 밑으로 들어가고 식탁을 젖은 시트로 완전히 씌워야 해." 로즈가 말했다.

무언가 집에 세게 부딪쳤고, 끔찍한 소리가 났다, 쾅. 찌직 갈라지는 소리가 연달아 나더니 유리창이 박살 나 유리 조각들이 바닥으로 떨어져 내렸다.

현관문이 벌컥 열렸다. 소용돌이치는, 물어뜯는 검은 괴물 같은 폭풍이 쉭 안으로 너무나 세차게 몰아친 바람에 로즈가 옆으로 넘어졌다. 토니가 문을 다시 닫으려 급히 달려가 문을 닫고 빗장을 질렀다.

그들은 물을 채워 부엌에 둔 양동이들을 찾아 시트 몇 개를 물에 적셔 식탁을 덮었다. 그러고는 스펀지를 적셔서 얼굴에 눌렀고, 그 사이로 힘들게 숨을 쉬었다.

엘사는 로레이다가 방독면을 쓰고 거칠게 호흡하는 소리를 들었다. 그녀는 앞으로 기어가 식탁을 찾았다. 의자를 옆으로 밀고 아래로 기어들어 갔다.

"엄마 여기 있어, 로레이다." 그녀가 손을 뻗으며 말했다.

엘사는 로레이다가 손을 잡는 것이 느껴졌다. 그들은 나란히 함께 앉아 있었지만 서로가 보이지는 않았다. 앤트가 여기 없어서 얼마나 다행인가.

로즈와 토니가 늘어뜨린 젖은 시트를 통과해 식탁 아래 꼭 끼어 앉았다.

엘사가 딸을 가까이 안고 있는 동안 합판이 찢겨 날아가고 창문이 부서졌다.

벽이 너무나 세게 흔들려 집이 무너질 것만 같았다.

갑자기 모든 것이 멈췄다.

엘사는 고요해진 것을 깨달았다. 고요 속에서 로레이다가 방독면을 쓰고 힘겹게 씩씩거리는 소리가 들렸다. 아마도 숨었던 쥐가 나왔는지, 뭔가가 바닥을 슥슥 재빨리 지나가는 소리도 들렸다.

그녀는 흙이 쌓여 단단하게 굳은 밴대너를 내리고, 호흡을 도운 진흙투성이 스펀지를 떼어냈다. 보호막 없이 처음으로 들이마신 숨에 목구멍 깊이, 그리고 쓰라린 빈 위장 안까지 아파왔다.

그녀는 눈을 떴다. 흙 알갱이가 눈동자를 긁었다.

흙먼지에 흐릿하기는 했지만 그들을 덮고 있는 더러운 시트들과 서로 가까이 붙은 식구들이 보였다. 그게 무엇이었든 이제 끝났다.

그녀는 기침을 하다 시커먼 잿빛 흙덩어리를 토해냈는데 길이와 두께가 몽당연필만 했다. "로레이다? 로즈? 토니? 다들 괜찮아요?"

로레이다가 눈을 떴다. "네." 방독면 때문에 기괴한 쇳소리가 났다.

토니가 천천히 밴대너를 내렸다.

로즈가 식탁 아래에서 기어 나와 비틀거리며 일어섰다. 그녀가 엘사의 손을 잡고 거실로 데리고 들어갔다. 밝은 아침 햇살이 깨진 창문으로 들어왔다. 믿기지 않게도 그들은 밤새 잠을 잤고, 폭풍이 지나갔다. 온통 검은 흙이었다. 바닥에도 두껍게 쌓였고, 의자 다리마다 봉분처럼 수북했으며 벽에서는 지네 떼처럼 우수수 떨어졌다.

현관문은 열리지 않았다. 흙에 파묻힌 것이다.

토니가 부서진 창문을 넘어 포치로 뛰어내렸다. 그가 흙을 파내느라 **턱턱** 금속 삽이 포치 나무 바닥을 긁는 소리가 들려왔다.

마침내 문이 열렸다.

엘사가 밖으로 나갔다.

"세상에." 그녀가 낮게 중얼거렸다.

세상은 폭풍으로 완전히 모습이 바뀌었다. 분처럼 가는 검은 흙과 먼지가 모든 것을 뒤덮어버렸다. 시선이 닿는 곳은 굽이치는 잉크빛 모래 둔덕뿐 아무것도 없었다. 닭장은 완전히 파묻혔다. 꼭대기 일부만 밖으로 나와 있었다. 물 펌프가 마치 사라진 문명의 유적처럼 솟아 있었다. 헛간 한쪽은 꼭대기로 바로 걸어갈 수 있을 정도였다.

죽은 새들이 모래 둔덕에 수북이 쌓여 있었고, 마치 날다가 죽은 것처럼 날개를 펼치고 있는 모습이었다.

"마돈나 미아." 로즈가 말했다.

"이젠 정말 끝이에요." 엘사가 말했다. "내일까지 기다리지 않겠어요. 앤트 데리고 당장 떠나요. 지금 바로. 이 저주받은 땅이 우리 애들 죽이기 전에."

그녀는 돌아서서 집으로 성큼성큼 걸어 들어갔다. 숨을 들이쉴 때마다 불을 삼키는 것 같았다. 눈이 화끈화끈했다. 흙 알갱이가 눈에, 목에, 코에, 피부 주름마다 껴 있었다. 머리카락에서도 계속 우수수 떨어졌다.

로레이다가 부서진 창가에서 흙투성이 시커먼 얼굴로 멍하니 서 있었다.

"캘리포니아로 간다. 지금. 가방 챙겨라. 난 욕조에 물을 채우마. 마당에서 씻자."

"밖에서요?" 로레이다가 말했다.

"보는 사람도 없다." 엘사가 침울하게 말했다.

이어지는 몇 시간 동안 아무도 말을 하지 않았다. 엘사는 과꽃에 물을 주고 싶었지만 묘지도, 묘비도, 울타리도, 모두 사라지고 없었다.

토니는 그들이 나갈 수 있도록 삽질로 진입로를 텄다. 트럭에 묶을 수 있는 것들을 묶었다. 냄비 몇 개, 프라이팬 몇 개, 랜턴 두 개, 빗자루, 빨래판, 구리 욕조. 트럭 짐칸에는 둘둘 만 캠핑용 매트리스, 음식을 가득 채운 통,

침구와 수건, 불쏘시개와 나무 묶음을 싣고, 검은색 스토브는 운전석 뒤에 묶었다. 그들은 새로운 삶을 위해 가능한 한 많은 것을 실었지만, 그들이 가졌던 대부분의 것들은 집과 헛간에 남겨졌다. 부엌 캐비닛은 거의 찬 채였고, 옷장도 대부분 그랬다. 그것들을 다 가져갈 방도가 없었다. 그들은 그 세간들을 남겨두고 갈 것이다. 예전 개척자들이 길을 가다 고난을 만나면 죽은 자들을 평원에 묻고 포장마차에서 피아노와 흔들의자를 내려 버리고 갔듯이.

짐을 다 싣고 난 후 엘사는 모래 둔덕과 고랑을 지나 다시 집으로 갔다.

집을 둘러보았다. 가구 전부, 여전히 벽에 걸린 그림들 모두 두고 갈 것이다. 모든 것이 미세한 검은 먼지로 뒤덮였다.

현관문이 열렸다. 토니가 로즈의 손을 잡고 들어왔다. "로레이다는 차에 있다. 어서 떠나고 싶어 난리다." 토니가 말했다.

"마지막으로 한 번만 더 둘러볼게요." 엘사가 말했다. 검은 가루 같은 흙이 쌓인 거실을, 둔덕을 넘어 긁어낸 자국을 지나 걸었다. 부엌 창문은 다 깨졌다. 그 사이로 보이는 아름다운 푸른 하늘이 마치 검은 벽에 걸린 한 점의 유화처럼 보였다.

엘사는 마지막으로 그녀의 침실로 들어가 섰다. 서랍장과 협탁 위에 줄지어 선 책들 위에 검은 흙이 뒤덮여 있었다. 부모의 집을 떠났을 때와 마찬가지로 소중히 여기던 소설 중 몇 권만 가져갈 수 있을 뿐이다. 다시 한번 그녀는 새롭게 시작하는 것이다.

그녀는 이곳에서의 삶과 더불어 침실 문을 조용히 닫고 마지막으로 이집에서 걸어 나갔다.

로즈와 토니가 포치에 서 있었다, 함께 손을 잡고.

"준비됐어요." 그녀가 말하며 포치의 첫 계단에 발을 내디뎠다.

"엘시노어?" 토니가 말했다.

토니가 엘사가 아닌 정식 이름을 부른 건 처음이라 그녀는 놀랐다. 엘사가 돌아보았다.

"우리는 너와 함께 안 간다." 로즈가 말했다.

엘사가 얼굴을 찌푸렸다. "나중에 떠나기로 계획했던 건 알지만—"

"아니." 토니가 말했다. "그 말이 아니다. 우리는 캘리포니아로 안 간다."

"무슨… 말씀인지. 제가 우리는 떠나야 한다고 말했고, 두 분 동의하셨어요."

"그러니 너는 가야지." 토니가 말했다. "정부에서 어떤 작물도 기르지 않는 대가로 돈을 주기로 했다. 융자금 상환도 잠시 유예해주기로 했고. 그래서 땅을 더 잃을 염려는 안 해도 된다. 당분간은, 적어도."

"마을 회의에서 좋은 소식 없다고 하셨잖아요." 엘사가 몹시 당황하며 말했다. "거짓말하신 거예요?"

"이건 좋은 소식이 아니지." 그가 부드럽게 말했다. "앤트를 위해서 네가 떠나야 하는 상황에선 전혀 아니지."

"정부에선 다르게 경작을 하라고 하네." 로즈가 말했다. "무슨 말인지 누가 알겠니? 그렇지만 농부들이 힘을 합해야 한대. 우리 땅을 구하는 노력이라는데 우리가 안 할 수 있겠니?"

"앤트는… 여기 머물 수가 없어요." 엘사가 말했다.

"안다. 그리고 우리는 갈 수가 없다." 토니가 말했다. "가거라. 내 손주들을 구해다오." 그의 목소리가 그 말을 하며 갈라졌다.

토니가 그녀의 목을 부드럽게 감싸 잡으며 그녀를 가까이 끌어당겨 이마를 맞대었다. 옛 세상의 남자, 입을 다문 채 앞으로 나아가며 절대 일을 멈추지 않는 사람. 그는 모든 열정과 사랑을 땅에 쏟아부었다. 가족을 위해. 이 손길은 그가 **사랑한다고** 말하는 방법이었다.

그리고 이별하는 방법이기도 했다.

"로살바." 토니가 말했다. "동전."

로즈가 벨벳 주머니가 달린 가느다란 검은 리본 목걸이를 목에서 뺐다.

그녀가 엄숙하게 주머니를 토니에게 건넸다. 그가 주머니를 열고 미국 동전을 꺼냈다.

"이제 네가 우리의 희망이다." 그가 엘사에게 말하며 동전을 주머니에 도로 넣고는 목걸이를 그녀 손바닥에 단단히 누르고 그녀의 손가락을 오므려 주었다. 그는 돌아서서 발목까지 빠지는 모래 사이로 발을 끌며 집으로 들어갔다.

엘사는 자신이 부서져 내리는 것만 같았다. "저 혼자서는 못 하는 거 아시잖아요, 로즈. 제발…."

로즈가 굳은살 박인 손을 엘사의 뺨에 올렸다. "넌 저 아이들에게 필요한 전부다, 엘사 마르티넬리. 넌 항상 그래왔다."

"전 이럴 만큼 용감하지 못해요."

"아니, 넌 용감하다."

"두 분도 돈이 필요할 거예요. 우리가 음식을 다 가져가면 ―"

"우리 먹을 것도 좀 남겨두었다. 그리고 우리 땅이 우리에게 줄 거야."

엘사는 말을 이을 수가 없었다. 차를 몰고 이 나라를 가로지르다니, 산 넘고 사막을 건너, 돈도 거의 없이, 배고픈 아이들을 데리고, 도와줄 사람 하나 없이 가다니, 정말 하고 싶지 않은 일이었다.

안 돼.

그러나 아들이 숨을 못 쉬어 괴로워하는 것을 다시 보는 일도 견딜 수 없는 일이었다.

그리고 로즈가 내려준 결론, 그것이 진실이었다. 떠나야 할 이유였다.

"토니가 트럭 글러브 박스에 돈을 넣어두었다." 로즈가 말했다. "트럭에는 휘발유가 가득하고. 편지해줘."

엘사는 목걸이를 머리 위로 목에 건 다음 로즈의 손을 향해 손을 내밀며 문득 그녀가 사랑한 이 여인의 손을 잡으면 놔줄 수 없을지도 모른다는, 마음이 약해져 떠날 수 없을지도 모른다는 생각이 들었다.

"난 그 동전이 행운을 가져다준다는 증거가 있다. 너를 우리에게 보내주었잖니." 로즈가 말했다. 엘사의 메마르고 메마른 입술이 젖었다.

"넌 내가 그토록 원했던 딸이다." 그리고 로즈가 이탈리아어로 사랑한다고 말했다. "티 아모."

"그리고 제 어머니이시고요." 엘사가 말했다. "절 구해주신 거, 아시죠."

"어머니와 딸이구나. 우린 서로를 구했다, 그렇지?"

엘사는 로즈를 오래오래 바라보며 그녀의 모든 것을 기억에 담으려 애썼고, 마침내 이젠 더 이상 지체할 수 없었다. 떠나야 할 시간이었다, 이곳을, 이 여인을, 이 집을.

그녀는 로즈를 포치에 남겨두고 검은 모래 둔덕들을 넘어 짐이 가득 실린 트럭으로 갔다. 로레이다가 앞자리에 앉아 있었다.

엘사가 운전석에 올라 문을 쾅 닫고 열쇠를 돌렸다. 트럭이 흔들리고 크렁거리더니 시동이 걸렸다.

엘사는 천천히 진입로를 내려가 시내로 향했다.

풍경은 온통 검었고 모래에 뒤덮여 있었다. 왼쪽으로 반쯤 묻힌 자동차가 보였다. 300미터 정도 더 가니 남자가 죽어 누워 있었다. 손을 뻗은 그의 입안엔 모래가 가득했다. "보지 마라." 그녀가 로레이다에게 말했다.

"이미 본걸요."

론섬트리도 검은 흙에 싸여 있었다.

엘사는 임시 병원 앞에 차를 세웠다. 차에서 내려 병원에 들어가서야 트럭 엔진을 끄지도, 로레이다에게 무슨 말을 하지도 않았다는 것을 깨달았다.

그녀는 의사를 보고 그를 불러 세웠다. "앤트 보러 왔어요."

병원은 끝에서 끝까지 꽉 차 있었다. 사람들이 쿨럭쿨럭 기침을 해댔고, 메마른 기침을 하듯 우는 아기들 소리에 마음이 아팠다.

"앤트는 건강한가요?" 엘사가 물었다. "퇴원해도 될 거라 하셨죠. 그거 바뀌지 않았지요?"

"건강해요, 엘사." 의사가 그녀의 손을 토닥이며 말했다. "정말로 괜찮아지려면 1년은 걸릴 거예요. 그래도 회복은 됐어요. 나중에 천식으로 고생할 수는 있어요. 그냥 잘 관찰하기만 하면 됩니다."

"아이를 데리고 캘리포니아로 갑니다." 그녀는 그렇게 말했지만 차마 미소가 지어지지 않았다.

"잘됐군요."

"우리가 돌아올 수 있을까요?"

"그럴 거라 생각해요. 언젠가. 힘든 시절이 끝나면. 아이들은 회복력이 강하답니다."

"엄마!" 앤트가 발을 끌며 그녀에게 왔다. 두려워하면서도 안도하는 표정이었다. "폭풍 봤어요?"

"고맙습니다, 선생님." 엘사가 의사와 악수했다. 앤트의 생명을 구해준 이 사람에게 그녀가 줄 수 있는 것은 감사 인사뿐이었다.

"행운을 빌어요, 엘사."

밖에 나와 앤트는 황폐한, 모래에 뒤덮인 마을을 바라보았다. 창문은 깨지고 회전초가 굴러다녔다. "세상에." 그가 말했다.

"앤서니." 엘사가 말했다. "네 신발 어디 있니?"

"망가졌어요."

"신발이 없다고?"

앤트가 고개를 저었다.

엘사는 아들이 그녀의 감정을 볼 수 없도록 눈을 감았다. **신발 없이 서부로 가다니.**

"왜 그래요, 엄마? 걱정하지 말아요. 난 발이 튼튼해."

엘사가 간신히 미소를 지었다. 그녀는 트럭 문을 열고 그가 벤치 좌석에 앉는 것을 도와주었다. 그가 로레이다 옆으로 갔고, 로레이다가 너무나 꼭 끌어안아 그는 몸을 억지로 떼어내야 했다.

엘사가 트럭에 올라 문을 닫았다.

이제 진짜 끝이다.

떠난다.

이제 그들의 생존은 엘사에게, 오로지 그녀에게 달렸다.

신발도 없이.

그녀는 시내 밖으로 차를 몰아 남쪽으로 꺾었다. 도로에 다른 차는 없었다. 그녀가 지나가는 모든 집은 다 버려진 듯했다.

"잠깐만." 앤트가 짧게 날카로운 기침을 하며 말했다. "할머니랑 할아버지를 잊어버렸네, 엄마?"

엘사가 아들을 쳐다보았다. 더 마르고 앞니도 하나 빠지고 없었다. 그는 이제 영원히, 엘사가 류머티즘열을 앓은 후 그랬던 것처럼, 자신이 허약하고, 삶이 불확실하다는 것을 알게 될 것이다.

그가 눈을 크게 떴다. 그녀는 그가 깨달았음을 알아차렸다. 그가 고개를 돌려 뒤를, 집이 있는 방향을 보고는, 다시 그녀를 보았다. 그의 눈에 눈물이 반짝였다. 그 표정에서 그녀는 그의 어린 시절 한 부분이 끝났음을 보았다.

1935

우리는 살아내야만 했던 바로 그 절망으로부터
우리의 힘을 끌어냈다. 우리는 견뎌낼 것이다.

― 세사르 차베스

17장

엘사는 계속 페달을 밟았고 두 손은 운전대를 꽉 잡았다. 지나가다 보니 한 가족 여섯 명이 짐이 가득 실린 수레를 밀며 도로를 따라 걷고 있었다. 그들처럼 모든 것을 잃고 서부로 가는 사람들.

그녀는 무슨 생각을 하고 있었을까?

그녀는 알 수 없는 곳을 향해 나라를 가로지르는 여행을 시작할 용기는 없었다. 그녀는 아이들을 돌볼 만큼 강한 것은 고사하고 혼자 생존할 만큼 강하지도 않았다. 그녀가 어떻게 돈을 번단 말인가? 혼자 살아본 적도 없고, 월세를 내본 적도, 직장을 다녀본 적도 없었다. 고등학교도 졸업하지 못했다, 맙소사.

그녀가 실패하면 누가 그들을 구해줄 것인가?

그녀는 도로변으로 차를 몰아 세운 후 먼지 낀 앞 유리로 앞에 놓인 도로를, 검은 폭풍이 휩쓸고 지나간 황폐함을 응시했다. 무너진 건물, 도랑에 빠진 자동차, 부서진 울타리.

백미러에 달린 묵주가 옆으로 흔들렸다.

캘리포니아까지는 거의 2000킬로미터, 거기에 무엇이 있을까? 친구도, 가족도 없다. **빨래 일**을 할 수 있겠지… 아니면 도서관에서.

그러나 실직한 남자 수백만 명이 있는데 누가 여자를 채용하겠는가? 그리고 일자리를 **구해도**, 애들은 누가 돌본단 말인가? 오, 하느님.

"엄마?"

앤트가 그녀의 소매를 잡아당겼다. "괜찮아?"

엘사가 트럭 문을 밀어 열었다. 그녀는 비틀비틀 걷다가 멈춰 서서 파도처럼 밀려오는 공포와 싸우며 힘겹게 호흡했다.

로레이다가 그녀 옆으로 왔다. "할아버지와 할머니가 올 거라고 생각했어요?"

엘사가 돌아보았다. "넌 아니었어?"

"할머니, 할아버지는 한자리에서만 자라는 식물 같아요."

맙소사. 열세 살짜리가 엘사는 보지 못한 것을 보았다.

"글러브 박스 확인했어요. 정부에서 준 돈 대부분을 우리에게 주셨어요. 휘발유도 가득하고."

엘사가 길게 뻗은 텅 빈 길을 바라보았다. 멀지 않은 곳에 까마귀 한 마리가 검은 흙에 거의 꼭대기까지 파묻힌 헛간 위에 앉아 있었다.

그녀는 거의 입 밖에 낼 뻔했다, **난 무서워**라고. 그러나 어떤 어머니가 자신을 의지하는 자식에게 그런 말을 하겠는가?

"난 혼자 뭘 해본 적이 없어." 엘사가 말했다.

"엄만 혼자가 아니에요."

앤트가 트럭 좌석 창문으로 머리를 내밀었다. "나도 있어요!" 앤트가 재잘거렸다. "나 까먹지 마!"

엘사는 그녀의 아이들에게 솟구치는 사랑을, 갈망과도 닮은, 영혼을 깊이 울리는 감각을 느꼈다. 그녀는 깊이 숨을 들이마시고 내쉬며 건조한 텍사스 팬핸들 지역의 공기 냄새를 맡았다. 그것은 하느님과 그녀의 아이들만큼이나 그녀 삶의 일부였다. 그녀는 이 지방에서 태어났고 이곳에서 죽을 것이라 늘 생각했다. "여기가 집인데." 그녀가 말했다. "난 네가 여기서 자라고 마르티넬리가에서 처음으로 여기서 대학에 가게 될 거라고 생각했어. 막연히 오스틴으로 갈 거라 생각했지. 아니면 댈러스거나, 네 꿈을 이룰 수 있는 큰 도시로."

"여긴 늘 집일 거예요, 엄마. 우리가 여길 떠난다고 해서 그게 바뀌지는 않아요. 도로시를 보세요. 그 많은 모험 후에 또각또각 집으로 돌아갔잖아요. 그리고 정말로, 우리에게 다른 길이 있나요?"

"네 말이 맞다."

그녀는 잠시 눈을 감고 자신이 아파서 두려움에 떨며 외로웠던 시간을 떠올렸다. 할아버지가 다가와 처음으로 용감해지라고 귀에 속삭여주었던 것이 바로 그때였다. 그게 안 되면 **용감한 척**하라고. 다 같은 거라고.

그 기억을 떠올리자 마음이 차분해졌다. 용감한 척은 할 수 있을 것이다. 자식들을 위해. 그녀는 흐르는 눈물에 놀라서 눈을 닦고 말했다. "가자."

그녀는 트럭으로 돌아가 자리에 앉은 후 힘차게 문을 닫았다.

로레이다가 동생 옆에 앉더니 지도를 펼쳤다. "댈하트에서 약 150킬로 정도 가면 뉴멕시코 투쿰카리예요. 일단은 거기까지 가요. 밤에는 운전하지 않는 게 좋겠어요. 그게 할아버지랑 지도 볼 때 저한테 하신 말씀이기도 하고."

"너랑 할아버지랑 가는 길을 정했어?"

"네. 할아버지가 이것저것 가르쳐주셨어요. 처음부터 할아버지, 할머니는 같이 올 생각이 없었던 것 같아요. 온갖 걸 알려주셨어요. 토끼와 새 사냥법, 운전하는 법, 냉각수 넣는 법. 투쿰카리에서 66번 도로 서쪽 방향을 타면 돼요." 그녀가 주머니에 손을 넣더니 낡은 청동 나침반을 꺼냈다. "할아버지가 이거 주셨어요. 두 분이 이탈리아에서 가져오신 거래요."

엘사는 나침반을 내려다보았다. 어떻게 읽는 건지 알 수 없었다. "그래."

"우리도 클럽 같다." 앤트가 말했다. "보이 스카우트처럼, 근데 우리는 탐험가들인 거지. 마르티넬리 탐험 클럽."

"마르티넬리 탐험 클럽." 엘사가 말했다. "마음에 드네. 자 가자, 탐험하러."

댈하트 근처에 이르렀을 때 엘사는 자신이 의도치 않게 속도를 늦추고 있음을 깨달았다.

오랫동안 온 적이 없었다. 어머니가 로레이다를 보고 피부색 이야기를 한 후로는 전혀. 부모가 자신을 비판한 것까진 감내할 테지만 자신의 아이들에게도 그런 일을 겪게 할 생각은 없었다.

댈하트도 론섬트리 못지않게 대공황과 가뭄에 망가졌다. 그만큼 명백했다. 상점 대부분은 판자로 막아놓은 상태였다. 사람들이 교회 앞에 철제 그릇을 손에 들고 줄을 서서 무료 급식을 기다리고 있었다.

트럭은 철로를 덜컹거리며 넘었다. 엘사는 메인 스트리트로 들어갔다.

"여기서 꺾는 거 아닌데." 로레이다가 말했다. "댈하트 안으로 통과하는 게 아니라 그냥 지나치는 거였어요."

엘사는 울컷 트랙터 상점을 보았다. 문이 닫혀 있었다. 창문에는 널빤지가 덮여 있었다.

그녀는 자신이 성장한 집 앞에 차를 세웠다. 앞문은 경첩에서 떨어졌고 창문 대부분은 널빤지로 막아놓은 상태였다. 현관에 압류장이 붙어 있었다.

앞마당은 엉망이었다. 어디나 검은 모래, 흙, 둔덕이었다. 어머니의 정원도 보였다. 미너버 울컷의 사랑을 엘사보다 훨씬 많이 받았던 장미가 죽어 있었다. 수천 번 품었던 의문, 왜 부모님은 나를 사랑하지 않을까, 왜 두 분의 사랑이란 건 그렇게 냉정하고 조건적이었을까? 어떻게 그런 일이 일어났던 걸까? 엘사는 로레이다가 태어나던 날 진심으로 사랑하는 법을 배웠다.

"엄마?" 로레이다가 말했다. "여기 살았던 사람들 알아요? 집은 버려진 것 같아요. 비었어요."

엘사는 시간의 전환을, 두 세계가 충돌하는 불쾌한 감각을 느꼈다. 그녀는 아이들이 걱정스러운 눈으로 자신을 바라보고 있는 것이 보였다.

그녀는 이곳을 보면 가슴이 아플 거라고 생각했지만 정반대였다. 이곳은 그녀의 집이 아니었고, 여기 살던 이들은 그녀의 가족이 아니었다. "아니." 마침내 그녀가 말했다. "여기 살던 사람들 엄마는 몰라…. 그들도 나를 모르고."

텍사스에서 나가는 도로는 모래 둔덕이 쌓인 허허벌판이 끝없이 이어지다 드문드문 작은 마을이 나타나곤 했다. 뉴멕시코에 들어가자 서부로 향하는 사람들이 더 많이 보였다. 오래된 낡은 자동차에 세간살이와 아이들이 실려 있었다. 트레일러를 끌고 가는 차도 있었고 노새나 말이 끄는 마차도 있었다. 또 사람들이 한 줄로 유모차와 외바퀴 수레를 밀며 걸어갔다.

밤이 시작될 무렵 그들은 누더기 차림에 맨발로 걷는 남자를 지나갔다. 그는 모자를 푹 눌러쓰고 있었는데 너덜너덜한 옷깃 위로 긴 검은 머리카락이 보였다.

로레이다가 창문에 코를 박고 그를 바라보았다. "속도 줄여봐요." 그녀가 말했다.

"아빠 아니야." 엘사가 말했다.

"혹시 몰라요."

엘사가 속도를 줄였다. "아니라니까."

"상관없어." 앤트가 말했다. "버리고 갔잖아."

"쉿." 엘사가 말했다. 이러기엔 너무 늦은 시간이었다. 몇 시간 동안 차를 타느라 모두 지쳐 있었다. 연료계도 휘발유가 거의 다 떨어졌다는 것을 보여주었다.

엘사는 주유소를 보고 안으로 들어가 주유기 옆으로 갔다.

갤런당 19센트. 탱크를 꽉 채우면 1달러 90센트.

엘사는 머릿속으로 셈을 하고는, 기름을 넣은 후에 그들에게 남을 돈도 다시 계산했다.

직원이 주유를 해주러 나왔다.

길 건너에 작은 모텔이 보였다. 앞에는 낡은 차들과 트럭들이 주차되어 있었다. 각 방 앞에는 사람들이 의자에 앉아 있었고, 모텔 벽에 붙은 간이 차고에는 그들의 짐이 가득 실린 차량이 있었다. 꺼진 분홍 네온 간판에는

빈방 있음, 1박 3달러라고 쓰여 있었다.

3달러.

"여기 있어." 엘사가 아이들에게 말했다.

그녀는 주유 결제를 하러 자갈이 깔린 주차장을 건너갔다. 밤이 다가오는 가운데 몇 명이 서성였다. 누더기를 걸친 남자가 물 펌프 옆에 서 있었고 야윈 개 한 마리가 근처에 앉아 있었다. 아이 하나가 공을 차고 있었다.

그녀가 문을 열자 머리 위 종이 울렸다. 배 속이 시끄럽게 요동치자 자신의 점심을 아이들에게 주었다는 사실이 떠올랐다. 그녀는 계산대 앞으로 갔다. 오렌지색 머리의 여자가 있었다.

엘사는 핸드백에서 지갑을 꺼내 1달러 90센트를 세어 카운터 위에 놓았다. "휘발유 10갤런요."

"길을 나선 첫날?" 여자가 돈을 받아 금전 등록기를 누르며 물었다.

"네. 막 집을 떠났어요. 어떻게 아세요?"

"같이 가는 남자가 없죠?"

"어떻게―"

"남자는 자기 여자에게 휘발유 계산을 시키지 않아요." 여자가 몸을 가까이 기울였다. "돈은 핸드백이 아닌 곳에 보관해요. 여긴 악질들이 있어요. 특히 지난 며칠 동안은. 조심해요."

엘사가 고개를 끄덕이며 돈을 다시 지갑에 넣었다. 그러면서 왼쪽 손을 내려다보았다. 가느다란 결혼반지가 아직 끼워져 있었다.

"그런 건 아무 소용이 없어요." 그 점원이 슬픈 표정을 지으며 말했다. "그래도 계속 끼고 있는 게 최선이에요. 독신 여자는 길 위에서는 먹잇감이니까. 그리고 길 건너 모텔에선 묵지 말아요. 거긴 무능한 인간들만 득실득실

해요. 한 6킬로 가면 급수탑 지나자마자 남쪽으로 향하는 흙길이 나와요. 그 길을 타고 1, 2킬로 가면 괜찮은 잡목 숲이고. 캠핑을 하고 싶지 않다면 간선도로에서 서쪽으로 10킬로 더 가세요. 깨끗한 모텔이 있어요, 랜드 오브 인챈트먼트(마법의 나라)라고. 안 보일 수가 없는 곳이죠."

"고맙습니다."

"행운을 빌어요."

엘사는 서둘러 트럭으로 돌아왔다. 아이들만 두고 오다니, 모든 살림살이와 휘발유가 가득한 트럭에 열쇠를 꽂아둔 채로, 근처에 무능한 인간들이 있는 곳에.

첫 번째 교훈이었다.

엘사는 트럭에 올라탔다. 아이들은 그녀만큼이나 덥고 지쳐 보였다. "자, 탐험가님들. 첫 번째 임무. 계획이 필요해. 길 저 아래에 좋은 모텔이 있대. 침대와 어쩌면 더운물도. 그런데 모텔은 하룻밤에 적어도 3달러야. 그런 곳에 가면 15달러를 써야 할 거야. 아니면 그 돈을 절약하고 캠핑을 할 수도 있어."

"캠핑!" 앤트가 말했다. "그럼 **진짜** 탐험인 거잖아."

엘사가 앤트 머리 너머로 로레이다와 눈을 마주쳤다.

"캠핑." 로레이다가 말했다. "큰 재미죠."

엘사가 차를 몰았다. 이따끔 헤드라이트 불빛에 도로를 따라 걷는 사람들이, 마차를 끌고, 들고 갈 수 있는 것은 들고 서부로 향하는 이들이 더 보였다. 자전거 탄 소년이 손잡이 사이 바구니에 털북숭이 회색 개 한 마리를 태우고 있었다.

6킬로미터 정도 가서 흙길로 들어가니 밤을 보내기 위해 주차 중인 낡은 자동차 여러 대와 이미 피워둔 모닥불이 보였다. 그녀는 길 뒤편에 잡목이 잘 자라고 있는 곳을 발견했다. 그곳으로 들어가 주차했다.

"토끼를 찾을 수 있을지 볼게요." 로레이다가 총걸이에서 엽총을 꺼내며 말했다.

"오늘 밤은 아냐." 엘사가 말했다. "셋이 모여 있자."

엘사는 트럭에서 나와 짐칸으로 가서 싣고 온 물품들을 뒤졌다. 그러고는 트럭에서 멀지 않은 평평하고 좋은 자리에 무릎을 꿇고 꾸려 온 나무와 불쏘시개를 사용해 모닥불을 피웠다.

"오늘 밤 텐트에서 자게 되는 거예요?" 앤트가 물었다. "휴가는 몬 가봤는데."

"몬이 아니라 못." 엘사는 음식을 가지러 다시 트럭으로 가면서 반사적으로 틀린 말을 고쳐주었다. 가장 귀중한 것들 중 두 가지를, 통나무처럼 생긴 볼로냐 롤과 상점에서 산 이스트로 부풀린 빵 반 덩이를 꺼내 왔다.

"볼로냐 샌드위치!" 앤트가 말했다.

엘사가 무쇠 팬을 불에 올리고 라드 한 숟가락을 넣어 지글거리게 한 뒤 볼로냐의 노란 비닐을 벗기고 얇게 잘랐다. 익힐 때 말리지 않도록 가장자리에 칼집을 낸 후 두 조각을 기름이 지글거리는 팬에 떨어뜨렸다.

앤트가 그녀 앞에 쪼그리고 앉았다. 머리카락도 얼굴만큼 지저분했다.

검은 팬 안의 볼로냐에서 뜨거운 기름이 튀었다.

앤트가 나뭇가지를 불을 향해 찔렀다. "받아라, 불!"

엘사가 빵 포장을 열고 껍질이 연한 갈색인 하얀 빵 두 조각을 꺼냈다. 이 빵은 특히나 가벼웠다. 파블로브 씨가 길을 떠나는 그들에게 이 빵을 받아 달라고 부탁했다. 그의 선물이라고 말했다. 그녀는 귀한 올리브유를 바르고 양파를 썰었다. 동그랗게 자른 양파를 조심스럽게 황금빛 올리브유를 바른 빵 위에 놓고 바삭하게 갈색으로 구워진 볼로냐를 그 위에 올렸다.

"로레이다!" 그녀가 불렀다. "이리 오렴. 식사가 준비됐어."

엘사가 천천히 발을 움직여 접시를 더 챙기고 물병을 가지러 트럭으로 갔다. 짐칸 뒤편으로 돌아가는데 뭔가 소리가 들렸다. 쿵.

어떤 남자가 그녀의 트럭 옆에 서서 한 손엔 트럭 주유구 뚜껑을 들고 다른 한 손엔 호스를 들고 있었다. 희미한 불빛 속에서도 남자가 누더기 차림에 꼬챙이처럼 말랐다는 것을 알 수 있었다. 셔츠는 완전히 해어졌다.

두려움에 순간적으로 몸이 얼어붙었다. 남자에겐 덤벼들기에 충분한 시간이었다. 그는 그녀의 목을 쥐고 그 손가락에 단단히 힘을 주며 그녀를 트럭으로 밀쳤다.

"돈 어디 있어?"

"제발⋯." 엘사는 숨을 쉴 수가 없었다. "애들이⋯ 있어요."

"누군 애가 없나." 그가 이가 다 썩은 입을 벌리며 말했다. 그는 그녀의 머리를 트럭에 박았다. "어디 있어?"

"안, 안 돼."

그가 목을 잡은 손에 힘을 더 주었다. 그녀는 손톱으로 그의 손을 할퀴며 그를 밀치려 애썼다.

찰칵 소리가 들렸다.

총 안전장치가 풀리는 소리였다.

로레이다가 트럭 뒤에서 엽총을 들고 남자의 머리를 겨냥하며 걸어 나왔다.

그가 킬킬킬 웃었다. "넌 날 못 쏴."

"난 한밤중에도 비둘기를 떨어뜨릴 수 있어요. 비둘기는 다치게 하고 싶지 않은데. 근데, 당신, 당신은 쏘고 싶네."

남자가 로레이다를 빤히 보며 그녀의 의중을 가늠했다. 엘사는 그가 협박을 믿는 것이 보였다.

그는 엘사의 목을 놓고는 뒤로 물러서며 두 손을 벌려 허공으로 들었다. 천천히 한 걸음, 한 걸음 뒤로 물러섰다. 숲 가장자리에 이르러 공터로 나가자 그는 돌아서 걸어가버렸다.

엘사는 거친 숨을 내쉬었다. 그 공격과 딸의 냉혹한 표정. 그녀는 둘 중에 무엇이 자신을 더 불안하게 하는지 알 수 없었다.

그들은 이 일로 변할 것이다, 그들 셋 모두. 왜 이런 일을 미처 생각하지 못했을까? 론섬트리에서 그들은 생존을 위해 자연과 싸웠다. 물리적 세계의 위험에 대해서는 알고 있었다.

바깥세상으로 나오니 새로운 위험이 펼쳐졌다. 그녀의 아이들이 사람도 위험하다는 것을 알게 될 것이다. 세상에는 어둠이 있었고, 그들은 그것에 순진했다. 이미 로레이다가 그 순진함을 잃어가고 있었다. 결코 되찾지 못할 것이다. "트럭 짐칸에서 자는 게 제일 낫겠다. 우리 휘발유를 훔칠 사람이 있을 거라곤 생각 못 했어." 엘사가 말했다.

"우리가 예상 몬 한 일이야 많겠죠." 로레이다가 말했다.

엘사는 너무나 지쳐 딸의 말을 바로잡을 기운이 없었다. 그리고 세상으로, 이 아무것도 없는 황량함 속으로 나와보니 언어는 아주 작은 문제였다. 그녀는 로레이다의 어깨에 손을 올리고 그대로 두었다. "고맙다." 엘사가 부드럽게 말했다. 마치, 기이하게도, 세상이 어떤 식으로든 기우는 것만 같았다, 그들과 그들이 아는 모든 것과 함께 옆으로 미끄러진 것만 같았다.

그들은 매일매일 서쪽으로 달렸다. 좁고 웅덩이가 여기저기 팬 도로를 달려 거의 1500킬로미터를 갔다. 느릿느릿 가면서 먹거나 기름을 채울 때, 밤에 자야 할 때만 멈추었다. 엘사는 트럭의 쿵쿵, 덜컹 소리, 뒤에서 스토브와 상자들이 내는 덜커덩 소리에 익숙해졌다. 차에서 내려도 그녀의 몸은 위아래로 흔들리던 것을 기억하고 있어 어지러웠다.

길고 더운 날 차를 타고 달리는 일에 그들 모두 지쳤다. 처음엔 대화도 있었고, 여행이 신나는 시간도, 탐험과 모험 얘기도 있었으나, 더위와 배고픔과 울퉁불퉁한 길이 결국 그들을 침묵하게 했다. 앤트조차도.

이제 그들은 도로에서 가까운, 쭉 뻗어나가는 야생의 땅에서 밤을 보내고 있었다. 코요테가 울고 방랑자들이 혼자 떠도는 곳이었다. 방랑자들 대부분은 너무나 처절한 상황이어서 머리 아래에서 베개를, 자동차에서 휘발유를 빼 갈 사람들이었다. 엘사를 가장 무섭게 한 것이 바로 탱크 속 휘발유였다. 휘발유는 이제 곧 목숨이었다.

엘사는 캠핑용 매트리스에 누워 잠든 아이들을 가까이 안고 있다. 지난밤, 그녀도 잠이 절실하게 필요했지만 잠이 오지 않았다. 앞에 놓인 것들에 대한 악몽으로 괴로웠다.

뭔가 소리가 들렸다. 나뭇가지 부러지는 소리.

그녀는 재빨리 일어나 앉아 주위를 돌아보았다.

아무 움직임이 없었다.

아이들이 깨지 않도록 조심하며 그녀는 짐칸에서 기어 나와 신발을 신고 단단하게 다져진 흙 위로 발을 디뎠다. 작은 자갈과 나뭇가지가 그녀의 마

지막 남은 신발의 얇은 밑창을 찔러댔다. 날카로운 것을 밟지 않도록 주의
했다.

트럭으로부터 좀 떨어진 곳에서 그녀는 드레스를 올리고 쭈그리고 앉아
용변을 보았다.

트럭으로 돌아가는 길, 하늘이 모란빛 밝은 분홍색으로 변해 있었다. 낯
선 선인장 실루엣이 하늘 여기저기에 금이 간 듯한 모습을 자아냈다. 엘사
는 기대하지 않았던 아침의 아름다움에 깜짝 놀랐다. 농장의 동틀 녘을 연
상하게 했다. 그녀는 하늘을 향해 얼굴을 들었다. 햇빛의 있는 그대로의 따
뜻함이 피부에 느껴졌다. "저희를 지켜주세요, 하느님."

캠핑 자리로 돌아온 그녀는 불을 피우고 아침 준비를 시작했다. 불 위에
올린 철제 솥에서 익어가는 꿀 뿌린 폴렌타 케이크와 커피 냄새에 아이들
이 잠에서 깼다.

앤트가 제 카우보이모자를 쓰고 허우적거리며 불가로 와서 바지 단추를
풀기 시작했다.

"그렇게 캠프 가까이서 하면 안 되지." 엘사가 그의 등을 찰싹 쳤다.

앤트가 깔깔 웃으며 오줌을 누러 멀리 갔다. 엘사는 그가 마른 흙 위에 오
줌 줄기로 무늬를 그리는 것을 보았다.

"쟤가 뭐든 다 재미있어하는 거 알긴 했지만." 로레이다가 말했다. "자기
오줌이라니 최악을 갈아치웠네."

엘사는 생각이 너무 많아 그 말에도 미소 짓지 못했다.

"엄마?" 로레이다가 말했다. "무슨 문제 있어요?"

엘사가 쳐다보았다. 굳이 거짓말할 이유가 없었다. "앞으로 사막에서 제
일 나쁜 구간이야. 밤에 가면 엔진이 타지는 않을 것 같은데. 그렇지만 무슨

일이 생기면⋯."

엘사는 38도가 넘는 열기에 물도 없는 사막 한가운데서 트럭이 연기와 김을 뿜으며 멈춰 서는 생각을 하면 몸이 오싹했다. 그들은 모하비 사막에 대한 무서운 이야기도 들었다. 버려진 자동차, 죽어가는 사람들, 햇빛에 하얗게 바랜 뼈를 쪼아 먹는 새들.

"오늘 갈 수 있는 만큼 최대한 가고, 그러고 나서 어두워질 때까지 자자." 엘사가 말했다.

"우리 할 수 있어요, 엄마."

엘사가 서쪽으로 펼쳐진, 여기저기 선인장이 박힌 냉혹하고 메마른 사막을 바라보았다. 동에서 서로 뻗어나간 이 가늘고 좁은 도로를 따라 문명이 있긴 했으나 아주 가끔 볼 수 있었다. 마을과 마을 사이에는 아무것도 없이 황량함이 끝없이 이어졌다. "그래야만 해." 그녀가 말했다. 하느님 도와주소서, 그렇게 말하는 것만으로도 격려가 되었다.

18장

그들은 먼지구름 속에 마을로 들어갔다. 뒤에서 세간살이가 달그락거렸다. 어디선가는 앤트의 야구 배트가 풀려서 트럭 바닥을 구르며 여기저기 부딪쳤다.

갈색이 된 앞 유리가 베일처럼 세상을 가렸고, 그걸 씻겠다고 물을 낭비할 순 없었다. 주유소마다 직원이 걸레로 길 먼지와 죽은 벌레들을 닦아 없애주었다.

그들이 주유소로 들어서자 멀지 않은 곳에 식료품점이 보였다. 그 앞에 사람들이 몰려 있었다. 뉴멕시코 앨버커키 이후로 한 장소에서 그렇게 많은 사람을 본 건 처음이었다.

대부분 그 마을 사람이 아니었다. 누더기와 배낭으로 알 수 있었다. 모두 떠돌이들로, 노숙자, 한밤중에 무단으로 기차에 오르고 내리는 이들이었다. 일부는 어디론가 가고 있었으나 대부분은 정처 없었다. 엘사는 한 사람, 한 사람 보며 남편의 얼굴이 있는지 찾아보지 않을 수 없었다. 로레이다도 그러고 있음을 알 수 있었다.

엘사가 주유기 앞으로 가 차를 세웠다.

"왜 저기 사람이 저렇게 많아요?" 로레이다가 물었다.

"퍼레이드나 뭐 그딴 거 같다." 앤트가 말했다.

"화난 사람들 같아." 엘사가 말했다. 그녀는 직원이 나와 주유해주기 기다렸지만 아무도 나오지 않았다.

"앞으로 한참은 주유소가 없을지도 몰라요." 로레이다가 말했다.

엘사는 이해했다. 그녀와 딸은 이제 길 위의 다른 종류의 위험에 대해 같은 인식을 하고 있었다. 여기서 기름을 넣지 않으면 사막을 건너지 못할 수도 있었다.

엘사가 경적을 울렸다.

유니폼을 입은 직원이 서둘러 트럭을 향해 왔다. "나오지 마세요. 문은 잠그고 있어요."

"무슨 일이에요?" 엘사가 창문을 내리며 물었다.

"사람들이 완전히 지쳤어요." 그가 말하며 주유했다. "저긴 시장 소유의 식료품점이에요."

엘사는 무리 중 누군가가 외치는 소리를 들었다. "우린 배가 고프다고. 먹을 걸 달라고."

"도와줘요!"

무리는 상점 입구로 몰려갔다.

"문 열어." 한 남자가 외쳤다.

누군가 돌을 던졌다. 창문이 박살 났다.

"우린 빵을 원한다고!"

268

폭도가 문을 부수고 상점 안으로 들어가며 소리 지르고 악을 썼다. 그들은 안에서 득시글거리며 물건을 부쉈다. 유리가 와장창 깨졌다.

굶주린 폭도라니. 미국에서.

직원이 주유를 마치고 트럭 후드 앞의 물병을 풀더니 물을 채우고 다시 묶었다. 그러는 내내 그는 폭도가 상점 안으로 들어가는 것을 지켜보았다.

엘사는 주유비를 낼 수 있는 만큼만 창문을 내렸다. "안전하시길 빌어요." 그녀가 직원에게 말했다. 그가 말했다. "요즘에 안전이 있긴 한가요?"

엘사는 차를 몰고 나왔다. 백미러로 보니 더 많은 사람이 야구 배트와 주먹을 쳐들고 상점 안으로 몰려들고 있었다.

4시가 되자 엘사는 도로 옆으로 차를 몰아 유일한 그늘을 찾아 차를 세우고 트럭 뒤에서 낮잠을 잤다. 좀처럼 제대로 잠들지 못하고, 불편한 상태로 메마른 땅과 말도 안 되는 더위라는 악몽에 시달렸다. 잠에서 깼을 때는 몇 시간이 흐른 뒤였고, 여전히 나른하고 관절들이 쑤셨다. 일어나 앉아 얼굴에서 젖은 머리를 뒤로 넘겼다. 그녀는 자신의 아이들이 근처에서 모닥불을 둘러싸고 흙 위에 앉아 있는 것을 보았다. 로레이다가 앤트에게 책을 읽어 주고 있었다.

엘사는 트럭에서 내려 아이들에게로 걸어갔다.

과도하게 짐을 실은 낡은 차 한 대가 덜커덩거리며 지나갔다. 어둠이 내려오는 가운데 그 차의 헤드라이트 불빛에 어깨가 구부정한 가족 네 사람이 도로변을 따라 서쪽을 향해 걷는 게 보였다. 어미는 유모차를 밀었고, 그녀 옆으로 여행자들을 위한 안내판이 있었다. **여기서부터는 물을 챙기시오.**

1년 전이었다면 엘사는 여자가 오클라호마, 텍사스, 앨라배마에서 캘리포니아까지 걸어서, 그것도 유모차를 밀고 간다고 하면 미쳤다고 생각했을 것이다. 이제는 그녀도 안다. 자식이 죽어가고 있으면, 자식을 구하는 일이라면 무슨 짓이든 하리라는 것을. 설사 산을 넘고 사막을 건너야 할지라도.

로레이다가 그녀 옆으로 와서 섰다. 둘은 유모차를 밀고 가는 여인을 바라보았다. "우린 해낼 거예요." 로레이다가 나직이 말했다.

엘사는 뭐라 답해야 할지 몰랐다. "우리는 더스트 볼(Dust Bowl) 지대를 통과해냈잖아요." 로레이다가 최근 그들이 떠나온 땅을 묘사하는 신조어를 사용하며 말했다. 그들은 며칠 전 신문을 읽었고 4월 14일이 검은 일요일로 불리고 있음을 알게 되었다. 그날 대평원 표층토 30만 톤이 공중으로 날아오른 모양이었다. 파나마 운하를 만들기 위해 파낸 흙보다 많은 양이었고, 그 흙은 멀리 워싱턴 D.C.까지 가서 떨어졌다. 그래서 그나마 뉴스거리라도 되었을 것이다. "그러니 우리 같은 탐험가에겐 사막 몇 킬로미터 가는 건 문제도 아니죠?"

"전혀 아니지." 엘사가 말했다. "가자."

그들은 트럭으로 돌아갔다. 엘사는 걸음을 멈추고 손을 뜨거운 먼지투성이 철제 후드에 올렸다. 막연한 두려움, 너무나 많은 나쁜 결과에 대한 그 두려움이 뭉쳐져 하나의 단어가 되었다. **제발.** 그녀는 하느님이 그들을 지켜줄 거라 믿었다.

그들은 대화가 거의 없이 콩과 핫도그로 늦은 식사를 마쳤다. 엘사는 아이들을 집에서 가져와 펴놓은 캠핑용 매트리스 위에 재우려고 트럭 뒤로 데리고 갔다.

"밤에 혼자 운전하는 거 정말 괜찮아요?" 로레이다가 적어도 다섯 번째로 물었다.

"좀 시원해졌어. 그게 도움이 될 거야. 오늘 밤 가능한 한 멀리 운전해 간 다음 차를 세우고 잘 거야. 걱정하지 마." 그녀는 축 늘어진 옷깃에 손을 뻗어 목에 건 작은 벨벳 주머니를 찾았다. 그러고는 구리 동전을 꺼내 에이브 러햄 링컨의 굴곡진 옆얼굴을 내려다보았다.

"그 동전은." 로레이다가 말했다.

"이제 우리 거야."

앤트가 행운을 빌며 동전을 만졌다. 로레이다는 그냥 그것을 응시했다.

엘사는 동전을 다시 숨기고 아이들에게 잘 자라고 뽀뽀를 해준 뒤 운전석으로 돌아갔다. 시동을 걸고 헤드라이트를 켰다. 기어를 넣고 달려나가자 황금 쌍둥이 창(槍)이 어둠을 갈랐다.

도로 위에서 밤은 모든 것을 삼키고 헤드라이트 불빛이 비추는 좁다란 길만을 남겨놓았다. 동쪽으로 가는 차는 없었다.

도로는 무쇠 프라이팬처럼 평평하고 검고 거칠었다.

달려온 길이 쌓여갈수록 그녀의 두려움도 쌓여갔다. 두려움이 그녀 아버지의 목소리로 말했다. 넌 절대 못 한다. 넌 시도조차 하지 말았어야 했어. 너와 네 자식들은 여기서 죽을 거다.

그녀는 이따금 버려진 차량을 지나쳤다. 실패한 가족들의 유령과도 같은 증거였다.

갑자기 엔진이 쿨럭거렸다. 트럭이 조금 들썩였다. 백미러에 걸린 묵주가 옆으로 흔들거리며 묵주 알들이 딸그락 서로 부딪쳤다. 후드 아래에서 증기가 구름처럼 뿜어져 나왔다.

안 돼, 안 돼, 안 돼, 안 돼.

그녀는 도로변에 차를 세웠다. 잠든 아이들이 괜찮은 것을 확인하고는 트럭 앞쪽으로 갔다.

후드는 너무 뜨거워 그녀가 여러 번 애쓴 후에야 걸쇠를 벗기고 열 수 있었다. 증기인지 연기인지가 어둠 속으로 왈칵왈칵 나왔다. 그녀로서는 둘 중 무엇인지 알 수 없었다.

증기이길 바랐다.

엔진이 식을 때까지는 물을 더 부을 수 없었다. 토니가 여행 준비를 할 때 그녀의 머릿속에 심어준 사실이었다. 그녀는 후드에서 물병을 풀어 손에 꽉 쥐었다.

그녀가 할 수 있는 일은 그저 기다리는 것이었다. 그리고 걱정하기.

그녀는 길 위쪽을, 그리고 아래쪽을 봤다. 시선 닿는 데 어디에도 헤드라이트 불빛이 보이지 않았다.

해가 뜨면 어떻게 될까? 40도 가까이 기온이 치솟을 것이다.

사막 끝에 어느 정도 가까이 온 걸까? 물통에 남은 물은 10리터 남짓이었다.

당황하지 마. 아이들 앞에서 당황해선 안 돼.

엘사는 고개를 숙이고 기도했다. 이 세상에서, 이 별빛으로 빛나는 거대한 하늘 아래에서 자신이 너무나 작게 느껴졌다. 그녀는 자신을 둘러싼 사막 풍경이 어둠 속에서 생존한 짐승들과 함께 살아 움직이는 것을 상상했다. 뱀. 벌레. 코요테. 올빼미.

그녀는 성모 마리아에게 기도했다. 빌었다, 정말로.

마침내 밴대너로 얼굴을 보호하며 냉각기를 열고 물을 부었다. 그러고

272

나서 빈 물병을 트럭에 다시 묶고 운전석으로 돌아왔다.

"제발, 하느님…." 그녀는 열쇠를 돌렸다.

찰칵, 아무 반응이 없었다.

엘사는 다시 시도하고, 또 시도하며 페달을 밟았다. 실패할 때마다 공포가 밀려왔다.

"침착해, 엘사." 그녀는 깊이 숨을 들이마시고 다시 한번 시동을 걸었다.

엔진이 쿨럭이더니 부르릉 살아났다.

"감사합니다." 그녀는 속삭였다.

엘사는 다시 도로로 들어가 계속 달렸다.

4시쯤 길이 오르막이 되더니 몸을 펴는 거대한 뱀처럼 구불구불해졌다.

열린 창으로 들어오는 공기가 시원해졌다. 엘사는 땀이 식으며 굳어 가려웠다.

그녀는 헤드라이트 빛줄기에 의지해서 가파르고 굽은 길을, 옆에서 허물어지는 절벽을 보지 않으려 애쓰며, 최대한 갈 수 있는 만큼 차를 몰았다.

결국, 눈을 뜨고 있을 수조차 없을 정도에 이르러 그녀는 도로를 벗어나 키 큰 나무들로 둘러싸인 널찍한 빈터에 멈춰 섰다.

그러고는 짐칸에 올라 잠든 아이들 곁에서 지친 몸을 누이고 눈을 감았다.

"엄마."

"**엄마.**"

엘사가 눈을 떴다.

햇빛에 눈이 부셔 아무것도 보이지 않았다.

로레이다가 트럭 옆에 서 있었다. "이리 와봐요."

"조금만 더 자면—"

"아뇨. 와봐요. 지금 당장."

엘사는 앓는 소리를 냈다. 얼마나 잔 걸까? 10분? 시계를 얼핏 보니 9시였다.

기진맥진하여 멍한 상태로 트럭에서 내려갔다. 그녀는 로레이다와 함께 언덕길을 올라 숲이 끊어진 곳으로 향했다. 그곳에서는 앤트가 성마르게 깡충깡충 맨발로 뛰며 기다리고 있었다.

"나 커피 마셔야 해." 엘사가 말했다.

"봐요."

엘사는 뒤를 흘낏 보며 모닥불을 피우기 좋은 곳을 찾았다.

"좀 봐요, 엄마." 로레이다가 그녀를 흔들며 말했다.

엘사가 돌아보았다.

그들은 산꼭대기, 평평한 산마루의 넓은 공터에 서 있었다. 저 멀리 아래에 농장이, 초록 들판이 펼쳐졌다. 새롭게 갈아엎은 거대한 직사각형의 갈색 땅들.

"캘리포니아." 앤트가 말했다.

엘사는 이렇게 아름다운 땅을 본 적이 없었다. 너무나 비옥했다. 너무나 초록이었다.

캘리포니아.

골든 스테이트.

엘사는 아이들을 품에 끌어안고 그들과 함께 빙글빙글 돌며 웃음을 터뜨렸다. 그녀의 영혼 저 깊은 곳에서 울려 나오는 목소리 같았다. 어둠 위로 밀려드는 빛. 안도.

희망.

로레이다가 비명을 질렀다.

엄마는 저속 기어로 바꿨다. 트럭이 마구 흔들리고 들썩이며 속도를 줄였고, 급커브 길을 기어가다시피 했다.

뒤편 차들이 경적을 울렸다. 이제 낡은 자동차들이 꼬리를 물고 대열을 이루어 뱀처럼 산에서 내려가고 있었다.

로레이다는 철제 문손잡이를 꼭 붙들고 있어 손가락이 아플 지경이었고 햇볕에 그을린 손마디가 하얗게 변했다.

산길은 꼬불꼬불 이어졌는데, 어떤 곳은 커브가 너무 심하고 예기치 못하게 꺾여 있어 몸이 옆으로 내던져졌다.

엄마는 너무 급하게 커브를 돌았고, 무서움에 새된 소리를 내며 기어를 저속으로 밀어 내렸다.

로레이다는 또다시 비명을 내질렀다. 그들은 하마터면 배수로에 옆으로 굴러 넘어진 낡은 차의 산해에 박을 뻔했다.

"가만히 좀 있어, 앤트."

"안 돼. 오줌이 나오려고 한단 말이야."

로레이다가 또 옆으로 미끄러졌다. 문손잡이에 살이 집혀 비명이 절로 나왔다.

그리고, 드디어, 거대한 분지(valley)가 그들 앞에 펼쳐졌다. 지금껏 로레이다가 본 적이 없는 색채가 폭발했다.

밝은 초록 풀밭, 잡초인지 야생화인지 피어나는 작은 색깔들. 오렌지와 레몬 나무. 올리브 나무가 은회색이 도는 녹색 띠를 이루며 자라고 있었다.

녹색 경작지가 널따란 검은 도로 양쪽으로 뻗어나갔다. 트랙터가 크게 구획된 땅을 작물 재배를 위해 갈아엎고 있었다. 로레이다는 이 여정을 준비하며 수집했던 정보들을 생각했다. 이곳은 샌와킨밸리였다. 서쪽으로는 코스트산맥, 동쪽으로는 테하차피산맥을 두고 그 사이에 자리 잡은 곳이었다. 로스앤젤레스는 남쪽으로 100킬로미터 정도 떨어져 있었다.

또 다른 산이 북쪽 지평선 위로 마치 동화에서 튀어나온 것인 양 우뚝 솟아 있었다. 존 뮤어(미국 자연 보호 주의자, 국립 공원의 아버지)가 빛의 산맥이라 이름 붙여야 한다고 생각했던 바로 그 산(캘리포니아주 동부의 시에라네바다산맥을 가리킨다)이었다.

로레이다는 샌와킨밸리를 둘러보면서 그녀 안에서 솟구치는, 전혀 상상하지 못했던 갈증을 느꼈다. 예상치 못한 이 모든 아름다움, 풍부한 색채와 장엄함을 마주하며 그녀는 문득 **더 많은 것**이 보고 싶어졌다. 아름다운 미국, 거친 푸른 태평양, 포효하는 대서양, 로키산맥을. 그녀와 아빠가 보게 되길 꿈꾸었던 그 모든 곳을. 그녀는 샌프란시스코가, 언덕 위에 건설된 도시가 궁금했다. 로스앤젤레스가, 그곳의 흰모래가 깔린 해변과 오렌지 숲이 궁금했다.

엄마는 도로변에 차를 세우고 운전대를 꼭 잡은 채 앉아 있었다.

"엄마?"

엄마는 그녀의 소리가 들리지 않는 것 같았다. 그녀는 트럭에서 내려 아름다운 야생화가 흩뿌려진 들판으로 걸어 들어갔다. 길 양쪽으로 작물 재배 준비를 마친 새로 갈아놓은 갈색 흙이 끝없이 펼쳐지고 그 위로 연필처럼 곧게 초록이 줄지어 서 있었다. 공기에서는 비옥한 흙과 새로이 자라나는 생명의 냄새가 났다.

엄마가 깊이 숨을 들이쉬었다가 내뱉었다. 그녀는 트럭으로 돌아가며 엄마의 푸른 눈이 반짝이는 것을 보았다.

지금 왜 울지? 성공했는데.

엄마는 거기 서서 하염없이 바라보고 있었다. 로레이다는 엄마의 손이 떨리는 것을 보고 엄마가 두려워하고 있었다는 것을 이제야 깨달았다. "오 케이." 엄마가 마침내 말했다. "캘리포니아에서 여는 첫 번째 탐험가 회의 다. 어느 쪽으로 가지?"

로레이다는 그 질문을 기다리고 있었다. "여기는 샌와킨밸리인 것 같아 요. 남쪽은 할리우드와 로스앤젤레스고. 북쪽은 센트럴밸리와 샌프란시스 코. 이 부근에서 가장 큰 도시는 베이커즈필드일 거예요."

엄마는 다시 트럭으로 가서 샌드위치를 만들었고, 그동안 로레이다는 외 워두었던 모든 관련 정보를 재잘거렸다. 세 사람은 야생화와 키 큰 풀로 가 득한 들판으로 들어가 앉아 먹었다.

엄마가 샌드위치를 씹다가 삼키고 말했다. "내가 할 줄 아는 건 농사야. 난 도시로 가고 싶지 않아. 일자리가 없어. 그러니 로스앤셀레스는 아니야. 샌프란시스코도 아니고."

"바다는 우리 서쪽에 있어요."

"나도 물론 바다를 보고 싶어." 엄마가 말했다. "하지만 아직은 아니야. 바 다가 우리에게 무슨 소용이겠어? 우리는 일과 살 곳이 필요해."

"여기 있어요, 그럼." 앤트가 말했다.

"여기 이름이 뭐라 그랬지? 샌와킨밸리? 정말 예쁜 곳이야." 엄마가 말했다. "여긴 일할 곳이 많을 것 같아. 뭔가를 재배할 준비를 하고 있어."

로레이다는 야생화가 핀 들판과 먼 산들을 바라보았다. "맞아요. 기름을 낭비할 필요 없죠. 머물 곳만 찾으면 되겠네요."

점심을 먹은 후 그들은 트럭에 올라 화살처럼 곧게 뻗은 도로를 따라 샌와킨밸리 안으로 더 깊이 들어갔다. 멀리 보라색 산맥이 보였다. 녹색 들판이 도로 양쪽으로 펼쳐졌고, 허리를 굽히고 땅에서 줄지어 일하는 여자들, 남자들도 보였다.

그들은 비육우를 키우는 들판과 냄새가 하늘을 찌를 듯 나는 도축장도 지나갔다.

그리고 원더 브레드 빵 광고판을 지나가면서 로레이다는 그 아래 바닥에 쌓인 검은 무더기들을 보았다.

그중 하나가 똑바로 앉아 있었다. 누더기를 걸치고 한쪽에는 챙도 없는 모자를 쓴 지독하게 마른 소년이었다.

"엄마—"

엄마가 트럭의 속도를 늦추었다. "나도 보여."

스무 명 정도 되는 듯했다. 아이들, 청년들, 대부분 다 떨어진 옷을 입고 있었다. 낡고 해진 작업복, 더러운 모자, 옷깃이 찢어진 셔츠. 그들 주변 땅은 평평하고 갈색으로, 물을 대지 않아 잃어버린 희망처럼 메말랐다.

"일하기 싫은 사람들도 있어." 엄마가 조용히 말했다.

"아빠가 저기 있을 것 같아요?" 앤트가 물었다.

"아니." 엄마는 얼마나 더 오래 레이프를 찾아야 할지 생각하며 말했다.

그들 평생?

아마도.

그들은 네 갈래 길에 이르렀다. 식료품점 하나와 주유소가 좁은 포장도로를 사이에 두고 마주 보고 있었다. 주변은 모두 경작지였다. 표지판이 있었다. **베이커즈필드. 33km.**

엄마가 말했다. "휘발유 좀 넣어야겠다. 그리고 캘리포니아에서 첫날이니, 우리 전부 감초 막대 과자 어때!"

"앗싸!" 앤트가 소리 질렀다.

엄마가 도로를 벗어나 자갈이 깔린 마당으로 들어가 주유기 앞에 천천히 차를 세웠다. 유니폼을 입은 직원이 도움을 주려고 달려 나왔다.

"가득 채워주세요." 엄마가 지갑으로 손을 뻗으며 말했다.

"저기에서 지불하시면 돼요, 부인. 식료품점과 주유소를 같은 사람이 운영하거든요."

"감사합니다." 엄마가 직원에게 말했다.

그들 셋은 트럭에서 내려 경작지를 응시했다. 사람들이 녹색 다발들 위로 허리를 굽히고 있었다. 들판에서 일하는 사람들은 **일자리**가 있음을 의미했다.

"이렇게 예쁜 것 본 적 있니, 로레이다?"

"아뇨."

"캔디 보러 가도 돼요, 엄마?" 앤트가 말했다.

"물론이지."

로레이다와 앤트가 신이 나서 웃고 서로 밀치며 길을 건너 상점을 향해 뛰어갔다. 앤트가 로레이다의 손에 매달렸다. 엄마가 서둘러 그들 뒤를 따랐다.

상점 앞 벤치에는 노인 한 사람이 낡은 카우보이모자를 낮게 눌러쓰고 담배를 피우고 있었다.

상점 안은 어두컴컴하고 그늘진 곳이 많았다. 선풍기 하나가 머리 위에서 느릿하게 돌아가며 그림자를 드리우고 공기를 순환시켰지만 진짜 시원해지지는 않았다. 상점에서는 나무 바닥과 톱밥, 신선한 딸기 냄새가 났다. 번영의 냄새.

로레이다는 여기서 판매 중인 모든 식품에 군침이 고였다. 볼로냐 햄, 코카콜라병들, 포장된 핫도그, 오렌지가 가득 담긴 상자들, 포장된 원더 브레드. 앤트는 곧장 1센트짜리 캔디가 진열된 카운터로 달려갔다. 감초 막대와 사탕, 페퍼민트 꽈배기가 가득한 커다란 유리병들.

금전 등록기는 나무 카운터 위에 놓여 있었다. 점원은 어깨가 넓은 남자였는데, 흰 셔츠와 갈색 바지에 파란 멜빵 차림이었다. 갈색 펠트 모자가 짧게 깎은 머리를 덮고 있었다. 그는 울타리 말뚝처럼 뻣뻣하게 서서 그들을 바라보았다.

로레이다는 그들이 일주일 넘게 길에서 지낸 후라 (그리고 몇 년을 죽어가는 농장에서 지낸 터라) 어떤 몰골일지 문득 깨달았다. 파리하고 초췌한 데다 야윈 얼굴. 흙과 희망이 함께 매달린 옷들. 구멍투성이 신발, 앤트는 아예 신발도 없었고. 더러운 얼굴, 더러운 머리.

로레이다는 의식적으로 머리를 매만져 얼굴 뒤로 넘기고 흘러내린 몇 가닥은 빛바랜 머릿수건 아래로 밀어 넣었다.

"애들 관리 잘해요." 남자가 카운터 뒤에서 엄마에게 말했다. "그 더러운 손으로 물건들 만지면 안 된다고."

"행색이 이래서 미안합니다." 엄마가 지갑의 걸쇠를 열며 카운터 쪽으로 다가갔다.

"우리가 집을 떠나ㅡ"

"네, 알아요. 당신네 같은 사람이 매일 캘리포니아로 쏟아져 들어오니까."

"휘발유 넣었어요." 엄마가 지갑에서 동전으로 1달러 90센트를 꺼내며 말했다.

"그 정도면 이 마을에서 나가기에 충분하길 바라겠소." 남자가 말했다.

그러고는 침묵이 흘렀다. 공기를 삼키는 소리뿐.

"뭐라고 했죠?" 엄마가 물었다.

남자는 카운터 아래로 손을 넣더니 총을 꺼내 그들 사이 카운터 위에 탁, 하고 놓았다. "가는 게 좋을 거야."

"얘들아." 엄마가 말했다. "트럭으로 가거라. 지금 출발한다." 그녀는 동전을 바닥으로 던진 후 아이들을 상점 밖으로 몰고 나갔다.

상점 문이 뒤에서 쾅 닫혔다.

"도대체 자기가 뭐라고 생각하는 거야? 어려운 시절을 안 겪어봤다고 같잖은 놈이 자기가 우리를 무시할 권리라도 있다고 생각하는 건가?" 로레이다가 화가 나고 수치스러워 말했다. 그는 생전 처음으로 그녀 자신이 가난하다고 느끼게 만들었다.

엄마가 트럭 문을 열었다. "타라." 목소리가 너무나 조용해 무서울 지경이었다.

19장

엘사는 주유소가 백미러로 보이며 멀어지자 기뻤다. 그녀는 자신이 찾고 있는 것이 무엇인지, 무엇을 향해 가고 있는지 몰랐으나, 실제로 보게 되면 알 수 있을 거라 생각했다. 아마도 식당. 그녀가 식당에서 서빙을 못 할 이유가 없었다. 그녀는 베이커즈필드로 차를 몰면서 도시가 너무 커서 약간 혼란스러웠다. 너무나 많은 자동차와 상점, 주변을 걸어서 오가는 너무나 많은 사람들, 그래서 그녀는 좀 더 작은 길로 들어가 계속 운전했다. 남쪽으로, 그녀는 생각했다, 어쩌면 동쪽으로.

그녀는 그들이 그렇게 고생을 하며 여기까지 와 한 남자의 편견에 상처 입는 것은 거부했다. 로레이다와 앤트가 그런 근거 없는 편견을 경험한 것이 화가 났으나, 삶은 그런 부당함으로 가득한 것이다. 그녀의 아버지가 이탈리아인, 아일랜드인, 흑인, 멕시코인에 대해 어떤 식으로 이야기했는지만 봐도 알 수 있다. 아버지는 그들의 돈을 받고 그들 면전에 미소를 지었지만, 문이 닫히는 순간부터 추악한 말을 했다. 그녀의 어머니가 갓 태어난 손녀를 만났을 때 무엇을 먼저 보았던가. 잘못된 피부색.

슬프게도 그런 추악함은 인생의 일부이고, 엘사가 그로부터 아이들을 완벽히 지켜낼 수는 없었다. 캘리포니아에서조차도, 이 새로운 출발선에서도. 그녀는 그저 아이들을 더 현명하게 가르쳐야 할 뿐이었다.

그들은 디조르조 농장 간판을 지났고, 들판에서 일하는 사람들을 보았다.

몇 킬로미터 더 가니, 괜찮아 보이는 마을 외곽에서 도로 뒤편으로 농가들이 줄지어 있는 것이 보였다. 모두 깔끔하게 손질된 집들이었으며 그늘을 주는 나무들도 있었다. 가운데 있는 집 창문에 **임대** 팻말이 붙어 있었다.

엘사가 페달에서 발을 떼며 속도를 줄여 트럭을 부드럽게 세웠다.

"무슨 문제 있어요?" 로레이다가 물었다.

"저기 예쁜 집들을 보렴." 엘사가 말했다.

"우리가 저런 곳에 들어갈 여유가 돼요?" 로레이다가 물었다.

"물어봐야 답을 알겠지." 엘사가 말했다. "아무래도, 그렇지?"

로레이다는 긴가민가해하는 표정이었다.

"우리 여기 살게 되면 강아지 키울 수 있겠다." 앤트가 말했다. "난 정말 강아지 갖고 싶어요. 로버라고 이름 지을래요."

"개들은 죄다 이름이 로버네." 로레이다가 말했다.

"아니야. 헨리네 개 이름은 스폿이었어. 그리고 ―"

"여기 있으렴." 엘사가 말했다. 그녀는 트럭에서 내려 문을 닫았다. 처음 몇 걸음을 걷는 동안은 꿈이 열리며 그녀를 환영하는 느낌이었다. 앤트에겐 강아지를, 로레이다에겐 친구를, 집 앞에 서서 아이들을 태울 노란 학교 버스, 활짝 피는 꽃. 정원….

집 가까이 가니 현관문이 열렸다. 여자가 예쁜 꽃무늬 드레스에 프릴 달린 빨간 앞치마 차림으로 빗자루를 들고 나왔다. 난발머리는 곱게 웨이브를 넣었고 무테안경 때문에 눈이 커 보였다.

엘사가 미소를 지었다. "안녕하세요." 그녀가 말했다. "집이 예뻐요. 월세가 얼마죠?"

"한 달에 11달러."

"어머나. 비싸네요. 하지만 전 감당할 수 있어요, 그렇고말고요. 지금 6달러를 내고 나머지는—"

"일자리를 찾으면."

엘사는 여자가 이해해줘서 안도했다. "네."

"차를 타고 도로로 가는 게 좋을 거예요. 우리 남편이 곧 집에 올 테니까."

"그럼 8달러면—"

"우린 오키(대공황 때 오클라호마를 떠나온 사람들을 부르던 호칭)에겐 세를 안 줘요."

엘사가 얼굴을 찌푸렸다. "우린 텍사스에서 왔어요."

"텍사스, 오클라호마, 아칸소. 전부 마찬가지예요. 당신네들은 다 똑같아. 여긴 좋은 크리스천 동네라고요." 그녀는 도로를 가리켰다. "저쪽이 당신이 원하는 방향이에요. 22킬로 정도. 거기 가면 당신 같은 사람들이 살아요." 그녀는 집으로 들어가 문을 닫았다.

잠시 후 그녀는 창문에서 임대 안내문을 떼어내고 다른 것으로 바꾸었다. **오키 사절.**

이 사람들은 도대체 왜 이럴까? 엘사는 자신이 청결하지 못하다는 것도, 명백히 주머니 사정이 나빠 보인다는 것도 알았다. 그럼에도. 미국인 대부분이 그런 상황이었다. 그리고 그녀는 한 달에 8달러를 제시했다. 자선이나 기부를 요구하는 것도 아니었다.

엘사는 트럭으로 돌아왔다.

"잘못됐어요?" 로레이다가 물었다.

"가까이 가서 보니 집이 썩 좋지 않더라. 개를 키울 곳도 없고. 저 집 여자가 22킬로 정도 가면 거처를 구할 수 있을 거래. 서부로 오는 사람들을 위한 캠프나 모텔인가 봐."

"오키가 뭐예요?" 로레이다가 물었다.

"저들이 세를 주지 않을 사람들."

"하지만ㅡ"

"질문은 그만." 엘사가 말했다. "생각 좀 해야겠다."

엘사는 더 많은 경작지를 지나며 계속 차를 몰았다. 농가는 많지 않았다. 풍경은 새롭게 자라는 녹색 식물들과 최근에 갈아놓은 갈색 땅이 퀼트를 이루고 있었다. 처음으로 보인 인적의 표시는 학교였다. 미국 국기가 앞에 휘날리고 있는 예쁜 건물이었다. 학교 너머로 그다지 멀지 않은 곳에 잘 정돈된 것으로 보이는 카운티 병원과 입구에 주차된 회색 구급차가 보였다.

"22킬로 정도 됐는데." 엘사가 속도를 늦추며 말했다.

아무것도 없었다. 정지 표지판도, 농장도, 모텔도.

"저게 캠프예요, 엄마?" 앤트가 물었다.

엘사가 도로변으로 차를 뺐다. 조수석 창문으로 도로 뒤편 잡초투성이 들판에 텐트들과 고물 차들, 판잣집들이 모여 있는 것이 보였다. 그런 것들이 족히 100개는 되었는데, 여기저기 공동체를 이룬 듯 모여 있었다. 그러나 실질적인 계획이나 설계가 있었던 것 같지는 않았다. 잿빛 돛단배와 버려진 자동차로 이루어진 누런 바다 위 소함대처럼 보였다. 캠프로 가는 도로는 없었고 땅 위로 난 바큇자국들만 보였으며 입존을 환영하는 안내판 같은 것도 없었다.

"그 여자가 얘기한 곳이 여기인가 보네." 엘사가 말했다.

"와! 캠프." 앤트가 말했다. "다른 애들도 있을지 몰라."

엘사가 진창길로 들어서 바큇자국을 따라갔다. 왼쪽으로 들판을 따라 누런 물이 가득 흐르는 관개용 도랑이 있었다.

첫 번째로 만난 텐트는 뾰족한 지붕 아래로 옆면이 경사진 형태였다. 앞면에 스토브 굴뚝이 굽은 팔뚝처럼 삐져나와 있었다. 덮개 문 앞은 살림들로 어수선했다. 찌그러진 철제 양동이들, 위스키 통들, 휘발유 깡통, 도끼가 박혀 있는 장작 패기용 받침대, 오래된 휠캡. 멀지 않은 곳에 타이어가 없는 트럭 한 대가 있었다. 누군가 그 위에 널빤지로 옆을 대고 비닐을 덮어 생활할 수 있는 공간을 만들어놓았다.

"윽." 로레이다가 말했다.

텐트와 판잣집과 주차된 고물 차의 위치에는 어떤 규칙이나 이유도 없는 듯했다.

쇠꼬챙이처럼 마른 아이들이 누더기를 걸치고 텐트촌을 뛰어다녔고 그 뒤를 지저분한 개들이 짖으며 따라다녔다. 여자들이 도랑둑에 쭈그리고 앉아 누런 물에 옷을 빨고 있었다.

잡동사니가 잔뜩 쌓인 곳이 알고 보니 사람 사는 곳이었다. 안에는 아이 셋과 어른 둘이 대충 만든 스토브 주변에 모여 있었다. 한 가족.

한 남자가 바위에 앉아 있었다. 찢어진 바지만 입은 채 맨발이었고 발바닥이 검었다. 말라가는 셔츠와 양말이 그의 앞 흙에 펼쳐져 있었다. 어디선가 아기 우는 소리가 들렸다.

오키들.

당신 같은 사람들.

"난 여기 싫어요." 앤트가 투덜거렸다. "냄새나."

"차 돌려요, 엄마." 로레이다가 말했다. "여기서 나가자고요."

엘사는 캘리포니아에서 사람들이 이렇게 살고 있다는 것이 믿어지지 않았다. 미국에서. 이들은 떠돌이도 방랑자도 부랑자도 아니었다. 텐트와 판잣집과 고물 차에서 **가족들이** 살았다. 아이들이. 여자들이. 아기들이. 새롭게 시작하러 이곳에 온, 일자리를 찾아온 사람들이.

"우린 차로 계속 돌아다닐 수가 없어, 기름 낭비야." 엘사가 속이 메슥거리는 것을 느끼며 말했다. "하룻밤 여기 있으면서 어떻게 돌아가는지 알아보자. 내일 내가 일자리를 찾아보고, 우리는 계속 갈 거야. 최소한 강은 있잖아."

"강? 강?" 로레이다가 말했다. "저건 강이 아니에요, 그리고 이건…. 이건 뭔지 모르겠어요. 그치만 우리가 있을 곳은 아니에요."

"누구에게도 여기가 있을 곳은 아니다, 로레이다. 하지만 우리에게 남은 돈은 겨우 27달러다. 우리가 얼마나 더 버틸 수 있을 것 같니?"

"엄마, 제발."

"우린 계획이 필요해." 엘사가 말했다. "캘리포니아로 오는 것. 그게 우리가 생각했던 전부야. 명백히 그걸론 충분치 않았던 거지. 우리는 정보가 필요해. 여기 있는 사람 누군가가 우릴 도와줄 수 있을 거야."

"저 사람들은 본인 문제도 해결 못 하게 생겼잖아요." 로레이다가 말했다.

"하룻밤만이야." 엘사가 말했다. 그녀는 억지로 옅게 미소를 지었다. "자, 탐험가들. 우리는 하룻밤 정도는 무슨 일이든 감당할 수 있어."

앤트가 다시 칭얼거렸다. "그치만 냄새가 난다고요."

"하룻밤." 로레이다가 엘사를 빤히 쳐다보며 말했다. "약속해요?"

"약속해. 하룻밤."

엘사는 텐트의 바다를 둘러보다가 흐름이 끊긴 곳을 보았다. 누더기 텐트와 나뭇조각으로 만든 판잣집 사이에 빈터가 있었다. 그녀는 그곳으로 차를 몰아 잡초와 풀로 덮인 넓은 땅에 차를 세웠다.

가장 가까운 텐트는 5미터 정도 거리였다. 텐트 앞에는 잡동사니가, 양동이들과 상자들, 빈약한 나무 의자, 녹슨 장작 스토브와 굽은 연통이 있었다.

엘사가 트럭을 주차했다. 그들은 작업에 들어가 텐트를 세우고 제자리에 고정한 후 한구석에 캠핑용 매트리스를 놓았다. 흙바닥에 바로 놓고, 시트와 이불을 덮었다.

그들은 그날 밤에 필요한 물건들만 차에서 내렸다. 가방들, 음식(이곳에서는 가진 모든 식량을 계속 지켜야 할 것이다), 물을 담아 오고 깔고 앉을 용도로 쓸 양동이들. 텐트 앞에 작게 모닥불을 피우고 양동이들을 뒤집어 그 주변에 의자처럼 배치했다.

엘사는 이제 그들도 이곳의 다른 사람들과 별반 달라 보이지 않는다는 생각이 들었다. 그녀는 무쇠 냄비에 라드 한 덩이를 넣고 기름이 지글거리기 시작하자 귀한 햄 한 덩이와 통조림 토마토 몇 개, 마늘 한 쪽, 네모나게 썬 감자 하나를 넣었다.

양동이들이 있었지만 로레이다와 앤트는 풀 덮인 흙바닥에 다리를 접고 앉아 카드 게임을 하고 있었다.

엘사는 딸을 보며 슬픔이 계속 밀려드는 것을 느꼈다. 바로 곁에 있는 사람을 제대로 보지 못하게 되는 것은, 이미지가 머릿속에 박히는 것은 참으로 이상한 일이다. 로레이다는 보는 것만으로도 가슴이 아플 정도로 말랐다. 팔은 성냥개비 같고, 팔꿈치와 무릎이 툭 불거졌다. 햇볕에 타고 또 타서 두 뺨은 주근깨투성이에 피부도 벗겨졌다.

로레이다는 열세 살이었다. 살이 차올라야지 빠져서는 안 된다. 새로운 걱정이었다. 아니, 오래된 걱정인가. 단지 시간이 지나면서 갈수록 선명하게 드러났을 뿐.

밤이 되자 캠프가 떠들썩해졌다. 멀리서 대화가 들려왔고, 접시에 음식을 담고 비우는 소리, 타닥타닥 불이 타오르는 소리도 들렸다. 오렌지색 점으로 보이는 모닥불이 여기저기서 피어났다. 연기가 음식 냄새와 함께 이 텐트에서 저 텐트로 흘러 다녔다. 꾸준한 사람들의 흐름이 도로에서 텐트촌으로 향했다.

엘사는 발걸음 소리를 듣고 고개를 들었다. 한 가족이 텐트로 다가왔다. 남자, 여자, 아이 넷이었다. 둘은 십 대 소년이었고, 둘은 어린 여자아이였다. 남자는 키가 크고 휘핏 개처럼 야윈 사람이었는데 때 묻은 멜빵 작업복과 찢어진 셔츠를 입고 있었다. 남자 옆에는 덥수룩하고 희끗희끗한 머리가 어깨까지 내려오는 여자가 서 있었다. 헐렁한 면 드레스에 앞치마를 두르고 있었다. 그들은 뼈밖에 없고 그 위에 얇은 가죽을 한 겹 입힌 것처럼 보였다. 근육도, 지방도 없었다. 마른 여자아이들은 두 팔과 목 부분에 구멍을 낸 포대를 입고 있었다. 발은 더러웠고 신발은 신지 않은 채였다.

"안녕하쇼, 이웃사촌." 남자가 말했다. "환영 인사나 할까 해서 들렀죠." 그가 빨간 토마토 하나를 내밀었다. "이거 가져왔어요. 별거 아니죠, 알아요. 근데 보다시피 우리가 가진 게 없어서."

엘사는 베푸는 행동에 감동했다. "감사합니다." 그녀는 양동이 하나를 뒤집어 그 위에 그녀의 스웨터를 얹었다. "앉으세요." 그녀가 여자에게 말했고, 여자는 지친 미소를 지으며 양동이에 앉고는 옷을 매만져 지저분한 맨무릎을 가렸다.

"전 엘사예요. 여긴 제 아이들, 로레이다와 앤트고요." 그녀가 옆으로 손을 뻗어 빵 덩어리에서 소중한 두 조각을 꺼냈다. "이거 받아주세요."

남자는 굳은살이 박인 두 손으로 빵을 받았다. "전 젭 듀이입니다. 이쪽은 제 아내 진, 그리고 제 자식들, 메리, 버스터, 엘로이, 루시입니다."

아이들은 잡초가 우거진 쪽으로 가서 앉았다. 로레이다는 카드를 다시 섞기 시작했다.

"여기 얼마나 계셨어요?" 아이들이 어른들의 이야기를 듣지 못할 만큼 멀어지자 엘사가 물었다. 그녀는 진 가까이에 있는 뒤집힌 양동이에 앉았다.

"거의 9개월요." 진이 대답했다. "지난가을에는 목화를 땄어요. 여기서 보내는 겨울은 힘들어요. 목화를 못 따는 넉 달을 버틸 정도로 목화밭에서 충분한 돈을 벌어야 해요. 그리고 캘리포니아가 겨울에 따뜻하다는 말 절대 믿지 마세요."

엘사는 약 5미터 정도 떨어진 거리에 있는 듀이 가족의 텐트를 흘긋 보았다. 마르티넬리가의 텐트와 마찬가지로 가로세로 폭이 3미터는 되어 보였다. 하지만… 어떻게 여섯 명이 저 작은 곳에서 9개월을 살았을까?

진이 엘사의 표정을 보았다. "견뎌내기 조금 힘들 수 있어요. 아무리 쓸어도 끝이 없어요."

그녀는 미소를 지었고, 엘사는 그녀가 굶주림으로 사그라들기 전에 얼마나 예뻤을지 알 수 있었다. "앨라배마 같지 않다는 거, 그건 말할 수 있어요. 우린 거기서는 형편이 좋았거든요."

"전 농부였어요." 젭이 말했다. "크지는 않았지만 우리에겐 충분했는데. 이제 농장은 은행 것이 되었어요."

"여기 있는 사람들 대부분 농부인가요?" 엘사가 물었다.

"일부는. 밀트 노인, 저기 차축이 부러진 파란 자동차에 사는데, 그는 젠장할 변호사였어요. 행크는 우체부. 샌더슨은 고급 모자를 만들었고요. 지금 상태로 봐서는 전혀 알 수가 없어요."

"엘드리지 씨는 조심하세요. 술 먹고 올지도 몰라요. 제정신이 아니에요. 아내와 아들이 이질로 죽었거든요." 진이 말했다.

"일거리가 있겠지요." 엘사가 양동이 위에서 앞으로 몸을 기울이며 말했다.

젭이 어깨를 으쓱했다. "우린 매일 아침 일자리를 찾으러 나가요. 북쪽으로 갈 생각이라면 설리너스에서 지금 과일을 따고 있어요. 우리도 초여름엔 북쪽에서 과일을 따죠. 움직이기 전에 휘발윳값 생각해봐야 해요. 근데 그나마 버티게 해주는 건 목화예요."

"전 목화에 대해선 아무것도 몰라요." 엘사가 말했다.

진이 미소를 지었다. "목화 따는 거 지독하게 힘들긴 한데 그나마 도움이 돼요. 아이들도 잘할 거고요."

"아이들? 학교는 어떡하고요?"

"아." 진이 한숨을 쉬었다. "학교가 있긴 해요. 도로 따라 1.5킬로 정도 가면. 하지만… 지난가을에 굶지 않을 정도로만 목화 따는 데도 우리 모두 일해야 했어요, 저 어린것들까지요. 저 아이들이 많이 딸 수 있는 건 아니지만 온종일 여기 둘 수는 없으니까."

엘사는 어린 두 여자아이를 보았다. 네댓 살 정도였는데 하루 종일 목화밭에 있는다고? 그녀는 서둘러 화제를 바꿨다. "우편물 받을 곳은 있나요?"

"웰티에 우편 보관소가 있어요. 저희 우편물을 받아준답니다."

"그럼." 진이 일어서며 옷을 매만졌다. 그 동작에서 엘사는 그녀가 캘리포니아에 오기 전에 어떠했는지 감을 잡을 수 있었다. 작은 마을 농부의 조용하고 훌륭한 아내. 그녀는 아마도 독립기념일 행진과 결혼 퀼트, 도시락 판매 기금 모임 등에 정성을 기울였을 것이다. "그럼. 저도 가서 저녁 준비해야겠네요. 그만 가는 것이 좋겠어요."

"보이는 것처럼 그렇게 나쁘진 않아요." 젭이 말했다. "알게 될 거예요. 가능한 한 빨리 웰티의 구호 사무소에 가봐요. 도로를 따라 3킬로 남짓 가면 있어요. 주(州) 정부에 구호 신청을 해야 해요. 우리는 몇 달 동안 하지 않아서 손해를 봤어요. 대단한 도움은 아니지만—"

"전 정부 돈을 원하는 게 아니에요." 엘사가 말했다. 그녀는 정부가 나눠 주는 돈을 받으러 이렇게 먼 길을 온 게 아님을 말하고 싶었다. "전 일자리를 원해요."

"네." 젭이 말했다. "지원금 받으며 살고 싶은 사람은 여기 아무도 없어요. 루스벨트 대통령과 그의 뉴딜 정책은 다른 노동자들에겐 도움을 줬지만, 우리 같은 소농과 농장 노동자는 잊어버린 것 같더라고요. 캘리포니아에선 대형 농장주들이 모든 힘을 가졌어요."

진이 말했다. "걱정하지 말아요. 함께라면 어떻게든 사는 법을 배울 수 있으니까."

엘사는 간신히 미소를 지어 보였지만 확신이 없었다. 그녀는 자리에서 일어나 그들과 악수를 하고 그 가족이 전부 더러운 텐트로 걸어가는 것을 바라보았다.

"엄마?" 로레이다가 옆으로 오며 말했다.

울지 말자.

절대 딸 앞에서 울지 말자.

"끔찍해요." 로레이다가 말했다.

"그래."

그리고 그 지독한 냄새가 모든 것에 스며들었다. **이질로 죽었거든요.** 당연하다, 사람들이 저 관개 수로에 흐르는 물을 마시고, 이런 식으로… 살았다면.

"내일 일자리를 찾아볼게." 엘사가 말했다.

"찾으실 거예요." 로레이다가 말했다.

엘사는 그 말을 믿어야 했다. "이건 우리 삶이 아니야." 그녀가 말했다. "내가 그렇게 만들 거야."

엘사가 새날을 알리는 소리에 잠에서 깼다. 불을 붙이고, 텐트 덮개 문 지퍼를 열고, 무쇠 팬을 조리용 스토브에 놓고, 아이들이 투덜거리고, 아기들이고 울고, 어머니들이 꾸짖고.

삶.

마치 이곳이 정상적인 마을이라도 되는 양, 실상은 절망적인 사람들의 막다른 골목인데.

엘사는 아이들이 깨지 않도록 조심하며 텐트를 나와 모닥불을 지피고 물통에 남은 마지막 물로 커피를 끓였다.

남자, 여자, 아이 수십 명이 들판을 건너 도로를 향해 느릿느릿 걸었다. 떠오르는 태양 아래 그들은 막대기로만 그린 사람들처럼 보였다. 어떤 여자들은 도랑으로 걸어가 물을 뜨기 위해 몸을 구부렸다. 진흙 기슭을 따라 놓인 나무판자들 위에 쪼그리고 앉았다.

"엘사!"

진이 그녀의 텐트 앞에 놓인 스토브 옆 의자에 앉아 있었다. 그녀가 손을 흔들어 엘사를 불렀다.

엘사가 커피 두 잔을 부어 옆 텐트로 가서 한 잔을 진에게 건넸다.

"고마워요." 진이 손으로 컵을 감쌌다. "일어나서 커피 한잔 해야겠다고 생각했으면서도 일단 앉으니 그대로 있게 되네요."

"잠을 잘 못 잤어요?"

"1931년부터 쭉. 당신은요?"

엘사가 미소를 지었다. "마찬가지죠."

사람들이 계속 그들 앞으로 지나갔다.

"저 사람들 모두 일자리 찾아 나가는 거예요?" 엘사가 물었다. 시계를 보니 6시를 조금 넘은 시각이었다.

"네. 새로 온 사람들이에요. 젭과 아들들이 4시에 떠나긴 했는데 일을 찾을 것 같진 않아요. 5월이 되면 좀 나을 거예요. 그때가 되면 김매기와 목화 솎음질을 시작하거든요. 지금은 목화를 심고 있고요."

"아."

진은 사과 궤짝을 엘사 쪽으로 밀었다. "잠깐 앉아요."

"어디서 일을 구하는 거예요? 농장이 많이 안 보이던데…"

"여긴 고향이랑 달라요. 이 근처 농장은 큰 기업이에요. 수천, 수만 에이

294

커이니. 농장주들은 일은커녕 자기 땅에 발도 거의 딛지 않아요. 그 사람들은 경찰과 정부도 자기편으로 두고 있고요. 주에서는 농장 노동자를 돌보기보다는 농장주 주머니 채우는 일에 관심이 더 많죠." 그녀가 잠시 말을 멈췄다. "남편은 어디 있어요?"

"텍사스에 있을 때 우릴 떠났어요."

"그런 일 비일비재해요."

"사람들이 이런 식으로 살고 있다니 믿을 수가 없네요." 엘사는 그렇게 말하곤 즉시 후회했다. 진이 고개를 돌렸다.

"어디로 간들 더 나은 곳이 있을까요? 오키, 사람들은 우릴 그렇게 부르죠. 어디서 왔든 그게 우리 이름이에요. 우리에겐 집도 세주지 않아요. 세를 준들 누가 월세 낼 형편이 되겠어요? 목화 철이 끝나고 나면 여길 벗어날 돈을 웬만큼 모을 수 있을 거예요. 우린 그러지 못했지만, 애가 넷이나 되니까요."

"어쩌면 로스앤젤레스에는―"

"우리도 그 얘기 항상 하는데요, 거기가 더 나을지 어떻게 알겠어요? 적어도 여기엔 수확 일거리라도 있죠." 그녀가 고개를 들어 쳐다보았다. "다른 데 가려면 기름값이 드는데 거기 낭비할 돈이 있어요?"

아뇨.

엘사는 더 이상 듣고 있을 수가 없었다. "일거리 찾으러 가는 게 좋겠네요. 우리 애들 좀 지켜봐줄래요?"

"그럼요. 주 정부에 등록하는 거 잊지 말아요. 오늘 밤에 다른 여자들이며 두루두루 소개해줄게요. 행운을 빌어요, 엘사."

"고마워요."

진과 헤어진 엘사는 도랑에서 고약한 냄새가 나는 물을 양동이 두 개 가득 떠 와 여러 번 나눠 끓이고 천으로 걸렀다.

그녀는 어두운 텐트 안에서 얼굴과 상체를 신경 써서 씻고 머리도 감은 다음 비교적 깨끗한 면 드레스를 입었다. 젖은 머리를 땋아 틀어 올리고 머릿수건을 썼다.

그 정도가 그녀로선 최선이었다. 면 스타킹은 축 늘어났지만 깨끗했고, 신발에 난 구멍들은 어쩔 수 없었다. 거울이 없어 다행이었다. 아, 트럭 위 상자들 어딘가에 거울이 있긴 하지만 그걸 찾느라 뒤질 일은 아니었다.

그녀는 깨끗한 물 한 컵을 아이들을 위해 텐트 안에 놓고는 아이들이 아직 자고 있는지 확인했다.

그러고는 로레이다에게 일거리 찾으러 나감/여기 있으렴/컵에 담긴 물은 마셔도 안전함이라고 쓴 쪽지를 남기고 트럭 쪽으로 갔다.

그녀는 큰길로 트럭을 몰아 나갔다.

가는 농장마다 앞에 사람들이 줄지어 서서 일감을 기다리고 있었다. 그보다 더 많은 사람들이 도로를 따라 한 줄로 걸으며 그 광경을 보고 있었다. 갈색 들판에서 트랙터들이 땅을 갈아엎고 있었다. 여기저기, 말이 끄는 쟁기가 움직이는 것도 보였다.

적어도 30분은 지나서야 가로대 네 개인 울타리에 붙은 **일손 구함** 팻말을 볼 수 있었다.

그녀는 도로에서 빠져나와 긴 흙길을 따라 올라갔다. 길가에는 꽃을 피운 하얀 나무들이 줄지어 있었다. 흙길 양쪽으로 수백 에이커의 땅에 초록 곡물이 나지막이 자라고 있었다. 아마도 감자이지 싶었다.

그녀는 커다란 농가 앞에 차를 세웠다. 방충망을 단 넓은 포치와 꽃이 가득한 예쁜 정원이 있었다.

그녀가 도착하자 한 남자가 집에서 나왔고 방충망 문이 뒤로 쾅 닫혔다. 남자는 파이프 담배를 피우고 있었고 플란넬 바지에 주름 없이 빳빳한 흰 셔츠, 상당히 비싸 보이는 중절모 등 잘 차려입은 모습이었다. 구레나룻을 밀고 섬세하게 다듬은 머리에 연필처럼 가느다란 콧수염도 잘 손질되어 있었다.

그가 트럭 운전석 쪽으로 왔다. "트럭이라니, 허, 새로 왔군."

"어제 도착했어요, 텍사스에서요."

그는 엘사를 평가하듯 훑어보더니 머릿짓으로 방향을 가리켰다. "저쪽으로 가봐요. 부인이 일손이 필요해요."

"감사합니다!" 엘사는 그의 마음이 변하기 전에 서둘러 트럭에서 내렸다. **일감이다!**

그녀는 급히 커다란 집으로 향했다. 열려 있는 작은 나무 문 입구와 장미 정원을 지나자 감싸오는 꽃향기에 어린 시절이 떠올랐다. 그녀는 계단 몇 개를 올라 현관문을 두드렸다.

단단한 나무 바닥을 딛는 구두 굽 소리가 들려왔다.

문이 열리면서 키가 작고 통통한 여인이 나타났다. 유행하는 치마 한쪽이 트인 드레스에 높은 옷깃에는 주름 잡은 실크 크러뱃을 하고 있었다. 세심하게 매만져 가운데 가르마에서 뒤로 빗겨 넘긴, 턱까지 오는 단발 길이의 백금색 웨이브가 그녀의 얼굴을 감싸고 있었다.

여자는 엘사를 보더니 한 발 뒤로 물러섰다. 그녀는 점잔 빼며 쿵쿵거리더니 레이스 손수건으로 코를 감쌌다. "유랑민들은 우리 농장 일꾼이 관리하는데."

"부인의… 중절모 쓴 남자분께서 부인이 집안일 할 사람이 필요하다고 하셨어요."

"오."

엘사는 자신이 얼마나 남루하게 보이는지 뼈저리게 깨달았다. 일할 만한 사람으로 보이려 그렇게 노력했는데도 이 여자에겐 아무 의미도 없었다.

"따라와요."

안으로 들어가니 집이 화려했다. 오크 나무 문들, 크리스털 장식물, 가운데 문설주가 있는 창문들은 바깥의 초록 들판을 색채 가득한 만화경 풍경으로 바꾸었다. 두꺼운 오리엔탈 카펫, 조각된 마호가니 사이드 테이블도 보였다.

셜리 템플(당시 유명한 아역 배우) 스타일의 탱글탱글하고 앙증맞은 웨이브 머리를 한 어린 여자아이가 들어왔다. 아이는 분홍색 물방울무늬 드레스에 까만 에나멜가죽 구두 차림이었다. "엄마, 저 더러운 여자가 왜 여기 있어요?"

"너무 가까이 가지 말아라, 얘야. 저 사람들은 병균이 있단다."

아이가 눈이 휘둥그레져 뒤로 물러섰다.

엘사는 자기가 들은 말을 믿을 수가 없었다. "부인 —"

"내가 지시를 내리지 않는 이상 입을 열지 말아요." 여자가 말했다. "마룻바닥 닦도록 해요. 그런데 이건 알아둬요, 일 게을리하는 건 못 봐줘. 그리고 당신 나가기 전에 주머니 확인할 거야. 물과 양동이, 솔 외에는 아무것도 만지지 말고."

20장

로레이다는 그 냄새에 잠을 깼다. 그 냄새와 함께 들이켜는 모든 숨결이 지상에서 가장 있고 싶지 않은 곳에서 그들이 밤을 보냈다는 사실을 떠올리게 했다.

로레이다는 선명하게 밝은 날이 보고 싶지 않은 광경을 드러낼 것을 알기에 최대한 오래 누워 있었지만, 마침내 커피 향기에 자리에서 일어났다. 그녀는 웅얼거리는 앤트 옆에서 조심조심 일어나 드레스 위로 구멍 숭숭한 스웨터를 입었다.

그녀는 신발을 신고 텐트 자락을 열며 어머니가 모닥불 옆에 양동이를 엎어두고 앉아 커피를 마시고 있을 거라 생각했다. 그러나 엄마도 트럭도 없었다. 대신 물 한 컵과 어머니의 쪽지가 있었다.

로레이다는 도로 방향을 내다보았다. 갈색 들판 위 발자국과 바퀴자국, 그리고 옹기종기 모인 텐트와 자동차가 보였다. 다 합해 50에이커 정도로 보이는 들판에는 집 역할을 하는 텐트 백여 개와 트럭 수십 대가 있었다. 고

철과 널빤지를 조잡하게 이어 붙인 판잣집들도 보였다. 여자들이 누더기를 걸친 아이들을 몰고 캠프 안을 이리저리 다녔고 지저분한 개들이 먹을 것을, 아니면 관심을 달라고 짖으며 뛰어다녔다. 사람들은 이곳에 오래 살았다. 빨랫줄이 걸려 있고 쓰레기로 가득한 마당들이 생겼다는 게 그걸 말해주었다. 이렇게 살고 싶은 사람이 있을 리 없었지만 그럼에도 사람들이 여기 이렇게 있다. 대공황.

이제야 처음으로 그녀도 이해했다. 이건 그냥 은행가들이 사람들의 돈을 갖고 도주했다거나 영화관이 문을 닫았다거나, 사람들이 무료 급식소에 줄을 선다는 정도가 아니었다.

힘든 시기는 빈곤을 의미했다. 일거리가 없음을, 갈 곳이 없음을 뜻했다.

진이 텐트 밖으로 나오더니 로레이다에게 손을 흔들었다.

로레이다는 어른이 곁에 있다는 것이 신기할 정도로 기뻐 그녀에게 다가갔다. "안녕하세요, 듀이 부인."

"너희 엄마 한 시간 전쯤에 나가셨어. 일할 곳 찾으러."

"우리 엄만 한 번도 취직을 해본 적이 없어요."

진이 미소를 지었다. "십 대 아이에 대해 말하듯 하는구나. 한데, 상관없단다. 내 말은, 경력 같은 거 말이다. 여긴 농사일이야, 대부분은. 식당이나 상점 같은 곳에선 우리네를 써주지 않지. 그건 그녀들끼리 하는 일이거든."

"잘못된 일이에요."

진이 그런 말을 한다고 뭐가 달라지겠느냐는 듯 어깨를 으쓱했다. "시절은 어렵고 일자리는 없고, 그럼 외부인을 탓하게 되는 거야. 인간 본성이지. 그리고 지금은 그 대상이 우리고. 캘리포니아에서 예전엔 그 대상이 멕시코인이었고, 그전엔 중국인이었을걸."

로레이다가 잡동사니가 널린 캠프를 빤히 쳐다보았다. "우리 엄마는 포기를 모르는 사람이에요." 그녀가 말했다. "하지만 어쩌면 이번엔 포기해야 할지도 모르겠네요. 우린 할리우드로 가야 할까 봐요. 아니면 샌프란시스코나." 로레이다는 그 말을 하며 자신의 목소리가 떨리는 것이 못마땅했다. 갑자기 그녀는 아버지와 스텔라와 할머니, 할아버지, 농장이 생각났다. 지금 그 무엇보다 집으로 가고 싶었고, 할머니가 진심을 담아 자신을 안아주고 뭔가 맛난 것을 슬쩍 건네주기를 바랐다.

"이리 오렴, 얘야." 진이 두 팔을 벌렸다.

로레이다는 그녀에게 안기며 낯선 사람의 품인데도 위안이 되는 것이 놀랍다고 생각했다. "너도 이제 커서 어른이 돼야지, 그래야지." 진이 말했다. "너희 엄마는 네가 아직 어린 상태로 있기 바라겠지만 그런 시절은 지나갔단다."

로레이다는 눈물을 참았다. 그녀는 어른이 되고 싶지 않았다, 더구나 이런 곳에서는.

그녀는 진의 친절하고 서글픈 얼굴을 쳐다보았다. "그럼 제가 뭘 해야 하죠?"

"우선, 도랑에 가서 물을 많이 퍼 오렴. 그 물을 끓이고 거르고, 그러고 나서 조심해서 마셔야 해. 거르는 데 쓸 무명천을 좀 주마. 또 네가 빨래를 하면 엄마가 덜 힘들겠지."

텐트 밖에서 진과 함께 서 있던 로레이다는 양동이를 들고 도랑으로 갔다. 이미 여자들이 도랑둑을 따라, 혹은 갈색 물 속 나무판자 위에 줄을 지어 쭈그리고 앉아 빨래를 하고 있었다. 어린아이들이 더러운 물가에서 놀고 있었다.

로레이다는 지저분한 물을 두 양동이에 가득 떠서 텐트로 향했다. 지나는 길에는 주석과 널빤지 조각으로 만든 판잣집에서 사는 여섯 식구 한 가족을 보았다.

텐트에 와보니 앤트가 일어나 흙바닥에 앉아 있었다. 울고 있던 것이 분명했다. "나만 두고 다 가버린 줄 알았어—" 그가 울먹거렸다.

"미안해." 로레이다가 양동이들을 내려놓으며 말했다.

앤트가 벌떡 일어나 뛰어왔다. 로레이다는 앤트를 꼭 안아주었다.

"무서웠어."

"나도 그래, 앤트." 앤트가 로레이다를 안으며 위로를 얻는 것만큼이나 로레이다도 동생에게서 위안을 느꼈다. 팔을 푸는 앤트는 이제 눈물이 사라지고 다시 미소를 짓고 있었다. "공 던지기 할래? 내 야구공이 어디 있을 거야."

"아니. 나 이 물도 끓이고 아침도 만들어야 해. 그리고 나서 우리가 빨래도 하자."

"엄마가 하란 말 안 했잖아." 앤트가 투덜거렸다.

"우리가 도와드려야지."

앤트가 갑자기 고개를 들고 쳐다봤다. "엄마 안 오는 거야? 그런 거야?"

"엄마가 왜 안 와. 일자리 찾으러 가셨어. 우리가 다른 곳으로 옮길 수 있게."

"휴. 엄마가 일자리 찾을 것 같아?"

"그러길 바라야지."

맛없는 밀 시리얼 아침을 먹고 로레이다는 설거지를 한 다음 트럭이 오면 다시 실을 수 있도록 정리되어 있는 상자들 안에 그릇들을 도로 넣어놓았다. 그러면 엄마가 돌아오는 즉시 이 악취 진동하는 곳을 떠날 수 있을 것이다.

정오 무렵, 엘사는 손가락이 아팠고, 두 손은 표백제와 잿물에 벌겋게 탔다. 그녀는 부엌과 식당, 거실 바닥을 솔질하며 닦았고, 그러고 나서 레몬 향나는 오일로 마루를 윤기가 흐르도록 문질렀다. 그녀는 서가에서 가죽 장정책 수십 권을 꺼내 뒤편의 먼지를 털며 가죽과 종이 내음을 맡아보지 않을수 없었고 한두 문장 읽어보기까지 했다.

책을 읽던 시절 그녀의 삶이 아득히 멀게 느껴졌다.

청소가 끝나자 살진 닭 두 마리를 끓는 물에 담가 털을 뽑았는데 구운 닭생각을 하자 입안에 침이 고였다. 한 시간 뒤, 그녀는 젖은 빨래를 밖으로 끌고 나가 철제 탈수기에 넣고 어깨가 비명을 지르도록 손잡이를 돌렸다. 이 모든 일을 이 집 안주인의 감시하듯 지켜보는 눈 아래에서 해야 했는데, 여자는 엘사에게 점심시간도, 물 한 잔도 주지 않았고, 자신의 소개조차 없었다.

"거기까지." 여자가 말했다. 5시가 넘은 시각이었고, 엘사는 부엌에 돌아와 남자 셔츠를 다리고 있었다. "이제 됐어요."

엘사는 붙잡고 있던 다리미를 천천히 놓으며 안도의 한숨을 쉬었다. 그녀는 목이 마르고 배가 고팠다. "팬트리를 정리하면 좋을 것 같던데요, 부인. 제가ー"

"우리 음식에 손대겠다고? 물론 안 되지. 당신네들이 온 다음부터 이 동네에 범죄가 엄청나게 많아졌어요. 학교에도 당신네 더러운 애들이 바글거리고."

"부인, 분명히, 크리스천으로서 당신은—"

"감히 내 신앙에 의문을 표하는 거야? 나가!" 그녀가 손가락으로 문을 가리키며 말했다. "그리고 다신 오지 마. 당신네 더러운 오키보단 차라리 멕시코인들이 낫지. 걔들은 건방지게 말대꾸도 하지 않고, 추수가 끝나면 마을에 남아 있지도 않으니까. 걔네를 추방하지 말았어야 했는데."

엘사는 너무 피곤해서 말다툼할 기력도 없었다. 어쨌든 일감을 찾아 일을 했다. 오늘 받는 돈이 출발점이 될 것이다. 그런 식으로 생각해야 했다. 그녀가 말했다. "알겠습니다, 부인." 그리고 돈을 주길 기다렸다.

"뭐?" 여자가 팔짱을 낀 채 말했다.

"제 임금."

"아, 그렇지." 여자가 주머니에 손을 넣더니 동전 몇 개를 꺼내 엘사가 내민 손바닥에 떨어뜨렸다.

10센트 동전 네 개.

"40센트?" 엘사가 말했다. "열 시간에요?"

"도로 가져갈까? 남편한테 당신이 얼마나 불손했는지 말해야겠군."

40센트.

엘사는 몸을 돌려 걸었고, 문을 밀고 나갔고, 뒤에서 문이 쾅 닫히도록 내버려두었다. 그녀는 트럭에 타 차를 몰아 진입로를 내려오며 공황 상태에 빠지지 않으려 애썼다.

온종일 일하고 40센트라니.

이제 그녀는 캠프 사람들이 왜 걸어서 일을 찾으러 가는지 알았다. 이미 휘발유는 감당할 수 없는 사치품이었다.

내일 그녀는 동이 트기 전에 사람들과 함께 들판에서 일거리 찾길 바라며 도랑둑 캠프를 나설 것이다. 임금이 이것보단 나아야 할 것이다.

그러나 그녀 아이들도 들판에서 일하게 된다면 그녀는 저주받을 것이다. 아이들은 학교에 가서 교육을 받아야 한다.

큰길로 나오자 도로를 따라 걷는 마른 남자가 보였다. 좌절로 굽은 어깨에 낡은 배낭을 지고 있었다. 검은 머리가 구멍 난 모자 밖으로 삐져나와 있었다. 한쪽은 맨발이었다.

레이프.

그럴 리가, 하지만 그래도….

그녀는 트럭 속도를 줄이고 멈춰서 창문을 내렸다. 남편이 아니었다, 당연히.

"태워드릴까요, 친구?" 그녀가 물었다.

남자가 흘깃 곁눈질했다. 광대뼈 위로 얼굴 피부가 바짝 붙어 있었다. 볼이 홀쭉했다. "아뇨. 그래도 고마워요. 어딜 딱히 가는 것도 아니고, 난 내 리듬이 있어요."

엘사는 한동안 남자를 빤히 보며 생각했다. 그래, 우리 중에 딱히 갈 곳이 있는 사람이 누가 있겠어. 그녀는 한숨을 쉬고 페달을 밟았다.

그날 낮에 캠프에서 로레이다는 시간의 자의성을 깨달았다. 전에는 시간이 근본적이고 믿을 수 있는 것으로 보였다. 가슴이 무너지는 중에도, 아버

305

지와 절친한 친구를 잃은 와중에도, 앤트가 아픈 상황에서도, 시간은 일관성 있게 흘렀다. 시간이 지나면 상처는 다 치유되기 마련이란다, 사람들은 그렇게 그녀에게 말하며 시간의 본질적인 친절을 강조했다. 그녀는 실제로는 어떤 상처들은 시간이 지나면서 연해지는 대신 깊어진다는 것도 알았지만, 그래도 시간의 일관성에 의지했다. 매일 해가 떴고 해가 졌다. 그사이에는 해야 할 일들이 있었고, 끼니와 일상의 계획표가 있었다.

그런데, 여기서는, 시간이 불행의 무게에 절뚝거리며 기어가다시피 했다.

갈 곳도 할 일도 없었다. 앤트를 혼자 두고 비둘기나 산토끼 사냥을 나갈 수는 없었다. 대신 로레이다는 동생과 함께 울퉁불퉁한 캠핑용 매트리스에 앉아 《오즈의 마법사》를 소리 내어 읽었다. 그러나 캔자스의 끔찍한 토네이도 이야기가 나오는 이 책은 예전처럼 환상적이지 않았다. 재해 지역 같은 곳에 머무는 지금은. 사실은 이 책 때문에 둘 다 악몽을 꾸게 될지도 모른다는 생각이 들었다.

오후 5시 반이 지났을 무렵, 로레이다는 트럭이 덜컹거리는 익숙한 소리를 들었다. 그녀는 앤트를 밀며 침대에서 뛰쳐나갔다.

밖에는, 바큇자국이 팬 도로 위로 사람들 한 무리가 이쪽으로 걸어오고 있었다.

엄마는 텐트 옆에 트럭을 세웠다. 로레이다는 엄마가 시동을 끄고 트럭에서 나올 때까지 초조하게 기다렸다.

마침내 트럭에서 나온 엄마는 그 자리에 지친 모습으로 구부정하게 서 있었다. 좌절한 모습으로.

"엄마?"

엄마는 곧 몸을 똑바로 세우며 미소 지었지만, 로레이다는 그것이, 그 미소가 거짓임을 알 수 있었다. 엄마의 푸른 눈에 어린 패배감이 무서웠다.

"빨래를 하고 콩을 담가놓았어요." 로레이다가 말했다. 그리고 문득 **엄마**를, 힘차게 앞으로 내달리는 일 말 같았던, 절대 울지도, 포기하지도 않으며, 두려움 따윈 모르는 엄마를 되찾고 싶어졌다. "저녁 먹은 후 떠나면 돼요."

"오늘 일을 했단다." 엄마가 말했다. "하루 종일 일하고 40센트를 받았지."

"40센트요? 그걸로는―"

"나도 알아."

"40센트요?"

"이제 우리가 어떤 처지인지 알았다, 로레이다. 임대료나 기름에 돈을 쓸 수가 없어."

"잠깐만요. 우리 하루만 있을 거라고 약속했잖아요."

"안다." 엄마가 말했다. "내가 틀렸어. 우린 아직 갈 곳이 없어. 우린 돈을 벌어야 하고, 계속 쓰기만 해선 안 돼."

"여기 있자는 거예요? 여기에?" 로레이다는 공포감이 치솟아 요동치며 끔찍한 분노로 변하는 것을 느낄 수 있었고, 그 모든 것은 곧장 그녀의 어머니에게로 향했다. 마음 한구석에서는 그건 공평하지 않다는 것을 알았지만 되돌릴 방법을 알지 못했다. "싫어요. **싫어.**"

"미안하다. 나도 달리 뭘 해야 할지 모르겠다."

"엄마 **거짓말했네.** 아버지가 그랬던 것처럼. 모두 거짓말을 해―"

어머니가 로레이다를 끌어안았다. 그녀는 뿌리치려 했지만 어머니는 더 꽉 안았고 마침내 로레이다는 포기하고 안긴 채 흐느껴 울었다.

"진과 이야기를 했어. 목화 수확 철엔 돈을 모으고 필요한 데 쓸 수도 있대. 우리가 정말로 신경 쓰면서 알뜰하게 모으면 12월엔 떠날 수 있을 거야."

로레이다가 불안해하고 못 미더워하며 몸을 뒤로 뺐다. 화가 났다. "텍사스로 돌아가면 안 돼요? 휘발유는 충분해요."

"의사 선생님이 앤트 폐가 다 나으려면 최소한 1년은 걸린다고 했어. 앤트가 얼마나 아팠는지 알잖아."

"하지만 애초에 앤트가 방독면을 안 쓰려고 했잖아요. 어쩌면 지금ㅡ"

"아니, 로레이다. 그건 선택지가 아니야." 그녀는 가만히 로레이다의 얼굴에서 머리카락을 뒤로 넘겨주었다. "앤트를 돌보는 데 난 네 도움이 필요해. 앤트는 이해 못 할 거야."

"나도 이해 못 해요. 여긴 미국이잖아. 어떻게 우리한테 이런 일이 생길 수 있어요?"

"힘든 시절이잖니." 엘사가 말했다.

"빌어먹을 거짓말."

"고운 말, 로레이다." 엄마가 지친 목소리로 말했다. 그러더니 트럭으로 걸어가 짐칸에 올라 검은색의 좁은 장작 스토브를 짐에서 풀기 시작했다. 로즈와 토니가 농장을 짓기 전, 움집에 살던 시절에 쓰던 것이었다.

로레이다는 스토브를 짐에서 푼다는 사실이 온 마음 다해 싫었다. 스토브는 집을 의미했다. 어딘가에 머문다는 것, 자리를 잡는다는 것을. 그들은 이 스토브가 새로운 집을 데울 거라고 상상했다. 그녀는 한숨을 지으며 엄마 곁으로 올라 끈을 풀었다. 둘 다 앓는 소리를 내며 무거운 스토브를 트럭에서 잡초가 무성한 풀밭으로 끄집어 내려 텐트 앞에 두었다. 양동이들과 금속 세숫대야 옆에.

"됐네요." 로레이다가 말했다. 이제 그들은 이 지저분한 들판에 텐트를 치고 사는 가난하고 절박한 다른 사람들과 똑같아 보였다.

"그래." 엄마가 말했다.

달리 할 말이 없었다.

그들이 텐트에 들어가니 앤트가 매트리스 옆 흙바닥에 누워 장난감 병사와 놀고 있었다. "엄마! 돌아왔네."

로레이다는 어머니의 얼굴에 스치는 고통을 읽었다. "난 항상 돌아온단다. 너희 둘이 내 인생 전부니까. 알았지? 절대 그런 거 두려워하지 않아도 된단다."

그날 밤 엘사는 아이들이 기도를 하고 양옆에서 잠이 든 후에도 잠들지 못하고 깨어 있었다. 달빛이 텐트의 캔버스 천 벽을 비추어 작은 실내등이 켜진 것만 같았다. 아이들을 깨우지 않도록 조심하며 그녀는 종이와 연필을 찾은 후 일어나 앉아 편지를 썼다.

사랑하는 토니와 로즈께

캘리포니아에서 인사드려요!

예상보다는 재미있었지만 그래도 힘든 운전 끝에 샌와킨밸리에 도착했습니다. 아름다운 곳이에요. 산. 초록으로 자라는 곡식, 기름진 갈색 토양.

우리 텐트는 강 근처에 있어요. 남부에서 온 사람들과 친구가 되었어요. 내일 학교가 시작되어 아이들은 신이 나 있어요. 두 분은 어떻게 지내세요?

편지는 캘리포니아 웰티 우체국에 보관 우편으로 보내시면 됩니다.

저희를 위해 기도해주세요. 저희도 두 분을 위해 기도합니다.

사랑을 담아,

엘사, 로레이다, 앤트

다음 날 아침, 엘사는 해가 뜨기 전 일어나 물을 퍼 날라 스토브에 끓이기 시작했다.

어둠 속에서 텐트에서 텐트로 연기가 흘렀다. 물을 채우느라 양동이들이 쨍그랑거리는 소리, 무쇠 팬에서 기름이 터지는 소리가 들려왔다. 사람들이 도로를 향해 걷기 시작했다. 남자, 여자, 어린이.

7시가 되자 그녀는 아이들을 깨우고 옷을 입게 한 다음 텐트 밖으로 나가게 했다. 그러고는 따뜻한 옥수수 죽을 먹이고(충분하지 않은 양이었다. 그러나 이제 그녀도 알았다. 한 푼이라도 아껴야 했다) 새로 끓이고 걸러 식힌 물로 머리와 얼굴을 씻겼다. 아이들이 어제 빨래를 해준 것이 너무나 고마웠다.

앤트가 몸을 비틀며 빠져나가려 했다. "왜 씻어야 해요?"

"오늘이 학교 첫날이니까." 엘사가 말했다.

"야호!" 앤트가 펄쩍펄쩍 뛰며 말했다.

로레이다가 한 발 뒤로 물러섰다. "농담이죠?"

"무엇보다 교육이 중요하다, 로레이다. 너도 알잖니. 넌 우리 집안에서 처음으로 대학에 가는 사람이 될 게다."

"하지만—"

"토 달지 말아. 힘든 시기도 언젠가는 끝나. 교육엔 끝이 없고. 밀린 공부가 많아. 서둘러라. 많이 걸어야 한단다."

"신발도 없는데 어떻게 학교에 가요?" 앤트가 말했다. "그 생각은 해봤어요?"

엘사가 경악하며 아들을 내려다보았다. 아니, 어떻게 그렇게 분명한 사실을 잊을 수 있었지? "나는… 우리가….'

"엘사?"

그녀가 돌아보니 진이 다가오고 있었고 손엔 다 해지고 구멍 난 남자아이 신발 한 켤레가 들려 있었다. "계속 물을 퍼 나르는 걸 봤어요." 진이 말했다. "학교 보내려고 아이들 씻길 생각이구나 했어요."

"우리 아들이 신발도 없다는 걸 잊고 있었어요. 내가 어떻게—"

진이 그녀의 어깨에 손을 올리고 안심시키듯 꼭 잡아주었다. "우린 할 수 있는 만큼 최선을 다하는 거죠, 엘사. 여기요. 이건 우리 버스터 신발이에요. 이제 작아져서 못 신어요. 앤트도 자라서 못 신게 되면 그때 다시 줘요."

엘사는 너무나 고마워 이루 말로 표현하기 어려웠다. 이런 관대함이 그렇게 가진 것이 없는 사람에게서 나온다는 것이 정말이지 경이로웠다.

"우리 이렇게 살아내자고요." 진이 엘사의 팔을 다독이며 말했다.

"고-고마워요."

"학교는 남쪽으로 1.5킬로 넘게 가야 있어요." 진이 머리로 남쪽을 가리켰다. "거기서 별로 환영하진 않아요."

"지금까지 보니 캘리포니아 전체가 그렇네요." 엘사가 말했다.

"네."

"애들 학교 들여보낸 다음 주 성부에 등록하는 게 좋을 거에요. 구호 사무소는 여기시 북쪽으로 3킬로 정도 떨어진 웰티에 있어요. 당신이 여기 있다는 걸 알리는 게 좋아요."

구호라니.

엘사는 그 생각을 하자 배가 단단히 뭉치는 것 같았다. 그녀가 고개를 끄덕였다. "그러니까 학교는 남쪽으로, 그리고 나서 북쪽으로 여기서부터 3킬로 더 가면 시내라는 거죠. 알았어요."

엘사는 앤트에게 신발을 건네고는 아이가 행복해하는 모습을 바라보며 뿌듯해했다. "자, 우리 마르티넬리 가족." 앤트가 운동화 끈을 묶은 것을 보며 그녀가 말했다. "가자."

그들은 걸어서 큰길로 나왔고, 남쪽으로 돌아 같은 방향으로 걷고 있는 아이들 무리를 따라갔다. 여섯 살에서 열 살까지로 보이는 아이들 아홉 명이었다. 로레이다가 가장 나이가 많았다. 엘사가 유일한 어른이었다.

앞이 납작한 학교 버스가 부릉거리며 지나가자 돌멩이가 튀고 먼지가 일었다. 그럼에도 이주민 아이들은 걸음을 멈추지 않았다.

회색 구급차가 앞에 주차된 카운티 병원을 지나 마침내 학교에 도착했다. 초록 잔디와 나무들이 어서 오라고 부르는 것만 같았다. 운동장에는 웃고 떠드는 아이들이 가득했다. 그 아이들은 깨끗했고 좋은 옷을 입고 있었다. 이주민 아이들은 그 사이에서 경직되어 아무 말 없이 움직였다.

"쟤들 봐요, 엄마." 로레이다가 말했다. "새 옷이네."

엘사가 한 손가락으로 로레이다의 턱을 들자 딸의 눈에 고이는 눈물이 보였다. "네 기분이 어떤지 내가 안다. 하지만 **절대** 울어서는 안 된다." 엘사가 말했다. "이런 걸로 울어선 안 돼. 네가 얼마나 고생을 하며 여기까지 왔는데. 넌 마르티넬리고, 넌 캘리포니아의 누구 못지않게 훌륭한 아이다."

두 아이의 손을 꼭 쥔 채 그녀는 아이들을 펄럭이는 미국 국기 아래 풀밭으로 데리고 갔다.

학교 안 복도는 아이들로 복작댔다. 엘사는 자신들을 향하는 시선을 느꼈고 좋은 옷을 입은 아이들이 자신들을 피하는 것도 알아차렸다. 게시판에는 소풍과 학교 행사 안내장이 붙어 있었고 곧 있을 학부모회 모임을 공지하고 있었다.

엘사는 보이는 첫 사무실로 들어갔다. 그녀는 긴 카운터 앞에 아이들과 함께 섰다. 그 위에 놓인 명패에는 **바버라 마우서, 행정직**이라고 쓰여 있었다.

엘사는 목을 가다듬었다. "안녕하세요?"

카운터 뒤 책상에 앉아 있던 여자가 서류에서 고개를 들었다.

"저희 아이들 학교에 등록하러 왔습니다."

여자는 무겁게 한숨을 내쉬더니 자리에서 일어났다. 예쁜 파란 드레스에 천 벨트, 실크 스타킹, 실용적인 갈색 신발 차림이었다. 엘사는 그녀의 잘 손질된 손톱과 포동포동하고 아름다운 볼이 눈에 들어왔다.

여자는 엘사와 두 아이가 선 카운터 건너편을 향해 걸어왔다. "성적표 가져왔나요? 전학 서류? 학교 생활 기록부?"

"저희가 좀 급하게 떠나서요. 고향에서 시절이 —"

"힘들었겠죠, 당신네 오키들에게. 네."

"우리는 텍사스에서 왔어요, 선생님." 엘사가 말했다.

"애들 이름이 뭐죠?"

"로레이다와 앤서니 마르티넬리. 우리가 앤서니를 부르는 이름은 —"

"주소?"

엘사는 그 질문에 어떻게 대답해야 할지 몰랐다. "우리는… 음."

그녀는 고개를 돌리더니 소리쳤다. "가이먼 선생님, 이리 오세요. 무단 체류자들. 오키들이에요."

"우린 텍사스에서 왔어요." 엘사가 단호하게 말했다.

여자가 엘사에게 종이를 내밀었다. "읽고 쓸 줄은 알아요?"

"오, 맙소사." 엘사가 말했다. "당연하죠."

"이름과 나이." 여자가 엘사에게 연필을 건넸다.

엘사가 아이들 이름을 쓰는 동안 한 젊은 여성이 사무실에 들어왔다. 깔끔한 간호사복에 모자를 쓰고 있었다. 간호사가 아이들에게 성큼성큼 가더니 로레이다에게 다가가서 머리카락을 헤집기 시작했다.

"이는 없군." 간호사가 말했다. "열도 없고… 아직은. 이 여자애 몇 살이죠?" 간호사가 물었다. "열한 살?"

"열세 살." 엘사가 대답했다.

"애 읽을 줄 알아요?"

"당연하죠. 학교에서 공부 잘했어요."

간호사가 앤트의 머리도 확인했다. "좋아요." 여자가 마침내 말했다. "당신네 사람들 대부분은 열한 살이면 들판에서 일해요. 당신 딸이 학교에 와서 놀랐어요."

"우리네 사람들이란 힘든 시기를 겪으며 열심히 일하는 미국인이죠." 엘사가 말했다.

"따라와요." 마우서 부인이 말했다. "너무 가까이 오진 말고."

엘사와 아이들이 따라갔고, 여자는 복도 끝에서 멈춰 섰다.

"남자 아인. 여기. 들어가."

앤트가 엘사의 소매를 붙잡고 쳐다보았다.

"괜찮아." 엘사가 말했다.

앤트가 고개를 저으며 눈으로 여길 벗어나게 해달라고 애원했다.

"들어가." 엘사가 말했다.

앤트는 크게 한숨을 쉬었다. 기가 죽어 어깨가 축 처졌다. 맥없이 손을 흔들고는 문을 열고 분주한 교실 안으로 사라졌다.

"꾸물거리기 금지." 행정 직원이 말하며 앞으로 걸어갔다.

엘사는 떨어지지 않는 발길을 재촉해서 계속 걸었다. 로레이다가 옆에 바짝 붙어 걸었다.

7이라고 쓰인 마지막 문 앞에 이르러 행정 직원이 걸음을 멈췄다. "너." 그녀가 로레이다에게 말했다. "들어가거라. 뒤쪽 구석에 책상 세 개 보이지? 그중 하나에 앉거라. 가는 길에 아무도, 아무것도 만져서는 안 된다. 그리고 제발 기침도 하지 말고."

로레이다가 엘사를 쳐다보았다.

"넌 누구 못지않게 훌륭하다." 엘사가 말했다.

로레이다가 교실 문을 열었다.

엘사는 깔끔하고 좋은 옷을 입은 아이들이 그녀의 딸을 향해 킬킬거리는 것을 보았다. 여자아이들 몇 명은 로레이다가 지나가자 몸을 젖혀 피하기까지 했다. 빨간 머리 남자아이 하나가 코를 쥐었고 그러자 아이들 한 무리가 웃음을 터뜨렸다.

엘사는 온 힘을 다해 닫힌 문에서 몸을 돌려야만 했다.

엘사는 다시 큰길로 나와 북쪽으로 향했다. 도랑둑 캠프로 들어가는 길을 지나쳐 계속 걸었다. 마침내 그녀는 잘 가꾸어진 작은 시내에 도착했다. 커다란 목화 모양 표지판이 캘리포니아 웰티임을 알려주었다. 메인 스트리트는 네 블록에 걸쳐 있었다. 널빤지로 창문을 막은 극장, 정면에 석조 기둥이 늘어선 시청, 줄지은 상점들이 보였다.

그녀는 상점에서 상점으로 걸어갔으나 어떤 창에도 구인 안내판은 붙어 있지 않았다.

주 구호 사무소는 메인 스트리트를 벗어나 공원 벤치와 꽃나무가 가득한 광장 한쪽에 있었다. 들어가려는 사람들이 길게 줄지어 있었다.

그녀도 줄을 섰다. 사람들은 서로 쳐다보지도 말을 걸지도 않았다.

엘사는 이해했다. 주위 사람들의 닫아건 굳은 표정에서 그들이 버티고 버티다 선택의 여지가 없어 결국 도움을 청하러 왔다는 것을 읽을 수 있었다. 그들은 정부에서 뭔가를 받아야 한다는 것을 창피해하고 있었다. 사실은 누구에게서 받아도 마찬가지였다. 그녀처럼 그들 역시 언제나 필요한 것이 있으면 일을 해서 얻었고 정부의 지원금에 기댄 적이 없었다.

엘사는 거기 서 있는 동안 다행스럽게 아무 생각도 들지 않았다.

그녀는 마침내 줄의 제일 앞쪽까지 갔다. 임시 천막 아래에 갈색 양복과 반듯한 흰 셔츠에 가느다란 검은 넥타이를 맨 젊은 남자가 앉아 있었다. 머리에는 챙이 있는 갈색 모자를 비스듬히 쓰고 있었다.

"구호 신청하러 왔어요?" 그가 쳐다보며 펜을 두드렸다.

"아뇨. 일자리를 찾을 겁니다. 그래도 여기 등록은 해야 한다는 말을 들었어요. 만약을 위해서."

"좋은 충고예요. 그 충고를 따르는 사람이 더 많으면 좋겠군요. 이름?"

"엘시노어 마르티넬리."

그가 붉은 카드에 무언가 적었다. "나이?"

"맙소사." 그녀가 불안하게 웃으며 말했다. "다음 달이면 서른아홉이네요."

"남편은?"

그녀가 잠시 망설였다. "없어요."

"자녀?"

"로레이다 마르티넬리, 열세 살. 앤서니 마르티넬리, 여덟 살."

"주소?"

"음."

"도로 옆." 그가 한숨을 쉬며 말했다. "이 근처예요?"

"3킬로 정도 남쪽이에요."

그가 고개를 끄덕였다. "서터 로드 위 무단 체류자 캠프. 캘리포니아엔 언제 도착했나요?"

"이틀 전에요."

젊은 남자가 그녀의 붉은 카드에 그 내용을 모두 적은 후 그녀를 쳐다보았다. "우리는 우리 주에 온 모든 사람의 기록을 보관합니다. 당신의 주민 등록은 신청한 날짜를 기준으로 해요, 실제로 도착한 날짜가 아니라. 주민이 될 때까진 주 정부 구호가 없어요. 여기서 주민이란 우리 주에서 1년을 거주한 사람을 의미합니다. 4월 26일에 다시 오세요."

"1년요?" 엘사가 얼굴을 찌푸렸다. "하지만… 겨울엔 일자리가 없다고 들었어요. 그때 사람들은 도움이 필요하지 않을까요?"

님자가 그녀를 동정하는 표정으로 쳐다보았다. "연방 정부에서 도움을 좀 줄 거예요. 일용품들. 격주로." 그가 머리로 한쪽을 가리켰다. "저기가 그 줄이에요."

엘사가 돌아보니 거리 저쪽에 더 긴 줄이 서 있었다. "일용품은 어떤 거죠?"

"콩. 우유. 빵. 음식."

"그럼, 저 사람들이 다 음식을 받으려고 줄을 선 건가요?"

"네, 부인."

엘사는 그곳에 선 여자들을 보며 진심으로 가슴이 아팠다. 꼬챙이처럼 마른 채 수치스러움에 머리를 떨구고 있었다. "전 아니에요." 그녀가 조용히 말했다. "난 우리 애들을 먹일 수 있어요."

아직까지는.

21장

학교가 끝나는 시간, 엘사는 깃대 옆에 서서 아이들을 기다렸다. 그녀는 밀려오는 현기증과 싸우다 아침에 집을 나설 때 자기 먹을 점심은 깜빡 잊고 싸지 않았다는 것을 깨달았다. 구호 등록을 한 후 그녀는 시내를 몇 시간 동안 걸으며 일거리를 찾아다녔다. 어떤 상점 혹은 음식점 주인도 그녀처럼 누더기 차림에 가난해 보이는 사람을 고용하지 않는다는 것을 깨닫는 데는 오래 걸리지 않았다.

학교 종이 울렸다. 아이들이 학교에서 쏟아져 나왔다. 버스 문이 아이들을 맞으며 끽 하고 열렸다.

로레이다와 앤트가 그녀를 향해 오는 것이 보였다.

앤트 눈 한쪽에 멍이 들었고 옷깃이 찢겨 있었다.

"앤서니 마르티넬리, 무슨 일이니?" 엘사가 말했다.

"아무것도 아냐."

"앤서니—"

"아무것도 아니라고 말했잖아."

그녀는 어린 아들을 꼭 안았다.

"숨 막히잖아." 아이는 말하며 품에서 벗어나려 했다.

엘사는 어쩔 수 없이 놓아주었고 앤트도 몸을 뺐다. 앤트는 앞장서 걸었고, 그의 주먹에는 둘둘 뭉친 빈 도시락 가방이 쥐여 있었다.

"무슨 일이니, 로레이다?"

"어떤 5학년 아이가 앤트를 무식한 오키라고 불렀어요. 앤트는 그 말 취소하라고 했고 그 아인 그러지 않았고. 그래서 앤트가 그 아이를 때렸어요. 그 아이도 맞받아 때렸고."

"내가 얘기를—"

"선생님들도 알아요, 엄마. 교장이 나와서 그 아이 보고 앤트를 때리면 안 된다고 했어요. 우리한테 병균이 있어서요. 교장이 말했어요. '쟤들 손대면 안 되는 거 알잖니, 존슨.'"

"앤트는 여덟 살이다." 엘사가 부드럽게 말했다.

로레이다는 대답하지 않았다.

"다른 쪽 뺨도 내어주는 이야기를 해주어야겠구나." 엘사가 말했다. 그녀로선 생각할 수 있는 건 그게 다였다. 학교 운동장 싸움이나 남자가 되는 일이 어떤 건지 그녀가 무얼 알겠는가?

저 앞쪽에서 도로를 따라 혼자 걷는 앤트가 조그맣게 보였다. 연약해 보이는 아이. 그들을 지나치는 차들이 흙먼지를 휘날리며 길을 비키라고 경적을 울렸다.

"더 큰 애들은 그 부분을 발로 차라고 가르치면 어때요?"

"난 내 아들에게 다른 아이의 그… 부분을 차라고 가르치진 않겠다."

"좋아요. 그럼 얼음찜질 팩을 어떻게 만드는지 가르치세요. 애를 동네북으로 만들라고요. 우리가 계속 이런 식으로 살 거라고 가르치세요."

"오, 로레이다." 그녀가 말했다. "나도 얼마나 엉망인지 안다…."

"아세요? 쟤네들은 점심으로 튀긴 닭이랑 과일 파이를 먹어요, 엄마. 어떤 애는 트윙키라는 거를 갖고 있었어요. 냄새가 너무 좋아서 내가 무심코 소리를 냈는데 여자애들 몇 명이 비웃더라고요. 한 애가 그래요, **쟤 좀 봐, 감자를 먹어.** 그리고 또 다른 애는 이렇게 말했어요. **쟤 아마 저거 훔쳤을 거야.**"

"그런 여자애들, 다른 사람의 불행을 비웃는 게 재미있다고 생각하는 못된 여자애들은 아무것도 아니다. 개 엉덩이의 벼룩에 묻은 얼룩이야."

"속상해요."

"그래." 엘사는 학교 다니던 시절 자신이 '나머지'라 불렸던 것이 떠올랐다. "나도 안다."

그들이 드디어 도랑둑을 따라 캠프로 들어섰을 때 그녀가 앤트를 불렀다. 그는 걸음을 멈추고 그녀를 기다렸다. "아빠가 있었다면 나 싸웠다고 혼냈을까?"

"스스로를 지키기 위해 싸웠을 때? 안 혼냈을 거야. 하지만 이제부턴 말로 싸우자. 알았지?"

"네. 알았어요. 엿 먹어라, 그러면 어때요?"

엘사는 하마터면 웃을 뻔했다. 오, 하느님.

"안 되지, 앤트. 그런 말은 안 돼."

앤트의 어깨가 축 처졌다. "나 또 두들겨 맞게 될 거야. 분명해."

"그럴 거예요." 로레이다가 한숨을 쉬며 말했다.

엘사가 생각나는 말은 **우리 모두 그래,** 뿐이었다.

그날 밤, 햄과 감자가 든 수프로 저녁을 먹고 엘사는 앤트를 잠자리에 들게 했다. 저녁을 먹는 동안 그들은 말이 거의 없었다. 로레이다가 저녁을 먹은 직후 답답해서 못 있겠다며 텐트 밖으로 나갔다. 엘사는 앤트에게 이불을 덮어주고 곁에 앉았다.

"나아지겠지, 엄마, 그렇지?" 기도를 마치고 앤트가 말했다.

"물론이지, 그럴 거야." 엘사가 아들의 머리를 쓰다듬고는 잠들 때까지 손가락으로 머리카락을 쓸어주었다.

그녀는 가만히 침대에서 일어나 아이를 내려다보았다.

눈가 멍이 조금 더 두드러져 보였다. 누군가 아이 얼굴을 때리고 조롱했다…. 그 생각을 하자 무언가를 치고 싶었다. 세게.

아이들을 이리로 데리고 온 것이 실수였을까? 이곳에서 다시 시작하기 위해 그들이 알고 사랑했던 모든 것을 포기했다. 그러나 여기에 새로운 출발 따위가 아예 없다면? 그들이 떠나온 힘든 삶과 굶주림이 이곳에서도 이어진다면? 아니, 더 심하다면?

그녀는 텍사스에서 가져온 낡은 철제 상자를 꺼냈다. 조심스럽게 열고 안에 든 돈을 응시했다. 28달러도 되지 않았다. 곧 일자리를 찾지 못한다면 얼마나 버틸 수 있을까?

그녀는 상자를 닫고 냄비와 팬이 든 상자 안에 숨긴 다음 밖으로 나갔다. 로레이다가 뒤집은 양동이에 앉아 있었다.

캠프는 어둠에 잠겨 있었다. 어디선가 바이올린 소리가 들려왔다.

로레이다가 고개를 들었다. "할아버지 생각이 나네요."

엘사는 그저 고개만 끄덕일 뿐이었다. 집 생각이 파도처럼 밀려와 그녀를 휘청이게 했다.

진이 그들 텐트로 다가왔다. "나랑 같이 가요."

로레이다가 일어섰다. 그녀는 오늘 하루를 지내며 엘사만큼이나 지치고 의기소침해진 듯했다.

세 사람은 캠프 안을 걸으며 열려 있는 텐트들과 닫힌 차량들을 지나갔다. 개들이 짖으며 뛰어다녔다.

도랑 옆의 평평한 공터에 사람들이 모여 있었다. 열댓 명의 남녀가 서서 이야기를 나눴다. 남자 두 사람이 도랑둑 옆 바위에 앉아 바이올린을 켰다.

진이 엘사와 로레이다를 데리고 가냘픈 나무 가까이에 서 있던 두 여자에게로 갔다. "언니들, 여기는 엘사 마르티넬리와 딸 로 – 레이 – 다예요."

여자들이 돌아보더니 두 사람 다 미소를 지었다. 엘사는 그들의 나이를 가늠하기 어려웠다. 아마 40대 후반 정도. 둘 다 지쳐 보였지만 희미한 미소를 지었고 두 눈은 친절했다.

"반가워요, 엘사. 난 미지예요." 더 말라 보이는 여자가 말했다. "캔자스에서 왔어요. 사람들이 더스트 볼 지대라고 부르는 곳인데, 진짜로 흙먼지가 가득했죠."

엘사가 미소를 지으며 한 팔로 로레이다의 어깨를 감쌌다. "우리는 텍사스 팬핸들에서 왔어요. 우리도 흙먼지를 겪었어요."

"난 네이딘이에요." 다른 여자가 아름다운 목소리로 말꼬리를 늘이는 남부 사투리를 쓰며 말했다. 그녀는 둥근 무테안경을 쓰고 있었고, 얼른 미소를 지었다. "사우스캐롤라이나에서 왔어요. 내가 물고기를 잡을 수 있는 곳을 떠나왔다는 게 믿어져요? 캘리포니아가 젖과 꿀이 흐르는 땅이라는 그

광고 전단지들을 보고요. 흠. 여기 온 지 얼마나 됐어요?"

"이제 겨우 며칠 됐어요." 로레이다가 대답했다. "그런데 더 길게 느껴지네요."

네이딘이 웃으며 안경을 매만졌다. "그래. 여긴 시간이 이상하게 흐르지."

"구호 등록, 했어요?" 미지가 물었다.

엘사가 고개를 끄덕였다. "했어요, 그런데… 음, 아직은 구호가 필요하진 않아요."

미지와 네이딘과 진이 서로 무슨 얘기인지 안다는 표정을 주고받았다.

그들이 구호가 필요하게 될 거란 이야기는 말로 하지 않았지만 이미 한 것이나 다름없었다. 가슴이 털썩 내려앉는 그 끔찍한 느낌이 다시 엘사를 짓눌렀다.

"우리와 함께 지내요." 네이딘이 말했다. "함께 힘을 합쳐 견뎌내자고요."

캘리포니아에서 거의 4주를 보낸 후 그들은 이제 일상에 정착했다. 로레이다와 앤트가 학교에 있는 동안 엘사는 일거리를 찾아다녔다. 어떤 일이든, 얼마를 주든. 그녀는 매일 아침 더 일찍 출발해서 도로를 따라 걸었다. 어떨 때는 북쪽으로, 어떨 때는 남쪽으로, 항상 김매는 일이나 빨래하는 일을 찾을 수 있으리라는 기대를 버리지 않고. 빈손으로 오는 경우가 더 잦았다. 음식을 살 때마다 변변치 않게나마 모아둔 돈이 줄어갔다. 콩이 바닥나서 더 사야 했다. 앤트는 캔 우유를 마셔야 했다. 한창 크는 아이였으니까.

이제 일을 찾아 헤매었으나 구하지 못한 긴 하루 끝에 엘사는 도로변에서 발견한 사과 궤짝을 도랑둑에 놓고 앉았다. 거의 해 질 녘이었고 그곳엔 서른 명 가까운 사람이 있었다. 빨래하는 여자들, 파이프 담배를 피우며 이야기 나누는 남자들, 술래놀이를 하며 깔깔대는 아이들. 낮의 열기가 아직 남아 있어 다음 몇 달 동안 어떠할지 짐작이 갔다.

누군가 하모니카를 연주했다. 개 한 마리가 옆에서 함께 울어댔다. 앤트는 메리와 루시 듀이와 친구가 되었고, 세 아이는 숨바꼭질을 하느라 뛰어다녔다. 로레이다는 다른 사람과 이야기하지 않고 그저 혼자 앉아 책을 읽었다. 엘사는 로레이다가 이곳에서 친구를 만들지 않기로 마음먹었다는 것을 알았다.

진이 도랑으로 철제 양동이를 끌어와서는 엘사 옆에 앉았다. "벌써 더워지네." 진이 말했다. "맙소사, 이 텐트들은 여름엔 진짜 불편한데."

"어쩌면 그때쯤이면 우리 모두 일을 해서 이사 나갈 수 있을지도 몰라."

진이 말했다. "어쩌면." 희망이라곤 전혀 실리지 않은 말투였다. "애들은 학교생활 어때?"

"별로, 솔직히. 하지만 그만두게 안 할 거야."

"계속 강하게 버텨." 진이 말하며 도랑을 따라 모인 사람들을 바라보았다.

엘사가 친구인 진을 쳐다보았다. "강하게 버티는 거, 지치지 않아?"

"오, 친구야, 당연히 지치지."

캘리포니아에 도착한 지 5주가 지난 후 처음으로 토니와 로즈의 편지를 받았다. 편지는 모두의 기운을 북돋아주었다.

사랑하는 아이들아,

먼지 폭풍은 아직도 끝나지 않았다. 이런 말을 해서 유감이구나. 그렇긴 하지만 이번 주에 또 회의가 있었다. 정부는 우리 농부들에게 에이커당 10센트를 주겠다고 한다. 우리가 등고선 농법을 한다는 조건이다. 일은 느리게 진행되고 있지만 토니가 다시 트랙터를 타고 긴 시간을 보내고 있다. 너희도 알다시피 토니는 다른 어디보다 트랙터 위에 있는 걸 좋아하지 않니. 공공 산업 진흥국에서 일할 수 없는 사람들에게 돈을 주고 있어 도움이 된다. 이제 우리는 이 끔찍한 먼지 폭풍이 멈추기만 바라고 있다. 비가 온다면 이 모든 고된 일도 다 의미가 있겠지.

어제 어떤 남자가 마을에 와서 비를 불러오겠다고 약속했다. 자기가 비를 만드는 사람이라나. 아주 볼만했다. 그는 무언가를 하늘로 쏘아 올렸어. 우리 모두 어떻게 되는지 보려고 기다리고 있다. 난 그런 식으로 하느님을 재촉해서는 안 된다고 생각하지만, 누가 알겠니?

너희들이 보고 싶구나. 모두 건강하기를 바란다.

바라건대 엘사의 생일이 즐거웠길. 가장 행복한 날이었길!

사랑을 담아,

로즈와 토니

5월 마지막 날, 엘사는 아이들을 학교로 보낸 후 캠프에 남았다. 오늘 하루만은 일거리를 찾지 않을 생각이었다. 달리 할 일이 있었다.

남편의 도움도 없이 일을 하며 아이들을 돌보는 일이 너무 무거운 부담이 되어 그녀를 짓눌렀다. 너무나 많은 집안일이 있었지만 할 시간이 거의 없었다. 여기에 남편 없이 사는 여성이 거의 없는 것도 놀라운 일이 아니었다. 로레이다는 제 몫보다 더 많은 일을 해내고 있었다. 젠장, 요즘 캠프에서는 누구나 무슨 일에서든 제 몫 이상 해내고 있었다. 심지어 앤트도 불평 없이 제 할 일을 열심히 했다. 앤트는 장작과 불쏘시개, 종이가 항상 넉넉하도록 준비해놓는 일을 맡았다. 그는 많은 시간을 들여 캠프 안과 큰길을 뒤지며 뭐든 찾으려 애썼다. 또 학교에서 신문지도 가지고 왔다. 어제는 부서진 사과 궤짝을 찾았다. 보물과도 같았다.

엘사는 그들의 옷을 다 빨래하는 데 필요한 물을 퍼 나르느라 두 시간을 썼다. 물을 끓이고 걸러서 텍사스에서 가져온 구리 욕조에 쏟아붓고 나니 땀이 줄줄 흐르고 완전히 지쳐버렸다. 빨래를 마친 옷은 텐트 안 철제 지지대에 널었다. 안에 널면 마르는 데 오래 걸릴 테지만 적어도 도둑맞을 일은 없었다. 그러고 나서 그녀는 렌틸콩을 물에 담갔다.

집안일을 마친 그녀는 구리 욕조를 텐트 안으로 끌어다 놓고 또다시 물을 퍼 오기 시작했다. 양동이를 채우고 또 채우고, 도랑에서 나른 물을 끓이고 불순물을 거르고 욕조에 부었다.

마침내 그녀는 텐트 입구를 묶어 닫은 후 옷을 벗었다. 몇 주 만에 해보는 일이었다. 지난 한 달 그들은, 그들 모두는, 죄수들처럼 빽빽하게 모여 사는 이 끔찍한 상황에서 어떻게 생존해야 하는지 배웠다. 목욕은 필수가 아닌 사치가 되었다.

그녀는 욕조 안으로 들어가 웅크리고 앉았다. 물은 미지근했지만 그래도 천국에 온 것만 같았다. 마지막 남은 비누 조각으로 몸을 씻고 머리를 감았는데, 군데군데 두피만 만져지는 곳이 있었지만 애써 무시했다.

물이 식으면서 몸이 떨리자 그녀는 욕조 밖으로 나와 몸을 닦고, 물은 아이들도 목욕을 할 수 있도록 그대로 두었다. 텐트 캔버스 천을 뚫고 들어오는, 그리고 흙바닥에서 올라오는 열기를 느끼며 그녀는 숱이 줄어든 금발을 빗질했다. 거울이 없어 외모를 살펴볼 수 없었지만, 그녀는 거울을 갖고 싶지도 않았다. 그나마 제일 깨끗한 머릿수건을 쓰며 오늘만은 모자가 하나 있었으면 좋았겠다고 생각을 했다.

여자들은 모두 모자를 쓰고 있을 것이다.

그 사람들 생각은 하지 마. 네 생각도.

이건 아이들을 위한 거야.

그녀는 가장 좋은 드레스를 짐에서 꺼냈다.

가장 좋은 옷. 작년에 베갯잇 레이스 조각과 밀가루 자루로 만든 옷이었다. 마지막으로 그 옷을 입은 건 론섬트리의 교회에 갔을 때였다.

그런 생각은 하지 마.

그녀는 신경 써서 옷을 입고 늘어진 면 스타킹을 당겨 신은 다음 낡은 신발을 신었다. 그리고 텐트 밖으로 나가니 오후의 태양이 이글거리고 있었다.

진이 자신의 텐트 밖에 빗자루를 들고 서 있었다.

엘사가 손을 흔들고 다가갔다.

"내 생각에 넌 시끄러운 일을 자초하는 거야." 진이 걱정스러운 얼굴로 말했다.

"그렇다면, 두고 봐야지."

"여기서 돌아올 때까지 기다릴게." 진이 말했다.

네이딘이 그들에게로 걸어왔다. "정말 간대?" 그녀가 진에게 말했다.

진이 고개를 끄덕였다. "가겠대."

"흠, 이봐." 네이딘이 말했다. "나도 너 같은 결기가 있으면 좋겠어."

엘사는 응원이 고마웠다.

그녀는 캠프에서 걸어 나갔다. 큰길에서 자동차 몇 대가 지나쳐 가며 옆으로 비키라고 경적을 울렸다. 학교에 도착하니 그녀는 붉은 흙먼지투성이였다.

그녀는 최대한 먼지를 쓸어냈다. 비겁해지지 않을 것이다. 고개를 들고 그녀는 잔디밭을 건너 사무실을 지나 도서관을 향해 걸었다.

방과 후 학부모회 모임이라는 안내문이 문에 붙어 있었다.

그녀가 문을 여는 순간 학교 종이 울렸고 아이들이 복도로 뛰어나왔다.

도서관에는 벽마다 책이 줄지어 있었고, 대출 책상이 하나 있었다. 천장에서는 조명등들이 밝게 빛났다. 십여 명 정도 되는 여자들이 함께 모여 서서 도자기 컵에 담긴 커피를 마시고 있었다. 엘사는 그들이 얼마나 잘 차려입었는지 알 수 있었다. 실크 스타킹, 유행하는 드레스, 그에 맞춘 핸드백. 손질된 머리. 도서관 한쪽에는 하얀 보를 씌운 긴 테이블에 쿠키와 샌드위치가 담긴 쟁반들, 은제 커피 주전자가 놓여 있었다.

여자들이 고개를 돌려 엘사를 뚫어지게 쳐다보았다. 그들의 대화가 맴도는가 싶더니 아예 멈추었다.

엘사는 깔끔한 밀가루 부대 드레스나 목욕이 도움이 될 거라고 생각했던 것이 어이가 없었다. 그녀는 여기에 어울리는 사람이 아니었다. 어떻게 괜찮을 거라 생각할 수 있었던 걸까?

아니야. 여긴 미국이야. 난 엄마이고. 난 여기 우리 애들을 위해 온 거야.

그녀는 한 발 앞으로 내디뎠다.

시신이 그녀에게 꽂혔다. 씨푸린 얼굴들.

천이 드리워진 테이블에서 그녀는 커피를 한 잔 따르고 샌드위치를 하나 들었다. 샌드위치를 입으로 가져가는 손이 떨렸다.

맞춤 트위드 스커트 정장에 하이힐을 신고 탱글탱글한 웨이브 머리가 살짝 보이게 리본 달린 펠트 모자를 쓴 나이 지긋한 여자가 무리에서 빠져나와 단호한 걸음으로 엘사를 향해 왔다. 가까이 다가오며 그녀는 한쪽 눈썹을 치켰다. "난 마사 왓슨이고 학부모회 회장이에요. 길을 잃은 것 같군요."

"학부모회 참석하러 왔어요. 우리 아이들이 이 학교에 다니고 전 교과 과정에 관심이 있어요."

"당신 같은 사람은 우리 교과 과정에 영향을 주지 못해요. 당신네가 우리 학교에 주는 건 질병과 말썽이지."

"전 여기 있을 권리가 있어요." 엘사가 말했다.

"오, 정말로? 이 동네에 주소가 있나?"

"그건…."

"우리 학교를 지원하기 위한 세금은 내나?"

마치 엘사에게서 냄새가 난다는 듯이 여자가 코를 킁킁거리고는 몸을 돌려 걸어갔다. 그리고 손뼉을 쳤다. "자, 오세요, 어머니들. 학년 말 경품 행사 계획을 해야 해요. 저 더러운 이주민들이 그들 학교를 따로 세우도록 돈을 모금할 겁니다."

여자들이 어미 오리 뒤의 새끼 오리들처럼 뒤뚱뒤뚱 마사 뒤로 모였다.

엘사는 조롱과 경멸을 당했을 때 늘 하던 대로 했다. 좌절한 채 걸음을 옮겨 도서관을 떠나 이젠 텅 빈 학교 운동장으로 나갔다.

깃대에 거의 이르렀을 때 그녀는 걸음을 멈췄다.

아니야.

이건 더 이상 그녀가 되고자 하는 여성이 아니었다. 그녀가 되고자 하는 어머니가 아니었다. 이 여자들은 그녀를 쳐다보고, 함부로 판단하고, 자신들이 그녀를 안다고 생각했다. 그녀가 쓰레기라고 생각했다.

그러나 그녀는 쓰레기가 아니었다. 그리고 그녀의 아이들도 분명 쓰레기가 아니었다.

할 수 있어.

할 수 있을까?

그 여자들은 집단 따돌림을 하는 가해자야, 엘사. 로즈라면 그렇게 얘기했을 터였다. 가해자와 싸우는 유일한 방법은 굴복하지 않는 거야.

용감해져라, 월터 할아버지가 말씀하시곤 했다. 필요하다면 척이라도 해라.

핸드백 줄을 꽉 움켜쥐고서 그녀는 다시 학교로 걸어 들어갔다. 도서관 문 앞에서 그녀는 잠시 멈칫했지만 오래 걸리지 않고 문을 열었다.

여자들이 ― 거위 떼처럼 와글와글 떠드는군, 엘사는 생각했다 ― 그녀를 돌아보았다. 입들이 딱 벌어졌다.

마사가 나섰다. "내가 당신에게 말하지 않았나 ―"

"들었어요." 엘사가 말했다. 문자 그대로 속에서 요동을 치고 있었다. 목소리가 떨렸다. "이제는 내 얘기를 들으세요. 우리 애들도 이 학교에 다닙니다. 그러니 나도 이 모임의 일부가 되겠어요. 이상입니다." 그녀는 뒷줄로 가서 자리에 앉아 무릎을 붙인 후 핸드백을 그 위에 올렸다.

마사가 그녀를 뚫어지게 쳐다보더니 입을 앙다물었다.

엘사는 그대로 앉아 있었다.

"좋아요. 예의나 교양을 강제로 가르칠 순 없는 법이지. 어머니들. 앉으세요."

여자들이 엘사 가까이 오지 않으려 조심하며 자리에 앉았다.

두 시간 넘게 이어진 회의 내내 아무도 뒤돌아 그녀를 보지 않았다. 실제로 그들은 신중하게 의도적으로 그녀를 피하면서 귀에 거슬리는 목소리로 자기들끼리만 이야기를 했다. 더러운 이주민들… 돼지처럼 살고… 이가 득실득실… 아는 수준이라곤… 여기에 낄 수 있다는 생각 자체를 못 하게 해야….

엘사는 그 메시지를 들었지만 개의치 않았고, 그렇게 개의치 않는 것에 기분이 좋았다.

아니, 사실은 거의 유쾌했다. 이번만큼은 다른 사람이 그녀가 어디에 속하는지 말하게끔 내버려두지 않은 것이다.

"회의는 끝났습니다." 마사가 말했다.

아무도 움직이지 않았다. 여자들은 마사를 마주한 채 꼿꼿이 몸을 세우고 앉아 있었다.

엘사는 무슨 일인지 알아차렸다.

그들은 엘사 앞을 지나가고 싶지 않은 거였다.

저 사람들 병균이 있는 거 알지.

엘사는 일부러 재채기를 했다. 모두가 펄쩍 뛰었다.

엘사는 자리에서 일어나 서둘지 않고 천천히, 태연하게, 문으로 향했다. 그녀는 음식 테이블을 지나가며 음식이 전부 그대로인 것을 보았다. 가게에서 산 식빵의 가장자리를 잘라내고 만든 작은 땅콩버터와 피클 샌드위치, 데블드 에그, 젤로 샐러드, 쿠키 한 접시.

못 할 거 뭐 있어?

어차피 그들은 그녀를 더러운 오키로 생각했다. 구박받은 개가 남은 음식에 달려들지 않는 것 보았는가?

엘사는 쿠키 접시를 들고 전부 핸드백 안에 쏟았다. 머릿수건을 벗고는 안에 샌드위치를 담았다. 그러고 나서 핸드백을 찰칵 소리 나게 닫았다.

"걱정하지 말아요, 여러분." 그녀가 문손잡이를 잡으며 말했다. "다음엔 내가 간식을 가져올게요. 여러분 모두 다람쥐 스튜 좋아할 거라고 믿어요."

그녀는 도서관에서 나와 문이 쾅 닫히게 놔두었다.

30분 후 캠프에서 냄새가 훅 불어오기 시작했다. 무더운 5월에 오물 처리 시설 없이 너무 많은 사람이 살아서 풍기는 악취였다.

텐트에 가니 로레이다와 앤트가 앞에 상자들을 내놓고 앉아 카드놀이를 하고 있었다. 로레이다가 렌틸콩 스튜를 이미 만들고 있었다. 연기가 스토브의 짧은 금속관에서 뿜어져 나와 옆으로 흘렀다.

엘사가 도착하자 앤트가 펄쩍 뛰어오르며 그녀를 반겼지만, 로레이다는 그대로 앉아 있었다. 딸이 고개를 들고 쳐다보며 말했다. "왔어요?" 요즘 로레이다가 이를 악물고 내는 목소리였다.

앤트가 더럽고 찢어진 지역 신문을 꺼냈다. 제일 위에 굵은 검은 글씨로 헤드라인이 이렇게 쓰여 있었다. '캘리포니아로 밀려드는 이주민 사이에 범죄자 만연. 매일 천 명씩 들어와.' "이거 학교 쓰레기통에서 발견했어요. 훔쳐 왔어요. 불 때려고." 그가 말했다.

"훔친 게 아냐. 쓰레기통에 있었으면." 로레이다가 말했다.

"나 깜짝 놀랄 거 있다." 엘사가 말했다.

"좋은 쪽으로요?" 로레이다가 쳐다보지도 않고 말했다. "아니면 또 나쁜 일이 생긴 거예요?"

엘사가 신발 끝으로 로레이다를 살짝 쳤다. "좋은 거야. 가자."

그녀는 아이들을 데리고 듀이 가족 텐트로 갔다. 가까이 가니 옥수수빵 냄새가 났다.

엘사는 닫힌 텐트 앞에서 큰 소리로 인사를 했다.

텐트 앞자락이 열렸다. 다섯 살 난 루시가 자주개자리 줄기처럼 바싹 마른 몸에 마대를 걸치고 거기 서 있었다. 옆에 네 살 난 메리가 너무나 가까이 붙어 있어 두 여자아이 몸이 하나인 것처럼 보였다.

루시가 미소를 짓자 이 두 개가 빠진 자리가 보였다. "마르티넬리 아줌마." 그녀가 말했다. "다 여기서 뭐 해요?"

"뭘 가져왔지." 엘사가 말했다.

어두컴컴한 텐트 안에서 땀 냄새가 났다. 상자 위에 앉아 촛불 옆에서 바느질하는 진이 보였다.

"엘사." 진이 말하며 일어났다.

"나와봐." 엘사가 말했다. "맛있는 거 있어."

그들은 텐트 밖, 작은 스토브 주위에 모여 섰다. 스토브 위에는 검은 무쇠 팬 안에서 옥수수빵이 구워지고 있었다. 진이 스토브 옆 의자에 앉았다.

아이들 넷이 잡초 무성한 흙바닥에 다리를 접고 털썩 주저앉아 조용히 기다렸다.

엘사가 핸드백을 열고 쿠키를 한 주먹 꺼냈다.

앤트의 눈이 반짝 빛났다. "와!" 앤트가 두 손을 모아 내밀었다.

엘사가 설탕을 뿌린 쿠키를 하나씩 벌린 두 손마다 놓아주고, 작은 땅콩 버터와 피클 샌드위치를 진에게 건넸다. 진이 고개를 저었다. "애들이 더 먹어야지."

엘사가 진을 쳐다보았다. "너도 먹어야 돼."

진이 한숨을 쉬더니 샌드위치를 받아 들어 한 입 먹고 조용히 음미했다.

엘사가 쿠키 하나를 맛보았다. 설탕. 버터. 밀가루. 그 한 입에 로즈의 부엌에 있던 시간으로 되돌아갔다.

"어땠어?" 진이 나지막이 물었다.

"날 회장으로 뽑았어. 내 드레스 어디서 샀는지 묻더라."

"그 정도로 좋았구나, 응?"

"내가 그 사람들 간식 죄다 가져왔지. 그게 절정이었어."

"네가 자랑스러워, 엘사."

엘사는 그녀에게 그 말을 해준 사람이 떠오르지 않았다. 로즈도 그 말은 해준 적이 없었다. 그런 말 몇 마디가 사람의 기운을 얼마나 북돋울 수 있는지 놀라웠다. "고마워, 진."

아이들은 함께 웃으며 뛰어가버렸다. 달콤한 과자 하나가 아이들에게 생기를 다시 불어넣어주었다는 것이 놀라웠고, 또한 고무적이었다. 이따가 아이들은 샌드위치도 먹을 것이다.

둘만 있게 되자 진이 조용히 말했다. "나 문제 생겼어, 엘사."

"무슨 문제?"

진이 한 손을 납작한 배에 올리고는 슬픈 얼굴로 엘사를 바라보았다.

"아기?" 엘사가 속삭이고는 몸을 낮추어 진 옆의 궤짝 위에 앉았다.

여기서 태어난다고?

335

맙소사.

"이 아기를 어떻게 먹이지? 아무리 생각해도 젖이 나올 것 같지 않아."

예전 같았으면 엘사는 **하느님이 주신 것**이라고 말했을 터였고, 그렇게 믿었을 것이다. 그러나 그녀의 신앙은 이 나라와 함께 동시에 힘든 시기를 맞았다. 이제 여자들은 오로지 서로를 믿을 뿐이었다. "내가 여기 네 곁에 있잖아." 엘사는 그렇게 말하곤 덧붙였다. "어쩌면 하느님이 이렇게 인도하신 걸지도 몰라. 나를 네가 가는 길에, 너를 내가 가는 길에 있게 해주신 거지."

진이 손을 내밀어 엘사의 손을 잡았다. 엘사는 친구라는 존재가 얼마나 큰 차이를 만들어낼 수 있는지 비로소 깨닫게 되었다. 친구 한 사람이라도 곁에 있어 기운을 북돋아주면 우리는 쓰러지지 않고 버틸 수 있다.

22장

사랑하는 토니와 로즈께

캘리포니아의 6월은 아름답습니다. 목화밭에 단단하고 붉은 꽃이 가득합니다. 멀리 산맥을 뒤로하고 펼쳐진 수천 에이커의 장관을 상상해보세요.
여기서 친해진 친구들이 목화를 딸 때가 되면 모두에게 일을 주겠다고 약속하네요.
제가 다른 사람의 밭에서 일한다니 상상하기 어려운 게 사실입니다. 일을 하면서 우리 포도와 과일, 채소를 가꾸며 보낸 시간과 두 분 생각을 하게 되겠죠. 두 분을 그리워하고, 자주 생각한답니다. 건강하시기 바랍니다.

사랑을 전하며,
엘사, 앤트, 로레이다

6월에 엘사는 4시에 일어나 젭과 줄지어 가는 남자들을 따라가면 대개는 목화밭에서 김매기나 솎음질 일을 구할 수 있다는 것을 알게 되었다. 매일은 아니었지만 대부분은 하루 12시간에 50센트를 받고 일했다. 임금은 좋지 못했으나 그녀는 신중하게 돈을 썼고 그들은 생활을 이어나갈 수 있었다. 로레이다의 신발이 다 해어졌을 때 엘사는 새 신발을 사는 대신 골판지 조각들을 잘라 신발 안에 세심하게 끼워 넣었다.

오늘, 그녀는 도랑둑 캠프 사람들과 길고 지치는 하루를 보내고 집으로 걸어왔다. 모두 웰티 농장에서 일을 구한 사람들이었다. 그곳은 캘리포니아에 2만 에이커의 목화밭을 가지고 있었다. 도랑둑 캠프에서 가장 가까운 들판이 (웰티 마을을 지나) 북쪽으로 약 5킬로미터 거리에 있었다.

젭이 아들들과 함께 엘사 옆에서 걸었다. "웰티에서 임금을 깎을지도 모른다는 얘기가 있어요." 그가 말했다.

"어떻게 여기서 더 깎을 수가 있어요?" 엘사가 말했다.

다른 남자가 말했다. "그거라도 받고 일할 사람이 너무나 많이 밀려들고 있으니까요. 하루에 천 명 넘게 온다고 들었어요."

"그 사람들 대부분 먹을 것만 구할 수 있다면 얼마를 주든 일할 거예요." 젭이 말했다.

"망할 농장주들이 점점 임금을 깎을 수 있겠군." 다른 남자가 말했다. "난 아이크예요." 그가 엘사에게 손가락이 가느다란 손을 내밀며 인사했다. "난 웰티 캠프에 살아요."

엘사가 그의 손을 잡고 악수했다. "엘사예요."

50센트. 오늘 그녀가 번 돈이었고, 얼마 가지 못할 액수였다. 이 돈이 얼마나 오래 남아 있을지, 다시 일을 구할 수 있을지, 얼마를 받게 될지 도무지 알 길이 없었다. 내일 40센트만 주겠다고 하면? 그녀로서는 동의하는 것 외엔 다른 선택의 여지가 없지 않은가?

"목화를 따게 되면 사정이 좀 나아질 거예요." 젭이 말했다.

아이크라는 남자가 투덜거렸다. "난 모르겠어요, 젭. 예감이 안 좋아. 목화 가격이 떨어졌고, 그 빌어먹을 농업 조정법이 농장주들에게 또 압박을 가하고 있거든요. 정부는 목화 경작을 줄여서 가격을 올리려고 하죠. 그게 무슨 말인지 알잖아요. 조만간 농장주들을 쥐어짜면 우리는 완전히 박살이 나는 거라고요."

"여름엔 어때요?" 엘사가 물었다. "목화를 솎고 나면 수확 전에 몇 달이 비잖아요. 그땐 무슨 일거리가 있어요?"

"우리는 대부분 곧 북쪽으로 가서 과일을 따요. 가을에 돌아와서 목화를 따고요."

"휘발윳값 쓰면서까지 올라갈 가치가 있어요?" 엘사가 물었다.

젭이 어깨를 으쓱했다. "그냥 일이에요, 엘사. 할 수 있는 곳에서, 할 수 있을 때 하는 거죠."

저 앞쪽으로 집이라고 부를 어떤 것 앞에서 여자들이 음식을 하는 모습이 보였다. 바이올린 선율이 점점 커져 엘사는 미소를 짓지 않을 수 없었다.

텐트 밖에서 로레이다와 앤트가 양동이 위에 앉아 있었다. 그들 옆으로 콩이 담긴 냄비가 스토브 위에서 끓고 있었다.

"엄마?" 로레이다가 말했다. "할 말이 있어요."

좋은 이야기일 리 없었다. 최근 로레이다의 분노는 급격히 커져갔다. 불평을 하거나, 눈을 굴린다거나, 자리를 박차고 나가버리지는 않았지만, 어떤 식으로든 오히려 더 니빠지고 있었다. 엘사는 딸이 계속 노여움을 씹어 먹고 있고, 조만간 폭발할 것임을 알았다. "얘기하렴."

"넌 여기 있어, 앤트." 로레이다가 일어서며 말했다.

엘사는 그들이 애처롭게도 강이라고 부르는 도랑으로 로레이다를 뒤따라갔다.

꽃을 활짝 피운 가냘픈 나무 아래에서 로레이다가 걸음을 멈추고 뒤돌아 엘사를 보았다. "학교가 이틀 전에 끝났어요."

"알고 있다, 로레이다."

"그럼 내가 낮에 캠프에 있는 유일한 열세 살인 것도 알아요?"

엘사는 무슨 얘기를 하려는 건지 알았다. 이런 말이 나오리라 예상했었다. 두려웠다. "그래."

"일곱 살짜리도 밭에서 일해요, 엄마."

"안다, 로레이다, 하지만⋯."

로레이다가 더 가까이 다가왔다. "난 귀먹지 않았어요, 엄마. 사람들 하는 이야기 다 듣는다고요. 캘리포니아 겨울은 나쁘다고. 일이 없다고. 우린 내년 4월까진 주 정부 구호도 받을 수 없잖아요. 그러니 우리가 가진 돈은 들판에서 일해서 버는 돈뿐이라고요. 그 돈으로 일도 없이, 구호금도 없이 넉 달을 버텨야 해요."

"안다."

"내일 나도 엄마랑 일하러 갈 거예요."

안 돼. 엘사는 그렇게 말하고, 소리 지르고 싶었다.

그러나 로레이다의 말이 옳았다. 겨울을 나려면 돈을 모아야 했다.

"여름 동안만. 그러고 나선 다시 학교에 가야 한다." 엘사가 말했다. "앤트는 진이 봐주면 되고."

"걔도 일하고 싶어 하는 거 알잖아요, 엄마." 로레이다가 말했다. "앤트는 강해요."

엘사는 못 들은 척 그 자리를 떠났다.

7월이 되자 목화밭 일이 다시 끝났다. 목화를 수확할 시기가 될 때까지는 일이 없을 터였다. 그리고 여전히, 매일, 새로운 이주민이 걸어서, 또는 무언가를 타고, 샌와킨밸리로 들어왔다. 일꾼은 늘어나고 일자리는 줄었다. 신문에는 자신들이 낸 세금이 주민이 아닌 이들을 위해 쓰이는 것을 우려하는 사람들의 분노와 좌절감이 넘쳐났다. 학교와 병원은 과밀해서, 그들은 그렇게 많은 외부 사람들의 수요를 받아주면 살아남을 수가 없다고 말했다. 그들은 파산을 염려했고, 자신들의 생활 방식을 잃을까, 넘쳐나는 범죄와 질병으로부터 안전하지 못할까 걱정했다. 그들은 범죄도 질병도 이주민 탓으로 돌리고 싶어 했다.

엘사는 탐험가 클럽 회의를 열어 아이들에게 도랑둑 캠프에 남고 싶은지, 아니면 듀이 가족을 따라서, 다른 많은 캠프 사람들을 따라서 북쪽 센트럴밸리로 과일 따는 일을 찾아 떠나길 원하는지 물었다. 늘 그랬듯 어려운 선택이었다. 이 선택에 따라 그들의 생존이 얼마나 위태로워지는지 모두 잘 인식하고 있었다. 돈을 쓸 것인가, 그냥 갖고 있을 것인가의 문제였다.

결국 그들은 이주민 대부분과 같은 결정을 내렸다. 그들은 물건들을 상자에 담고, 텐트를 해체한 후 모든 짐을 트럭에 다시 싣고 떠날 준비를 했다. 그들은 듀이 가족을 뒤따라 북쪽으로 향했다. 욜로 카운티에서 그들은 또 다른 텐트 가득한 들판으로 들어가 텐트를 쳤다. 거기서 그들은 복숭아 따는 법을 배웠다. 엘사는 앤트까지 데리고 일을 나가는 것이 싫었지만 어쩔 도리가 없었다. 그녀는 혼자 아이들을 키우고 있고 아들은 너무 어려 하루 종일 혼자 있을 수 없었다. 셋이 전부 복숭아를 따도 간신히 먹고 입을 정도만 벌 수 있었다. 돈을 모은다는 건 있을 수 없는 일이었다.

복숭아 철이 끝나고 그들은 다시 짐을 꾸렸다. 남은 여름 내내 그들은 이주민 무리와 함께 이 밭에서 저 밭으로, 이 작물에서 저 작물로 옮겨 다니며 제철인 것은 무엇이든 수확하는 법을 배웠고, 작물 수확은 원하지만 수확하는 사람들은 보고 싶지 않은 잘사는 사람들의 눈에 띄지 않는 법을 배웠다. 그 사람들은 이주민이 수확 철이 끝나면 떠나주길 바랐다. 그들은 시내로 들어가지도, 영화를 보러 가지도, 심지어 도서관에도 가지 않았다. 그들은 캠프 안에 머물렀고, 함께 살아남았다. 진은 엘사에게 옥수수를 갈아 허시퍼피(남부 지방의 옥수수 튀김 과자)를 만드는 법을 가르쳐주었고, 엘사는 진에게 옥수수 가루로 폴렌타 케이크를 만드는 법과 거기에 수프나 스튜를 한 국자 끼얹어 먹으면 맛있다는 것을 알려주었다. 그들은 통조림 토마토 수프와 마카로니와 잘게 썬 핫도그로 캐서롤을 해 먹었다. 그 길고 뜨거운 여름 내내 그들은 단 두 마디를 기다렸다.

목화가 익었다.

그 소식은 9월에 센트럴밸리를 휩쓸었다. 엘사와 아이들은 한밤중에 짐을 꾸리고 다시 샌와킨밸리로, 캘리포니아에 와서 처음 머물렀던 도랑둑 캠프로 차를 몰았다.

그들은 무더운 날 장시간 운전을 한 후 잡초가 우거진 들판에 깊고 마른 바큇자국 위로 들어섰다. 젭의 고물 차가 먼지를 휘날리며 앞서갔다.

"맙소사." 앤트가 먼지투성이에 벌레들이 들러붙은 앞 유리로 내다보며 말했다. "저것 봐."

그들이 없었던 시간 동안 도랑둑 캠프의 인구가 어마어마하게 늘어 있었다. 이제 텐트가 200개는 되어 보였다. 들판은 있지도 않은 일자리를 찾아온 더 절망적인 미국인들로 가득 차 있었다. 그곳은 토네이도가 지나간 자리 같았다. 망가진 차들과 쓰레기가 펼쳐져 있었다.

젭은 엉켜 있는 텐트들을 벗어나 오른쪽으로 차를 몰았다. 그는 좋은 자리를 발견했다. 비교적 평평하고 두 집의 텐트를 나란히 설치할 수 있으면서도 조금이나마 사생활이 있을 수 있는 공간이었다.

엘사가 옆자리에 차를 세우고 주차했다.

"강까지 많이 걸어야겠네." 로레이다가 그렇게 말하고는 고개를 저으며 중얼거렸다. "내가 방금 그걸 강이라고 불렀다니 어이가 없네."

엘사는 못 들은 척했다. "가자, 탐험가들아. 캠프를 세울 시간이다."

그들은 일하기 시작했다. 텐트를 세우고, 스토브를 내리고, 울퉁불퉁하고 더러운 캠핑용 매트리스를 두드려 깃털을 다시 부풀렸다. 그리고 양동이들을 구리 욕조에 넣고, 빨래판과 빗자루와 함께 텐트 앞에 가져다 놓았다.

"근사하군." 로레이다가 두 양동이 가득 물을 퍼 오며 말했다. "우리가 시작한 곳으로 다시 돌아오다니. 집, 즐거운 나의 집."

엘사는 '구호금으로 성부 재정 상태 악화'라는 기사가 실린 신문지를 구 거시 뭉친 다음 스토브에 불을 피웠다.

로레이다가 그 옆에 섰다. "학교 이미 시작한 거 알고 있죠, 그렇죠?"

"그래."

"내가 학교 안 돌아갈 거라는 것도 알죠?" 로레이다가 말했다.

엘사가 한숨을 쉬었다. 그녀가 원했던 것이라곤, 정말로 원했던 것이라곤 좋은 엄마가 되는 일뿐이었다. 로레이다가 교육을 받지 않는다면 어떻게 그 목표를 이룰 수 있겠는가? 그렇긴 하지만. 그들은 캘리포니아에 다섯 달 조 금 못 되게 있었고, 최선을 다해 일했지만 그녀에겐 고작 20달러도 안 되는 돈뿐이었다. 작물을 따라 북쪽으로 올라가는 데 든 기름값에 형편없는 임 금, 도저히 많은 돈을 모을 수가 없었다. 그리고 겨울이 다가오고 있었다. 그 들의 생존은 목화 따서 버는 돈에 달려 있었고, 로레이다는 엘사만큼 많이 딸 수 있었다. 임금이 두 배가 된다.

"그래." 엘사가 말했다. "너도 목화를 따야 하는 건 알아. 하지만 앤트는 학교에 간다. 이상." 그녀는 딸을 바라보았다. "그리고 목화 일이 끝나는 즉 시 너도 다시 학교 가는 거야."

다음 날 아침, 로레이다는 해도 뜨기 전에 잠에서 깨어 발걸음 소리가 나 는지 귀를 기울였다. 4시에 기다리던 소리가 들렸다. 텐트 입구에 선 젭의 목소리. "갈 시간이야."

로레이다와 엘사는 침대에서 휘청이며 나왔다. 이미 옷은 챙겨 입은 상태로, 각각 50센트를 주고 산 3.6미터 길이의 둘둘 말린 캔버스 자루를 챙겨 텐트 밖으로 나왔다.

젭과 두 아들 엘로이와 버스터가 나와 있었다.

그들 다섯 명은 큰길로 걸어 나가 오른쪽으로 꺾은 다음, 웰티 농장의 첫 들판이 나올 때까지 계속 걸었다.

벌써 40명 정도가 줄지어 서 있었다. 그들 중에는 자리를 확보하려고 길 가에서 잔 사람도 있을 터였다. 남자들, 여자들, 여섯 살 정도밖에 되어 보이지 않는 아이들도 있었다. 멕시코인, 흑인, 오키. 대부분 오키였다. 폭신한 하얀 목화의 작은 보푸라기들이 공중에 떠 있다가 로레이다의 얼굴과 머리에 내려앉았다.

트럭들이 줄지어 목화를 실을 채비를 하고 있었는데, 트레일러에는 육각 철조망이 둘러 있었다.

해가 뜨고 종이 울렸다. 일꾼들 무리가 점차 초조해졌다. 그들 모두가 목화를 따도록 선택받지 못할 것이다. 이제 수백 명이 줄을 서 있었다.

목화밭으로 들어가는 문이 열리고, 키가 크고 불그스레한 얼굴의 남자가 카우보이모자를 쓰고 걸어 나와 사람들을 살폈다. 그들을 따라 걸으며 일꾼을 골랐다. "당신." 그가 젭을 가리키며 말했다.

젭이 문을 향해 달려갔다.

"당신." 그가 엘사에게, 그러고 나서 로레이다에게 말했다. "그리고 너도…."

로레이다가 밭으로 뛰어가 할당된 고랑으로 들어갔다.

그녀는 긴 캔버스 자루를 잡아당긴 다음 가죽끈을 어깨에 둘러멨다.

종이 다시 울렸고, 로레이다는 가장 가까운 목화에 손을 뻗었다가 아파서 소리를 질렀다. 손을 보니 피가 나 있었다. 그제야 목화의 가시들이 보였다. 짜깁기용 바늘처럼 생겼다. 그녀는 움츠리며 다시 한번, 이번엔 좀 더 천천히 시도했다. 여전히 살이 베이는 게 느껴졌다. 그녀는 이를 악물고 계속 목화를 땄다.

몇 시간 동안 해는 계속 내리쬐었고, 이제 로레이다가 감각할 수 있는 것은 열기와 먼지와 인간의 땀 냄새뿐이었다. 목이 너무 말라 숨을 쉴 때 목이 아팠다. 수통에 가져온, 거의 델 정도로 뜨거운 물은 다 마셔 남지 않았다. 그녀의 자루는 갈수록 무거워졌고 손은 아팠다.

정오가 가까워지자 그녀는 육중한 자루를 끌고 거대한 저울 앞에 늘어선 줄로 갔다. 가죽끈을 풀고 짐을 내려놓고는 거의 그 즉시 줄에 선 다른 사람들이 왜 끈을 풀지 않는지 알았다. 어리석은 생각이었다. 이제 그녀는 그 자루를 피투성이 아픈 손으로 저울까지 끌고 가야 했다.

그녀는 드디어 자기 차례가 되었을 때 안도감에 몸이 축 늘어졌다. 감독은 체인을 자루 아래로 걸어 저울에 매달았다.

"27킬로." 감독이 전표에 도장을 찍어 그녀에게 건넸다. "시내에서 현금으로 바꿀 수 있다. 계속 일하고 싶으면 더 빨리 따."

로레이다는 빈 자루를 다시 들고 되돌아 일하러 갔다.

9월 내내 길고, 덥고, 허리가 끊어질 듯 아픈 나날을 목화밭에서 이어갔다. 엘사는 손에서 피가 흘렀고, 등이 쑤시고 무릎이 아팠다. 끝없이 이어지는 불볕더위. 새벽부터 저물녘까지 허리를 굽히고 면도날처럼 날카로운 가시 사이에서 목화솜을 땄다. 밭에는 화장실이 없어 여성들은 매달 일정 기간 결코 수월하게 일을 할 수가 없었는데 로레이다도 막 생리를 시작한 참이었다.

그래도, **일거리가** 있었다. 꾸준한 일거리가.

10월 중순이 되자 엘사와 로레이다는 각각 하루에 목화를 거의 90킬로그램 정도 따는 법을 터득했다. 둘이 합쳐 하루에 4달러를 번다는 뜻이었다. 임금 전표를 현금으로 바꿀 때 웰티가 10퍼센트를 가져가기는 했지만 그래도 큰돈처럼 느껴졌다. 90킬로그램에 이르기까지 오래 걸리긴 했으나 목화 따는 법을 익히기까지 누구나 시간과 경험이 필요하기 마련이었다.

11월이 되어 축복받은 서늘한 날씨로 변하고 목화 수확이 끝났다. 엘사의 철제 상자에는 지폐가 가득했다. 그녀는 식료품도 많이 저장해두었다. 밀가루와 쌀, 콩, 설탕을 여러 부대 샀고 캔 우유, 훈제 베이컨도 좀 샀다. 캠프에서는 냉장이 불가능했고, 얼음도 없어 그녀는 새로운 방식으로 조리하는 법을 익혔다. 모든 재료가 부대나 캔에 든 것이었다. 신선한 파스타나 햇볕에 건조한 토마토, 집에서 구운 빵이나 견과류 풍미가 나는 올리브유는 없었다. 아이들도 콘 시럽이 가미된 돼지고기와 콩 조림, 저민 훈제 쇠고기를 올린 토스트, 모닥불에 구운 핫도그, 기름에 튀기고 설탕을 뿌린 짭짤한 크래커를 좋아하게 되었다. 미국 음식, 로레이다는 그렇게 불렀다.

엘사는 겨울을 대비해 최대한 돈을 쓰지 않으려 했지만, 너무 오랫동안 궁핍이 계속되었던 터라 아이들이 저녁 식사와 포만감에 기뻐하는 것을 보고는 도저히 그럴 수가 없었다.

캠프에서는 젭과 그 집 아들들을 포함해 단 며칠이라도 밭일거리가 있나

해서 더 멀리 나간 사람이 많았다. 하지만 엘사는 남아 있기로 했다. 진과 그 집 딸들도 미친가지었다.

이제 로레이다가 학교로 돌아가야 할 때였다.

토요일 아침, 엘사는 침대에서 나와 텐트의 흙바닥을 쓸었다. 어떻게 된 일인지 알 수 없었지만 흙은 밤새 어둠 속에서 버섯처럼 자랐다. 그녀는 바깥의 쓰레기를 쓸고 난 후 텐트 입구를 열어 신선한 공기가 들어가게 했다.

밖에는 캠프 위로 서늘한 잿빛 안개가 한 겹 내려앉아 텐트의 물결이 흐릿하게 보였다. 그녀는 폐품 과일 상자에서 오래된 신문을 꺼냈다. 구할 수 있는 종잇조각은 죄다 그 상자에 보관했다. 그녀는 커피가 우러나는 동안 지역 소식을 읽었다.

커피 향기에 로레이다가 텐트 밖으로 비척비척 걸어 나왔다. 그녀의 검은 머리는 엉켜 있었고, 앞머리는 턱선을 넘어가고 있었다. "왜 안 깨웠어요." 로레이다가 투덜댔다.

"오늘은 일이 없잖니." 엘사가 말했다. "월요일부터 학교 가야지."

로레이다가 커피 한 잔을 부었다. 그녀는 양동이를 스토브 가까이 끌어당겨 앉았다. "차라리 목화를 따는 게 나아요."

엘사는 제게 레이프의 말솜씨가 있었더라면, 그처럼 달변으로 꿈을 만들어줄 수 있었더라면 하고 바랐다. 지금 로레이다에게 필요한 게 바로 그것이었으니까. 로레이다는 아버지에게 버림받고 역경을 겪으며 꺼져버린 그 불을 다시 활활 태워줄 불씨가 필요했다.

불행하게도 엘사는 꿈꾸는 일에 대해 아는 것이 많지 않았다. 그러나 그녀는 학교에 대해서는, 학교에서 어울리지 못해 감당해야 하는 역경은 알았다. "내가 생각이 있어." 그녀가 말했다.

로레이다가 회의적인 표정을 지었다.

"아침 먹고 갈 데가 있어."

"기뻐서 어쩔 줄 모르겠네요."

엘사는 미소를 짓지 않을 수 없었다. 딸이 희망을 잃었다는 것이 상처가 되긴 했지만.

엘사는 오트밀에 캔 우유를 붓고 설탕을 뿌려 아이들 아침을 빠르게 만들었다. 그리고 나서 서둘러 옷을 입도록 했다. 9시가 되자 그들은 캠프 밖으로 나와 엷은 잿빛 안개가 드리워진 갈색 들판을 가로질러 걸었다.

"어디 가는 거예요, 엄마?" 앤트가 물으며 그녀의 손을 잡았다.

그녀는 아들이 아직도 밖에 나와 자신의 손을 잡는 것이 좋았다.

"시내에."

"오." 로레이다가 말했다. "우리가 이번 주에 번 몇 달러로 어떤 재미있는 일을 할 수 있으려나."

엘사가 딸의 옆구리를 쿡 찔렀다. "탐험가 클럽 회원이 토요일 모험에 행복해하지 않는 것은 용납할 수 없습니다. 새로운 규칙."

"누구 맘대로 엄마가 회장이에요?" 로레이다가 말했다.

"내 맘대로." 앤트가 깔깔 웃었다. "엄마를 회장으로, 엄마를 회장으로." 그가 촉촉하게 젖은 부드러운 풀밭 위를 걸으며 외쳤다.

엘사는 한 손을 가슴에 올렸다. "큰 영광입니다. 어머나… 전혀 예상하지 못했네요. 여성 회장이라니."

로레이다가 마침내 웃음을 터뜨렸고 기분이 좋아졌다.

그들은 큰길로 들어섰고 웰티까지 쭉 걸어갔다. 목화송이가 그려진 환영 안내판이 있는 예스러운 작은 마을에 도착했을 즈음엔 놀라울 정도로 따뜻한 햇볕에 안개가 개어 있었다. 멀리 보이는 산맥에는 눈이 새로 한 층 내려 앉아 있었다. 메인 스트리트의 나무들은 가을 이파리를 뽐냈다.

"여기서 기다리렴." 엘사가 웰티 농장 사무소 밖에서 말했다. 안으로 들어 간 그녀는 줄을 서서 차례가 되자 전표를 현금으로 교환했다.

"여기 있어요." 책상의 남자가 20달러짜리 전표를 받고 18달러를 주었다. 엘사는 돈을 최대한 단단히 돌돌 말며 머릿속으로 모은 돈이 총 얼마인지 계산했다. 지금은 많아 보였지만 2월이 되면 얼마 남지 않을 것을 알았다.

그러나 그녀는 오늘만큼은 그 생각을 하지 않을 것이다. 다시 거리로 나 오니 아이들은 가로등 아래에서 기다리고 있었다.

아이들의 모습을 보는 순간은 못에 찔린 듯 가슴이 아팠다. 로레이다는 닭 뼈처럼 말라 낡아빠진 드레스에 발에 맞지도 않는 신발을 신고 머리도 들쑥날쑥 마구 길게 자라 있었다. 앤트도 비쩍 마른 데다 머리는 엘사가 아 무리 깨끗하게 해주려 애써도 항상 지저분했다. 그나마 아직 버스터가 신던 신발이 맞아서 다행이었다.

엘사는 억지로 미소를 지으며 아이들에게로 걸어갔다. 앤트의 손을 잡으 며 그녀는 메인 스트리트로 향했다. 상점들이 영업 중이었다. 그녀는 식당 을 지나며 커피와 갓 구워낸 페이스트리 내음을, 사료 가게를 지나며 익숙 한 건초 꾸러미와 곡물 부대 냄새를 맡았다.

저기 있네. 그녀가 아이들과 아침에 캠프를 나서며 작정했던 목적지였다.

베티 앤 미용실.

엘사는 시내에 올 때마다 저 작고 예쁜 살롱을 보았고, 잘 차려입은 여자 들이 근사한 머리로 나오는 것도 보았다.

엘사는 살롱을 향해 걸었다. 그곳은 울타리를 두른 앞마당이 있는 구식 단층집에 있었다.

로레이다가 멈춰 서더니 고개를 저었다. "아뇨, 엄마. 저 사람들이 우릴 어떻게 취급할지 알잖아요."

엘사는 또 헛된 약속을 할 만큼 어리석지는 않았다. 하지만 그녀는 또한 알았다, 아무리 맞고 쓰러져도 계속 일어나야만 한다는 것을. 그녀는 앤트의 손을 꼭 잡고 마당으로 들어가는 문을 열었다.

로레이다가 따라오지 않았다. 엘사는 그 사실을 알았지만 계속 갔다. **자, 어서, 로레이다, 용감해져라.**

엘사와 앤트가 미용실 문까지 갔고, 엘사가 문을 열었다.

머리 위에서 종이 울렸다.

안에는 단층집의 거실이었을 자리에 미용실이 자리 잡고 있었다. 거울 앞에 분홍색 의자가 두 개 있었다. 바닥에는 전깃줄들이 구불구불 늘어뜨려져 있었고, 그것들은 구석의 기계로 연결되었다.

액자에 든 영화 스타 사진들이 분홍색 벽에 줄지어 걸려 있었다.

흰색 긴 가운을 입은 중년 여성이 살롱 한가운데 빗자루를 들고 서 있었다. 그녀는 완전히, 거의 고집스럽다고 할 정도로 현대적으로 보였다. 턱까지 오는 웨이브 있는 백금발 염색 머리에 연필로 그린 듯 가는 눈썹이었다. 배우 클래라 보 스타일의 입술은 밝은 빨간색을 발랐다. "오." 그녀가 함께 모여 선 그들 모습을 보고 말했다.

로레이다가 엘사 옆으로 가까이 다가와 손을 잡고 끌어당겼다. "가요, 엄마."

엘사가 깊게 숨을 들이마셨다. "이 아인 제 딸 로레이다예요. 열세 살이고 월요일부터 학교에 갑니다. 목화 따는 철이 끝나서요. 놀림을 받을 거예요,

왜냐하면… 그러니까….”

로레이다가 옆에서 낑낑거렸다.

“제 남편하고 얘기를 해야겠네요.” 미용사가 그렇게 말하곤 미용실을 나갔다.

“아마 경찰을 부르는 걸 거예요.” 로레이다가 말했다. “우리가 떠돌이라고 말할 거예요. 아니면 더 심한 말을 하거나.”

잠시 후, 여자가 돌아와 그들을 마주하더니 주머니에서 빗을 꺼냈다. “전 베티 앤이에요.” 그녀가 그들에게 다가왔다. 그녀의 하이힐 소리가 단단한 나무 바닥을 또각또각 울렸다. 그리고 로레이다 앞에 멈춰 섰다. 가깝기는 했지만 지나치게 가까운 건 아니었다.

제발, 엘사는 로레이다의 손을 꽉 쥐었다. 내 딸에게 친절하게 대해주길.

그 순간, 갈색 양복 차림의 덩치 큰 남자가 또 다른 방에서 미용실로 들어왔는데, 손에 큼직한 종이 상자가 들려 있었다.

“제 남편 네드예요.” 베티 앤이 말했다.

“알겠습니다.” 엘사가 말했다. “당신과 네드는 저희가 나가주길 원하는 거로군요. 우리 같은 사람들이 있는 곳으로 돌아가라고.”

네드가 머리에 썼던 모자를 벗었다. “아닙니다, 부인. 우리는 1930년에 이곳으로 왔어요. 사는 일이 힘들었지만, 전혀 지금 같지는 않았습니다.” 그가 엘사에게 상자를 내밀었다. “여기에 코트와 스웨터 같은 게 좀 있습니다. 여기 겨울이 제법 춥습니다. 우리 욕실에 샤워기가 있어요. 뜨거운 물도요. 가서 좀 이용하지 그러세요? 뜨거운 물 샤워와 새 옷이 힘든 시기에 조금이나마 도움이 될 수 있습니다.”

베티 앤이 로레이다에게 친절하게 미소를 지었다. “그리고 학교 첫날에

새로운 헤어스타일이 필요한 아가씨도 보이네. 열세 살이면 이런 문제들이
아니라도 충분히 힘든 나이지." 베티 앤이 로레이다를 살펴보았다. "너 정말
예쁘구나, 아이야. 내가 마법을 부려보마."

23장

　로레이다는 촘촘한 벨벳 의자에 앉아 거울에 비치는 자신의 모습을 가만히 바라보았다. 베티 앤은 로레이다의 검은 머리를 정확하게 턱까지 내려오게 자른 후, 한쪽으로 많이 치우치게 옆 가르마를 타고 거기서부터 웨이브가 구불구불 흘러내리게 했다. 향기로운 비누로 잘 닦은 얼굴은 목화밭에서 일한 탓에 짙은 갈색이었다. 베티 앤은 새 보라색 드레스 덕분에 선명한 파란 눈이 더욱 또렷해진 로레이다에게 연한 분홍 립스틱을 입술에 발라보자고 엘사를 설득했다.

　"난 내가 어떻게 생겼는지 잊고 있었네." 로레이다가 부드러운 머리카락 끝을 만져보며 말했다.

　베티 앤이 로레이다 뒤에 섰다. "내가 본 아이들 중 가장 예쁜 아이 같구나." 그녀가 고개를 돌렸다. "엘사, 당신 차례예요."

　로레이다는 의자에서 일어나기 싫었다. 모든 게 마법같이 느껴졌다. 배수로에 사는 사람이 공주로 바뀌는 만약의 세계로 들어가는 문인 것만 같았다.

그녀는 다리가 약간 떨렸다, 솔직히 말하자면. 거울 속에서 그녀는 얼굴 그 이상의 것을 보았다. 이 모든 일이 있기 전 예전의 소녀가 보였다. 꿈 많던 아이, 미래를 믿던 아이. **세계 곳곳**을 가려 했던 사람. 어떻게 그 모든 걸 잊었던 걸까?

그녀는 희망을 새롭게, 다시 발견했지만, 한편으로는 화가 나기도 했다. 그녀는 베티 앤에게 고맙다는 인사를 하고 거울에서 물러섰다. 엄마가 그녀의 어깨를 어루만지고는 자리를 바꿨다.

"어머나, 이거 당신 타고난 머리 색깔이에요?" 베티 앤이 엘사가 앉자 말했다. "아름답네요."

로레이다는 뒷걸음질 쳤다. 바닥에 앉아 장난감 자동차를 가지고 노는 앤트에게 눈길도 던지지 않고 밖으로 나갔다.

이제 바깥 공기조차 냄새가 달랐다.

그녀는 몸을 곧게 펴며, 들판 생활이 얼마나 자신을 웅크리게 하고 작아지게 만들었는지 즉각 깨달았다. 지난 몇 달을 그저 눈에 띄지 않게, 톱니바퀴 속의 톱니 하나가 되려 노력했었다.

이젠 아니야.

그녀는 피터 팬 칼라(앞쪽 끝이 둥근 깃)가 달린, 자신에게는 새 옷인 옷을 입고서 자신 있게 앞으로 걸어갔다. 질질 끌리는 갈색 신발도 레이스 달린 하얀 양말과 함께 신었기에 전혀 신경 쓰이지 않았다.

그녀는 중심가에서 뒤쪽으로 들어간 페퍼 스트리트에서 예쁜 잔디밭 위에 자리 잡은 도서관을 발견했다. 앞에 하얀 깃대에 미국 국기가 펄럭였다.

도서관.

마법.

그녀는 문을 열고 바로 걸어 들어갔다, 배우고 자란 대로 당당하게. 교육을 믿고 기자를, 혹은 소설가를, 아무렴 무엇이든 흥미로운 것을 꿈꾸던 소녀로서.

처음 느낀 것은 책 냄새였다. 그녀는 깊게 숨을 들이마시며 잠시 론섬트리 시절로 돌아갔다. 그녀의 방, 불이 켜져 있고, 책을 읽고⋯.

집.

"도와드릴까요?"

"네. 읽을 책을 찾고 싶어요."

사서가 책상을 돌아 앞으로 나왔다. 그녀는 잿빛 핀컬 머리에 검은 테 안경을 썼으며 건장한 체구였다. "도서관 카드 있니?"

"아니요." 로레이다는 그것을 인정하기가 부끄러웠다. 텍사스에선 늘 도서관 카드가 있었다. "우리가⋯ 새로 이사 와서요."

"음." 사서가 친절한 미소를 지었다. "열세 살?"

"네, 선생님."

"학교 다니니?"

"네, 선생님."

사서가 고개를 끄덕였다. "따라오렴."

그녀는 로레이다를 데리고 서가들을 지나 커다란 학생용 나무 책상으로 데리고 갔다. 신문이 펼쳐져 있었다. "여기 앉으렴. 내가 책을 찾아볼게."

로레이다는 램프가 있는 오크 책상에 앉았다. 램프를 켰다가 껐다가 다시 켜보며 지시에 따르는 전기의 마법에 감탄했다.

사서가 책 한 권을 가지고 돌아왔다. "이름이 뭐니?"

"로레이다 마르티넬리예요."

"난 퀴스도프 선생이다. 네 카드를 만들러 오렴. 지금은 널 믿고 이 책을 주마." 그녀는 닳은 《낡은 시계의 비밀》 한 권을 내려놓았다.

로레이다는 그 책을 만져보고는 얼굴 가까이 들고 기억 속에 있던 책 내음을 호흡했다. 밤에 책을 읽던 생각이 났다… 방과 후 스텔라와 함께. 그리고 잠들기 전 아버지가 해주던 이야기를 듣던 일도. 가뭄에 말라버린 꽃이 봄의 첫비 한 방울을 맞은 순간처럼 로레이다는 자신이 살아나는 것을 느꼈다. "제 동생에게도 한 권 빌려주실 수 있을까요? 여덟 살이에요. 어쩌면 우리 엄마에게도요. 책 다 가져올게요, 약속드려요."

퀴스도프 선생님이 살펴보듯 로레이다를 바라보다 마침내 미소를 지었다. "마르티넬리 양, 넌 나와 비슷한 아이 같구나."

그날 밤, 아이들이 잠든 후 엘사는 텐트 바닥을 ―또― 쓸고 팬트리로 쓰고 있는 주워 온 과일 상자들 속 내용물을 다시 정리했다. 설탕, 밀가루, 베이컨, 콩, 캔 우유, 쌀, 버터가 있었다. 진짜 진수성찬이었다. 그러나 대공황이 악화되는 와중에도 식품 가격은 올랐다. 등유 5갤런에 1달러였다. 버터 2파운드에 50센트. 쌀 6파운드에 거의 반 달러였다. 그렇게 돈이 무섭도록 빨리 나갔다.

그리고 오늘 세 식구 미용실 비용으로 75센트를 썼다. 겨울이 되었을 때 후회하지 않기를 바랐다.

오늘 얻은 옷 상자를 들고 텐트 밖으로 나간 그녀는 장작 스토브 옆 의자에 앉은 진에게로 갔다. 진은 랜턴 불빛에 의지해 양말을 꿰매고 있었다. 젭과 아들들은 트럭을 타고 포도밭에 가을 일감이 있는지 찾으러 나갔다. 그러나 이렇게 늦은 시기에 그들이 일거리를 찾았을 거라 기대하는 사람은 없었다.

"안녕, 진." 엘사가 어둠 속에서 나와 흐린 랜턴 불빛 속으로 들어갔다. 그녀와 아이들은 옷 상자에서 그들에게 맞는 것들을 고르고 나머지는 듀이 가족을 위해 남겨두었다.

"엘사. 너무 예쁘다!"

엘사는 두 뺨이 붉어지는 것을 느끼며 옷 상자를 내려놓았다. "베티 앤이 애는 썼어."

진이 가장 가까이 있는 나무 양동이를 발가락으로 건드렸다. "앉아."

엘사는 양동이 위에 앉으며 뼈만 남은 엉덩이가 배기는 것은 무시했다. 아, 미용실 의자는 천국 같았지.

"왜 그렇게 말해?"

엘사는 찾고 싶은 것이 있어 옷 상자를 뒤적거렸다. 손가락에 부드럽고 부드러운 모직이 느껴졌다. "뭘?"

"너 예쁘다는 얘기 해준 사람 없었어?"

엘사가 옷 뒤적이던 손길을 멈추고 고개를 들었다. "거짓말도 해주고, 친구가 좋네."

"거짓말 아니야."

"난… 칭찬에 익숙하지 못한 것 같아." 엘사는 그렇게 말하며 턱까지 내려오는 부드러운 머리카락을 얼굴 뒤로 넘겼다. 그리고 푸른빛이 도는 연보라 아기 이불을 꺼내 진에게 건넸다. "이것 좀 봐."

진이 담요를 받아 들고 한참을 내려다봤다. "어제는 애가 춤을 추고 아주

난리가 났었어." 진이 한 손을 둥근 배 위에 올리며 말했다.

엘사는 진이 매일 자궁의 움직임이 어떤지 확인한다는 것을, 그리고 움직임이 느껴질 때마다 기쁨과 동시에 두려움을 느낀다는 것을 알았다. "어젯밤에 꿈을 꿨어. 식당에 취직이 된 거야. 드레스와 모자를 세트로 입은 여자들에게 애플 파이를 내갔지."

진이 고개를 끄덕였다. "우리는 다들 그런 꿈을 꿀 거야."

샌와킨밸리에 겨울이 몰아닥쳤다. 일감도 없는데 날씨까지 나빠 엎친 데 덮친 격이었다. 매일매일 쇠 수세미 색깔 하늘에서 비가 내렸고, 굵은 빗방울이 도랑둑을 따라 밀집한 자동차와 주석 깡통 판잣집과 텐트를 두드려댔다. 진흙 진창이 생기고 물이 옆으로 넘쳐나더니 개울을 이루었다. 갈색 흙탕물이 튀어 모든 것을 변색시켰다.

엘사는 돈을 쓸 때마다 속상해하며 매일 남은 돈을 세고 또 셌다. 그녀는 절약했지만 그럼에도 모아둔 돈은 줄어만 갔다. 그녀와 아이들이 선택의 여지 없이 이번 달에 고무장화를 사야 했다는 것이 화가 났다. 구세군이나 장로교회 무료 나눔 상자에도 그들에게 맞는 치수가 없었다.

12월 말이 되자 저축한 돈은 그녀가 끊임없이 불안에 시달려야 할 정도로 줄어들었다. 목화로 번 돈은 겨울을 끝까지 버틸 만큼 충분하지 못했다. 이제 상황을 알았다. 아이들을 먹이려면 도움이 필요했다. 그렇게나 가슴 아프고 그렇게나 단순했다. 4월이 될 때까지는 주 정부로부터 돈을 받을 수 없었지만, 연방 정부로부터 음식은 받을 수 있었다. 무료 급식소에서 손에 그릇과 숟가락을 들고 줄 시는 것보다 나은 일이었으나, 조심하지 않으면 그 역시 자신의 미래가 될 수 있음을 그녀는 알았다. 솔직히 무료 급식소 공급 물자가 한계에 이르렀다는 소식을 듣지 않았더라면 그녀도 가서 줄을 섰을지도 모르지만, 다른 선택의 여지가 없는 이들의 입에 들어갈 무료 음식을 빼앗고 싶진 않았다. 그래도 그녀에겐 아직 돈이 조금 남아 있으니까.

"부끄러워할 일 아니야." 진이 엘사의 이야기에 그렇게 답했다.

그들은 비교적 조용한 아침나절에 엘사의 텐트 안에 서서 함께 커피를 마시고 있었다. 로레이다와 앤트는 몇 시간 전에 등교했다. 비가 텐트를 두드리고 버팀대들을 흔들어댔다. "정말?" 엘사가 친구를 바라보며 말했다.

사실 둘 다 잘 알았다. 그건 부끄러워할 일이었다. 미국인은 정부의 배급품을 받아서는 안 되는 거였다. 그들은 열심히 일해서 자력으로 성공해야 마땅했다.

"우리 중에 달리 방도가 있는 사람이 어디 있어." 진이 말했다. "너도 콩과 쌀이 얼마 안 남았고, 지금은 한 톨 한 알이 다 소중하잖아."

그게 진실이었다.

엘사가 고개를 끄덕였다. "음, 여기 서서 다른 삶을 바라기만 하면 도움을 받지 못하겠지."

"그러겠지?" 진이 말했다.

두 여자는 마주 보고 미소를 지었다.

진이 나가면서 텐트 자락을 닫았다. 엘사는 후드가 달린 코트의 단추를 끝까지 채우고 지나치게 큰 고무장화를 신은 다음 웰티까지 걷기 시작했다. 이런 날씨에는 가는 길이 더뎠다.

거의 한 시간이 걸려서야, 진흙이 튀어서 다 묻고, 비에 흠뻑 젖은 상태로, 연방 구호 사무소 앞 길게 늘어선 줄에 합류할 수 있었다. 그녀는 두 시간 넘게 줄을 서 있었다. 사무소 안에 들어갈 즈음에는 사시나무처럼 떨고 있었다.

"엘 – 시 – 노어 마르티넬리." 작은 사무실 안 책상 앞에 앉은 젊은 청년에게 말했다. 그는 주석 상자 안에 가득한 붉은색 카드를 살피더니 한 장을 꺼냈다.

"마르티넬리. 1935년 4월 26일 도착 등록. 어린이 2명. 여성 1명. 남편 없음."

엘사가 고개를 끄덕였다. "여기 거의 8개월 있었습니다."

"콩 2파운드, 캔 우유 네 개. 빵 한 덩어리. 다음." 그는 카드에 스탬프를 찍었다. "2주 후에 오세요."

"이걸로 2주를 버티라고요?" 그녀가 말했다.

청년이 고개를 들어 쳐다보았다. "도움이 필요한 사람이 얼마나 많은지 보입니까?" 그가 말했다. "우리도 감당이 안 돼요. 예산이 따라가질 못해요. 7번가에 가면 구세군 무료 급식소가 있어요."

엘사는 식료품이 든 상자를 들고 두 팔로 엉거주춤하게 안았다. 피곤에 지친 한숨을 내쉬며 그녀는 다시 빗속으로 걸어 들어갔다.

"함께합시다. 목소리를 높이세요. 밸리의 노동자들이여 단합하라!"

엘사가 길모퉁이에 서서 소리 지르는 남자를 쳐다보았다. 그는 검은색 긴 더스터 코트에 후드를 쓰고 있었다. 비가 남자 위로 퍼부었다.

그는 강조하기 위해 주먹을 쳐들었다. "힘을 합칩시다! 그들을 겁내지 말아요. 노동자 연맹 회의에 오세요."

엘사는 사람들이 그에게서 멀찍이 떨어지는 것을, 뒤로 물러서는 것을 보았다. 공산주의자와 함께 있는 모습을 보여서 좋을 사람은 여기 아무도 없었다.

경찰차 한 대가 불빛을 번쩍이며 도착했다. 경찰관 두 사람이 내리더니 남자를 붙잡고 때리기 시작했다.

"이거 보여요?" 공산주의자가 외쳤다. "여긴 미국입니다. 그런데 경찰이 내 사상 때문에 나를 끌고 갑니다."

경찰이 그를 경찰차 안에 처박고는 차를 몰고 가버렸다.

엘사는 식료품 상자를 다시 고쳐 안고서 캠프로 가는 긴 걸음을 시작했다. 오후 늦게야 들판에 도착했다.

이제 이곳엔 거의 천 명 가까운 사람, 그들이 도착했을 때보다 네 배 이상의 사람이 살았다.

엘사는 발목까지 푹푹 빠지는 진창을 첨벙이며 걸어 텐트로 향했다.

몇몇 사람이 뭐든 쓸 만한 것을 찾아 헤매고 있었다.

엘사는 듀이 가족의 텐트 앞에 멈춰 섰다. "누구 있어요?"

루시가 텐트 자락을 올렸다. 여섯 가족 전부가 모여 있는 것이 보였다. 젭과 아들들은 다른 사람들과 마찬가지로 일거리를 구하지 못하고 있었다.

진이 크게 부른 배 위에 손을 올린 채 지친 미소를 지었다. 드레스의 단추들이 다 벌어졌고 하나는 떨어지고 없었다. "안녕, 엘사. 어땠어?"

엘사는 상자 안으로 손을 넣어 그녀가 받은 캔 우유 두 개와 빵 몇 조각을 꺼냈다. 많은 양은 아니지만 그럼에도 많았다. 두 가족은 무엇이든 생기는 게 있으면 함께 나누었다. "여기." 그녀가 음식을 내밀었다.

"고마워." 진이 이해한다는 표정을 지었다.

엘사는 자신의 텐트로 돌아가 안으로 들어갔다. 바닥은 진창이었다. 사람들이 병드는 것도 당연했다. 앤트는 그들이 함께 쓰는 매트리스에 앉아 숙제를 하고 있었다.

로레이다가 사과 궤짝에 앉아 미용실에서 받은 보라색 드레스에 검은 단추를 달고 있었다. 엘사가 들어가자 쳐다보았다. "어땠어요?"

"괜찮았어." 엘사는 손이 너무나 차가워서 하마터면 상자를 놓칠 뻔했다.

로레이다가 일어나 엘사에게 담요를 둘러주었고, 엘사는 매트리스 끝에 조심스럽게 앉았다.

"얼마나 많은 사람들이 줄 서 있는지 몰라, 로레이다." 엘사가 말했다. "무료 급식소 줄은 두 배나 더 길었고."

"힘든 시기니까." 로레이다가 경직된 목소리로 말했다. 그들이 입버릇처럼 하는 말이었다.

"우리가 정부 보급으로 사는 걸 할머니, 할아버지가 알면 뭐라고 하실까?"

"앤트에게 우유가 필요하다고 하시겠죠." 로레이다가 말했다.

엘사는 토니가 그의 땅이 죽어버렸을 때 어떤 심정이었는지 이제 알 것 같았다. 정부 구호를 요구하며 너무나 심한, 사라지지 않을 수치심을 느꼈던 것이다.

빈곤은 영혼을 망가뜨렸다. 동굴은 점점 숨 막히게 좁혀 들어오고, 작은 불빛은 변함없이 절망적인 하루하루가 지날 때마다 점점 더 작아졌다.

크리스마스 아침, 밝고 맑은 하루가 시작되었다. 거의 일주일 만에 처음으로 비가 내리지 않았다. 엘사가 잠에서 깨니 더없이 고요했다. 그녀는 평소보다 더 잠을 많이 잤다. 모두 그랬다. 요즘은 해도 뜨기 전부터 일어날 이유가 없었다. 일거리라고는 없었고 학교는 방학이었다.

그녀는 느릿느릿 일어나 늙은 여인처럼 움직였다. 실제로 늙어버린 느낌이었다. 추위, 굶주림, 두려움이 합세해 그녀를 늙게 만들어버렸다. 그녀는 그냥 다시 침상으로 들어가 아이들을 껴안고 이불 아래에서 잠을 자고만 싶었다. 그것이 유일한 탈출이었다. 그러나 그런 탈출이 얼마나 위험한지는 그녀가 잘 알았다. 생존에는 투지와 용기와 노력이 필요했다. 포기하는 일은 너무 쉬웠다. 아무리 두려워도 아이들에겐 생존하는 법을 매일 가르쳐야 했다.

그녀는 물병을 들고는 커피를 끓이려고 밖으로 나갔다.

캠프도 그녀와 함께 깨어났다. 사람들이 텐트 밖으로 나와 예상치 못한 햇빛에 두더지처럼 눈을 껌벅거렸다. 사람들이 미소를 지으며 손을 흔들었다. 누군가 바이올린을 켰다. 뒤이어 밴조 소리도 들렸다. 누군가 어디선가 노래를 시작했다.

엘사가 담요를 어깨에 두르고 음악 소리를 따라가니 도랑 옆에 사람들이 한 무리 모여 있었다. 도랑에는 넘실대는 갈색 물이 세차게 흘렀다. 진과 미지가 함께 나무 옆에 서 있는 것이 보였다. 남자들이 둑을 따라 바위나 쓰러진 나무 위에 앉아 그들이 전국 각지에서 가져온 악기를 연주하고 있었다. 여자들은 물을 채운 양동이를 들고 섰다가 내려놓았다.

진과 미지가 노래를 부르기 시작했다. "끊어진 인연이 이어지겠죠."

다른 사람들도 따라 불렀다.

"머지않아 주님 곁에서, 머지않아."

364

엘사는 음악이 그녀 안에서 차오르는 것을 느꼈다. 그 음악에서 그녀 생애의 가장 좋았던 시절이 들려왔다. 예진 로즈와 가족과 성당에서 미사를 올리던, 토니가 바이올린을 켜던, 도시락 자선 행사를 하던 시절이, 언젠가 한 번 개척자의 날 레이프와 춤추던 시절까지도.

그녀는 다시 텐트로 가 아이들을 깨워 서둘러 둑으로 데리고 나갔다. 세 사람은 진과 미지와 나란히 섰다.

얼마 후 젭과 그 집 아이들도 나왔다. 사람들이 한가득 모였다.

엘사가 아이들의 손을 잡았다. 그들은 진흙투성이 둑에 서서 맑게 갠 하늘을 쳐다보며 찬송가와 크리스마스 노래를 불렀다. 그 노래들이 끝날 무렵, 그들 누구도 지역 교회에서 그들의 예배 참석을 거부한 것에, 그들의 옷이 낡고 더러운 것에, 크리스마스 만찬이 초라할 것에 개의치 않았다. 그들은 서로에게서 힘을 얻었다. 엘사와 진은 서로 마주 보며 노래했다. "이어지겠죠."

남자들이 마침내 연주를 멈추자 사람들은 몇 주 만에 처음으로 시선을 맞추며 즐거운 크리스마스를 빌었다.

엘사는 아이들의 손을 잡고 텐트로 걸어 돌아갔다.

로레이다가 불을 피우고 커피 두 잔을 부어 한 잔을 엘사에게 건넸다.

앤트가 의자와 과일 궤짝 두 개를 밖으로 끌고 나왔다. 그들은 텐트 앞에, 스토브 온기 가까이에 앉았다. 그들은 불쏘시개에 주석 캔들을 못으로 박고, 국자, 머리 리본, 헝겊 조각 등 닥치는 대로 찾아 장식해 크리스마스트리를 만들어놓았었다.

엘사가 주머니에서 진흙이 묻고 구겨진 작은 봉투를 꺼내 열었다. 지난주 우체국 우편 보관소로 도착한 편지였다.

"힐머니와 할아버지 편지다!" 앤트가 말했다.

엘사가 편지를 펼쳐서 소리 내어 읽었다.

내 사랑하는 딸과 손주들에게,

이번 주에 또 먼지 폭풍이 불어닥쳤고, 그러고 나더니 갑자기 추위가 밀려
왔다.

지긋지긋하게 추운 겨울이다. 우리는 너희들이 있는 캘리포니아의 따뜻함이
부럽구나. 파블로브 씨 말로는 지금쯤이면 너희가 야자수도 보았을 거라 하
더구나. 어쩌면 바다도. 얼마나 멋진 광경일까.

너희 할아버지는 농토 보존 프로그램에 희망이 있다고 생각하신다. 우리가
심은 많은 작물이 계속되는 가뭄에 피해를 입었지만, 이번 달 비가 조금 내리
더니 작게 싹이 트는 것이 보인다.

그래도 성모님 덕분에 우물에 물이 있단다. 우리는 두 식구와 닭들 먹을 정도
의 물은 있어 계속 살아간다. 곡식에 줄 물도 있기를 또다시 기원하면서. 정부
에서 받는 에이커당 10센트가 있어 빚지지 않고 그럭저럭 산다.

지난 편지에서 목화 따는 일 얘기를 했었지. 네가 목화밭에 있는 모습이 상상하
기 어렵구나, 엘사. 이 어려운 시기에 너희 모두 잘 살 수 있도록 더 힘을 내길.

힘든 시절이 영원히 계속되진 않는다. 사랑은 영원하지. 사랑하는 우리 손주
들을 위해 작은 선물을 보낸다. 아이들이 우리를 기억해주길 바라며.

사랑을 담아,

로즈와 토니

엘사는 봉투에서 1센트짜리 동전 두 개를 꺼내 아이들에게 하나씩 주었다.

앤트의 눈이 반짝였다. "사탕 사 먹어야지!" 앤트가 소리쳤다.

"내 짐 가방에 선물이 또 있단다." 엘사가 커피 컵을 감싸 두 손을 덥히며 말했다. "찾아내는 거 좋아하는 아이를 아는데."

앤트가 휙 돌아서더니 텐트 안으로 들어가 곧 꾸러미 두 개를 가지고 나왔다. 하나는 신문에, 다른 하나는 천에 싸여 있었다.

앤트가 자기 것을 찢어서 열었다. 엘사가 캠프에 버려진 차의 좌석 천으로 멋진 조끼를 만들고 허시 초콜릿 바도 하나 샀다.

앤트의 눈이 휘둥그레졌다. 그 초콜릿이 5센트라는 건 앤트도 알았다. 큰돈이었다. "초콜릿!" 앤트가 천천히 껍질을 벗겨 뾰족한 갈색 모서리를 드러냈고, 쥐가 갉아 먹듯 조금 베어 물었다. 맛을 음미했다.

로레이다도 선물을 열었다. 엘사는 로레이다의 신발을 수선했다. 타이어 고무로 밑창을 새로 대었는데, 골판지보다 더 편안하고 더 튼튼할 터였다. 신발 아래에는 로레이다의 새 도서관 카드와 《숨겨진 계단》이 있었다.

로레이다가 고개를 들었다. "다시 갔었어요? 이 빗속에?"

"퀴스도프 선생님이 널 위해 골라주신 책이야. 그런데 진짜 선물은 바로 그 카드야. 그 카드면 넌 어디든 갈 수 있다, 로레이다."

로레이다가 손가락으로 경건하게 카드를 매만졌다. 엘사는 도서관 카드 하나가, 평생 아주 당연한 것으로 생각했던 그 카드가, 여전히 미래가 존재한다는 뜻임을 알았다. 이 고생 저 너머의 세상이.

앤트는 신이 나서 의자 위에서 펄쩍펄쩍 뛰었다. "우리 이제 엄마 선물 줄까?"

로레이다가 트럭으로 가더니 신문지에 싼 작은 꾸러미를 꺼냈다.

"열어봐요!" 앤트가 발을 동동 구르며 말했다.

엘사기 신문이 찢이지지 않게, 선물을 묶은 헝겊 끈을 잃어비리지 않게 조심하면서 포장을 풀었다. 요즘은 모든 게 다 소중했다.

안에는 빈 종이로 가득한 작은 가죽 장정 일기장이 있었다. 앞부분 몇 페이지는 찢겨 나가고 없었고 덮개는 물에 상한 데가 있었다. 몽당연필 몇 개가 굴러 나오더니 바닥으로 톡 떨어졌다.

로레이다가 엘사를 쳐다봤다. "엄마가 하고픈 이야기가 많은 거 알아요. 하지만 우리가 애들이라 엄마는 그냥 말없이 있는 거잖아요. 그래서 엄마가 글을 쓰면 좀 속이 풀리지 않을까 생각했어요."

"나도 그렇게 생각했어." 앤트가 말했다. "연필, 내가 학교에서 가져온 거예요! 나 혼자서."

일기장을 보니 예전의 자신이 떠올랐다. 책을 읽으며 대학에 가서 문학 공부를 하리라 꿈꾸던 아픈 심장을 가진 소녀. 언젠가는 글을 쓰리라는 꿈도 꾸었었다.

우리가 전부 모르는 숨은 재능이라도 있는 거냐?

엘사는 지금 들려오는 자기 아버지의 목소리에 진저리를 쳤다. 하필 다른 때도 아닌, 아이들에 대한 사랑에 휩싸여, 이 힘든 시절, 이 좌절 속에서도 **나는 참** 아이들을 잘 키웠구나 하고 생각하는 순간인데. 친절하고, 사람에게 관심과 사랑을 품은 아이들이었다.

"뭔가 써보마." 엘사가 말했다.

"우리도 읽게 해줄 거예요, 엄마?" 앤트가 물었다.

"아마 언젠가는."

1936

한 가지가 남았다, 빗방울처럼 선명하고 완벽하게—
절망한 사람들은 함께 뭉쳐야 한다는 것….
그들은 일어서고 넘어지고,
넘어지는 가운데서도 다시 일어설 것이다.

— 새노라 뱁
《알려지지 않은 이름들》

24장

1월의 마지막 날, 한랭 전선이 밸리로 내려와 일주일간 머물렀다. 땅이 단단하게 얼었다. 매일 아침 안개가 몇 시간이고 내려앉아 걷히지 않았다. 여전히 일거리는 없었다.

저축한 돈은 줄어들었지만 엘사는 그들이 그나마 운이 좋다는 걸 알았다. 그들은 목화 돈을 모았고 식구도 셋뿐이었다. 듀이네는 먹여야 할 입이 여섯이었고, 조만간 일곱이 될 참이었다. 캘리포니아에 막 도착한 이주민들 대부분은 가진 것이 아무것도 없어 연방 구호품에, 격주로 나눠주는 보잘것 없는 양의 음식으로 목숨을 부지하려 애썼다. 그들은 밀가루에 우유가 아닌 물을 섞어 만든 팬케이크와 튀긴 반죽을 먹고 살았다. 엘사는 영양실조로 피폐해진 그들의 얼굴을 보았다.

아까 저녁 식사 시간에는 묽은 콩 수프 한 컵과 팬에 구운 빵 한 조각씩 먹었다. 엘사는 무릎 위에 철제 상자를 열어놓은 채 장작 스토브 옆 뒤집어 놓은 양동이에 앉아 있었다. 앤트는 옆에 앉아 크리스마스 허시 초콜릿 바를 하루 치 베어 먹었다. 로레이다는 텐트 안에서《숨겨진 게단》을 다시 읽고 있었다.

엘사는 돈을 다시 세었다.

"엘사! 때가 됐어!"

진이 부르는 소리가 들렸다. 엘사는 너무 빨리 일어서는 바람에 돈 상자를 뒤집어엎을 뻔했다.

아기다.

앤트가 쳐다봤다. "왜요?"

엘사가 텐트 안으로 달려 들어가 돈 상자를 숨겼다. "로레이다." 그녀가 말했다. "따라오너라."

"어디—"

"진이 아기를 낳을 거야."

엘사는 듀이 가족의 텐트로 뛰어갔다. 루시가 밖에서 울고 있었다. "로레이다, 애들을 우리 텐트로 데려가렴. 앤트와 같이 있으라고, 네가 다시 데리러 올 때까지 거기 있으라고 말해라. 그러고 나서 돌아와 나를 도와줘."

엘사가 듀이 가족의 어둡고 축축한 텐트로 들어갔다.

랜턴 하나만 안을 밝히고 있어 어둠을 쫓기엔 역부족이었다. 그녀는 어둠 속에서 잿빛 윤곽을 보았다. 쌓아놓은 식료품들, 임시 세면대.

진이 바닥에 놓인 매트리스 위에 옆으로 누운 채 숨을 멈춘 듯 가만히 있었다.

엘사가 매트리스 옆에 무릎을 꿇고 앉았다. "진." 그녀가 진의 젖은 이마를 만지며 말했다. "젭은 어디 있어?"

"니포모에. 혹시 콩을 딸 수 있나 해서." 진이 헐떡거렸다. "뭔가 이상해,

엘사."

이상하다. 엘사는 그 말이 무슨 뜻인지 알았다. 아이를 잃어본 여자라면 모두 알았다. 모성 본능은 이런 순간에 강하게 발휘되었다.

로레이다가 텐트 안으로 들어왔다.

"진이 일어설 수 있도록 도와줘." 엘사가 로레이다에게 말했다.

둘이 함께 진을 똑바로 일으켜 세웠다. 진이 엘사에게 무겁게 몸을 기대 왔다. "병원에 데려갈게." 엘사가 말했다.

"말도… 안 돼."

"말이 안 되는 거 아니야. 애가 기침을 하거나 열나는 경우가 아니잖아, 진. 응급 상황이야."

"그 사람들… 안 받아줄…." 또 진통이 오면서 진의 얼굴이 일그러졌다.

엘사와 로레이다가 진을 트럭 조수석에 앉혔다. "애들 잘 보고 있어, 로레이다."

엘사가 시동을 걸고 전조등을 밝힌 다음 출발했고, 너무 빨리 달린 나머지 진창길에서 차가 덜커덩댔다.

"못 하겠어…." 진이 팔걸이를 움켜쥐며 말했다. "다시… 돌아가…."

또다시 진통.

엘사는 병원 주차장으로 들어섰다. 건물이 비싼 전등으로 빛을 발하고 있었다.

엘사는 브레이크를 밟았다. "여기서 기다려. 사람을 데려올게."

그녀는 병원 안으로 뛰어들어 가 복도를 달려 데스크 앞에 멈춰 섰다. "친구가 애를 낳으려 해요."

여자가 고개를 들더니 인상을 썼다. 코에 주름이 잡혔다.

"네, 네. 나 냄새나죠." 엘사가 말했다. "난 더러운 이주민 맞고요. 알아요. 그래도 내 친구가　"

"이 병원은 **캘리포니아 주민**을 위한 거예요. 세금 내는 사람들. 건사해주길 바라는 부랑자가 아니라 주민을 위한 곳이에요."

"이봐요. 인간적으로. 제발―"

"당신이? 나한테 인간적 운운을 해? 아이고. 당신 꼴을 좀 봐. 당신네 여자들은 아기를 샴페인 코르크 마개처럼 뻥뻥 낳잖아. 당신네 사람들한테 가서 도와달라 그래." 여자가 마침내 자리에서 일어섰다. 엘사는 여자가 얼마나 잘 먹고 살았는지, 종아리가 얼마나 통통한지 알 수 있었다. 여자가 서랍 안으로 손을 뻗더니 고무장갑 한 켤레를 꺼냈다. "미안하지만 규칙은 규칙이야. 내가 이거는 줄 수 있어." 그녀는 장갑을 내밀었다.

"제발요. 제가 바닥을 닦을게요. 환자 변기도 씻을게요. 무슨 일이든 할게요. 제발 도와만 주세요."

"당신 말처럼 그렇게 급박하다면 왜 나한테 애걸복걸하느라 시간을 낭비해?"

엘사는 장갑을 잡아채서 다시 트럭으로 뛰어갔다.

"안 도와주겠대." 엘사는 트럭에 오르며 이를 악물고 말했다. "훌륭하시고 하느님을 두려워하시는 캘리포니아 사람들께서 아기 생명 따윈 신경 쓰지 않나 봐."

엘사는 할 수 있는 한 빨리 트럭을 몰아 캠프로 돌아갔고, 분노에 휩싸여 호흡이 거칠어졌다.

"빨리, 엘사."

듀이 가족의 텐트로 돌아와 엘사는 진을 부축해 습하고 컴컴한 안으로 들어갔다.

"로레이다!" 엘사가 소리쳤다.

로레이다가 텐트 안으로 뛰어들어 오다 엘사에게 부딪쳤다. "왜 돌아왔어요?"

"우릴 돌려보내더라."

"그러니까―"

"가서 물 가져와. 물 많이 끓이거라." 로레이다가 움직이지 않자 엘사가 소리쳤다. "지금 어서!" 로레이다가 달려 나갔다.

엘사는 석유램프를 켜고 진을 바닥의 매트리스에 눕혔다.

진이 고통에 경련하며 이를 악물고 신음을 참았다.

엘사가 곁에 무릎을 꿇고 그녀의 머리를 쓰다듬었다. "괜찮아, 소리 질러도 돼."

"나오고 있어." 진이 숨을 헐떡이다 말했다. "애들… 못 들어오게… 해. 가위가 저기… 상자에. 그리고 저기 줄도."

다시 한번 진통.

엘사가 진의 뒤틀리는 배를 뚫어지게 바라보았고, 곧 아기가 나올 거라는 걸 알아차렸다. 엘사가 자기 텐트로 뛰어갔고 겁먹은 눈으로 쳐다보는 아이들은 무시했다. 지금은 아이들을 달랠 시간 따위 없었다.

그녀는 모아둔 신문지 다발을 집어 들고 진의 텐트로 뛰어 돌아갔다. 신문지를 흙바닥에 깔며 바닥이 그나마 깨끗한 것에 감사했다.

신문의 머리기사가 눈에 확 들어왔다. '이주민 캠프에 장티푸스 창궐.'

엘사는 진이 몸을 굴려 신문지 위로 갈 수 있도록 했다. 그러고 나서 장갑을 꼈다.

진이 비명을 질렀다.

"사, 힘줘봐." 엘시가 곁에 무릎을 꿇으며 말했다. 진의 젖은 머리를 쓰다듬었다.

"지금… 나와." 진이 소리를 질렀다.

엘사가 재빨리 움직여 진의 벌어진 다리 사이에 위치를 잡았다. 아기 머리꼭지가, 끈적한 점액이 묻은 푸르스름한 머리가 보였다. "머리가 보여." 엘사가 말했다. "힘줘, 진."

"나 너무….."

"알아, 힘든 거. 그래도 힘줘."

진이 고개를 저었다.

"힘줘." 엘사가 말했다. 고개를 들어보니 친구의 눈에 두려움이 가득했다. "알아." 엘사가 말했다. 진이 이 순간 커다란 두려움을 느끼고 있다는 것을 이해했다. 상황이 너무나 좋은데도 아기들은 죽곤 했다. 그리고 지금은 최악의 상황이었다. 아기들은 또한 온갖 역경에도 불구하고 살기도 했다. "힘줘." 그녀가 조용한 희망으로 진의 두려움에 대항하며 말했다.

아기가 흐르는 피와 함께 쑥 나와 엘사의 장갑 낀 두 손 안으로 들어왔다. 너무나 작고, 거의 막대기처럼 말랐다. 남자 신발보다 작았다.

푸르스름했다.

엘사는 그녀 안에서 으르렁거리는 분노가 요동치는 것을 느꼈다. 안 돼. 그녀는 작은 얼굴에서 피를 닦으며, 입안을 깨끗이 비워내며 갓 태어난 아기에게 빌었다. "숨을 쉬어, 아가."

진이 팔꿈치를 딛고 몸을 일으켰다. 그녀도 너무 지쳐 숨 쉬기가 힘들어 보였다. "숨을 안 쉬는구나." 그녀가 조용히 말했다.

엘사가 아기의 호흡을 도와주려 애썼다. 입에서 입으로 숨을 불어넣었다.

아무 반응이 없었다.

그녀는 그 작고 푸른 엉덩이를 때렸다. "숨을 쉬어."

아무 반응도 없었다.

전혀 반응이 없었다.

진이 밀짚 바구니를 가리켰다. 안에는 부드러운 연보라색 담요가 들어 있었다.

엘사는 탯줄을 묶고 자른 다음 천천히 자리에서 일어났다. 힘이 없었다. 몸이 떨렸다. 그녀는 그 작고 움직임 없는 아기를 담요에 쌌다.

그녀가 아기를 진에게 건넬 때 눈물이 앞을 가렸다. "딸이야." 그렇게 얘기해주자 진이 아주 부드럽게 아기를 안았는데 그 모습에 엘사는 가슴이 너무나 아팠다.

진이 푸르스름한 이마에 입을 맞췄다. "우리 엄마 이름을 따라 클리어라고 지을 거야." 진이 말했다.

이름.

희망의 본질. 사랑을 통해 전해 내려온 한 정체성의 시작. 엘사는 진이 아기의 푸르스름한 귀에 속삭이는 광경을 바라봐야 하는 슬픔에서 물러섰다.

엘사가 밖으로 나오니 로레이다가 텐트 앞을 서성이고 있었다.

엘사가 딸을 보았고, 그 묻는 표정에 고개를 저었다.

"오, 안 돼." 로레이다의 어깨가 축 늘어졌다.

엘사가 위로의 말을 하기도 전에 로레이다는 돌아서 그들의 텐트 안으로 사라졌다.

엘사는 그곳에 그대로 서 있었다. 흙바닥에 놓인 구겨진 신문지 위에서 세상으로 나오던 아이의 끔찍한, 정말 끔찍한 이미지가 좀처럼 지워지지 않았다.

클리어라고 지을 거야.

진은 어떻게 그 순간에도 말을 할 수 있었을까?

엘사는 눈물이 솟구치는 것을, 울음이 덮쳐오는 것을 느꼈다. 레이프가 떠난 후 그렇게 울어본 적이 없었다. 그녀는 너무나 울어 자기 안에 물기라고는 남지 않을 때까지, 그들이 뒤로하고 떠나온 대지처럼 메마를 때까지 울고 또 울었다.

그날 밤 10시가 조금 지났을 때 로레이다는 작은 구덩이 파기를 마치고 삽을 내려놓았다.

그들은 캠프에서 멀리 떨어진, 나무에 둘러싸인 곳에 있었다. 숲은 나무 아래 서 있는 두 여자와 한 소녀의 기분만큼이나 어두웠다.

분노가 로레이다를 덮치고 압도했다. 분노가 독이 되어 온몸에 퍼지는 게 느껴졌다. 이런 느낌은 처음이었다. 아버지가 그들을 버리고 떠났을 때도 이렇지는 않았다. 그녀는 숨을 쉴 때마다 그 화를 계속 억눌러야 했다. 그러지 않으면 비명을 내지를 것만 같았다.

그리고 어머니를 보았다. 깨끗한 연보라색 담요에 싸인 죽은 아기를 안고 거기 선, 슬픈 표정의 어머니.

슬픈.

그 모습에 로레이다의 분노가 더 커졌다. 슬퍼할 때가 아니었다.

그녀는 두 주먹을 불끈 쥐었다. 그러나 그 주먹으로 누굴 칠 건가? 듀이 부인은 넋이 나간 듯 불안정해 보였다. 귀신 같았다.

엄마가 무릎을 꿇고 조심스럽게 죽은 아기를 작은 무덤 안에 내려놓고 기도를 시작했다. "우리의 아버지이신—"

"도대체 누구한테 기도하는 거예요?" 로레이다가 소리쳤다.

어머니가 한숨을 쉬고 천천히 일어나는 소리가 들렸다. "하느님에겐—"

"만일 하느님에겐 우리를 위한 계획이 있다는 얘길 한다면 난 소리를 지를 거예요. 정말로 소리 지를 거야." 로레이다의 목소리에 울음이 섞여 있었다. 그녀는 울음이 터지려 한다는 것을 느꼈지만 슬퍼서는 아니었다. 그저 화가 치밀어 오를 뿐이었다. "우릴 이렇게 살게 놔두잖아. 길 잃은 개만도 못하게 사는데."

엄마가 로레이다의 얼굴을 어루만졌다. "아기들은 죽는단다, 로레이다. 나도 네 동생을 잃었다. 할머니도—"

"이건 그거랑 다르잖아요!" 로레이다가 악을 쓰며 말했다. "엄마는 겁쟁이야, 여기 이렇게 죽치고서, 우리도 여기 있게 만들고. 왜?"

"오, 로레이다…."

로레이다는 그녀가 너무 나갔다는 것을, 너무 잔인한 말을 했다는 것을 알았지만 이 분노를 멈출 수도, 삭일 수도 없었다. "만일 아빠가 여기 있었다면—"

"뭐?" 엄마가 말했다. "아빠가 어떻게 했을 것 같은데?"

"아빠는 우릴 이렇게 살도록 하지 않았을 거야. 죽은 아기들을 캄캄한 밤에 묻게 하지도 않았을 거고, 손가락에 뼈만 남도록 일하게도, 정부 구호품 캔 우유 한 개 받자고 두 시간이나 줄 서게 만들지도 않았을 거야. 사람들이 병들어가는 걸 지켜보지 않아도 됐을 거라고."

"그는 우리를 버렸어."

"엄마를 버린 거지. 나도 아빠처럼 떠날 거야. 우리 모두 죽기 전에 난 여기서 나갈 거야."

"그럼 가거라." 엄마가 말했다. "도망가렴. 아버지처럼."

"그럴지도 몰라." 로레이다가 말했다.

"좋아. 가." 엄마가 몸을 숙이더니 삽을 들고 무덤에 흙을 채우기 시작했다.

푹. 털썩.

몇 분 만에 아기 하나가 여기에 묻혔다는 흔적은 어디에도 남지 않았다.

로레이다는 불결하기 짝이 없는 캠프 안을 걸어 돌아갔다. 사람들이 바글거리는 텐트를 지나, 쓰레기를 먹고 사는 사람들에게 쓰레기를 달라고 구걸하는 지저분한 개들을 지나갔다. 아기들이 우는 소리와 사람들이 기침하는 소리가 들렸다.

듀이 가족의 텐트는 닫혀 있었지만 로레이다는 안에 어머니가 와서 달래고 위로해주길 기다리는 어린 소녀들이 있다는 걸 알았다.

위로의 말. 거짓말. 아무것도 나아질 건 없었다.

그녀는 이렇게 사는 건 질렸다.

텐트 자락을 획 젖히고 안으로 들어가니 앤트가 매트리스 위에 몸을 말고 누워 있었다. 그렇게 작을 수가 없는 몸뚱이였다. 그들은 너무나 작은 침대 위에서 어떻게 함께 자는지 배웠다.

앤트의 모습에 그녀의 가슴이 쿵 울렸다.

로레이다는 침대 옆에 무릎을 꿇고 동생의 머리를 어루만졌다. 잠결에 앤트가 웅얼거렸다. "사랑해." 그녀는 속삭이고 동생의 단단한 광대뼈에 입을 맞췄다. "하지만 난 단 한순간도 더 견딜 수가 없어."

앤트가 잠결에 고개를 끄덕이며 뭐라고 중얼거렸다.

로레이다는 그녀의 누더기 옷들과 소중한 도서관 카드가 담긴 작은 가방이 있는 쪽으로 갔다. 식료품 궤짝에서 감자 세 개와 빵 두 쪽을 꺼내고, 돈이 담긴 철제 상자를 열었다. 이 세상에서 그들이 가진 전 재산. 로레이다는 가슴을 찌르는 죄책감을 느꼈다.

안 돼.

그녀는 많이 가져가지 않을 것이다. 그냥 2달러만. 엄마의 돈이기도 했지만 그녀의 돈이기도 했다. 로레이다가 그 돈을 벌기 위해 고생했다는 건 하느님도 알았다. 그녀는 조심스럽게 돈을 뺀 다음 종이 한 장을 찾기 위해 두리번거렸다. 구겨진 신문 한 조각이 보였다. 구겨진 부분을 최대한 편 후, 앤트의 몽당연필로 어머니와 앤트에게 쪽지를 써서 커피 주전자 아래에 놓았다.

그녀는 가방을 들고 텐트 입구로 가서 마지막으로 한 번 뒤돌아본 뒤 걸어 나갔다.

그녀는 트럭을 지나갔다. 그들이 남겨두고 왔어야 할 많은 것이 실려 있었다. 앤트의 야구 방망이가 탁상시계 위에 비스듬히 놓여 있었다. 둘 다 필요한 물건이 아니었다. 로레이다도 어머니도 차마 앤트에게 야구놀이는 시작하기도 전에 이미 끝났다는 이야기를 할 수 없었다. 탁상시계가 필요한 날이 다시 올지는 누가 알겠는가. 그들이 알았더라면 짐을 다르게 꾸렸을 것이다. 아니, 캘리포니아에서 그들을 기다리고 있는 것이 무엇인지 알았더라면 텍사스를 떠나지 않았을 것이다.

떠나지 말았어야 했다.

아니 어쩌면 더 멀리 갔어야 했다.

엄마의 잘못이다. 여기에서 멈춘 건 엄마의 선택이었다. 그래야 한다고 말했었다. 그때부터 모든 게 잘못되었다.

그 치명적인 첫 거짓말부터. 하룻밤만.

흠, 많은 밤이 지났다. 로레이다는 이제 이곳을 벗어날 것이다.

엘사와 진은 어둠 속에서 손을 잡고 함께 서서 아래를 내려다보았다. 시간이 흘렀다. 이럴 땐 그 어떤 말도 할 수 없다는 걸 아는 두 여인 사이 긴 침묵의 자락 속에서.

아기를 추모할 어떤 표시도 없었다. 캠프 이 구역에 묻힌 다른 이들에게도 어떤 추모의 표시도 없었다.

"이제 그만 가자." 엘사가 마침내 말하며 제대로 맞지도 않는 모직 코트의 단추를 채웠다. "떨고 있구나."

"곧 갈게." 진이 말했다.

엘사는 친구의 손을 꼭 쥐었다 놓았다. 엘사는 지쳐버린 뼛속 깊은 곳에서 나오는 듯한 한숨을 쉬고는 삽을 다시 캠프로 가지고 와 트럭 뒤에 던졌고, 삽은 쨍그랑 소리와 함께 떨어졌다.

로레이다 생각이 밀려들었다. 엘사는 무덤가에서 로레이다를 위로했어야 했다. 도대체 어떤 엄마가 슬픔에 잠긴 열세 살짜리에게 그런 식으로 꾸짖는단 말인가? 로레이다는 너무나 많은 상실을 보아왔다. 엘사도 그건 알았다. 도움이 될 말을 분명 찾을 수 있을 것이다.

엘사는 그저 지금으로선 남아 있는 게 아무것도 없었다. 아기의 죽음이 모든 것을 비워버렸다. 딸의 분노와 마주하는 것까지는 도저히 해낼 수 없었다.

시간이 약이 되도록 잠시 내버려두는 편이 나았다. 날카로운 모서리들이 둥그레질 것이다. 적어도 하룻밤 정도. 내일이면 해가 다시 떠올라 빛날 것이고, 그럼 엘사는 로레이다를 곁에 앉히고 줄 수 있는 모든 위로를 전할 것이다.

겁쟁이.

"아냐." 엘사가 자신의 결정을 굳히려 소리 내어 부정했다. 이 문제를 외면하지 않을 것이다. 정면으로 부딪쳐 최선을 다해 로레이다를 달랠 것이다.

그녀는 텐트 자락을 젖히고 안으로 들어갔다.

이불들이 뒤엉겨 있었지만 앤트가 혼자 침대에 있는 건 분명했다.

로레이다가 텐트에 없었다.

엘사는 트럭으로 가 짐칸을 쾅 두드렸다. "로레이다? 그 안에 있니?"

그녀는 짐칸을 살폈지만, 그들이 가져온 살림 상자들, 그들이 필요할 거라 생각해서 가져온 물건들, 촛대, 도자기 접시, 앤트의 야구 방망이와 글러브, 탁상시계 같은 것들만 보였다. "로레이다?" 운전석도 빈 것을 보았을 땐 걱정으로 목소리가 높아졌다.

엘사는 뒤로 물러섰다.

엄마를 버린 거지. 나도 아빠처럼 떠날 거야. 우리 모두 죽기 전에 난 여기서 나갈 거야.

그럼 가거라. 가. 도망가렴, 네 아버지처럼.

그럴지도 몰라.

좋아. 가.

온몸에 소름이 끼쳤다. 그녀는 다시 텐트 안으로 뛰어들어 갔다.

로레이다의 가방이 없었다. 로레이다의 스웨터와 미용실에서 준 파란색 모직 코트도 없었다.

커피 주전자 밑에 삐죽 튀어나온 쪽지가 보였다. 쪽지를 꺼내는 그녀의 손이 떨렸다.

엄마,

난 더 이상 못 참겠어요.

죄송해요.

둘 다 사랑해요.

엘사는 텐트 밖으로 나가 옆구리가 결릴 때까지, 숨이 바닥날 때까지 달리고 또 달렸다.

큰길은 남북으로 뻗어 있었다. 로레이다는 어느 쪽으로 갔을까? 엘사가 어떻게 짐작이라도 할 수 있을까?

엘사는 열세 살짜리 딸에게 **가**라고, 찾지 말라는 네 아버지처럼 도망가버리라고 말했다. 길을 떠도는, 기차를 타고 헤매는 부랑자들이 가득한 세계로, 절망에 빠진, 분노한, 아무것도 잃을 게 없는 갱들이 늑대처럼 어둠 속에 도사리는 세계로 **나가**라고 말했다.

그녀는 딸의 이름을 소리쳐 불렀다.

그 이름은 밤의 어둠 속에서 메아리치다가 희미해지며 사라져버렸다.

로레이다는 남쪽으로 한없이 걸었다. 신발은 다 터졌고 등은 아팠으며, 그녀 앞으로 길게 뻗은 텅 빈 도로는 달빛으로 물들어 있었다. 로스앤젤레스까지 얼마나 멀까?

그녀는 늘 아버지를 찾는 꿈을 꾸었다. 그냥 길에서 우연히 마주치거나 하는. 그러나 지금 도로 한쪽에 홀로 선 지금, 여기에서, 그녀는 어머니가 예전에 했던 말을 이해했다.

아버진 찾지 않길 바라는 거야.

캘리포니아에 얼마나 많은 도로가 있을까? 얼마나 많은 방향으로, 얼마나 많은 목적지로 향해 갈까? 아버지가 할리우드를 꿈꾸었다고 해서, 그곳으로 갔다는, 그곳에 머물고 있다는 보장도 없었다.

그리고 그녀는 얼마나 멀리 걸어온 걸까? 5킬로미터? 6킬로미터?

그녀는 되돌아서지 않겠다는 굳은 마음으로 계속 걸었다. 돌아가지 않을 것이고, 떠난 것이 실수였다고 인정하지 않을 것이다. 이런 생활을 더는 견딜 수가 없었다. 끝.

그러나 앤트가 잠에서 깨면 그녀를 찾을 것이다. 앤트는 자신을 쉽게 버릴 수 있는 사람이라고, 자신에게 문제가 있다고 생각할 것이다. 로레이다는 알았다, 아빠가 떠났을 때 그녀가 그렇게 느꼈으니까.

그녀는 동생에게 마음의 상처를 주고 싶지 않았다.

앞에서 도로를 따라 올라오는 헤드라이트가 보였다. 트럭 한 대가 그녀 쪽으로 오더니 멈췄다. 구식 트럭이었고, 유리를 끼운 각진 목재 운전실을 검은색 차대에 장착한 것처럼 보였다. 경첩이 달린 앞 유리가 열려 있었다.

운전하던 사람이 손을 뻗어 조수석 창을 내렸다. 엄마 정도 나이에 얼굴은 요즘 남자들 대부분이 그렇듯 뼈가 앙상하고 날카로웠다. 면도를 해야 할 상태였지만 수염을 길렀다고 말하긴 어려웠다. 그냥 덥수룩했다. "혼자 여기서 뭘 하는 거냐? 한밤중에."

"아무것도요."

그의 눈길이 그녀의 여행 가방에 꽂혔다. "집 나온 아이처럼 보이는군."

"무슨 상관이에요?"

"부모님은 어디 계시냐? 여긴 위험하다."

"아저씨가 상관할 바 아니에요. 게다가 난 열여섯이에요. 내 마음대로 갈 수 있다고요."

"그래, 애야. 그럼 나는 에럴 플린(당시 유명한 배우)이다. 어느 쪽으로 가는 거냐?"

"여기가 아니면 어디든지요."

그가 도로를 바라보았다. 그리고 적어도 1분은 지나서야 다시 로레이다에게로 시선을 돌렸다. "베이커즈필드에 버스 정거장이 있다. 나는 북쪽으로 가는 길이다. 내가 태워주마. 가는 길에 한 군데 들를 곳이 있긴 하지만."

"고마워요, 아저씨." 로레이다는 가방을 트럭 뒤편에 던져 넣고 올라탔다.

25장

"난 잭 발렌." 남자가 말했다.

"로레이다 마르티넬리."

그가 트럭에 기어를 넣었고 그들은 북쪽으로 달리기 시작했다. 트럭의 서스펜션이 고장이었다. 요철이 나올 때마다 가죽 좌석이 아래위로 덜컹거렸다.

로레이다는 창밖을 내다보았다. 잠시 번쩍이는 헤드라이트 불빛에, 혹은 가로등 빛이 간판을 비출 때 도로 옆에서 텐트를 치고 야영하는 사람들과 등에 짐 꾸러미를 둘러업고 걷는 떠돌이들이 보였다.

그들은 학교 앞을, 병원을, 그리고 어둠에 싸인 무단 체류자들의 캠프를 지났다.

그러고는 로레이다가 아는 장소들을 지나갔다. 웰티 시내. 여기서부터는 도로뿐 아무것도 없었다.

"저기요, 이렇게 늦은 밤에 무슨 일을 하는 거예요?" 그녀가 말했다. 갑자기 자신이 위험에 처할 수도 있다는 생각이 들었다.

남자가 담배에 불을 붙이고는 푸르스름한 잿빛 연기 한 줄기를 열린 창문으로 뱉었다. "너랑 같은 듯한데."

"무슨 뜻이에요?"

그가 고개를 돌렸다. 처음으로 그녀는 그의 얼굴 전체를 보았다. 햇볕에 그을린 거친 얼굴, 날카로운 코에 검은 눈. "너 뭔가로부터, 아니면 누군가로부터 도망치고 있는 거잖아."

"아저씨도요?"

"얘야, 요즘 같은 시절에 도망을 안 친다면 그건 무신경한 거지. 그렇지만 아니, 난 도망치는 거 아니야." 미소 짓는 얼굴이 어쩐지 잘생겼다는 생각이 들었다. "나도 여기 붙들려 있긴 싫어."

"우리 아빠도 그랬어요."

"그러다니 뭘?"

"한밤중에 도망갔어요. 다시 돌아오지 않았죠."

"음… 그거 고약하구나." 그가 결국 그렇게 말했다. "네 엄마는?"

"엄마가 뭐요?"

그가 긴 흙길로 시선을 돌렸다.

어둠.

로레이다는 어디서도 불빛을 볼 수 없었다. 온통 깜깜했다. 집도, 가로등도, 길 위에 다른 차도 없었다.

"어 – 어디로 가는 거예요?"

"버스 정거장 가기 전에 한 군데 들러야 한다고 말했잖아."

"이런 데서요? 아무것도 없는데요?"

그가 트럭을 세웠다. "난 네 약속이 필요하다, 얘야. 넌 이 장소에 대해서 누구한테도 말하면 안 된다. 나에 대해서도. 혹은 네가 여기서 보는 그 무엇에 대해서도."

그들은 풀이 우거진 광활한 들판에 있었다. 헛간 하나가 황폐한 단층집 옆에 보였다. 달빛이 그 건물들을 감싸고 있었다. 열두어 대 정도의 승용차와 트럭이 헤드라이트를 끈 채 풀밭에 세워져 있었다. 헛간의 판자들 사이로 가느다란 노란 선들이 보여 안에서 무언가 진행되고 있음을 알려주었다. "나 같은 애가 하는 얘기를 누가 들어주겠어요." 로레이다가 말했다. 그녀는 차마 제 입으로 오키라는 말을 할 순 없었다.

"네가 약속하지 않으면 난 지금 당장 차를 돌려 널 큰길에 내려줄 거다."

로레이다가 그를 쳐다봤다. 그가 인내심을 발휘할 생각이 없다는 걸 알 수 있었다. 그의 눈가에 경련이 일었지만 그래도 그는 차분해 보였다. 그녀가 결정을 내리는 동안 기다렸지만 오래 기다려주지는 않을 터였다.

그녀는 지금 당장 차를 돌리라고, 큰길에 데려다달라고 말해야 했다. 이 늦은 밤에 저 헛간 안에서 일어나고 있는 일이 좋은 일일 리는 없었다. 그리고 어른들은 어린아이들에게 이런 종류의 약속을 요구하지 않았다.

"나쁜 건가요, 저기서 무슨 일이 있는 거예요?"

"아니다." 그가 말했다. "좋은 거야. 하지만 때로 위험하긴 하지."

로레이다는 남자의 검은 눈을 들여다보았다. 그는… 신상하고 있었다. 어쩌면 약간 겁을 먹은 것도 같았지만, 그래도 그 눈은 그녀가 이전에 본 적 없는 방식으로 살아 있었다. 여기 불결한 텐트에서, 음식 찌꺼기나 먹으면서도 고마워하는 그런 삶을 살지 않으려는 남자가 있었다. 그는 다른 사람들과 달리 패배하지 않았다. 그녀는 그의 생명력을 느꼈고, 더 좋은 시절이,

어떤 남자가 떠올랐다. 한때는 아버지에게서 엿보았던 그린 남자가. "약속할게요."

그는 앞으로 차를 몰아 주차된 차들 사이를 지나갔다. 문 가까이에 트럭을 세운 그는 시동을 껐다.

"넌 트럭에 있거라." 그가 문을 열며 말했다.

"얼마나 걸려요?"

"내가 필요한 만큼."

로레이다는 그가 헛간으로 걸어가 문을 여는 것을 보았다. 불빛이, 그리고 안에 모여 선 사람들의 그림자 같은 것이 보였다. 이내 그는 문을 닫았다.

로레이다는 어두운 헛간을, 널빤지 틈새로 흘러나오는 빛줄기를 바라보았다. 저 안에서 사람들은 무얼 하는 걸까?

자동차 한 대가 트럭 옆으로 털털거리며 오더니 멈춰 섰다. 헤드라이트가 꺼졌다.

로레이다는 차에서 남녀가 내리는 것을 보았다. 둘 다 검은색 좋은 옷에, 둘 다 담배를 피우고 있었다. 분명 이주민도 농부도 아니었다.

로레이다는 순간적인 결정을 내렸다. 트럭에서 내려 두 사람을 따라 헛간으로 향했다.

헛간 문이 열렸다.

로레이다는 두 사람을 뒤따라 슬그머니 들어가 헛간의 거친 널빤지에 등을 딱 붙였다.

그녀는 자신이 무엇을 보게 되리라 예상했는지 꼭 집어 말할 순 없었지만—밀주를 마시며 린디 춤을 추는 광경이거나, 아마도—어떤 예상을 했든 이건 아니었다. 양복을 입은 남자들이 여자들과 섞여 있었다. 바지를 입은 여자들도 있었다. 바지를. 그들은 모두 한꺼번에 말을 하는 듯했고, 손짓을 하는 모양새가 마치 말다툼이라도 하는 것처럼 보였다. 그곳은 살아 있는 듯한 느낌이었다. 벌통처럼 활발했다. 담배 연기에 덮여 사람들이 전부 뿌옇게 보였고 로레이다는 눈이 아렸다.

헛간 안은 먼지가 많고 어두웠는데 테이블이 열 개 정도 있었고, 테이블마다 랜턴들이 놓여 있어 먼지와 연기를 뚫고 빛 주머니가 만들어졌다. 테이블에는 타자기와 등사기가 있었다. 여자들이 의자에 앉아서 담배를 피우면서 타자기를 쳤다. 공기에는 담배 냄새와 섞여 또 다른 낯선 향기가 풍겼다. 테이블 위에는 종이 뭉치들이 줄지어 쌓여 있었다. 가끔씩 타자기 줄을 바꾸는 지이이잉 소리가 들렸다.

잭이 성큼성큼 앞으로 나가자 사람들이 하던 일을 멈추고 시선을 그에게로 돌렸다. 그는 자기 앞에 있던 테이블에서 신문 하나를 집고 다락 사다리 몇 단을 올라가더니 사람들을 마주 보며 섰다. 그는 신문을 높이 들었다. 머리기사가 보였다. '로스앤젤레스, 이주민에게 전쟁 선포.'

"경찰국장 제임스 '쌍권총' 데이비스가 대형 농장주, 철도, 주 정부 구호기관들, 그리고 그 밖의 배부른 자본가들의 지지를 받으며 캘리포니아주 경계를 이제 이주민에게 닫아걸었습니다." 잭이 짚으로 덮인 바닥에 신문을 내던졌다. "생각해보십시오. 절망에 빠진 사람들, 선량한 사람들, **국민들**, 그들이 주 경계선에서 총부리에 막혀 뒤돌아서고 있습니다. 어디로 가라고? 그들 대다수가 고향에서 굶주리거나 먼지 때문에 폐렴으로 죽어가던 중이었습니다. 그들이 돌아가지 않겠다고 하면 경찰이 그들을 부랑죄로 감옥에 넣고 판사는 강제 노역을 선고하고 있습니다."

로레이다는 그다지 놀라지도 않았다. 더 나은 삶을 위해 이곳으로 오지만 더 심한 대접을 받는다는 것이 어떤 것인지 잘 알았다.

"개새끼들." 누군가 소리쳤다.

"캘리포니아 어디서나 대형 농장주는 그들을 위해 일하는 사람들을 착취하고 있습니다. 캘리포니아로 오는 이주민은 가족을 먹여 살릴 길이 없어 그저 주는 대로 받을 수밖에 없습니다. 이곳과 베이커즈필드 사이에 집 없는 사람이 7만 명 이상입니다. 무단 체류자 캠프에서는 아이들이 영양실조로, 질병으로, 하루에 두 명꼴로 죽어갑니다. 이건 옳지 않습니다. 우리 나라에서 이래서는 안 되는 겁니다. 대공황이라도 이건 아닙니다. 더는 두고 볼 수 없습니다. 그들을 돕는 건 우리에게 달렸습니다. 그들이 노동자 연맹과 함께할 수 있도록, 그들의 권리를 위해 일어설 수 있도록 우리가 도와야 합니다."

사람들에게서 동의하는 함성이 터져 나왔다.

로레이다가 고개를 끄덕였다. 그의 이야기가 뇌리에 꽂히며 처음으로 우리가 이걸 **참아낼 필요가 없다**는 생각이 들었다.

"이제 때가 되었습니다, 동지들. 정부는 이들을 도울 생각이 없습니다. 우리에게 달렸습니다. 우리가 노동자들에게 확신을 주어야 합니다, 일어서라고. 봉기하라고. 우리가 쓸 수 있는 모든 수단을 다 동원해서 큰 회사가 노동자를 짓밟고 착취하는 것을 막아야 합니다. 우리는 함께 자본주의 불평등에 대항해야 합니다. 우리는 이곳과 센트럴밸리의 이주 노동자들을 위해 싸우고, 그들이 조합을 조직해 더 높은 임금을 위해 투쟁할 수 있도록 도울 겁니다. 그때가… 바로 지금입니다!"

"그래요!" 로레이다가 외쳤다. "그래!"

잭이 다락 사다리에서 뛰어내렸고, 그렇게 뛰어내리기 직전, 로레이다는 그의 시선이 똑바로 자신에게 향했음을 알았다.

그가 사람들 사이를 수월하게 헤치며 성큼성큼 그녀에게 다가왔다.

로레이다는 그의 눈길에서 강렬함을 느꼈다. 사냥하는 매의 시선에 얼어붙은 쥐가 된 듯했다.

"트럭에 있으라고 했잖아."

"나도 당신들과 함께하고 싶어요. 나도 도울 수 있어요."

"오, 그렇다고?" 그녀를 내려다보는 그는 엄마보다도 키가 컸다. 그녀는 거칠고 가쁘게 숨을 쉬었다. "집에 가거라, 꼬마야. 넌 이 일엔 너무 어리다."

"난 이주 노동자예요."

그가 담배에 불을 붙이며 그녀를 살펴보았다.

"우린 서터 로드 도랑둑 캠프에 살아요. 난 이번 가을 목화를 땄어요, 학교도 못 가고요. 내가 목화를 따지 않았더라면 우린 굶주렸을 거예요. 우리는 텐트에서 살아요. 우리가 들판에서 일거리를 얼마나 간절히 원하냐면요, 일자리 줄에 1등으로 도착하려고 도로 옆 고랑에서 자기도 한다고요. 농장주는, 그 살진 돼지 웰티는 우리한테 먹을거리가 충분히 있는지 그런 건 신경도 쓰지 않아요."

"웰티라고, 흠? 우린 그쪽 이주민 캠프에 조합을 만들려고 노력 중이었어. 저항이 심하더군. 오키들은 고집이 세고 자존심이 강했어."

"우릴 그렇게 부르지 말아요." 그녀가 말했다. "우린 그냥 일자리를 원하는 사람들이에요. 우리 할아버지, 할머니, 우리 엄마… 그분들은 정부 구호금을 탐탁지 않아 해요. 스스로 벌려고 해요. 하지만…."

"하지만 뭐?"

"그렇게 안 될 거잖아요, 그렇죠? 더 나은 삶을 찾아 여기까지 왔지만 실제로는 그렇게 되진 않을 거잖아요?"

"투쟁 없이는 안 되지."

"나도 투쟁하고 싶어요." 로레이다는 그렇게 말하며 자신이 오랫동안 이 싸움을 하고 싶었다는 것을 깨달았다. 이것이 바로 그녀가 도망쳐 찾고 싶었던 것이다, 겁 많은 아버지가 아니라. 이것이 그녀가 잃어버렸던 열정이었다. 그녀는 그 열정의 열기를 느꼈다.

"너 몇 살이니, 진짜로?"

"열셋요."

"네 아버지는 일자리를 잃고 가족을 버리고 도망가고… 세인트루이스에서."

"텍사스요." 로레이다가 말했다.

"얘야, 그런 남자는 쓰레기만도 못하다. 그리고 넌 혼자 돌아다니기엔 너무 어리고. 캘리포니아에는 어떻게 왔니?"

"엄마가 우릴 데리고 왔어요."

"엄마 혼자서? 분명 강한 사람이겠구나."

"난 오늘 엄마한테 겁쟁이라고 했어요."

그는 다 안다는 듯한 표정을 지었다. "엄마가 걱정하시겠지?"

로레이다가 고개를 끄덕였다. "나를 찾으러 나왔을 텐데. 가고 없으면 어떡하죠?" 그 말을 하며 갑자기 향수에 사로잡혔다. 장소에 대한 것이 아니라 사람에 대한 향수. 그녀의 사람들. 엄마와 앤트. 할아버지와 할머니. 그녀를 사랑하는 사람들.

"얘야, 너를 사랑하는 사람은 떠나지 않아. 넌 이미 그걸 배웠어. 엄마에게 가서 네가 정말 새대가리처럼 멍청했었다고 말하렴. 그러고 나서 엄마에게 꼭 안기고."

로레이다는 눈시울이 뜨거워지는 것을 느꼈다.

밖에서 경찰 사이렌 소리가 울렸다.

"젠장." 잭이 그녀의 팔을 잡더니 당황한 사람들 무리를 뚫고 헛간을 가로질러 갔다.

그는 그녀를 자기 앞에 있는 사다리에 올리고 다락 안으로 밀어 넣었다.

"네 안에 불꽃이 있구나, 아이야. 그 개자식들 때문에 그 불꽃을 꺼뜨리진 말아라. 아침이 될 때까지 여기 있어, 아니면 너도 유치장 신세가 될지도 몰라."

그는 다락 사다리에서 헛간 바닥으로 뛰어내렸다.

문이 끽 열렸다. 경찰들이 권총과 곤봉을 들고 입구에 나타났다. 그들 뒤에서 붉은빛이 번쩍였다. 경찰들이 줄줄이 헛간으로 들어와 종이와 타자기, 등사기를 쓸어 담았다.

로레이다는 경찰이 곤봉으로 잭의 머리를 때리는 것을 보았다. 잭은 휘청였지만 쓰러지지는 않았다. 약간 비틀거리며 그는 경찰에게 씩 웃었다. "그것밖에 안 돼?"

경찰의 얼굴이 굳었다. "넌 이제 죽었어, 발렌. 조만간." 그는 잭을 또 때렸다, 이번엔 더 세게.

"놈들을 포위해." 경찰이 제복에 피가 튄 모습으로 말했다. "우리 동네에 빨갱이들은 필요 없어."

빨갱이.

공산주의자.

엘사는 창백한 달빛을 받으며 웰티 시내로 걸어 들어갔다. 이 시간에 거리는 완전히 비어 있었다.

저기 있었다. 경찰서가 도서관에서 그다지 멀지 않은 곳에, 골목에 자리 잡고 있었다.

권위 있는 누군가가 실제로 그녀를 도와줄 거라고는, 아니 말이라도 들어줄 거라고는 생각지 않았으나 딸이 사라지지 않았는가. 그녀로서는 생각할 수 있는 게 이 방법밖에 없었다.

주차장은 거의 비어 있었고 몇 대 안 되는 순찰차와 구식 트럭 한 대가 서 있었다. 가로등에서 떨어지는 밝은 불빛에 떠돌이 노동자 한 사람이 트럭 옆에서 담배를 피우고 있는 것이 보였다. 그녀는 눈을 마주치지는 않았지만 그가 자신을 보고 있다는 것이 느껴졌다.

엘사는 여기까지 걸어오며 절로 어깨가 굽은 것을 인식하지 못하고 있다가 몸을 꼿꼿이 세웠다.

그녀는 그 떠돌이를 지나 경찰서로 들어갔다. 안에 들어가니 로비는 소박했다. 벽을 따라 의자들이 한 줄로 놓여 있었고 모두 비어 있었다. 천장의 조명이 제복을 입은 남자 한 사람을 비추었다. 그는 검은 전화기가 놓인 책상에서 손으로 만 담배를 피우고 있었다.

그녀는 자신 있는 모습을 보이고 싶었다. 다 낡은 핸드백을 꼭 쥔 채 타일이 깔린 홀을 건너 책상에 앉은 경관에게 갔다.

그는 키가 크고 말랐으며 매끈하게 뒤로 빗어 넘긴 검은 머리에 가느다란 콧수염을 길렀다. 그녀의 후줄근한 모습에 그가 코를 찡그렸다.

그녀가 목청을 가다듬었다. "어, 경관님. 딸 실종 신고를 하려고 왔습니다." 그녀는 긴장한 채 다음 말을 기다렸다. 우리는 당신네 사람들에겐 관심 없어요.

"어, 네?"

"제 딸요. 열세 살이에요. 혹시 자녀가 있나요?"

그가 너무 오래 아무 말 없이 있어 그녀는 그대로 돌아설 뻔했다.

"아이가 있죠. 열두 살이에요. 우리 딸 때문에 머리가 빠질 지경이에요."

엘사는 평소라면 그 말에 미소를 지었을 것이다. "딸과 제가 싸웠어요. 제가 딸한테… 어쨌든 딸이 집을 나갔어요."

"어디로 갔을지 짐작 가는 곳이 있나요? 어느 방향으로라도?"

엘사가 고개를 저었다. "아이… 아버지가 오래전에 집을 나갔어요. 딸아이가 제 아버지를 그리워하며 저를 탓해요. 그런데 그 사람이 어디 있는지 전혀 모른답니다."

"사람들이 요즘 그런 짓을 하죠. 지난주엔 어떤 사내가 가족을 전부 죽이고 자살했어요. 힘든 시기죠."

엘사는 다음 말을 기다렸다.

경관이 그녀를 쳐다보았다.

"찾아주실 생각이 없군요." 엘사가 기운 없이 말했다. "어떻게 그러실 수 있어요?"

"주의를 기울이겠습니다. 대부분은 돌아들 오죠."

엘사는 침착하려 노력했으나 그의 친절은 잔인함 이상으로 그녀를 뒤흔들었다. "그 아인 검은 머리에 파란 눈이에요. 음, 거의 바이올렛 색깔인데요, 딸 말로는 나만 그렇게 말한대요. 이름은 로레이다 마르티넬리고요."

"아름다운 이름이군요." 그가 받아 적었다.

엘시는 고개를 끄덕이고는 잠시 더 그렇게 서 있었다.

"제 조언은 집으로 돌아가라는 겁니다, 부인. 기다리세요. 분명 돌아올 겁니다. 따님을 사랑하는 게 보이는군요. 때로 애들은 바로 눈앞에 있는 것도 보지 못하죠."

엘사는 뒷걸음쳐 나오며 그의 친절에 감사하다는 말조차 할 수 없었다.

밖으로 나온 그녀는 텅 빈 주차장을 보며 생각했다. 어디 있는 걸까?

엘사의 다리에 힘이 빠지기 시작했다. 그녀는 비틀거리다 거의 쓰러질 뻔했다.

누군가 그녀를 부축했다. "괜찮아요?"

그녀는 몸을 옆으로 비틀어 뺐다.

그가 두 손을 위로 들어 올리며 물러섰다. "이봐요, 난 당신을 해치지 않아요."

"난─ 난 괜찮아요." 그녀가 말했다.

"내가 만난 사람 중에 제일 안 괜찮아 보이는데요."

경찰서로 들어가던 길에 본 트럭 옆 떠돌이였다. 광대뼈에 흉하게 멍이 들어 있었다. 옷깃에는 말라붙은 핏자국도 점점이 있었다. 그의 검은 머리는 너무 길고 들쑥날쑥했으며 귓가는 희끗희끗했다.

"난 괜찮아요."

"지쳐 보이는군요. 집에 태워다 드리겠습니다."

"내가 바보로 보여요?"

"난 위험한 사람이 아닙니다."

"새벽 1시에 경찰서에 있는 피 묻은 남자가요?"

그가 미소를 지었다. "저 사람들이 그냥 두들겨 패고 분풀이하는 거죠."

"무슨 짓을 한 건데요?"

"무슨 짓? 꼭 죄를 지어야 경찰에게 얻어맞는다고 생각해요? 내가 요즘 명성이 좋지 못해요. 사상이 급진적이라." 그가 계속 미소를 지으며 말했다. "태워다 드리죠. 제가 안전하게 모시죠." 그가 한 손을 가슴에 올렸다. "죄수의 명예를 걸고."

"감사하지만 사양합니다."

엘사는 그가 자신을 바라보는 눈길이 마음에 들지 않았다. 그는 원하는 것을 훔치려 어둠 속에 숨은 굶주린 남자들을 떠올리게 했다. 우락부락한 얼굴에서 움푹 들어간 검은 눈이 응시하고 있었다. 매부리코에다 주걱턱이었다. 그리고 면도도 해야 할 것 같았다. "왜 그렇게 보죠?"

"당신을 보니 생각나는 사람이 있어서요, 그뿐이에요. 전사 같네요."

"네, 난 전사예요, 맞아요."

엘사는 걷기 시작했다. 큰길로 나온 그녀는 왼쪽으로 돌아 캠프로 향했다. 그녀가 할 수 있는 일은 그것이 유일했다. **집으로 가는 것**. 앤트가 집에 있었다.

기다림과 희망도.

26장

헛간에서 긴 밤을 지새운 로레이다는 동이 트고 하늘이 연보라에서 분홍으로, 그리고 황금빛으로 바뀔 때 다락에서 내려왔다.

그녀는 가방을 들고 도로를 따라 걸어갔다.

서터 로드에서 그녀는 펼쳐진 텐트들과 고장 난 차량들, 얼기설기 지은 판잣집들이 죽은 겨울 들판에 모여 있는 광경을 바라보았다.

제발 아직 여기 있기를.

로레이다는 바큇자국이 난 진창을 피해 풀이 높이 자란 땅을 디디며 그들의 텐트로 향했다. 고철 조각으로 지은 함석집을 지났다. 안에는 남자와 여자가 촛불 토막 하나를 놓고 함께 앉아 있었다. 여자 품에 안긴 아기가 미동도 없었다.

저 위로 텐트 옆에 주차된 그들의 트럭이 보였다. 안도감에 거의 무릎이 꺾이다시피 했다. **감사합니다, 하느님. 가족이 아직 여기 있다.**

로레이다는 트럭을 돌아가다 듀이 가족의 텐트를 보았다. 듀이 아주머니가 텐트 앞에 놓인 의자에 앉아 두 손으로 커피 컵을 감싼 채 몸을 웅크리고 있었다. 옆에서는 엄마가 뒤집은 사과 궤짝 위에 앉아 일기를 쓰고 있었다.

로레이다는 걸음을 늦추고 조용히 나아갔다. 아기의 숨소리가 있어야 했을 침묵 속에서 로레이다는 두 여인이 얼마나 상처받은 모습인지 보았다.

진이 먼저 고개를 들었다. 로레이다에게 미소를 짓더니 엘사의 팔을 짚었다. "네 딸이다. 내가 돌아올 거라고 했잖아."

엄마가 고개를 들었다.

로레이다는 숨이 멎을 듯 불현듯 어머니에 대한 사랑이 솟구치는 것을 느꼈다. "죄송해요." 그녀가 말했다.

엄마는 일기장을 닫고 자리에서 일어섰다. 엄마는 애써 미소를 지으려 했지만 그러지 못했고, 로레이다는 자신이 집을 나가 엄마가 받은 고통을 엿볼 수 있었다. 엄마는 선 채로 로레이다에게 다가오지 못했다.

로레이다는 두 사람 사이의 거리를 건너가는 것은 자신의 몫임을 알았다. "내가 새대가리처럼 멍청했어요, 엄마." 로레이다가 말하며 엄마에게 다가갔다.

작은 웃음이 어머니에게서 터져 나왔다. 기쁨의 소리처럼 들렸다.

"정말로요. 나 엄마한테 정말 밉상이었어요. 그리고…."

"로레이다—"

"엄마가 나 사랑하는 거 알아요, 그리고… 죄송해요, 엄마. 나도 사랑해요. 아주 많이."

엄마가 로레이다를 품에 당겨 꼭 안았다.

로레이다도 어머니에게 꼭 달라붙어 놓아주지 않으려 했다. "내가 집을 나갔을 때 엄마도 떠났을까 봐 무서웠어요…."

엄마가 팔을 풀었을 때 눈은 빛나고 있었고 입에는 미소가 어려 있었다. "넌 바로 나란다, 로레이다. 그래서 절대 끊어질 수 없는 사이다. 말로도, 분노로도, 행동으로도. 시간으로도. 사랑한다. 늘 사랑할 거야." 그녀는 로레이다의 어깨를 꼭 쥐었다. "네가 내게 사랑을 가르쳐주었어. 네가, 이 세상에서 처음으로. 너를 사랑하는 내 마음은 내가 죽은 뒤에도 계속될 거야. 네가 돌아오지 않았다면….."

"나 여기 있잖아요, 엄마." 로레이다가 말했다. "그런데 나 어젯밤 배운 것이 있어요. 그거 아주 중요한 문제인 것 같아요."

엘사는 로레이다의 손을 꼭 붙들었고, 차마 놓을 수가 없었다. 딸은 앞장서서 텐트로 들어가 그녀를 안으로 끌어당겼다.

"어디 갔었는지 빨리 들려드리고 싶어요." 로레이다가 코트 단추를 풀며 말했다.

재회의 순간은 끝났다, 명백히. 로레이다는 이미 새로운 화제로 옮겨 갔다. 엘사는 딸의 태세가 그새 빨리도 바뀐 것에 미소를 지었다.

엘사는 매트리스 위 아직 자고 있는 앤트 옆에 앉았다. "어디 갔었어?"

"공산주의자 회의에요. 어느 헛간에요."

"오. 그건 내가 전혀 예상 못 한 건데."

"어떤 남자를 만났어요."

엘사가 얼굴을 찌푸렸다. 그녀가 몸을 일으켜 세우기 시작했다. "남자? 성인 남자를? 그 남자가—"

"공산주의자였어요!" 로레이다가 엘사 옆에 앉았다. "사실은 그런 사람들이 모인 큰 그룹이었어요. 여기서 북쪽에 있는 어느 헛간에 모여 있었어요. 우리를 돕고 싶대요, 엄마."

"공산주의자라." 엘사가 이 새롭고도 위험한 정보를 이해하려는 듯 천천히 말했다.

"우리가 농장주들과 싸울 수 있도록 도울 생각이래요."

"농장주와 싸운다고? 우리를 고용하는 사람들 말이냐? 우리가 작물을 수확하면 임금을 지불하는 사람들?"

"그게 임금이에요?"

"임금은 임금이지, 로레이다. 그걸로 우리가 먹는 음식을 산다."

"나랑 그 모임에 가요."

"모임?"

"네. 가서 그냥 얘길 들어보세요. 마음에 드실 ─"

"안 된다, 로레이다." 엘사가 말했다. "절대 안 된다. 난 안 갈 거고, 너도 가는 것 금지다. 네가 만난 사람들, 위험한 사람들이다."

"하지만 ─"

"내 말을 믿으렴, 로레이다. 질문이 무엇이든, 공산주의는 답이 되지 못한다. 우리는 미국인이다. 그리고 우리는 농장주와 반대편에 설 수가 없어. 우리는 지금도 거의 굶어 죽을 지경이다. 그러니, 안 된다."

"하지만, 이건 옳은 일이에요."

"이 텐트를 보렴. 우리가 농장주와 싸울 여력이 있다고 생각하니? 우리가 철학적인 전쟁을 치를 여유가 있다고? 아니. 그건 아니야. 이 이야기 다시는 듣고 싶지 않다. 자, 이리 와서, 잠을 좀 자자꾸나. 피곤하다."

며칠 동안 비가 내렸다. 도랑둑 옆의 땅이 연못이 되었다. 사람들이 아프기 시작했다. 장티푸스, 디프테리아, 이질.

시신 매장지는 두 배로 불어났다. 카운티 병원은 대부분의 이주민 치료를 거부했기 때문에 사람들은 각자도생해야 했다.

모두 배고프고 무기력했다. 엘사는 음식에 최대한 돈을 아꼈지만 그래도 저축한 돈은 줄어만 갔다.

이 폭풍이 몰아치는 겨울밤에 로레이다와 앤트는 이불 더미 밑에 몸을 묻고 잠들려 애썼다.

비가 텐트를 두드리고 잿빛 캔버스 천 위로 물결을 만들더니 옆으로 세차게 흘러내렸다.

엘사는 사과 궤짝에 앉아 촛불 한 자루의 미미한 빛에 의지해 일기를 썼다.

내 인생 대부분의 시간 동안, 날씨는 울컷 트랙터 상점 밖에서 흙먼지 앉은 모자를 쓴 노인들이 오가다 멈춰 서서 이야기 나누는 주제 하나에 불과했다. 대화거리. 농부는 사제가 신의 말씀을 읽듯이 하늘을 살피며 어떤 단서나 신호, 경고가 있는지 찾아보곤 했다. 그러나 그 모든 것은 우호적인 거리를 유지했고, 그 모든 것엔 우리 지구가 본질적으로 친절하다는 믿음이 내재되어 있었다. 하지만 이 끔찍한 시절에 날씨는 스스로 잔인하다는 것을 증명해 보였다. 우리는 이 적대자를 과소평가한 나머지 위험에 이르렀다. 바람, 흙먼지, 가뭄, 그리고 이 사기를 꺾어버리는 비까지. 나는 두렵—

천둥이 귀가 먹먹할 정도로 크게 쳤다. **쿠쿵쿠쿠쿵.**

"정말 큰 천둥인데요." 로레이다가 말했다. 앤트가 겁에 질려 보였다.

엘사가 일기장을 덮고 일어섰다. 입구로 가는 도중에 텐트가 무너져 내렸다. 물이 세차게 밀려들며 엘사의 다리가 잠겼다. 그녀는 일기장을 드레스 윗부분에 쑤셔 넣고 보이지 않는 아이들에게 손을 뻗었다. "얘들아! 이리 와."

아이들이 길을 찾느라 젖은 캔버스를 헤치는 소리가 들렸다.

"엄마 여기 있어." 엘사가 말했다.

로레이다가 한쪽 팔로 동생을 감싸 안은 채 다가와 손을 잡았다.

"나가야 해." 엘사가 텐트 입구를 찾으려 애썼다.

앤트가 옆에서 울며 그녀에게 매달렸다.

"엄마 꼭 붙잡아." 엘사가 앤트에게 소리쳤다. 그녀는 텐트가 벌어진 부분을 발견하고 세게 비틀어 열어젖힌 뒤 아이들을 데리고 휘청이며 나왔다. 텐트는 그들의 물건을 모두 안은 채 휙 쓸려 갔다.

돈.

거세게 밀려온 물살에 엘사는 하마터면 쓰러질 뻔했다.

번개가 번쩍였다. 그 빛 속에서 그녀는 극한의 파괴를 보았다. 쓰레기와 나뭇잎과 나무 궤짝이 급류 위에 뜬 채 지나가더니 순식간에 사라졌다.

아이들의 손을 꽉 잡고 그녀는 차오르는 물살과 맞서며 나아갔고 듀이 가족의 텐트까지 갔다. "진! 젭!"

텐트가 무너지는 그 순간 듀이 가족이 기어 나왔다.

사람들의 비명이 폭풍의 울부짖음을 뚫고 올라왔다.

엘사는 도로에서 헤드라이트 불빛들이 방향을 돌리는 것이 보였다. 이리로 오고 있었다.

그녀는 입에 든 비를 뱉어내고 눈을 가리는 젖은 머리카락을 걷어내며 외쳤다. "저쪽으로, 도로로 가야 해."

두 가족은 가까이 붙은 채 모두 손을 잡았다. 엘사의 장화에 흙탕물이 가득했다. 그녀는 아이들이 이 차가운 물 속에서 맨발이란 걸 알았다.

그들은 함께 힘겹게 헤드라이트 불빛을 향해 나아갔다. 큰길에 자동차들이 한 줄로 주차되어 있었고 헤드라이트는 캠프를 향하고 있었다. 절반 정도 갔을 때 엘사는 사람들이 손전등을 들고 줄지어 선 것을 보았다. 키가 큰 남자가 갈색 캔버스 더스터 코트와 비에 축 처진 모자 차림으로 앞으로 나섰다. "이쪽으로요, 부인." 그가 소리쳤다. "도와주려고 온 사람들입니다."

듀이 가족이 그 자원봉사자들 앞까지 갔다. 엘사는 누군가 진에게 우비를 건네는 것을 보았다.

엘사가 뒤를 돌아보았다. 그들의 텐트는 물에 휩쓸려 가고 없었지만 트럭은 여전히 그 자리에 있었다. 지금 가지러 가지 않으면 잃게 될 것이다.

그녀는 아이들을 앞으로 밀었다. "가거라." 그녀가 말했다. "난 트럭을 가지러 가야겠다."

"안 돼요, 엄마. 못 가져와요." 로레이다가 소리쳤다.

세차게 흐르는 물에 엘사가 휘청거렸다. 그녀는 앤트의 젖은 손을 놓으며 로레이다를 향해 밀었다. "가서 안전하게 있어."

"안 돼, 엄마—"

엘사는 키가 큰 봉사자가 다시 그들 쪽으로 오는 것이 보였다. 그녀는 아이들을 그 사람 쪽으로 밀며 말했다. "애들을 구해주세요." 그리고 뒤돌아섰다.

"부인, 가시면 안—"

엘사가 힘겹게 트럭으로 갔을 때 트럭은 발판까지 빠져 있었다. 진흙 묻은 분홍 드레스에 푸른 구슬 눈을 위로 뜬 플라스틱 인형이 옆으로 떠내려갔다. 진흙과 물이 그들이 텐트를 쳐두었던 자리를 휩쓸어 갔다. 모든 게 사라졌다. 스토브는 넘어졌고 그 위로 물이 소용돌이쳤다. 그녀는 돈이 든 상자를 생각했고 다시 찾을 수 없으리란 걸 알았다.

그녀는 트럭에 올라탔고, 열쇠를 글러브 박스에 둔 것이 이번만은 다행이라 느꼈다. 차량 절도는 휘발유 가격이 워낙 비싸 우선순위가 낮았다.

제발 시동이 걸려야 되는데.

엘사는 열쇠를 돌렸다.

다섯 번 시도와 다섯 번 기도 끝에 트럭이 부르릉, 툴툴툴 살아났다.

그녀는 헤드라이트를 켜고 트럭에 기어를 넣었다.

트럭이 진창에서 벗어나느라 좌우로 거칠게 요동쳤다. 엘사는 운전대를 꽉 쥐고 두 발로 페달을 밟았다. 트럭이 굴러가다가 덜커덕 튀었고 엔진에서 윙윙 소리가 나곤 했으나 마침내 바퀴가 제대로 구르기 시작했다.

엘사가 천천히 도로를 향해 나가니 봉사자 행렬이 사람들을 차에 태우고 있었다. 로레이다가 구식 나무 운전실 트럭에서 내리더니 쏟아지는 빗속에서 두 손을 흔드는 게 보였다. "우릴 따라와요, 엄마!"

엘사는 구식 트럭을 뒤따라 웰티로 들어갔다. 그 차가 철로 옆 작고 황폐한 길, 널빤지로 창문을 막은 호텔 앞에 멈춰 섰다. 호텔 양쪽의 상점들도 다 문을 닫은 상태였다. 멕시코 식당, 세탁소, 빵집. 가로등은 꺼져 있었다.

덧문을 내린 주유소는 손으로 쓴 팻말을 뽐내고 있었다. **여긴 당신의 나라다. 권력가가 빼앗아 가게 두지 말라!**

엘사는 이 거리는 처음이었다. 웰티 중심가에서 여러 블록 떨어진 곳이었다. 눈에 보이는 집 몇 채는 사람이 살지 않는 낡은 것이었다. 그녀는 다른 트럭 옆에 차를 세웠다.

그녀가 퍼붓는 빗속으로 나갔다. 아이들이 곧장 달려왔다. 그녀는 아이들을 가까이 당겨 꼭 안으며 몸을 떨었다.

"듀이 가족은 어디 있어?" 엘사가 폭풍 속에서도 들리도록 큰 소리로 물었다.

"다른 봉사자들과 떠났어요."

트럭을 몰던 사람이 차에서 내렸다. 처음에는 그의 큰 키가, 그리고 나서는 그가 입은 짙은 갈색 코트의 낯설지 않음이 눈에 들어왔다. 카우보이가 입을 법한 구식 코트였다. 그 코트를 본 적이 있다, 어디선가. 그가 빗방울을 비추는 헤드라이트 불빛을 뚫고 엘사를 향해 걸어왔다.

기억이 났다. 언젠가 시내에서 공산주의 미사여구를 떠들어대던 그 사람이었다. 로레이다가 집을 나갔던 밤에 두드려 맞은 모습으로 유치장 밖에 서 있던 사람이기도 했다. "죄수." 그녀가 말했다.

"전사." 그가 대답했다. "제 이름은 잭 발렌입니다. 이리 오세요. 따뜻한 곳으로 가시죠."

"내가 만났다고 한 그 공산주의자예요, 엄마." 로레이다가 말했다.

"그래." 엘사가 말했다. "시내에서 본 적이 있어."

그는 그들을 데리고 잠긴 호텔 문으로 가서 열쇠를 자물쇠에 넣었다. 커다란 검은 자물쇠가 철컹 옆으로 치워졌다. 그가 문을 밀어서 열었다.

"잠깐만요. 호텔은 폐쇄한 거 같은데요." 엘사가 말했다.

"보이는 게 다가 아니죠. 사실, 그 속임수에 의지하고 있지만." 그가 말했다. "친구가 여기 주인이에요. 보기에만 버려진 것 같죠. 계속 널빤지를 막아놓은 이유는— 음, 아뇨, 됐어요. 여기서 하루나 이틀 밤 정도 계셔도 됩니다. 더 오래 있을 수 있으면 좋겠지만."

"이것만으로도 감사해요." 엘사가 몸을 떨며 말했다.

"친구분들인 듀이 가족은 버려진 농민 회관 건물로 갔어요. 우리로선 이 정도가 최선이네요. 너무 갑작스러운 일이라. 아침에 필요한 것들을 좀 더 준비할 겁니다."

"공산주의자들이요?"

"달리 다른 사람이 없지 않습니까?"

그가 그들을 데리고 작은 호텔 안으로 들어갔다. 썩는 냄새, 담배 연기와 곰팡내가 났다.

엘사는 잠시 시간이 흐른 후에야 눈이 어둠에 익숙해졌다. 진홍색 데스크와 그 뒤편으로 놋쇠 열쇠들이 죽 걸린 벽이 보였다.

그녀는 잭을 따라 2층으로 올라갔다. 거기서 그가 문을 하나 열자 먼지 쌓인 작은 방이 나왔다. 커다란 캐노피 침대와 양쪽으로 놓인 협탁, 닫혀 있는 문 하나가 보였다.

그가 그들을 지나 방 안으로 들어가 닫힌 문을 열었다.

"욕실." 엘사가 나지막이 말했다.

"뜨거운 물이 나옵니다." 그가 말했다. "따뜻해요, 적어도."

앤트와 로레이다가 꺅, 소리를 지르더니 샤워기로 달려갔다. 엘사는 아이들이 물 트는 소리를 들었다.

"어서 와요, 엄마!"

잭이 엘사를 보았다. "'엄마' 말고 이름은 없나요?"

"엘사예요."

"만나서 반갑습니다, 엘사. 이제 전 사람들 도우러 다시 가봐야 합니다."

"나도 같이 가겠어요."

"그러실 필요 없습니다. 따뜻하게 계세요. 아이들과 함께요."

"나 같은 사람들이에요, 잭. 나는 그 사람들을 도울 겁니다."

그는 우기지 않았다. "아래층에서 만나죠."

엘사가 욕실에 들어가니 아이들이 옷을 다 입은 채로 웃으며 함께 샤워를 하고 있었다. 그녀가 말했다. "난 잭과 그의 친구들을 도우러 간다, 로레이다. 너희는 잠을 좀 자두렴."

로레이다가 말했다. "나도 갈래요!"

"안 돼. 넌 앤트를 돌봐야 하고, 또 체온을 올려야지. 제발. 엄마 말 들어."

엘사는 서둘러 밖으로 나왔다. 주차장에는 불을 밝힌 자동차 여러 대가 있었다.

자원봉사자들이 잭을 반원 모양으로 둘러싸고 모여 있어 그가 리더임이 분명해 보였다. "다시 서터 로드 옆의 도랑둑 캠프로 돌아갑시다. 할 수 있는 한 많은 사람을 구조해야 합니다. 농민 회관 건물에 여유가 있고, 장터 마당의 창고와 헛간도 그렇습니다."

엘사가 잭의 트럭에 올라탔다. 그들은 쏟아지는 빗속에서 아른거리며 이어지는 노란 헤드라이트 행렬에 동참했다. 잭이 옆으로 몸을 기울여 엘사 자리 뒤편에서 낡은 갈색 자루 하나를 집었다. "여기요, 이걸 걸쳐요." 그가 그 자루를 그녀의 무릎에 떨구었다.

엘사가 추위로 덜덜 떨리는 손으로 자루를 열어보니 안에는 남자 바지와 플란넬 셔츠가 들어 있었다. 둘 다 엄청나게 컸다.

"바지 허리를 동여맬 만한 것도 있어요." 그가 말했다.

그는 파괴된 캠프의 도로 한쪽에 트럭을 세웠다. 흠뻑 젖은 채, 살 곳을 잃은 사람들이 도로를 향해 걸어 나오고 있었고, 그들 손엔 무엇이든 간신히 건진 것들이 들려 있었다.

어둠 속 트럭 옆에서 엘사는 젖은 드레스를 벗고 커다란 플란넬 셔츠를 입고, 바지도 입었다. 앞섶에서 일기장이 툭 떨어져 깜짝 놀랐다. 일기장을 거기 넣었던 것을 깜빡했었다. 그녀는 일기장을 트럭 좌석에 놓고는 다시 젖은 고무장화를 신고 거세게 흐르는 물 속으로 발을 내디뎠다.

잭이 넥타이를 잡아 빼더니 그녀가 빌려 입은 바지 허리띠 고리에 넣고는 단단히 당겨 묶었다. 그러고는 코트를 벗어 그녀의 어깨에 둘러주었다.

엘사는 예의를 차리기엔 너무 추웠다. 그녀는 코트를 입고 단추를 채웠다. "고마워요."

그가 그녀의 손을 잡았다. "물이 아직도 차오르고 있어요. 조심해요."

엘사는 그의 손을 꽉 잡고 불어나는 차가운 흙탕물을 헤쳐나갔다. 망가진 살림살이들이 둥둥 떠 그들을 지나갔다. 그녀는 부서진 트럭 뒤편에 잡동사니를 덮은 방수포를 보았다. 그리고 얼굴 하나도. "저기요." 그녀가 그곳을 가리키며 잭에게 말했다.

"도와드리러 왔습니다." 잭이 소리쳤다.

검은 광택이 나는 방수포가 천천히 들어 올려졌다. 젖은 옷을 입은 앙상한 여인이 이제 걸음마를 할 법한 아이를 안고 그 아래 쭈그리고 있었다. 여자와 아이 둘 다 얼굴이 추위로 시퍼렜다.

"도와드릴게요." 잭이 손을 뻗었다.

여자가 방수포를 옆으로 밀어내고, 꼭 안아 든 아이와 함께 앞쪽으로 기어 왔다. 엘사가 즉시 한 팔로 여자를 감싸 안았고, 여자가 얼마나 야위었는지 느꼈다.

도로 옆에는 아까보다 더 많아진 자원봉사자들이 우산과 우비, 담요, 뜨거운 커피를 들고 기다리고 있었다.

"고마워요." 여자가 말했다.

엘사는 고개를 끄덕이고는 다시 잭에게 돌아갔다. 두 사람은 함께 무거운 발걸음으로 캠프로 향했다.

비와 바람이 그들을 때렸다. 엘사의 장화에 진흙이 차갑게 차올랐다.

그들은 긴긴밤 젖은 채 그렇게 일했다. 다른 봉사자들과 함께 물에 휩쓸린 캠프에서 사람들을 구하고 최선을 다해 따뜻한 곳으로, 찾을 수 있는 건물이면 어디든 그곳으로 데려갔다.

아침 6시가 되자 비도, 홍수도 멈추었고, 여명에 드러난 건 갑작스러운 물난리가 지나간 황폐함이었다. 도랑둑 캠프는 쓸려 나가고 없었다. 세간은 물에 둥둥 떠 있었다. 텐트들은 완전히 부서져 마구 뒤엉켜 있었다. 골판지와 쇠붙이, 상자와 양동이, 이불이 흩어져 나뒹굴었다. 고물 차들이 범퍼까지 물과 진흙에 잠겨 꼼짝없이 묶여 있었다.

엘사는 도로 옆에 서서 물에 잠긴 그 땅을 응시했다.

가진 것도 거의 없는 그녀 같은 사람들이 모든 것을 잃었다.

잭이 다가와 어깨에 담요를 둘러주었다. "당신 완전히 지쳤군요."

그녀가 눈을 가리던 젖은 머리카락을 넘겼다. 넘기는 손이 떨렸다. "난 괜찮아요."

잭이 무어라 말을 했다.

그녀는 그의 목소리를 들었지만 자음과 모음이 늘어지며 또렷하지가 않았다. 그녀는 한 번 더 난 괜찮아요라는 말을 하려 했으나 그 거짓말은 그녀의 뇌와 혀 사이 어디선가 갈 길을 잃었다.

"엘사!"

그녀가 상황이 파악되지 않아 그를 빤히 쳐다보았다.

아니, 잠깐만. 내가 쓰러지고 있구나.

엘사는 잭의 트럭에서 깨어났다. 트럭은 덜컹거리며 널빤지로 가린 호텔 앞에 막 들어서던 참이었다. 엘사가 몸을 똑바로 세우며 일어나 앉았지만 어지러웠다. 그녀는 옆자리에 놓인 일기장을 보고 집어 들었다.

주차장은 이제 사람들로 꽉 차 있었다. 재난 대책 집결지가 되어 있었다. 자원봉사자들이 멍한 표정으로 걸어 다니는 수해 이재민들에게 음식과 뜨거운 커피, 옷가지를 나눠주고 있었다.

트럭에서 내리던 엘사가 옆으로 비틀거렸다.

잭이 옆에서 그녀를 붙잡아주었다.

그녀가 손을 뿌리치려 했다 "우리 애들을 보러 가야 해요—"

"아직 잘 거예요. 아이들은 내가 잘 챙기게 하고 당신이 어디 있는지도 얘기할게요. 일단 당신은 잠을 좀 자도록 해요. 방을 마련해두었어요."

잠. 정말 거부하기 힘든 말이었다.

그는 그녀가 계단을 올라 아이들 옆방에 들어가는 것을 도와주었고, 일단 들어가사 그녀를 곧장 욕실로 밀어 넣고 샤워기를 튼 다음 물이 뜨거워질 때까지 진득하게 기다렸다. 물이 뜨거워지자 커튼을 잡아채 열었다. 엘사는 한숨을 내쉬지 않을 수 없었다. 뜨거운 물. 그녀는 일기장을 변기 위 선반에 툭 올려놓았다.

그가 뭘 하는지 온전히 이해하기도 전에 잭은 그녀의 고무장화과 무거운 캔버스 천 코트를 벗겨내더니 옷을 입은 상태의 그녀를 쏟아져 내리는 샤워기 물 아래로 밀어 넣었다.

그녀는 머리를 뒤로 젖혀 머리카락에 뜨거운 물을 맞았다.

잭이 샤워 커튼을 닫아주고는 나갔다.

진흙에 시커멓게 변한 물이 발치로 흘렀다. 그녀는 이젠 못 쓰게 되어버렸을 잭의 옷을 벗고 접시에 담긴 비누를 집어 손으로 비볐다. 라벤더.

그녀는 머리를 감고 얼얼할 정도로 피부를 문질렀다. 물이 식기 시작하자 그녀는 욕조 밖으로 나와 수건으로 몸을 닦고 감쌌다. 욕실 안에 김이 서려 있었다. 그녀는 세면대에서 잭의 옷을 빨았다. 그의 셔츠와 바지, 그녀의 속옷과 양말을 수건걸이에 걸고 침실로 나왔다.

깨끗한 침대 시트.

이게 웬 호사야.

잭 말이 맞는지도 몰랐다. 짧게라도 잠을 자는 편이 나을 것이다.

엘사는 평생 했던 그 모든 빨래를, 침대 시트를 널어서 말릴 때 느끼던 그 즐거움을 떠올렸다. 지금까지는 맨살에 닿는 청결한 시트가 주는 온전한 육체적인 기쁨에 고스란히, 깊이 감사해하지 못했다는 것을 깨달았다. 머리에서 풍기는 싱그러운 라벤더 비누 내음에도.

그녀는 몸을 옆으로 돌려 누우며 눈을 감았다. 순식간에 잠에 들었다.

27장

잠에서 깬 로레이다는 지금 자신이 어디 있는 건지 알 수 없었다.

그녀는 천천히 일어나 앉으며 몸 아래 구름처럼 푸근한 매트리스를 느꼈다. 머리카락이 얼굴 위에 헝클어져 있었다. 라벤더 향기가 났다. 엄마 비누다. 그러나 바로 그 냄새는 아니었고, 라벤더 비누를 썼던 것도 까마득한 옛날이었다.

홍수. 도랑둑 캠프.

순간 다시 떠올랐다, 그들을 지나 세차게 흐르는 흙탕물, 무너지는 텐트, 비명을 지르는 사람들.

로레이다는 이불 아래에서 조심스럽게 빠져나오며 옆에 웅크리고 누운 앤트가 헐렁한 팬티와 러닝만 입은 것을 보았다.

덜 말라 약간 축축한 옷이 나무 서랍장 위 훅에 걸려 있었다. 로레이다는 일어나 자기 옷을 들고 욕실로 들어갔다. 변기를 사용한 후에는 유혹을 참기 어려웠다. 그녀는 또 한 번 샤워를 했다. 이번엔 머리는 감지 않았지만.

그러고 나서 드레스와 스웨터를 입었다. 코드는 사라졌다. 그들 돈과 음식도 전부.

"오, 아냐, 안 돼." 그녀가 맨발로 다시 방으로 나가니 앤트가 이불을 옆으로 젖히며 말했다.

"무슨 소리야?"

"나 혼자 여기 두고 가지 마. 나도 이제 아기 아냐. 나도 내가 전혀 알지 못하는 일들이 벌어지고 있구나 생각하기 시작했다고."

로레이다는 미소를 짓지 않을 수 없었다. "옷 입어, 앤트."

그는 어젯밤에 입었던 아직 축축한 옷을, 이제 그들에게 남은 유일한 그 옷을 입었다. 둘은 함께 방을 나와 맨발로 아래층 로비로 이어지는 좁다란 계단을 내려갔다. 반쯤 갔을 때 사람들 목소리가 들렸다.

작은 로비에 사람들이 가득했다. 땀과 눅눅한 옷, 말라붙은 진흙 냄새가 났다. 로레이다와 앤트는 그 사람들을 헤치고 지나갔다.

밖으로 나오니 밝은 태양이 젖은 거리를 비추었고, 교통 통제가 되고 있었다. 적십자사와 구세군, 주 정부 구호 단체 등 여러 기관이 텐트를 설치해 놓고 있었다. 각 텐트에는 테이블과 의자, 도넛과 샌드위치, 뜨거운 커피, 나눔하는 옷과 물품이 담긴 상자 등이 있었다.

"축제 같네." 앤트가 젖은 옷을 입은 채 몸을 떨며 말했다. "그런데 놀이 기구는 안 보이네."

"어떤 놀이 기구도." 로레이다가 추워서 팔짱을 꼈다.

갈 곳을 잃은 이주민 가족들은 당연히 눈에 띄었다. 그들은 후줄근한 모습으로 모여 있었다. 담요를 뒤집어쓰고 얼빠진 표정으로 뜨거운 커피를 홀짝였다.

로레이다는 다른 텐트들과 멀찍이 떨어진 텐트 하나를 보았다. 텐트 기둥 두 개 사이에 현수막이 걸려 있었다. **노동자 연맹: 루스벨트 대통령의 뉴딜 정책은 당신을 위한 것이어야 합니다.**

공산주의자.

"이리 와." 로레이다가 앤트를 데리고 그 텐트로 가니 검은색 코트를 입은 여자가 혼자 서서 담배를 피우고 있었다. 그녀는 검은 모직 바지, 미색 스웨터에 베레모 차림이었다. 새빨간 립스틱에 창백한 피부가 더 두드러졌다.

로레이다가 텐트 가까이 다가갔다. "안녕하세요?"

여자가 그 새빨간 입술에서 담배를 떼고 돌아보았다. 그녀의 검은 눈이 뭔가를 판단하는 듯 로레이다를 머리끝에서 발끝까지 훑었다. "커피 좀 마실래?"

로레이다는 이제까지 이런 여자를 본 적이 없었다. 이렇게⋯ 우아하고, 아니, 어쩌면 그냥 대담한 건지도 몰랐다. 그녀는 엄마 나이 정도로 보였지만, 스타일과 아름다움은 어떤 식으로든 나이를 초월한 것이었다. "제 이름은 로레이다예요."

여자가 손을 내밀었다. 새빨간 매니큐어가 짧은 손톱을 환하게 밝히고 있었다. "난 나탈리아. 춥겠구나."

"옷이 저 – 젖어서요. 근데 그게 중요한 게 아니고요. 난 당신네 그룹에 참여하고 싶어요."

여자가 담배를 한 모금 빨고는 천천히 연기를 내뿜었다. "정말로?"

"발렌 씨를 알아요. 그리고 난⋯ 그 헛간 모임에도 갔었어요."

"정말로?"

"나도 싸움에 참여하고 싶어요."

나탈리아가 잠시 잠자코 있었다. "글쎄, 넌 누구보다 많은 이유가 있을 거라 생각한다. 그런데 오늘은 싸우고 있는 게 아니란다. 우린 돕고 있단다."

"도움을 주면 사람들의 관심을 끌 수 있죠."

"똑똑한 아이구나."

"나도 함께하고 싶어요…." 로레이다가 목소리를 낮추었다. "있잖아요. 투쟁하는 거. 맞서는 거."

나탈리아가 고개를 끄덕였다. "훌륭하네. 스스로 생각할 줄 아는 소녀. 그럼 너와 네 동생이 입을 마른 옷과 신발을 챙기는 일에서부터 시작하렴. 갈아입고 그만 떠는 거야. 그리고 나서 이리로 와 내가 커피 나눔하는 일 도와다오."

봉사자가 꾸준히 계속 모여들었다. 정오가 되자 밸리에는 수백 명이 모여 뜨거운 커피와 따뜻한 옷과 샌드위치를 나눠주었다. 적십자사는 버려진 자동차 판매점에 임시 쉼터를 마련해 사람들에게 밤을 보낼 데를 제공했다. 구세군은 지역 농민 회관에 쉼터를 마련했다. 잭에 따르면 할리우드의 공산주의자와 사회주의자 절반 정도가 도우러 오거나 기부금을 보냈다. 영화 스타들이 왔다는 얘기도 돌았지만 로레이다는 직접 보지는 못했다. 어쩌면 나탈리아가 배우인지도 몰랐다. 확실히 그런 매력을 지닌 사람이었다.

그녀와 앤트는 지난 몇 시간 동안 어떤 식으로든 최선을 다해 수해 이재민을 도왔다. 로레이다는 세 식구가 입고 신을 따뜻한 옷과 신발을 구했다. 이제 그들의 진짜 유일한 소지품이 된 그 물건들이 담긴 상자를 공산주자 텐트에 두었다. 그녀는 엄마가 입을 드레스와 스웨터를 찾아서 엄마 방으로 가져갔다.

엄마가 자는 것을 보고, 로레이다는 옷가지를 두고 나왔다. 이제 그녀는 공산주의자 텐트 안에서 나탈리아 옆에 앉아 있었다. 그들 앞 테이블에는 커다란 철제 커피 주전자와 거의 비어가는 샌드위치 쟁반 하나가 놓여 있었다. 그리고 전단지도 쌓여 있었는데, 사람들이 거의 가져가지 않았다.

나탈리아가 담배에 불을 붙이더니 로레이다에게도 하나 권했다.

"아뇨, 괜찮아요. 연기보다는 다른 걸 먹을래요."

나탈리아가 앞으로 몸을 숙이더니 마지막 남은 볼로냐 샌드위치를 집어 로레이다에게 건넸다.

한 입 베어 물며 로레이다는 점점 줄어가는 사람들 무리를 내다보았다. 이제 이곳에는 아까보다 사람이 적었다. 대부분 어떤 식으로든 갈 곳을 배정받거나 도움을 받았다.

교통이 차단된 이곳 거리에서 잭은 앤트와 소프트볼을 던지고 받았고, 로레이다는 그렇게 단순한 놀이에 즐거워하는 앤트를 자신이 넋 놓고 보고 있음을 깨달았다. 아빠를, 아빠가 떠나기 전 그들 모두 어떠했는지를 생각지 않을 수 없었다. 아빠가 집을 나갔다는 사실이 여전히 그들 가족에게 벌어진 가장 가혹한 일이었다. 가뭄도 대공황도 결국 언젠가는 끝날 일이다. 그 상황에서 아빠가 그들을 버리고 갔다는 건 영원한 상처로 남을 것이다.

그녀는 잭을 바라보았다. 그 길고 끔찍했던 밤, 그들이 겪어야 했던 모든 일에도 불구하고 그에겐 그녀를 위로하는 힘이 있었다. 저런 남자라면 믿을 수 있어, 그녀는 생각했다. 그냥 신념을 분출하는 것에 그치지 않고 그 신념을 위해 싸우고, 실패도 하고, 그러면서도 제자리를 지키는 남자. 아버지도 잭 같은 사람이었더라면.

꿈꾸는 자 대신 대항하는 자. 아버지도 로레이다에게 약속했었다. 중요한 건 행동이었다. 그녀는 그것을 이제 알았다. 떠나거나. 머물거나. 싸우거나. 도망치거나.

로레이다는 이제 잭처럼 되고 싶었다, 신념이 없는 아버지가 아닌. 그녀는 무언가를 위해 일어나 맞서고 세상을 향해 그녀가 이보다는 훨씬 나은 사람이란 걸 외치고 싶었다. 이 나라가 그녀가 이렇게 살게 내버려두지 않는 훨씬 더 나은 국가여야 한다고도.

그러나 테이블 위에 쌓인 전단지 더미가 보였다. 거의 가져가지도 않았다. 사람들은 커피와 샌드위치는 가져가도 구호(口號)는 원하지 않았다. 특히 투쟁의 구호는. 노동자 연맹 가입 신청서에 쓰인 것은 로레이다의 이름뿐이었다.

"잭을 어떻게 아세요?" 로레이다가 잭이 있는 쪽을 쳐다보며 물었다.

"몇 년 전에 존 리드 클럽(마르크스주의 예술가 및 언론인 그룹)에서 만났어. 우린 둘 다 젊었고 아주 자신만만했지." 나탈리아가 담배를 떨어뜨리곤 그녀의 멋진 신발로 비벼서 껐다. "내가 알기론 이쪽에서 노동자 권리를 말하기 시작한 첫 번째 사람이야. 어쨌든, 몇 년 전 잭이 주동해서 우리는 멕시코인 추방 반대 운동을 했지. 흉흉한 시절이었어, 그런데…." 그녀가 어깨를 으쓱했다. "사람들이 일자리를 잃고 겁을 먹으면 외부인들을 탓하게 되더군. 첫 단계는 그 외부인들을 범죄자로 부르는 일이지. 그다음은 쉬워. 너도 알잖아." 그녀가 로레이다의 눈을 들여다보며 말했다.

"알아요."

"몇 년 전 멕시코인들이 노조를 결성하고 거기 참여해 임금 인상을 요구

420

하며 파업했어. 그런데 폭력이 발생했지. 사람들이 죽었고. 잭은 샌퀜틴 주립 교도소에서 1년을 살았어. 출소했을 때는 더 굳건해진 상태였어."

로레이다는 **감옥**까진 생각지 못했었다. "더 나은 임금을 요구하는 게 어떻게 불법이에요?"

나탈리아가 또 담배에 불을 붙였다. "엄밀히 말하면 아니지. 하지만 여긴 자본주의 국가야, 큰돈이라는 이익에 의해 움직이지. 주 정부의 반이민 정책 캠페인 후에 불법 체류자들을 전부 체포해서 멕시코로 추방했고, 그러고 나니 농장주들에게 진짜 심각한 문제가 생겼지. 그런데⋯."

"우리가 들어오기 시작했군요."

나탈리아가 고개를 끄덕였다. "그들은 미국 전역으로 전단지를 보냈어, 노동자들에게 이곳으로 오라고. 그리고 그들이 왔지, 그것도 많이. 이제 일자리 하나에 노동자가 열 명이야. 그런데 우리는 그 사람들을 모아서 조직하는 일에 어려움을 겪고 있어. 그들은—"

"독립적이죠."

"고집 세다는 표현이 더 맞아."

"네. 흠, 우리는 대부분 농부고, 농부는 때론 고집이 세야 살아남거든요."

"너도 고집이 세니?"

"네." 로레이다가 천천히 말을 이었다. "그런 것 같아요. 그런데 무엇보다 난 화가 나 있어요."

엘사는 유리창으로 들어오는 햇빛에 잠에서 깼고, 그러자 론섬트리의 농장이 그리워졌다. 그녀는 이따가 이 얘기를, 깨끗한 유리를 통해 들어오는, 신의 눈길처럼 순수한 황금빛 햇살을 보는 소박한 즐거움에 대해, 그 빛 한 줄기에 사람의 기분이 얼마나 밝아지는지에 대해 일기에 쓰리라 생각했다.

그편이 나았다, 이 새로이 닥친 끔찍한 삶의 진실에 대해 글을 쓰느니. 그들의 돈이 사라져버렸다.

그들의 세간살이, 그들의 텐트, 그들의 스토브, 그들의 식료품. 다 사라져버렸다.

그럼에도, 누군가 연푸른 드레스와 빨간 스웨터를 서랍장 위에 걸어놓았다. **작은 은총이다.**

느릿느릿 움직이며―어젯밤 이후 안 아픈 곳이 없었다―새 옷들을 입고 아직 흙투성이인 고무장화를 신은 후 아이들을 찾아 옆방으로 갔다. 문을 두드려도 답이 없자, 그녀는 아래층으로 내려갔다.

호텔 앞 거리는 교통이 차단되어 있었다. 적십자사와 구세군과 지역 장로교회에서 설치한 텐트가 보였다. 앤트와 로레이다가 쟁반을 들고 샌드위치를 나눠주고 있는 게 보였다. 아이들이 모든 것을 잃어버린 와중에 다른 이들을 돕는 모습이 자랑스러웠다. 아이들은 그 모든 고난과 상실, 좌절을 겪은 후에도 그렇게 미소 지으며 음식을 건넸다. 사람들을 돕는 것. 그것이 엘사에게 미래를 향한 희망을 안겨주었다.

잭은 근처 텐트에서 베레모를 쓴 여자와 서서 이야기하고 있었다. 엘사는 그에게 다가갔다.

그가 그녀에게 미소를 지어 보였다. "커피?"

"마시고 싶네요."

그가 앉을 의자를 꺼내주었다. 그녀는 그의 옆 테이블에 쌓인 전단지를 보았다. 지금 노조를 결성하라! 공산주의가 새로운 미국주의다. 일부는 스페인 어로 쓰여 있었다. 노동자 연맹 가입 신청서도 한 장 있었다. 거기엔 한 명 의 이름이 있었다. 로레이다였다.

"커피와 함께 급진적 이념도 조금 제공하시나요?" 그녀가 신청서를 구겨 서 뭉치며 말했다. "내 딸은 여기 가입 안 합니다."

그가 그녀 옆에 앉고는 좀 더 가까이 움직였다. "로레이다는 냄새를 쫓는 새 사냥개처럼 나를 계속 따라다녔어요."

"저 아인 열세 살이에요." 엘사가 거리에 모인 사람들을 흘깃 보며 말했 다. "저 아인 공산당에 가입하는 건 물론이고 그냥 당신과 이야기하는 것만 으로도 문제가 될 수 있어요. 농장주들은 조합을 원하지 않아요."

"시대에 관한 슬픈 논평이군요. 여긴 미국이에요, 어쨌든."

"내가 아는 미국은 아니죠." 그녀가 그를 돌아보았다. "왜 공산주의예요?"

"왜 안 되는데요? 나도 들판에서 일했던 시절이 있어요. 나도 이주 노동 자들 삶이 얼마나 힘든지 압니다. 대형 농장주들이 루스벨트 선출을 도왔 어요. 그는 그들에게 신세를 갚아야 한단 말입니다. 왜 그의 정책이 다른 노 동자들은 다 도우면서 농장 노동자에게만 예외인지 의문을 품어본 적 없어 요? 난 더 나은 세상을 원합니다."

그가 그녀를 바라보았다. "당신은 고생이 뭔지 안다는 느낌이 들어요. 어 쩌면 당신이 말해줄 수도 있겠네요, 왜 캘리포니아에 들어오는 사람들 대다 수가 조합 결성을 반대하는지?"

"우리는 자존심이 강해요." 그녀가 말했다. "우리는 성실히 일하는 것, 공 정한 기회를 얻는 것이 중요하다고 생각해요. 전체를 위한 개인, 개인을 위 한 전체, 그런 거 말고요."

"작으나마 개인을 위한 전체가 당신네 사람들에게도 도움이 된다는 생각 안 들어요?"

"난 당신이 하고자 하는 일이 문제를 일으킬 거라고 생각해요." 엘사가 커피를 다 마신 후 빈 컵을 그에게 건넸다. 그가 컵을 받을 때, 그녀는 그의 낡은 손목시계를 보며 시간이 맞지 않는다는 것을 알아차렸다. 그 작은 통찰에 놀라움을 느꼈다. 그녀는 시간을 신경 쓰지 않는 사람을 처음 보았다. "도와줘서 고마워요, 잭. 진심이에요. 당신네 사람들이 처음으로 우릴 위해 달려와줬죠. 하지만⋯."

"하지만 뭐죠?"

"난 공산주의에 신경 쓸 시간이 없어요. 난 우리가 살 곳을 찾아야 해요."

"내가 이해 못 한다고 생각하는군요, 마르티넬리 부인. 하지만 난 이해합니다. 당신이 상상하는 것 이상으로."

그가 그녀를 성으로 부른 방식이 어쩐지 놀라웠다. 그녀가 구별할 수 없는 지역 억양이 섞여 거의 이국적으로 들려왔다. "엘사라고 불러주세요."

"당신을 위해 한 가지 해드려도 될까요?"

"무엇을요?"

"나를 믿습니까?"

"왜요?"

"믿는 데는 **왜**라는 물음이 필요 없습니다. 믿거나, 믿지 않거나 둘 중 하나죠. 당신은 나를 믿습니까?"

엘사는 그를, 그의 검은 눈을 깊이 들여다보았다. 그에게는 어떤 강렬함이 있었는데 그것이 그녀를 불안하게 만들었다. 어쩌면 이 모든 일이 있기 전의 삶에서 그를 만났더라도 두려움을 느꼈을 것만 같았다. 그녀는 그가 시내 광장에서 사상을 전파하다가 경찰에 두들겨 맞는 것을 본 날을 떠올렸다. 경찰서 앞에서 보았을 때도 그는 얼굴에 멍이 들어 있었다. 그와 그의 사상은 폭력과 함께 왔고, 거기에는 의심의 여지가 없었다.

그러나 그는 그녀의 아이들을 구조하고 머물 곳을 주었다. 그리고 이상하게도 그녀는 자신이 마주한 그의 맹렬함 아래에서 고통도 감지했다. 외로움은 정확한 표현이 아니었고, 그녀가 본 것은 혼자 있음이었다.

엘사가 일어섰다. "좋아요." 그녀의 시선에 흔들림이 없었다.

그는 앞장서서 적십자사 텐트로 갔다. 그곳에서는 로레이다가 앤트와 함께 샌드위치를 나눠주고 있었다.

"엄마!" 앤트가 그녀를 보자 소리쳤다.

엘사는 저절로 미소가 나왔다. 이 세상에서 아이의 사랑만큼 기운을 북돋우는 게 또 있을까?

"내가 음식 앞에서 얼마나 예의 발랐는지 봤어야 하는데, 엄마." 앤트가 활짝 웃으며 말했다. "도넛을 죄다 먹어치우거나 하지도 않았어요."

엘사가 그의 깨끗한 머리를 헝클었다. "자랑스럽구나. 자 이제, 발렌 씨가 우리에게 뭔가 재미있는 거 보여주시기로 했단다. 탐험가 클럽 떠나볼까?"

"앗싸!"

로레이다가 말했다. "가서 우리 새 물건 가져올게요." 그녀는 공산주의자 캠프로 달려가 옷과 침구와 음식이 가득 담긴 상자 하나를 들고 왔다.

잭이 엘사의 팔을 가만히 만졌다. 그녀는 그를 쳐다보며 그의 눈에서 예상치 못한 이해를 발견했다. 그는 모든 걸 잃는다는 것이, 또는 잃을 것이 아무것도 없다는 것이 어떤 느낌인지 아는 듯했다.

"따라오세요. 난 저 트럭 타고 갈게요."

엘사는 아이들과 함께 그들의 흙투성이 트럭으로 가서 올라탔다. 짐칸에는 그들이 짐을 푼 적 없는 몇 안 되는 물건들과 소지품들이 실려 있었다. 그들 삶의 이 망가진 버전에서는 필요 없는 것들이었다.

그들은 잭을 따라 북쪽으로 가며 폭풍의 피해를 도처에서 보았다. 쪼개지고 넘어진 나무들, 거리에 나뒹구는 바위와 돌무더기, 도로를 뒤덮은 흙더미. 거리 옆에 물이 도랑을, 웅덩이를, 폭포를 이루고 있었다.

사람들이 그나마 건진 것을 들고 끊이지 않는 줄을 이루며 도로 옆을 걷고 있었다.

그들은 또 다른 도랑둑 캠프를 지나갔다. 그곳 역시 황폐했다. 진흙과 세간살이의 바다였음에도 벌써 사람들은 터벅터벅 그 물에 젖은 땅으로 돌아가고 있었다. 진흙과 차오른 물을 퍼 올리며 물건들을 찾고 있었다.

웰티 농장이라는 간판이 나오자 잭이 도로 옆에 차를 세우고 주차했다. 엘사도 그렇게 했다. 그가 그녀의 트럭 옆으로 왔다. 엘사가 창문을 내렸다.

"여기가 웰티 농장 캠프예요. 그는 일부 노동자들을 이곳에 거주하게 합니다. 어제 한 가족이 떠났다고 들었어요."

"왜 떠났을까요?"

"누군가 죽었어요." 그가 말했다. "경비 초소에 있는 사람한테 그랜트가 보냈다고 말하세요."

"그랜트가 누구죠?"

"보스요. 그 사람은 술을 너무 많이 마셔서 누가 자기 이름 댔는지 기억도 못 해요."

"같이 들어가면 안 돼요?"

"난 이 동네에서 평판이 나빠요. 저들은 내 사상을 좋아하지 않죠." 그가 씩 웃더니 자신의 트럭을 향해 걸었다.

그는 엘사가 고맙다는 말도 하기 전에 가버렸다. 그녀는 천천히 웰티 농지로 트럭을 몰면서 이곳은 비 때문에 질척거리기는 하지만 물이 범람하지는 않았다는 것을 알 수 있었다. 캠프는 목화밭 두 곳 사이, 도로에서 멀찍이 뒤로 물러나 있었다. 경비 초소가 캠프를 두른 울타리 입구에 있었다.

엘사는 그 앞에서 차를 세웠다.

한 남자가 그곳에 엽총을 들고 서 있었다. 휘핏 개가 연상되는 여윈 사람이었는데, 목이 연필처럼 가늘고 턱은 팔꿈치처럼 날카로웠다. 짧게 깎은 잿빛 머리에는 모자를 쓰고 있었다.

"안녕하세요, 선생님." 그녀가 말했다.

남자가 트럭 가까이 와 안을 들여다보았다. "홍수에 밀려났어요?"

"네, 선생님."

"우리는 가족만 받는데." 그가 말했다. "하층민도 안 받아. 흑인도 안 받고. 멕시코인도 안 돼." 그가 그들 세 식구를 쳐다보았다. "남편 없는 여자도 안 되고."

"제 남편은 내일 와요." 엘사가 말했다. "지금 완두콩을 따고 있어요." 그녀는 잠시 간격을 두었다 말했다. "그랜트가 여기 가라고 했어요."

"그렇군. 여기 빈 오두막 하나 있는 거 그분이 알지."

"오두막." 로레이다가 중얼거렸다.

"전기세는 한 달에 4달러, 매트리스 두 개인데 하나에 1달러."

"6달러." 엘사가 말했다. "전기나 매트리스가 없는 오두막에 들어갈 수 있을까요?"

"아뇨, 부인. 그 대신 웰티 농장에는 일거리가 있고, 우리 오두막에서 사는 사람에게 우선적으로 일거리를 줘요. 사장님 소유 목화밭이 2만 2000에이커야. 여기 사람 대부분은 목화 철까지는 구호금으로 살아요. 여긴 우리 학교도 있고. 우체국도 있어요."

"학교요? 농장에요?"

"애들한텐 그게 더 낫죠. 괴롭힘은 별로 안 당하니까. 쓸 거예요, 말 거예요?"

"당연히 쓰죠." 앤트가 말했다.

"네." 엘사가 말했다.

"오두막 10호. 방세는 당신 임금에서 제해요. 물건들을 살 수 있는 가게가 있고 필요하면 적지만 현금도 융통할 수 있어요. 빌리는 거지, 당연히. 가봐요."

"제 이름은 필요하지 않나요?"

"아뇨. 가봐요."

진창길을 계속 가니 오두막과 텐트가 거의 마을처럼 모인 곳이 나왔다. 엘사는 오두막 10호 표지판을 따라가 옆에 주차했다.

오두막은 콘크리트와 목조 구조물이었고 세로 3미터, 가로 3.5미터 정도 크기였다. 옆면은 하단은 콘크리트였고 위는 목조 골조와 철제 패널로 되어 있었다. 창문은 없었고 위쪽 벽 두 곳에 긴 철제 환기구가 있어 더운 날에는 밖으로 밀어 고정할 수 있었다.

그들은 트럭에서 내려 오두막 안으로 들어갔다. 그림자 진 내부는 어두웠다. 알전구 하나가 천장에 줄로 매달려 있었다. "전기다." 엘사가 감탄하며 말했다.

나무 선반에 작은 조리용 전열판이 있었고, 매트리스가 놓인 녹슨 철제 침대 두 개가 오두막 공간의 거의 절반을 차지하긴 했으나 의자와 어쩌면 테이블까지 놓을 공간은 있었다. 바닥은 시멘트였다. **방바닥.**

"와." 앤트가 말했다.

"이거 **괜찮은데.**" 로레이다가 말했다.

전기. 매트리스. 발을 디딜 방바닥. 머리 위엔 지붕.

그러나… 6달러. 대체 어떻게 이걸 감당한단 말인가? 그들은 한 푼도 없이 모든 걸 잃었는데.

"엄마, 괜찮아?" 로레이다가 물었다.

"나가서 탐험해봐도 돼요?" 앤트가 물었다. "여기 다른 애들도 있을지 몰라."

엘사가 딴생각에 잠긴 채 가만히 서서 고개를 끄덕였다. "나가봐. 너무 오래 있지 말고."

엘사도 아이들을 뒤따라 오두막에서 나왔다. 5, 6에이커 정도 공간에 여러 채의 오두막과 적어도 50개는 되어 보이는 텐트가 있었다. 사람들이 장작을 줍거나 아이들을 따라다니며 어슬렁거렸다. 화장실, 세탁장, 학교 같은 표지판들이 있어 도랑둑 캠프라기보다는 하나의 마을처럼 보였다.

이곳에 올 수 있었던 행운이 그것을 잃어버릴 수도 있다는 두려움에 반감되었다. 빌린 돈으로 얼마나 오래 버틸 수 있을까?

그녀는 트럭으로 돌아가 로레이다가 구세군에게 얻은 물품 상자를 들었다. 옷, 신발, 아이들 코트, 시트, 프라이팬 하나, 약간의 음식. 아끼면 이틀 정도 먹을 양이었다.

그러고 나면?

그녀는 상자를 오두막 안으로 가지고 들어가 문을 닫았다.

"안녕하세요." 침대 하나에 앉아 있던 잭이 말했다.

엘사는 깜짝 놀라 하마터면 상자를 떨어뜨릴 뻔했다.

"미안해요." 그가 말했다. "겁먹게 할 생각은 아니었어요. 내가 거리를 두는 편이 나을 거라고 생각했는데 잘 안 되네요."

"여기 있으면 안 되는 줄 알았는데."

"내가 규칙을 깨는 걸 좋아해서요."

엘사가 상자를 바닥에 놓고 그의 옆에 앉았다. "여길 쓸 돈을 어떻게 낼 수 있을지 모르겠어요. 감사하게 생각해요. 진심으로. 다만⋯."

"돈이 들죠, 당신에겐 없는 돈이."

"네." 입 밖으로 꺼내 말하니 후련했다. "홍수로 모든 걸 잃었어요."

"내게 당신에게 줄 돈이 있다면 참 좋겠군요. 하지만 내가 하는 일은 얼마 벌지 못해요."

"돈을 받기는 한다는 게 더 놀라운데요." 그녀가 그를 쳐다보았다. "근데 하는 일이 뭐예요, 정확하게?"

"난 노동자 연맹에서 일해요. 인민 전선. 부르기 나름이죠."

"공산당이죠."

"네. 이 주에서 우리 중 임금을 받는 사람은 40명 정도 돼요. 지금은 할리우드에서 많은 지원을 하고 있어요, 유럽 정세 영향을 받은 거죠. 나는 〈데일리 워커〉에 글을 써요. 새 회원을 모집하고, 스터디 그룹을 이끌거나 파업을 조직하죠. 기본적으로 나는 자본주의 체제에서 이용당하는 사람들을 도울 수 있는 일이라면 무엇이든 합니다. 그리고 더 나은 길이 있다는 말을 펴뜨립니다." 그는 그녀의 눈길과 마주치자 그 역시 그녀의 눈을 한동안 들여다보았다. "어떻게 캠프에서 살게 됐어요? 여자 혼자서⋯."

그녀가 머리카락을 귀 뒤로 넘겼다. "한 번쯤 들어본 것 같은 이야기일 거예요, 분명히. 우리는 힘든 시기에 텍사스를 떠났고, 캘리포니아에서 더 힘든 시기를 만났죠."

"남편은?"

"떠났어요."

"그러니까 바보라는 얘기군요."

엘사는 미소 지었다. 그런 식으로 생각해본 적은 없었지만, 마음에 들었다. "그게 내 생각이에요, 네. 당신은요? 결혼했어요?"

"아뇨, 결혼한 적 없어요. 여자들은 내가 일으키는 문제들을 두려워하는 경향이 있어서. 아주 대단하고 나쁜 공산주의자죠."

"요즘은 모든 게 다 무섭죠. 얼마나 더한 문제인 거죠?"

"감옥에 갔었어요." 그가 조용히 말했다. "그게 당신도 겁먹게 하나요?"

"그랬을 거예요. 예전엔." 엘사는 그가 자신을 쳐다보는 방식에 익숙해지지 않았다. "쳐다본다고 예뻐지지 않아요."

"내가 당신 볼 때 내가 그런 생각으로 본다고 생각해요?"

"왜 이렇게 위험한 일을 하세요? 그러니까 공산주의 말예요. 미국에서 안될 거라는 걸 분명 알 텐데요. 그로 인해 당신이 치르는 대가도 이렇게 보이는데."

"내 어머니를 위해서요." 그가 말했다. "어머니는 열여섯 살에 이곳에 왔어요. 굶주렸고 집안에서 쫓겨났죠. 나 때문에. 난 아직도 내 아버지가 누구인지 몰라요. 엄만 우리를 위해 고되게 일했어요. 해야 하는 일이라면 뭐든 하면서. 그러면서도 매일 밤, 잘 시간이 되면 내게 굿나잇 키스를 해주며 이 나라에서 나는 뭐든 될 수 있다고 말해주었어요. 그게 어머니가 이 땅으로 가져온 꿈이자 내게 넘겨준 꿈이었어요. 하지만, 거짓말이었죠. 우리 같은 사람에게는, 어쨌든. 잘못된 곳에서 온, 잘못된 피부색을 가진, 잘못된 언어를 쓰는, 혹은 잘못된 신에게 기도하는 사람들에게는요. 어머니는 공장 화재로 돌아가셨어요. 노동자들이 담배 피우며 쉬는 시간을 갖지 못하게 하려고 문을 다 잠가놨죠. 이 나라는 어머니를 써먹을 대로 써먹고 내뱉어버렸어요. 어머니가 나를 위해 원한 건 기회를 가지는 것뿐이었는데. 어머니보다 나은 삶을 바랐을 뿐이었는데." 그가 그녀에게 몸을 기울였다. "당신은 이해하죠. 그렇다는 거 알아요. 당신네 사람들도 굶주리며 죽어가고 있으니까. 수천 명이 집도 없이 노숙하니까. 생존에 필요한 최소한의 돈도 벌지 못하고 있으니까. 임금 인상을 위해 파업하자고 설득하는 일을 도와줘요. 그 사람들이 당신 말은 들을 거예요."

엘사가 웃음을 터뜨렸다. "내 말에 귀 기울였던 사람은 지금껏 아무도 없었어요."

"당신 말을 들을 거예요. 우린 당신 같은 사람이 필요합니다."

엘사의 미소가 사라졌다. 그는 심각했다. "일자리를 잃는데 파업이 무슨 소용이에요? 난 애들을 먹여 살려야 해요."

"로레이다는 횃불을 든 선동가예요. 그 아이는 좋아할―"

"바로 그래서 안 하겠다는 거예요. 그 아인 학교에 다녀야 해요. 아이에게 더 나은 삶을 가져다주는 건 교육이지 공산당 가입이 아니에요." 엘사가 천천히 자리에서 일어났다. "미안해요, 잭. 난 당신을 도울 만큼 용감하지 못해요. 그리고 제발, 제발 당신네 사람들이 우리 딸 가까이 못 오게 해줘요."

잭도 자리에서 일어났다. 그녀는 그의 눈에서 실망을 읽을 수 있었다. "이해합니다."

"이해하세요?"

"물론입니다. 두려움은 현명하죠, 그 순간이 올 때까지는…." 그가 문 쪽으로 가다가 손잡이를 잡고는 잠시 걸음을 멈췄다.

"그 순간?"

그가 그녀를 바라보았다. "당신이 엉뚱한 걸 두려워하고 있다는 것을 깨닫는 순간."

그날 밤 아이들이 자는 동안 엘사는 트럭에 있던 상자에서 일기장을 꺼냈다. 그녀는 페이지를 차례로 넘겨보았다. 아이들 말이 맞았다. 글쓰기가 도움이 되었다. 단어들이 튀어나왔다. 비, 연보라 담요에 싸인 아기, 일거리가 없다, 목화를 기다린다, 파괴적인 비. 오늘 밤, 이따가, 그녀는 자신의 두려움에 관해, 줄곧 두려움이 얼마나 자신의 목을 졸라왔는지에 대해, 아이들에게 두려움을 내보이지 않으려고 얼마나 끊임없이 노력했는지에 대해 글을 쓸 것이다. 그렇게 쓰노라면 그들이 살아남았다는 것을 상기하게 될 것이다. 지독한 홍수였음에도 그들은 여전히 여기 이렇게 있었다.

이 일기장이 그녀에겐 너무나 큰 의미였지만 이젠 그들이 가진 유일한 종이였다. 그녀는 일기장에서 한 장을 찢어 토니와 로즈에게 편지를 썼다.

　사랑하는 토니와 로즈께

　우리도 이제 주소가 생겼답니다!

우리는, 마침내 텐트를 벗어나 진짜 벽과 바닥이 있는 집으로 들어왔습니다. 아이들은 현관에서 엎어지면 코 닿을 데 있는 학교에 등록했고요. 축복받은 느낌입니다. 여기까진 좋은 소식입니다. 그다지 좋지 못한 소식은 홍수가 나서 우리 텐트가 망가졌고 가지고 있던 세간살이도 다 잃었다는 거예요. 생각해보세요, 홍수라니. 두 분은 그 물이 아주 조금이라도 그쪽으로 온다면 얼마나 좋을까, 생각하신다는 거 압니다.

아, 전 때로 집이 너무나 그리워 숨이 막힐 지경이랍니다.

농장은 어떤가요? 마을은요? 두 분은요?

곧 답장 주시면 감사하겠습니다.

사랑을 담아,
엘사, 로레이다, 앤트

28장

　지난밤, 그들은 배부르다 싶게 식사를 했다. 머리 위에 지붕이 있고, 발을 디딜 바닥이 있고, 네 벽이 있는 오두막 안에서 전열판에 조리한 음식이었다. 저녁을 먹은 후 그들은 바닥에 놓인 매트리스가 아닌 진짜 침대 위로 올라갔다. 로레이다는 동생 곁에 가까이 누워 잠을 푹 잤고, 다음 날 아침 깨었을 땐 기운이 회복되어 있었다.

　아침을 먹고 그들은 구세군에게서 얻은 새 옷을 입고 새 신발을 신고 밖으로, 햇살 환한 낮 속으로 나갔다.

　웰티 캠프는 목화밭 사이, 몇천 평의 평지에 있었다. 캠프에 홍수가 나지는 않았으나 너무 많이 내린 비의 증거는 사방 어디에나 있었다. 풀밭은 진흙 속에 짓이겨져 있었지만, 날씨가 좋아지면 초록의 목초지가 될 것임을 로레이다는 알 수 있었다. 지금은, 캠프 여기저기 보이는 나무들 대부분이 폭풍으로 가지가 꺾여 있었다. 흙탕물이 넘실대는 도랑이 여기저기 흘렀다. 캠프 한가운데 오두막 10채와 텐트 약 50개가 어설픈 마을을 이루고 있었

435

다. 오두막들과 첫 무리의 텐트 사이에 길쭉한 건물이 보였다. 그곳에 세탁장과 화장실 네 칸이 있었고, 여성 두 칸, 남성 두 칸인 화장실 칸마다 사람들이 길게 줄을 서서 차례를 기다렸다. 무엇보다 중요하게도, 각각의 입구에 수도꼭지가 있었다. 깨끗한 물. 더 이상 도랑에서 물을 퍼 오고, 쓰기 전에 끓이고 거르는 일은 안 해도 되었다.

캠프 상점에는 더 많은 사람이 줄지어 있었는데, 대부분 여자였고 팔짱을 낀 채 아이들을 옆에 가까이 데리고 서 있었다. 손으로 칠한 안내판이 학교 가는 방향을 가리키고 있었다.

"내가 내일부터 가겠다고 하면요?" 로레이다가 침울하게 말했다.

"하나 마나 한 소리 한다고 하겠지." 엄마가 말했다. "난 빨래를 하고 음식을 좀 구해 오고 넌 학교에 간다. 끝. 얼른 가."

앤트가 웃었다. "엄마가 이겼다."

엄마가 저 멀리 캠프 끝, 호리호리한 나무들 숲에 자리한 텐트 두 개를 향해 앞서 나아갔다.

엄마는 더 큰 텐트 옆에서 걸음을 멈추었다. **작은 아이들 학교**라는 나무 표지판이 밖에 세워져 있었다.

옆 텐트는 **큰 아이들 학교**였다.

"난 큰 아이 같은데." 앤트가 말했다.

엄마가 말했다. "아닌 것 같은데." 그리고 앤트를 작은 아이들 텐트로 보냈다.

로레이다가 빠르게 움직였다.

그녀는 어머니와 함께 교실로 들어가는 것만은 피하고 싶었다. 큰 아이들 텐트로 가서 안을 들여다보았다.

책상이 다섯 개 있었다. 두 개가 비어 있었다. 충충한 잿빛 면 드레스에 고무장화 차림의 여자가 교실 앞쪽에 서 있었다. 그녀 옆에는 칠판이 올려진 이젤이 있었다. 칠판에는 **미국** 역사라고 쓰여 있었다.

로레이다는 몸을 숙여 안으로 들어간 다음 뒤쪽의 빈 책상에 앉았다.

교사가 쳐다보았다. "난 샤프 선생님이야. 새로운 우리 학생은 누구지?"

다른 아이들이 고개를 돌려 로레이다를 보았다.

"로레이다 마르티넬리입니다."

옆 책상의 남자아이가 너무 가까이 다가온 나머지 그 아이의 책상 모서리가 로레이다 책상에 부딪쳤다. 그는 키가 커 보였다. 야위었다. 더러운 모자를 푹 눌러쓰고 있어 눈이 보이지 않았다. 금발 머리는 너무 길게 자라 있었다. 데님 셔츠 위에 색이 바랜 멜빵 작업복을 입었는데, 어깨끈 하나가 풀려 끝이 강아지 귀처럼 접혀 있었다. 걸치고 있는 겨울 코트는 너무 컸고 단추는 거의 다 떨어져 나가고 없었다. 그가 모자를 벗었다. "로 – 레이 – 다. 그런 이름 처음 들어본다. 이쁜 이름이네."

"안녕." 그녀가 말했다. "고마워. 네 이름은?"

"보비 랜드. 오두막 10호에 이사 왔지? 페니파커네가 홍수 직전에 떠났어. 그 집 아저씨가 돌아가셨거든. 이질." 그가 미소를 지었다. "여기에 내 또래가 있어서 좋다. 우리 아버지는 수확 일이 없을 땐 학교에 가야 한대."

"응. 우리 엄마는 내가 대학에 가길 바라서."

그가 웃었고, 이 하나가 빠진 것이 보였다. "말도 안 돼."

로레이다가 그를 노려보았다. "여자도 대학에 갈 수 있어. 알아둬."

"아, 농담하는 줄 알았는데."

"음, 아니거든. 어디서 왔어, 석기 시대?"

"뉴멕시코. 식료품 가게를 했는데 망했지."

"학생들." 선생님이 자로 이젤 위를 두드리며 말했다. "수다 떨러 학교 온 거 아니다. 미국사책 112쪽 열자."

보비가 책을 열었다. "같이 보자. 우리가 뭐 중요한 걸 배우는 건 아니지만."

로레이다는 보비 쪽으로 몸을 기울여 펼친 책을 보았다. '건국의 아버지들과 제1차 대륙 회의'라는 장 제목이 보였다.

로레이다가 손을 들었다.

"그래… 로레타, 맞지?"

로레이다는 선생님이 잘못 발음한 이름을 굳이 고쳐 말하지 않았다. 샤프 선생님은 귀 기울여 듣는 사람은 아닌 것 같았다. "선생님, 저는 좀 더 최근 역사에 관심이 있어요. 여기 캘리포니아의 농장 노동자. 멕시코인을 추방한 반이민 정책. 노동조합이라든가? 저는 그런 것들을 이해하—"

선생님이 자를 너무 세게 내리쳐 자가 부러졌다. "우리는 여기서 노동조합주의에 대한 얘기는 하지 **않는**다. 그건 미국답지 않은 것이야. 우리는 운이 좋아 식탁에 음식을 올려주는 일자리도 있어."

"하지만 사실은 일자리가 없는 거잖아요. 그렇지 않나요? 제 말은—"

"나가! 지금 당장. 감사할 마음이 들 때까지 돌아오지 마라. 그리고 조용히 해, 어린 여자는 의당 그래야지."

"캘리포니아 사람들은 다 왜 이래요?" 로레이다가 책을 쾅 덮었고, 보비의 손가락이 책 사이에 꼈다. 보비가 아파서 소리를 내질렀다.

"100년도 더 전 옛날에 부자들이 뭘 했는지 배울 필요가 있나요. 이 세상이 이렇게 무너지고 있는데요, **바로 지금**." 그녀는 성큼성큼 텐트를 걸어 나왔다.

이제 어떡하지?

로레이다는 진창이 된 풀밭을 건너갔다… 어느 쪽으로?

어디로 갈까? 오두막으로 돌아가면, 엄마가 빨래를 하라고 시킬 것이다.

도서관. 그녀가 유일하게 생각할 수 있는 곳이 도서관이었다.

그녀는 캠프를 걸어 나와 포장된 길에 올라 시내로 향했다.

1킬로미터 좀 넘게 떨어진 웰티에서 그녀는 메인 스트리트로 들어갔고, 그곳에는 차양이 있는 가게들이 줄지어 있었다. 예전엔 여기에서 돈만 있으면 필요로 하는 모든 것을 살 수 있었을 터였다. 양복점, 약국, 식료품점, 정육점, 옷 가게. 지금은 대부분이 문을 닫은 상태였다. 극장 하나가 시내 중심에 서 있었는데 간판은 불이 꺼졌고 창문은 널빤지로 막혀 있었다.

그녀가 널빤지로 막아놓은 모자 가게를 지나가는데 한 남자가 가게 앞 계단에 한쪽 다리는 쭉 뻗고 다른 다리는 구부린 채 앉아 있었다. 한쪽 팔을 구부린 다리 쪽 무릎 위에 늘어뜨리고 있었는데 손가락 사이에서 손으로만 갈색 담배가 달랑거렸다.

그가 낡은 중절모 아래에서 그녀를 빤히 올려다보았다.

이해한다는 표정이 그들 사이에 오갔다.

로레이다는 도서관 밖에서 잠시 걸음을 멈췄다. 머리를 잘랐던 그날 이후 처음 왔다. 아주 오래전 일 같았다.

오늘 그녀는 꾀죄죄한 옷에 헝클어진 머리, 말라비틀어진 모습이었다. 구호품으로 받은 옷은 비교적 새것이었지만 끈을 묶는 신발과 양말엔 진흙이 튀어 있어 누가 봐도 좋은 모양새는 아니었다.

로레이다는 애써 문을 열었다. 일단 안으로 들어간 그녀는 진흙투성이 신발을 벗어 문 옆에 놓았다.

사서가 로레이다의 더러운 스타킹을 신은 발부터 구호품 옷에 달린 남루한 레이스 옷깃까지 아래위로 훑어보았다.

기억해주세요, 제발요. 오키라고 부르지 말아주세요.

"마르티넬리 양." 그녀가 말했다. "다시 와주길 바라고 있었는데. 너희 어머니가 네 도서관 카드를 받아 가면서 얼마나 기뻐하시던지."

"크리스마스 선물로 받았어요."

"훌륭한 선물이지."

"저… 홍수 때문에 낸시 드루 책들을 잃어버렸어요. 죄송합니다."

퀴스도프 선생님은 그녀에게 서글픈 미소를 지었다. "걱정할 것 없단다. 네가 괜찮아 보여서 그것만으로도 기쁘구나. 어떤 책을 찾아줄까?"

"제가 보고 싶은 건… 노동자 권리에 관한 거요."

"아, 정치." 그녀가 자리를 뜨며 말했다. "잠시만 기다리렴."

로레이다는 옆 테이블 위에 펼쳐진 신문을 흘깃 보았다. 〈로스앤젤레스 헤럴드 익스프레스〉의 머리기사가 보였다. '캘리포니아 접근 금지, 떠돌이 노동자 무리에 대한 경고.'

여긴 늘 이런 식이다.

'이주 노동자 구제로 캘리포니아 파산.'

로레이다는 신문을 넘기며 기사들을 살펴보았다. 이주 노동자들이 원조를 요구해 주 정부를 파산시킨다는 내용이었다. 그들을 무능하고 게으른 범죄자이며 '할 줄 아는 게 없어서' 개처럼 산다고 보도했다.

발걸음 소리가 다시 들렸다. 퀴스도프 선생님이 그녀 옆에 서더니 얇은 책 한 권을 신문 옆에 내려놓았다. 존 리드의 《세상을 뒤흔든 열흘》.

"존 리드." 로레이다가 말했다. 들어본 이름 같았지만 어디서 들었는지 기억나지 않았다. "고맙습니다."

"주의는 주어야 할 것 같구나." 퀴스도프 선생님이 조용히 말했다. "언어와 생각은 치명적일 수 있어. 말하는 내용, 말하는 상대에 대해 조심해야해, 특히나 이 동네에서는."

캠프 세탁장은 긴 목조 건물에 있었는데 커다란 물통 6개와 손으로 돌리는 탈수기 3개가 있었다. 그리고 기적 중 기적은 손잡이만 돌리면 깨끗한 물이 흘러나온다는 것이었다. 엘사는 캠프에서 첫 아침을 구세군에게서 받은 시트들과 홍수 때 입었던 옷들을 세탁하면서 보냈다. 각각을 손으로 비틀어 물을 짜는 게 아니라 탈수기를 썼다. 모든 게 깨끗해졌을 때, 그녀는 축축한 옷 더미와 시트를 들고 오두막으로 돌아와 임시 빨랫줄을 만들고 모두 걸어 말렸다.

그러고는 어제 쓴 편지를 챙겨 우체국에 들렀다. 바로 그 점, 15미터만 걸어가면 편지를 부칠 수 있다는 사실은 다소 놀라울 정도로 행운이었다.

이제 장을 봐야 한다. 바로 여기에서. 캠프에서. 이 얼마나 편리한가.

캠프 상점은 뾰족한 지붕을 이고 있는 좁다란 녹색 미늘 벽 판자 건물이었다. 흰색 문 양쪽으로 세로로 긴 창문들이 있었다. 진창을 지나 ─ 홍수와 비 때문에 당연히 어디나 진탕이었다 ─ 진흙이 길게 묻은 층계 두 개를 올라갔다.

문을 여니 머리 위에서 종이 쨍그랑 울렸다. 놀랍도록 명랑한 소리였다.

안에는 줄줄이 음식이었다. 콩과 완두콩 통조림, 토마토 수프 통조림. 쌀과 밀가루, 설탕 부대. 훈제 고기. 지역에서 만든 치즈. 신선한 채소. 달걀. 우유.

한 벽면 전부가 옷이었다. 면에서 모직에 이르기까지 말아놓은 옷감들이 쌓여 있었고 단추, 리본, 실이 담긴 상자들도 있었다. 온갖 사이즈의 신발들. 고무장화와 우비와 모자. 목화와 감자 수확 자루, 수통, 장갑도 있었다.

그녀는 모든 것이 비싸다는 것을 알 수 있었다. 어떤 것들, 예를 들면 달걀은 시내보다 두 배 비쌌다. 벽에 걸린 목화 수확 자루는 엘사가 마을에서 지불한 가격의 세 배였다.

엘사는 빈 바구니를 들었다.

상점 뒤편에는 거의 끝에서 끝까지 이어지는 긴 카운터가 있었고, 그 뒤에는 양 갈비 모양 구레나룻에 눈썹이 덥수룩한 남자가 서 있었다. 짙은 갈색 모자에 검은 스웨터, 멜빵 달린 바지 차림이었다. "안녕하쇼." 남자가 가는 금속 테 안경을 코 위로 밀어 올리며 말했다. "오두막 10호에 새로 온 사람인가 보네요."

"네." 엘사가 말했다. "네, 우리 애들과 저. 그리고 우리 남편도요." 그녀는 잊지 않고 덧붙였다.

"환영해요. 우리 작은 공동체의 좋은 새 회원이 될 것 같군요."

"홍수 때문에… 우리… 집을 잃었어요."

"여기 그런 사람들 많아요."

"돈도 다 잃었어요. 전부 다요."

그가 고개를 끄덕였다. "그렇죠. 그것도 역시 많이 듣는 이야기예요."

"먹여야 할 아이들이 있어요."

442

"월세도 내야 하고요."

엘사가 침을 꿀꺽 삼켰다. "네. 그런데 여기 가격이… 너무 비싸네요…."

그녀 뒤에서 종이 쨍그랑 울렸다. 돌아보니 덩치 큰 남자가 들어왔다. 이를 드러내며 웃는 얼굴은 불그레 혈색이 좋았고 살집도 많았다. 그는 갈색 모직 바지를 지탱하는 멜빵에 양쪽 엄지를 걸고는 편안하게 앞으로 설렁설렁 걸으며 그의 양쪽에 있는 상품들을 살펴보았다.

"웰티 씨." 상점 직원이 말했다. "좋은 아침입니다."

웰티. 농장 주인이었다.

"저놈의 땅이 마르면 더 좋겠네, 해럴드. 그리고 여긴 누구신가?" 그가 엘사 옆에 와서 걸음을 멈췄다. 가까이 이르자 그의 복장의 품질을, 코트의 마름질 상태를 알아볼 수 있었다. 그녀의 아버지가 출근할 때 입던 차림새였다. 옷을 통해 자신을 드러내려 하는 남자.

"엘사 마르티넬리예요." 그녀가 말했다. "새로 왔습니다."

"이 불쌍한 가족은 홍수에 모든 걸 잃었답니다." 해럴드가 말했다.

"아." 웰티 씨가 말했다. "그렇다면 제대로 왔어요. 가족 먹일 음식 쟁여둬요. 원하는 건 뭐든 가져가라고. 목화 철이 되면 돈 많이 벌 테니까. 아이들 있어요?"

"둘입니다."

"좋군, 좋아. 우린 어린이 일꾼을 좋아하지." 그가 한 손으로 카운터를 세게 내리쳐 금전 등록기 옆의 사탕병이 흔들거렸다. "아이들 사탕 좀 챙겨드려, 꼭."

엘사가 고맙다는 말을 하긴 했지만 그는 듣지 못한 듯했고, 아니면 들을 생각도 없는 듯했다. 그는 이미 몸을 돌려 상점 밖으로 나가고 있었다.

종이 쨍그랑 울렸다.

"자." 해럴드가 장부를 열며 말했다. "오두막 10호. 이번 달 외상으로 6달러 올려놓을게요. 월세를 내야 하니까. 또 뭐가 필요한가요?"

엘사가 훈제 고기를 간절한 시선으로 쳐다봤다.

"필요한 거는 그냥 가져가요." 해럴드가 부드럽게 말했다.

엘사는 그럴 수 없었다. 만일 그런다면 모든 걸 다 가져가고 도둑처럼 도망갈 것이다. 그녀는 외상이란 유혹에 질 수 없었다. 평생 공짜는 없었고, 특히 이주 노동자에게는 더욱 그랬다.

그래도.

그녀는 천천히 진열대 사이를 걸으며 머릿속으로 가격을 더해나갔다. 바구니에 물건 하나를 넣을 때마다 충격에 터지는 폭탄을 놓듯 아주 조심스러웠다. 캔 우유, 훈제 햄, 감자 한 봉지, 밀가루 한 봉지, 쌀 한 봉지, 저민 훈제 쇠고기 두 캔, 설탕 조금. 콩 한 봉지. 커피. 세탁비누와 손 비누 조금. 치약과 칫솔 몇 개. 담요. 편지 봉투 두 개.

그녀는 바구니를 카운터로 가져가 하나씩 꺼냈다.

그러는 동안, 끔찍한, 가슴 철렁한 느낌이, 마치 곧 종말이 닥쳐올 것만 같은 기분이 들었다. 지금껏 돈을 낼 수 없는 것은 사본 일이 없었다. 물론, 울컷가도 마을에서 외상을 한 적은 있었으나 그것은 편의성 때문이었다. 그녀의 아버지는 은행 계좌에서 즉시 돈을 꺼내 지불했었다. 저축해놓은 돈이 없는데도 외상을 하는 일은 구걸 같다고 엘사는 느꼈다.

"11달러 20센트." 해럴드가 말하며 장부의 오두막 10호 항목 아래에 총액을 기록했다.

이런 식이라면, 지금부터 4월 26일까지, 바라건대 주 정부 구호금에 도움을 받게 되는 그때까지, 상당한 빚이 쌓일 것이다.

"저 있잖아요." 그녀가 조용히 말했다. "쇠고기는 한 캔이면 될 것 같아요."

엘사는 오두막 안에 선반이 없어 음식을 상자 안에 조심스럽게 쌓은 다음 침대 아래에 밀어 넣었다. 그녀는 우유 두 캔과 커피 1파운드, 비누 한 개를 상자에 넣지 않고 빼놓았다. 그러고는 그것들을 상점에서 가져온 봉지에 다시 넣고 오두막을 나왔다.

그녀는 트럭을 타고 남쪽으로 차를 몰았다. 웰티 시내를 지나 도랑둑 캠프에 도착한 그녀는 도로 옆에 주차했다. 들판은 고인 물이 바다를 이루고 있었고 진창에는 잔해들이 박혀 있었다. 이런저런 물건들, 나뭇가지, 철제 패널 같은 것이 널려 있거나 둥둥 떠다녔다. 어디에도 갈 곳 없는 사람들이 다시 이곳으로 모여들어 캠프를 만들기 시작한 상태였다.

멀리 오른쪽으로 진흙에 반쯤 파묻힌 듀이의 큰 농장 트럭이 보였다. 사람들 한 무리가 그 근처에 모여 있었다.

그녀는 식료품을 들고 들판을 가로질렀다. 장화로 물컹한 진창을 밟으며 나아가는데 이따금 고인 물이 그녀 발목까지 차오르기도 했다.

젭과 그의 아들들이 건져낸 합판에 못을 박느라 분주했다. 여자아이 둘은 트럭 뒤에 앉아 진흙투성이 옷을 입은 채 망가진 인형을 가지고 놀고 있었다. 부서진 의자 하나가 진흙이 들어찬 스토브에 기대어져 있었다. 그들이 집에 들여놓을 거라고 생각하고 앨라배마에서부터 가져온 스토브였다.

그들은 트럭에서 살고 있었다, 여섯 식구가.

엘사가 젭을 보고 손을 흔들었다. 그가 그녀에게 창피하다는 표정을 지었다. "진은 도랑에 있어요."

엘사는 목이 메어와 말이 나오지 않았고, 그래서 고개만 끄덕인 후 부서진 의자에 물품들을 내려놓았다. 그러고는 쓰레기가 널린 진창을 지나 도랑으로 향했다.

진은 둑에서 양동이에 물을 담으려 애쓰고 있었다. 엘사가 조용히 그녀 뒤로 가서 섰다. 자신은 이곳을 벗어났다는 것이, 그래서 너무나 감사하게 생각하고 있다는 것이 죄책감이 들고 부끄러웠다. "진." 그녀가 불렀다.

진이 돌아보았다. 그녀가 미소를 짓기 전 아주 짧은 순간에 엘사는 친구의 절망의 깊이를 보았다. "엘사." 진이 말했다. "보다시피 네가 없으니까 여기가 완전히 지옥이 돼버렸어."

엘사는 농담할 기분이 들지 않았다. "네이딘은? 미지는?"

"네이딘과 그 식구들은 떠났어. 그냥 무작정 걷기 시작한 거지. 미지는 홍수 이후로 보지 못했고."

진이 천천히 일어서며 더러운 물이 담긴 양동이를 옆에 내려놓았다.

엘사는 울음이 터질 것만 같아 조심스럽게 다가갔다. 그녀는 이제야 할아버지가 했던 말이 무슨 뜻인지 깨달았다. **필요할 땐 용감한 척이라도 하렴.** 그녀는 지금 그것을 해냈다. 눈물이 왈칵 날 것 같았지만 애써 미소를 지었다. "난 네가 여기 있는 게 너무 싫다."

"나도 싫어." 진이 더러운 손수건에 대고 기침을 하며 말했다. "그래도 젭이 트럭 뒤를 살 만하게 만들 거야. 어쩌면 지붕 달린 베란다가 생길지도. 그렇게 나쁘지는 않게 될 거야, 곧. 땅도 마를 거고." 그녀가 미소를 지었다. "너도 차 마시러 오게 될지도 모르지."

"차? 술을 마셔야지. 진을."

"오긴 올 거지?"

엘사가 진의 두려움을 얼핏 엿보았고, 그것은 그녀의 두려움과도 일치했다. "물론. 내가 필요한 일이 있으면 꼭 얘기해. 언제든. 밤이든 낮이든. 우린 웰티 농장 캠프 안 오두막 10호에 있어. 큰길 따라 쭉 올라오면 돼. 저기… 음식 좀 가져왔어." **충분친 않지만.**

"아, 엘사… 어떻게 고마움을 표해야 할지."

"그러지 않아도 돼. 알잖아."

진이 양동이를 들었다. 두 여인은 망가진 트럭을 향해 다시 걷기 시작했다. 트럭도 없이 이제 듀이 가족은 다가올 수확 철, 작물을 따라 어떻게 이동할까?

엘사는 이들을 여기 두고 떠나자니 발걸음이 떨어지지 않았지만 그녀가 할 수 있는 일은 없었다. 다른 사람들은 들어가 살 차도 없이 더 열악한 상황인 것도 알았다.

"차차 나아지겠지." 진이 말했다.

"당연하지."

서로 주고받은 눈길로 자신들이 거짓말을 나눴다는 것을 알았다.

"그 사교계 여자들처럼 진을 마시고 찰스턴 춤을 추자." 진이 말했다. "난 늘 춤 교습을 받고 싶었어. 내가 그 얘기 했었니? 엘라배마 농고메리에서 자랐거든. 엄마한테 춤 교습 받게 해달라고 졸랐었지. 근데 아직도 몸치야. 우리 결혼식 봤어야 하는데. 젭과 내가 춤추는 거 정말 봐줄 수가 없었거든."

엘사가 미소 지었다. "레이프랑 나보다 더 못 추기는 힘들걸. 언젠가 곧 우리 서로 춤 가르쳐주자, 진. 너랑 나랑, 음악 틀어놓고. 누가 보든, 무슨 생각을 하든 신경 쓰지 말자." 그녀가 말했다. 그녀는 진을 품에 꼭 안았고, 차마 놓을 수가 없었다.

"어서 가." 진이 말했다. "우린 여기서 괜찮을 거야."

고개를 까딱하고 나머지 가족에게 손을 흔든 후 엘사는 돌아서 질척한 들판을 향했다. 그녀의 스토브가 눈에 들어왔다. 옆으로 엎어진 채 진흙에 반쯤 묻혀 있었고, 연통은 사라지고 없었다. 숨을 쉴 때마다 울음이 터져 나오려 했다. 매 순간 그녀는 울음을 참아냈고 그것은 그녀의 승리였다. 그녀는 진창에 박힌 양동이 하나를 발견하고 집어 든 다음 계속 걸었다. 그리고 커피 잔 하나도 주웠다.

웰티에서 그녀는 주유소로 들어가 주유기 옆 수도꼭지를 틀어 양동이를 씻었다. 진흙투성이 장화 역시 물 아래 들고 씻고는 다시 신었다. 그러는 동안 이 겨울에 진흙 바다 한가운데 트럭에서 사는 친구 생각을 줄곧 했다.

"엘사?"

그녀가 물을 잠그고 돌아보았다.

잭이 종이가 담긴 봉투 하나를 들고 있었다. 전단지일 것이다. 사람들에게 지금 받는 대우에 분노하며 봉기할 것을 설득하는 내용이 담긴.

그녀는 그에게 다가가지 말아야 했다, 이렇게 사람들 많은 곳에서는. 그러나 그럴 수가 없었다. 그녀는 무력감을 느꼈고, 혼자인 것만 같았다.

너무나 외로웠다.

"괜찮아요?" 그가 그녀보다 더 서둘러 다가오며 물었다.

"다녀오는 길이에요… 도랑둑 캠프에. 진과… 아이들이… 어디에 사냐면…." 그렇게 말하는 목소리가 갈라졌다.

잭이 두 팔을 벌렸고 그녀는 그의 품으로 걸어 들어갔다. 그가 그녀를 꼭 안았고, 그녀가 우는 동안 아무 말 하지 않았다. 말이 없음에도 그의 품이 위안이 되었고, 그의 셔츠는 그녀의 눈물로 젖어 들었다.

마침내 그녀가 몸을 떨어뜨리고 그를 쳐다보았다. 그는 그녀를 놓아주며 엄지손가락으로 그녀 얼굴의 눈물을 닦아주었다.

"그건 사는 게 아니에요." 그녀가 음성을 가다듬으며 말했다. 둘 사이의 친밀한 순간은 이미 사라지고 없었다. 그녀는 그에게 안겼던 것이 민망했다. 분명 그는 그녀가 안쓰럽고 측은하다고 생각했을 것이다.

"맞아요, 그렇죠. 집에 데려다줄까요?"

"텍사스에요?"

"그걸 원해요?"

"잭, 내가 뭘 원하든 그건 조금도 중요하지 않아요. 심지어 그건 나한테도 중요하지 않죠." 눈물을 닦으며 그녀는 약한 모습을 드러낸 것이 부끄러워졌다.

"약한 게 아니에요. 마음 무겁게 받아들이는 것, 무언가를 원하는 것. 필요로 하는 것이."

엘사는 그가 그렇게 꿰뚫어 보는 것이 놀라웠다. "가봐야 해요." 그녀가 말했다. "곧 아이들 학교가 끝나요."

"잘 가요, 엘사."

그렇게 말하는 그의 모습이 너무나 슬퍼 보여 엘사는 깜짝 놀랐다. 어쩌면 그녀에게 실망한 것일지도 몰랐다. 그래, 아마 그런 것이리라. "잘 가요, 잭." 그녀는 그곳에 그렇게 선 그를 두고 몸을 돌렸다. 그의 시선이 자신을 뒤따라오는 것이 느껴졌다. 그러나 그녀는 뒤돌아보지 않았다.

3월 말이 되자 땅이 거의 마르고 도랑둑 캠프도 다시 사람들로 가득해졌으며, 로레이다는 열네 살이 되고 마르티넬리 가족은 상당한 빚을 졌다. 엘사는 머릿속으로 강박적으로 계산을 했다. 지금까지의 빚만 갚으려 해도 그녀와 로레이다가 1350킬로그램의 목화를 따야 할 것이다. 그러고도 월세를 내고 음식도 사야 했다. 겨울이 오면 이 잔인한 악순환을 또다시 시작하게 될 것이다. 앞으로 나아갈 길도, 벗어날 길도 보이지 않았다.

그럼에도 그녀는 매일, 아이들을 학교에 보내고 일거리를 찾아 나섰다. 운 좋은 날이면 풀을 뽑거나, 다른 사람의 빨래를 하거나 청소를 해주고 40센트를 벌었다. 그녀와 아이들은 매주 구세군에 가서 무료 나눔 옷 바구니들을 뒤져 옷을 구했다.

4월이 되자 그녀는 공식적으로 캘리포니아주 주민이 되고 지원금 자격이 되는 날까지 손꼽아 기다렸다. 정부의 도움을 거절한다는 건 이제 아예 생각도 하지 않았다.

날짜가 되자 그녀는 일찍 일어나 아이들을 위해 밀가루를 물에 개어 팬케이크를 만들고 캠프 상점에서 쿼트 단위로 파는 사과 주스와 물을 섞어 반 컵씩 따랐다.

아직 졸린 눈으로 아이들은 옷을 입고 신발을 신고 작은 오두막에서 차례로 나가 세면장으로 향했다. 긴 줄이 기다리고 있을 것이다.

아이들이 돌아오자 엘사는 각각 팬케이크 두 개에 귀한 잼을 한 덩어리 얹어주었다. 아이들은 침대에 나란히 앉았다.

"엄마도 뭘 좀 먹어야죠." 로레이다가 말했다.

잠시 엘사의 눈에 열네 살짜리 딸의 가슴 아픈 모습이 또렷하게 새겨졌다. 앙상한 얼굴, 툭 불거진 광대뼈. 야윈 몸에 걸친 체크무늬 면 드레스 위로 양쪽 쇄골이 살이 움푹 파인 채 튀어나와 있었다.

그 나이라면 아이는 스퀘어 댄스 파티를 다니고 남자아이를 보며 첫사랑을 앓아야 마땅했다….

"엄마?" 로레이다가 불렀다.

"오. 미안해."

"어지러워요?"

"아니. 전혀. 그냥 생각 좀 하느라고."

앤트가 웃었다. "그거 안 좋은 건데, 엄니. 잘 알잖아요."

앤트가 일어섰다. 이제 막 아홉 살이 된 아이는 뼈만 남은 모습이었다. 팔다리가 비쩍 말라 팔꿈치와 무릎과 발이 너무 커 보였다. 지난 몇 달 동안 친구를 사귀더니 다시 사내아이처럼 행동하기 시작해 머리카락 자르는 것을 거부했고 어떤 종류의 게임도 싫어했으며 엘사를 엄니라 불렀다.

"오늘 무슨 날인지 아니?" 엘사가 말했다.

"무슨 날인데?" 로레이다가 고개도 들지 않고 말했다.

"주 정부 지원금 나오는 날." 엘사가 말했다. "진짜 현금. 빚을 갚아나갈 수 있어."

"그렇겠죠." 로레이다가 빈 접시를 비눗물이 담긴 양동이에 넣으며 말했다.

"주 정부에 등록한 지 1년 됐어." 엘사가 말했다. "이제 주민으로서 원조를 받을 수 있어."

로레이다가 그녀를 쳐다봤다. "그 사람들은 어떤 식으로든 그 돈 다시 가

저갈 거예요."

"제발 좀, 햇살 아가씨." 엘사는 그렇게 말하고 앤트에게 코트를 주었다.

엘사 자신은 코트를 입을 생각도 하지 않았다. 그녀는 장화를 신고 담요를 어깨에 둘렀다.

그들은 문을 열고 분주한 캠프로 발을 내디뎠다. 이제 서리가 내릴 일도 없어 남자들은 밭에서 바쁘게 일하고 있었다. 트랙터들이 끊임없이 작업하며 땅을 갈고 씨앗을 심고 있었다.

"할아버지 생각이 나네." 로레이다가 말했다.

세 사람 다 발걸음을 멈추고 트랙터 모터 소리에 귀 기울였다. 갓 파헤쳐진 흙 내음을 맡을 수 있었다.

"그러네." 엘사는 고향에 대한 그리움이 밀려오는 것을 느꼈다.

그들은 나란히 걸어 학교 텐트까지 왔다.

"안녕, 엄니. 지원금이 잘되길 바라요." 앤트는 그렇게 말하곤 뛰어갔다.

로레이다도 텐트 안으로 몸을 숙이며 들어갔다.

엘사는 잠시 그곳에 서서 아이들이 얘기하고 웃는 소리, 교사들이 아이들에게 자리에 앉으라고 말하는 소리를 들었다. 눈을 감으면, 실제로 잠시 눈을 감았다, 전혀 다른 세상을 상상할 수 있었다.

마침내 그녀는 돌아섰다. 텐트와 오두막 사이 오솔길은 오가는 수백의 발자국으로 다져지며 움푹 파여 있었다. 세면장 앞에 줄 서서 차례를 기다렸다.

하루 중 이 시간은 그래도 덜 붐벼서 20분만 기다리면 화장실을 쓸 수 있었다. 샤워를 하고 싶었지만 샤워기가 두 개밖에 없어 늘 한 시간이나 그 이상 기다려야 했다.

그녀는 오두막으로 들어가 아침 먹은 접시를 씻어 찬장 역할을 하는 주워 온 사과 궤짝에 넣었다. 홍수 후 지난 몇 달 동안 그들은 폐기물을 수집하는 일에 능숙해졌다.

그녀는 침대를 정돈하고 코트를 입고 오두막을 나섰다.

시내에는 서글픈 표정의 남녀들이 주 정부 구호 사무소 앞에 구불구불 긴 줄을 만들고 있었다. 대부분은 꼭 쥔 손에 시선을 고정한 채 고개를 들지 않았다. 그들 대부분은 중서부나 텍사스 혹은 남부 사람들이었다. 지원금을 받는 일에 익숙하지 않은 자존심 강한 사람들이었다.

엘사가 줄 뒤편에 섰다. 그녀 뒤로도 사람들이 재빠르게 줄을 섰다. 마을 사방에서 나오는 것 같았다.

"괜찮아요, 부인?"

조금 휘청하던 그녀가 억지로 미소를 지었다. "깜박 잊고 안 먹어서 그런가 봐요. 전 괜찮아요. 고맙습니다."

그녀 앞에 선 야윈 젊은 청년은 그가 20킬로그램은 더 나갔을 때 샀던 것이 분명한 멜빵 작업복을 입고 있었다. 수염이 덥수룩했지만 눈은 친절했다. "우리 모두 잊어버리죠." 그는 미소를 지었다. "전 목요일부터 안 먹었어요. 오늘이 무슨 요일이죠?"

"월요일요."

그가 어깨를 으쓱했다. "애들이 있으니까."

"알아요."

"지원금 받아본 적 있어요?"

그녀가 고개를 저었다. "오늘에야 자격이 되는 거예요."

"자격?"

"지원금을 받으려면 여기서 1년을 살아야 해요."

"1년요? 그때까지 살아 있지도 못할 것 같은데." 그가 한숨을 쉬고는 줄에서 빠졌다.

"기다려요." 엘사가 큰 소리로 불렀다. "지금 등록해야 해요!"

젊은이는 돌아보지 않았고, 엘사는 그에게 가기 위해 줄에서 벗어날 수는 없었다. 다시 줄을 서면 몇 시간이 더 걸릴 것이다.

그녀는 앞으로 나갔다. 안으로 들어가니 밝은 얼굴의 젊은 여성이 휴대용 타자기를 놓고 책상 앞에 앉아 있었다. 타자기 옆에는 인덱스카드가 담긴 길쭉한 상자가 있었다. "이름?"

"엘사 마르티넬리. 아이가 둘 있어요. 앤서니와 로레이다. 작년 오늘 날짜에 등록했습니다."

여자가 붉은 카드를 뒤적이더니 한 장을 꺼냈다. "여기 있네요. 주소는?"

"웰티 농장 캠프."

여자는 카드를 타자기에 넣고 그 정보를 추가했다. "좋습니다, 마르티넬리 부인. 세 가족이시네요. 한 달에 13달러 50센트를 받게 됩니다." 그녀는 타자기에서 카드를 빼냈다.

"고맙습니다." 엘사가 돈을 가능한 한 작게 돌돌 만 다음 손에 꽉 쥐었다.

주 정부 구호 사무소를 나서자 길 아래 연방 정부 구호 사무소 앞 소동이 보였다. 사람들이 모여서 소리치고 있었다.

엘사는 손안의 돈에 빈틈없이 신경 쓰며 그 혼잡함을 향해 조심스럽게 다가갔다.

그녀는 군중 가장자리에 있던 한 남자 옆에 섰다. "무슨 일이에요?"

"연방 정부가 구호를 중단했대요. 이제 생필품을 주지 않아요."

누군가 외쳤다. "이건 옳지 않아!"

돌덩이 하나가 구호 사무소 창문으로 날아가더니 유리가 박살 났다. 군중은 함성을 지르며 사무소로 몰려갔다.

불과 몇 분 만에 사이렌 소리가 들렸다. 경찰차 한 대가 불빛을 번쩍이며 다가섰다. 경찰 제복을 입은 남자 두 사람이 곤봉을 들고 차에서 뛰어내렸다. "부랑죄로 감옥에 들어가고 싶어?"

그중 하나가 누더기를 걸친 남자 한 명을 붙들더니 경찰차로 끌고 가 차 안에 쑤셔 넣었다. "또 감옥 가고 싶은 사람?"

엘사가 옆의 남자를 돌아보았다. "어떻게 생필품 지원을 끝낼 수 있어요? 저들은 우리에게 관심도 없는 거예요?"

남자가 믿을 수 없다는 표정으로 그녀를 보았다. "그걸 말이라고 해요?"

구호 사무소를 벗어난 엘사는 서터 로드의 도랑둑 캠프를 향해 걸었다. 홍수 후 몇 달 동안 더 많은 사람이 이 땅으로 들어왔다. 예전부터 있던 사람들은 찾을 수 있다면 더 높은 지대로 올라가 텐트를 세우고 차를 주차하고 판잣집을 지었다. 새로 온 사람들은 도랑 가까이에 자리를 잡았다. 땅에는 봄풀들이 올라왔고, 파묻혔던 오래된 세간들이 여기저기 삐죽 튀어나와 있었다. 파이프 끝, 책, 망가진 랜턴. 쓸 만한 것은 이미 대부분 파냈고, 나머지는 너무 깊이 묻혀버려 찾을 수 없었다.

그녀는 듀이 가족의 트럭에 갔다. 그들은 주워 온 판자와 타르 먹인 종이, 철판으로 트럭 위에 판잣집을 지었다.

진이 트럭 앞 범퍼 옆에 의자를 놓고 앉아 있었다. 메리와 루시는 그녀 옆에서 풀밭에 다리를 접고 앉아 막대기로 흙바닥을 파고 있었다.

"엘사!" 진이 자리에서 일어서며 말했다.

"일어나지 마." 엘사는 너무나 수척하고 창백한 친구를 바라보며 말했다.

엘사는 진 옆의 뒤집어놓은 양동이에 앉았다.

"줄 커피도 없네." 진이 말했다. "뜨거운 물을 마시고 있어."

"나도 한 컵 줘." 엘사가 말했다.

진이 뜨거운 물 한 컵을 부어 엘사에게 건넸다.

"연방 정부가 구호를 중단했대." 엘사가 말했다. "시내에 난리가 났어."

진이 기침을 했다. "들었어. 목화 철까지 어떻게 견뎌야 할지 모르겠어."

"견딜 수 있을 거야." 엘사가 천천히 주먹을 펴고 다음 달까지 가족을 먹여 살려야 할 13달러 50센트를 내려다보았다. 그녀는 거기서 1달러 두 장을 빼내 진에게 주었다.

"나 이거 못 받아." 진이 말했다. "돈은 아니야."

"당연히 받아도 돼." 듀이 가족이 주 정부에서 받는 27달러로는 여섯 식구가 살기에 어림도 없다는 것을 두 사람 다 알았다. 그리고 엘사는 상점에서 외상으로 물건을 구할 수 있었지만 이들은 그렇지 못했다.

진이 돈을 받으며 미소를 지으려 애썼다. "음. 돈을 모아서 우리가 마실 진을 사야겠다."

"물론이지. 우리도 정말 곧 만취라는 걸 해보자고. 노는 여자들처럼 취하는 거야." 엘사는 그런 생각을 하자 미소가 떠올랐다. "난 내 평생 단 한 번 노는 여자처럼 행동했는데 그래서 어떻게 됐는지 알아?"

"어떻게 됐어?"

"나쁜 남편과 아름다운 새 가족을 얻었지. 그러니 우리 같이 놀아보자."

"약속한 거야?"

"그럼. 언젠가 곧, 진."

엘사는 걸어서 웰티 농장으로 돌아가 캠프 상점으로 갔다. 구호 사무소에서 집으로 오는 길에 머릿속으로 계산했다. 매달 지원금의 절반을 빚을 갚는 데 쓴다면 돈은 빠듯하겠지만 그래도 앞으로 살 길은 보일 것이다.

상점에서 그녀는 빵 한 덩어리와 볼로냐 햄 하나, 저민 훈제 쇠고기 한 캔, 핫도그 몇 개, 감자 한 봉지를 담았다. 땅콩버터 한 병, 비누 하나, 우유 몇 캔, 라드도 조금. 그 무엇보다 그녀는 달걀 열두 개와 허시 캔디 바를 담고 싶었다. 그러나 그런 식으로 외상을 하다가 사람들이 망하는 거였다.

그녀는 물건들을 카운터에 올렸다.

해럴드는 하나씩 계산하며 그녀에게 미소를 지었다. "지원금 받는 날이군요, 허, 마르티넬리 부인. 부인 미소를 보니 알겠어요."

"정말 다행이지요."

금전 등록기에서 철컥철컥 소리가 나며 총액이 나왔다. "2달러 39센트예요."

"정말로 비싸요." 엘사가 말했다.

"넵." 그가 측은하게 여기는 표정으로 말했다.

그녀는 주머니에서 현금을 꺼내 세기 시작했다.

"오. 우리는 현금은 받지 않아요, 부인. 외상만 합니다."

"제가 드디어 현금이 생겼는데요. 제 외상값도 갚아나가고 싶어요."

"그런 식이 아니고요. 외상만 됩니다. 돈도 조금 빌려드릴 수 있어요. 이자가 붙죠. 휘발유나 그런 데 돈을 쓰셔야 하잖아요."

"하지만… 그럼 어떻게 빚을 청산할 수 있죠?"

"목화를 따야죠."

실상이 이해되었다. 왜 전에 헤아리지 못했을까? 웰티는 그녀가 계속 빚을 지기를 원하는 것이다. 지원금을 흥청망청 쓰고 다음 겨울엔 또다시 빈털터리가 되어 있길 바라는 것이다. 당연히 현금을 빌려주고 이자를 챙겼다. 아마도 높은 이자를. 그래야 가난한 사람들이 적은 돈에도 일을 하고, 더 적게 요구할 테니까. 캠프 상점에서 외상값이 누적되는 것을 상쇄하기 위해서 그녀가 할 수 있는 유일한 일은 지원금으로 시내에서 이곳보다 낮은 가격에 물건들을 구입하는 것이었다. 하지만 그 정도로는 부족했다. 한 달에 13달러로는 살아갈 수가 없었다. 그녀는 바구니에 손을 넣어 쇠고기 캔을 꺼내 다시 카운터에 올렸다. "이건 못 사겠네요."

그는 외상값을 다시 계산해 적었다. "안된 일입니다, 부인."

"그렇게 생각하세요? 북쪽으로 가서 복숭아를 따려 하는데요. 떠나 있는 동안 오두막 월세를 미리 낼까 해요."

"오, 안 돼요, 부인. 그러면 오두막도, 확실한 목화 수확 일도 다 포기해야 해요."

"수확 철을 따라다닐 수 없다고요?" 엘사가 잠시 거기 선 채 그를 바라보았다. 그가 어떻게 이 체계의 수족으로 사는 것을 참아내는지 경이로웠다. 작물을 따라다니면 오두막을 비워야 한다. 여기 남아서 일거리도 없이, 목화를 기다리며 지원금과 외상으로 연명해야 한다는 것이다. "그러니까 우린 노예군요."

"노동자죠. 운 좋은 노동자, 그렇게 말하고 싶군요."

"그러세요?"

"도랑둑 옆에서 어떻게 사는지 본 적 있어요?"

"네." 엘사가 말했다. "봤어요."

시장 본 가방을 들고 그녀는 상점에서 나왔다.

밖에는 사람들이 오갔다. 빨래 너는 여자들, 장작 줍는 남자들, 장난감이라 부를 만한 쓰레기를 찾아 헤매는 어린아이들. 축 처진 어깨의 여자들 십수 명이 헐렁한 옷을 걸치고 두 개밖에 없는 여자 화장실 앞에 줄지어 서 있었다. 이제 이곳에는 300명이 넘는 사람들이 살고 있었다. 그들은 콘크리트 바닥에 새 텐트 15개를 더 세웠다.

그녀는 그 여자들을 바라보았다. 진짜로 **바라보았다**. 잿빛. 굽은 어깨. 손질하지 못한 머리를 감싼 머릿수건. 수선하고 또 수선한 우중충한 옷. 흘러내린 스타킹. 낡은 신발. 야윈 몸.

그럼에도 그들은 함께 줄 선 사람들에게 미소를 짓고, 이야기를 나누고, 학교 다닐 나이가 안 된 고삐 풀린 아이들을 다잡기도 한다. 엘사도 그 줄에 서 있어보았기에 여자들이 평범한 이야기들, 소문과 아이들, 건강 같은 것에 대해 이야기한다는 것을 알았다.

이렇게 힘든 시기에도 삶은 이어졌다.

29장

5월이 되자, 밸리는 햇살을 받아 건조했고, 모든 것이 자라고 꽃을 피웠다. 6월, 목화가 피어 가지치기가 필요한 시기가 되었다. 웰티 농장 말대로, 그곳 캠프에 사는 사람들이 우선적으로 이 귀중한 일감을 잡았다. 엘사는 뜨거운 태양 아래 오랜 시간 일했다. 젭과 그 집 아들들을 포함해 밸리의 도랑둑 거주자들 대부분은 히치하이크를 하며 북쪽으로 일거리를 찾아 올라갔다. 진은 딸들과 남았고, 땅에 붙박이가 된 트럭이 그들에게 남은 전부였다.

오늘 동이 트기 직전 큰 트럭 한 대가 연기를 뿜으며 웰티 캠프로 들어왔다. 트럭이 오길 기다리며 줄을 섰던 사람들이 트럭이 채 멈추기도 전에 올라타기 시작했다. 남녀 할 것 없이 트럭 뒤에 빽빽하게 탄 그들은 모자를 눌러쓰고 장갑을 끼고 있었다(캠프 상점에서 터무니없이 비싼 가격을 주고 사야 했던 그 장갑이었다).

로레이다가 운전실 바로 뒤 나무 판 가까이 끼어 있는 엄마를 쳐다봤다.

엄마는 오늘 아침 트럭이 도착했을 때 줄에서 두 번째였다.

"앤트가 숙제 꼭 하게 해라." 엄마가 말했다.

"나 정말—"

"정말 안 된다, 로레이다. 넌 목화 딸 때가 되면 그때 일해, 그만 얘기해. 지금은 학교에 가서 공부를 해야 나중에 나처럼 안 된다. 난 마흔이지만 거의 매일 백 살은 된 것 같아. 게다가 어차피 학교도 일주일밖에 안 남았잖아."

남자 한 사람이 트럭 뒤편 문을 닫았다. 이내 트럭은 털털거리며 도로로 나가 목화밭으로 향했다. 아직 덥지는 않았지만 곧 더울 것이다.

로레이다는 다시 오두막으로 돌아갔다. 이미 작은 집 안은 데워지기 시작했다. 그 온기가 여름 더위가 곧 찾아올 조짐이라는 것을 알았지만, 로레이다는 여전히 추운 겨울 끝에 찾아온 온기가 고마웠다. 그녀는 환기구를 열고 전열판으로 가서 앤트와 함께 아침으로 먹을 오트밀을 만들었다.

오두막으로 빛이 들어오자 앤트가 침대에서 휘적휘적 나오더니 문으로 걸어갔다. "오줌 눠야 해."

15분 후 돌아온 그는 사타구니를 긁적거렸다. "엄마 일하러 갔어?"

"응."

그는 그들이 주워 온 테이블 앞 나무 궤짝에 앉았다. 아침을 다 먹고 나서 로레이다는 앤트와 학교로 걸어갔다. "학교 끝나면 오두막에서 봐." 그녀가 말했다. "어슬렁거리고 다니지 말고. 오늘은 빨래하는 날이야."

"더울 텐데." 앤트가 얼굴을 찌푸리고는 교실로 들어갔다.

로레이다도 자기 교실로 향했다. 텐트 입구에 이르렀을 때 샤프 선생님 목소리가 들렸다. "오늘 여학생들은 화장품 배합법을 배우고, 남학생들은 과학 프로젝트를 할 거다."

로레이다가 투덜거렸다. 화장품 만들기라니.

"우리 모두 잘 알지 않니, 남자를 찾는 데 아름다움이 얼마나 중요한지." 샤프 선생님이 말했다.

"아뇨." 로레이다가 큰 소리로 말했다. "그건… 아니에요."

그녀는 화장품 만들기는 단호히 거부했다. 지난주 여학생들이 몇 시간에 걸쳐 마른 재료를 채로 걸러 빵 반죽을 하는 법을 배우는 동안 남학생들은 모형 합판 비행기 조종실 안에서 색칠된 장비들로 '나는 법'을 배웠다.

그녀가 결석하는 일이 자주 있지는 않았다. 어머니가 얼마나 교육을 중시하는지 알기 때문이었다. 하지만 솔직히, 때로 로레이다는 수업을 견딜수가 없었다. 그리고 신께서 아실 테지만, 이러나저러나 샤프 선생님은 악마의 눈으로 그녀를 쳐다볼 것이다. 수업 중 그녀가 하는 질문은 환영받지 못했다. 로레이다는 오두막으로 슬며시 들어가 최근 빌린 도서관 책을 챙겨 캠프 밖으로 나갔다.

큰길로 나가자 그녀는 자신의 몸이 곧게 펴지고 고개가 들리는 것이 느껴졌다. 그녀는 두 팔을 흔들며 시내로 걸어갔다. 학교를 빠지고 도서관에 가는 것보다 더 나은 일이 또 있을까? 그녀는 이번 주에 《공산당 선언》을 읽었고, 그 책만큼 깨우침을 주는 무언가를 발견하고 싶은 마음이 간절했다. 퀴스도프 선생님이 홉스라는 이름의 남자가 쓴 책을 언급했었다.

메인 스트리트는 오늘 분주했다. 양복을 입은 남자들과 봄옷을 입은 여자들이 극장을 향해 걸었다. 간판에 **마을 회의**라고 쓰여 있었다.

로레이다는 도서관으로 들어가 곧장 대출대로 향했다.

그녀는 퀴스도프 선생님에게 책을 건넸다.

"이 책에서 뭘 배웠을까?" 퀴스도프 선생님이 주변에 아무도 없는 듯한데도 낮은 목소리로 물었다. 도서관은 대개는 비어 있었다.

"전부 계급 투쟁 얘기던데요, 그렇죠? 인간 역사 전체에 걸쳐 지주에 대항해온 농노의 싸움. 마르크스와 엥겔스가 옳았어요. 하나의 계급만 있다면, 모든 사람이 모두의 이익을 위해 일한다면 훨씬 더 나은 세상이 될 거예요. 그러면 그 많은 돈을 버는 큰 농장주 같은 사람들도, 그 많은 일만 하는 우리 같은 사람들도 없을 거예요. 우리가 굶주리는 동안 부자는 더 부자가 되고 있어요."

"각자의 능력에 따라, 각자의 필요에 따라." 퀴스도프 선생님이 고개를 끄덕이며 말했다. "그게 전반적인 개념이지. 그렇지만 그게 실제로 적용될 거라고 누가 말할 수 있겠어."

"그런데 극장에선 무슨 일이 있는 거예요? 문 닫은 줄 알았는데요."

퀴스도프 선생님이 창밖을 내다보았다. "마을 회의. 정치라고 얘기할 수 있겠지. 바로 우리 코앞에서 일어나고 있네."

"저를 들여보내 줄까요?"

"공개 회의이긴 한데, 그래도… 음… 가끔은 안전하고 좋은 역사적 관점에서 정치를 공부하는 편이 좋단다. 진짜는 상당히 추악할 수 있어."

"내가 들어가는 걸 막을 수 없을걸요? 저도 이젠 캘리포니아 주민이거든요."

"그래, 하지만… 음, 조심하렴."

"전 아주 조심스러워요, 선생님." 로레이다가 말했다.

밖에는 뜨거운 6월의 태양이 내리쬐고 있었다. 그녀는 골목길을 걷다가 큰길로 접어들었고, 사람들이 길게 줄을 선 무료 급식소를 지나갔다.

로레이다는 잘 차려입은 사람들 무리에 섞여 극장 안으로 들어갔다. 극장 안에는 높은 무대가 있었고 무대 양쪽으로는 붉은 벨벳 커튼이 걸려 있었다. 복잡한 문양을 새긴 목조부는 금박 테두리로 더 돋보이게 했다. 불과 몇 분 만에 좌석 대부분이 찼다.

로레이다는 복도 쪽에 앉았는데 옆에서는 검은 양복과 모자 차림의 남자가 시가를 피우고 있었다. 담배 연기 냄새에 조금 구역질이 났다.

한 남자가 무대 위로 올라가더니 연단 뒤에 섰다.

사람들이 조용해졌다.

"모두 와주셔서 감사합니다. 우리 모두 우리가 왜 이곳에 모였는지 잘 압니다. 1933년 캘리포니아로 들어오는 사람들에게 일시적인 도움을 제공하고자 연방 긴급 구호청이 설립되었습니다. 우리는 이주민이 이렇게까지 몰려들 줄은 몰랐습니다. 그리고 도덕적으로 허약한 인간이 그렇게 많을 줄 누가 알았겠습니까? 그들이 구호에 의존해 살고 싶어 할 줄 누가 알았겠습니까? 프랭클린 루스벨트의 사업 지원 덕분에 우리는 연방 정부 구호를 종결시켰지만, 주 정부는 여전히 이곳에 1년 동안 거주한 사람들에게 돈을 주고 있습니다. 솔직히 주 정부는 그 수요를 감당할 재원도 없습니다."

도덕적으로 허약한 인간?

객석에서 남자 하나가 일어났다. "그들이 수확 일을 하지 않을 거라고 들었습니다. 왜 일을 하겠습니까? 지원금으로 잘살고 있는데. 내가 낸 세금으로 말입니다!"

"목화를 수확할 일꾼이 모자라면 어떡합니까?"

"연방 정부가 아빈에 이주자들을 위해 짓고 있는 빌어먹을 텐트 캠프는 어떻고요? 거긴 선동자들의 온상이 될 겁니다. 세상에 그놈의 의료 서비스도 해준다고 들었다고요."

한 남자가 일어섰다. 로레이다는 웰티 씨라는 것을 알아보았다. 그는 가슴을 한껏 부풀리고 자기 일꾼을 내려다보며 캠프를 걸어 돌아다니기를 좋아했다.

"그 빌어먹을 구호 직원들이 오키들을 응석받이로 만들고 있어요." 웰티가 말했다. "수확 철에는 구호를 **전면적으로** 중단해야 합니다. 노동조합을 만들고 싶어 하면 문제 아닙니까? 우린 파업을 감당할 수 없어요."

파업.

연단의 남자가 두 손을 뻗어 객석의 사람들을 조용히 시켰다. "그래서 오늘 여기 모인 겁니다. 캘리포니아주 정부는 여러분의 염려를 알고 있습니다. 우리는 작물이든 혹은 여러분의 최종 결산이든 문제되지 않도록 할 것입니다. 주 정부는 작물이 우리 경제에 얼마나 중요한지 알고 있습니다. 우리가 캠프의 질병을 관리하여 우리 아이들의 안전을 지키는 것이 얼마나 중요한지 잘 아는 것만큼이나요. 우리는 이주민 학교와 이주민 병원을 건설해야 합니다. 그들을 분리해야 합니다."

"망할 빨갱이 선동자들이 이번 주 내 농장에 와서 말썽을 조장했습니다. 우리는 파업이 일어나기 전에 막아야 합니다."

한 남자가 마치 이곳이 자기 것인 양 복도를 성큼성큼 걸어 내려갔다. 그는 먼지투성이 구식 갈색 코트를 입고 있었다. 로레이다는 그를 보고 몸을 똑바로 세워 앉았다.

잭.

"그들도 **미국인입니다.**" 잭이 말했다. "창피한 줄도 모릅니까? 목화가 익으면 당신네는 그들을 허리가 휘도록 혹사하지만, 수확이 끝나면 쓰레기 취급하며 그들을 버립니다. 당신네 작물을 수확하는 사람들에게 늘 그래왔듯이. 돈, 돈, 돈. 당신네는 돈이 전부지."

객석 여기저기서 고함이 터져 나왔다. 남자들이 자리를 박차고 일어나 소리치며 분노에 차 주먹을 흔들었다.

"수확한 목화 500그램에 1센트를 받아서는 가족을 먹여 살릴 수가 없어요. 당신들도 그걸 알고 있고 그래서 두려워하고 있지. 당신들은 두려워해야 마땅해. 개도 자꾸 발로 차면 물어뜯는다고." 잭이 말했다.

경찰 두 사람이 들이닥쳤다. 그중 하나가 잭을 잡더니 끌고 갔다.

로레이다가 밖으로 달려 나갔고, 눈부신 밝음에 잠시 눈을 깜박였다. 인도에 떨어진 전단지들이 연석을 따라 거리로 흩날렸다. **노동자들이여 변화를 위해 단결하라!**

잭은 바닥에 큰 대자로 누워 있었다. 모자가 벗겨져 옆에 나뒹굴었다.

"잭!" 로레이다가 그에게 뛰어가 무릎을 꿇고 옆에 앉았다.

"로레이다." 그가 모자를 집어 들고 머리에 눌러쓰더니 일어나며 그녀에게 천천히 미소를 지어 보였다. "우리 꼬마 공산당 훈련생이네. 어떻게 지냈어?"

관자놀이가 찢어져 피가 흐르는데도 어떻게 미소를 지을 수 있지?

경찰 사이렌이 울렸다.

"자, 가자." 잭이 그녀의 팔을 잡으며 말했다. "난 이번 주에 감옥에 있을 만큼 있었어." 그가 전단지를 모으더니 그녀를 길 건너편으로 당겨 식당 안으로 들어갔다.

로레이다는 그의 옆에 있는 등받이 없는 높은 의자에 올라가 앉았다. 그리고 냅킨을 집어 그의 관자놀이에 흐르는 피를 닦아주었다.

"피 때문에 내가 건달처럼 보이나?"

"농담할 기분이에요?" 그녀가 말했다.

"아니지."

"다 무슨 이야기예요?"

그가 로레이다에게 초콜릿 밀크셰이크를 주문해주었다.

"목화 가격이 내렸어. 업계에도 노동자에게도 나쁜 소식이지. 재배자들이 초조해지기 시작한 거야."

로레이다가 달고 부드러운 밀크셰이크를 후루룩 마셨다. 어찌나 빨리 마셨는지 머리가 아팠다. "그래서 회의를 하고 우리를 비난하는 거예요?"

"그쪽을 비난하는 건, 자기들과 동등한 사람으로 생각하고 싶지 않아서지. 그쪽 사람들이 노동조합을 만들고 돈을 더 요구할까 봐 걱정하고 있어. 소위 부랑자 봉쇄, 주 경계선 폐쇄가 끝났고, 더 많은 이주민이 다시 쏟아져 들어오고 있고."

"먹고살 만큼 돈을 줄 생각도 없으면서."

"내 말이."

"어떻게 해야 그 사람들이 돈을 내놓죠?"

"싸워야지." 그가 잠시 말을 멈추고 무심한 표정을 지으려 애쓰며 물었다. "저기, 엄마는 어떠셔?"

작열하는 태양 아래에서 열 시간의 노동 후, 엘사는 트럭에서 내려왔다. 장갑 낀 한 손에는 그녀의 작업 전표가 들려 있었다. 얼마 되지는 않았지만 그래도 일당은 일당이었다. 캠프 상점은 캠프 주민들에게 10퍼센트를 떼고

선표를 적립금으로 바꿔주었지만, 다른 어디에서도 현금으로 교환할 수는 없었다. 적립금 대신 현금을 받고 싶으면, 이자를 내야 했다. 따라서 현실을 보자면, 돈도 워낙 조금 받지만 거기서 또 10퍼센트를 빼야 했다. 완전히 지친 그녀는 손과 어깨의 통증에 힘겨워하며 상점 안으로 걸어 들어갔다. 그녀가 들어가자 쨍그랑 울리는 종소리가 신경을 긁었다. 이곳에서 그녀가 생각할 수 있는 것이라고는 늘어만 가는 빚과 도저히 그 빚에서 벗어날 길이 없다는 지독한 진실뿐이었다.

새로운 남자가 카운터에 있었다. 엘사가 모르는 사람이었다.

"오두막 10호예요." 그녀가 말했다.

남자가 장부를 펼치고 전표를 본 다음 그녀가 번 액수를 기록했다. 그녀는 돌아서서 뒤쪽 통로에서 우유 두 캔을 집었다. 그녀는 그들이 부과한 금액을 내기가 싫었지만 앤트와 로레이다는 튼튼한 뼈를 위해 우유가 필요했다. "이거 장부에 올려주세요." 그녀는 뒤도 돌아보지 않고 말했다.

그녀는 화장실에 가서 줄을 섰다. 대개는 함께 줄 선 여자들과 대화를 하곤 했지만 목화밭에서 열 시간을 보낸 후라 그럴 기운이 없었다.

마침내 자기 차례가 되었을 때 그녀는 어둡고 냄새나는 화장실로 들어가 볼일을 보았다.

그녀는 밖에 있는 펌프에서 손을 씻은 다음 오두막으로 향했다. 감독관 한 사람이 그녀가 가는 길을 따라오다가 걸음을 멈추고 울타리에서 남자 두 사람이 나누는 이야기에 귀를 기울였다. 요즘 점점 이런 일이 잦아졌다. 농장 주인들이 첩자를 보내 노동자들이 목화밭 밖에서 무슨 이야기를 하는지 엿듣게 했다.

그녀는 오두막 문에서 걸음을 멈추고 마음을 가다듬은 다음 간신히 미소를 지으며 문을 열었다.

"안녕, 탐험 ―"

그녀는 멈칫했다.

잭이 엘사의 침대에 몸을 숙이고 앉아 있었다. 앤트에게 이야기를 들려주고 있는 듯했다. 아이는 잭 앞 콘크리트 바닥에 다리를 접고 열중한 모습으로 앉아 있었다.

"엄니!" 앤트가 벌떡 일어서며 말했다. "잭이 할리우드 얘기를 해주고 있었어요. 영화 스타들 많이 만났대요. 그죠, 잭?"

엘사는 그녀 옆 의자에 놓인 전단지 더미를 보았다. 노동자들이여 변화를 위해 단결하라!

잭이 일어섰다. "오늘 시내에서 로레이다를 만났어요. 로레이다가 오라고 초대해줬어요."

로레이다를 쳐다보자 그래도 염치가 있는지 얼굴을 붉혔다. "로레이다가 시내에 있었군요. 학교 가는 날인데. 흥미롭네요. 그리고 공산주의자인 당신을 우리 오두막으로 초대하고, 당신은 전단지를 가져오고. 로레이다가 참 사려가 깊네요."

"학교 빠지고 도서관 갔어요." 로레이다가 말했다. "샤프 선생님이 화장품 만드는 법을 가르치고 있었어요, 엄마. 내 말은… 우리는 책 살 돈도 없고, 굶주리고, 그런데 아이라이너 만드는 게 중요해요?"

"로레이다 말을 들으니 당신이 요즘 열심히 일한다고요." 잭이 그녀에게 다가오며 말했다. "오늘 아주 더웠죠."

"여전히 더워요. 그리고 난 운 좋게 일거리도 있고요." 그가 그녀의 아주 낮은 목소리도 들릴 만큼 가까이 다가오자 그녀가 말했다. "당신은 당신 존재반으로도 우리를 위험에 빠뜨리고 있어요."

"아이들에게 탐험을 약속했어요." 그도 낮게 속삭였다. "앤트가 말하더군요, 탐험가 클럽이 있다고. 나도 가입해도 될까요?"

"제발요, 엄마." 두 아이가 함께 외쳤다.

"그들은 듣고 싶은 말은 자칼처럼 밝은 귀로 엿듣죠." 엘사가 말했다.

"제발요~~~"

"알았어, 알았다고. 하지만 난 우리 먹을거리를—"

"아뇨." 잭이 말했다. "오늘은 내가 알아서 합니다. 도로에서 만나요. 내 트럭이 거기 있어요. 나와 함께 있는 걸 보이지 않는 것이 최선이죠."

"당신과 **함께 있지 않는** 것이 최선일걸요." 엘사가 말했다.

로레이다가 벌떡 일어나 잭을 문으로 데리고 가 내보내고 문을 닫았다. 천천히 돌아선 그녀가 얼굴을 찌푸리며 말했다. "학교는요—"

솔직히 엘사는 너무 덥고 피곤해 학교 빠진 일에 당장은 관심이 가지 않았다. 그녀는 얼굴을 씻고 닦고 머리를 빗었다. "그건 내일 얘기하자." 그녀는 앤트에게 돌아서라고 한 후 작업복을 다 벗어 던지고 구세군에게서 받은 예쁜 면 드레스를 입었다.

그들은 오두막을 나와 잭의 트럭이 있는 큰길을 향해 걸었다. 가는 내내 그녀는 누군가 지켜보고 있지는 않을까 걱정했지만 슬그머니 돌아다니는 감독관들은 보이지 않았다.

그들은 잭의 낡은 트럭에 끼여 앉았다. 엘사가 앤트를 무릎에 앉혔다.

"자, 출발!" 앤트가 말하자 잭이 핸들을 돌려 도로로 나섰다.

곧 그들은 버려진 호텔이 있는 길로 접어들었다. "여기서 기다려요." 그는 트럭을 주차하고 뛰어내리더니 작은 멕시코 식당으로 들어갔다. 안은 붐

벼서 서서 먹는 자리만 남아 있었다. 잠시 후 그는 바구니 하나를 들고 나와 트럭 뒤에 실었다.

시내를 벗어난 그는 엘사가 처음 와보는 도로로 꺾어 들었다. 길은 굽이 굽이 이어지더니 산기슭으로 올라갔다.

마침내 잭은 풀이 우거진 커다란 땅 가장자리, 주차된 십여 대의 차들 옆에 트럭을 세웠다. 새로 심은 나무들 사이로 사람들이 걸었고, 아이들과 개들이 풀밭 위를 뛰어다녔다. 호수가 세 개 보였다. 한 호수에는 외륜 보트를 탄 사람들이 점점이 보였다. 호숫가를 따라 수영하는 사람들이 물장구를 치며 웃었다. 왼쪽으로 보이는 숲에서는 밴드가 지미 로저스의 노래를 연주했다. 호숫가를 따라 간이매점들이 죽 늘어서 있었다. 흑설탕과 팝콘 냄새가 났다.

예전으로 돌아간 것 같았다. 엘사는 개척자의 날을 떠올렸다. 로즈와 함께 하루 종일 음식 준비를 하고, 토니가 바이올린을 켜고, 모두 춤을 추었던 그 시절.

"고향에 온 것 같아." 로레이다가 그녀 옆에서 말했다.

엘사가 손을 뻗어 딸의 손을 잠시 쥐었다 놓았다.

아이들이 호수를 향해 달려갔다.

"아름다워요." 엘사가 말했다.

잭이 트럭 뒤에서 바구니를 가져왔다. "공공 사업 촉진국이 프랭클린 루스벨트의 펀드로 지은 거예요. 사람들에게 일을 주고 좋은 임금을 주었죠. 오늘이 개장일이고요."

"당신네 공산주의자들은 미국의 모든 걸 증오하는 줄 알았는데요."

"그건 아니죠." 그가 진지하게 말했다. "우리는 뉴딜 정책에는 동의해요.

공산주의는 실제로는 새로운 미국주의예요. 그 말을 처음 했던 사람은 영화 감독 존 포드였을 거예요. 새로운 할리우드 나치 반대 동맹의 초기 회의 중 하나에서."

"매우 심각하게 받아들이는군요." 그녀가 말했다.

"심각한 일이에요, 엘사." 그가 그녀의 팔을 잡고 공원을 거닐기 시작했다. "하지만 오늘은 이 얘기 그만하죠."

엘사는 사람들이 그녀를 쳐다보는 것이 느껴졌다. 그녀의 낡은 옷과 맨다리, 잘 맞지도 않는 신발을 보며 평가하고 있을 것이다.

파란 크레이프 드레스를 입은 키 큰 여인이 장갑 낀 손으로 핸드백을 꼭 쥐고 지나갔다. 그녀는 티 나지 않게 코를 킁킁거리더니 머리를 돌렸다.

엘사는 밀려오는 부끄러움에 걸음을 멈췄다.

"저 할망구는 당신을 재단할 권리가 없어요. 저런 사람은 무시해요." 잭이 그렇게 말하며 계속 걷게 했다.

바로 그녀의 할아버지가 해주었을 법한 이야기였다. 엘사는 미소를 짓지 않을 수 없었다.

그들은 호숫가로 가서 풀밭에 앉았다. 앤트와 로레이다는 무릎까지 오는 물속에서 물장난을 하고 있었다. 엘사와 잭도 신발을 벗었다. 잭이 모자를 벗어 옆에 내려놓았다.

"당신을 보면 우리 어머니 생각이 나요." 그가 말했다.

"당신 어머니요? 내가 그렇게 나이 들어 보여요?"

"칭찬이에요, 엘사. 내 말 믿어요. 어머니는 강인한 여성이었어요."

엘사가 미소를 지었다. "전 별로 강인하지 않아요. 하지만 요즘은 칭찬이라면 다 받아들이려고요."

"난 어머니가 이곳에서 어떻게 해냈는지, 어떻게 이 나라에서 살아남았는지 대단히다는 생각을 자주 해요. 이 나라 말도 거의 할 줄 모르는 아이 딸린 홀몸의 여자가. 남편도 없이. 다른 여자들이, 고용주가 어머니를 대하는 방식이 싫었어요. 내가 이런 얘기를 왜 당신에게 하는지 모르겠군요."

"아마도 그분이 외로웠다고 생각하고 당신으로 충분하지 않았을까 봐 걱정하는 거겠죠. 하지만 내가 장담해요. 난 외로움을 알아요. 분명 당신이 그분을 외로움으로부터 구해준 존재였을 거예요."

그는 잠시 말없이 그녀를 살펴보았다. "어머니에 대해 오랫동안 얘기하지 못했어요."

엘사는 그가 말을 이어가도록 기다렸다.

"어머니의 웃음소리를 기억해요. 웃을 일이 뭐가 있었을까 몇 년간 생각했는데… 이제 여기 이렇게 아이들과 있는 당신을 보고 있으니… 당신이 아이들을 사랑하는 방식을 보고 있으니, 어머니를 조금은 이해하게 된 것 같아요."

엘사는 그의 시선을 느꼈다. 그녀의 눈에서 뭔가를 찾으려는 듯, 마치 그녀를 알고 싶다는 듯 흔들림 없이 바라보는 그 눈길을.

"엄마도 들어와요!" 앤트가 손을 흔들며 말했다.

주의를 돌릴 수 있어 다행으로 여기며 엘사가 그에게서 눈길을 거두고 아이들에게 손을 저었다. "엄마 수영 못하는 거 알잖아."

잭이 일어나 엘사를 일으켜 세웠다. 서로 너무나 가까이 서 있어 엘사는 자신의 입술에 닿는 그의 숨결을 느낄 수 있었다. "아니, 정말이에요." 그녀가 말했다. "수영할 줄 몰라요."

"날 믿어요." 그는 그녀를 호수 쪽으로 이끌었다. 버티며 안 갈 수도 있었지만 이미 충분히 사람들의 시선을 모으고 있던 터였다.

호숫가에서 그는 그녀를 들어 올려 물속으로 안고 들어갔다.

시원한 물이 그녀의 등을 때리는가 싶더니 갑자기 그녀는 그의 팔에 안긴 채 물속에서 푸르른 하늘을 올려다보고 있었다.

나 떠 있네.

그녀는 어떤 무게감도 느낄 수 없었다. 태양과 물, 뜨거움과 차가움의 완벽한 조화를 그의 팔이 주는 안정감 속에서 맛보았다. 이 멋진 순간, 세상은 멀리 사라지고 그녀는 현재로부터 이전, 혹은 현재로부터 먼 미래 어느 곳에 가 있었다. 배도 고프지 않았고, 피곤하지도, 무섭지도, 화가 나지도 않았다. 그냥 거기 그렇게 있을 뿐이었다. 그녀는 눈을 감고 정말 몇 년 만에 처음으로 평온함을 느꼈다. 안전함을.

그녀가 눈을 뜨니 잭이 그녀를 가만히 내려다보고 있었다. 그가 몸을, 너무나 가까이 숙여와 혹시 키스를 하는 게 아닐까 생각했지만, 그는 이렇게 속삭였다. "당신이 얼마나 아름다운지 알아요?"

그녀는 그 빤한 농담에 웃고 싶었지만, 그가 그렇게 바라보고 있으니 소리가 나오지 않았다. 잠시 후, 그런 그녀의 침묵은 어색한 순간으로 이어졌다. 여전히 뭐라 말을 해야 할지 몰랐다.

그가 그녀를 다시 호숫가 풀밭으로 안고 나오더니 그녀를 내려놓고 갔다. 그녀는 그가 했던 말에, 그리고 그에게 느끼는 갑작스러운 감정에 몸을 떨며 혼란스러운 마음으로 그렇게 앉아 있었다.

그가 멕시코 스타일의 모포를 가지고 돌아와 그녀의 어깨에 둘러주었다. 그리고 바구니를 열며 아이들을 불렀고, 아이들은 옷에서 물을 뚝뚝 흘리며 달려왔다.

앤트가 엘사 옆에 쓰러지듯 주저앉았다. 엘사는 모포 아래로 아이를 끌어안았다.

잭이 바구니 안에서 코카콜라병들과 콩과 치즈와 돼지고기와 냄새 좋은 향신료를 가미한 소스로 채운 타말레를 꺼냈다.

먼지 폭풍과 가뭄과 대공황 이후로 몇 년 만에 처음 누리는 즐거운 날이었다.

"이러고 있으니 생각나네, 그치?" 로레이다가 한참 있다가 말했다. 공원에서 사람들이 빠져나가고 하늘도 어두워져 별들이 밝게 빛나기 시작할 무렵이었다.

"뭐가?"

"집이." 로레이다가 말했다. "나 정말로 풍차 소리가 들려."

그러나 그건 그냥 반복적으로 호숫가를 때리는 물소리였다.

"보고 싶어." 앤트가 말했다.

"두 분도 우리를 보고 싶어 하실 거야." 엘사가 말했다. "내일 편지를 써서 오늘 이 아름다웠던 하루에 대해 들려드리자." 그녀가 잭을 바라보았다. "고마워요."

"별말씀을요."

그렇게 주고받는 말이 이상하리만큼 친밀하게 느껴졌는데, 어쩌면 그가 그녀를 바라보는 방식, 혹은 그의 시선에서 그녀가 느끼는 감정 때문이었는지도 몰랐다. **당신 때문에 두려워요**, 그렇게 말하고 싶었지만 그건 터무니없었다. 어쨌든 그게 무슨 대수인가? 이건 그냥 하루, 휴가 그뿐이었다. "자, 이제…."

그녀는 말을 끝마칠 필요가 없었다. 잭이 자리에서 일어났다. 앤트와 로레이다도. 그는 아이들을 트럭 뒤에 앉히고, 엘사에게 문을 열어주었다.

다시 캠프로. 현실로.

가는 길은 길고 외롭고 구불구불했다. 머릿속으로 엘사는 그와의 대화를 열두 번도 더 시도했지만, 이런저런 말 조각들을 찾아냈지만, 실제로는 혼란스러워 아무 말도 하지 못하고 침묵 속에 가만히 앉아만 있었다. 오늘은… 특별하게 느껴졌으나 그런 것에 대해 그녀가 제대로 아는 것이 없지 않은가? 그녀는 존재하지도 않는 감정을 상상하여 자신을 욕보이고 싶진 않았다.

웰티 캠프 입구에서 잭은 도로변에 차를 세웠다. 엘사는 그가 헤드라이트의 노란 빛 속을 걸어와 그녀를 위해 문을 여는 것을 지켜보았다.

그녀가 밖으로 발을 디뎠고, 그가 그녀의 손을 잡았다.

"나는 곧 설리너스로 갑니다. 그곳에서 노동조합을 만들어볼 생각이고요. 아마 통조림 공장 쪽으로 가게 될 것 같아요. 한동안 떠나 있을 겁니다. 그러니…."

"왜 내게 이런 얘기를 해요?"

"내가 그냥… 달아났다고 생각하지 말라고요. 난 당신에게 그런 짓 하지 않을 테니까."

"잘 알지도 못하는 여자에게 그런 말 하는 건 좀 이상하죠."

"눈치챘는지 모르겠지만, 내가 그걸 바꿔보려고 애쓰는 중이에요, 엘사. 당신을 알고 싶어요. 내게 기회를 주었으면 해요."

"난 두려워요." 그녀가 말했다.

"알아요." 그가 그녀의 손을 놓지 않고 말했다. "농장주들이 두려워하고, 시내 사람들은 분노하고, 주 정부는 돈 출혈이 크고, 사람들은 절망하고 있죠. 곧 폭발하기 쉬운 상황이에요. 뭔가 조치가 있어야 해요. 지난번에 일이 터졌을 때는 노조 조직책이 세 명이나 죽었어요. 난 당신을 위험에 빠뜨리고 싶지 않아요."

서글프게도 엘사가 두렵다는 의미는 전혀 그런 것이 아니었다. 그녀는 남자로서의 그가 두려웠고, 그가 그녀를 바라볼 때 자신이 느끼는 감정이 두려웠고, 그가 그녀에게서 일깨운 감정이 두려웠다.

"당신이 노조 조직책 아니에요?" 그녀가 물었다.

"맞아요."

그녀는 처음으로 그가 자초하는 위험에 대해 생각하게 되었다. "그럼 조심해야 할 사람은 나 말고도 또 있군요, 그렇지 않나요?"

30장

그 길고 더운 여름 내내 엘사와 로레이다는 일을 찾기 위해 최선을 다했다. 그들은 감히 다른 궁리를 하며 캠프를 떠날 생각은 하지 않았고, 지원금을 트럭 연료에 쓸 마음도 없었기 때문에 웰티 캠프에 머물면서 할 수 있는 일거리를 구하곤 했다. 일이 없는 날에 엘사는 집안일을 하고 로레이다와 앤트와 함께 도서관에 걸어가곤 했다. 퀴스도프 선생은 그들에게 책과 탐굿거리를 찾아주었다. 아이들이 도서관에 안전하게 있는 동안 엘사는 종종 도랑둑 캠프로 걸어가 진과 함께 흙탕물이나 땅에 파묻힌 트럭 옆에 앉아 이야기를 나누곤 했다.

"그 사람 어디 있어?" 진이 8월 말 특히나 무더운 어느 날 말했다. 캠프에서는 열기에 악취가 진동했지만 두 사람 다 신경 쓰지 않았다. 그들은 잠시나마 함께 시간을 보내는 것이 마냥 행복하기만 했다.

"누구?" 진이 만들어준 미지근한 차를 마시며 엘사가 물었다.

진이 엘사에게 그 표정을, 서로에게 너무나 익숙한 그 표정을 지었다. "누구 얘기인지 알잖아."

"잭." 엘사가 말했다. "그 사람 생각 안 하려고 노력 중이야."

"더 열심히 노력해야겠네." 진이 말했다. "아니면 그냥 마음에 두고 있다고 인정하든가."

"난 남자와 좋은 역사가 없잖아."

"역사가 뭔지 알아, 엘사? 끝난 과거야. 이미 죽고 사라진 거야."

"역사를 경시하는 사람은 그걸 되풀이하는 실수를 한다잖아."

"누가 그래? 난 그런 말 들어본 적 없어. 과거에 매달리는 사람에겐 미래가 없다, 난 이렇게 말하겠어."

엘사가 친구를 바라보았다. "제발, 진." 그녀가 말했다. "날 좀 보렴. 난 젊었을 때, 잘 먹고, 깔끔하고 좋은 옷을 입던 시절에, 내 최상의 시절에도 이쁘지 않았어. 게다가 지금은…."

"아, 엘사. 넌 네 모습을 잘못 알고 있어."

"그게 사실이라 해도 뭘 어쩌겠어? 부모가 하는 말, 남편이 하지 않는 말이 거울이 되어버린걸, 그렇지 않아? 다른 이들의 눈을 통해 자신을 보는 거고, 그들로부터 멀리 떠나도 결국 그 거울을 지니고 다니게 되는 법이야."

"그 거울 부숴버려." 진이 말했다.

"어떻게?"

"엄청 센 짱돌로." 진이 몸을 기울여왔다. "나도 거울이야, 엘사. 기억해."

목화가 다 익었다.

9월 어느 뜨겁고 건조한 날 웰티 캠프에 말이 퍼져나갔다. 하늘하늘 히얀 솜뭉치가 푸르른 맑은 하늘을 향해 몸을 곧게 들고 떠 있었다. 캠프 주민은 아침 6시까지 수확할 준비를 하라는 안내문이 오두막과 텐트마다 붙었다.

엘사는 바지에 긴 소매 블라우스를 입고 아침을 만든 다음 아이들을 깨웠다. 침대 가장자리에 걸터앉은 아이들은 따뜻하고 달콤한 폴렌타 죽을 아무 말 없이 꼭꼭 씹어 먹었다.

아이들이 오늘 함께 목화를 딸 생각을 하니 엘사는 가슴이 시려왔다. 특히 앤트 때문에. 하지만 그들은 이번 수확 철에는 이 문제에 대한 회의 같은 것은 하지 않았다. 작년엔 순진하게 생각했었다. 아이들을 학교에 보내고 엘사 혼자 돈을 벌어도 아이들을 먹이고 입힐 수 있고, 재울 곳이 있을 거라 생각했었다. 이젠 현실을 알았다. 캘리포니아에서 살 만큼 살아서 이젠 알았다. 목화가 그들의 생명 줄이었다. 아이들까지 목화를 따야만 했다.

그들은 농장주가 정해준 생활 주기에 맞춰 그 안에서 사는 것 외엔 어떤 선택의 여지도 없었다. 외상으로 생활해 빚이 쌓였고, 절대로 충분한 돈은 벌 수 없었으며, 지원금을 받아도 그 악순환은 벗어날 수 없었다. 목화를 따서 올해의 빚을 갚아야, 일거리가 사라지는 겨울엔 또다시 외상으로 살아갈 수 있었다.

그녀는 목화 자루를 둘둘 만 다음 수통에 물을 채우고 점심 도시락을 쌌다. 그리고는 아이들을 데리고 서둘러 오두막을 나와 트럭을 기다리는 줄로 갔다.

"거기." 감독관이 엘사를 가리키며 말했다. "셋인가?"

아뇨, 엘사는 그렇게 말하고 싶었다.

"네." 로레이다가 말했다.

"걔는 비쩍 말랐군." 감독관이 담배를 뱉으며 말했다.

"얘가 보기보다 힘이 세답니다." 로레이다가 말했다.

감독관은 옆에 있던 트럭 짐칸에서 3.6미터 길이의 캔버스 수확 자루들을 꺼냈다. "동쪽 밭으로. 자루 하나에 1.5달러. 장부에 달아놓지."

"1.5달러! 그건 노상강도나 마찬가지네요." 엘사가 말했다. "우린 우리 자루가 있습니다."

"웰티 땅에 살면 웰티 자루를 사용해." 그가 그녀를 쳐다봤다. "일을 원하나?"

"알았어요." 엘사가 말했다. "오두막 10호예요."

그는 긴 자루 세 개를 그들에게 던졌다.

엘사와 아이들은 다른 일꾼들과 트럭에 올라 8킬로미터 정도 떨어진 다른 웰티 목화밭으로 갔고, 그곳에서 각자 할당받은 줄로 갔다. 엘사가 기다란 빈 자루를 펼쳐서 어깨에 걸고 뒤에 늘어뜨린 다음, 앤트에게도 어떻게 하는지 알려주었다.

줄을 선 앤트가 너무나 작아 보였다. 그녀와 로레이다는 한참이나 목화 따는 법을 설명했지만 앤트 역시 그들처럼, 손에 피를 흘려가면서 배우게 될 것이다.

"날 그렇게 쳐다보지 마요, 엄니." 그가 말했다. "아기 아니란 말이야."

"넌 아직 내 아기야." 그녀가 말했다.

앤트가 어이없다는 듯 눈동자를 굴렸다.

종이 울리고 그들은 일을 시작했다.

엘사는 허리를 굽혔다. 가시 많은 목화에 손을 뻗자 바늘처럼 날카로운 가시가 살을 깊이 파고들어 얼굴을 찌푸렸다. 그녀는 목화송이를 잡아당겨 따고 잎과 가지에서 떼어낸 다음 그 하얀 솜털 한 움큼을 자루에 넣었다. 앤트 생각은 하지 말자.

하고, 또 하고, 또 하고, 그녀는 같은 행동을 거듭했다. 따고, 떼어내고, 자루에 넣고.

태양이 점점 하늘 높이 떠오르면서 엘사는 피부가 타오르는 것을, 땀이 햇볕에 그을린 자리를 훑고 내려와 옷깃을 적시는 것을 느꼈다. 그녀 뒤에서 자루는 점점 더 무거워졌고, 그녀는 한 걸음 내디딜 때마다 자루를 끌고 나갔다.

점심시간이 되었을 때 목화밭의 기온은 37도를 넘어가 있었다.

급수 트럭이 오더니 줄의 제일 끝에 멈춰 섰다. 물을 마시러 거의 1.5킬로미터를 걸어야 한다는 뜻이었다.

엘사는 목화밭 밖에 얼마나 많은 사람이 일거리를 기다리며 이 뜨겁고 뜨거운 태양 아래 몇 시간째 줄을 서 있는지 알았다. 수백 명.

식구를 먹일 수만 있다면 아무리 푼돈이라도 일을 하겠다는 간절한 사람들.

엘사는 계속 목화를 땄고, 매 순간, 숨을 쉴 때마다 그녀의 아이들이 여기 나와 자신과 나란히 목화를 따고 있다는 사실이 끔찍했다.

자루가 다 차자 그녀는 일하던 줄에서 힘겹게 자루를 끌고 나와 저울 앞으로 가서 줄을 섰다.

로레이다가 옆으로 와서 섰다. 둘 다 벌게진 얼굴에 땀을 줄줄 흘리며 거친 숨을 내쉬었다.

"화장실 지어주면 누가 죽기라도 하나?" 이마가 땀으로 푹 젖은 로레이다가 말했다.

"쉿." 엘사가 날카롭게 말했다. "우리 일자리를 얻으려고 기다리고 선 저 많은 사람 좀 봐라."

로레이다가 출입구에 늘어선 줄을 쳐다보았다. "불쌍한 사람들. 더 심하네."

트럭 한 대가 흙길을 따라 올라오며 흙먼지를 피워 올렸다. 트럭 옆면에는 페인트로 그린 흰색 목화송이와 **웰티 농장**이란 글씨가 있었다.

트럭이 덜컹거리며 멈췄다. 웰티 씨가 트럭에서 내렸다. 그는 덩치가 큰, 권력을 가진 사람의 모습이었다. 펠트 중절모 아래로 목화 솜털 같은 흰 머리가 삐져나와 있었다. 트럭에는 둥글게 말린 가시철조망들이 실려 있었다.

모두가 하던 일을 멈추고 고개를 돌렸다.

농장주야, 일꾼들이 수군거렸다. **그 사람이야.**

그가 저울 쪽으로 걸어갔다. 그가 자신의 목화밭과 일꾼들을 죽 돌아보더니 일감을 기다리고 선 사람들 수백 명을 흘깃 예리하게 쳐다봤다. "연방 정부 덕에 올해는 목화를 덜 심었어요. 따야 할 목화는 줄었고, 따겠다는 사람은 늘었지. 그래서 나는 임금을 10퍼센트 삭감하겠어."

"10퍼센트?" 로레이다가 소리쳤다. "우리는 살 수가—"

엘사가 한 손으로 딸의 입을 막았다.

웰티가 엘사와 로레이다를 똑바로 쳐다보았다. "그만두고 싶은 사람 있나? 그거라도 받든가, 아니면 그만두든가. 여기 있는 사람 하나에 기다리는 사람이 열이야. 내 목화를 누가 따든 난 상관없거든." 그가 잠시 말을 쉬었다. "내 캠프에 누가 살든, 그것도."

침묵.

"그럴 줄 알았지." 그가 말했다. "일들 계속해."

종이 울렸나.

엘사가 로레이다 입에서 천천히 손을 내렸다. "너도 저 사람들처럼 되고 싶어?" 그녀가 말하며 고개로 일감을 기다리는 사람들 줄을 가리켰다.

"우리가 저 사람들이에요!" 로레이다가 소리쳤다. "이건 **잘못된 거야**. 잭과 그 친구들 얘기 들었—"

"쉿." 엘사가 조용히 시켰다. "위험한 말이란 거 너도 알잖아."

"신경 안 써요. 이건 **잘못된 거야**."

"로레이다—"

로레이다가 뿌리쳤다. "난 엄마같이 되지 않을 거야. 난 그냥 받아들이면서 저들이 **실제로** 우릴 죽이지만 않는다면 괜찮은 척하는 거 못 해. 왜 엄마는 분노하지 않는 거예요?"

"로레이다—"

"네, 엄마. 착한 여자가 되라고, 조용히 하라고, 계속 일이나 하라고 말해 봐요. 그래봐야 우린 매달 캠프 상점에 빚만 쌓일 테니까."

로레이다가 자루를 끌고 저울로 가더니 큰 소리로 말했다. "네, 사장님. 돈 더 적게 주세요. 기쁘게 일하겠어요."

저울에 있던 남자가 녹색 전표를 건넸다. 45킬로에 90센트, 거기에서 캠프 상점이 또 10퍼센트를 뗄 것이다.

"너, 너무 조용하구나." 캠프로 걸어가는 동안 엄마가 말했다.

"차라리 다행인 줄 아세요." 로레이다가 말했다. "내 입에서 고운 얘기 안

나올 테니까."

"정말이에요, 엄니." 앤트가 말했다. "누나한테 말 시키시 마요."

로레이다가 걸음을 멈추고 어머니를 돌아보았다. "어떻게 엄마는 나만큼 화를 내지 않아요?"

"화를 낸다고 무슨 소용이 있니?"

"뭐라도 있을 거예요."

"아니, 로레이다. 아무 소용 없다. 매일 이 지역으로 쏟아져 들어오는 사람들 보았잖니. 재배 작물은 줄고 일할 사람은 늘었어. 나 같은 사람도 기본적인 경제는 이해한다."

로레이다가 그녀의 빈 자루를 내던지고는 이리저리 오두막과 텐트 사이로 뛰어갔다. 로레이다는 캘리포니아가 오직 기억으로 남을 때까지 계속 달리고 싶었다.

캠프의 반대편 가장자리, 수풀에 이르렀을 때 남자의 목소리가 들렸다. "도움이라고? 도대체 언제 이 빌어먹을 주 정부에서 우리를 도와줬다고요?"

"오늘 그들은 이 밸리 지역 전체에서 임금을 삭감했어요."

"자, 아이크. 조심해. 우린 일자리가 있어. 여기 숙소도 있고. 그것만 해도 다행이야."

로레이다는 나무 뒤로 숨어 어둠 속에 모인 남자들이 하는 이야기에 귀 기울였다.

"무단 체류자 캠프 기억하잖나. 우린 지금 더 나은 생활을 하고 있어."

아이크가 한 발 앞으로 나섰다. 키가 크고 야윈, 쇠꼬챙이 같은 남자였고, 벗어진 정수리 아래로 잿빛 머리카락이 희미하게 둥근 원을 그렸다. "이게 사는 거라고? 이번이 내 두 번째 목화 철이야. 뼈 빠지게 일할 거고, 우리 마누라와 애들도 그렇게 일하게 될 거라는 거 이미 알아. 그런데도 빚을 갚고나면 우리 손에 쥐이는 건 4센트뿐일 거고. **4센트**. 이거 비꼬는 거 아니잖아. 우리가 일해서 버는 건 고스란히 오두막과 텐트로, 매트리스로, 바가지씌운 음식으로 들어간다고."

"장부 쓸 때도 수 쓰잖아."

"전표를 현금으로 바꿀 때도 1달러에 10센트나 떼지. 그 전표는 다른 데서는 현금으로 바꾸지도 못하는데. 목화를 따서 번 한 푼 한 푼이 캠프 상점외상값을 갚는 데 들어가. 빚을 청산할 방법이 없어. 돈을 못 벌게 해뒀다고."

"난 먹여 살려야 할 식구가 일곱이야, 아이크." 누덕누덕 기운 멜빵 작업복에 밀짚모자를 쓴 키 큰 남자가 말했다. "우리 대부분이 우리에게 의지하는 가족이 있어."

"우리가 할 수 있는 일은 없어. 발렌이란 자가 무슨 말을 했든 난 신경 안써. 그자 말을 듣는 건 위험한 일이야."

잭.

그가 어떤 식으로든 이 일에 연루되었다는 것을 알았어야 했다. 그는 **행동하는 사람**이었으니까.

로레이다가 나무 뒤에서 앞으로 나갔다. "아이크가 옳아요. 발렌도 옳고요. 우리는 맞서서 싸워야 해요. 이 부자 농장주들은 우리를 이런 식으로 취급할 권리가 없어요. 우리가 목화를 따지 않으면 그들도 별수 없잖아요?"

남자들이 불안한 시선으로 서로를 쳐다보았다. "파업 이야기는 하지 말아야…."

486

"너 같은 어린 여자애가." 한 남자가 말했다.

"하루에 목화 90킬로를 따는 여자애에요." 로레이다가 말했다. 그녀가 두 손을, 벌겋고 찢어진 그 손을 내밀었다. "더 이상 말이 **필요 없어요**. 발렌 씨 말이 맞아요. 우리는 맞서서 ―"

손 하나가 로레이다의 팔뚝을 잡고 꽉 쥐었다. "미안합니다, 여러분." 엘사가 말했다. "오늘 우리 딸이 좀 힘들었어요. 이 아이 말에 괘념치 마세요." 그녀는 로레이다를 끌고 다시 오두막으로 향했다.

"아, 좀, 엄마." 로레이다가 팔을 뿌리치며 소리를 질렀다. "왜 그러는 건데?"

"네가 노조 선동가로 낙인이 찍히면 우린 끝이야. 그 무리에 농장주 첩자가 없다고 장담할 수 있어? 첩자가 사방에 있다고."

로레이다는 이 갉아 들어오는 분노를 어떻게 하고 살아야 할지 알 수 없었다. "우린 이렇게 살 필요가 없어요."

엄마가 한숨을 쉬었다. "영원히 이러진 않을 거다. 길을 찾을 거야."

비가 오면.

캘리포니아에 가면.

길을 찾을 거야.

오래된, 실현하지 못하는 희망에 새로운 말들만 쌓여간다.

밸리 지역에 긴장이 스며들기 시작했다. 목화밭에서도, 지원금을 받으러 늘어선 줄에서도, 캠프에서도 느껴졌다. 낮춰진 임금에 그들 모두 경악했고 동요했다. 한 번으로 그칠 일일까? 아무도 그 말을 입 밖에 내지는 못했지만 어쨌든 그 불안한 기운은 어디에나 서려 있었다.

파업.

밤이면 농장 캠프와 도랑둑 정착지에 목화밭 감독관들이 손에 곤봉을 들고 나타났다. 그들은 이 오두막에서 저 오두막, 이 텐트에서 저 텐트, 기웃거리며 말을 엿들었는데, 그들의 등장만으로도 대화에 찬물을 끼얹는 효과가 있었다. 그들 사이에 첩자가 살고 있다는 것은 누구나 아는 사실이었다. 첩자는 불만을 표하거나 소동을 일으키는 사람의 이름을 전달하여 농장주의 총애를 받고자 했다.

지금, 목화를 따며 긴 하루를 보낸 로레이다는 침대에 쓰러진 채 엄마가 전열판에 돼지고기와 콩 통조림 하나를 데우는 것을 바라보았다.

밖에서 발걸음 소리가 들렸다.

종이 한 장이 오두막 문 밑으로 미끄러져 들어왔다.

발걸음이 멀어질 때까지 아무도 움직이지 않았다.

소리가 사라진 후 로레이다가 침대에서 일어나 어머니를 앞질러 그 종이를 집어 들었다.

농장 노동자여, 단결하라

행동하자.

우리는 임금 인상을 위해

생활의 질 향상을 위해 싸워야 한다.

오늘날 우리의 임금 삭감이 우연인가?

아니다.

가난하고 굶주린 절박한 사람은 통제하기 쉽다.

동참하라.

떨치고 일어서라.

노동자 연맹이 도울 것이다.

목요일 자정

엘센트로 호텔 밀실로 와 동참하라.

엄마가 종이를 채 가서 읽더니 구겨버렸다.

"하지 마세—"

엄마는 성냥을 그어 종이에 불을 붙였다. 그리고 콘크리트 바닥에 던졌고, 종이는 재로 사그라들었다.

"그들 때문에 우리는 해고되어 이곳에서 쫓겨날 거다." 엄마가 말했다.

"그들이 우릴 **구할** 거예요." 로레이다가 주장했다.

"모르겠니, 로레이다?" 엄마가 말했다. "그 사람들은 위험해. 농장주들은 노조 결성에 반대해."

"당연하죠. 반대겠지. 그들은 우리를 굶주리게 만들어 손아귀에 넣은 다음 어떤 조건을 내밀든 일하게 만들려는 거예요."

"우린 이미 그들 손아귀에 있어!"

"난 이 모임에 갈 거예요."

"안 된다. 왜 한밤중에 모인다고 생각하니, 로레이다? **무서우니까.** 어른들도 공산주의자와 노조 조직원과 함께 있는 것을 보이는 게 무서운 거야."

"엄마는 항상 내 미래에 대해 얘기하죠. 나를 위한 엄마의 큰 꿈. 대학. 내가 대학에 어떻게 갈 수 있을 거라 생각해요, 엄마? 가을에 목화를 따고 겨울에 굶주리면서? 지원금으로 믹고살면서?" 로레이다가 한 걸음 다가왔다.
"투표권을 위해 싸웠던 여성들을 생각해봐요. 그 여성들도 무서웠을 거야.
그런데도 변화를 위해 행진을 했어요. 설령 그게 감옥에 가는 일이라도요.
그리고 우린 이제 투표를 할 수 있죠. 때로 무언가를 끝내는 일은 어떤 희생
이라도 감수할 가치가 있어요."

"이건 나쁜 생각이다."

"난 이제 함부로 굴리는 부당한 대우를 받으면서도 간신히 살아만 있는
이런 생활 더는 못 참아. 저들이 하는 짓은 **잘못된** 거예요. 저들에게 책임을
물어야 한다고요."

"그리고 겨우 열네 살짜리 여자아이인 네가 그들이 책임지게 만들겠다
고, 네가?"

"아니요. 잭이 할 거예요."

엄마가 얼굴을 찌푸리며 똑바로 세웠다. "발렌 씨와 이 일이 무슨 상관이
니?"

"잭도 모임에 분명히 올 거예요. 그는 무서운 게 없는 사람이니까."

"이 문제에 대해 내가 할 말은 이미 모두 했다. 우리는 노조 공산주의자들
을 가까이하지 않는다."

31장

목요일, 열 시간 동안 목화를 딴 로레이다는 온몸이 아팠다. 내일 아침이 오면 일어나 그 일을 되풀이해야 할 것이다.

10퍼센트 깎인 임금을 받고서.

45킬로에 90센트. 캠프 상점에서 그 도둑놈들에게 돈을 또 떼이고 나면 80센트.

그녀는 자신을 갉아먹고 있는 이 부당함을 끊임없이, 강박적으로 생각하고 또 생각했다.

그리고 그 모임에 대해서도 역시.

그리고 어머니의 두려움에 대해서도.

로레이다는 엄마가 짐작하는 것보다 그 두려움을 잘 이해했다. 로레이다가 어떻게 이해하지 못하겠는가? 그녀는 캘리포니아의 겨울을 겪었고, 홍수를 경험했으며, 모든 것을 잃었고, 제대로 먹지도 못하고, 맞지도 않는 신발을 신으며 살아냈다. 굶주린 배로 잠들고 잠에서 깨는 것이 어떤 건지 알았고, 물로 허기진 배를 채워도 그때뿐이란 것도 알았다. 엄마가 저녁을 짓기 위해 콩의 양을 가늠하는 모습을, 핫도그 하나를 삼등분하는 모습을 보았다. 엄마가 늘어가는 상점 외상값 한 푼 한 푼에 얼마나 애태우는지 알았다.

로레이다와 엄마의 차이점이 두려움은 아니었다. 두 사람 다 두려워했으니까. 차이는 불꽃이었다. 엄마의 열정은 꺼져버렸다. 아니, 어쩌면 애초에 그런 게 없었는지도 모른다. 로레이다가 엄마에게서 진정한 분노를 보았던 것은 듀이 가족의 아기를 묻었던 그날 밤뿐이었다.

로레이다는 분노하길 원했다. 잭을 처음 만난 날 그가 무어라 말했던가? 넌 네 안에 불꽃이 있구나, 얘야. 그 개자식들 때문에 그 불꽃을 꺼뜨리진 말아라. 그 비슷한 말이었다.

로레이다는 침묵 속에서 고통받는 그런 여자는 되고 싶지 않았다.

그러기를 거부했다.

오늘 밤은 그녀가 그것을 증명할 기회였다.

11시가 되었을 때 그녀는 침대에 누운 채 잠들지 않고 있었다. 기다리고 있었다. 1분, 1초가 한없이 길었다.

옆에 누운 앤트가 이불을 다 끌어안고 있었다. 평소라면 이불을 다시 잡아챘을 것이고 어쩌면 앤트를 발로 한 대 찼을지도 몰랐다. 하지만 오늘 밤은 개의치 않았다.

그녀는 침대에서 살그머니 빠져나와 따뜻한 콘크리트 바닥으로 내려섰다. 살아 있는 한 그녀는 이 바닥을 감사히 여길 것이다. 언제나.

흘깃 곁눈질해보니 엄마는 잠들어 있었다.

로레이다는 옷걸이에서 블라우스와 멜빵 작업복을 내려 재빨리 입고 신발을 신은 후 멜빵을 채웠다.

밖으로 나오니 세상은 고요했다. 익어가는 과일과 비옥한 흙의 냄새가 났다. 꺼진 불에서 희미한 장작 연기 냄새도 맡을 수 있었다. 실상 무엇도 이곳을 떠나지 못했다. 모든 것이 머물렀다. 냄새. 소리. 사람.

그녀는 조용히 문을 닫으며 발걸음 소리가 들려오는지 귀를 기울였다. 심장이 쿵쾅쿵쾅 뛰었다. 그녀는 두려웠고… 예리하게 살아 있었다.

그녀는 열까지 세며 기다렸지만 돌아다니는 감독관은 없었다.

조용히 움직이며 깊은 밤으로 들어갔다.

시내에서 그녀는 극장과 시청을 지나 뒷골목으로 들어갔다. 그곳엔 풀들이 웃자라 있었고, 주택과 상점 대부분은 문과 창문을 판자로 막아놓았다. 가로등을 피해 어둠 속으로만 걷던 그녀는 홍수 때 머물던 호텔에 도착했다.

너무나 조용해 혹시 회합이 취소된 것인지 걱정되었다. 온종일 밭에서 땀 흘리며 무거운 자루를 끌고 몸을 혹사하면서도, 자신의 노동을 평가 절하하는 전표를 챙기면서도, 그녀는 오늘 밤 모임을 생각했었다.

버려진 엘센트로 호텔에 불빛은 없었지만, 차 몇 대가 앞쪽에 주차되어 있었고, 문 두 쪽을 함께 묶었던 육중한 체인이 한쪽 문손잡이에 느슨하게 걸려 있었다.

로레이다가 조심스럽게 문을 열었다.

안내 데스크 뒤에 날카로운 코에 작고 둥근 안경을 쓴 남자가 서서 그녀를 빤히 쳐다보았다.

"방이 필요하니?" 그가 심한 사투리 억양으로 말했다.

로레이다는 잠시 생각했다. 그냥 여기 온 것만으로도 체포될 수 있을까?

이 남자는 큰 농장에 고용되어 시위 주도자들을 색출하기 위해 여기 온 걸까? 아니면 잭의 친구이고, 적합한 사람만 회합에 참여하게끔 하려고 여기 있는 걸까?

"전 회합에 온 건데요." 그녀가 말했다.

"아래층이다."

로레이다가 계단으로 향했다. 초조했다, 갑자기. 흥분되었다. 겁이 났다.

그녀는 매끈한 목조 난간을 쓰다듬으며 좁은 계단을 내려갔고, 청소 도구실과 세탁실을 지나갔다.

목소리가 들려와 그 목소리를 따라가니 뒤편에 방이 있고, 열린 문으로 안에 모인 무리가 보였다.

사람들은 어깨를 맞대고 서 있었다. 남자들, 여자들, 아이들도 몇 명. 보비 랜드가 그녀에게 손을 흔들었다.

잭이 방의 앞쪽에 서서 시선을 집중시키고 있었다. 먼지투성이 갈색 코트 아래 빛바래고 때가 탄 멜빵 작업복과 해어진 데님 셔츠를 입은 그는 주위의 이주 노동자들 대다수와 같은 옷차림이었지만 그에게는 울림이, 지금껏 어떤 사람에게도 발견할 수 없었던 **생동감**이 있었다. 잭은 **신념**이 있었고, 더 나은 세상을 만들기 위해 싸웠다. 그는 여자가 믿고 의지할 수 있는 종류의 남자였다.

"…파업에 참여한 사람 150명이 감옥에 갇혔습니다." 그가 힘이 넘치는 목소리로 말하고 있었다. "감옥이라니. 미국에서. 대형 농장주들과 부패 경찰과 시민들이 결성한 자경대가 같은 미국인을, 그저 공정한 몫을 원하는 노동자를, 파업을 저지하기 위해 **감옥**에 처넣었습니다. 2년 전, 툴레리에서 농장주들이 군중에 총을 발사했습니다. 파업 조직자들의 이야기를 듣고 있었다는 이유만으로. 두 사람이 죽었습니다."

"왜 우리에게 이런 이야기를 하는 거요?" 누군가 소리쳤다. 로레이다가 예전에 살던 도랑둑 캠프 사람이었다. 아이가 여섯인데 아내는 장티푸스로 죽었다. "지금 우리에게 겁을 주어 쫓아내려는 거요?"

"선량한 여러분에게 거짓을 말하지 않으려는 겁니다. 대형 농장주를 상대로 파업한다는 것은 위험한 일입니다. 그들은 모든 수단을 동원해 우리를 압박할 겁니다. 여러분도 알다시피 그들은 모든 걸 가졌습니다. 돈, 권력, 주정부." 잭이 신문을 집어 모두가 볼 수 있도록 들어 올렸다. 기사 제목이 보였다. '노동자 연맹은 반(反)미국적.' "무엇이 반미국적인지 말씀드리죠. 대형 농장주가 갈수록 부자가 되는 동안 여러분은 점점 더 빈곤해지는 것이 반미국적입니다."

"옳소!" 젭이 말했다.

"무엇이 반미국적이냐, 농장주의 탐욕이 빚어낸 수확 임금 삭감이 반미국적입니다."

"옳소!" 사람들이 호응했다.

"그들은 여러분이 조직화하는 것을 원치 않습니다. 그러나 여러분이 조직화하지 않으면 지난 겨울 니포모의 콩 수확 일꾼들처럼 여러분도 굶주리게 될 겁니다. 저는 거기 있었습니다. 어린아이들이 들판에서 죽어갔습니다. 굶주렸습니다. 미국에서요. 대형 농장주들은 목화 가격이 내려간다고 목화 재배량을 줄이고, 임금도 깎습니다. 그들의 수익이 줄어드는 일은 절대 없다는 겁니다. 그들은 아예 여러분에게 최저 생활 임금을 주는 시늉조차 하지 않습니다."

아이크가 외쳤다. "그자들은 우리를 인간 취급도 안 한다고!"

잭이 사람들을 둘러보며 청중 한 명 한 명과 눈을 맞췄다. 로레이다는 희망의 전류가 잭에게서 군중으로 전파되는 것을 느꼈다.

"그들은 여러분이 필요합니다. 그것이 여러분의 힘입니다. 목화는 건조한 시기에, 첫서리가 내리기 전에 수확해야 합니다. 아무도 목화를 따지 않으면 어떻게 되겠습니까?"

"파업!" 누군가 소리쳤다. "보여줘야 합니다."

"쉽지는 않습니다." 잭이 말했다. "목화는 수천, 수만 에이커에 걸쳐 재배되고 농장주들은 힘을 합하고 있습니다. 그들은 함께 임금을 결정하고 그 금액을 고수합니다. 그러므로, 우리도 힘을 합해야 합니다. 우리의 유일한 방법은 모든 노동자가 힘을 하나로 합치는 길뿐입니다. 모두가, 모든 곳에서. 여러분이 이 말을 널리 알려야 합니다. 우리는 목화를 생산할 방법을 전부 완전히 마비시켜야 합니다."

"파업하자!" 로레이다가 외쳤다.

사람들이 함께 외치기 시작했다. "파업하자, 파업하자, 파업하자."

잭이 로레이다를 본 바로 그 순간 누군가 그녀의 팔을 붙잡았다. 로레이다가 아파서 소리치며 팔을 뿌리치고 고개를 돌렸다.

그녀의 어머니가 거기 서 있었고, 화가 치밀어 온몸에서 연기라도 뿜어 나올 기세였다. "네가 이러다니 믿을 수가 없구나."

"잭이 한 말 못 들었어요, 엄마?"

"들었다." 엄마는 곁눈질로 그곳을 둘러보며 많은 사람이 모여 있는 모습을 확인했다.

잭이 사람들을 헤치고 그들 쪽으로 왔다.

"아저씨 연설 멋있었어요." 그가 가까이 다가오자 로레이다가 말했다.

"네가 혼자 온 걸 봤다." 그가 말했다. "네 나이 여자아이가 혼자 밖에 나다니기엔 너무 늦은 시간이다."

"잔 다르크에게도 그 얘기 해보시죠?" 로레이다가 말했다.

"넌 잔 다르크가 아니지 않니?" 엄마가 말했다.

"난 파업을 원해요, 잭ㅡ"

"로레이다." 엄마가 날카로운 목소리로 말했다. "발렌 씨라고 불러라. 넌 이제 위로 올라가거라. 내가 발렌 씨와 이야기하마. 너 혼내는 건 이따가 해야겠다."

"저한테 이래라저래라ㅡ"

"올라가거라, 로레이다." 잭이 차분하게 말했다. 그와 엄마가 서로를 응시했다.

"알았어요. 하지만 난 파업할 거예요." 로레이다가 말했다.

"올라가." 엄마가 말했다.

로레이다는 돌아서서 터벅터벅 계단을 올랐다. 그녀는 엄마가 한 말은 신경 쓰지 않았다. 그녀가 얼마나 큰일에 발을 들였는지, 이 행동이 얼마나 위험한 것인지 그런 건 상관없었다.

때로는 당당히 맞서 이제 그만이라고 말해야 한다.

"웰티에 돌아온 지 얼마나 됐어요?" 엘사가 잭과 둘만 남자 물었다.

"일주일 정도요. 당신에게 말을 전할 생각이었어요."

"아, 말을 전했다고 볼 수 있죠." 그녀는 그를 쳐다보며 상황이 달랐다면 얼마나 좋았을까, 그녀가 달랐다면, 그녀에게도 딸의 불꽃과 용기가 있었다면 얼마나 좋았을까 생각했다. "저 아인 열네 살이에요, 잭. 한밤중에 몰래 빠져나와 1.5킬로나 되는 먼 길을 걸어 여기로 왔어요. 저 아이가 무슨 일을 당했을 수도 있어요."

"그게 무슨 뜻이겠어요, 엘사? 저 아인 이 일에 **지대한 관심**이 있어요."

"그래서요? 이게 잘못된 일이란 건 누구나 알아요. 그러나 당신의 해결책으로는 우리의 삶이 더 나아지지 못해요. 당신 때문에 우린 해고당하거나 더 나쁜 상황이 될 거예요. 우리는 정말 위태롭게 생존하고 있다고요, 아시겠어요?"

"압니다." 그가 말했다. "그러나 맞서지 않으면 그들은 당신네를 묻어버릴 겁니다, 한 번에 1센트씩. 당신 딸은 그걸 아는 거예요."

"열네 살이에요." 엘사가 다시 말했다.

잭이 그녀에 맞춰 음성을 낮추었다. "열네 살짜리가 하루 종일 목화를 따고 있어요. 앤트도 마찬가지겠죠. 그러지 않고서는 그 아이들을 먹일 수가 없으니까."

"지금 나를 비난하는 거예요?"

"그건 당연히 아닙니다." 그가 말했다. "당신 딸은 이 문제에 대해 스스로 의사 결정할 나이는 됐어요."

"자식이 없으니 할 수 있는 말이죠."

"엘사―"

"결정은 내가 해요."

"저 아이가 홀로 일어설 수 있도록 가르쳐야죠, 엘사. 복종을 가르치지 말고."

498

"확실히 나를 비난하고 있군요. 내가 용감한 여자라고 생각했다면 그건 당신이 잘못 판단했어요."

"난 그렇게 생각하지 않아요, 엘사. 하지만 당신은 그렇게 믿고 있는 듯하고, 그건 비극이네요."

"로레이다에게 접근하지 말아요, 잭. 진심이에요. 난 당신의 전쟁놀이에 그 아이가 희생되는 건 볼 수 없어요."

"이건 놀이가 아니에요, 엘사."

그녀가 걷기 시작했다.

그가 그녀 뒤를 따라 걸었다.

"오지 말아요." 그녀가 날카롭게 말하고는 계속 걸었다.

밖으로 나온 그녀는 로레이다의 팔을 붙들고 끌다시피 거리로 데리고 나왔고, 어둠 속에서 집을 향해 걷기 시작했다. 자동차들이 헤드라이트 불을 밝게 비추며 그들을 지나쳤다.

"엄마, 잭의 말을 좀 들어봐―"

"아니." 엘사가 말했다. "너도 그 사람 말 듣지 마. 널 안전하게 지키는 것이 내가 할 일이다. 맙소사, 난 다른 모든 것에 실패했어. 그런데 이번엔 실패하지 않아. 알겠니?"

로레이다가 걸음을 멈추었다.

엘사도 어쩔 수 없이 걸음을 멈추고 돌아보았다. "뭐?"

"정말 엄마가 날 잘 키우는 일에 실패했다고 생각해요?"

"우리를 좀 보렴. 우리는 지금 걸어서, 예전 우리 농기구 창고보다 더 작은 오두막으로 가고 있지 않니. 우리 둘 다 성냥개비처럼 야위어서 늘 배가 고프지. 당연히, 난 실패했지."

"엄마." 로레이나가 가까이 다가서며 말했다. "난 엄마 덕분에 살아 있어요. 학교도 다녀요. 내가 생각이란 걸 하는 것도 엄마가 항상 생각을 하게 가르쳤기 때문이에요. 엄마는 나를 잘못 키우지 않았어요. 엄마는 나를 구해주었어요."

"얘기를 돌리지 마. 스스로 생각할 줄 아는 아이니, 성장이니 지금 그런 이야기를 하는 게 아니야."

"아니, 그 이야기 맞아요, 엄마. 그렇지 않아요?"

"난 너를 잃을 수 없다." 엘사가 말했다. 그래, 그것이었다. 진실은.

"알아요, 엄마. 그리고 난 엄마를 사랑해요. 하지만 난 이 일을 하고 싶어요."

"안 된다." 엘사가 단호하게 말했다. "안 된다. 자, 이제 걸어라. 우린 일찍 일어나야 해."

"엄마—"

"안 돼, 로레이다. 안 된다."

로레이다는 5시 30분에 잠에서 깨어 간신히 침대에서 일어났다. 손이 너무 아팠고, 열 시간은 자고 싶었고 잘 먹고 싶었다.

그녀는 누더기 바지와 해진 긴 팔 셔츠를 입은 다음 화장실 줄을 향해 터벅터벅 걸었다.

캠프는 기이할 정도로 조용했다. 물론 사람들이 여기저기 나와 있었지만 대화가 거의 없었다. 아무도 오래 눈을 마주 보지 않았다. 목화밭 감독들이 모자를 눌러쓴 채 철조망 울타리에서 사람들을 지켜보고 있었다. 그들 외에도 파업 이야기가 조금이라도 나오는지 귀를 세우고 있는 첩자들이 있을 터였다.

그녀는 화장실 줄에 섰다. 그녀 앞에 여자 열 명 정도가 있었다.

기다리는 동안 뒤편 나무숲에서 언뜻 어떤 움직임이 보였다. 아이크가 물 펌프에서 양동이에 물을 받고 있었다. 로레이다는 곧장 그에게 걸어가고 싶었지만, 감히 그러지 못했다.

그녀는 이제 줄 제일 앞까지 갔고, 화장실을 사용했다.

뒷문으로 나온 그녀는 조용히 문을 닫았다. 주변을 살펴보니 어슬렁거리는 사람도, 지켜보는 사람도 없었다. 무심한 척 천천히 물 펌프로 갔다.

아이크가 아직 그곳에 있었다. 그는 로레이다가 오는 것을 보고는 옆으로 비켰다. 그녀는 몸을 숙여 차가운 물에 손을 씻었다.

"우리 오늘 밤에 만난다." 아이크가 조용히 말했다. "자정. 세탁장."

로레이다가 고개를 끄덕이며 바지에 손을 닦았다. 오두막에 가는 도중 뒷덜미에 닿는 따가운 시선을 느꼈다. 누군가 그녀를 지켜보고 있거나 따라오고 있었다.

그녀는 걸음을 멈추고 휙 뒤돌아섰다.

웰티 씨가 나무숲에서 담배를 피우고 있었다. 로레이다를 빤히 보며. "이리 오너라, 얘야." 그가 말했다.

로레이다가 천천히 그를 향해 걸음을 옮겼다. 그가 그녀를 바라보는 시선에, 그 가늘게 뜬 눈에 등허리로 소름이 올라왔다. "네?"

"너도 목화를 따지?"

"네, 그런데요."

"일하니 좋으냐?"

로레이다는 애써 그와 마주 보았다. "아주 좋아요."

"남자들이 파업 얘기하는 거 들은 적 있니?"

남자들. 이들은 뭐든지 다 남자일 거라 생각한다. 그러나 여자도 남자들처럼 자신의 권리를 위해 싸울 수 있고, 여자도 구호문을 들고 나설 수 있으며, 생산을 중단시킬 수도 있다.

"아뇨. 근데 만약 들었다면 일감 없는 게 얼마나 힘든 건지 말해주었을 거예요."

웰티가 미소를 지었다. "착한 아이구나. 난 자기 가치를 아는 일꾼을 좋아하지."

로레이다는 천천히 걸어 오두막으로 들어가 문을 꽉 닫았다. 잠갔다.

"왜 그러니?" 엄마가 고개를 들며 말했다.

"웰티가 나한테 물어보더라고."

"그 사람 주의를 끌어서는 안 된다, 로레이다. 뭘 물어봤는데?"

"별거 아니에요." 로레이다가 전열판에서 팬케이크를 집으며 말했다. "트럭들 막 도착했어요."

5분 후 그들은 문밖으로 나가 철조망을 따라 줄지어 선 트럭을 향해 걸었다.

말없이 그들은 동료 일꾼들과 함께 트럭 짐칸에 올랐다.

목화밭에 해가 뜨자 로레이다는 밤새 농장주들이 만들어놓은 변화를 볼 수 있었다. 뾰족뾰족한 가시철조망이 울타리 위에 감겨 있었다. 아직 완성되지 못한 구조물 하나가 밭 한가운데 서 있었는데, 일종의 탑이었다. 쿵, 탕, 탑을 짓는 소리가 울려 퍼졌다. 전에는 본 적 없는 남자들이 엽총을 들고 철조망과 도로 사이의 길을 오갔다. 이제 이곳은 감옥 마당 같았다. 그들은 싸움에 대비하고 있었다.

그렇다고 **총**을 들고 있어? 파업한다고 사람들을 쏠 수 있는 것도 아니지 않은가. 여긴 미국인데.

그럼에도 불안의 물결이 일꾼들을 덮쳤다. 그것이 웰티가 원하는 바였다. 일꾼들이 두려워하는 것.

트럭들이 멈춰 섰다. 일꾼들이 내렸다.

"저들은 우리가 두려운 거예요, 엄마." 로레이다가 말했다. "저들은 파업이—"

엄마가 팔꿈치로 세게 쳐서 로레이다는 입을 다물지 않을 수 없었다.

"서둘러." 앤트가 말했다. "일할 자리를 정하고 있어."

로레이다가 자루를 질질 끌고 지정된 줄이 시작하는 곳으로 갔다.

종이 울리자 그녀는 허리를 굽히고 가시 돋친 꽃받침에서 부드럽고 하얀 목화솜을 따내기 시작했다. 하지만 일하는 내내 오로지 오늘 밤 생각뿐이었다.

파업 회합. 자정.

정오에 다시 종이 울렸다.

로레이다는 허리를 펴고 뻣뻣한 목과 등을 풀려고 애쓰며 들려오는 망치질 소리에 귀를 기울였다.

웰티가 높은 단에 놓인 저울들 위에 서 있었다. 그곳에서 피땀 흘려 그를 부자로 만들어주는 남녀 노동자와 어린아이들을 내려다보았다. "당신네 일부가 노조 설립을 주장하는 인간들과 내통하고 있다는 거 알아." 그가 큰 소리로 말했다. 그의 목소리가 들판에 울려 퍼졌다.

"어쩌면 다른 밭에서 일거리를 찾을 수 있다고 생각할지도 몰라. 어쩌면 당신네보다 내가 당신네를 더 필요로 한다고 생각할지도 모르고. 근데 이거 똑바로 얘기해주지. 전혀 그렇지 않아. 내 땅에 서 있는 여기 당신들 전부의 열 배가 되는 사람들이 저 울타리 밖에서 당신네 일거리를 달라고 기다리고 섰어. 그런데 지금 썩은 사과 몇 개 때문에 내가 울타리를 세우고 내 재산을 지킬 사람을 더 고용해야 했단 말이야. 상당한 비용이 들었지. 그래서 나는 임금을 10퍼센트 더 깎겠어. 여기 남는 사람은 그 값에 동의하는 거고. 나가는 사람은 다시는 내 밭에도, 밸리의 다른 밭에도 절대 발을 들여놓지 못할 거야."

로레이다가 목화 이랑 너머로 어머니를 쳐다보았다.

목화밭 중앙의 그 구조물이 거의 완성되었다. 이제 그들이 아침 내내 지은 것이 무엇인지 확실히 알 수 있었다. 감시 초소였다. 곧 감독 한 사람이 총을 들고 그곳으로 올라가 걸으며 일꾼들이 제 분수를 지키도록 만들 것이다.

봤죠? 로레이다가 입 모양으로 말했다.

엘사는 밤늦게까지 임금 10퍼센트 삭감을 걱정하며 잠을 이룰 수 없었다.

작고 어두운 오두막 안에서 다른 녹슨 침대가 삐걱거리는 소리가 들렸다.

열린 환기구 사이로 비추는 달빛에 딸의 그림자가 보였다. 로레이다가 조용히 침대에서 일어났다.

엘사는 몸을 일으켜 딸이 슬그머니 움직이는 모습을 지켜보았다. 로레이다는 옷을 입더니 문으로 가서 손잡이에 손을 뻗었다.

"어딜 가려는 거니?" 엘사가 말했다.

로레이다가 동작을 멈추고 돌아섰다. "오늘 밤 파업 회의가 있어요. 캠프에서."

"로레이다, 안 된―"

"날 묶어서 입에다 재갈을 물리지 않는 한, 못 막아요, 엄마. 난 갈 거야."

엘사는 딸의 얼굴을 또렷하게 볼 수 없었지만 목소리에서 강철같이 굳은 의지를 읽을 수 있었다. 엘사는 두려움 속에서도 어렴풋한 자랑스러움을 느끼지 않을 수 없었다. 딸은 엘사보다 훨씬 강하고 용감했다. 월터 할아버지가 로레이다를 보았다면 그 역시 자랑스러워했을 것이다. "그럼 나도 같이 가마."

엘사는 일상복으로 갈아입고 머릿수건을 썼다. 신발 끈 묶기도 귀찮아 장화를 신은 후 딸을 뒤따라 오두막을 나갔다.

밖에는 달빛 속에 저 멀리 목화밭이 일렁이며 하얀 목화송이가 은빛으로 물들어갔다.

인간의 정적은 완전했고 깨어지지 않았지만, 어둠 속에서 다른 짐승들이 오가는 소리가 들려왔다. 코요테의 울음소리. 높다란 가지에 올라앉은 올빼미 한 마리가 그들을 내려다보고 있었다.

엘사는 첩자와 감독관이 사방에서, 어둠 속에 몸을 숨긴 채, 대담하게 시위의 목소리를 높일 사람들을 지켜보는 모습을 상상했다. 이건 어리석은 생각이야. 어리석고 위험해.

"엄마―"

"쉿." 엘사가 말했다. "말하지 마."

그들은 새로 들어선 텐트 구역을 지나 세탁장으로 향했다. 긴 목조 건물에는 철제 빨래 통들과 긴 테이블들, 몇 대의 수동 탈수기가 있었다. 남자들은 거의 발길을 하지 않는 장소였지만 지금은 약 40명 정도의 남자가 안에 모여 있었다. 그들은 빽빽하게 모여 서 있었다.

엘사와 로레이다는 무리 뒤편으로 가서 섰다.

아이크가 앞에 나와 서 있었다. "우리가 왜 여기 모였는지 다 알 겁니다." 그가 낮은 목소리로 말했다.

대답이 없었다. 발걸음 소리 하나 들리지 않았다.

"오늘 또 임금 삭감이 있었고, 다음에도 또 있을 겁니다. 왜냐면, 그들은 그렇게 할 수 있으니까. 우리는 이 밸리 지역으로 쏟아져 들어오는 절박한 사람들을 보았습니다. 그들은 아무리 적은 돈이라도 일을 할 겁니다. 먹여야 할 아이들이 있으니까요."

"우리도 그래요, 아이크." 누군가 말했다.

"압니다, 랠프. 하지만 우리는 우리를 위해 맞서 싸워야 합니다. 그러지 않으면 저들은 우리를 파괴할 겁니다."

"난 빨갱이가 아니오." 누군가 말했다.

"뭐라고 부르든 상관없어요, 게리. 우리는 공정한 임금을 받을 자격이 있어요." 아이크가 말했다. "그리고 투쟁 없이는 받을 수가 없고요."

엘사는 멀리서 울리는 트럭 소리를 들었다.

그리고 사람들이 몸을 돌려 뒤를 보는 모습을 보았다.

헤드라이트 불빛들.

"도망가!" 아이크가 외쳤다.

사람들이 놀라 흩어지며 세탁장을 나가 사방으로 달렸다.

엘사가 로레이다의 손을 잡고 냄새나는 화장실로 그녀를 잡아끌었다. 이쪽으로 가는 사람은 아무도 없었다. 그들은 건물 뒤 어둠 속에 몸을 웅크리고 숨었다.

트럭에서 남자들이 야구 방망이와 각목을 들고 뛰어내렸다. 한 사람은 엽총을 들고 있었다. 그들은 길게 늘어서더니 헤드라이트 불빛을 뒤로 받으며 캠프 안을 걷기 시작했다. 털털거리는 엔진 소리에 그들의 발소리가 묻혔다. 그들이 방망이로 손바닥을 두드리는 소리가 계속 울려 퍼졌다. 탁, 탁, 탁.

엘사는 검지를 입에 대며 로레이다를 데리고 울타리를 따라 걸었다. 마침내 오두막들 뒤편에 이르렀을 때 그들의 오두막으로 뛰어가 안으로 재빨리 들어간 다음 문을 잠갔다.

엘사는 다가오는 발소리를 들었다.

오두막 벽 갈라진 틈으로 불빛이 번쩍였다. 남자들이 야구 방방이로 손바닥을 치는 소리와 함께 빠른 걸음으로 움직였다.

탁, 탁, 탁 소리가 가까워졌다가 멀어져갔다. 멀리서 누군가 비명을 질렀다.

"알겠니, 로레이다?" 엘사가 속삭였다. "저들은 사업에 위협이 된다면 누구든 해칠 거야."

한참 후 마침내 로레이다가 입을 열었을 때 그녀가 한 말은 진혀 안심이 될 만한 것이 아니었다.

"때로는 맞서 싸워야 해요, 엄마."

32장

"이번 주 지원금 받으러 갈 때 차 타면 안 돼요, 엄니?" 또 하루 목화를 따며 길고 무더운 날을 보내고 기진맥진한 앤트가 말했다.

엘사도 목화밭에서 온종일 일한 후 시내까지 걸어서 다녀올 생각을 하니 힘이 빠진다는 것을 인정해야 했다.

그러나 돈이 들어올 때 이런 결정들을 하고선 겨울이 오면 계속 후회하게 될 것이다.

"딱 이번만이다. 그런데 앤트, 여기 남아서 친구들과 놀고 싶으면 그래도 돼. 네가 그러고 싶으면."

"정말요? 그럼 좋겠어요."

"내가 남아서 애 볼게요." 로레이다가 말했다.

엘사가 딸을 날카로운 시선으로 보았다. "너, 넌 내 눈앞에서 벗어나면 안 돼."

그들은 앤트를 오두막에 두고 트럭에 탔다.

"나 운전 연습해도 돼요? 할아버지가 연습 꾸준히 해야 한다고 그러셨는데." 로레이다가 말했다. "비상 상황이 생길 수도 있잖아요?"

"네가 운전할 비상 상황이?"

"그럴 수 있죠."

"좋아."

로레이다가 운전대를 잡았다.

엘사는 조수석으로 올라갔다. 맙소사, 정말 더웠다. 로레이다가 시동을 걸었다.

"페달 어떻게 밟는지 기억나니? 천천히, 조심스럽게. 먼저―"

트럭이 앞으로 울컥하더니 시동이 꺼졌다.

"미안해요." 로레이다가 말했다.

"다시 해봐. 서둘지 마."

로레이다가 페달을 밟으며 기어를 1단에 놓았다. 차가 서서히 앞으로 굴러갔다. 속도가 붙었다.

"2단으로, 로레이다." 엘사가 말했다.

로레이다가 다시 시도했고 마침내 기어를 2단에 넣었다.

그들은 서다, 다시 가다 하며 도로를 따라 주 구호 사무소로 향했다. 사무소엔 이미 기다리는 사람들이 많았다. 줄이 구불구불 문 앞에서 주차장으로, 거리 저 아래까지 이어졌다.

엘사와 로레이다도 줄을 섰다.

줄 서 있는 동안 해가 천천히 지기 시작하며 금빛으로 물든 밸리에 잠시 짧으나마 아름다운 순간이 찾아왔고, 곧 하늘이 어두워졌다.

그들이 줄 거의 앞에 이르렀을 때 경찰차 두 대가 주차장으로 들어섰다.

세복을 입은 경찰 네 사람이 차에서 내렸다. 잠시 후 웰티 트럭 한 대가 올라오더니 웰티 씨가 내렸다.

줄을 선 사람들이 고개를 돌려 그를 보았으나 아무도 어떤 말도 하지 않았다.

경찰 두 명과 웰티가 줄 앞으로 가더니 사무소 안으로 들어갔다. 그들은 다시 나오지 않았다.

엘사는 로레이다의 손을 잡았다. 평소였다면 줄을 선 사람들은 서로를 돌아보며 무슨 일이냐고 물었을 것이나, 지금은 그런 평범한 시절이 아니었다. 첩자는 어디에나 있었고, 사람들은 웰티에서 일자리를 얻고 싶어 했다.

엘사는 마침내 작고 무더운 사무소 안으로 들어갔고, 책상 앞에는 예쁜 젊은 여성이 주민 이름 카드가 가득 담긴 서류함을 놓고 앉아 있었다.

웰티가 그 여자 옆에 서 있었는데, 그 불쌍한 아가씨를 압도하고 있는 것처럼 보였다. 경찰 두 사람이 웰티 옆에서 총을 찬 벨트에 손을 올린 채 서 있었다.

엘사가 로레이다의 손을 놓고 혼자 책상으로 갔다. 목이 너무나 건조해 그녀는 목청을 두 번이나 가다듬고 나서야 말을 할 수 있었다. "엘사 마르티넬리. 1935년 4월."

웰티가 엘사의 붉은 카드를 가리켰다. "주소가 웰티 농장이군. 명단에 있어."

여자가 안됐다는 표정으로 엘사를 쳐다보았다. "죄송합니다, 부인. 목화를 딸 수 있는 사람에게는 주 정부 지원금이 없습니다."

"하지만…."

"목화를 딸 수 있으면, 받지 못합니다." 여자가 말했다. "새로운 정책이에요. 하지만 걱정하지 마세요. 목화 철이 끝나면 곧장 다시 지원자 명단에 올라가거든요."

"잠깐만요. 이제 정부가 내 지원금을 중단한다고요? 나는 캘리포니아 주민이고, 목화 따는 일도 하고 있어요."

"계속 목화를 따게 해주겠소." 웰티가 말했다.

"웰티 씨." 그녀가 말했다. "제발요. 우리는 필요—"

"다음." 웰티가 큰 소리로 말했다.

엘사는 이 새로운 잔인함을 믿을 수가 없었다. 사람들은 이 지원금이 있어야만 아이들을 먹일 수 있었다, 아무리 목화를 따는 일을 해도 그랬다. "부끄러움이란 걸 모르세요?"

"다음." 그가 다시 말했다. 경찰이 다가와 엘사를 줄에서 밀어냈다.

그녀는 비틀거렸고, 로레이다가 부축해주는 것이 느껴졌다.

엘사는 구호 사무소(이러고도 구호 사무소라니 어이가 없었다)에서 나와 길게 줄지어 선 사람들을 바라보았다. 대부분은 지원금이 중단된 것도 모르고 기다리고 있었다. 그러니까, 주에서는 농장주들이 파업을 피할 수 있도록 이미 최저 생계도 꾸리지 못하는 사람들의 지원금을 삭감한 것이다.

그녀는 고함을 듣고 돌아보았다.

경찰 두 명이 한 남자를 건물 벽에 밀어붙이고 있었다. "오늘 모임이 어디야? 어디냐고?" 경찰은 남자를 다시 벽으로 밀쳤다. "샌퀜틴 감빙에서 네 식구를 어떻게 먹여 살리려고?"

"엘사!"

그녀 눈에 젭 듀이가 자신을 향해 허겁지겁 오는 것이 보였다. 그는 정신이 없는 듯했다.

"젭. 무슨 일이에요?"

"진이. 진이 아파요. 도와줄래요?"

"제 차로 가요." 엘사가 이미 트럭을 향해 뛰며 말했다.

엘사는 옛 캠프로 차를 몰아 듀이 가족의 트럭 근처에 주차했다. 그녀와 젭, 로레이다가 차에서 내렸다. 짐칸 위에 나무판자와 철판으로 만든 지붕이 있었고, 또 다른 지붕 하나가 옆으로 뻗어나가 조리 공간 위를 덮고 있었다. 아이들은 그곳에 앉아 있었다. 진은 트럭 짐칸에 놓인 매트리스에 누워 있었다.

"어떡하면 좋을지 말해줘요." 젭이 말했다.

엘사는 트럭 짐칸에 올라 진 옆에 무릎을 꿇었다. "진, 안녕."

"엘사." 진의 목소리는 너무나 가냘파 거의 들리지도 않았다. 눈은 탁하고 초점이 없었다. "젭에게 네가 오늘 지원금 받으러 갔을 거라고 말해줬어."

엘사가 진의 이마에 손을 얹었다. "펄펄 끓네." 그녀가 젭에게 소리 질렀다. "물 좀 가져와요."

잠시 후 로레이다가 엘사에게 따뜻한 물 한 컵을 건넸다. "여기요, 엄마."

엘사가 컵을 받았다. 진의 목을 받치고서 물을 마실 수 있도록 도왔다. "어서, 진. 물 좀 마셔."

진이 그녀를 밀어내려 했다.

"어서, 진." 엘사가 억지로 물을 진의 목 안으로 흘렸다.

진이 그녀를 올려다보았다. "이번엔 진짜 안 좋아."

엘사가 젭을 내려다보았다. "아스피린 있어요?"

"없어요."

"로레이다." 엘사가 말했다. "트럭을 타고 캠프 상점으로 가거라. 아스피린을 사 와. 그리고 체온계도. 열쇠는 꽂혀 있어.”

로레이다가 뛰어갔다.

엘사는 진에게 더 가까이 다가가 품에 안고서 그녀의 뜨거운 이마를 어루만졌다.

“장티푸스인 것 같아.” 진이 말했다. “너도 옆에 있으면 안 돼.”

“난 그렇게 쉽게 떨어져 나가는 사람이 아니야. 우리 남편한테 물어봐. 그래서 그 사람이 밤중에 도망갔잖아.”

진이 희미하게 웃었다. “너희 남편은 바보니까.”

“잭도 같은 말을 했어. 레이프의 어머니도, 생각해보니 그러셨네.”

“우리가 얘기했던 술이 좀 있었으면 참 좋겠네.”

엘사가 손가락으로 진의 땀에 젖은 머리카락을 쓸어내렸다. 진의 몸에서 엘사의 몸으로 열이 전해졌다. “노래는 해줄 수 있는데….”

“제발 하지 마.”

두 여자는 서로를 마주 보며 미소 지었다. 엘사는 진의 미소 뒤의 두려움을 보았다. “괜찮을 거야. 넌 강하잖아.”

진이 눈을 감고 엘사의 품에서 잠이 들었다.

엘사는 진을 안고 뜨거운 이마를 쓰다듬으며, 기운을 북돋아주기 위해 나직이 말을 이어갔다. 마침내 트럭이 덜컹거리며 돌아오는 소리가 들렸다.

하느님 감사합니다.

로레이다가 차를 몰고 와 주차했다. 차 문을 열고 나와 문을 쾅 닫았다. “엄마!” 로레이다가 외쳤다. “상점 문을 닫았어요.”

엘사가 목을 길게 빼고 로레이다를 바라보았다. “왜?”

“분명히 파업 소문 때문일 거예요. 우리가 얼마나 그들을 필요로 하는지 보여주고 싶은 거겠죠. 돼지 같은 놈들."

갑자기 진의 몸이 휘면서 뻣뻣해졌다. 눈동자가 머리 뒤쪽으로 넘어갔다. 그리고 몸을 사시나무 떨듯 떨기 시작했다.

엘사는 진이 안정될 때까지 꼭 끌어안고 있었다.

"아스피린이 없대, 진." 엘사가 말했다.

진이 파르르 눈을 다시 떴다. "다른 사람들 귀찮게 하지 마, 엘사. 그저 나를—"

"안 돼." 엘사가 날카롭게 말했다. "내가 금방 다녀올게. 너 정말 아무 데도 가면 안 된다."

진의 호흡이 느려졌다. "춤추러 갈지도 몰라."

엘사가 진의 머리를 조심스럽게 내려놓고 트럭에서 내려갔다. "여기 있어라." 그녀는 로레이다에게 말했다. "진에게 물을 더 마시게 하렴. 젖은 수건으로 이마를 계속 닦아주고. 담요 발로 차내게 하면 안 돼." 그러고는 젭을 돌아다봤다. "곧 돌아올게요."

"어디 가는데요?" 젭이 물었다.

"아스피린 구해 올게요."

"어디서? 살 돈은 있고?"

"없죠." 엘사가 굳은 목소리로 말했다. "저들이 확실하게 만들었죠, 우리 수중에 돈 한 푼 없도록. 여기 계세요."

그녀는 트럭으로 뛰어가 시동을 걸고 큰길로 빠져나갔다.

병원에서 그녀는 주차장을 건너가 문을 밀고 들어갔다. 깨끗한 바닥에 지저분한 흙색 발자국을 남기며 접수대로 갔고, 그곳에서는 여자 한 사람이 혼자 카드놀이를 하고 있었다.

"도와주세요." 엘사가 말했다. "제발요. 우리 같은 사람 병원에 못 오게 하는 거 알아요. 하지만 아스피린이라도 좀 주시면 정말 도움이 될 거예요. 제 친구가 열이 심해요. 정말로 열이 높아요. 장티푸스일 수 있어요. 도와주세요. 제발요. **제발.**"

여자가 의자에서 똑바로 앉아 목을 길게 늘이고 로비 이쪽저쪽을 쳐다보았다.

"그거 전염되는 거 알죠. 새 정부 텐트 캠프에 간호사가 있어요. 아빈에. 거기 가서 도와달라고 해요. 그 간호사가 당신네들 담당이에요."

당신네들.

이젠 정말이지 빌어먹게 지긋지긋해.

엘사는 병원에서 나와 트럭으로 돌아가 짐칸에서 앤트의 야구 방망이를 집어 들었다. 야구 방망이를 들고 다시 주차장을 건너가며 침착하려 애썼다.

이번에 그녀는 문을 쾅 밀어붙이고 들어가 자신을 비웃는 그 여자를 쳐다보고는 방망이로 접수대를 세게 내리쳤다. 얼마나 세게 쳤는지 나무에 흠집이 생겼다.

여자가 비명을 질렀다.

"아, 좋아요. 이제야 관심을 주시네. 난 아스피린이 필요해요." 엘사가 차분하게 말했다.

여자가 휙 뒤로 돌더니 캐비닛을 당겨 열었다. 두 손을 덜덜 떨며 약들을 더듬었다. "망할 오키들 같으니라고." 여자가 중얼거렸다.

엘사가 램프를 내리쳐 부수었다. 그리고 전화기도.

여자가 병 두 개를 집어 엘사에게 내밀었다. "당신네들은 짐승이야."

"당신도 그래요, 부인. 당신도 그렇다고."

엘사는 아스피린을 받았다.

그녀가 거의 문에 이르렀을 때 덩치 큰 남자 한 사람이 그녀를 향해 복도를 성큼성큼 내려오고 있었다.

"저 여자 잡아요, 프레드! 범죄자예요!" 접수대 여자가 소리쳤다.

그가 문을 막아섰다.

엘사는 방망이를 옆으로 내려 들고 갈색 경비복을 입은 남자에게 가까이 갔다. 그녀는 가슴이 쿵쾅거렸지만 기이하게도 차분함을 느꼈다. 심지어 절제된 기분이었다. 그녀는 약을 갖고 있고, 그 누구도 그 약을 진에게 가져가는 것을 막을 수 없을 것이다. "정말 나를 막고 싶나요, 프레드?"

남자의 눈길이 부드러워졌다. "마누라와 나는 5년 전에 인디애나에서 여기로 왔어요. 그땐 훨씬 쉬웠지요. 이런 대접을 받고 있어 미안하군요." 그는 5달러 지폐를 꺼냈다. "이거라도 도움이 될까요?"

엘사는 그 작은 친절에 거의 울음을 터뜨릴 뻔했다. "감사합니다."

"자, 어서 가요. 앨리스가 벌써 경찰을 부르고 있을 겁니다."

그녀는 병원에서 뛰쳐나와 야구 방망이를 트럭 짐칸에 던져 넣었다. 그리고 시동을 걸고 페달을 밟았다. 낡은 트럭 후미가 자갈밭에서 휘청대더니 천천히 어두운 도로로 올라섰다.

그녀는 도랑둑 캠프로 향하는 길로 들어섰고 듀이 가족의 트럭 앞에 멈춰 섰다.

젭이 트럭 짐칸에서 진을 두 팔로 감싸 안고 있었고, 아이들은 널빤지 차양 아래에서 트럭 옆에 가까이 붙은 채 로레이다와 함께 서 있었다. 큰 사내아이들이 어린 여동생들 손을 잡고 있었다.

"계속 진을 달라고 하네요." 젭이 낙담하고 혼란스러워하며 말했다. "술

마시는 사람이 아닌데."

엘사가 트럭으로 올라가 진의 다른 쪽 옆에 앉았다. "애, 이 나쁜 여자야. 아스피린 가져왔어."

진이 눈을 파르르 떨며 떴다.

"진 달라고 떼를 썼다면서." 엘사가 말했다.

"마티니 한 잔만… 나 죽기 전에. 그게 뭐 그렇게 대단한 요구라고."

엘사는 진이 아스피린 두 알과 물 한 잔을 삼키게 도왔다. 그러고는 친구의 뜨거운 이마를 쓰다듬었다. "포기하지 마, 진…."

진이 거칠게 숨을 쉬고 땀을 흘리며 엘사를 올려다보았다. "네가 춤을 추렴, 엘사." 그녀가 너무나 작아 거의 들리지 않는 목소리로 말했다. "우리 둘을 위해." 진이 엘사의 손을 꼭 쥐었다. "널 사랑했어, 친구야."

과거형으로 말하지 말아줘. 제발.

젭이 흐느끼는 소리가 들려왔다.

"나도 사랑해, 진." 엘사가 속삭였다.

진이 천천히 고개를 돌려 남편을 바라보았다. "이제… 어디… 있지… 우리 아이들, 젭?"

엘사는 간신히 몸을 일으켜 트럭에서 내려왔다. 네 아이들이 트럭으로 올라가 진을 둘러쌌다.

엘사는 속삭임을 들을 수 있었다. 엘로이가 말했다. "그럴게요, 엄마." 여자아이들의 울음소리가 들렸다.

그리고 진의 울먹이는 목소리가 들렸다. "너희 모두에게 할 말이 더 많았는데…."

로레이다가 엘사의 어깨를 어루만졌다. "괜찮아요?"

엘사는 내답 대신 원초적인 비명을 질렀다.

일단 시작하자 멈출 수가 없었다.

로레이다가 엘사를 품에 감싸고 그 울음을 다 토해낼 때까지 꼭 안고 있었다. 엘사는 한탄했다, 그들이 살아온 세월에 대해, 그들이 잃어버린 꿈에 대해, 그들이 너무나 맹목적으로 믿었던 미래에 대해. 진 없이 자라야 할 저 아이들에 대해. 진의 유머, 상냥함, 강인함, 아이들에게 품었던 소망.

엘사는 울고 또 울어 속이 텅 비어버린 것 같았다.

그녀는 로레이다에게서 몸을 빼냈다. 로레이다는 겁에 질린 표정이었다. "미안하다." 엘사가 눈물을 닦으며 말했다.

"때로는 그냥… 무너지게 되잖아요." 로레이다가 말했다. "화를 내는 것도 괜찮아요."

"네 말이 맞아." 엘사가 말했다. 한계다. "내가 발렌 씨와 그의 공산주의자 동료들을 만나고 싶다면, 어딜 가야 하는지 아니?"

"아마도요."

"어디니?"

"전단지랑 그런 걸 만드는 헛간이 있어요. 윌로 로드 끝에요."

"알겠다." 엘사는 숨을 깊이 들이마시고 천천히 내뱉었다. "일단 알겠어."

그날, 밤이 밸리에 내려앉고 별들이 나와 하늘을 뒤덮자, 엘사는 조용히 아이들을 오두막 밖으로 이끌고 나와 트럭으로 향했다. 차에 올라 빠져나올 때까지 그들 중 누구도 말을 하지 않았다. 모두 오늘 밤 하기로 한 일이 얼마나 위험한지 알았다.

"여기서 꺾어요." 로레이다가 말했다.

엘사가 경작되지 않은 갈색 들판을 가로지르는 흙길로 들어섰다. 길 끝에 회갈색 헛간이 오래된 농가 옆에 있었다. 농가의 창문은 대부분 부서지고 널빤지로 막혀 있었다. 앞에는 예닐곱 대의 자동차가 서 있었다.

엘사는 먼지투성이 패커드 자동차 옆에 주차했다. 엘사와 로레이다와 앤트는 트럭에서 나와 헛간을 향해 걸었다. 로레이다가 반쯤 부서진 문을 밀어서 열었다.

안에는 램프가 불을 밝히고 있었다. 짚 덮인 흙바닥에 테이블 몇 개가 있었고 벽을 따라 의자들이 되는대로 놓여 있었다. 적어도 십여 명은 되는 사람들이 있었다. 몇몇은 타자기를 쳤고, 또 몇몇은 등사기 작업 중이었다. 담배 연기가 공기 중에 짙게 배어 있었지만 향긋한 건초 냄새를 지우지는 못했다.

엘사와 아이들이 공산주의자들 사이를 걸었다. 아무도 그들의 존재를 알아차리는 것 같지 않았다. 엘사가 등사기에서 나오는 종이 한 장을 보았다. **노동자여 단결하라!** 진한 글씨의 제목이었다. 잉크와 금속의 낯선 냄새를 맡을 수 있었다.

그들은 안경을 쓰고 키가 작은 검은 머리의 여성을 지나갔다. 여자는 타자를 치는 다른 여자에게 칠 말을 불러주며 오가고 있었다. "가난한 사람이 더 가난해지는 동안 부자는 더 부자가 되는 것을 두고 볼 수 없습니다. 사람들이 길에서 살며 굶주림으로 죽어가는데 어찌 우리 나라를 자유의 땅이라 스스로 부를 수 있겠습니까? 급진적 변화는 급진적 방법을…."

로레이다가 팔꿈치로 찔러 엘사가 고개를 들었다.

잭이 그들 쪽으로 오고 있었다.

"안녕하세요, 숙녀분들." 그가 말하며 강렬한 눈빛으로 엘사를 쳐다보았다. "로레이다." 그가 말했다. "나탈리아가 등사기 작업하고 있어. 가서 좀 도와주지 그래."

"너도, 앤트." 엘사가 말했다. "누나 옆에 있어."

잭이 엘사를 데리고 밖으로 나왔다. 불을 피운 화덕 주변에는 짝이 맞지 않는 가구들이 놓여 있었다. 몇 개의 재떨이들은 꽁초가 수북했다. "아, 공산주의자들도 다른 사람들처럼 이렇게 불 주변에 모여 앉아 담배를 피우는 군요." 엘사가 말했다.

"우리도 그런 점에서는 거의 인간적입니다." 그가 더 가까이 다가왔다. "무슨 일입니까?"

"진이 죽었어요. 살릴 방도가 없었어요. 캠프 상점은 우리에게 본때를 보여준다고 문을 닫았고, 병원도 도와주려 하지 않았어요. 주의를 끄느라… 야구 방망이를 사용하기까지 했죠. 구한 건 아스피린뿐이었어요. 아, 그리고 오늘 우리 이름을 선별해서 지원금 명단에서 뺐어요. 목화 따는 사람들은 제외해야 한다고. 주 정부 지원금이 사라진 거죠."

"들었습니다. 농장주들이 주 정부를 압박했어요. 그들은 그걸 무노동 무식품 정책이라고 하죠. 지원금을 받으면 임금 인상 파업을 하는 동안에도 자식들을 먹일 수 있을까 봐 걱정하는 거예요."

엘사가 팔짱을 끼었다. "내 평생, 목소리를 내지 말라, 많은 것을 원하지 말라, 내게 주어지는 작은 것에도 감사하란 소리를 듣고 살았어요. 그렇게 했고요. 내가 그냥 여자들이 해야 하는 일을 하고, 그 규칙대로 살면, 그러면… 뭐라고 할까… 바뀔 거라고 생각했어요. 하지만 우리가 받는 취급

520

은…."

"불공평하죠." 그가 말했다.

"잘못됐어요." 그녀가 말했다. "미국인이라면 이럴 수 없어요."

"그렇죠."

"파업." 그녀가 그 무서운 말을 조용히 입 밖에 냈다. "효과가 있을까요?"

"어쩌면."

그녀는 그가 정직하게 말해준 것이 고마웠다. "우리가 시도하면 우리에게 고통을 줄 거예요."

"네." 그가 말했다. "하지만 인생은 우리에게 실제로 일어나고 있는 것보다 훨씬 더 큰 무언가예요, 엘사. 우리는 선택을 해야 해요."

"난 용감한 여자가 아니에요."

"그럼에도 지금 여기 서 있잖아요, 싸움이 곧 일어날 자리에."

그의 말이 그녀의 마음을 울렸다. "우리 할아버지는 텍사스 레인저였어요. 할아버지는 용기는 거짓이라고 하셨어요. 그저 두려움을 무시하는 것이라고." 그녀가 그를 바라보았다. "음, 난 두려워요."

"우리 모두 두렵습니다." 그가 말했다.

"난 걱정해야 할 아이들이 있어요. 먹이고, 입히고, 안전하게 보살펴야 할 아이들이. 난 그 아이들의 삶을 위험에 빠뜨릴 수 없어요…."

그는 아무 말 하지 않았고 그녀는 그 이유를 알았다. 그녀 스스로 밀하도록 하는 것이다.

"아이들은 이미 위험에 처해 있죠." 그녀가 말했다. "우리가 이렇게 사는 게 마땅하다고, 이게 미국이라고 가르칠 순 없어요. 난 아이들에게 자신의 권리를 위해 맞서야 한다고 가르쳐야 해요."

엘사는 놀랍게도 인도감을, 거의 마음이 편안해지며 자기 자신을 찾은 기분을 느낀 동시에 깊숙이 자리한 채 끊이지 않고 솟구치는 두려움도 느꼈다. **용기란 두려움을 무시하는 것이다.** 그런데 그걸 어떻게 하는 걸까, 실제로? 실행을 할 때 말이다.

"그들이 목화밭에 지은 감시 초소⋯. 그거 우리 겁주려는 거죠, 그렇죠? 우리가 하게 될 일, 그 파업이라는 거, 합법이고요."

"합법이죠. 젠장, 그리고 그것이 미국의 본질이에요. 우리는 저항할 권리를 통해 이 나라를 건설했지만, 법은 정부가, 경찰이 집행합니다. 그들이 대형 사업자들을 어떻게 지원하는지 보았을 겁니다."

엘사가 고개를 끄덕였다. "우리가 뭘 해야 하죠?"

"먼저 우리는 말을 전달해야 합니다. 금요일에 파업 회의가 있어요. 하지만 회의에 오는 것은 물론이고 사람들에게 이 이야기를 전하는 것조차 위험한 일입니다."

"모든 게 다 위험하죠." 그녀가 말했다. "어쩌겠어요?"

그가 그녀의 뺨에 한 손을 얹었다.

그녀는 그의 손길에 얼굴을 기울이며 거기에서 힘과 위안을 얻었다.

33장

동이 트기 직전 캄캄한 어둠 속에서 로레이다는 오두막 문을 열고 밖으로 나갔다. 지난밤 노동자 연맹 모임에서 그녀는 기운과 활력을 얻었다. 공산주의자들은 파업을 일으키기 위해 열심히 작업하고 있었지만, 그래도 캠프에 말을 전달할 로레이다 같은 사람을 필요로 했다. 그들이 직접 할 수는 없었다.

그래도 위험해. 나탈리아가 어젯밤 로레이다에게 말했다. 이거 잊지 마. 난 어렸을 때 혁명을 가까이서 봤어. 거리에 피가 흘러넘쳤지. 단 한순간도 정부가 모든 권력을, 돈과 무기와 인적 자원을 가졌다는 사실을 잊어서는 안 돼.

우리에겐 뛰는 가슴과 절박함이 있어요. 로레이다의 대답이었다.

"그래." 나탈리아가 담배 연기를 내뿜으며 말했다. "그리고 머리도. 그러니 네 머리를 쓰렴."

로레이다는 문을 닫고 캠프 안으로 걸어갔다. 그녀는 사람들이 또 하루를 시작하려 준비하는 소리를, 음식을 차리고 점심 도시락을 싸는 소리를 들을 수 있었나. 화장실 줄이 길었다.

그런데 이 고요함은 낯설고 불안했다. 웃는 사람도 없었고 이야기하는 사람도 없었다. 두려움이 캠프에 침투해 있었다. 노동자로서의 의리를 저버리고 농장주에게 충성하는 사람들에게서 감시받고 있다는 것을 모르는 사람은 없었다. 불행하게도 누가 그 배신자인지는 그 사람에게 해선 안 될 말을 하는 그 순간까지, 한밤중에 누군가 문을 두드리는 그 순간까지는 알 수 없었다. 캠프에서 끌려 나가는 가족의 울음소리가 들려오곤 했다.

해가 뜨면서 첫 아침 햇살의 색채가 새로 만든 울타리에 얹힌 가시철조망을 비추었다. 그녀는 화장실 줄로 가서 차례를 기다렸다. 볼일을 보고 나온 그녀는 아이크가 세탁장 밖에서 수통에 물을 채우고 있는 것을 보았다. 로레이다는 완전히 무심한 표정을 지으려 애쓰며 그에게 다가갔지만 어쩌면 그렇게 보이지 않았을지도 모른다. 아드레날린이 솟구쳤다. 겁이 나고 들뜨고 흥분됐다.

그녀는 한 걸음 더 내디뎌 가까이 가서 말했다. "금요일." 걸음을 멈추지 않고 계속 말했다. "윌로 로드 헛간. 8시. 전달해요."

그녀는 그가 제대로 들었는지 확인하러 돌아보는 일 없이 그냥 계속 걸어갔다. 아주 천천히, 매 순간 누군가 그녀를 멈춰 세우지 않을까 걱정하며 오두막으로 돌아왔다.

그녀는 문을 닫았다.

엄마와 앤트가 그녀를 쳐다보았다.

"그래서?" 엄마가 조용히 말했다.

로레이다가 고개를 끄덕였다. "아이크에게 말했어요."

"잘했다." 엄마가 말했다. "목화 따러 가자."

그날 밤, 또 하루 길고 더운 날을 목화밭에서 보내고 오니 토니와 로즈에게서 응원 편지가 와 있었다. 저녁을 먹은 후 엘사는 아이들과 함께 침대에 올라앉아 봉투를 열고 편지를 꺼냈다. 엘사가 지난번에 그들에게 보낸 편지 뒷면에 글이 쓰여 있었다. 종이를 낭비할 이유가 없었다.

사랑하는 아이들아,

길고 덥고 건조한 여름이었다. 좋은 소식은 바람과 먼지가 소강상태라는 거다. 열흘 동안 먼지 폭풍이 없었다. 끝났다고 하기엔 충분하지 않지만 그래도 그만하면 기도에 응답하신 거다.
8월과 9월 중반까지는 힘들었다.
쓸고 또 쓸어도 끝이 없어 보였는데, 요 며칠은 좀 낫구나. 그리고 정부에서 마침내 우리가 가장 필요로 하는 도움은 물이라는 것을 깨달았고, 그래서 트럭으로 물을 실어다 주고 있다. 우리는 겨울 밀 수확을 기원하고 있다. 최소한 우리가 새로 들인 소 두 마리와 말을 먹일 만큼이라도 말이지. 그러나 희망을 품기가 참으로 힘들구나.

사랑을 전한다. 너무나 보고 싶구나.
사랑하는 로즈와 토니가

"할아버지, 할머니를 다시 만나게 될까요, 엄마?" 엘사가 편지를 읽은 후 이어지던 침묵을 깨뜨리며 로레이다가 말했다.

엘사는 녹슨 침대 프레임에 몸을 기댔다. 앤트가 몸을 움찔거리더니 그녀의 무릎에 머리를 올렸다. 그녀는 앤트의 머리를 쓰다듬었다.

로레이다가 엘사를 마주 보고 침대의 좁은 발치에 기대앉았다.

"우리가 캘리포니아로 떠나오던 날, 내가 댈하트에서 멈췄던 집을 기억하니?"

"창문이 부서진 그 큰 집요?"

엘사가 고개를 끄덕였다. "그래, 집이 컸지. 나는 거기서 자랐어… 따뜻한 마음이 없는 집에서. 우리 가족은… 나를 거부했다는 것이 내가 할 수 있는 최선의 표현인 것 같구나. 우리 가족은 외모를 중요시했고, 아름답지 못한 건 나의 치명적인 결점이었어."

"엄마는―"

"칭찬을 끌어내려는 게 아니야, 로레이다. 게다가 난 거짓에 휘둘리기엔 너무 나이가 들었지. 난 네 질문에 답하는 중이란다. 이 질문과 네가 한동안 묻지 않았던 또 다른 질문에 대해. 나와 네 할아버지, 할머니, 그리고 네 아버지에 대해. 어쨌든 내 요점은, 내가 어렸을 때 외로웠다는 거다. 난 내가 무슨 잘못을 해서 소외되는 건지 이해할 수 없었어. 나는 사랑을 받으려고 정말 애를 썼단다." 엘사가 깊이 숨을 들이쉬었다가 내쉬었다. "난 네 아버지를 만나서 모든 것이 바뀌었다고 생각했다. 그리고 실제로 그랬고. 내게는. 그러나 네 아버지는 아니었지. 아버지는 늘 농장 생활 그 이상의 것을 원했어. 늘. 그건 너도 알지."

로레이다가 고개를 끄덕였다.

"난 네 아버지를 사랑했다. 정말 사랑했어. 하지만 아버지에겐 그것으로 충분하지 않았고, 이제, 나도 그것으로 충분하지 않았다는 것을 깨달았다. 아버지는 더 나은 것을 가질 자격이 있었고 나 역시 그렇다." 엘사는 뜻밖의 말을 하면서 그 말들이 자신을 어떤 식으로든 새롭게 만들어주고 있음을 느꼈다. "그런데 내 삶이 진짜 어떻게 바뀌게 된 건지 아니? 결혼이 아니었어. 농장이었어. 로즈와 토니 덕분이었어. 내가 소속감을 느끼는 곳을 발견했고, 나를 사랑하는 사람들을 찾았어. 그분들이 내가 어린 시절 꿈꾸던 집이 되어주었어. 그리고 네가 내게로 와서 사랑이 얼마나 커질 수 있는지 가르쳐주었어."

"난 엄마를 마치 역병이라도 걸린 사람처럼 대했었잖아요."

엘사가 미소를 지었다. "몇 년 동안은. 하지만 그 이전에 넌 좀처럼 나와 떨어지지 않으려 했어. 낮잠 시간엔 나를 찾으며 나 없이는 잠이 오지 않는다고 했고."

"미안해요." 로레이다가 말했다. "그때―"

"미안하다는 말은 하지 말자. 우리는 다투고, 서로 힘들어하고, 상처도 주었지만, 그래서? 그게 사랑이란 거야, 내 생각은 그래. 그 모든 것이 다. 눈물, 분노, 기쁨, 다툼. 무엇보다, 사랑은 오래가지. 끝끝내 이어지지. 먼지, 가뭄, 너와의 다툼, 그 모든 것 속에서도 난 단 한 번도 너나 앤트, 농장에 대한 사랑을 멈춘 적이 없어." 엘사가 웃었다. "그러니, 네 질문에 대한 길고 긴 나의 대답은 바로 이렇게 요약되지. 로즈와 토니, 그리고 농장이 내 집이야. 우린 그분들을 다시 만날 거야. 언젠가."

"그 사람들 미쳤어요." 로레이다가 말했다. "엄마 저쪽 가족요. 그들은 놓친 거예요."

"뭘?"

"엄마를요. 그 사람들은 엄마가 얼마나 특별한 사람인지 몰랐잖아요."

엘사가 미소를 지었다. "지금껏 네가 내게 한 말 중 제일 멋진 말이구나, 로레이다."

🌾

금요일 저녁, 또 목화를 따며 긴 하루를 보낸 엘사와 아이들은 살그머니 캠프를 빠져나가 파업 회의가 열리는 윌로 로드 끝으로 차를 몰았다.

헛간 안에는 타닥타닥 타자기 치는 소리가 울려 퍼졌다. 사람들이 큰 소리로 이야기하며 움직였다. 대부분 공산주의자들이었다. 여기에 노동자는 많지 않았다.

잭이 입구에 선 그들을 보더니 건너왔다. "농장주들이 갈수록 불안해하고 있어요." 그가 말했다. "웰티가 몹시 화가 나 있다고 들었어요."

"어젯밤 캠프에 총을 든 남자들이 우글거렸어요. 우리에게 직접 위협을 가하진 않았지만 우리는 무슨 뜻인지 알아들었죠." 로레이다가 말했다.

"관여하지 않는 사람들을 비난할 수가 없는 상황이다." 잭이 말했다.

"브레넌 씨네는 안 와요." 앤트가 말했다. "여기 오는 게 미친 짓이래요."

"여기가 농장주 세상도 아닌데. 우리가 **얘기하면** 안 된다는 법이 있는 것도 아니고." 로레이다가 말했다.

"법적 권리가 중요해야 하는데도 때로는 그렇지 못하지." 잭이 말했다.

나탈리아가 잭에게로 왔다. 늘 완벽하게 차려입는 그녀답게 검은 바지에 목까지 단추를 채운 흰 블라우스, 그리고 그 위에 딱 맞는 갈색 재킷을 입고 있었다. 로레이다가 이 여자를 우상시하는 것도 이상한 일이 아니었다. 위험한 회합을 갖는 와중에도 매력적이고 차분하게 보일 줄을 알았다. 어떻게 여자가 그렇게 한결같을까?

"이리 와요." 그녀가 잭의 팔을 잡으며 말했다. "모두 다."

나탈리아가 그들을 데리고 헛간 문으로 갔다.

헛간과 도로 사이 들판에 헛간을 향해 일렬로 다가오는 차량들이 보였다. 차례차례 차들이 헛간 앞에 멈추고 문이 열렸다. 사람들이 내리더니 머뭇거리며 모여 섰다. 사람들이 더 왔다. 더 많은 사람이 걸어서 나무가 없는 풀밭을 건너오고 있었다.

엘사는 사람들이 움직이며 모여드는 것을 보았다. 그들은 초조해하며 텅 빈 들판 너머와 도로를 되돌아보곤 했다.

8시가 되자 사람들의 숫자가 500명을 넘은 것 같다고 엘사는 추측했다. 그런데도 더 많은 이들이 걸어서 도로를 따라오고 있었고, 그들은 곧 헛간 앞에 모인 무리에 합류했다. 그들은 수군수군 이야기를 나누었지만 목소리를 낮추었다. 모두 여기 있다는 것 자체를, 파업 이야기를 듣는 일의 결과를 두려워했다.

"가서 저 사람들에게 이야기를 해봐요." 잭이 엘사에게 말했다.

그녀는 웃음을 터뜨렸다. "내가요? 누가 내 얘기를 들으려 하겠어요?"

"당신은 저 사람들을 알잖아요. 당신 이야기에 귀를 기울일 겁니다."

"가세요." 그녀가 그렇게 말하며 그를 밀었다. "가서 당신이 나를 설득했 듯이 저 사람들도 설득해봐요."

잭이 헛간에서 테이블 하나를 끌고 나와 커다란 겹문 앞에 놓은 다음 그 위로 뛰어올랐다.

사람들이 조용해졌다. 엘사는 낯익은 얼굴들을 바라보았다. 중서부, 혹은 남부, 텍사스와 내평원에서 온 사람들, 평생 열심히 일했고, 여전히 그렇게 살고 싶지만, 납득할 수 없는 힘든 시절을 맞아 혼란스럽고 당혹스러운 사람들. 그들은 공정한 대접을, 기회를 얻을 수 있으리라, 삶의 진로를 제대로 잡아나갈 수 있으리라 여겼다, 아니 여겼었다. 엘사가 그랬듯이.

"8년 전, 이 광활한 밸리의 작물 대부분은 멕시코인들이 수확했습니다." 잭이 말했다. "그들은 국경을 건너와 이 들판에 들어온 후 작물을 수확하며 이동했습니다. 2월엔 니포모에서 콩을 땄습니다. 6월엔 샌타클래라에서 살구를, 8월엔 프레즈노에서 포도, 9월엔 여기서 목화. 그들은 와서 작물을 수확하고 겨울엔 고향으로 돌아갔습니다. 그 과정에서 그들은 지역 사람들 눈에 보이지 않는 존재였습니다. 그러다 29년 대공황이 일어나고 시스템이 붕괴하고 캘리포니아 사람들은 일자리를 잃을까 두려워졌습니다. 그들은 미국인들이 늘 두려워하는 대상을 두려워했습니다. 바로 외부인들이죠. 그래서 캘리포니아는 불법 이주민들을 단속하여 멕시코인을 범죄자로 규정한 뒤 추방했습니다. 31년에 이르자 그들 대부분은 사라졌습니다. 혹은 숨었지요. 농업에는 큰 재앙이 될 수도 있었을 상황인데 그때…" 잭이 두 팔을 내뻗었다. "…더스트 볼. 가뭄. 더 악화된 대공황. 수백만이 일자리와 집을 잃었습니다. 여러분이, 일감을 찾아 서부로 왔습니다. 그저 식탁에 음식을 올리고 가족을 먹이겠다는 마음 하나로. 여러분은 들판에서 멕시코인들을 대신했습니다. 여러분이 목화 수확 노동자 중 90퍼센트를 차지하고 있습니다. 하지만 여러분은 보이지 않는 존재가 되고 싶진 않습니다. 그렇지 않습니까? 여러분은 이곳에 뿌리를 내리려, **캘리포니아 주민**이 되려 온 것입니다."

"우린 미국인이오!" 무리 중에서 누군가 외쳤다.

"우린 여기에 살 권리가 있어요!"

"권리." 잭이 사람들을 둘러보며 말했다. "미국에서는 권리를 보장합니다, 그렇지 않습니까?"

"옳소!"

"여기 있는 여러분은 노동에 대한 대가를 공정하게 받을 권리가 있습니다. 최저 임금을 보장받을 **권리**가 있습니다. 그런데 그 권리를 위해서는 싸워야 합니다. 그들이 그냥 그것을 주지는 않을 겁니다. 그들은 여러분의 생존이 아닌 자신들의 지갑을 더 소중하게 생각합니다. 우리는 힘을 합해야 합니다. 남자, 여자, 아이 할 것 없이 그들의 작물을 수확하고 있습니다. 우리는 하나로 뭉쳐 떨치고 일어나 말해야 합니다, **못 참겠다고.** 우리는 무가치한 존재로 취급받지 않을 겁니다. 우리는 10월 6일에 저항을 시작합니다. 말을 전해주세요. 우리는 평화롭게 저항할 겁니다. 이것은 매우 중요합니다. 시위이지 난동이 아닙니다. 여러분은 목화밭으로 들어가 자리에 앉을 겁니다. 그뿐입니다. 우리가 생산을, 그냥 단 하루라도 늦출 수 있다면 그들의 관심을 이끌어낼 수 있을 겁니다."

"그들의 관심은 위험한 거요!" 누군가 소리쳤다. "우릴 해칠 거요."

"지금도 그들은 여러분을 매일 해치고 있습니다. 우리가 무엇을 위해 싸우는지 기억해야 합니다." 잭이 말했다. "6일, 제 동지들이 밸리 도처의 밭과 농장에서 파업을 이끌 것입니다. 가능한 모든 곳에서. 우리가 모든 곳에서 동시에 파업을 한다면, 우리는 할 수―"

사이렌 소리에 그의 말이 중단되었다.

경찰이다. 경찰차를 타고 불빛을 번쩍이며 도로를 무서운 속도로 달려오고 있었다.

"경찰이다!" 누군가 외쳤다.

"6일 파업." 잭이 말했다. "전달해주세요. 우리 모두 같은 날. 모든 밭에서."

경찰차들 뒤로 남자들을 선 채로 가득 태운 트럭들이 있었다. 그들은 방망이와 삽, 곤봉을 들고 있었다.

한 트럭 짐칸에 선 남자가 확성기에 대고 말했다. "해산하시오. 당신들은 불법 활동에 참여하고 있습니다."

차량들이 멈춰 섰다. 남자들이 무기를 들고 뛰어내렸다.

사람들이 흩어졌다. 비명을 지르며 서로를 밀쳤다.

"로레이다!" 엘사는 이 아수라장에서 아이들이 보이지 않았다. "앤트!"

사람들이 사방으로 뛰어갔다. 차를 몰고 온 사람들은 차에 올라타 빠져나갔다. 다른 사람들도 살길을 찾아 들판을 가로질러 달렸다.

로레이다와 앤트가 서로 안은 채 인파에 휩쓸려 앞으로 떠밀리고 있는 것이 보였다.

엘사는 아이들을 향해 달려가기 시작했지만, 그 순간 무언가가 그녀의 머리를 세게 때렸고, 그녀는 바닥으로 쓰러져 의식을 잃고 말았다.

엘사가 조금씩 깨어났다. 입안이 건조했다. 목이 말랐다.

마지막으로 기억하는 것은—

"로레이다! 앤트!" 그녀는 벌떡 일어나 앉았고 핑 도는 어지러움을 느꼈다.

잭이 옆에 있었다. "나 여기 있어요, 엘사." 그가 말했다.

그녀는 침대에 있었다. 그런데 처음 보는 방이었다. 침대 옆에는 빈 의자 하나가 있었다.

잭이 물 한 잔을 건네고는 의자에 앉았다.

"우리 애들은 어디 있어요?"

"나탈리아가 당신 오두막에 데려갔어요. 당신 트럭을 몰고요."

"그걸 어떻게 알고 계세요?"

"내가 그렇게 해달라고 말했어요. 나탈리아는 틀림없이 지키는 사람이에요. 당신 오두막 안에서 문을 잠그고 있을 거예요. 아이들을 해치려는 사람이 있으면 누구든 총으로 쏠 사람이에요."

"내가 괜찮다는 거 아이들이 알까요?"

"당신이 나와 있다는 거, 나탈리아가 알아요. 내가 그녀를 믿듯이 그녀도 나를 믿어요."

"당신네 둘은 대단한 관계군요."

"우리는 함께 많은 걸 겪었지요."

엘사는 물컵을 내려놓고 다시 쓰러져 누웠다. 귀에서 윙, 울림이 있었고 뒷머리가 지끈거리며 아팠다. 그녀는 조심스럽게 머리를 만져보았다. 손가락 끝에 피가 묻었다. "어떻게 된 거예요?"

"그 작자들 중 하나가 당신을 때렸어요."

엘사는 잭의 주먹도 피부가 벗겨진 채 피투성이인 것을 보았다. "당신이 주먹으로 그 인간을 쳤나요?"

"다른 놈들도요." 그는 세숫대야에 수건을 담갔다가 물을 짜내고는 그녀의 이마에 올렸다.

시원함에 안정이 되었다. "얼마나 시간이 지났어요?"

"한 시간 정도. 그들은 원하는 바를 이루었어요. 사람들이 파업을 겁내고 있어요."

"사람들은 전에도 겁에 질려 있었어요, 잭. 그런데도 오늘 와주었죠. 나 말고도 다친 사람 있나요?"

"몇 명. 몇몇은 체포도 되었고. 저들이 헛간을 불태웠어요. 우리 등사기와 타자기도 전부 가져갔고."

엘사가 그 작은 방을 둘러보니 검소한 가구들이 눈에 들어왔다. 오래된 서랍장, 놋쇠 램프가 놓인 협탁, 낡은 러그. 벽마다 서류와 책, 잡지, 신문이 줄지어 쌓인 채 바닥 대부분을 뒤덮고 있었다. 거울도 없었다. 옷장도 없었다. 남자 옷 몇 벌이 벽에 걸려 있을 뿐이었다. 모든 것이 임시라는 느낌이었다. 어쩌면 이것이 여자 없이 사는 남자의 모습일지도 몰랐다. "여기가 어디예요?" 그녀는 그렇게 물었지만 답을 알고 있었다.

"이 지역에 올 때 내가 자는 곳이에요." 그가 잠시 말을 멈추었다.

"흥미롭네요, 여기서 산다고 표현하지 않아서."

"내 삶은. 그건… 사상이에요. 명분. 적어도 지금까진 그래왔어요."

"무슨 뜻이에요?"

"수년간 나는 부자가 그들의 노동자들에게 최저 생활 임금을 지불하게끔 하려고 싸워왔어요. 가진 자와 가지지 못한 자들 사이의 불평등을 증오해요. 두들겨 맞기도 했고 감옥에도 갔었죠. 동지들이 매를 맞는 것도 보았고. 그런데도 오늘… 당신이 맞는 것을 보았을 때…."

"네?"

"생각했어요… 그럴 가치가 없다고." 그가 그녀를 바라보았다. "당신은 나를 뒤흔들어놓았어요, 엘사."

534

엘사는 마음이 통했다는 느낌이 있었지만, 그 감정을 어떻게 해야 할지, 그녀가 혹여 창피함을 느낄 일 없이 어떻게 손을 내밀어야 할지 알 수 없었다. "나도 당신 옆에 있으면 평소의 나 자신이 아니게 돼요." 그녀가 할 수 있는 말은 그게 고작이었다.

그가 손을 내밀어 그녀의 손을 잡았다.

침묵이 어색해졌다. 그는 그녀가 뭔가 말해주길 기다리고 있는 듯했지만, 무슨 말을 할 수 있을까?

"당신 얼굴과 머리카락에 피가 묻었어요. 내가 오두막에 데려다주기 전에 목욕을 하는 편이 좋을지도 몰라요. 아이들에게 이런 모습을 보여줄 수는 없으니까요."

그의 부축을 받으며 엘사는 침대에서 일어나 작은 욕실로 들어갔다. 잭이 자기로 만든 욕조에 물을 틀어준 후 그녀를 두고 나갔다.

그녀는 옷을 벗고 욕조에 발을 내디뎠다. 한숨을 내쉬며 미끄러지듯 뜨거운 물에 몸을 담갔다.

그 속에서 정말 오래간만에 긴장이 풀어지며 그 무엇과도 견줄 수 없는 위안을 얻었다. 머리와 몸을 씻자 다시 활력을 얻은 것만 같았다.

그러나 그러는 동안에도 그녀는 줄곧 잭을 생각했다.

당신이 얼마나 아름다운지 알아요? 그녀는 그가 했던 그 놀라운 말을 절대 잊을 수 없었다. 그리고 이제 그는 그녀가 자신을 뒤흔들었노라고 말했다. 분명 그 역시 그녀를 뒤흔들어놓았다.

욕조에서 나와 몸을 닦은 그녀는 벗은 몸에 수건을 두르고 누더기 옷을 향해 손을 뻗었다.

그녀는 동작을 멈추었다.

그 옷을 입으면 다시 엘사가 될 것이다.

그러고 싶지 않았다. 적어도 침묵하고, 더 적은 것을 받아도 수용하고 그게 자신의 몫이라 감내했던 그 엘사로 돌아가고 싶지는 않았다. 그녀는 사랑에 손을 내밀고 실패하더라도 아예 시도조차 하지 못한 사람이 되고 싶지는 않았다.

그녀는 천천히 문손잡이를 돌렸다.

문을 열면서도 자신이 이렇게 행동하고 있다는 것이 믿어지지 않았다. 십여 년의 세월 동안 남편의 손길을 간절히 바라면서도 단 한 번도 용기 내어 손을 내밀지 못했던 그녀가 수건 한 장만 두른 채 욕실에서 걸어 나가고 있었다.

그녀 평생 가장 용감한 행동인 것처럼 느껴졌다. 그녀는 문을 열고 침실로 나갔다.

잭이 팔짱을 끼고 벽에 기대서 있었다. 그녀를 본 그가 팔을 풀고 그녀를 향해 다가왔다.

그녀는 수건을 내리며 자신의 야윈 몸에 부끄러움을 느끼지 않으려 애썼다.

그가 멈춰 섰다가 더 가까이 다가오며 그녀의 이름을 부드럽게 불렀다.

엘사는 그의 눈에 담긴 표정을 믿을 수가 없었지만, 분명하게 읽을 수 있었다. 욕망이었다. 그녀를 향한.

"정말 괜찮아요?" 그가 그녀의 어깨에서 머리카락을 들어 올려 어루만지며 물었다.

"네, 괜찮아요." 그녀가 말했다.

그가 그녀의 손을 잡고 침대로 이끌었다. 그녀는 불을 끄려 램프에 손을 뻗었다. 그가 그녀의 손을 붙잡으며 말했다. "끄지 말아요." 잠긴 목소리였다. "당신 모습을 보고 싶어요, 엘사."

그는 셔츠와 러닝을 벗어 옆으로 던지고는 바지를 벗더니 그녀를 두 팔로 안았다.

"당신이 원하는 걸 말해줘요." 그가 입술로 그녀의 입술을 머금으며 속삭였다.

그는 그녀가 알지 못하는 어휘를, 그녀가 갖고 있지 않은 대답을 요구하고 있었다.

"여기에 키스하길 원해요? 아님 여기?"

"오, 맙소사." 그녀가 말하자 그는 웃음을 터뜨리며 다시 그녀에게 키스했다. 그의 손길은 마법과도 같아서 그녀가 통제할 수도, 부인할 수도 없는 욕구를 불러일으키며 더 애타게 손길을 갈망하게 했다.

그의 두 손이 그녀로선 상상하지 못했던 친밀한 애정을 담아 그녀의 온몸을 어루만졌다.

세상이 소용돌이치며 사라져 아무것도 남지 않은 자리에 오로지 그녀의 욕망과 열망만이 있었다. 이런 그녀를 아는 사람은 지금껏 없었다. 그는 그녀에게 그녀 몸이 지닌 힘을, 그녀 욕구의 아름다움을 보여주었다. 그녀는 늘 꿈꾸어왔던 모든 것을 대담하게 그와 함께 해보았다. 해방감이 파도처럼 밀려들었다. 그녀는 육신이 사라지고 천상에 이른 것만 같았고, 방 안의 공기와 하나가 된 것만 같았다. 날아올라 떠 있는 기분. 마침내 자기 자신으로 되돌아왔을 때(그것이 그녀의 느낌이었다), 오로지 욕망만 남은 상태에서 다시 육체 안으로 들어왔을 때, 그녀는 눈을 떴다.

잭이 옆에 누워 그녀에게 시선을 고정하고 있었다.

그녀는 대담하게 그에게 몸을 기울여 그의 입술과 귀 옆에 키스했다. 그러다 어느 순간 그녀는 자신이 울고 있음을 깨달았다.

"울지 말아요, 내 사랑." 그가 속삭이며 그녀를 품으로 당겨 꼭 끌어안았다. "더 많은 것이 기다리고 있어요. 내가 약속할게요. 이건 그저 시작에 불과해요."

내 사랑.

"그러다가 바닥에 길이 나겠네." 나탈리아가 담배 연기를 뿜으며 말했다.

계속 서성이던 로레이다가 걸음을 멈췄다. "벌써 두 시간이 지났어요. 엄마가 죽었을지도 몰라요."

앤트가 소리쳤다. "누나는 엄마가 죽었다고 생각해?"

로레이다가 고개를 저었다. **멍청하긴.** "아니, 앤트. 그렇게 생각 안 해."

"엄마 곧 오실 거야." 나탈리아가 말했다. "잭이 돌아오시게 할 거야."

로레이다가 밖에서 나는 발걸음 소리를 들었다.

"앤트." 그녀가 거친 목소리로 말했다. "이리 와."

앤트가 그녀 옆으로 달려가 꼭 붙었다. 그녀가 한 손으로 그의 어깨를 보호하듯 안았다.

나탈리아가 일어나 그들 앞을 막아섰고 그때 문이 열렸다.

잭과 엄마가 걸어 들어왔다.

"엄마!" 앤트가 엄마에게 몸을 던졌다.

"와!" 엄마가 말했다. "천천히, 이 친구야. 난 괜찮아." 그녀가 몸을 숙이고 앤트 정수리에 입을 맞췄다.

잭이 말했다. "이제 주무셔야 해." 그는 엄마가 침대로 가서 눕는 것을 도왔다.

앤트는 곧장 엄마 침대 발치로 올라가 강아지처럼 몸을 말고 누웠다.

로레이다와 나탈리아, 잭은 문으로 향했다.

"엄마 정말로 괜찮은 거예요?" 로레이다가 물었다.

"그래." 그가 대답했다. "뒷머리를 꽤 세게 맞긴 했지만, 네 어머니는 그정도로는 굴복하지 않지. 전사이니까."

"위험한 일이에요." 로레이다가 처음으로 그 말이 뜻하는 진짜 의미를 깨달으며 말했다. 모두가 그녀에게 위험하다고 말했지만 그녀는 오늘 밤에야 그 뜻을 제대로 이해하게 되었다. 그들은 파업을 위해 모든 것을 걸고 있었다. 그들의 일자리뿐이 아니었다. 정말 상황이 나빠질 수 있었다.

"이제 너도 알겠지." 잭이 말했다. "이런 싸움은 낭만적이지 않아. 내가 샌프란시스코에 있었을 때는 주 방위군이 총검을 들고 파업 참가자를 뒤쫓았어."

"그때는 죽은 사람들도 있었어." 나탈리아가 말했다. "파업 참가자들. 사람들은 그날을 피의 목요일이라 부르지."

"우린 그래도 싸워야 해요." 로레이다가 말했다. "뭘 가지고서든. 엄마가 진에게 아스피린을 구해주기 위해 병원에 야구 방망이를 들고 갔던 깃처럼요."

"그래." 잭이 말했다. 엄숙한 모습으로. "싸워야지."

34장

6일 아침, 동이 트기 직전, 엘사와 아이들은 대기하던 웰티 트럭 중 한 대에 올라탔다.

일꾼들은 조용했고 가라앉아 있었다. 눈을 마주치기를 꺼렸다. 엘사는 그래서 파업을 한다는 것인지 안 한다는 것인지 알 수 없었으나, 그들 모두 파업에 대해 생각하고 있었다.

파업 이야기는 어디에나 있었다. 조심스럽게 꺼냈고, 어두운 구석에서 하는 말이었지만, 이야기는 돌고 있었다. 이 지역에서 일하는 사람이면 모두 오늘 파업이 일어날 거라는 것을 알았다. 농장주도 알고 있다는 뜻이었다.

"너와 앤트는 절대 내 눈에서 벗어나면 안 된다." 그들이 탄 트럭이 목화밭 앞에 섰을 때 엘사가 말했다. 잭의 트럭이 도로 한가운데 주차되어 있었다. 그와 나탈리아, 그들의 동지 몇 명이 구호문을 들고 파업자들을 기다렸다. 목화밭으로 들어가는 입구가 열려 있었다.

"공정 임금! 공정 임금! 공정 임금!" 노동자들이 트럭에서 내리는 동안 잭이 구호를 외쳤다.

여러 대의 차와 트럭이 잭과 나탈리아 뒤편 도로에서 나타나 천천히 앞쪽으로 다가왔다. 불과 몇 분 후면 잭과 그의 동지들은 그들 앞 파업자들과 그들 뒤 농장주 사이에 갇히게 될 것이다. 양쪽 옆은 울타리를 두른 목화밭으로 막혀 있었다.

노동자들은 모두 걸음을 멈추고 무리 지어 서서 공산주의자들을 마주 보았다.

첫 번째 차가 잭의 트럭 뒤에 멈춰 섰다. 남자 세 명이 내렸다. 모두 총 한 자루씩 들고 있었다.

트럭 하나가 그 옆에 섰다. 남자 둘이 길로 뛰어내렸다.

세 번째 트럭도 그곳으로 왔고, 거기에서는 웰티 씨가 엽총을 들고 내렸다. 그가 앞으로 걸어 나오더니 잭 뒤 1미터 정도 떨어진 곳에 서서 파업자들을 보았다. "임금은 오늘부로 45킬로에 75센트로 내려간다." 웰티가 말했다. "그 임금에 목화를 따지 않겠다고 하면 목화 딸 사람은 얼마든지 있어."

무기를 든 남자 다섯 명이 웰티 뒤에서 총 쏠 준비를 하며 옆으로 흩어졌다.

잭이 뒤돌아 웰티를 보고 대담하게 이 농장주에게 다가갔다. 마주 선 그는 이제 파업자들의 화살촉이 되었다.

"이들은 그 돈을 받고 목화를 따지 않을 겁니다." 잭이 말했다.

"넌 내 목화밭에서 일하지도 않잖아, 이 거짓말쟁이 빨갱이 놈." 웰티가 말했다.

"난 이 노동자들을 도우려는 겁니다. 그뿐이죠. 당신의 탐욕은 미국적이지 않습니다. 이 사람들은 75센트에는 일하지 않을 겁니다. 그건 최저 생활 임금도 되지 못합니다." 잭이 노동자들을 향해 돌아섰다. "이 사람은 목화를 따줄 여러분이 **필요합니다**. 하지만 이 사람은 여러분에게 정당한 임금은 지불하려 하지 않습니다. 어떻게 생각합니까?"

아무도 대답하지 않았다.

웰티의 남자들이 총신으로 손바닥을 두드렸다.

"저들은 너보다 똑똑하다고, 빨갱이야." 웰티가 말했다.

엘사는 지금 어떤 행동을 해야 하는지 알았다. 그들 모두 알았다. 잭은 헛간에서 그들에게 말했었다. **평화롭게 걸어서 목화밭으로 들어가라. 가서 앉아라.**

지금 그들이 움직이지 않으면, 행동하지 않으면, 이 파업은 시작도 하지 못하고 끝날 것이며, 그들은 패배하고 농장주들은 더욱 강해질 것이다.

엘사가 아이들의 어깨 위에 한 손씩 올렸다. "자, 가자, 얘들아. 목화밭으로."

그들은 앞으로 나아가 무리를 뚫고 걸었고, 무리 밖으로 나갔다. 세 사람이, 외따로 떨어져, 앞장서서, 목화밭 입구를 향해 걸었다.

철조망 울타리 위 가시철사가 햇살에 반짝였다. 감시 초소 난간에는 무장한 남자 한 명이 노동자들을 향해 총을 겨누고 서 있었다.

"봤지?" 웰티가 잭에게 말했다. "저 작은 여자는 돈 주는 사람이 누군지 아는 거야. 75센트면 빈털터리보다 낫지."

엘사는 잭과 웰티 앞으로 지나갔지만 두 사람 다 쳐다보지 않았다. 그녀와 아이들은 목화밭 안으로 들어갔다.

로레이다가 뒤돌아보았다. "아무도 따라오지 않네요, 엄마."

따라와요. 엘사가 생각했다. 제발. 우리만 있어서는 안 돼요. 그럼 모든 게 허

사가 돼요. 잭이 말했다. 그들 모두가 해야 한다고, 다 함께, 그래야 생산이 멈출 수 있다고.

"공정 임금!" 잭이 그녀 뒤에서 외쳤다. "공정 임금!"

목화밭으로 걸어 들어가는 그 시간이 엘사 인생에서 가장 길게 느껴진 6분이었다. 그녀는 자리를 잡고 돌아보았다.

잠시 수확 노동자들은 무리 지어 그대로 선 채, 움직이지도 않고, 목화밭에 외따로 선 엘사와 아이들을 응시했다.

아이크가 처음으로 걸음을 내디뎠다. 그는 사람들을 헤치고 열린 입구를 향해 걷기 시작했다.

"엄마, 저기 봐요." 로레이다가 낮은 목소리로 말했다. 사람들이 하나, 둘, 아이크를 뒤따라 목화밭으로 들어오더니 길게 늘어서기 시작했다.

하나가 된 노동자들이 몸을 돌려 웰티를 마주 보았다.

"일들 시작하라고. 이 사내들아." 웰티가 소리쳤다.

마치 여기에 남자들만 있는 것처럼.

엘사는 목화 앞에 줄지어 선 사람들을, **그녀의** 사람들을 둘러보았다. 그녀와 같은 사람들. 그들의 용기에 그녀는 겸손해졌다. "어떻게 해야 하는지 아시죠!" 엘사가 외쳤다.

노동자들이 그대로 자리에 앉았다.

저녁 어스름이 깔리기 시작하면서 파업 참가자들이 일어나 목화밭에서 걸어 나갔고, 농장주와 그의 부하들은 성난 눈초리로 그들을 지켜보고 있었나.

파업 참가자들은 하루 종일 목화밭을 가득 채우고 조용히 앉아 있었다.

잭은 도로에서 그들을 기다렸다. 그는 입술에 피가 흐르고 한쪽 눈이 멍들어 있었지만 그럼에도 그들에게 미소를 지어주었다. "잘하셨습니다, 여러분. 우리는 저들의 관심을 끌었습니다. 내일 우리는 더 일찍 시작해야 합니다. 이번엔 그들이 대비를 할 것이고 여러분에게 트럭도 보내지 않을 테니까요. 우리는 새벽 4시에 만납시다. 엘센트로 호텔 앞에서요."

로레이다는 환호했다. "오늘 목화솜 단 한 송이도 따지 않았어요. 이제 그 뚱뚱한 살쾡이 같은 인간이 우리를 착취하면 안 된다는 교훈을 얻었을 거예요." 그녀가 말했다.

엘사가 잭과 나란히 걸어갔다. 그녀는 딸만큼 흡족함을 느낄 수 있었으면 했지만 염려가 기쁨을 앞섰다. 파업자 대부분이 그녀와 같은 기분이라는 것도 알 수 있었다. 잭의 멍 든 얼굴을 바라보며 엘사는 말했다. "확실히 당신이 그들의 관심을 끌었네요, 알겠어요."

그가 가까이 다가섰다. 함께 걸음을 옮기며 그가 손가락으로 그녀의 손가락을 가볍게 쓸었다. "남자가 폭력에 의지하면 그건 그가 겁에 질렸다는 말이죠." 잭이 말했다. "좋은 신호예요."

"우리가 우리에게 더 불리하게 상황을 만든 거죠?"

"내일은 그들이 대비를 할 겁니다." 잭이 말했다.

"이 모든 일이 얼마나 오래 걸릴까요?" 그녀가 물었다. "지원금이 없어 우리는 곧 곤경에 처해요, 잭. 목화를 따지 않으면 그들은 상점에서 외상을 주지 않을 거예요. 우리 누구도 저축해놓은 돈도 없고요. 오래 버틸 수 없어요…"

"압니다." 잭이 말했다.

그들은 웰티 캠프로 갔다. 거기 사는 노동자들은 안쪽으로 들어가 각자의 텐트와 오두막으로 향했다. 로레이다와 앤트도 앞서 달려갔다. 나머지 사람들은 계속 길을 걸어 내려갔다.

잭과 엘사는 걸음을 멈추고 서로를 바라보았다. "당신 오늘 대단했어요." 그가 조용히 말했다.

"내가 한 거라고는 앉아 있는 것뿐인걸요."

"대담한 행동이었고, 당신도 그렇다는 것 알잖아요. 사람들이 당신 얘기라면 들을 거라고 내가 말했죠."

그녀가 퍼렇게 멍이 들고 부은 그의 눈가를 만졌다. "내일은 조심해요."

"난 항상 조심해요." 그가 그녀에게 미소를 지었고, 그 미소가 위안이 되어야 마땅했지만 그렇지 못했다.

그날 밤 오두막에서 엘사는 전열판 앞에서 냄비 안의 콩을 저었다.

누군가 문을 세게 두드려 벽이 흔들렸다.

"얘들아, 내 뒤로 가렴." 그녀는 그렇게 말하고 문을 열었다.

남자가 망치를 들고 서 있었다. "흠, 흠." 그가 말했다. "제일 앞장섰던 여인네 아니신가. 빨갱이의 갈보 년."

엘사는 몸으로 아이들을 막아섰다. "뭘 원하는 거예요?"

그가 종이 한 장을 그녀에게 들이밀었다. "읽을 줄 아나?"

그녀는 그의 손에서 통지문을 낚아채어 들었다.

존 도와 메리 도에게(신명 확인 불가)

수신자는 이 통지문에 적힌 대로, 현재 점유하고 있는 공간에서 퇴거하고 본인에게 양도하여야 함을 주지해야 한다. 전술한 공간은 캘리포니아 대지 10번지임.

전술한 공간에 대한 3일 이내 퇴거 통지는 수신자가 공간을 불법 점유 중이라는 사실에 근거한다. 위에 언급한 대로 퇴거하지 않을 시 법에 따른 적절한 조치가 취해질 것이다.

토머스 웰티, 웰티 농장주

"우리를 퇴거시킨다고요? 내가 여기 있는 게 어떻게 불법이죠?" 엘사가 말했다. "난 이 오두막 월세 6달러를 지불하고 있어요."

"이곳은 수확 일꾼들의 오두막이오." 남자가 말했다. "오늘 수확했던가?"

"아뇨, 하지만—"

"이틀 밤 남았어, 아줌마." 남자가 말했다. "그땐 우리가 와서 아줌마 쓰레기들 다 꺼내서 흙바닥에 던져버릴 거야. 통지문 분명히 받은 거야."

그는 가버렸다.

엘사는 열린 입구에 서서 캠프 안에서 벌어지는 아수라장을 내다보았다. 남자 십여 명이 불길한 기운을 풍기며 오갔다. 통지문을 문에 붙이고, 발로 차서 문을 열어 건넸고, 텐트 근처 기둥마다 못으로 박았다.

"이럴 수는 없어요!" 로레이다가 소리를 질렀다. "돼지 같은 놈들!"

엘사가 아이들을 안으로 잡아끌고는 문을 쾅 닫았다.

"미국인으로서 우리의 권리를 행사한 것을 이유로 퇴거시킬 수는 없어요." 로레이다가 말했다. "그렇죠?"

엘사는 로레이다가 마침내 깨달았다는 것을, 이 일의 위험성을 실제로 이해했다는 것을 알 수 있었다. 도랑둑 생활이 끔찍하긴 했지만 그래도 최소한 텐트라도 있었다. 이제 여기서 쫓겨나면 아무것도 없었다.

농장주들은 이 모든 것을 알았고, 내일 노동자들은 목화를 따지 않기가 더욱 어려울 것이고, 그다음 날은 더더욱 그러할 것이다.

굶주리고, 집도 없고, 배고픈 사람들이 얼마나 오래 이상을 위한 싸움을 지속할 수 있을까?

엘사는 그녀의 입을 가리는 손에 잠이 깼다.

"엘사, 나예요."

잭. 엘사가 일어나 앉았다.

잭이 그녀의 입에서 손을 치웠다.

"무슨 일이에요?" 그녀가 속삭였다.

"말썽이 일어날 것 같아요. 당신과 아이들이 오늘 밤 캠프를 떠났으면 해요."

"네. 오늘 그들이 모두 퇴거하라고 말했어요. 이제 시작인 것 같아요." 그녀는 이불을 젖히고 침대에서 일어났다. 그의 손이 그녀의 허리를 잠깐 어루만졌다.

엘사는 환기구를 닫고, 석유램프를 켠 다음 아이들을 깨웠다.

앤트가 투덜거리며 발길질을 하더니 옆으로 몸을 굴렸다.

"왜요?" 로레이다가 하품하며 말했다.

"잭이 내일 말썽이 일어날지도 모른대. 여기서 나가자고 한다."

"오두막에서요?" 로레이다가 말했다.

희미한 불빛 속에서도 엘사는 딸의 눈에서 두려움을 읽을 수 있었다. "그래." 엘사가 말했다.

"알았어요, 그럼." 로레이다가 팔꿈치로 동생을 찔렀다. "일어나. 우리 움직여야 해."

그들은 재빨리 몇 안 되는 소지품을 챙겨 상자에 담은 다음 지난 몇 달 동안 주워 모은 궤짝들과 양동이들과 함께 트럭 짐칸에 실었다.

마침내 엘사와 로레이다는 문 앞에 섰고, 둘 다 녹슨 침대와 매트리스, 작은 전열판을 바라보며 생각했다. 참으로 호사였구나.

"파업이 끝나면 다시 돌아올 수 있을 거예요." 로레이다가 말했다.

엘사는 대답하지 않았지만, 다시는 여기서 살지 않으리라는 것을 알았다.

그들은 오두막을 떠나 트럭으로 걸어갔다.

아이들이 짐칸에 타고 엘사는 운전석에 앉았다. 잭이 그 옆에 앉았다.

"준비됐어요?" 그가 말했다.

"그런 것 같네요."

그녀는 시동을 걸었지만 헤드라이트는 켜지 않았다. 트럭은 털털거리며 길을 내려갔다.

엘사는 널빤지로 막아놓은 엘센트로 호텔 앞에 트럭을 세웠다. 홍수 때 머물던 곳이었다.

잭이 정문의 육중한 쇠사슬을 풀고 그들을 데리고 안으로 들어갔다.

로비에서 담배 연기와 땀 냄새가 풍겼다. 사람들이 여기에, 최근에도 있었던 것이다.

어둠 속에서 잭이 그들을 이끌고 계단을 올랐고 2층에서 첫 번째 닫힌 문 앞에 멈춰 섰다. "이 방에 침대 두 개가 있어. 로레이다와 앤트?"

로레이다가 지친 듯 고개를 끄덕이더니 잠에 취한 동생을 자신에게 기대게 했다.

"불은 켜지 마." 잭이 말했다. "아침에 파업 갈 때 데리러 올게. 엘사, 당신 방은… 바로 옆이에요."

"고마워요." 엘사는 그의 손을 잠시 쥐었다가 놓고는 아이들을 각각의 침대에 눕혔다.

이내 앤트는 잠이 들었다. 그녀는 아이의 숨소리를 들을 수 있었다. 그리고 그 단순한 소리가 그녀 책임의 본질임을 가슴 아프도록 명확히 깨달았다. 아이들은 **생명**을 그녀에게 맡기고 있는데 그녀는 내일 아이들을 파업에 참가시킨다.

"엄마 또 그 걱정 많은 얼굴이네." 침대에 누운 로레이다는 엘사가 옆에 앉자 그렇게 말했다.

"사랑이 담긴 얼굴이지." 엘사가 딸의 머리카락을 쓸어주며 말했다. "난 네가 자랑스럽다."

"엄마 내일 일이 두렵지요."

로레이다가 자신의 두려움을 그렇게 선명하게 읽어냈다는 것이 부끄러워야 했지만 그렇지 않았다. 어쩌면 사람들로부터 숨는 일에, 자신이 가치 없는 사람이라 생각하는 일에 지쳤는지도 몰랐다. 그녀는 오랜 세월 그 우물을 채웠지만 이제 다 고갈되었다. 그 무게를 내려놓았다. "그래." 그녀가 말했다. "나, 무서워."

"그래도 우린 할 거예요."

엘사는 자신의 할아버지를 다시 생각하며 미소 지었다. 수십 년이 걸렸지만, 이제야 그녀는 그가 해주었던 말들의 진정한 의미를 깨닫게 되었다. 삶의 관건은 두려움이 아니었다. 관건은 바로 두려움 속에서 행하는 선택이었다. 우리는 두려움에도 불구하고 용감한 것이 아니라, 두렵기에 용감했다. "그래."

그녀는 몸을 숙여 딸의 이마에 입을 맞추었다. "잘 자렴, 아가. 내일은 중요한 날이 될 거다."

엘사는 아이들을 떠나 옆방으로 들어갔다. 잭이 침대에 앉아 그녀를 기다리고 있었다. 촛불 하나가 협탁 위 놋쇠 촛대에서 타올랐다. 한쪽 벽을 따라 그들의 소지품들이 담긴 상자 몇 개가 놓여 있었다.

잭이 일어섰다.

그녀는 대담하게 그를 향해 걸어갔다. 그의 눈에서 사랑을 보았다. 그녀를 향한 사랑을. 그 사랑은 젊고 새로웠다. 로즈와 토니의 사랑처럼 깊고 안정되고 친숙한 것은 아닐지라도, 그래도 사랑은 사랑이었으며, 최소한 사랑의 시작을 약속하는 아름다운 감정이었다. 그녀는 평생 이런 순간을 기다리고 갈망했기에 이제 이 순간이 그냥 스치고 지나가도록 하지 않을 것이며, 알아채지도, 의식하지도 못한 채 놓치지도 않을 것이다. 파업을 얼마 앞둔 이때, 너무나 아깝고 소중한 시간이었다. "친구에게 약속한 게 있어요, 좀 미친 짓이긴 한데."

"오, 그래요?"

그녀는 두 손을 들어 올려 그의 머리 뒤에서 맞잡았다. "난 한 번도 남자에게 춤을 추자고 말한 적이 없어요. 그리고 음악이 없다는 것도 알아요."

"엘사." 그가 속삭이며 고개를 숙여 그녀에게 키스를 하고는 들리지 않는 노래에 맞추듯 몸을 움직였다. "우리가 음악이에요."

엘사는 눈을 감고 그가 이끄는 대로 몸을 맡겼다.

널 위한 춤이야, 진.

35장

엘사는 키스에 잠이 깼다. 천천히 눈을 떴다. 어젯밤 그녀는 평생 가장 단
잠을 잤는데, 상황이 상황이라 터무니없을 지경이었다.

잭이 그녀 가까이 몸을 기울였다. "우리 동지들이 지금쯤 아래층에 와 있
을 겁니다."

엘사가 일어나 앉아 눈 위로 흘러내린 엉킨 머리카락을 넘겼다. "몇 명이
나 되나요?"

"캘리포니아 전체로 보면 수천 명. 하지만 싸우고 있는 전선이 많아요. 여
기서 프레즈노까지 모든 현장마다 파업 조직자들이 있어요." 그가 그녀에
게 한 번 더 키스를 했다. "아래층에서 봐요."

엘사는 침대에서 일어나 나신으로 소지품이 담긴 상자 중 하나로 걸어갔
다. 상자 안을 뒤져 일기장과 앤트가 최근 학교 쓰레기통에서 찾아낸 몽당
연필을 꺼냈다.

침대에 다시 앉은 그녀는 일기장을 열어 남은 페이지 중 첫 번째 페이지

에 글을 쓰기 시작했다.

　사랑은 남는다, 모든 것이 사라져도. 바로 이 말을 나는 우리가 텍사스를 떠나올 때 아이들에게 들려주었어야 했지만 하지 못했다. 그래서 나는 오늘 밤 이말을 아이들에게 해줄 것이다. 아직 아이들이 이해하지 못할 수도 있다. 어떻게 이해하겠는가? 마흔이 된 나도 이 기본적인 진실을 이제야 깨달았는데.
　사랑. 좋은 시절엔 꿈이다. 최악의 시기엔 구원이다.
　나는 사랑을 하고 있다. 그래, 그거다. 이렇게 글로 분명하게 썼다. 곧 말로 소리 내어 얘기할 것이다. 그에게.
　나는 사랑을 하고 있다. 미친 소리처럼 들리고 말도 안 되고 믿기 어렵지만, 나는 사랑을 하고 있다. 그리고 사랑하는 만큼 사랑받고 있다.
　그리고 이것, 사랑이 내게 오늘 필요한 용기를 준다.
　사방에서 바람이 불어 우리는 이곳으로 날려 왔다. 전국에서 사람들이 이 거대한 대지의 가장자리로 밀려왔고, 이제, 마침내, 우리는 우리가 정당하다고 알고 있는 것을 위해 일어나 싸울 것이다. 우리는 우리가 이루어온 꿈을 위해, 그것을 다시 실현하기 위해 싸운다.
　잭은 내가 전사라고 말하고, 나는 비록 그 말을 믿지 않지만, 나는 그래도 안다. 전사는 볼 수 없을지라도 목표를 믿고 그 목표를 위해 싸우는 사람이다. 절대 포기하지 않는 사람이다. 전사는 자신보다 약한 이들을 위해 싸우는 사람이다.
　어머니란 존재가 그렇지 않은가.

엘사는 일기장을 닫고 재빨리 옷을 입고는 옆방으로 갔다.
앤트가 침대에서 폴짝폴짝 뛰며 말했다. "나 좀 봐, 누나. 나 날고 있어."

로레이디는 동생을 무시하고 엄지손톱을 씹으며 이리저리 서성였다.

엘사가 들어가자 둘 다 동작을 멈췄다.

"시간 됐어요?" 로레이다가 눈을 빛내며 물었다. 그녀의 결의에 찬 얼굴은 상기되어 있었다.

엘사는 순간 걱정이 엄습하는 것을 느꼈다. "오늘은—"

"위험하겠죠." 로레이다가 말했다. "우리도 알아요. 다 아래층에 있나요?"

"난 우리가—"

"얘기를 더 해야 해요?" 로레이다가 조바심치며 말했다. "이야기는 충분히 했잖아요."

앤트가 침대에서 뛰어내려 누나 옆에 맨발로 섰다. "나는 새도다! 난 아무것도 무섭지 않아."

"알았다." 엘사가 말했다. "오늘은 그저 가까이만 있으렴. 잠시도 떨어져서는 안 된다."

로레이다가 엘사를 문 쪽으로 밀었고, 그동안 앤트는 부츠를 신고 소리쳤다. "새도를 기다려라!"

세 사람이 아래층으로 내려갔을 때 로비는 비어 있었지만 곧 사람들이 가득 모여들었다. 노동자 연맹 회원들이 무리 지어 있었다. 그들은 테이블 위에 전단지를 쌓고 피켓을 벽에 기대어놓았다. 도랑둑과 웰티 농장, 아빈에 새롭게 세운 재정착 캠프의 노동자들이 옆에 초조한 표정으로 말없이 서 있었다.

뒤쪽 구석에 젭과 아이들, 웰티 농장 사람 몇몇과 함께 있는 아이크가 보였다.

로레이다가 **공정 임금**이라고 쓰인 피켓 하나를 들고는 나탈리아 옆에 섰다. 나탈리아는 **노동자여 단결하라**라고 쓰인 피켓을 들고 있었다.

잭이 앞쪽에 서 있었다. "친구들과 동지들이여, 때가 되었습니다. 우리 계획을 기억하십시오. 평화로운 파업. 우리는 목화밭으로 가서 앉을 것입니다. 그게 다입니다. 우리는 오늘 아침 캘리포니아 전역에서 똑같이 행동하기를, 더 많은 노동자가 우리와 함께하기를 바랍니다. 갑시다."

그들은 호텔에서 줄지어 나가 거리에 다시 모여 섰다. 다 합해도 50명이 되지 않았다. 나탈리아가 잭의 트럭 운전석에 앉아 시동을 걸었다. 잭이 나무판자를 댄 트럭 짐칸에 올라가 작은 무리를 마주 보고 섰다. "용기 있는 사람 몇 명으로도 세상은 바뀔 수 있습니다. 오늘 우리는 두려워하는 이들을 대신해 싸울 겁니다. 우리는 최저 임금 보장을 위해 싸울 겁니다." 그가 외쳤다. "공정 임금. 공정 임금."

로레이다가 피켓을 높이 들고 잭과 함께 외쳤다. "공정 임금! 공정 임금!"

트럭이 앞으로 가기 시작했다. 파업 참가자들이 뒤따랐다. 잭이 확성기를 들어 올려 구호 소리를 더 크게 키웠다. "공정 임금! 공정 임금!"

엘사와 아이들과 파업 참가자들이 잭에게 귀를 기울이며 트럭 바로 뒤에서 따라갔다.

그들은 럭키 스트라이크 담배 대형 광고판을 지나갔다. 그 아래 사는 사람들 중 몇 명이 일어서더니 갈색 들판을 휘적휘적 건너와 합류했다.

500미터 정도 갔을 때 성직자 한 무리가 **노동자에게 최저 임금을 보장하리!**라고 쓰인 피켓을 들고 함께 걷기 시작했다.

새로운 도로나 캠프를 만날 때마다 더 많은 사람이 합류했다. 목소리가 점점 커졌다. "**공정 임금! 공정 임금!**"

사람들이 점점 더 모여들었다.

엘사가 어느 시점에선가 뒤로 돌아 사람들을 보았다. 정당한 임금을 위해 싸우고자 모인 사람들이 이제 600여 명은 되는 것 같았다.

그녀는 로레이다 옆구리를 찌르며 머릿짓으로 뒤돌아보라고, 얼마나 사람이 많은지 보라고 알렸다.

로레이다가 활짝 웃으며 더 크게 외쳤다. "공정 임금! 공정 임금!"

잭과 노동자 연맹이 옳았다. 농장주들이 노동자를 정당하게 대우해야만 날씨가 바뀌고 서리가 목화를 망치기 전에 수확할 수 있을 것이다. 이것은 공산주의자나 대중 선동가가 되는 것과 다른 이야기였다. 이것은 모든 미국인의 권리를 위한 싸움이었다.

1.5킬로쯤 나아가 그들이 길모퉁이를 돌 때쯤엔 거의 천 명이 구호문을 높이 들고 구호를 외치며 행진하고 있었고, 그들은 마침내 웰티 농장 입구 가까이 이르렀다. 그들 앞에는 도로가 직선으로 길게 뻗어 있었고, 양옆으로는 목화밭 울타리가 있었다. 도로 한가운데 남자 한 사람이 서서 그들을 기다리고 있었다.

웰티.

나탈리아가 웰티 바로 앞에서 트럭을 멈추었다.

여전히 트럭 뒤에 서 있던 잭이 확성기에 대고 그 거대한 인파를 향해 말했다. "오늘은 여러분의 날입니다, 노동자 여러분. 여러분의 시간입니다. 농장주가 여러분의 말에 귀 기울일 것입니다. 그들은 무시하지 못할 겁니다, 이렇게 많은 사람이 더는 못 참겠다고 외치는 소리를."

로레이다가 큰 소리로 외치며 맞장구쳤다. "못 참겠다! 못 참겠다!"

사람들이 피켓을 흔들어 강조하며 동참했다.

"우리는 평화 원칙을 지킬 것이지만 절대 굴복하지는 않을 겁니다." 잭이 확성기에 외쳤다. "더 이상 억압받지도, 굶주리지도 않을 겁니다. 여러분은 노동한 대가로 정당한 임금을 받을 자격이 있습니다."

엘사는 차량 엔진 소리가 울리는 것을 들었다. 다른 사람들도 그 소리를 들은 것 같았다. 구호를 외치는 소리가 희미해지며 잦아들었다.

"밭으로 들어가십시오." 잭이 말했다. "가서 앉으세요. 필요하다면 입구를 부숩시다."

엘사가 돌아보니 노동자를 가득 태운 건초 트럭 한 대가 파업 참가자들 뒤에 멈췄다. 운전기사가 지나가겠다고 경적을 울렸다.

"파업 훼방꾼들입니다. 저들은 여러분의 일자리를 차지하려 왔습니다." 잭이 말했다. "들여보내지 마세요."

사람들이 넓게 퍼지면서 몸으로 트럭이 입구로 가는 길을 막아섰다.

"파업! 공정 임금!" 잭이 외쳤다.

웰티가 잭의 트럭 옆으로 걸어오더니 파업자들을 향해 말했다. "나는 오늘 75센트를 지급할 거요." 그가 말했다. "식구를 먹이고 내 오두막으로 들어가고 싶은 사람? 다가오는 겨울, 캠프 상점에서 외상으로 물건을 사고, 매트리스에 잠을 자고 싶은 사람?"

"무슨 소리!" 잭이 소리쳤다.

사람들에게서 동의하는 외침이 우레와 같이 터져 나왔다.

웰티 뒤편 도로에서 트럭 한 대가 나타나더니 파업자들을 향해 달려왔다. 트럭에서 엽총을 무심하게 어깨에 둘러메고 남자 하나가 내렸다. 그가 목화밭 쪽으로 걸어가 입구를 열었다.

"그들은 총을 쏘지 못할 거요. 우리는 잘못한 게 없어요." 아이크가 큰 소리로 말했다. "기죽지 말아요!"

총을 든 남자가 감시 초소 꼭대기로 올라가 총으로 파업자들을 겨누었다.

"아무 이유 없이 우리를 쏘지는 못해요." 아이크가 소리쳤다. "여기도 미국이라고요."

75센트에도 기꺼이 목화를 딸 이주 노동자들을 가득 태운 트럭들이 몰려와 파업자들 뒤에 서서 지나가겠다고 경적을 울려댔다.

"통과시키지 마세요." 잭이 소리쳤다.

사이렌.

경찰 순찰차들과 승용차들, 트럭들이 저 멀리 보이는 도로에서 먼지구름을 일으키며 달려오고 있었다. 한 대씩 차례로 이쪽 도로로 꺾었다. 그들은 잭의 트럭 앞에 바리케이드를 치듯이 일렬로 길게 차를 세웠다.

문들이 열렸다. 마스크를 쓴 남자들이 곤봉과 방망이와 총을 들고 차량에서 내렸다.

자경단. 열 명.

경찰이 순찰차에서 내리며 총을 꺼냈다.

자경단이 천천히 앞쪽으로 걸어 나왔다.

파업자들이 뒷걸음치기 시작했다. 구호가 잦아들었다.

"저들은 마스크를 쓰고 있습니다. 자신이 하는 행동이 부끄럽기 때문입니다." 잭이 확성기로 말했다. "저들도 이것이 잘못됐다는 것을 아는 겁니다."

엘사는 그녀와 아이들을 향해 오는 마스크 쓴 남자들을 뚫어지게 쳐다보았다. 그녀는 아이들을 가까이 당기며 뒷걸음쳤다.

"엄마, 안 돼요!" 로레이다가 소리쳤다.

"쉿." 엘사가 로레이다를 가까이 끌며 말했다.

"굴복하지 마세요." 잭이 말했다. 그는 엘사를 똑바로 보며 말했다. "두려위하지 마세요."

자경단 세 명이 잭의 트럭 뒤에 올라탔다. 한 사람이 방망이로 잭을 뒤에서 내려쳤다. 잭이 확성기를 떨어뜨리며 앞쪽으로 비틀거렸다. 자경단이 머리카락을 움켜쥐고 잭을 트럭 밖으로 끌어내렸고 그중 한 명이 잭의 머리를 엽총 개머리판으로 갈겼다. 잭이 무릎을 꿇으며 쓰러졌다.

"가서 일해." 웰티가 소리쳤다. "파업은 끝났어."

자경단이 잭을 둘러싸고 때리고 발로 차기 시작했다.

노동자들이 뒤로 물러섰다. 몇몇은 목화밭을 향해 조금씩 움직였다. 파업 훼방꾼 트럭이 길을 트라고 경적을 울렸다.

"엘사!" 잭이 외쳤고, 그 소리에 발길질이 더 심해졌다.

그녀는 그가 무엇을 원하는지 알았다. 그 사람들이 당신 말은 들을 거예요.

엘사가 트럭 짐칸으로 올라가 잭의 확성기를 들고 파업자들을 마주했다. 손이 떨렸다. "멈춰 서요!" 그녀가 외쳤다.

노동자들이 뒷걸음치던 것을 멈추고 그녀를 쳐다보았다.

그녀는 거친 숨을 쉬고 있었다. 이제 어떡하지?

생각을 해.

그녀는 이 사람들을 알았다, 정말이지 **잘 알았다.** 이들은 그녀의 사람이었다. **그녀와 같은 사람들,** 캘리포니아 사람들은 경멸하여 그렇게 말했지만, 사실은 찬사였다.

그들은 그녀와 같았다. 오늘 그들은 새로운 무리의 일원이었다. 떨치고 일어난 사람들, 못 참겠다고 목소리를 낸 사람들. 그들은 한밤중에 주린 배를 안고 깬 그들의 권리를 위해 떨쳐 일어선 사람들이다. 그리고 이제 엘사가 그녀의 할아버지가 오래전 가르쳐준 것을 아이들에게 보여주어야 할 시간이다. 그녀는 목에 걸린 부드러운 벨벳 주머니를 손가락으로 감쌌다. 절망하고 신념을 잃은 이들의 수호성인 유다이시여, 저를 도와주소서.

"뭐요?" 누군가 외쳤다.

"희망." 엘사가 말했다. 낮게 속삭인 그 말이 확성기를 통하며 커다란 울림으로 바뀌었고, 사람들이 조용해졌다. "희망은 제가 가지고 다니는 동전입니다. 제가 사랑하게 된 남자가 준 1센트짜리 미국 동전입니다. 나의 여정 속에서… 오로지 그 동전과 동전이 상징하는 희망만이 저를 계속 나아가게 해주었다고 느끼곤 했습니다. 더 나은 삶을 찾아… 서부로 왔지만… 저의 꿈은 가난과 곤경으로 인해 엉망이 되고 말았습니다." 그녀가 웰티를 쳐다봤다. "탐욕도 그 이유였죠. 지난 몇 년은 상실의 시간이었습니다. 일자리, 집, 식량을 잃었습니다. 우리가 사랑했던 땅이 우리를 배신하고, 우리 모두를 무너뜨렸습니다. 날씨 이야기를 나누고 밀 풍년을 서로 축하하던 고집 세고 나이 든 남자들마저도. '남자는 먹고살려면 여기서 싸워야 하는 거야.' 그들은 서로 그렇게 말하곤 했습니다."

엘사가 무리를 둘러보았다. 자신을 올려다보는 그곳의 여자들과 아이들이 눈에 들어왔다. 그들의 눈에서 그녀 자신의 삶을, 그들의 처진 어깨에서 자신의 고통을 보았다.

"남자는. 늘 남자가 중심이었죠. 음식을 하고 청소를 하고 아이를 낳고 정원을 돌보는 일은 그들에게 아무런 의미가 없는 듯 보였습니다. 하지만 우리 대평원의 여자들도 해가 뜰 때부터 질 때까지 밀 농장에서 우리가 사랑하는 대지만큼이나 달구어져 바짝 말라비틀어질 때까지 힘든 노동을 했습니다. 때로 눈을 감으면 아직도 정말로 입에서 그 먼지 맛이 느껴집니다."

엘사는 자신의 목소리가 너무나 크고 강해진 것에 놀라 잠시 말을 멈췄다.

그녀는 노동자들을 둘러보았다. 그리고 처음으로 그들의 누추한 옷과 굶주린 얼굴이 용기와 생존의 상징임을 깨달았다. 그들은 포기하지 않는 선량한 사람들이었다. "우리는 더 나은 생활을 위해, 아이들을 먹이기 위해 이곳에 왔습니다. 우리는 게으르지도 않고 의욕이 없는 것도 아닙니다. 우리는 이런 식으로는 살고 싶지 않습니다. 때가 되었습니다." 그녀가 말했다. "이젠 말할 때가 되었습니다. 더는 못 참겠다고. 캠프 상점이 우리를 속이고 우리를 가난에 묶어두는 것을 더는 못 참겠다고. 임금이 깎이는 것을 더는 못 참겠다고. 우리를 이용만 하고 뱉어내고 우리를 반목시키는 것을 더는 못 참겠다고. 우리는 더 나은 삶을 살 자격이 있습니다. 더는 참을 수 없습니다."

"더는 못 참겠다!" 아이크가 외쳤다.

로레이다도 외쳤다. "못 참겠다!"

잠시 침묵이 도는가 싶더니 곧 사람들이 다시 모여들며 파업 훼방꾼들을 막아섰고 엘사를 향해 한목소리가 되어 외치기 시작했다.

"못 참겠다. 못 참겠다. 못 참겠다!"

군중은 목소리를 높이고 피켓을 들어 올렸다. 그들은 감시 초소의 무장한 남자도, 경찰도, 마스크를 쓴 자경단도 무시했다.

그들의 용기에 놀라워하며 기운을 얻은 엘사가 구호에 목소리를 더했다.

"공정 임금!" 노동자들이 외치며 피켓을 위로 높이 들었다.

엘사는 휘파람 같은 날카로운 소리를 들었고, 곧 금속으로 만든 무언가가 그녀의 발치에 탕 떨어졌다. 잠시 후 연기가 터져 나오더니 모든 것을 뒤덮으며 세상이 흐릿해졌다.

엘사는 눈이 아렸다. 파업자들이 앞이 보이지 않는 상태에서 당황하여 서로 부딪치고 있는 것이 보였다. 그들은 트럭에서 멀어지고 있었다.

누군가 소리쳤다. "저들이 최루탄을 쏘고 있다!"

휘파람 소리가 거듭 들리며 금속 최루탄들이 사람들 사이에 떨어지고 연기가 피어올랐다.

엘사가 확성기를 들었다. "밭으로 달려가세요. 바깥이 아니라." 그녀는 심하게 기침을 하면서도 그렇게 소리쳤다. 눈을 문질렀지만 나아지지 않았다. "포기하지 마세요!"

노동자들은 겁에 질려 우왕좌왕 뛰어가며 서로 충돌했다. 눈을 쓰라리게 하는 최루탄 가스 속에서 제대로 볼 수 있는 사람은 아무도 없었다.

한 발의 총성이 울렸다. 그 대혼란 속에서도 커다란 소리였다.

엘사는 뭔가에 아주 세게 맞았다는 느낌 속에서 휘청거리며 옆구리를 움켜쥐었다.

따뜻하고, 축축하고 끈적거렸다.

내가 피를 흘리고 있네.

그녀는 로레이다가 비명을 지르는 것을 들었다. "엄마!" 엘사는 대답하고 싶었지만, **괜찮**다고 말하고 싶었지만, 아팠다.

아팠다.

그녀는 확성기를 떨어뜨렸고, 확성기가 트럭 바닥에 떨어지는 소리를 들었다. 화끈거리고 눈을 아리게 하는 연기 속에서 로레이다가 소리를 지르며 사람들을 밀치고 오는 것이, 그 옆에서 앤트가 비틀거리며 오는 것이 보였다.

엘사는 그저 아이들이 그녀에게 오기를 바랄 뿐이었지만, 의식을 잃지 않고 깨어 있는 상태로 그녀가 아이들을 얼마나 사랑하는지 말해주고 싶을 뿐이었지만, 고통이 그녀를 사로잡고 압박해 숨을 쉴 수도 없었다…. 내 아 **가들**, 그녀는 생각하며 아이들을 향해 손을 뻗었다.

마치 슬로 모션 같았다. 총소리, 앞으로 비틀거리는 엄마. 드레스를 붉게 물들이는 피. 놈들을 내던지는 잭.

로레이다는 소리를 지르며 앤트의 손을 잡고 트럭 쪽으로 다가가려고, 혼란에 빠진 사람들을 헤치고 가려고 기를 썼다. 잭이 자경단 한 명을 방망이로 치고 또 다른 한 명을 주먹으로 쓰러뜨리는 것이 보였다.

"그녀에게 총을 쐈어!" 누군가 외쳤다. 자경단들이 트럭에서 물러섰다.

잭이 트럭 뒤로 뛰어올라 엄마를 품에 안았다.

"살아 있어요?" 로레이다가 소리쳤다.

엄마가 눈을 떴다. 엄마는 눈물이 차오른 붉은 눈으로 잭을 쳐다보았다. "우린 실패했어요."

잭이 엄마를 두 팔로 안아 들고 트럭에서 내려왔다.

잭이 엘사를 안고 파업자들 앞에 섰다. 그녀의 피가 그의 손가락 사이로 흘러 땅으로 떨어졌다. 최루 가스가 그들 사이로 부유했다.

"파업… 사람들을 이끌어." 엄마가 속삭였고, 로레이다는 이해했다.

"저들을 막아!" 웰티가 소리쳤지만, 경찰들은 피로 뒤덮인 여자에게서 물러섰다. 자경단도 얼어붙어 그대로 서 있었다. 몇 사람은 무기를 내려놓았다. 파업 훼방꾼들이 침묵에 빠졌다.

로레이다는 그녀 발치에 엽총 한 자루가 놓인 것을 보았다. 그녀는 총을 집어 들고 웰티에게로 걸어갔다. 그러고는 밭 입구를 막고 선 그의 가슴에 겨누었다.

웰티가 두 손을 허공으로 들어 올렸다. "네가 설마—"

"내기 설마? 당장 내 앞에서 꺼지지 않으면 죽이겠어. 내가 장담하지."

"그래봤자 소용없어. 너희들의 그 빌어먹을 파업을 부숴주겠어."

로레이다가 격침을 당겼다. "오늘은 안 되지."

웰티가 천천히 움직이며 옆으로 걸음을 옮겼다.

아이크가 앞으로 나오더니 사람들 사이를 헤치며 지나갔다. 그는 잭을 지나 목화밭 안으로 향했다. 젭과 아이들이 그 뒤를 따랐고… 보비 랜드와 그의 아버지가 그 뒤를 이었다.

노동자들이 말없이 줄지어, 숙연하게 목화밭으로 들어가 열을 지어 자리를 차지하고 앉아 오늘 아무도 목화를 딸 수 없도록 했다.

잭의 팔에 안긴 엄마가 고개를 들어 엄마 앞에 모여든 파업자들을 바라보았다. 그녀는 미소를 지으며 속삭였다. "더는 못 참겠다."

로레이다는 겁이 나고 당황했지만, 평생 보아온 그 누구보다도 엄마가 자랑스럽게 느껴졌다.

잭이 엄마를 안아 들고 병원 문을 발로 차 열었다. "내 아내를 도와주세요."

접수대에 있던 여자가 깜짝 놀라 푹신한 의자에서 벌떡 일어났다. "당신은 안 되는—"

"난 이 망할 캘리포니아 주민이라고요." 잭이 말했다. "의사 불러와요."

"하지만—"

"당장." 잭이 너무나 위협적인 목소리로 말해 심지어 로레이다도 날 선 두려움을 느꼈다.

여자가 의사를 호출했다.

기다리는 동안에도 깨끗한 바닥에 피가 뚝뚝 떨어졌다. 앤트는 그 피를 보고 울음을 터뜨렸다. 로레이다가 앤트를 꼭 안았다.

흰색 옷을 입은 남자 한 사람이 그들을 향해 서둘러 다가왔고, 그의 옆에는 풀 먹인 제복을 입은 간호사가 있었다.

"복부에 총을 맞았어요." 잭이 말했다. 그의 목소리는 말을 다 마치지 못하고 갈라졌고, 로레이다는 그의 두려움을 읽을 수 있었다. 로레이다의 두려움이 더욱 커졌다.

의사가 호출로 도움을 요청했고, 곧 엄마는 들것에 실려 급히 이동했다.

잭이 앤트를 가까이 당기더니 안아주었다. 로레이다도 옆으로 가 그들과 함께 있었다. 잭이 로레이다를 팔로 감싸 안았다.

로레이다는 자신이 엄마에게 얼마나 못되게 굴었는지, 그 생각밖에 할 수 없었다. 수년 동안 그랬다. 그 시간을 만회하려면 지금 너무나도 할 말이 많았다. 얼마나 사랑하고 존경했는지, 어른이 되면 얼마나 엄마처럼 되고 싶었는지 그 모든 이야기를 다 해주고 싶었다. 왜 진작 하지 못했을까?

로레이다는 눈물을 닦았지만 눈물은 멈추지 않고 계속 흘러내렸다. 앤트를 생각하면 강해져야 했지만 그러지 못했다. 그녀는 오랜만에 기도를 올렸다. 하느님, 제발, 엄마를 살려주세요.

전 우리 엄마 없인 살 수 없어요.

하얗다.

빛이 너무 밝다.

눈이 부시다.

아프다.

엘사는 다시 눈을 떴다가 머리 위 불빛이 너무 강렬해 눈을 찌푸렸다.

그녀는 침대에 있었다.

머리를 천천히 돌렸다. 숨을 쉴 때마다 통증을 느꼈다.

잭이 그녀 옆 의자에 앉아 있었고, 그의 무릎 위에 앤트가 안겨 있었다. 아들의 눈이 온통 붉게 충혈되어 있었다. 주근깨투성이 뺨에는 길게 눈물 자국이 있었다.

"엘사." 잭이 부드럽게 말했다.

"엄마가 깨어났어." 앤트가 말했다.

로레이다가 뛰어들며 잭과 동생을 거의 옆으로 밀치다시피 했다. "마미." 그녀가 말했다.

마미(어린아이가 엄마를 부르는 호칭).

그 한마디에 기억이 전부 되살아났다. 엘사는 로레이다를 안고 흔들어 잠재워주었다. 이야기책을 읽어주고, 페투치니 파스타 만드는 법을 가르쳐 주고, **용감해지라고** 귀에 속삭여주었다.

"어디…."

잭이 그녀의 얼굴을 어루만졌다. "병원이에요."

"그리고?"

그녀는 사랑하는 이들의 눈에서 대답을 보았다. 그들은 이미 슬퍼하고 있었다.

"부상을 치료하지 못했어요." 잭이 말했다. "내출혈이 심했고, 당신 심장이… 이 바보들 말로는 심장에 뭔가 문제가 있다고. 계속 뛰게 할 수가 없어서, 뭐 젠장 그런. 진통제를 놓아주었어요… 그들이 달리 할 수 있는 일이 없다고."

"하지만 저 사람들이 틀렸어요." 로레이다가 말했다. "엄마에 대해서는 사람들이 항상 틀렸어요, 엄마. 그렇지 않아요? 나도 그랬고." 로레이다가 울음을 터뜨렸다. "엄마는 괜찮을 거예요. 엄마는 강한 사람이잖아."

엘사는 그들 입으로 자신이 죽어가고 있다는 말을 굳이 하지 않아도 알 수 있었다. 느낄 수 있었다. 몸이 점점 꺼져가는 것을.

그러나 그녀의 심장은 아니었다. 심장은 이미 풍성했다. 자신에게 세상을 보여준 이 세 사람을 보면서 느끼는 사랑이 너무나도 커서 그녀의 심장에 그 사랑이 가득 차다 못해 흘러넘치고 있었다. 평생을 통해 그들에 대한 그녀의 사랑을 보여주리라 생각했건만.

시간.

그녀의 시간은 너무나 빨리 가버렸다. 이제야 자신이 누구인지 막 발견했는데.

그녀는 평생에 걸쳐 아이들에게 필요한 것을 가르칠 수 있으리라 믿었지만 그런 자비와 시간의 선물을 받지 못했다. 그래도 그녀는 아이들에게 중요한 것을 주었다. 아이들은 사랑을 받았다. 또 아이들이 그 사실을 알았다. 다른 모든 것은 장식에 불과했다.

사랑은 남는다.

"앤트." 그녀가 두 팔을 벌리며 말했다.

앤트가 원숭이처럼 잭의 품에서 그녀의 품으로 기어올라 왔다. 몸을 누르는 앤트의 무게에 엄청난 고통이 밀려왔다. 그녀는 앤트의 젖은 뺨에 입

맞추었다.

"엄마, 죽지 마."

그 말에 그녀는 총상보다 더 큰 아픔을 느꼈다. "내가… 널 지켜볼게…. 네 평생. 그…그림자처럼. 밤에도… 네가 잘 때도."

"내가 어떻게 알아요?"

"네가… 날 기억할 테니까."

앤트가 울었다. "우릴 떠나지 말아요."

"그래, 아가." 그녀는 아이의 눈물을 닦으며 자신도 눈물을 흘리고 있다는 것을 깨달았다.

잭이 그녀의 통증을 알아채고 앤트를 다시 그의 품으로 당겨 안았다. 잭이 그녀의 아들을 안고 있는 것을 보자 가슴이 찢어졌다. 갑자기 생각이 스쳤다. 언뜻 보인 미래가 서서히 사라져갔다. 그들이 되었을 수도 있었던 가족의 모습이.

그녀가 잭을 보았다. "아, 우리 정말 함께 근사하게 살 수 있었을 텐데."

그가 여전히 앤트를 안은 채 가까이 몸을 숙여 입술에 키스를 하고는 오랫동안 그렇게 가만히 있었다. 그녀는 그의 눈물을 맛볼 수 있었다.

그녀는 한 손을 들어 그의 얼굴을 어루만졌다. 그가 마지막으로 그녀의 손길을 느낄 수 있기를 바랐다. "나 대신 아이들을 집에 데려다줘요." 그녀는 그의 입술에 대고 속삭였다.

그가 고개를 끄덕였다. "엘사… 아… 사랑해요…."

로레이다가 잭 옆으로 다가오자 잭이 한 발 옆으로 비켜주고는 앤트의 등을 쓰다듬으며 그를 달랬다.

"엄마." 로레이다가 가느단 목소리로 말했다.

엘사는 그녀의 무모하고 아름답고 충동적인 딸을 바라보았다. "난 네가 세상을 정복하는 걸 지켜보고 싶었어, 내 딸아."

"난 엄마 없인 할 수 없어요."

"할 수 있어… 그리고 넌 해낼 거야."

"불공평해." 로레이다가 말했다. "이 세상 누구도 엄마처럼 날 사랑하지는 않을 거야."

엘사는 숨 쉬기가 힘들었다. 안에서부터 서서히 물에 잠기는 것만 같은 느낌이었다. 그녀는 천천히 손을 뻗어, 움직임 하나하나가 고통스러웠지만, 목에서 목걸이를 풀었다. 떨리는 손으로 벨벳 주머니를 잡고 딸의 손바닥에 올렸다. "계속… 우리를… 믿으렴." 엘사는 말을 멈추고 숨을 쉬었다. 숨결 하나하나가 점점 더 고통스러워졌다.

로레이다가 주머니를 들고 눈물을 흘리며 꼭 쥐었다. "엄마 없이 나 어떻게 해요?"

엘사는 미소를 지으려 했지만 지어지지 않았다. 너무 피곤했다. 너무 힘이 없었다. "살아야지, 로레이다." 그녀가 속삭였다.

"그리고 기억하렴… 매 순간… 내가 널 얼마나 사랑했는지." 네 목소리를 찾아서, 그 목소리를 내고… 기회를 잡으면… 절대로 포기하지 마.

엘사는 이제 눈을 뜨고 있기가 힘들었다. 하고픈 말은 너무나 많았지만, 아이들에게 평생에 걸쳐 주어야 할 사랑과 조언들이 있었지만, 이젠 시간이 없었다….

용감해져라, 그렇게 말했던가, 아니면 그냥 그렇게 생각만 했던가.

36장

"엄마는 우리가 집으로 가기 원해요." 예상치 않았던 **집**이란 말에서 그녀는 약간의 안정감을 얻었다. 의지할 수 있는 무엇이었다. 할머니와 할아버지. 그녀는 지금 그들이 필요했다.

"엄마가 그렇게 말했다."

잭이 울다 지쳐 잠든 앤트를 안았다.

"좋아요. 난 엄마를 이곳에 묻지 않을 거예요." 로레이다가 말했다. "앤트와 나도 여기 있을 수 없어요. 텍사스에 여전히 먼지 폭풍이 불고 있다 해도 우린 여기 남을 수 없어요. 난 여기 남지 않을 거예요."

"내가 차로 데려다주마, 당연히 그렇게 하지. 하지만…."

"돈." 로레이다가 무심하게 말했다. 모든 게 결국 돈이다.

"노동자 연맹에 얘기를 해보마. 어쩌면 —"

"아뇨." 로레이다가 날카롭게 말하며 자신의 갑작스러운 분노에, 그 불타오르는 뜨거움에 소스라쳤다.

정말 참을 만큼 참았다.

빌어먹게 지긋지긋하다. 절망적인 시절에는 절망적인 방법을 찾기 마련이다. 그녀는 이런 순간의 진에게 엄마가 해주었던 일을 떠올렸다.

"우리가 필요한 걸 어디서 찾을 수 있는지 알아요." 그녀가 말했다. "트럭 좀 빌려도 될까요?"

"좋은 생각 같지 않은데…."

"알아요. 열쇠 주시겠어요?"

"트럭에 있다. 내가 후회하지 않게 해주렴."

"가능한 한 빨리 돌아올게요."

로레이다는 서둘러 병원을 나와 북쪽으로 잭의 트럭을 몰았다. **봐요, 엄마, 비상 상황 운전,** 그녀는 그렇게 생각하며 또다시 울기 시작했다.

시내에 들어간 그녀는 자경단이 차를 타고 거리를 오르락내리락하며 확성기로 사람들에게 일하러 가지 않으면 부랑죄로 체포될 것이라, 강제 노역을 하게 될 것이라 말하는 것을 보았다.

그녀는 해낼 수 있을 것이다.

해낼 수 있을 것이다.

만일 그녀가 죽거나, 지옥에 가거나, 감옥에 가도, 그래, 괜찮았다. 그녀는, 맹세코 어머니를 집으로 데리고 가서 그녀가 그리도 사랑하는 그 땅에 묻을 것이다. 여기는 아니었다, 그들 모두를 무너뜨리고 배신한 이곳은 아니었다.

그녀는 엘센트로 호텔 앞에 차를 세우고 엄마가 묵던 방으로 달려 올라갔다. 거기서 엽총을 챙기고 빨래 자루에 옷 몇 개를 집어넣었다. 그러고는 잭의 트럭으로 돌아와 북쪽으로 달렸다.

웰티 캠프에서 멀지 않은 곳, 올드 골드 담배 대형 광고판 뒤에 트럭을 세웠다. 그녀는 엽총과 빨래 자루를 꺼낸 다음 캠프로 달려가 아무도 없는 경비 초소를 지나갔다.

캠프는 조용했다. 오두막 문마다 퇴거 명령서가 펄럭거렸다. 그녀는 빨랫줄에서 남자 옷을, 울 바지 한 벌과 검은 스웨터 한 벌을 낚아챈 다음 진흙 웅덩이에서 챙이 넓은 검은 모자 하나를 주웠다. 그러고는 빛바랜 드레스 위에 큰 남자 옷을 입고 모자 아래로 머리를 말아 넣은 다음 진흙을 얼굴에 발랐다.

토끼 사냥 가는 소년처럼 보이기를 바랐다.

캠프 전체에 패배감이 무거운 먹구름처럼 드리워져 있었다. 자경단은 떠나고 없었지만 메시지는 전해졌다. 권력이 다시 자리를 잡았다. 로레이다는 엄마가 이 파업에 생명을 바쳤음에도 파업이 실패했다는 것을 명백히 알 수 있었다. 오늘이 아니었더라도, 내일, 혹 그다음 날이라도 결국 실패했을 것이다. 굶주려 절망에 빠진 사람들은 길게 싸울 수 없으니.

그녀는 샤워든 화장실이든 빨래든 무언가를 기다리는 줄에 선 여자들과 아이들 몇 명을 지나갔고, 누구와도 눈을 마주치지 않았다. 어차피 그들 대다수는 알아볼 수도 없었다. 이미 새로운 사람들, 식탁에 음식을 올리기 위해 임금이 얼마이든 목화를 딸 사람들이 캠프를 채워갔다.

캠프 상점은 외따로 떨어져 있었고 안에는 불이 밝혀져 있었다. 새로 온 방심한 사람들에게 덫을 놓아 빚을 지게 할 준비를 하고.

로레이다가 조심스럽게 문을 열고 안을 들여다보았다.

손님은 없었다.

그녀는 안도의 숨을 내쉬었다.

그녀는 뒤에서 문이 쾅 닫히도록 내버려두고 최선을 다해 소년으로 변복한 차림에 맞게 거들먹거리며 걸었다. 시선은 계속 아래로 깔고 있었다.

계산대에는 새로 온 남자가, 전에는 본 적이 없는 사람이 있었다.

운이 좋았다.

로레이다가 엽총을 들어 올려 그에게 겨누었다.

남자의 눈이 휘둥그레졌다. "뭘 하는 거냐, 이놈아?"

"당신을 터는 거지. 금전 등록기 안의 돈을 내놔요."

"우린 외상 장사야."

"바보 취급 하지 마. 현금 빌려주는 거 알아요." 그녀가 총의 격침을 당겼다. "웰티 돈 지키다가 죽겠다고?"

남자가 금전 등록기를 당겨 열더니 지폐를 모두 꺼내 로레이다 앞 카운터 위에 올려놓았다.

"동전도."

그가 쨍그랑거리며 동전들을 꺼내더니 삼베 자루에 모두 쑤셔 넣었다. "자. 그게 여기 있는 돈 다야. 하지만 웰티가 널 찾아내서—"

그녀가 자루를 움켜잡았다. "저 구석에서 몸을 숙이고 있어요. 내 뒤를 쫓아오는 게 보이면 쏴 죽이겠어. 진짜예요. 난 완전히 돌아버려서 그러고도 남아요."

그녀는 총으로 그의 웅크린 등을 겨눈 채 뒷걸음으로 상점을 벗어났다.

밖으로 나온 그녀는 총을 덤불에 던지고 캠프 뒤편 숲으로 달려가며 스웨터를 벗었다. 스웨터로 얼굴의 흙을 문질러 닦고, 모자를 벗은 다음 바지도 벗어 모두 쓰레기통에 넣었다. 그리고 빨래 자루에 돈이 가득 담긴 삼베 자루를 쑤셔 넣었다.

이제 그녀는 빛바랜 드레스를 입은 말라깽이 소녀의 모습이었다.

그녀가 경비 초소까지 절반 정도 갔을 때 호각 부는 소리가 들렸다.

총을 든 남자들이 캠프로 뛰어들어 와 상점 앞에 멈췄다.

로레이다는 세탁장으로 가서 줄을 섰다.

누군가 소리쳤다. "총을 들었어!"

"흩어져서 사방을 다 뒤져! 웰티가 이 아이놈을 찾길 바라신다."

그러시겠지. 그들, 이 대형 농장주들은, 사람을 속이는 건 개의치 않았지만, 빼앗기는 건 싫어했다. 무장 강도죄로 누군가를 감옥에 넣는 일은 또 좋아할 것이다.

로레이다는 줄에서 조금씩 앞으로 가는 동안 가슴이 쿵쾅쿵쾅 뛰고 입안도 바짝 말랐지만, 자경단 누구도 빨래하러 줄 선 여자들에게는 눈길도 주지 않았다.

때로는 여자인 게 편한 점도 있었다.

남자들이 캠프 안을 뛰어다니며 소년들을 찾아내서 질문을 던지고 손에 든 건 무엇이든 낚아챈 다음 윽박지르며 또 뭔가를 물었다.

그러다 그것도 다 끝났다.

드디어 그들이 떠나고 나자 로레이다는 줄에서 나와 캠프의 울타리를 따라 걸어 나왔다. 돈이 가득 든 빨래 자루를 들고. 그녀를 눈여겨보는 사람은 없었다.

큰길에서 그녀는 빨간 불빛이 번쩍이는 것을 보았다. 경찰이 캠프에서 캠프로 돌아다니며 행인들을 붙들고 조사하고 있었다.

로레이다는 트럭을 몰고 병원으로 돌아왔다.

병원에서 차를 세우고 돈을 세어보았다.

122달러였다. 그리고 91센트.

큰돈이었다.

그날 밤, 별도 없는 깜깜한 밤에 그들은 산을 넘고 모하비 사막의 가장 험악한 구간을 지나며 날아가는 화살처럼 최단 거리로 달렸다. 트럭 짐칸에는 소나무 관 하나가 실려 있었다.

도로에는 차가 거의 없었다. 로레이다는 앞을 보았지만 헤드라이트 불빛이 밝혀주는 그 너머로는 아무것도 보이지 않았다. 앤트는 그녀에게 기대어 잠들어 있었다. 엄마가 눈을 감은 후로 앤트는 단 한마디도 하지 않았다.

자정이 되어 바스토를 막 지났을 때, 잭은 도로를 벗어나 차를 세웠다.

텐트도 없어 그들은 담요와 이불을 평평한 땅 위에 펼치고 누웠다. 앤트를 잭과 로레이다 사이에 뉘었다.

"이제 얘기해줄래?" 잭이 앤트가 코 고는 소리를 들으며 조용히 말했다.

"뭘요?"

"돈을 어디서 구했니?"

"좋은 데 쓰려고 나쁜 짓을 했어요."

"얼마나 나쁜 짓?"

"병원에 야구 방망이 들고 가서 아스피린을 구한 정도의 나쁜 짓."

"다친 사람 있니?"

"아뇨."

"다시는 안 할 거지? 잘못된 일이라는 것도 알고?"

"네. 하지만 세상도 뒤죽박죽이잖아요."

"그렇긴 하지."

로레이다가 한숨을 내쉬었다. "엄마가 너무 그리워서 숨도 쉴 수가 없어요. 이래가지고 나 남은 평생 어떻게 살아내요?"

그녀는 그가 대답하지 않은 것이 오히려 고마웠다. 그의 침묵에 진실이 있었다. 그녀는 이것이 결코 극복하지 못할 슬픔임을 알고 있었다.

"엄마에게 자랑스럽다는 말 한 번도 해주지 못했어요." 로레이다가 말했다. "내가 어떻게 —"

"눈을 감아봐." 잭이 말했다. "지금 엄마에게 말해. 난 오랫동안 내 어머니에게 그렇게 이야기를 하고 있어."

"엄마가 들을까요?"

"엄마들은 모르는 게 없단다, 얘야."

로레이다는 눈을 감고 엄마에게 했더라면 좋았을 이야기들을 전부 생각했다. 사랑해요. 엄마가 자랑스러워요. 엄마처럼 용감한 사람을 본 적이 없어요. 내가 왜 엄마에게 그렇게 오랫동안 못되게 굴었을까요? 엄마는 내게 날개를 달아줬어요. 그거 알았어요? 난 엄마가 여기 있는 게 느껴져요. 늘 그렇게 느낄 수 있을까요?

로레이다가 눈을 떴을 때 머리 위엔 별들이 가득했다.

에필로그

1940년

나는 청록색 버펄로 그래스 들판 위 농가 뒤에 서 있다. 내 왼쪽으로는 황금빛 밀밭이 바람에 물결 이는 바다처럼 펼쳐진다. 할아버지, 할머니의 농장은 다시 일으켜 세워졌다. 이 지역의 대형 농장들이 모두 그런 것처럼. 신문에서는 대통령의 토양 보존 계획이 대평원을 구했다고 칭송하지만 할머니는 우리를 구원한 것은 하느님과 그분이 내려준 비였다고 말한다.

나는 내 또래 소녀 중 그저 한 사람으로 보이지만, 나는 대부분의 소녀와 다르다. 나는 생존자다. 대공황 시기에 우리가 겪은 것은 잊으려야 잊을 수 없고, 그 고난을 통해 배운 교훈은 버리려고 해도 버릴 수가 없다. 난 겨우 열여덟 살이지만 내 어린 시절을 상실의 시대로 기억한다.

그녀.

그녀를 나는 매일 그리워하고, 그녀는 그 무엇으로도 대신할 수 없다.

나는 집 뒤의 가족 묘지를 향해 걷는다. 몇 년 전에 다시 묘지를 만들었다. 푸르게 우거진 네모난 풀밭 둘레로 하얀 울타리를 새로 세웠다. 매일 식구 한 사람이 물을 준다. 과꽃이 울타리를 따라 활짝 피었다. 새로 꽃봉오리가 맺힐 때마다 미소가 지어진다. 당연한 것은 아무것도 없다.

할아버지가 만든 벤치에 앉을 생각이었지만 왠지 나는 그냥 서서 그녀의 묘비를 내려다본다. 그녀는 오늘, 여기, 내 곁에 함께 있어야 했다. 그랬다면 그녀가 더 기뻐했을 텐데… 나보다도 훨씬 더. 나는 그녀의 일기장을 꼭 안는다. 그녀가 쓴 몇 마디 말들이 내 평생을 함께할 것이다.

내 뒤에서 문이 열리는 소리가 들린다. 할머니다. 내 뒤를 따라온 것이다. 할머니는 내 안에 슬픔이 차오르면 그걸 함께 느낀다. 어떤 날에는 내가 혼자 슬퍼할 수 있도록 자리를 비켜주고, 또 어떤 날에는 내 손을 잡아준다. 어떻게 아는지 모르겠지만 할머니는 늘 내가 무엇을 필요로 하는지 안다.

문이 삐걱 닫힌다.

할머니가 안으로 들어와 내 곁에 선다. 할머니가 비누에 첨가한 라벤더와 오늘 빵을 구울 때 넣은 바닐라 향기가 난다. 이제 할머니 머리가 하얗다. 할머니는 그 하얀색을 할머니의 용기의 훈장이라 부른다. "오늘 이게 네게 우편으로 왔구나. 잭이 보냈다."

할머니가 커다란 노란 봉투를 건넨다. 보낸 사람 주소가 할리우드다. 잭은 요즘 또 다른 싸움을 벌이고 있다. 유럽에서 전쟁이 일어난 지금, 그는 파시즘에 대항하고 있다.

나는 봉투를 연다. 안에는 가죽으로 장정한 얇은 책이 한 권 들어 있고, 한 페이지에 표시가 있다. 나는 그 페이지를 펼친다.

거친 흑백 사진이다. 엄마가 트럭 짐칸에 서서 확성기를 얼굴 앞에 들고 있다. 설명이 붙어 있다. 노조 조직자 엘사 마르티넬리가 최루탄 가스와 총탄 한가운데서 파업을 주도하고 있다.

나는 사진을 어루만진다. 앞을 볼 수 없는 사람처럼, 손가락으로 사진에서 더 깊이 많은 것을 읽어낼 수 있다는 듯이. 눈을 감고 엄마를 떠올린다, 그곳에 서서 외치던 엄마를. "더는 못 참겠다, 더는 못 참겠다…."

"엄마가 엄마의 목소리를 찾은 날이에요." 내가 말한다.

할머니가 고개를 끄덕인다. 지난 몇 년 동안 우리가 자주 나눈 이야기다.

"할머니가 엄마를 보셨어야 하는데." 내가 말한다. "난 엄마가 정말 자랑스러웠어요."

"네 엄마도 오늘 네가 자랑스러울 거다." 할머니가 말한다.

나는 다시 눈을 뜨고 내 앞의 묘비를 본다.

엘사 마르티넬리

1896~1936

어머니. 딸.

전사.

"엄마에게 자랑스럽다고 얘기해주었더라면 좋았을 텐데." 내가 조용히 말한다. 후회는 가장 이상한 순간에 다시 떠오른다.

"아, 얘야, 네 엄마도 안다."

"그런데 제가 그 말을 실제로 하진 못했잖아요? 모든 게 너무 끔찍했고, 전… 엄마 저 너머를 보았어요. 전 제 삶이 저기 밖에, 여기가 아닌 어딘가 다른 곳에 있다고 생각했어요. 실상 바로 여기 제 곁에 있었는데도. 엄마는 바로 곁에 있었는데."

"네 엄마도 알았다." 할머니가 부드럽게 말했다. "그리고 이제, 가야 할 시간이다."

"어떻게 엄마를 떠나죠?"

"떠나는 게 아니다. 그리고 엄마는 절대 널 떠나지 않을 거다."

멀리서 앤트의 웃음소리가 들린다. 뒤돌아보니 앤트와 우리의 황금빛 골든 리트리버가 서로 부딪치며 이리로 달려온다. 할아버지가 풍차 옆에서 나를 기차역에 태워다주려 기다리고 있다. 나는 캘리포니아로, 바다 옆의 한 도시에 있는 대학에 간다.

캘리포니아, 엄마. 나 그리로 돌아가요.

다시 이어져요.

"기차는 기다려주지 않아." 할머니가 말한다. "꾸물거리지 마라."

할머니가 걸어가는 소리가 들린다. 내가 마지막으로 혼자 있을 순간을 주려 한다는 것을 안다. 마치 수년간 떠오르지 않았던 말들이 갑자기 떠오르기라도 할 거라는 듯이. "엄마, 나 대학에 가요."

버펄로 그래스 풀밭 위로 바람이 분다. 바람에 엄마 목소리가 실려 온다. 오랫동안 잊고 있었던 엄마의 말이다. 넌 바로 나란다, 로레이다. 그래서 절대 끊어질 수 없는 사이다. 네가 내게 사랑을 가르쳐주었어. 네가, 이 세상에서 처음으로. 너를 사랑하는 내 마음은 내가 죽은 뒤에도 계속될 거야.

완벽한 기억 하나다. 내게 평화와 용기를 주는 작별 인사. 엄마의 용기. 내가 그 용기 단 한 조각이라도 가질 수 있다면 행운이다.

용감해져라.

이 세상에서 엄마가 내게 마지막으로 한 말이었다. 그때 엄마의 용기가 늘 내 길을 안내할 거라고 대답할 수 있었다면 좋았을 텐데. 꿈속에서 나는 말한다, **사랑해요.** 그리고 매일 엄마에게 엄마가 어떻게 나라는 사람을 만들었는지, 이 남성 위주의 세계에서 일어나 싸우고 여성으로서 내 목소리를 찾는 법을 어떻게 가르쳤는지 이야기한다.

이것이 내가 엄마를 사랑하는 방법이다. 매 순간 기억하고 매 순간 상상한다. 이것이 내가 엄마가 살아 있게 하는 방법이다. 엄마의 사랑은 내 머릿속에, 내 양심에 하나의 목소리로 깃들어 있다. 나는 엄마의 눈을 통해, 부분적으로라도, 세상을 바라본다. 엄마의 이야기, 한 시대와 땅과 굴하지 않는 의지의 이야기, 그것은 곧 나의 이야기다. 두 사람의 삶이 함께 날실과 씨실로 엮여, 좋은 이야기에서는 늘 그렇듯, 우리의 이야기도 시작하고 끝나고 다시 시작한다.

사랑은 남는다, 모든 것이 사라져도.

"안녕." 나는 가만히 속삭인다. 크게 소리 내지 않고 속에 품는다. 나는 엄마의 묘비에서 그 단어를, 내게 엄마를 영원히 각인시킬 그 말을 본다. **전사.**

미소를 지으며 나는 돌아서서 농장을 바라본다. 언제나 나의 집으로 남을, 어머니가 나를 기다리고 있을 이곳을.

그러나 지금 이 순간, 나는 다시 탐험가이다. 고난을 겪으며 대담해지고 상실을 통해 강인해진 나는 오직 내 상상 속에만 존재하는 무언가를 찾아 서부로 떠난다. 내가 일찍이 알아온 것과는 다른 삶을 찾아.

희망은 내가 가지고 다니는 동전이다. 내가 늘 사랑하는 여성이 내게 준 이 동전을 지니고 나는 새로운 세대의 탐구자로서 서부로 길을 떠난다.

대학에 가는 첫 번째 마르티넬리.

여자.

작가 노트

1936년 9월 6일, 프랭클린 D. 루스벨트 대통령은 그의 노변 환담에서 이렇게 말한다.

나는 뜨거움에 타버려 수확할 수 없게 된 밀밭을 절대 잊지 못할 것입니다. 태양이 그나마 남긴 것을 메뚜기 떼가 먹어치워 이삭도, 잎도 없이 자라지 못한 옥수수밭들 또한 절대 잊지 못할 것입니다. 50에이커나 되어도 소 한 마리도 키울 수 없을 갈색 목초지도 보았습니다.

그러나 나는 여러분이 이 가뭄 지역의 재앙이 영속적이라는 생각은, 내가 묘사한 모습이 인구 소멸을 의미한다는 생각은 단 한 순간도 하지 않도록 할 것입니다. 갈라진 땅도, 맹렬한 태양도, 뜨거운 바람도, 메뚜기 떼도, 절망의 나날을 견뎌낸 불굴의 미국 농부와 축산 농민, 그들의 아내와 아이들에게는 대적이 되지 않습니다. 그들의 자립심과 끈기, 용기는 우리에게 큰 영감을 주었습니다. 그들의 아버지의 임무가 집안을 일구는 것이었다면, 그들의 임무는 그 집안을 지켜내는 것입니다. 그리고 우리의 임무는 그들의 싸움을 돕는 것입니다.

그들의 끈기와 용기. 그들의 자립심. 가장 위대한 세대(Greatest Generation)를 묘사하는 말이다. 깊은 의미를 지니고 나와 함께 머무는 말이다.

특히나 지금, 이 순간에 더욱 그렇다.

이 작가 노트를 쓰고 있는 2020년 5월, 세계는 코로나 팬데믹과 사투를 벌이고 있다. 내 남편의 절친인 톰, 일찍부터 나의 글쓰기를 격려했고 우리 아들의 대부이기도 한 그가 지난주 코로나에 걸려 막 세상을 떠났다. 우리는 그의 아내 로리와 가족들과 함께하여 그를 추모할 수도 없다.

3년 전, 나는 미국의 힘겨운 시기에 관한 이야기인 이 소설을 쓰기 시작했다. 미국 역사상 최악의 환경 재해, 경제 붕괴, 대량 실업의 영향에 대해. 그러면서도 나는 대공황이 우리 현대의 삶과 이리도 밀접한 관련이 있을 거라고는, 그렇게 많은 사람이 일자리를 잃고, 도움을 필요로 하며, 앞날을 두려워하는 것을 내가 직접 목격하게 되리라고는 상상도 하지 못했다.

역사에는 늘 배워야 할 교훈이 있다. 희망은 다른 이들이 겪어내야 했던 어려움으로부터 나온다.

우리는 이전에도 힘겨운 시절을 경험하고 살아남았으며 더 번성하기도 했다. 역사는 인간 정신의 강인함과 지속성을 보여준다. 결국 우리를 구하는 것은, 우리가 공통으로 지닌, 우리의 이상주의와 용기, 서로에 대한 헌신일 것이다. 자, 이제 이 어두운 시기에 우리는 역사를 들여다보고, 대공황이 남긴 유산과 우리 과거의 이야기에서 힘을 얻을 수 있을 것이다.

내 소설은 가공의 인물들을 그리고 있지만, 엘사 마르티넬리는 1930년대

더 나은 삶을 찾아 서부로 떠났던 수많은 남자와 여자, 아이를 대표한다. 그들은 앞서 100년 전 서부로 떠났던 개척자들처럼 가진 것 없이 오로지 살아남겠다는 의지와 더 나은 미래를 향한 희망만으로 길을 떠났다. 그들의 힘과 용기는 참으로 경이로웠다.

이 이야기를 쓰면서 나는 가능한 한 역사를 사실대로 묘사하려 노력했다. 소설 속 파업은 허구이지만 30년대 캘리포니아에서 실제로 있었던 파업들을 바탕으로 쓴 것이다. 웰티라는 지역 역시 허구이다. 역사적 기록과 내 소설이 가장 많이 다른 부분은 사건의 타임라인이다. 내 가상의 이야기에 잘 부합할 수 있도록 시간 순서를 뒤바꾼 경우들이 있다. 이 시기의 역사가들과 학자들에게 미리 사과를 드린다. 더스트 볼 시기와 캘리포니아 이주민 삶에 대한 정보가 궁금하다면 나의 홈페이지 KristinHannah.com을 방문하시기를 권한다. 참고할 만한 도서 목록이 있다.

감사의 말

우선 샤론 개리슨에게 감사 인사를 전하고 싶다. 1936년 공공 산업 진흥국에서 이주 노동자를 수용하기 위해 건설한 캘리포니아 아빈의 '위드패치' 캠프를 긴 시간 개인적으로 돌아볼 수 있게 안내해주었다. 샤론, 당신의 기억을 공유해준 것에 고맙다. 또한 더스트 볼 데이 행사를 매년 열 수 있도록 애쓰는 많은 자원봉사자에게도 고마움을 전한다. 그 캠프에 거주했던 많은 사람을 만나고 이야기를 나눌 기회를 가진 것은 고마운 일이다.

텍사스 오스틴 대학과 해리 랜섬 센터에도 고맙다. 새노라 뱁의 원본은 매우 소중한 가치를 지닌다. 그녀의 소설 《알려지지 않은 이름들》은 이 시기에 관심 있는 사람이라면 꼭 읽어봐야 할 책이다.

나의 창작 '마을 사람들'에게도 고마움을 표한다. 그대들 없이는 이 책을 쓸 수 없었을 것이다. 이름 나열 순서는 고마움의 크기와 전혀 무관하다. 질 마리 랜디스, 제니퍼 엔더린, 앤드리아 시릴로, 제인 버키, 앤 패티, 메건 찬스, 질 바넷, 킴벌리 피스크가 그 고마운 이들이다. 때로 나는 편집이나 글쓰기 과정에서 (때로는 둘 디에서) 정신을 놓곤 하는데, 그래서 내가 길을 잃지 않도록 도우며 나를 웃게 해주는 현명한 여자들에게 고맙다.

제인 로트로슨 에이전시의 전문가 팀에도 감사 인사를 하고 싶다. 올해로 우리가 함께 일한 지 25년이다. 쏜살같이 지나간 세월이다. 출판이라는 롤러코스터 같은 여정에서 너무나 훌륭한 파트너를 만났다.

매슈 스나이더 역시 감사 인사를 해야 할 사람이다. 영화와 TV라는 내게는 불가해한 세계를 성실하고 편안하게 안내해준 그와의 협업은 절대적으로 큰 축복이었다. 캐럴 피츠제럴드는 인터넷 세상에 대해 알려주었다. 펠리시아 포먼와 아웬 윌러는 그 시대 연구에 도움을 주었으며, 신디 우레아는 소중한 조언을 해주었다.

이 모든 것을 하나로 엮어준 세인트 마틴스 프레스 출판사 사람들에게 함께 일한 것이 큰 기쁨이었다는 말을 전하고 싶다. 샐리 리처드슨, 리사 센즈, 도리 와인트라우브, 트레이시 게스트, 브랜트 제인웨이, 앤드루 마틴, 앤 마리 톨버그, 제프 도드스, 톰 톰프슨, 킴 루들램, 에리카 마티라노, 엘리자베스 카탈라노, 돈 와이스버그, 마이클 스토릭스 등이 바로 그들이다. 그리고 물론 이 모든 것을 지휘한 존 사전트에게 감사하다. 이 팀의 일원이었던 것이 말로 표현할 수 없을 만큼 영광이었다.

나의 대모인 바버라 큐렉에게도 감사 인사를 하고 싶다. 사랑합니다.

그리고 올해 이 팬데믹의 최전선에 섰던 이들에게 특별한 감사 인사를 보내고 싶다. 응급 의료 요원, 의료계 종사자, 필수 요원, 그리고 우리 공동체가 안전하도록 노력한 모든 사람에게 고마움을 전한다. 당신들이 진정한 스타이다.

그리고 터커, 사라, 케일리, 브래든에게도 고맙다. 그리고 마지막으로 이름을 부르지만 결코 그 고마움이 가장 작은 것은 아닌 나의 남편 벤에게도.
내가 굳건할 수 있도록 지켜주는 사람인 당신, 사랑과 웃음, 그리고 모든 것
에 고마움을 전한다.

사방에 부는 바람

1판 1쇄 발행 2023년 9월 14일

지은이 · 크리스틴 해나
옮긴이 · 박찬원
펴낸이 · 주연선

(주)은행나무
04035 서울특별시 마포구 양화로11길 54
전화 · 02)3143-0651~3 | 팩스 · 02)3143-0654
신고번호 · 제 1997—000168호(1997. 12. 12)
www.ehbook.co.kr
ehbook@ehbook.co.kr

ISBN 979-11-6737-353-3 (03840)